FREDDY DERWAHL

Bosch in Versuchung

D1664939

Freddy Derwahl

Bosch in Versuchung

Roman

Impressum

2. überarbeitete Auflage
© Eifeler Literaturverlag
Alle Rechte vorbehalten
Printed in Germany

Die 1. Ausgabe erschien 2006 unter dem Titel »Bosch in Belgien«
bei GEV (Grenz-Echo Verlag), Eupen (B)

Gestaltung, Druck und Vertrieb:
Druck & Verlagshaus Mainz GmbH
Süsterfeldstraße 83
D - 52072 Aachen
www.verlag-mainz.de

Bildnachweis (Umschlag): Paul Delvaux (Detail), »La Joie de
Vivre«, , Fondation Paul Delvaux, B-8670 Sint Idesbald

ISBN-10:   3-96123-017-X
ISBN-13:   978-3-96123-017-4

Wir wollen dort nicht einsam sein,
wo wir endlich leben.

Ernst Bloch: *Vom Geist der Utopie*

Inhalt

I.

Der König

Der König war ihm ein Rätsel. Albert kannte ihn zwar von all den offiziellen Fotos, die über den Türrahmen der Amtsräume oder Schulklassen hingen, doch wollte er ihnen keine Glauben schenken. Dieses Bild blasser, lebensfremder Strenge passte nicht zu den Vorstellungen, die er sich von einem König machte. Neben den majestätischen Darstellungen fremder Herrscher kannte er den König auf der Erbse, König Drosselbart oder die heiligen Dreikönige. Daneben schätzte er besonders ein Wandgemälde von König Gambrinus in der Eupener Marktschänke. Eine den Becher hebende, grandiose Gestalt des Überflusses, vor deren Fülle er andächtig seine Limo trank. Allen diesen Königen gemeinsam war eine souveräne Mischung aus Macht und Milde. Sie kamen gekleidet in Samt und Seide, umgeben von ergebenen, schönen Frauen und einer devoten Dienerschaft: Mooren, Eunuchen und Liliputaner. Manche dieser Herrscher erschienen hoch zu Ross, andere wurden in vergoldeten Sänften getragen und vom Volk bejubelt. Ihr Blick ging jedoch hindurch und hatte etwas von jener abwesenden Präsenz, die den Zauber der Legenden ausmacht.

Der belgische König trug über seinen schwarzen Nasenlöchern eine Hornbrille. Wäre er nicht in der Uniform eines Generalleutnants der Streitkräfte abgelichtet worden, man hätte ihn für den schüchternen Zögling eines Nobelinternats gehalten. Schaute man länger hin, konnte man ihn sich mit spätpubertären Pickeln oder verweinten Augen wie nach einer Züchtigung vorstellen. Mit dem An-flug einer dunklen Schmachtlocke und dem wie von einem Seziermesser gezogenen Scheitel wirkte er so sehr wie die leibhaftige Verweigerung von Alberts bukolischen Königs-träumen, dass er ihn in dieser Galerie für ein Missverständ-nis oder eine Fälschung hielt und einfach ausklassierte. Da war er sich sicher: So sieht kein König aus.

Sonderbarerweise nannte man ihn auch nicht bei sei-nem Namen. Er hieß stets nur »der König«. Das klang nicht nur unpersönlich, sondern ließ rasch den Verdacht von Verlegenheit aufkommen. Ihn Baudouin, Baudewijn oder Balduin zu nennen, empfanden seine Eupener Untertanen als eine fraternisierende Zumutung. Da und dort wurden die königliche Familie in Flandern gar abfällig als »de Co-burgs« bezeichnet. Die Coburger, das Geschlecht derer von Sachsen-Coburg-Gotha es klang nicht nur fremd, sondern auch abweisend.

Albert fürchtete, es sei auch so gemeint. Seine Könige hie-ßen Karl der Kühne, Arthur von der Tafelrunde oder Son-nenkönig Louis, sie waren grandiose Monseigneurs, eiskalte Killer oder maskierten sich weibisch mit rotem Samt und Puderperücken. Doch hatten sie das, wovon man in die-sem verdammten, gottverlassenen Landstrich zwischen den belgisch-deutschen Grenzen nur träumen konnte: Wür-de und Identität. Ganz abgesehen von ihrer majestätischen Aura bestand diese aus einer langen Liste markanter Attri-bute, die sie reihum als begnadete Berufung oder Ausnah-me-Erscheinung erscheinen ließen. Da gab es königliche Machtmenschen und Hanswurste, königliche Säufer und Frauenhelden, königliche Festredner und Stotterer, königli-che Schweiger und Schwätzer, königliche Asketen und Pras-ser. Ein jeder von ihnen besaß ein nur ihm eigenes Charis-ma, eine unverkennbare Duftnote, die im Volk Zorn oder Verehrung, manchmal auch beides, nie jedoch Verachtung auslöste. Bei seinem König war sich Albert nicht so sicher.

Manchmal tröstete er sich in seiner Sehnsucht nach souveräner, königlicher Präsenz mit der Erklärung, das sei offenbar das Einmalige seiner Erscheinung. Aber, dann sah er wieder über irgendeinem Türrahmen in diese Tränenaugen oder hörte im Belgischen Rundfunk eine zögerliche Trauerstimme, die nur die seine sein konnte, während sich ringsum peinlich berührte Stille ausbreitete, die sein unausgesprochenes Leiden an diesem Land und seinen diversen Völkchen nur noch lauter tönen ließ, bis es schließlich kleinlaut verstummte und in einem Kopfschütteln allgemeinen Bedauerns unterging.

Es gab Abende, meist herbstliche, dunkle, in erste Schneefälle übergehende, an denen sich Albert, als letzte aller Deutungen, die furchterregende Frage stellte, ob dieser zerbrechliche junge Mann in der Montur hoher Militärs im Grunde nichts anderes als die Lebenslüge seines Königreiches verkörpere: ein auf tanzenden Kongressen missratenes Würfelspiel durchtriebener Diplomaten, dessen Scheitern öffentlich nicht eingestanden werden durfte. Der einzige Sinn dieses Gebildes bestand darin, die Folgen seiner politischen Fehlgeburt in den pathetischen Attrappen der Dynastie für die Nachwelt schamhaft zu verbergen. Nur vor dem Hintergrund solch staatsgefährdender Antworten gewann der König plötzlich an Format. Er war der Monarch der Unfähigkeit der Belgier, »sein« Volk zu sein. In seinem Reich ging die Sonne stets unter.

Je mehr Albert über diese Dinge nachdachte und selbst daran zu leiden begann, gefiel ihm statt Vorname oder anderer devoter Titel der Begriff »Monarch« immer besser. Er schien mit seinen schleichenden Hinweisen auf Mönchisches, Nächtliches und Einsames wie Maß geschneidert für diesen lautlosen Menschen, dem weder Orden, Säbel noch Schulterband einen Hauch glaubwürdiger Autorität zu verleihen vermochten. Albert geriet ins Phantasieren: Die von seinem König verkörperte Monarchie erschien ihm als finsteres, mittelalterliches Schloss, umgeben von glucksenden Wassergräben und durchquert von endlos langen Steinkorridoren, an deren matt erleuchteten, gelblichen Wänden als verschollen geltende Werke flämischer Meister hingen. Rubens selbstverständlich, aber auch Jordaens, van der Weyden, die Gebrüder van Eyck und andere Unbekanntere, die allesamt eine tückische Spielart von Tristesse und Finsternis variierten. Keine deftige flämische Lebensfreude, keine Bauernhochzeiten oder Fressgelage, sondern abseitige Gassen im Schatten aufragender Belfriede und Kathedralen, die Melancholie der Beginenhöfe, Szenen unglücklich Verliebter in dunklen Gasthäusern, weite wogende Kornfelder inmitten träge zur Küste ziehender Kanäle oder vor sich hin stierende, greisenhafte Alte im Wetterleuchten glühender Abendhimmel. Es war ein endzeitliches Schloss. Von den weitaus weniger berühmten Wallonen gab es nur zwei Gemälde von Richard Heintz, dem Trinker aus dem Wald von Nassogne, der mit Winterbildern in einem abgelegenen Treppenhaus vertreten war: Schneeschmelze in einem einsamen Tal der Ourthe und die Verlassenheit des verschneiten Ardennenkaffs Lacuisine.

Albert war geschockt, als er später von einem royalistisch gestimmten älteren Kollegen erfuhr, dass es zu diesem eingebildeten Domizil, ein realexistierendes Refugium der Königsfamilie gebe, Schloss Ciergnon in der Famenne unweit von Rochefort. Der intime Kenner der Lebensgeschichte unseres Monarchen verwies auf seine zahlreichen Veröffentlichungen in patriotischen Zeitschriften, ließ jedoch mit vorgehaltener Hand wissen, dass er darin natürlich nicht alle Ergebnisse seiner akribischen Recherchen habe publizieren können. Das, so grinste er, verbiete ihm die Achtung und Verehrung für »Seine Majestät«. Als jedoch in Brüssel der erste schöne Frühlingstag zur Neige ging und Alberts Gesprächspartner im »Trappiste«, oben an der Porte de Namur, mit etwas glasig gewordenen Augen erneut zwei Bier bestellte, brach es aus ihm heraus: Ciergnon sei der Ort hochdramatischer Ereignisse während der sogenannten »Königsfrage« gewesen, die schließlich zur Demission von Leopold III. und zur Ernennung von dessen Sohn Baudouin zum Thronfolger geführt habe. Während der von den Sozialisten der Kollaboration mit dem »Führer« bezichtigte Leopold ins Schweizerische Exil auswich, verbrachte sein Ältester die Kriegsjahre in dem einsamen Ardennen-Schloss. Dabei habe ihn jedoch seine Stiefmutter, die schöne, aus der flämischen Bourgeoisie stammende Mary Lilian Baels (später zur Prinzessin Liliane de Rethy geadelt) die schwierige Exilzeit »versüßt«. Auf Alberts leise geäußerte Frage, was man denn darunter verstehen dürfe, sah ihn der schrullige Kollege etwas verwundert an und antworte in seinem flämisch gefärbten Brüsseler Französisch:

»Mein lieber junger Freund, was süß bedeutet, musst du offenbar noch lernen wenn die Versuchung an dich herantritt …«

Dann steckte er der Kellnerin einen Geldschein in die Schürzentasche, drückte sich seinen schwarzen Hut in die Stirn und verließ schweren Schrittes das Lokal. Vorbei an den flimmernden Lichtreklamen der Kinos verschwand er in der Menge.

Schon wenige Tage später machte sich Albert auf den Weg nach Ciergnon und fand im benachbarten Villers-sur-Lesse in dem einzigen, etwas vornehmeren Hotel eine angenehme Bleibe. Fragten er nach dem Leben im Königsschloss, antworteten sie mit einem höflichen, undurchdringlichen Schweigen und verwiesen mit einer Handbewegung auf den Ausblick, den sein Hotelzimmer auf den Schlosshügel bot. Er war von Holzfällern nahezu kahl geschlagen worden und ließ den grauen Stein der von zwei Türmen flankierten Fassade heftig hervor treten. Dieser erste Anblick war von einer sonderbar selbstbewussten, unnahbaren Wirkung. Man sah alles und doch nichts. Lediglich vor dem Abendessen, das die Kellnerin mit liebenswürdiger Eleganz servierte, leuchtete in einigen Turmzimmern Licht auf. Ein spärliches Flimmern über dem Lesse-Tal, das sich erst bei Anbruch des Freitagabends auf breiterer Front fortsetzte. Zunächst noch ein geschäftiges Hin- und Her auf- und abblitzender Lichter, die bald in einen feierlichen Streifen in Höhe der ersten Etage übergingen. Die königliche Familie war zum Wochenende eingetroffen, hatte von ihren jeweiligen Suiten Besitz genommen und sich schließlich zum Diner im großen Esszimmer nieder gelassen.

Zur Nacht konnte Albert von seinem Bett aus beobachten, wie die Lichter allmählich wieder erloschen und nur noch in wenigen Räumen, vorzugsweise in den beiden Türmen eingeschaltet blieben. Über den Dächern zogen schwarze Wolken, die manchmal den Blick auf die scheu flackernde Mondsichel frei gaben. Am offenen Fenster wehte kalte Nachtluft, die nach glimmender Holzkohle roch. Die Stille wurde vom monotonen Rauschen des Flusses nicht gestört, sondern begleitet. Er musste gestehen, dass von diesem Anblick etwas Lockendes und zugleich Furchterregendes ausging, das ihn an die transsilvanische Zuflucht des Grafen Dracula erinnerte, wie er sie mehrmals in dem Film »Tanz der Vampire« von Polanski genossen hatte. Hier wie dort herrschte eine entrückte Allianz fraulicher Schönheit und sich ihr unheimlich nähernder Begierde. Das Hochdramatische und Schreckliche konnten dabei nicht ganz ausgeschlossen werden, ähnlich des heimtückischen, schwarzen Humors der Filmvorlage, die schließlich im grausamen Mord an die Polanski-Geliebte Sharon Tate durch den teuflischen Täter Manson Realität werden sollte.

Bereits am nächsten Tag begann der angehende Landvermesser Albert Bosch, den Sperrbezirk des Schlosses weiträumig zu erkunden. Er tat es zunächst zu Fuß, die Verbotsschilder ignorierend, immer wieder an Drähte und Zäune stoßend. Bald stellte er fest, dass die Sicherheitskräfte selbst diesseits der Absperrungen einen dichten »cordon sanitaire« errichtet hatten, dessen Schonungen und Schneisen es ihnen ermöglichten, unerwünschte Wanderer oder Eindringlinge bereits im Vorfeld abfangen zu können. Es wurde folglich ein sehr weiter, beschwerlicher Weg, wenn verhindert werden sollte, reihum in die Feldstecher der Gendarmerie zu geraten, deren Beamte hier rund um die Uhr Dienst schoben, selbst dann wenn kein Mitglied der königlichen Familie anwesend war. Über Stock und Stein ging es durch dieses Hochsicherheits-Revier, wobei die Ausbeute der Expedition recht dürftig war. Nur vereinzelt gab der strategisch aufgeforstete Fichten- und Laubwald neue Blicke auf das Schloss frei. Da und dort ragte einer der Türme hervor, manchmal waren Teile einer Terrasse oder eine in den Park führende breite Steintreppe zu erkennen. Auch bemerkte man aus der Ferne den schnurgeraden Schnitt der Buchsbaumhecken und den hell schäumenden Strahl eines Springbrunnens. Menschen, nicht einmal ein simpler Hausdiener oder die Auffahrt benutzende Lieferanten, traten ins Bild. Die grauen Steinfragmente der Mauern sowie die in der Vormittagssonne glänzende Fläche der Schieferdächer verliehen diesem Areal einen Hauch von Lebensferne. Manchmal war man versucht in diese königliche Wüste hinein zu schreien und somit Reaktionen des Personals oder der Wachtmeister auszulösen, doch war zu befürchten, dass der vermeintliche Schrei nicht einmal die andere Seite der Gitter und Schranken erreichen würde. Auch das bestätigte Alberts Vorstellungen monarchischer Residenz: Das Schloss war verschlossen, man schrie ins Leere.

So ging er über den leicht federnden Waldboden zurück, trat auf Moos und Farnkraut und hatte Mühe, in diesem grünen Dickicht die Orientierung nicht zu verlieren. In der Dorfkneipe bestellte er einen Café und einen Wacholderschnaps, den die betagte Wirtin mit stark zitternder Hand auf einem Holztablett servierte. »Wissen Sie, Monsieur«, so machte sie es spannend, »der König gehört zu uns, auch wenn wir ihn nie zu Gesicht bekommen. Schweigen ist unsere Art des Dankes und der Treue.«

»Dank und Treue, weil sie ihn nicht zu Gesicht bekommen?«, wagte er zurückzufragen. Sie führte ihre Hand an die Stirn, offenbar um das Zittern abzuschwächen, und sagte etwas leiser und nachdenklicher:

»Unseren Herrn und Heiland habe ich auch noch nie gesehen.«

Als Albert seine Erkundungen des Geländes im Auto fortsetzte, erstreckte sich die Fahrt über mehr als zwanzig Kilometer, so weit reichten die von Stacheldraht umschlossenen Waldungen. Man fragte sich gleich, ob der König sie überhaupt jemals betreten habe, oder ob dieser dichte Forst nur ein weiteres Mittel war, ihn vor seinen Untertanen zu schützen und zu verstecken.

Es beschäftigte Alberts Phantasie, dass dieser Buchsbaum- und Springbrunnenpark unmittelbar in den Wald überging, sozusagen in Verbindung mit dem Schloss eine fließende Einheit bildete, als würde die streng bewachte, grüne Wildnis direkt bis an das Kaminzimmer des Königs heranreichen. Wo der Park endete und der Wald anfing, war nicht ganz aus zu machen. Auch stellte er sich den hageren, jungen Mann in Stiefel und Loden vor, von den Kieswegen und Rasenflächen zwischen die Tännchen tretend, bevor er auf dem leichten Nadelteppich zwischen den grauen Harzflecken der Baumstämme verschwand. Dieser streng abgeschirmte Wald schien ein ideales Reservat für seine Schwermut und all ihre Intimitäten zu sein. Albert glaubte den jungen Kerl auf langen Wegen zwischen Ilex und jungen Kiefern eine Art »Freiheit« auskosten zu sehen. Seine Waldungen waren so groß, dass er keine Gefahr lief, an eine der Absperrungen zu stoßen und es fiel nicht schwer, sich den heranwachsenden Prinzen während der Kriegsjahre hier vorzustellen: Waldgänge als einziger Ausweg von Einsamkeit zu Einsamkeit.

Fast ein Dasein kafkaesker Qualität, wäre da nicht jene schöne Stiefmutter gewesen, die ihn mit einem stillen Lächeln beschattete. Sie kannte seine Wege und es war spannend über die Frage zu rätseln, ob sie ihm folgte oder ob er ihr nur in der Hoffnung vorausging, sie möge dort, wo der Wald am dichtesten war, schutzengelhaft in seine Nähe treten.

Inzwischen hatte Albert vernommen, dass seine alte Kneipenwirtin von den Bauernburschen »Mère Bastin« gerufen wurde. Er bestellte auf ihre nachhaltige Anregung hin, einen Kelch des Trappistenbieres aus dem benachbarten Rochefort, das sie mit einem Schälchen weißer Käsewürfel servierte, die mit Selleriesalz bestäubt waren. Bereits nach dem zweiten Glas spürte er eine angenehme Leichtigkeit der Sinne, eine sich öffnende, viel weitere Sicht auf die Verwicklungen des Lebens. So etwas wie Phantasie und entsprechende Courage kamen auf, die ihm einflüsterten, reich durch diesen Tag gegangen zu sein. Zwar bestand kein Grund, sich den Gefühlen von »Dank und Treue« der Dorfbewohner von Villers-sur-Lesse anzuschließen, doch bildete er sich ein, zu diesem Königsschloss und seinen unsichtbaren Bewohnern in eine neue, etwas zutraulichere Beziehung getreten zu sein. Eine Art obskure Nähe und Mitwisserschaft, die sich aus den zwar kümmerlichen, jedoch authentischen Einblicken des Tages sowie seinem vermeintlichen Geheimwissen einer wie auch immer »versüßten« Liaison zwischen dem jugendlichen Prinzen und der Frau seines Vaters zusammenfügten. Er griff zu einem Bierdeckel und begann darauf Wortfetzen und Hinweise zu kritzeln, die ihn in dem Gefühl bestärkten, mysteriösen Dingen auf der Spur zu sein. Die eigentliche Entdeckung des Tages war jedoch die Einsicht, all diesen Verborgenheiten auf die Schliche zu kommen, wenn er nur selbst in die entscheidenden Rollen zu schlüpfen bereit war. In der Gewissheit, diesem dunkel den Waldhügel beherrschenden Schloss als blinder Passagier anzugehören und zugleich Prinz und Prinzessin sein zu können, trat er an die kühle Abendluft, die nach Stall und Feuer roch.

Eine Kellnerin servierte ihm in geübter Liebenswürdigkeit ein Rinderfilet mit Pommes frites, Sauce béarnaise und Salat. Jedes Mal, wenn sie mit angespannter Sorgfalt die Weinflasche zu seinem Glas führte und den roten Landwein aus Mâcon nachschüttete, gewährte ihr dezentes Dekolleté einen Blick auf die Spitzen ihres BH, dessen dunkle Konturen unter ihrer weißen Bluse matt hervortraten. Solchen Entdeckungen war er nie gewachsen. Sie versetzten ihn augenblicklich in eine erotische Hochspannung, die alles andere ringsum als nebensächlich erscheinen ließ. Sie schien es zu spüren und mit einem amüsierten Lächeln zu genießen. Als er sich schweren Schrittes zur Türe begab, wünschte sie ihm eine »sehr gute Nacht«. Er fiel wie ein Stein aufs Bett, völlig unfähig, dieser Stunde noch einen Sinn zu geben. Als er das Licht löschte, gewann die Nacht rasch an Intensität. Durch das halboffene Fenster strömte Kälte und oben auf dem Hügel erschien, dunkel und faszinierender denn je, die Silhouette des Schlosses.

Bevor die Müdigkeit ihn ergriff, wünschte er sich erzählerische Träume aus dem Umfeld seiner Königsobsessionen und dem Lächeln der Kellnerin, doch kam der Schlaf plötzlich wie ein Dieb. Traumlos hielt er ihn lange Zeit fest umklammert und gewährte erst kurz vor Anbruch der Morgendämmerung ein verstörtes Erwachen. Er brauchte einige Zeit zur Orientierung und griff tastend zur Uhr, die 4 Uhr 14 anzeigte. Wäre solcher Schlaf tatsächlich der Bruder des Todes, wollte Albert den anderen Bruder kennen lernen. Doch blieb ihm der Weg zurück in dieses Reich seligen Verschwindens versperrt. Er zählte die Glockenschläge und wälzte sich durchs Bett. Alle Viertelstunden das aufdringliche Geläut über dem gurgelnden Wasser der Lesse. Was suchte er eigentlich hier? Was verbarg dieses Nebel-Schloss?

Der Halbschlaf flüsterte nur zögernde Antworten, die sich bald auf ihn selbst und seine süchtige Suche reduzierten. Allein zwischen allen Grenzen der Lebensfreude und Todesnähe blieb eine unromantische Sehnsucht nach »Heimat«. Dessen Garant konnte der König nicht sein. Er war der König unausgesprochener Abdankung. Albert glaubte zu wissen, dass er seine ostbelgischen Untertanen nicht mochte, dass sie ihm zur Last fielen, ja, dass er sich ihrer schämte. Sie waren seine deutschsprachigen Bastarde, seine unerwünschten und aufdringlichen »Beutebelgier«. Weitere Fragen erübrigten sich.

Ein grauer Septembertag im Nachkriegs-Eupen. Die kleine Stadt fiebert dem Besuch Seiner Majestät entgegen. Die »Joyeuse entrée«, der fröhliche Einzug belgischer Monarchen in den Provinzen, stand hier im Verdacht eines fragwürdigen Einmarsches. Der Fünfjährige an der Hand der Mutter in der Menge vor dem Rathaus spürt einen vorauseilenden Schmerz. Der Vater weigert sich, sie zu begleiten, es geschieht in einem bitteren Schweigen. Der Platz ist schwarz von Menschen. Raunende Erwartung, die Angst macht. Sogar auf das Gerüst vor dem Konfektionshaus klettern Neugierige. Zwei, drei Etagen hoch hängen sie an den Leitern wie Affen oder Zaungäste bei einem Fußball-Endspiel. Ansonsten schwarz-gelb-rote Absperrungen, Gendarmerie mit silbernen Ehrenbinden über den schwarzen Uniformen.

Albert kennt diese Gesichter, die Kaserne befindet sich in seiner unmittelbaren Nachbarschaft an der Herbesthaler Straße. Jeweils zu zweit absolvieren die hochgewachsenen Männer ihre Kontrollgänge. In der Stadt erinnert man sich noch an andere schwarze Stiefel. Sie tragen Ledertaschen quer über dem Rücken, in denen sich die Formulare für Protokolle und vielleicht Schlimmeres befinden. Die Waffe im Schaft an der Hüfte, nie gezückt, aber im Ländchen der Vaterlandslosen und Unbürgerlichen eine stete Warnung. Im Gegensatz zur Polizei, die sich auch des Eupener Dialekts bedient, sprechen die Gendarmen nur Französisch, das bisweilen für die belgische Sprache gehalten wird. Ihr romanischer Wohlklang wandelt sich rasch in einen Ton der Verbote und Warnungen. Patriotismus ist, ihnen devote Auskünfte zu geben und sie nicht als Besatzer zu empfinden. Jenseits der Absperrungen tragen sie heute, am großen Besuchstag, diese verschnörkelten Ehrenschnüre wie eine nationale Auszeichnung. Das Silberzeug gewährt ihrem tagtäglichen Stolz die Beförderung eines Siegergrinsens. Alle stehen eng in der Kälte. Die Ordnungshüter gehen mit durchdringendem Kontrollblick auf und ab. Überquert einer der Offiziere den freien Vorplatz, nehmen sie Haltung an und führen die Hand zum kurzen, zackigen Gruß an den Mützenschirm. Es bedeutet: Alles im Griff – hier defiliert der Staat, dort hat das Volk zu warten. Militärpolizei rückt an, weiße Gamaschen, rote Plastikschirme über den Mützen, die unter dem Kinn mit einem Lederriemen gehalten werden. Schnurrbartträger wirken in dieser Montur bedrohlicher, allesamt Männer für Ernstfälle. Auf ihren Armbinden steht fettgedruckt »MP«. Stiefel und Lederschuhe schlagen wie Hufe auf dem Pflaster. Geräusche von Aufmarsch, in denen sich barsche Befehle und Anordnungen mischen. Es ist die knallharte Sprache der Macht, die stets zur Antwort erhält: »Auf Befehl, mon Commandant.«

Die gelbe Front des Rathauses verbreitet über diese Manöver königlicher Ankunft etwas von vaterstädtischer Milde. Seit den Tagen der Französischen Revolution hat das Gebäude seinen Ursprung als Kapuzinerkloster nicht zu leugnen vermocht. Lediglich der von vier Säulen gestützte zentrale Balkon und das ihm vorgelagerte Blumenbeet verraten die repräsentative Funktion des Hauses, die jedoch von der noch mächtigeren Nachbarschaft der Klosterkirche wieder gedämpft wird. Ihren Treppenaufgang ziert ein großes Kreuz und in der Nische über dem Portal steht eine Figur der Jungfrau Maria, der das Gotteshaus geweiht ist. Jeden Sonntag um 9. 15 Uhr findet hier eine Messe in französischer Sprache statt. Der Sohn muss die Mutter oft dorthin begleiten. Stehend zwischen den Erwachsenen sieht er nichts, sondern vernimmt nur die Leier der Gebete in der anderen Sprache und den auf der Orgelbühne zwitschernden Frauenchor. Manchmal haut es ihn buchstäblich um und man muss ihn kreidebleich an die frische Luft tragen. Dann sieht er in das besorgte Gesicht der Mutter, die ihm ein Taschentuch mit Kölnisch Wasser unter die Nase hält.

Das nicht enden wollende Warten auf den König hat vor dieser Kirche etwas Liturgisches. Es herrscht die Ergebenheit frömmelnder Andacht. Erneut steht Albert eng zwischen den Großen und sieht nur, wenn die Mutter ihn auf den Arm nimmt. Die Uniformierten sprechen, ähnlich dem Priester am Altar, französisch. Es singt zwar kein Chor, aber eine Militärkapelle marschiert auf. Dreißigköpfige Ordnung, die in Reih und Glied in der Ecke zwischen dem Rathaus und der Kirche Aufstellung nimmt. Klingendes Spiel der im Spiegelglanz leuchtenden Pauken und Trompeten, darüber die Fenster des Sitzungssaales und des Bürgermeisterzimmers. Dezentes Licht der Kronleuchter, von beruhigender, festtäglicher Ausstrahlung. Der Junge glaubt, hier sind wir sicher.

Die schwarz-gelb-roten Flaggen bewegen sich träge im Wind. Zwischen dem Säuleneingang und dem Beet wurden sie an hohen, weißen Holzmasten gehisst. Manche davon stehen in leichter Schräge, das wird man hier nie lernen. Ringsum in den Gebäuden der Finanzverwaltung hängen die Fahnen von den breiten Fenstern herab, aus denen Zöllner und Beamte lehnen. Kein Privathaus, das nicht geflaggt hätte. Niemand hat es gewagt, der drängenden Regie zu widerstehen; es ist ein Fahnenmeer, das, wenn der Herbst-wind sich hebt, zu einem heftig flatternden Fahnensturm gerät. Seine Botschaft lässt keinen Zweifel daran, was hier gefeiert wird: Es ist die endgültige Lösung, zum Schluss-strich entschlossene belgische Präsenz nach dem geschei-terten Heim-ins-Reich-Erlass Hitlers und Jahrhunderten demütigender Hin- und Her-Geschichte.

Fahnen auch in den Reihen der in schwarzen Anzügen antretenden Kriegsveteranen der Jahrgänge 1914–1918 und 1940–1945 und den, aus den wallonischen Randge-meinden angereisten Mitgliedern der Résistance. Sie tra-gen zum Sonntagsstaat eine Baskenmütze mit den Insig-nien ihrer Einheiten. Später sollen sie dem König als seine Kämpfer und Helden vorgestellt werden. Ihre Fahnen-stangen aus glänzendem Bambusholz sind von goldenen Wappentieren gekrönt, limburgischen oder brabantischen Löwen, aufrecht mit verspielten Tatzen, wie in einer Zir-kusnummer. Wenn diese meist etwas älteren Herren vor-beimarschieren, klimpern die zahlreichen Orden, mit de-nen ihre Brüste geschmückt sind.

Dann treten endlich die Honoratioren auf den Vorplatz. Durch die Menge geht ein erleichtertes Raunen. Da und dort kommt Beifall auf, geht dann aber im Aufbrausen ei-nes Militärmarsches unter. Die Ehrenformation des Ar-dennenjäger-Regiments nimmt Haltung an. Funkelnde Gewehrläufe mit aufgepflanzten Bajonetten. Der vom In-nenminister eingesetzte Amtsbürgermeister Hugo Nigge-mann wird vom Gouveneur der Provinz Lüttich, Pierre Mordant, und von Bezirkskommissar Heinrich Schoen be-gleitet. Der aus Berlin stammende Niggemann ist ein gro-ßer, beleibter Herr. Er trägt Schwalbenschwanz und Wes-te sowie eine Nadelstreifenhose, die von den Eupenern bei Hochzeiten und Sterbefällen als »de Striepebotz« geschätzt wird. Neben ihm der geschäftig tänzelnde Erste Schöffe, Dr. Leopold Miessen, den der Volksmund »Poldi« nennt und der kleine, etwas gebeugte Stadtsekretär Lux, ein sogenannter, weil aus dem Inland stammender »Altbelgier«. Niggemanns Gesicht leuchtet rosafarben; »wie e Verke«, kommentiert ein älterer Mann in der Menge. Genießerisch überblickt das Stadtoberhaupt den Platz: Tausende Menschen, die Militärs, die heftig auf die patriotische Pauke hauende Kapelle, die fliegende Schwarz-Gelb-Rot. Das Protokoll stimmt.

Als die schwarze Limousine des Königs vorfährt, braust Jubel auf. »Vive le Roi, vive le Roi«, so schallt es hundertfach. Die Mutter hebt den Jungen höher denn je und nimmt ihn erst wieder herunter, als sein wildes Schwenken mit einem Papierfähnchen sie zu erschöpfen beginnt. Rosanne, die kleine Tochter des Ersten Schöffen spricht mit zitternder Stimme ins Mikrofon: »Ein kleines Eupener Kind bin ich, doch alle Kinder grüßen Dich.« Händeschütteln, Beifall, noch einmal Jubelrufe, dann verschwinden der königliche Gast und die Ehrengäste im Portal des Rathauses. Hinter den bald beschlagenen Fenstern des Sitzungssaales erkennt man einige Zeit noch ihre Konturen. Die Militärkapelle spielt unverdrossen einen Marsch nach dem anderen, in deren Klänge sich die helle Angelus-Glocke im Dachreiter der Klosterkirche mischt. Das alltägliche Geläut diesmal fremd, wie aus einer anderen Zeit, einer anderen Welt. Dann wieder raunendes, etwas aufgeregtes Warten, bis sich endlich die Balkontüren öffnen. Der Bürgermeister bittet den König an die Balustrade. Jubel bricht aus, auch die Mutter winkt, hebt den Kleinen mit dem Fähnchen hoch, dessen Stiel im Gedränge zerbricht. Es ist wie eine Offenbarung, eine Erscheinung. Niggemann strahlt gönnerhaft. Neben ihm die hagere Gestalt des jungen Königs, von der Uniform eines Generalleutnants der Bodenstreitkräfte fast erdrückt. Es bleibt dem Kind nicht verborgen, dass er nur ein kurzes, spärliches Lächeln für die ihm geltenden Ovationen aufbringt. Schlimmer noch, er hebt kurz die Hand und blickt unsicher in die Menge. Der alte Mann neben uns sagt: »Gleich beginnt er zu weinen.« Nach höchstens zwei Minuten wendet er sich dem Bürgermeister zu, als sei es genug. Niggemann scheint verlegen zu lächeln: »Sire, das ist Ihr Volk.« Der König nickt zweimal, doch dreht er dem Jubel bereits den Rücken zu. Es glitzert nur noch eine violette Schärpe über seiner olivgrünen Schulter. Hinter ihm schließt ein Hofmarschall die Glastüren. Der Balkon ist wieder verwaist.

Die Menge verliert sich rasch. Papierfähnchen und Zigarettenstummel liegen am Boden. Aus den Kneipen dringt Qualm, Stimmengewirr, das Zischen eines angezapften Bierfasses. An der Hand der Mutter geht der Junge die Vervierser Straße hoch und zählt die Fahnen. Bis zur Hausnummer 32 sind es ausnahmslos 64. Vor seinen Augen ist immer noch das Bild dieses Königs, der kaum die Hand hob und sich mit einem wehmütigen Lächeln wieder zurück zog.

Erst Jahrzehnte später wird Albert ihn wieder sehen. Bei Anbruch der Nacht steht er neben einer Frau in einer schweigenden Menschenmenge vor dem Brüsseler Schloss. Oben, in einem feierlich geschmückten Saal, wird es nach Rosen und Tannengrün riechen und ein feines Netz aus weißer Gaze das Gesicht des in einem Sarg aus Mahagoni aufgebahrten Monarchen bedecken.

II.

Der Vater

Wenn Albert Bosch sich seines Vaters erinnert, geschieht es in zunehmender Milde. Manchmal wehrt er sich dagegen, er fürchtet dem Klischee anheimzufallen, dass in der Distanz nur die »guten Dinge« bleiben. Aber, dann spürt er bald, dass solche Rückblicke nach Jahrzehnten nicht oberflächlicher werden, sondern intensiver und präziser. Er hat das rot glühende Gesicht, die weit aufgerissenen Augen, die sich überschlagende Stimme des Vaters nicht vergessen, doch ist die Erinnerung an seine Zornesausbrüche nur Bestandteil eines weitaus komplizierteren Seelengeflechts. Widmet man ihm jene sensiblere Aufmerksamkeit, die sich mit zunehmendem Alter von selbst bildet, sind darin viel wichtigere Botschaften eines bleibenden Vermächtnisses zu erkennen. Da kommt es zu posthumen Gesprächen, die er für unmöglich gehalten hätte und eine Nähe signalisieren, die man zwar handgreiflich zu spüren glaubt, der man jedoch nicht habhaft werden kann. Es sind weder Traumbilder noch Erscheinungen, sondern ein treuer Schatten des Vorübergangs, in dessen Schutz man zu jeder Zeit treten kann und dessen Mitteilungen dort anknüpfen, wo die Kontakte im Sterben brutal abbrachen.

Das letzte Bild des auf der Couch im Wohnzimmer aufgebahrten Toten war das eines plötzlich um Jahrzehnte gealterten Greises. Da lag er grau und zusammen gefallen. Ein altes Männchen, das man mitleidvoll noch einmal mit dem Sonntagsstaat bekleidet hatte: die Streifenhosen, ein steifes, weißes Hemd mit Silberkrawatte und vergoldeten Manschettenknöpfen, von denen der konsternierte Sohn gleich dachte, dass sie bald Rost ansetzen würden. Diese Szene war von einer alles klar stellenden Gewalt. Schon trug man einen offenen Sarg ins Zimmer und Albert konnte den Anblick nicht mehr ertragen. Weder Abschiedsküsse noch ein letztes Streichen der Hand auf dem polierten Holz des Deckels. Er stürzte die Treppe hinauf und blickte vom Fenster der ersten Etage auf den bereitstehenden Leichenwagen. Dann schoben zwei Männer den Sarg hinein und das schwarze Fahrzeug entfernte sich mit angezündeten Laternen im kalten Licht des Wintertages.

Gegenüber stand neben dem alten Zollhaus eine mächtige Tanne. Vereinzelt kehrten Nachbarn von der Arbeit zurück. Hinter den ersten Dächern der Herbesthaler Straße erkannte man die Mansardenfenster der Gendarmeriekaserne. Es war gegen 17 Uhr, schon begann sich die Dunkelheit über die Stadt zu legen. Albert hatte oft an diesem Fenster gestanden und bemerkt, dass die Konzertmusik aus den Lautsprechern des Schallplattengerätes, die Normalität draußen verwandelte. Tschaikowskis pathetisch aufbrausende Streicher und die sich im Wind hebenden Zweige schienen von derselben, mysteriösen Kraft bewegt. Die vertrauten Gesichter der Passanten, Hausfrauen mit Einkaufstaschen oder heimkehrende Arbeiter, wurden zu zeitlosen Figuren wie auf Bildern alter Meister. Die aus Verviers heran tingelnde Kleinbahn geriet zu einem hell erleuchteten Schiff, das seine Fracht bald freigeben würde. Von den an die Stromdrähte wippenden Bügel sprühten knisternde Funken, während unten an der Haltestelle die ersten Leuchtreklamen der Wirtshäuser mit einem zögernden Zucken ansprangen: eine Landschaft des Normalen und doch, unter dem heftigen Fließen der Musik, von schwebender, elegischer Verwandlung. Albert stand gebannt, sah und lauschte tief hinein in diese existenzielle Tristesse, für die es nur die kapitulierende Antwort gab, dass, so erschütternd banal und nicht anders, das tatsächliche Leben sei.

Eine flimmernde Spannung zwischen der Passion verströmender Melodien und den Zufällen des Ereignislosen. Als sich der Leichenwagen mit rötlich aufblinkendem Winker und einem grauen Auspuffwölkchen langsam entfernte, berührte ihn die gleiche Emotion solcher Widersprüche. Zwar spielte keine Musik, doch war die von ihm so gefürchtete Liturgie des Abschieds noch stärker. Sie wirkte Stunden später weiter nach, als er auf der Fahrt zu einem Freund einen kleinen Umweg machte, zum Friedhof einbog und ganz dicht an das bereits verschlossene Eisentor heranfuhr. Die Scheinwerfer schossen durch die Gitterstäbe, deren Schatten auf den Eingang zur Leichenhalle projiziert wurden. Darüber ein großes, gelbliches Kreuz. Da lag also nun der tote Vater in dem mit weißem Tüll ausgeschlagenen Sarg. Ein schwacher Wind ging durch die hohen Zypressen. Die Nacht war kalt und sternenklar.

Die Arithmetik all des Nachdenkens über den schon seit drei Jahrzehnten Verschwundenen lässt den Sohn manchmal in eine Stille versinken, von der er glaubt, sie komme der Kontemplation sehr nahe. Betrachtungen über Erzählungen und Flüchtigkeiten, die bald schon in das weite Feld einer Geschichte führen, die nicht nur die eines Lebens ist. Joseph Bosch war Jahrgang 1914, die Zeit als der »Große Krieg« ausbrach. Eine ärmliche Kindheit im proletarischen Milieu, überflutet von unverständlichen, aber sehr ernst genommenen und bald schon gefürchteten Frontnachrichten. Briefe des unbekannten Vaters Wilhelm Bosch, der sich aus Flandern und den lothringischen Etappenstädten nach Frau und Kindern erkundigte. Ringsum immer wieder Hochrufe auf den Kaiser, die im Laufe der Zeit leiser und zögernder wurden. Namen von Gefallenen, Vermissten und Verwundeten, die Leid und Tränen auslösten. Das erschreckende Schwarz Trauer tragender, junger Witwen. Dazwischen schluchzende Kinder an der Hand weinender Mütter. Von Hand zu Hand weiter gereichte Zeitungen mit stets neuen Durchhalteparolen und länger werdenden Listen der Helden »für Volk und Vaterland«. Folgten beängstigende Besuche bei Großvätern und betagten Onkeln, die mit leuchtenden Augen von »Sedan« erzählten. Joseph Bosch begreift es als ein Codewort jetzt zuschlagender Rache. Von »vaterländischen Kriegen« wird auf den kümmerlichen Märkten und in dunklen Wirtshäusern geschwärmt. Bei Spaziergängen zum Wertplatz zeigt die Mutter stolz auf die in den grauen Stein des Kriegerdenkmals geritzten Namen. Auch ihrer ist dabei; ein Bartholomäus Bosch, den französische Infanteristen geköpft hatten. Auf hohem Sockel streitet noch immer der »heilige Georg«, von dem es heißt, er habe den Drachen getötet. Fließendes, geopfertes Blut als leuchtendes Lebensideal. Doch die aus den Lazaretten Heimkehrenden schweigen. Wohin sie auch kommen, ist bittere Stille. Über alledem die stete Sorge der Mutter. Vier Söhne in ihrem Schutz: spielend, aufhorchend, bangend, dann wieder ganz Kinder, den Jüngsten, Willy, umhegt sie besonders. Zur Nacht, nach den Stoßgebeten zur heiligen Jungfrau, versinken sie alle in tiefen, unschuldigen Schlaf. Später öffnet sie noch einmal die Tür zum einzigen, kurzen Lächeln eines von Arbeit und Ängsten erschöpften Kriegstages. Die Vier wie die Lemminge nebeneinander, im seligen Schlaf, dem Bruder des Todes.

Der Vater hat Albert die vergilbten Fotos oft gezeigt. Sie waren in einem überquellenden Album aus rotem Leder eingeklebt, das wie ein heiliges Buch aufbewahrt wurde. Die nachdenkliche Wehmut des Vaters schaffte stets respektvolle Aufmerksamkeit. Die Bilder prägten sich fürs Leben ein: schnauzbärtige Lehrer und festtägliche Verwandte, das stolze Lächeln junger Rekruten, das Staunen in Reih und Glied aufgestellter Schulklassen, darunter der auffallend dicke Schädel des Vaters. Er hatte die Noten des unbarmherzigen Schulmeisters Dericum nicht zu fürchten, doch umso mehr die Ohrfeigen von Pastor Heeren, dem die Freude einfach nur suspekt war, der gnadenlos Gehorsam forderte, in monotonen Predigten stets die Redezeit überschritt und noch als alter Mann im Beichtstuhl die Geburten regelte. Sein ehemaliger Messdiener Albert berichtete von ihm wie von jemand, dem er entkommen war: ein frömmelnder Herrscher, ein Züchtiger. Nie hat er ihn lachen gesehen. Er bewirkte bei ihm eine lebenslange, sprungbereite Abneigung gegen alles Kirchliche. Gottesdienste und Prozessionen verachtete er als Maskeraden. Die unzähligen Andachten, Rosenkränze und Vierzigstündigen Gebete, auch Hochämter, in denen er, sich an die Brust klopfend, das Sündenbekenntnis des »Confiteor« mit den Beteuerungen »durch meine Schuld, durch meine Schuld, durch meine übergroße Schuld« gesprochen hatten, reichten ihm für alle Zeit. In der Familie blieb ein letzter, spindeldünner Faden der Verbundenheit, wenn Vater am letzten Sonntag der österlichen Zeit zusammen mit Mutter zur Messe ging, um »Ostern zu halten«, das absolute Minimum katholischer Pflichterfüllung.

Alberts sensible Seele war für liturgischen Zauber ansprechbarer und es kam bald zu schweren Auseinandersetzungen, die den Stil von Glaubensverfolgung annahmen, wenn dem Vater bei der Entdeckung frommer Lektüre plötzlich das Blut dunkelrot und violett ins Gesicht schoss und er dem zusammenzuckenden Sohn eine strenge Zensur auferlegte. Es gab auch Fälle, wo er schlug.

Das rote Album zeigte ihn jedoch meist frohgemut im wollenen Badeanzug am Ufer der Vennflüsse oder mit der noch jungen, zärtlichen Mutter auf Fahrten ins Rheinland oder auf der »Grand' Place« von Brüssel. Besonders bevorzugte er Fotografien aus seiner Militärzeit, die ihn reihum in der Uniform der belgischen Armee und der deutschen Wehrmacht zeigten. Die belgischen Jahre, hoch zu Ross als Wachsoldat in den Wäldern des ehemals kaiserlichen Truppenübungsplatzes Elsenborn oder zusammen mit feixenden

Rekruten in den Stuben der Kaserne von Gent, verehrte er wie Ikonen seiner unter Beweis gestellten nationalen Zuverlässigkeit. Den Bildern von deutschen Weihnachtsfesten oder dem Exerzieren vor den Feldwebeln des Führers galt sein abgrundtiefer Spott. Er benutzte dafür die Worte »die Preußen« oder »Barras«, die er als Zwangseingezogener mit der ganzen Verachtung eines noch einmal Davongekommenen aussprach. »Die Preußen«, das blieb in der Familie für immer haften, der abweisende und anklagende Begriff galt vorzugsweise uniformierten Deutschen, dreisten deutschen Verkehrsteilnehmern und anmaßenden deutschen Beamten, die sich allesamt im Gefühl höheren Ranges und betonten Besserwissens für etwas Besonderes hielten und es auch spüren ließen. Es gab deren viele, Vater Mutter und Kinder witterten sie aus der Ferne. Daran änderte auch nichts die gemeinsame Muttersprache, sie wurde ohnehin im Eupener Land weniger exaltiert betont und in einem etwas gemütlicheren Tonfall ostbelgischer Überlebenskunst gesprochen.

Was der Vater aus seiner Dienstzeit im tausendjährigen deutschen Reich berichtete, barg die burleske Spannung riskanter Eulenspiegelei. Als Funker im Münsterland kaserniert, hegte er, spätestens nach dem Einfall der Hitler-Armeen in Russland, eine illusionslose Einschätzung der militärischen Lage. Joseph Bosch war entschlossen, bei diesem Feldzug nicht als Held zu sterben. Während ihm sein »Spieß« wiederholt die Abkommandierung in Richtung Stalingrad androhte, entschloss er sich zu einem zwar passiven, aber nicht minder wirkungsvollen Widerstand. Der Gedanke war ihm erstmals im Waschraum gekommen, als er seine etwas kurios verbogenen Füße begutachtete. Als er diese für alle Märsche in den totalen Sieg gewiss ungeeigneten Pfoten aus einem Bottich mit heißem Wasser zog, bemerkte er an einem der Ballen eine eitrige Blase, die seit Tagen geschmerzt hatte. Als er diese in der nächsten Sprechstunde in der Ambulanz dem Garnisonsartzt präsentierte, machte dieser sich über diese

»Wehwehchen« lustig und verordnete dem »Verwundeten« unmittelbare Dienstfähigkeit sowie eine abendliche Behandlung mit einem Pflaster aus dem Arsenal der Fußpflege, das den aufmunternden Namen »Wanderlust« trug. Der Patient machte jedoch bereits nach 24 Stunden die interessante Erfahrung, dass diese in einer Jod-Kampferlösung getränkten Pflästerchen seinen krummen Füßen offenbar nicht gut bekamen. Das rote Bläschen entwickelte sich zusehends zu einer bläulich-violetten Blase, die von stets neuen eitrigen Pocken umrandet war. Als der Stabsarzt dies sichtete, erschrak er und stellte die Diagnose einer »gravierenden Inflammation« und verordnete die sofortige Einlieferung ins Lazarett. Dem zweiwöchigen Aufenthalt schloss sich ein Sonderurlaub an, den der tapfer hinkende Funker zusammen mit seiner jungen Frau im Gasthof von Schloss Tatenhausen im Teuteburgerwald verbrachte. Sie besuchten Münster, tranken Korn und aßen Spargel mit westfälischem Bauernschinken. Bei einer Besichtigung von Sankt Lamberti hörten sie den Bischof Graf von Galen, der als »Löwe von Münster« in seltenem Mut gegen das Naziregime wetterte. Es waren die einzigen Predigten die Vater Bosch jemals imponiert haben.

Wieder im Dienst, sah sich der ins deutsche Reich zwangsverpflichtete Belgier bald schon den erneuten Schikanen seines »Spieß« ausgesetzt, so das ihm keine andere Wahl blieb, als erneut zur Packung »Wanderlust« zu greifen und sich ein Pflaster auf den Ballen zu kleben, der daraufhin wieder aufblühte wie ein Himbeerpudding. Da halfen auch die Drohungen des Feldwebels nicht, der brüllte:

»Verlass' dich drauf, Bosch, ich schicke dich an die Ostfront« oder »Ich stell' dich an die Wand«. Das Geschrei des »Preußen« löste bei dem grinsenden Rekuten augenblicklich Fußschmerzen aus. Nach jeder Schikane und Verbalattacke griff er heimlich in seinem Rucksack zur »Wanderlust«, so dass man im Lazarett buchstäblich kalte Füße bekam und den »Beutebelgier« als »nicht mehr verwendungstüchtig« zurück in die Heimat schickte. Dort erlebte er schließlich das Kriegsende als Daktylograph in den Diensträumen der nationalsozialistischen Fürsorgeorganisation NSV, zwei Häuser von seinem Wohnsitz an der Eupener Vervierser Straße entfernt.

Die Kinder konnten später zwei Reliquien aus Vaters deutschen Kriegszügen bewundern: ein verrostetes Bajonett und einen mit eingebranntem Reichsadler versehenen runden Tisch, den er beim Einzug der Amerikaner aus der NSV-Geschäftsstelle als »Andenken an den Führer« hatte mitgehen lassen. Dieses robuste Möbelstück fand fortan im guten Zimmer eine Bleibe und wurde zu Weihnachten unter dem Tannenbaum als Gabentisch benutzt. Manchmal krochen die Kinder beim Spiel mit dem Feuerwehrauto unter die Tischdecke und strichen mit der Hand über den schwarzen Fleck des geheimnisvollen Hoheitszeichens. Albert ergriff sogar Mutters Kartoffelmesser und stutze dem Reichsadler die Flügel.

Vater war Speditionsleiter im Eupener Kabelwerk. Mit dem klappernden roten Bus der Vizinalbahn fuhr er täglich zweimal in die Unterstadt. Abends um halb sechs kam er heim, mit offenen Regenmantel, den Hut lässig in die Stirn gezogen. Die Kinder spielten auf der Straße Fußball und liefen ihm entgegen. Er nahm sie in seine Arme und ging mit ihnen Hand in Hand nach Hause. Erst spät brachte er es zu einem silberblauen Volkswagen mit Schiebedach. Obwohl ehrgeizig und begabt, hatte es für ihn aus finanziellen Gründen nur zum Mittelschuldiplom gereicht.

Doch schaffte er dies als Klassenbester und durfte in Glacéhandschuhen während der Abschlussfeier das Zeugnis entgegen nehmen. Sein alter Klassenleiter, der aus Flandern stammende Hermann Meers, nannte ihn seitdem stets väterlich »Joseph«. Auch sein Schulfreund, der spätere Priester und Kollegdirektor Joseph Thierron bewahrte ihm diese Verbundenheit. Albert und seine Brüder erfüllte es mit Stolz, wenn Vater von diesen Herren mit seinem Vornamen angeredet wurde. Es schaffte eine vertrauliche Atmosphäre, die auch der Vater genoss. Bei der Gründung der »Vereinigung ehemaliger Schüler« las Thierron eine Messe, bei der Albert im rot-weißen Ornat diente, während ihn der Vater irgendwo in den letzten Bankreihen beobachtete. Da war ein Hauch Kontinuität, für die beide dankbar waren. Er bedeutete auch eine Spur sozialen Aufstiegs. Das Abitur war sein begehrter, jedoch vergeblicher Wunsch gewesen, den er jetzt als Abteilungsleiter an den diversen Zollämtern und Grenzübergängen kenntnis- und einflussreich kompensierte. Bei den Dienstleitern ging er ein und aus. Mit den belgischen Zöllnern trank er oft ein Bier bevor er die braunen Fernlaster des Eupener Kabelwerkes durch die Schlagbäume lotste.

Mit den deutschen Beamten führte er vorsichtigere, aber ernsthafte Gespräche, die zur Folge hatten, dass er bald in seinem Pass den begehrten Stempelvermerk »Dem Amte wohlbekannt« erhielt; eine dienstliche Auszeichnung, die nicht nur mit zahlreichen bürokratischen Vorteilen verbunden war, sondern auch mit einer größeren Freiheit beim Überqueren der Grenze. Die kontrollierenden Zöllner sowie die Beamten vom Bundesgrenzschutz führten freundlich ihre Hand an die Mütze und gewährten freie Fahrt. Diese Gunst nutzte der Vater zur zweimal wöchentlich ausgeübten Nebenbeschäftigung eines kleinen Schmuggelgeschäftes, wobei er stets unbehelligt Schmuck, Elektrogeräte, Spielzeug, Kaffee und Spirituosen im Hin- und Her-Verkehr über die Grenze schaffte. Vorbei an streng inspizierenden Zollbeamten, die mit Waffe und Schäferhunden auch jenseits der Grenzsteine Dienst schoben. Traf man sich einmal jährlich im Winter zum »Zöllnerball« im Grenzdorf Eynatten, war die Präsenz von Alberts Eltern

Ehrensache. Nach dem zehnten Bierchen wurden auch die aus Aachen angereisten deutschen Kollegen lockerer und gaben, zusammen mit den eingeweihten belgischen Zöllnern, trotz Sprachschwierigkeiten, dem Kabelwerk-Spediteur diverse Wünsche für dessen diskreten Schiebehandel im kleine Grenzverkehr in Auftrag.

Nebenbeschäftigt war der Vater auch als Kassierer im Fußballklub »Alliance Sportive Eupen«, vor deren Heimspiele er das obere Kassenhäuschen betreute. Sehr früh schon durfte ihn Albert dorthin begleiten, was den kleinen Jungen zugleich mit Furcht und Faszination erfüllte. Heulte die Menge auf, erschrak er zu Tode, während ihr Jubel ihn mit Begeisterung erfüllte. Vater trug eine Armbinde in den Vereinsfarben schwarz-weiß und hatte natürlich auch Zugang zu den Kabinen der Spieler, die er alle beim Vornamen nannte. Auf den Gängen der unterkellerten Räume roch es nach Kampfer, während die Holzstollen auf dem Beton ein Geräusch klackender Kampfbereitschaft verbreiteten. Stets tönte aus den Lautsprechern die gleiche Marschmusik, die von der krächzenden Stimme des Ansagers unterbrochen wurde, der über ein schlecht funktionierendes Mikrofon die Mannschaftsaufstellungen sowie die Gewinnnummern der »Tombola« verlas. Besondere Aufmerksamkeit erregten die Spielerbräute, die Albert ausnahmslos bewunderte. Sie trugen Klimpergold an Fingern und Handgelenken, schminkten ihre Lippen vor einem kleinen Handspiegel purpurrot und schrien bei Torraumszenen laut auf. Mit Seidenstrümpfen und in Pelz gehüllt, hielt er dieses Gekreische für eine nahezu erotische Manifestation, der er mehr Beachtung schenkte als dem Spielverlauf auf dem matschigen Rasen.

Die Gegner waren stets Mannschaften aus der benachbarten Wallonie und wiederholt kam es nach Fehlentscheidungen der Schiedsrichter oder verpassten Torchancen zu Auseinandersetzungen auf den Rängen. Dabei benutzten die französischsprachigen Fans als schlimmste Form der Beschimpfung den Begriff »sales boches«[1]. Sie hielten die Eupener Zuschauer allesamt für Deutsche und Nazis, was wiederholt zu Heftigkeiten und Schlägereien führte. Das bekam auch Albert zu spüren, der bei einem Spiel beim FC Cheratte nach einem Tor für seine Mannschaft in Jubel ausgebrochen war und deshalb von einem Anhänger der Heimelf geohrfeigt wurde. Es schmerzte so sehr, dass er, aus Angst vor schlimmeren Folgen, nicht wagte seinem Vater darüber zu berichten. Doch war es eine bleibende Erinnerung, die sich einfügte in eine stets größer werdende Sammlung wallonischer Zumutungen, die ihm nicht nur auf Fußballplätzen, sondern auch auf der Straße, dem Schulhof oder im Freibad widerfuhren. Kleine Sticheleien, Prätentionen und auch Handgreiflichkeiten, die sich die Internatsschüler, Ferienkinder oder Sportler aus dem Nachbargebiet heraus nahmen.

Albert war ein hochsensibles, schwächliches Kind; er wich diesen Konfrontationen stets aus, verinnerlichte sie jedoch umso mehr. Sie entsprachen ja seinen frühen Entdeckungen mit seinem komplizierten Vaterland, dessen König den Jubel der Eupener kaum erwiderte und deren Repräsentanten stets Ämter und Funktionen einnahmen, die etwas mit Macht, Kontrolle oder Misstrauen zu tun hatten. Eine Spielart konzentrierter Exekutive, die seinem Vater jedoch nicht sonderlich zu stören schien, der ihm von politischen Konstellationen aus der Vorkriegszeit erzählte, die er nicht verstand, oder über »die Preußen« herfiel, was

---

1   Der Begriff »Sale boche allemand« oder kurz »boche« (»Drecksdeutscher«) stammt aus dem Französischen und wird als diffamierende Bezeichnung für »Deutsche« gebraucht. Sein Auftreten in der zweiten Hälfte des 19. Jahrhunderts fällt in etwa mit dem erneuten Aufkommen deutsch-französischer Konflikte zusammen. Weiterhin fand »Boche« verstärkt Verwendung in und nach den beiden Weltkriegen und ist auch heute noch gebräuchlich.

ihm schon etwas einleuchtender erschien. Aber, dennoch war da bereits sehr früh die beklemmende Erfahrung von Heimatlosigkeit und Aussperrung. Da wie dort von sehr engen Grenzen umstellt, deren Überschreiten sich als tückisch erwies. Sprach der Vater an den Theken der Wirtshäuser jedoch das Eupener Platt, war der Dialekt wie eine Zuflucht. Jenseits der derben Tonart schien es in seinen tieferen Schichten das angestaute Konzentrat jahrhundertealter Lebenserfahrung zu transportieren, das sich mit all den Heimzahlungen und Resignationen durch vorüberziehende Sieger nicht abgefunden hatte. Die passende Antwort darauf war ein Gemisch aus gelassenem Spott und Illusionslosigkeit, deren unbekümmerter Ton dem Jungen sofort imponierte, obwohl er nur Bruchstücke davon verstand. Älter werdend schätzte er den in dieser Umgangssprache verborgenen anarchischen Grundton, ein über alle Unbehaglichkeiten der Zeitenläufe hinweg schmunzelnde Gelassenheit.

Seine Unfähigkeit diese Sprache der kleinen Leute selbst zu sprechen, war indes ein tagtäglich geringer werdendes Manko, denn Vater und Mutter sprachen zuhause miteinander nur Platt. Bald kam ihm das Maria und Jesus anrufende »Marrenjü« liturgisch verpackter Empörung leicht von den Lippen. Kippte die lässige Konversation der Eltern jedoch in Hochdeutsch um, bedeutete dies gleich den Ernstfall. Entweder betraf dieser Sterbe- und Unglücksfälle, finanzielle Sorgen oder heftigen Streit. Vor allem Letzteres versetzte Albert in einen Zustand spontaner Hilflosigkeit, deren Herzklopfen er als unerträglich empfand. Dabei schlug er sich immer, auch in Unkenntnis des eigentlichen Konfliktes, auf die Seite der Mutter, deren Güte und Hingabe er als unangreifbar und über jeden Zweifel erhaben empfand. Dann verkroch er sich hinter Sesseln oder unter den Tischen, floh in den Garten oder hinauf in sein Mansarden-Schlafzimmer, hielt sich beide Ohren zu, bevor er in Tränen ausbrach. Ein erschütterndes Schluchzen, dass in all der Heimatlosigkeit dieser Welt, seine letzte Bastion, das bescheidene Zuhause in Gefahr glaubte.

Diese Szenen bewirkten, dass sich seine Beziehung zum Vater im Laufe der Zeit von der Bewunderung in eine Art Skepsis und ängstlichem Respekt wandelte. Zunächst eine Scheu, ein Unbehagen, dann aber ein größer werdendes Misstrauen in den Schutz durch Väter, das ihn zeitlebens nicht mehr verlassen sollte.

Seine Aufmerksamkeit für diese Dinge begann sich bald zu verschärfen und auf den Bereich des Politischen auszuweiten, wo in Ostbelgien von Verrat und Käuflichkeit, von Feigheit und Betrug, von Denunziation und Heimzahlung die Rede war. Über all dem schwebte wie eine klimatisch bedingte Großwetterlage der von Schicksalsmächten gefügte Standort im Niemandsland zwischen den Grenzen. Sie verliehen dieser gesammelten Niedertracht den Fluch des Unausweichlichen.

Diese Last erschien Albert zunächst als zutiefst männlich. Erst später lernte er die Einseitigkeit zu korrigieren, als er erfuhr, wie Eupener BDM-Mädchen am 10. Mai 1940, dem Tag des deutschen Einmarsches, den zum belgischen »Block« gehörenden Polizeikommissar Fritz Hennes bei seiner Vorführung im Rathaus angespuckt und geohrfeigt hatten, jedoch nach der Invasion der amerikanischen Truppen im gegenüberliegenden, als »Recreation Center« umfunktionierten Hotel den US-Offizieren als Animierdamen und Edelnutten zu Diensten waren.

Es entrüstete ihn jedoch schon nicht mehr, denn er glaubte darin nur eine unaufhaltsame Konsequenz ostbelgischer Versuchung zur Kapitulation zu erkennen, der attraktive Frauen besonders ausgesetzt sind. Albert, der ihnen eine fast kontemplative Beobachtung widmete, erklärte dieses Phänomen mit deren Furcht und Ergebenheit vor säbelrasselnden Siegern: uniformierte Besetzer und Durchmarschierer, Hohe Kommissare und Obersturmbannführer, Offiziere und die mit wechselnden Fahnen stolzierende Regionalprominenz. Die Schönheit dieser Frauen umgab eine verachtende Melancholie. Die wechselnde Macht kam wie ein Zuhälter, der eiskalt abkassiert.

Kein Wunder, dass unter diesen Voraussetzungen aus seiner Seelentiefe, das Vaterland gegenüber der Muttersprache keine Chance hatte. Es geriet fast zu einem Schimpfwort, zu etwas Vermeidenswerten und Sarkastischen, dessen leise sägender Schmerz auch mit der sogenannten »inneren Emigration« nicht zu kompensieren war.

Vaterland, was immer das auch bedeutete, stand im Ruch des Verdächtigen. Muttersprache war jedoch wie Mütter sind: der letzte Schutz.

So begann er all diese Geschichten von Treue und Untreue zu sammeln, notierte Begebenheiten, ihm zugeflüsterte Erfahrungen und Beobachtungen und wunderte sich nicht mehr, dass sie ihm bald in einer Fülle zuflossen, die er zunächst nicht für möglich gehalten hatte. Kaum eine Familie, die in ihren Reihen nicht ein Mitglied hatte, dessen Schicksal von den demütigenden Mächten des Wechsels verschont geblieben war. Überall und immer wieder kleine Menschen im zermalmenden Räderwerk der Abrechnung und Revanche. Vom unheroischen, listigen Widerstand seiner Eltern reichte dies bis zu den Verfolgten und Märtyrern, die aus den Konzentrationslagern und Zuchthäusern Hitler-Deutschlands nicht mehr heimkehrten. Oder jenen Opfern der Repressionen der wallonischen »Weißen Armee«, einem Legionärshaufen der »Siegerjustiz«, die rücksichtslos mit Anhängern und Sympathisanten der Nazis abgerechnet hatte.

Seine Mutter berichtete immer wieder von einem Korporal dieser Rachemiliz, der sie lange vom gegenüberliegenden Zollhaus beobachtet hatte und eines Tages im Hausflur auftauchte. Er unterstellte ihr, durch wiederholtes Öffnen der Fenster und deren Lichtreflexionen feindlichen Flugzeugen konspirative Zeichen gegeben zu haben. Wenn sie ihm jedoch etwas zu Diensten sei, wolle er von einer Strafanzeige absehen. Jedes Mal, wenn sie erzählte, unter welchem Vorwurf dieser »fiese Möpp« etwas von ihr »gewollt hatte«, fuhr es ihrem Sohn eiskalt über den Rücken. Er wagte sich diese Dinge infamer Handanlegung an seine Mutter nicht vorzustellen und erkannte darin wieder den rücksichtlosen Eingriff von Männern in die Zerbrechlichkeit der Frau.

Albert hat es seinem Vater immer hoch angerechnet, dass er, trotz seiner Mitgliedschaft in der Sozialistischen Partei, der nie verhohlenen Sympathien für Belgien und dem entsprechend politisierenden »Block«, sich einer simplen Schwarz-weiß-Malerei enthielt. Seine Wertungen betrafen nicht so sehr der Zugehörigkeit zu diesem oder jenem Lager, sondern der Kenntnis von boshaft und schamlos zugefügtem Leid. Die Zerrissenheit reichte ja seit den frühen dreißiger Jahren bis tief in seine eigene Familie hinein, wo seine beiden ältesten Brüder Leo und Heinrich für die Parolen der SA schwärmten, während er und ihr jüngster Bruder Willy die bescheidene belgische Fahne hoch hielten. Jeder ging seine schwierigen Wege, während das Vaterhaus im »Belmerin«, einem engen Arbeiterviertel in der Unterstadt, zwar ein Ort heftiger Debatten, jedoch für Feindschaft oder Schlimmeres als tabu galt. Darüber wachte die Mutter, der niemand zu widersprechen wagte, mit eiserner Hand. Als Heinrich im Juni 1936 Plakate der Nationalsozialisten am Wohnzimmerfenster aushängte, nahm die Mutter sie mit forscher Hand herunter und knallte sie ihm vor die Füße. ohne dass er ein Wort des Protestes wagte.

Raufereien hatten jedoch in der Familie und im ihrem Milieu der ganz kleinen Leute Tradition. Schläge einstecken, aber vor allem austeilen, gehörte zur Würde der Proleten. Ihr fühlte sich auch der Vater Joseph Bosch verpflichtet. Auf dem Schulweg hatte er mit seinen Kameraden gegen die feineren Bürgersöhne wahre Kinderkriege geführt, die mit Stock und Schleuder, vor allem jedoch mit den Fäusten ausgetragen wurden. Nicht minder pingelig waren die Fußballkämpfe zwischen dem »FC« und der »Jugend«, wo der Vater sich auf halblinks als knallharter Stürmer einen Namen machte. Notfalls wurde bei »Verlängerungen« im Kabinengang oder vor dem Vereinslokal noch einmal nachgetreten. Als jedoch die SA trommelnd durch die Eupener Straßen zu marschieren begann, zählte Alberts Vater zu den Widerständlern der ersten Stunde. Zunächst im »Jungvolk« der Sozialisten, später als Wahlkämpfer der im »Block« vereinigten belgischen Parteien, wurde erbittert gestritten und geschlagen. Wahlversammlungen, ob im katholischen Jünglingshaus oder dem deutsch-nationalen Hotel Bredohl an der Aachener Straße, arteten stets in heftige Schlägereien aus, an denen an verschiedenen Fronten sich auch die vier Brüder Bosch beteiligten. Aus Respekt vor ihrer Mutter mieden sie jedoch aufeinander loszugehen. Als Heinrich bei einem Handgemenge nach der Generalversammlung der »Heimattreuen Front« seinen jüngsten Bruder Willy im Schwitzkasten hielt, keuchte dieser:

»Ich sage es der Mama.«

»Scher' dich nach Hause, du belgischer Feigling«, zischte der Bruder, versetzte ihm einen Fußtritt und ließ ihn laufen.

Kehrten die Brüder von ihren nächtlichen Streifzügen blutverschmiert oder mit blauen Augen heim, brummte ihr Vater am Frühstückstisch:

»Habt ihr euch schon wieder gekloppt?«

Joseph antwortete: »Aber die Genossen haben gewonnen, Vater.,

Heinrich drohte:

»Demnächst werden wir euch Profitpatrioten über die Maas treiben.«

Heinrich war es, dessen Tod an der Ostfront im Winter 1943 zuerst gemeldet wurde. Ein Bote des Einwohnermeldeamtes brachte das Telegramm. Noch ehe er sein Fahrrad an die Hausfront gelehnt hatte, öffnete Mutter bereits die Türe und kehrte mit versteinertem Gesicht an den Küchentisch zurück, wo sie die Nachricht mit zitternder Stimme vorlas, während ihr Mann bei den Worten »Gefallen als Held für Führer und Reich« mit der Faust auf die Holzplatte schlug. Dann fielen sie sich alle, Pro-Belgier und Pro-Deutsche, schluchzend in die Arme.

Willys Briefe von der Front in Frankreich hat sein Lieblingsbruder Joseph sein Leben lang wie einen Schatz aufbewahrt. Albert kannte diese braune Zigarrendose der Marke »Wilhelm II.«, die er in einer Schublade des Wohnzimmers deponiert hatte und beobachtete mit einer Mischung aus Mitleid und Unbehagen, wenn der Vater danach griff und unter dem Lampenschirm neben dem Radiogerät darin zu lesen begann. Es war eine Szene der Rührung. Der Sohn fürchtete sich vor Vaters Tränen, wenn auch dieser bemüht war, sich seinen Schmerz nicht anmerken zu lassen und sie mit einer arglosen Handbewegung wegwischte, als hätte er eine lästige Fliege vertrieben. Tränen seiner Eltern machten Albert hilflos. Es geschah selten, aber dann mit umstürzlerischer Gewalt, die Gott und die Welt in Frage stellte und eine Verlassenheit auslöste, die er als das Tor zur Hölle empfand. Wenn es sie denn gab, war es tatsächlich ein Ort des »Heulens und Zähneknirschens«.

Am Abend seines 17. Geburtstages las der Vater seinem Sohn erstmals aus diesen Briefen vor. In den grauen Feldpost-Kuverts befanden sich einfache Kladdeblätter. Meist waren es drei, vier, die der junge Rekrut einer bei Chartres stationierten Infanterie-Einheit mit kalligrafischer Schrift beidseitig bekritzelt hatte. Stets begannen seine Briefe mit der Anrede: »Liebste Mutter, guter Vater! Meine besten Brüder«. Willy berichtete selten über Fronterlebnisse, sondern erzählte von seinen Erinnerungen an Eupen und Zuhause. Dabei verwunderte die Präzision, mit der er längst vergessene Ereignisse oder deren lapidare Details in den Mittelpunkt rückte. Mehr noch, er fügte Beobachtungen und Deutungen an, die offenbar nur ihm aufgefallen waren. Regelmäßig, im

Abstand von zwei, höchsten drei Wochen trafen diese Briefe im Belmerin ein. Nie wurden sie laut vorgelesen, die Emotionen waren zu stark; aber die Kladdeblätter kursierten von Hand zu Hand und wenn einer fertig war, ging er schweigend aus dem Zimmer. Mutter las stets zuerst und sagte, wenn sie die Blätter weiter gab:

»Der gute, kleine Junge.«

Später legte sie den Brief auf Vaters Suppenteller. Wenn er von der Arbeit in den Textilwerken oben im Hill-Tal heim kehrte, setzte er seine Nickelbrille auf und begann mit zitternder Hand zu lesen. Es dauerte lange, bis er beendet hatte. Er sagte kein Wort, doch sein Blick ging zur Mutter, die am Herd stand und auf seine Reaktion wartete. Dann nickte er nur und in seinen Augen war ein Glanz, von dem man nicht wusste, ob es Freude oder eine unterdrückte Träne war.

»Ich sehe unser kleines Haus im Belmerin vor mir«, schrieb es aus St Jean-du-Calvaire, »manchmal erinnern mich sonntags bei Fahrten durch die umliegenden Dörfer ähnliche gelbe Häuschen an die Heimat. Wie gerne wäre ich solchen Stunden bei Euch. Ich höre das Klingeln der Schelle, die knarrende Haustür. Mutter steht in der Küche, die Hände über der blauen Schürze.

Vater sitzt im Polstersessel am Fenster zur Straße und liest stirnrunzelnd die Zeitung; lauter Meldungen vom Krieg, die nicht stimmen. Der Krieg ist grausam, er hat uns allen das Zuhause genommen und wir nehmen es hier den anderen, Unschuldigen und Hilflosen, die uns fürchten und hassen. Und was machen meine Brüder? Unser Zimmer unter dem Dach mit den vier Betten ist völlig leer. Öffnest du Mutter trotzdem manchmal noch die Türe? Grüßt sie bitte von mir: Heinrich, Leo und Joseph. Ich werde ein Glas Wein auf ihr Wohl, auf Euer Wohl trinken. Damit bald alles ein Ende nimmt und wir wieder beisammen sind. Daheim in unserem armen Paradies«.

»Manchmal glaube ich nachts das Rauschen der Weser zu hören«, schrieb er zu Mutters Namenstag, dem Fest der heiligen Anna, »wie ein mächtiger Strom, wenn im Frühjahr das Vennwasser kommt. Ihr habt es verboten, aber wir bauten an der Brücke oben im Langestal Flöße und ließen uns damit hinabtreiben. Aber es war lebensgefährlich. Unser Eupener Meister im 4 × 50 Meter Brust, Joseph, hat mich so gerade noch aus den Fluten gerettet und ich bat ihn, Mutter nichts zu sagen … Doch ich liebe unseren Fluss, er ist unser treuester Nachbar, er kommt direkt aus dem Wald, er ist wild und irgendwie ›keusch‹, sein Wasser schmeckt nach Torf und nach Moor. Wenn es über die Wehre schießt, treibt der weiße Schaum über die Steine. Es ist eiskalt, aber kopfüber da hinein zu springen, ist das Höchste. Wie gerne wäre ich jetzt bei Euch …«

»Weißt Du noch, Vater«, begann ein Brief Weihnachten 1943, »als wir zur Adventszeit mit Dir in den Wald zogen, um Fichtenrinde für die Krippe zu schneiden. Du sagtest immer, wir sollten tief durcatmen, es gebe keine bessere Luft. Es knackte im Unterholz und immer war auf den einsamen Schneisen eine gewisse Spannung am Rande der Angst, die keiner von uns eingestehen wollte. Ich habe oft vom Wald geträumt und aus Furcht meine Füße zu Joseph ausgestreckt. Hier in der Beauce gibt es keine Wälder, sondern nur Weizenfelder, so weit das Auge sehen kann. Wenn wir dadurch marschieren, sieht man in der Ferne den Turm der Kathedrale von Chartres. Ich habe sie letzten Monat mit einem Kameraden aus Köln besucht. Es war eine völlig neue Entdeckung und ich dachte: heilige Stille, wie damals vor Weihnachten mit Vater im Wald …«

»Seit Wochen warten wir untätig auf die Amis«, hieß es wenige Tage vor der Invasion, »Wache schieben und in den ausgehobenen Gräben schlafen. Nur unterbrochen vom Alarm, der jedes Mal der Ernstfall sein könnte. Wenn ich nachts meine Runde mache oder vor dem Eingang zum Bunker postiert bin, sehe ich hinauf zu Sternen und denke, das ist auch Euer Himmel, es sind auch Eure Sterne. Am liebsten habe ich zu Hause die Dezemberhimmel, gewaltiges, glühendes Rot und später die Klarheit der Frostnächte. Dann wünscht man sich, beten zu können, und bringt es doch nur zu ein paar Worten: hilflose Bitten für Euch zu Hause, die Hoffnung Euch bald wieder in die Arme nehmen zu können. Wie viel Leid und Schmerz hat uns das Großdeutsche Reich schon gebracht? Für Deutschland eintreten, heißt, sich diesen Wahnsinn wünschen. Mit den wenigen Brocken Französisch, die mir in der Schule der alte Meyers beigebracht hat, helfe ich mir aus und sage den Bauern hier, dass ich kein Deutscher, sondern zwangsverpflichteter Belgier bin. Einer antwortete mir letzte Woche: ›Du wirst bald Gelegenheit bekommen abzuhauen. Warte nicht bis wir dich umlegen müssen …‹«

»Ich bin zu Tode traurig und voller Wut«, schrieb er, nachdem er das Telegramm mit den Worten »Heinrich in Russland gefallen. Deine Eltern« erhalten hatte. »Er war mein ältester Bruder und hat mich immer beschützt. Dass er Fähnleinführer der Hitler-Jugend wurde, habe ich bedauert und zugleich verstanden. Er glaubte daran. Vor dem Einschlafen hörte er am Lautsprecher die Reden von Goebbels im Berliner Sportpalast: ›Unsere Feinde fürchten sich, uns umzubringen, das beruht nicht auf Gegenseitigkeit‹. Ich fand das schrecklich, doch er nannte es ›kühn‹. Jetzt haben sie ihn umgebracht. Ach Mutter, wie kommen mir die Tränen, wenn ich an Dich denke. Und Du ‚Vater, Du wirst noch tiefer, noch strenger schweigen als ohnehin. Unser Feldgeistlicher, ein junger Priester aus Freising, sagte mir, er werde für Heinrich und für Euch eine Messe lesen; der Bruder sei jetzt im ewigen Frieden. Kann uns das trösten? In aller Liebe, Euer jüngster Sohn Willy.«

Kurze Zeit später blieben die Feldpost-Briefe plötzlich aus. Kam der Vater am Abend nachhause, ging sein Adlerblick zu seinem Suppenteller: keine Nachricht. Dann sah er auf zur Mutter, die kurz den Kopf schüttelte und ihm den

Kessel mit Milchsuppe reichte. Ohne ein einziges Wort löffelten sie ihren Teller aus. Dann ging Vater zum Küchenschrank und schaltete den Engländer[2] ein. Mit gerunzelter Stirn hörte er die codierten Botschaften:

»Vigil in La Trappe.«

»Lili sucht Marlen.«

»Il pleut dans mon cœur d'une longueur monotone.«

Sie verstanden keine Silbe, aber sie wussten, dass es die Sprache der Freiheit war.

Nach wochenlangem Schweigen meldete sich im Mai 1945 im gelben Eckhaus am Belmerin der verwundete Panzergrenadier Walter Mertes, der auf dem väterlichen Hof im Heppenbach einen Genesungsurlaub verbrachte. Es war schon spät und Mutter öffnete ihm verunsichert die Türe. Der Vater schaltete sofort das Radio aus und sah dem Fremden kreidebleich ins Gesicht. Beide fürchteten, es ist ein Kurier, er bringt eine schlimme Nachricht. Aber er begann in Eifeler Tonfall mit der Höflichkeitsfloskel:

»Entschuldigen Sie bitte die Störung.«

Der junge, etwas hinkende Mann war Willy in einem Kaff der Vogesen begegnet. Vor dem Anrücken der Amerikaner hatte sich von seiner Einheit abgesetzt und flüchtete in Zivilklamotten mit falschen Papieren quer durch Frankreich. Auf einem Bauernhof haben sie sich zufällig getroffen. Er lebte dort versteckt in einem Heustall. Ringsum deutsche Wehrmacht, die unberechenbare Rückzugshektik einer geschlagenen Armee.

»Er bat mich Sie zu grüßen. Bisher sei alles gut gegangen. Sobald die Luft rein ist, will er sich in Richtung Belgien durchschlagen.«

---

2   Während des Krieges entwickelte sich die Londoner BBC schnell zum stärksten ausländischen Radiosender – im Jargon der Nazis ein »Feindsender«, dessen Hören verboten war. Die Verbreitung von abgehörten Nachrichten der »Feindsender« konnte mit Zuchthaus oder sogar mit dem Tode bestraft werden.

»Mein Gott«, sagte die Mutter, »aber das hat er von dir, Widerstand, Lebensgefahr.«

Es klang wie ein Kompliment und der alte Bosch lächelte. Er schob zwei Gläschen auf den Tisch und holt die Schnapsflasche aus dem Küchenschrank.

»Wir sind Ihnen zu großem Dank verpflichtet«, dann stießen sie an und der junge Rekrut aus Heppenbach antwortete:

»Möge alles bald ein gutes Ende nehmen.«

Ende Februar 1945 taucht Willy in der Nähe des Westwalls im Dörfchen Dahlem auf. Abgemagert, in ärmlichen Klamotten erregt der junge Deserteur nicht nur Furcht, sondern auch Mitleid. Aber die Lage ist brisant, manchmal ist das Geknatter von leichter Artillerie zu hören. Die Front und die nach Westen vorstoßenden Amerikaner sind nur wenige Kilometer entfernt. Der Dorfrat alter Männer entscheidet: »Wir sind katholisch und werden ihm helfen.« Erneut versteckt ihn ein Bauer, der 71-jährige Wilhelm Rathmes, unter dem Dach seines Heustalls. Nachts bringt eine Frau mit grauem Haarkranz eine Scheibe Brot und einen Krug in die Scheune. Endlos lange Tage vergehen, bis plötzlich auf dem Hof Stimmen zu hören sind. Ein Zischeln und Flüstern, sich rasch nähernde und wieder entfernende Schritte. Dann schiebt der Bauer einen weiteren Zivilisten durch die Luke des Heubodens. Als sich die zwei Flüchtlinge im zitternden Licht der durch die Schlitze der Dachpfannen scheinenden Sonne erstmals gegenüber stehen, trauen sie ihren Augen nicht. Der »Neue« ist Hans Heeren, ebenfalls aus Eupen und zwei Jahre älter als sein Leidensgenosse. Sie fallen sich in die Arme und fassen wieder Mut. Brot und Wasser müssen sie teilen, auch die Einsamkeit der Nächte und die Angst, wenn sich plötzlich der Kriegslärm bedrohlich zu nähern scheint und auf dem Hof Rufe ertönen und Türen knallen.

»Es ist wie in einem Grab«, sagt Heeren.

Nach einer langen Pause flüstert Willy: »Wir müssen hier raus, lass uns abhauen, Hans.«

Dann kehrt die Stille zurück, sie ist heimtückisch und von sprungbereiter Spannung.

Irgendwann halten die beiden die Enge nicht mehr aus und entschließen sich zum Aufbruch. Der alte Rathmes ist entsetzt und geht kopfschüttelnd aufs Feld hinaus. Als jedoch die Dunkelheit einbricht, führt er die beiden in den Wald und weist ihnen den Weg in Richtung Westwall. Die Bäuerin hat zum Abschied gesagt, sie werde jetzt einen Rosenkranz beten. Nach ersten, vorsichtigen Schritten gewöhnen sie sich an die neue Umgebung. Es ist eine sternenklare Sommernacht, in silberner Blässe zieht der Mond über die Tannenwipfel. In der Ferne die Silhouette verdunkelter Dörfer, abgelegene Gehöfte liegen wie Maulwurfhügel im Wiesenland. Irgendwo am Horizont muss die Heimat sein. Sie sind ihr gefährlich nahe.

Noch bevor der Morgen graut, geht alles sehr schnell. In Krinkelt, in der Nähe des belgischen Grenzdorfes Rocherath, überqueren sie unbehelligt die Höckerlinie des Westwall. Es ist wie im Märchen, kein Schuss, keine Wachen. Dann nähern sie sich wie zwei Diebe den ersten Höfen. Willy zuerst, Hans wie zur Deckung dahinter. Die Wiesen nach der Ernte sind stoppelig und von einem hellen Grün. Drüben am Gatter biegt sich die Gasse, die ins Dorf führt. Nur noch wenige Schritte. Dann erfolgt ein furchtbarer Knall, Hans wird im Gesicht von Dreckbrocken getroffen und stürzt zu Boden. Als er sich erhebt, liegt fünf Meter vor ihm blutüberströmt sein Freund. Er ist auf eine Mine getreten und stöhnt furchtbar. Schon ist irgendwo Motorenlärm zu hören, als habe die Explosion sogleich Alarm ausgelöst. Hans schleppt den Schwerverwundeten bis an den Rand des Dorfes. Aber da ist schon ein amerikanischer Kontrollposten, der sie aufhält. Ein Trecker mit Anhänger wird angefordert, der Willy aufnimmt. Über Stock und Stein geht es ins Feldlazarett nach Manderfeld. Hans erhält von einem schwarzen Sergeanten eine kleine, mit Wasser gefüllte Konservendose und wird in einer Klasse der Dorfschule ununterbrochen verhört. Name, Herkunft, Waffengattung, Auftrag: Sie halten ihn für einen Spion. Unter strenger Bewachung darf er sich auf dem Schulhof die Füße vertreten. Am Eisentörchen stehen Kinder, für die er ein Verbrecher ist, dann werden sie von den Soldaten weggeschickt. Von der Dorfkirche schlägt es 18 Uhr. Kurze Zeit später fährt ein Jeep der US-Army mit einem hohen Offizier vor. Entschlossenen Schrittes überquert er den Hof, der in der Abendsonne liegt. Der Häftling möge vortreten.

»Ihr Freund«, sagt der Hauptmann, »ist soeben gestorben.«

Wochen später, der Krieg ist bereits zu Ende, wird Hans Heeren aus der Gefangenschaft entlassen und trifft am 24. Juli in Eupen ein. Mit dem Rad begibt sich Hans sofort zum Belmerin. Albert erinnerte sich an jedes Detail:

»Ich stand auf der Treppe zur Haustüre und sah Heeren um die Ecke biegen. Ich kannte ihn nicht, aber noch bevor er abbremste, glaubte ich in seinem Gesicht einen Schimmer von Unheil zu erkennen, eine schlimme Mischung aus Furcht und Trauer, als lege sich ein Schatten über unser Haus. Als er das Fahrrad an die Wand stellte, zögerte er einen Augenblick und atmete noch einmal tief durch. Er blickte kurz zu mir auf und mein Herz begann wild zu schlagen. Dann trat er ins Haus und es dauerte nicht lange, da ertönte ein erschreckender Schrei meiner Mutter. Ich lief weit, weit weg und kam erst am Abend nach Hause. Vater und Mutter saßen vereint wie ein Silberpaar auf dem Sofa. Ich stürzte zu ihren Füßen und weinte bitterlich. Das Gesicht zwischen ihren Beinen verborgen, spürte ich ihre zitternden Hände auf meinen Kopf.«

III.

Madame

Alberts erste Lüttich-Erlebnisse datieren aus seiner frühesten Kindheit. Hin und wieder chauffierte ein entfernter Onkel die Familie in seinem schwarzen Oldsmobile zu einem Muschelessen in die Stadt an der Maas. Die Brüder mussten sich zwar jedes Mal nach der Heimfahrt erbrechen, aber das tat ihrer Reiselust keinen Abbruch. Bei einer anderen Gelegenheit rutschte einem etwas zu eiligen Kellner im »Duc d'Anjou« ein Tablett aus der Hand und das Kesselchen mit den Muscheln stürzte auf den kleinen Jungen. Die heiße Brühe ergoss sich über Hemd und Hose, er schrie auf, brüllte los, während sich der Wirt und alle Kellner geschäftig um Schadensbegrenzung bemühten, den weinenden Jungen trösteten, eine neue weiße Decke auftischten und immer wieder wegen des Zwischenfalls ihr Bedauern ausdrückten. Auch die Wirtin trat besorgt an den Tisch, strich Albert mit der Hand über das klebrige Haar, servierte ihm eine Limonade und wischte seine Tränen ab.

Während sie sich zu ihm herab beugte, spürte er ihre Brüste, die sich fest in seinem Rücken bohrten. Sie schob sich eine Strähne ihres blonden Haares aus der Stirn und er sah ganz nahe das leuchtende Rot ihres Nagellacks. In den Geruch von Schalentieren und Sellerie-Sud mischte sich ihr verwegen duftendes Parfum. Schließlich trocknete sie ihm mit einem frischen Frotteetuch die Hose ab und für einige Augenblicke streifte ihre Hand seine nackten Schenkel. Alles geschah im Chaos des Auf- und Abräumens, hin und her eilender Bedienung bis sich die Lage wieder normalisierte, seine Eltern ein aufmunterndes Wort sprachen und Vater den sich erneut entschuldigenden Kellner mit einer lässigen Handbewegung beruhigte. Schließlich wünschte die Wirtin allen einen guten Appetit und kehrte zurück hinter ihre Kasse an der Theke. Zuvor gab sie Albert augenzwinkernd einen kleinen Klaps, den er wie ein diskretes Zeichen plötzlicher Intimität empfand.

So sah er sie sich entfernen: wippenden Schrittes, die glatte Haut brauner Beine, während ihre hohen Absätze souverän auf den Steinfließen klackten. Als sie später das Restaurant verließen, schaute sie ihm noch einmal mit einem strahlenden Lächeln in die Augen, so dass er errötend auf die Straße eilte. Vater sagte: »Merci, Madame.«

Es gehörte zum Ritual ihrer Heimfahrten, dass Albert auf der Anhöhe von Fléron noch einmal auf das nächtliche Lüttich zurück blickte. Unten im Tal der Maas funkelte die Stadt mit tausenden Lichtern. Es war ein Moment großer Verzauberung, der ihn immer gefesselt hatte und den er jetzt mit jener blonden Wirtin zu identifizieren begann. Er glaubte in der sich langsam entfernenden, funkelnden Stadt am Strom eine Spur ihres Vorübergangs zu erspüren. Das Flimmern der Nacht erlosch allmählich wie ihre grandiose Erscheinung, die hinter den milchigen Scheiben des Restaurants verschwunden war. »Madame«, so hatte Vater sie genannt; diese Anrede begann seine Phantasie zu beflügeln. Er vernahm in diesen sanft ausklingenden Silben einen betörenden Klang von Verehrungswürdigkeit, von Verführung und bevorstehender Lust. Das nächtliche Lüttich wurde für ihn sogleich die Festung seiner geheimsten Gedanken, eine Traumstadt, die in ihren Mauern eine Königin, eine Herrscherin, eine Meisterin beherbergte. Er wollte sie nicht nur um alles in der Welt wiedersehen, er war entschlossen ihrer Spur zu folgen und in ihren Schatten zu treten.

Jahre später musste er sich an einem Tag im Vorfrühling zu einem Besuch ins Citadelle-Krankenhaus begeben. Nach dem steilen Anstieg über die Treppen des Mont de Bueren sah er unten das in der Märzsonne leuchtende Dächermeer zu beiden Seiten der bläulich schimmernden Flussbiegung. Die Maas, so fuhr es ihm durch den Kopf, ist weiblich. Mehr noch: Lüttich hatte etwas von einer zu abenteuerlichen Umarmungen bereiten Dame, hingestreckt mit weit geöffneten Beinen.

Solche Bilder waren für den Heranwachsenden von obsessiver Gewalt. Kehrte er nach den Sommerferien in die Maasstadt zurück, berührten ihn sogleich ihre etwas verruchte Urbanität, das dunkel pochenden Geäder ihrer Gassen und der vulgäre Geruch des Flusses, wie eine einladende Hand. Er verglich solche Spuren mit ihm bekannten, dubiosen Quartiers von Paris. Es gab auch Momente, da hielt er Lüttich für einen riskanten Vorort von Palermo.

Begegnete ihm nach längeren Abwesenheiten auf Festlichkeiten oder Empfängen das Lächeln schöner Lütticherinnen, empfand er es auf Anhieb wie eine Einladung, sogleich, ohne Zögern, auf leisen Sohlen mit ihnen in eines der Verliese der Stadt unterzutauchen. Nicht nur die träge in die Niederlande strömende Maas und ihre weiten Krümmungen waren weiblich, die ganze Stadt, ihre Straßen, ihre Gassen, ihre Plätze und selbst ihre von Kohlehalden und glühenden Hochöfen umstellte Peripherie hatten einen Hauch Fraulichkeit. Der Begriff »Madame«, den sein Vater damals im »Duc d'Anjou« benutzt hatte, verlieh dieser Atmosphäre einen zusätzlichen Hauch von Lady, Lack und Lippenrot.

Albert wurde bald von diesen in Lüttich beheimateten Lockungen wie von einer Sucht erfasst. Er zuckte bei der bloßen Erwähnung des Städtenamens zusammen. Fiel das Wort im Kreis seiner Familie oder während des Unterrichts im Eupener Kolleg, konnte es passieren, dass er spontan errötete und, zur Verwunderung der Umstehenden, sein Gesicht hinter einem Taschentuch verbarg. Dieses sonderbare Verhalten nahm noch kurioser Züge an, als er im Internat seiner Schule zahlreichen gleichaltrigen Wallonen begegnete, in die er sich reihum verliebte. Intensiv beobachtete er ihre Gesten, ihren Gang, ihre Gewohnheiten. Von der romanischen Leichtigkeit ihrer Sprache konnte er nicht genug hören. Er erlernte sie nahezu spielerisch, machte Notizen von ihren erotischen Wörtern wie »bander«, »baiser« oder »l'amour«. Er rezitierte Gedichte der von ihm besonders verehrten »poètes maudits«, Baudelaire, Verlaine und Rimbaud, zur Verwunderung seiner Umgebung, nicht nur auswendig, sondern im Tonfall komplizenhaften Mitwissens. Im Band »Wesen und Werden der deutschen Dichtung« fand er dazu nicht ansatzweise ein ebenso verruchtes Pendant.

In den Pissoirecken des Schulhofes, am Rande der Schlafsäle des Internates oder auf den verwinkelten Gängen des Lehrerflügels atmete er die fremde, französische Sprache ein und aus. Er hing buchstäblich an den Lippen der zahlreichen Mitschüler aus der Lütticher Region; meist Söhne wohlhabender Eltern, die sich vom deutschsprachigen katholischen Milieu des Eupener Kollegs so etwas wie elitäre Wirkungen versprachen. So war es nicht nur der poetische Klang ihrer Sprache, der Albert bezauberte, sondern auch das lässige Auftreten, die gepflegte Kleidung und der etwas mondäne Duft, den diese Internatsschüler verbreiteten.

Es kam zu »besonderen Freundschaften«, auf kleinen Kladdezetteln zirkulierten kaum verschlüsselte Liebesbotschaften, es kam zu Berührungen in der Dunkelheit des Kinosaals und auch zu scheuen Küssen und verwegeneren Spielen im Rausch erster Besäufnisse.

Das wöchentlich von den Schülern in der Speicherkapelle geforderte Sündenbekenntnis hinter den violetten Vorhängen der Beichtstühle geriet zu einer Litanei erotischer Geständnisse, deren »Reue und Vorsatz« den folgenden Abend nicht überstand. Albert parierte die bohrenden Fragen des ihn aushorchenden Priesters bald mit Routine, die sich nicht irritieren ließ, dass sich das ganze Register seiner vermeintlichen »Todsünden«, nicht auf die zärtlichen Bande in den dunkleren Bezirken des Kollegs bezog, sondern einem viel tieferen Sog unterlagen: seiner ungestillten Sehnsucht nach der souveränen Fraulichkeit jener Madame im Muschel-Restaurant, irgendwo unter dem Nachthimmel von Lüttich. In all den diskreten Freundschaften suchte er ihre Spuren.

Den Turbulenzen der Pubertät entwachsend, jedoch nicht entkommend, machte der angehende Abiturient die Erfahrung, dass sich seine Vorstellungen von »Lüttich« zunehmend auszuweiten begannen. Das war nicht nur etwas »Geografisches«, sondern eher ein kühnes Gespür, dass sich mit seinen vertieften Kenntnissen über Belgien und der Geschichte seiner Provinzen zugleich ein sinnliches Bewusstsein zu verbinden begann. Besichtigungen Brüssels oder Brügges, Klassenfahrten nach Ostende oder Antwerpen ließen ihn nicht nur die behagliche Überschaubarkeit dieses Königreiches bestaunen, sondern, noch heftiger, die hier beheimatete Zelebration des Genießens. Mehr als nur Fritten, dampfende Muschelkessel oder schäumende Klosterbiere betörten ihn jedoch die sich wie Masernbläschen über Stadt und Land verteilenden »Bars« oder »Clubs«, hinter deren Scheiben sich auf hohen Schemeln unter roten Lampen halbnackte Damen räkelten. Die mittelalterliche Architektur der Kunststädte, die mächtigen Markthallen, die Goldgiebel der Zunfthäuser oder jene pathetischen Kreuzabnahmen und mystischen Lämmer der alten Meister hätten dieses spannende Land mit der gehobenen Sehenswürdigkeit eines kulturellen Freilichtmuseum überzogen, wäre da nicht in den niederen Vierteln die frivole Nachbarschaft unaufhaltsamer Lust stolziert. Erst sie gab all den verschlüsselten Andeutungen der weltweiten Ruhm genießenden Baumeister, Bildhauer und Maler jenen Schuss real existierender Erschütterung, die Alberts Entdeckung Belgiens zu einem nicht ganz jugendfreien Erlebnis machte.

Je mehr Albert durch Belgien reiste, wurde es zu seiner Gewohnheit, sich in diesen Häuschen käuflicher Freuden auf ein Gespräch mit den ihn mit gezielter Gestik begrüßenden »Professionellen« einzulassen. Dabei begegnete er stets einer nahezu familiären Freundlichkeit, die ebenso über das graue Winterwetter wie über die Schlagzeilen der Regenbogenpresse zu plaudern verstand. Der potentielle Kunde erfuhr in den verqualmten Vorzimmern zu den Séparées von den professionellen Damen mehr über die Interna des kleinen Staates als in all den von ihm gewälzten landes- und bürgerkundlichen Schmökern. Es war kurzer, aufdringlich parfümierter und stets einladender Geschichtsunterricht, der erst abbrach, wenn man aufs Geschäft zu sprechen kam und sich der junge Gast mit klopfendem Herzen wieder entfernte.

Dennoch hatte er eine weit verbreitete Präferenz für Plüschmobiliar sowie eine Vorliebe für in Gold gerahmte Erotika entdeckt. Auch fielen patriotische Porträts auf, die etwa den liebestollen König Leopold II. darstellten, von dem es hieß, er habe zur Kolonialzeit mit seinem langen Bart die »schönen Negerinnen in Belgisch-Kongo« gekitzelt. Hier und da waren kleine Papierfähnchen in den schwarz-gelbroten Landesfarben zwischen einem Bouquet künstlicher Blumen gesteckt oder ein brabantischer Gipslöwe hob, einer Erektion nicht unähnlich, seine Tatzen in die Höhe.

Dieser Dekoration gemeinsam war das Leitmotiv pathetischer Einstimmung auf die Illusion berauschender Liebe. Einzige Ausnahme bildete ein in Flandern wie in Wallonien sehr verbreitetes Porträt der heiligen Rita, die in der Zunft ausdauernder Hingabe als nachsichtige Schutzpatronin verehrt wurde. Mit einer Heftzwecke befestigt, bildete die fromme Postkarten-Ikone eine diskrete Alternative. Ein nachsichtiges, mildes Lächeln über Liebesnester und Lasterhöhlen, wo die »besonders aussichtslosen Fälle« ihrem unheiligen Beruf nachgingen.

Irgendwann gab der junge Ostbelgier seine Liebes-Recherchen auf. Es geschah nicht plötzlich oder nach einem einschneidenden Erlebnis, sondern leise und langsam, dafür allerdings auch nachhaltig. In Brüssel fühlte er sich nicht wohl, immer mehr empfand er hier eine vermessene Hauptstadt. Nach seinen Erfahrungen lag Belgiens schwierige »Identität« auf einem ganzen anderen, volkstümlicheren Niveau, als es die Arroganz der Hauptstädter wahr machen wollte. Waren ihm die Kauderwelsch quatschenden »Zinnekens« aus dem Marolles-Viertel noch irgendwie sympathisch, konnte er mit den Absolventen der Freien Universität oder den satten Bourgeois aus der Oberstadt rund um die Avenue Louise nichts anfangen. Am schlimmsten fand er jedoch den beleidigten, süß-sauren Stolz der Brüsseler Damenwelt, die ihn nie eines Blickes würdigte und die er für ein verdorbenes Gemisch aus Diva und Schwester Oberin hielt. Instinktiv zog er sich aus dem mondänen Milieu zurück. Bereits unterwegs auf der ihm als Landebahn der Lüste bestens bekannten Betonstraße zwischen Löwen und Loncin begann es ihm besser zu gehen, bevor er sich auf den Höhen von Ans wieder im alten Reich des Frauenheldes Karls des Großen wähnte. Das Maastal vor Augen glaubte er die sich ihm nähernden Konturen einer dem Bade entsteigenden Schönheit zu wittern. Rund um den Guillemins-Bahnhof flimmerten die Leuchtreklamen der Bistrots, während irgendwo dahinten, in der sich lebensgierig in die Stadt stürzenden Straße, die schöne Chefin des »Duc d'Anjou« über ihr Haar strich.

»Bei ihr ist wahre Heimat«, flüsterte Albert vor sich hin, der aller Nachforschungen müde erneut zu dem Schluss kam, dass dieses Königreich herrschenderer Väter nicht sein Vaterland sein konnte. Er betrat am Boulevard d'Avroy die Kneipe »Le pauvre Job« und trank hastig ein Bier. Bereits nach dem fünften begann er von seiner Sehnsucht nach einem einem »Mutterland« faseln.

Später im Nachtzug zum Grenzbahnhof Herbesthal war Albert der festen Überzeugung, dass sich sein Leben verändert habe. Er sah hinaus auf die vorbeieilenden Lichter der Vorstadtsiedlungen und die glitzernden Biegungen der in Richtung Ourthe fießenden Weser, die hier Vesdre hieß. Die Schellen an den Schrankenhäuschen klingelten wild und deren rote Ampeln warfen einen Hauch belgischer Verruchtheit über das enge Tal, deren auf- und ableuchtendes Signal in den finsteren Tunnels erlosch.

Flussaufwärts zurück in das Eupener Wiesenland zu reisen, bedeutete Rückkehr in eine harmlose häusliche Normalität. Ihrer kleinlichen Ordnung fehlte jeder Sinn für die Reize der Freiheit. Insofern war seine deutschsprachige Heimat ein unbelgischer Ort. Ihm haftete die dörfliche Biederkeit der Eifel und die pikierte Selbstzufriedenheit von Kleinstädten an. Ihre saubere Ordnung war die einer von heiterem Chaos umspülten Insel. Ein Reservat gemütlicher Tristesse. In dieser Stunde neigte der junge Fahrgast sogar dazu, seine deutsche Sprache in Zweifel zu ziehen, deren komplizierte Syntax und unpoetischer Wortschatz er in seinem Rausch für die angemessene Ausdrucksweise von Beamten und pflichtbewussten Untertanen hielt.

Während der hell erleuchtete Bummelzug sich mit zischenden Bremsen der belgisch-deutschen Grenze näherte und Albert vom Fenster auf die kümmerliche Silhouette von Welkenraedt blickte, das Städtchen, das sich rühmte, eine belgische »Frontstadt« zu sein, kam er erneut zu einem längst in ihm rumorenden Schluss: Das sonderbar lockende und zugleich abschreckende Königreich, dem er anzugehören, vielleicht sogar ausgeliefert schien, verbreitete etwas vom Charisma einer fremden, begehrenswerten Frau, von der er glaubte, dass sie sich ihm lange verweigerte hatte, und der er sich, trotz diskreter Zeichen, noch nicht zu nähern wagte.

IV.

Die Mutter

Alberts Mutter war eine sehr gütige Frau. Die erste und die letzte Erinnerung an sie, bewahrte er sein Leben hindurch, so wie man ein wertvolles, persönliches Andenken oder eine kleine Reliquie mit sich trägt. Sicherlich bedeutete ihm dieses persönliche Geheimwissen, über das er sich nie äußerte, eine Art Zuflucht. Doch darüber hinaus glaubte er in ihrem von 1904 bis 1995 währenden Leben ein schlichtes Vorbild des Unpolitischen zu finden. Da waltete eine stets um Schutz besorgte, von leichtem Sarkasmus begleitete Zuversicht, die ihm völlig fehlte. Obwohl Therese Maria Bosch, geborene Michel, Höhen und vor allem Tiefen dieses Jahrhunderts erlebt und erlitten hatte, blieb sie gegenüber deren spärlichen Versprechungen und gesammelter Niedertracht immun. Sie war eine Frau aus dem Volk, die sich über einen etwaigen höheren Sinn der sich abwechselnden Regime nicht den Kopf zerbrach, sondern sie mit einer unheroischen Mischung aus Spott und Loyalität in behaglicher Indifferenz beobachtete. Ihr einziger Daseinzweck und das Zentrum ihrer tagtäglichen Hingabe war allein ihre Familie. Sie hatte Kriegserklärungen, Einberufungsbefehle, Invasionen, große und totale Kriege, Annektierungen, Repressionen, Verhaftungen, Verfolgungen, Jubel für Durchmarschierer verschiedenster Nationalität und die triste Normalität ihrer vermeintlichen Siege sozusagen in der Kittelschürze überstanden. Eine dünne, mit kleinen, grauen Karos gemusterte Textilie, in deren ausgebeulte Öffnungen sie ein Taschentuch zum Abwischen unvermeidbarer Tränen, eine Medaille der »Allerseligsten Jungfrau und Gottesmutter« sowie eine Kastanie gegen Rheuma mitführte. Es gab zwei solcher Schürzen: eine speckige, die sie wie eine Rüstung während der Woche trug, sowie eine andere, beige mit Bratensauce-Spritzern garnierte für die Sonn- und Feiertage.

Rheuma plagte sie ihr Leben lang, doch hatte sie selbst diesen sie bisweilen zermürbenden, chronischen Attacken im Laufe der Zeit eine praktische Weisheit ab gewonnen, indem sie deren Heranschleichen mit Wettervorhersagen, Bewertungen ihrer Perioden oder der Rezitation einiger längst überfälligen Stoßgebete verband. Diese richteten sich meist an die Himmelskönigin, wobei sie vom »Ave Maria« lediglich den zweiten, bittenden Teil seufzend vor sich hin sprach. In besonderen Notfällen oder bei Ankündigungen schlimmer Nachrichten, entfuhr ihr ein vibrierendes »Maria-Jusepp«, das den heiligen Joseph, mit einschloss. Schließlich unterhielt sie dann und wann in nachdenklicheren Stunden eine besondere Beziehung zum Erzengel Michael, den sie um »Schutz gegen die Nachstellungen des Teufels« bat. Die gute Frau pflegte ansonsten jedoch eine erstaunlich nüchterne Frömmigkeit, die fast ohne liturgische Verpflichtungen den Kontakt zu Priestern mied, und die simple Tat als das wahre Gebet erachtete. Den Allerhöchsten nannte sie in ihrer kurzgefaßten, häuslichen Theologie stets nur »uus Herrjöttche«. Eine recht saloppe Redensart, die sie in einem wissenden Ton dahin sprach, als handele es sich dabei um einen vertrauten Hausgenossen. Auch gab es im Hause Bosch weder Heiligenstatuen noch Gute-Hirten-Gemälde, sondern lediglich zwei kleine, verschnörkelte Kruzifixe über die Türrahmen der Küche und des Wohnzimmers, die Mutter am Palmsonntag mit frischen Buchsbaumzweigen schmückte, weil sie offenbar Not und Leid abhielten. Die vertrockneten Reste wagte sie nicht in den Mülleimer zu kippen oder dem Feuer zu übergeben, sondern bewahrte sie in einer Zigarrendose, wo sie die Kollektion ihrer gesammelten Totenzettel mit einer Staubschicht bedeckten.

Zu Tränen hatte Alberts Mutter eine weitaus innigere Beziehung. Wandte sie ihren Kopf zur Seite und griff in die linke Schürzentasche, bedeutete dies das unverkennbare Heranströmen eines herzergreifenden Kullerns, das sie, wenn es sich unter dem ängstlichen Flehen der Kinder wieder beruhigte, mit der schluchzenden Formel, sie habe »zu nahe am Wasser gebaut« entschuldigte. Mutters Tränen lösten bei ihren beiden kleinen Söhnen sogleich Panik aus. Ja, schlimmer noch als Vaters gelegentliche Hiebe, als schlechte Noten oder Strafarbeiten lösten diesen Szenen erschütternden Kummers der Mutter eine unmittelbare Hilflosigkeit aus. Ihre treue Schutz- und Sorgefunktion trat außer Kraft. Mischte sich dieses rührende Jammer mit den nach Luft schnappenden Ausrufen über den Anlass ihres Schmerzes, erreichte der häusliche Notstand seinen unüberbietbaren Höhepunkt. Der Vater, nicht selten der eigentliche Grund ihrer dahin fließenden Emotionen, verließ dann in einer Bewegung vorsichtigen Rückzugs den Raum. In selteneren Fällen nachweislicher Unschuld und nicht enden wollenden Heulens, intervenierte er allerdings mit einer schneidigen Aufforderung zum sofortigen Abbruch der Vorstellung. Da dies stets Wirkung zeigte, beschlich den heranwachsenden Albert der Verdacht, dass es sich bei Mutters heftigen Wasserfällen um eine zwar ausgeprägte, jedoch regulierbare »Gabe der Tränen« handelte. Mehr noch: Er kam zu der Überzeugung, dass sie diese je nach Bedarf und Stimmungslage auch taktisch einzusetzen vermochte. Es war sozusagen ihre Geheimwaffe, die sie notfalls – wie eine schnelle Eingreiftruppe erobert – in gefechtsbereite Offensive brachte. Doch so sehr sich der Sohn auch seine Gedanken über Dichtung und Wahrheit dieser Melodramen machte, hat er es selbst nie geschafft, sich ihrer mächtigen Wirkung zu entziehen. Vaters despektierliche Bemerkung »het« sei schon wieder »anet griene« betraf nicht nur Trauer- oder Krankheitsfälle, sondern auch Unglücke, Ehekrach, Familienzwist, die vielen Geldsorgen, verspätet heimkehrende Kinder, zerbrochenes Porzellan, verlorene Gegenstände wie auch den Tod von Haustieren, sie plagende Frauenleiden, das Andenken lieber Verstorbener, unflätige Nachbarn, Arbeitsüberlastung, Schlafschwierigkeiten oder in Ausnahmefällen auch eine durch den über die niederländische Grenze von Wolfhaag geschmuggelten Eierlikör der Marke »Advocaat« ausgelöste Herzensrührung, die ihr Ehemann gleich als »Schnapstränen« entlarvte. Eine weitere Variante ihrer Neigung zum Schluchzen bestand in Mitleids-Reaktionen, die auch ohne familiäre Betroffenheit ausbrachen. Wurde sie mit Tränen konfrontiert, weinte sie gleich aus Sympathie mit.

Im Laufe der Jahrzehnte bestätigte sich bei ihrem Sohn die bereits sehr früh gemachte Beobachtung, dass Mutter über die wechselvollen Wirren der Zeitgeschichte oder anlässlich der doch heftigen politischen Einbrüche grundsätzlich keine einzige Träne vergoss. Daraus sprach nicht nur ihr rustikaler Sinn für Freiheit, sondern vor allem eine abgrundtiefe Verachtung für das, was sie entrüstet »das Geschäft« nannte. Was Albert zunächst nicht glauben wollte und auch später nie so ganz verstanden hat, betraf eine Vertraulichkeit der bereits hochbetagten Dame, die gestand dennoch ein Mal in ihrem langen Leben »politische Tränen« vergossen zu haben. Es war, als ihr aus den Schützengräben von Verdun heimgekehrter Vater von der Kapitulation des hochverehrten Kaiser Wilhelm II. und seiner Abschiebung ins Exil nach Hoorn berichtet hatte. Heiße Tränen waren der damals knapp zehnjährigen untröstlichen »Trees« in Strömen über die Wangen gelaufen, so dass sie noch auf dem Weg hinauf in die Mädchenschule an der Hisselsgasse von den Jungen wegen ihrer roten, verheulten Augen gehänselt wurde. Doch die hatten keine Ahnung vom Grund ihres unsäglichen Kummers, bedeutete ihr doch jener Herrscher mit Schnurrbart und Federbusch aus dem fernen Berlin der Inbegriff gottähnlicher, unbesiegbarer Würde. Seine Niederlage, sein Sturz berührte ihr kleines Mädchenherz wie eine verlorene Liebe. Da polterte das Standbild eines Übervaters vom Sockel und mit ihm ein subtiles Glaubensgebäude der Pracht und Uneinnehmbarkeit von »Kaiser und Vaterland«. Es war ein Bruch für immer.

Als Albert sie kopfschüttelnd anlächelte, richtete sich die immerhin schon fast 80-jährige in ihrem Lehnstuhl noch einmal auf. Ihr Blick wandte sich am Fenster des Altenheims im Eupener »Klösterchen« in östliche Richtung, dort, wo sie hinter den Höhen des Preußwaldes die deutsche Grenze vermutete. Dann begann sie mit ebenso lauter wie resoluter Stimme noch einmal das Gedicht von »Kaisers Geburtstag« zu rezitieren. Es geschah in einem fehlerlosen, ununterbrochenen Ton der Bewunderung eines Kindes. Die recto tono vorgetragenen Verse drangen auch nach draußen auf den Korridor, so dass eine Nonne besorgt die Türe öffnete und von der alten Frau belehrt wurde:

»Der Kaiser feiert Geburtstag, Schwester Benedicta.«

»Der Kaiser ist mausetot, Frau Bosch. Ruhen Sie sich etwas aus.«

Als sich nach dem Versailler Vertrag der Hohe Kommissar, General Baltia, in Eupen als Sieger feiern ließ, hat die damals 16-jährige Absolventin einer Haushaltschule den Rathausplatz gemieden und im allgemeinen Jubel eisern geschwiegen. Auch zuhause, in einer engen Seitengasse des Marktplatzes fiel kein Wort. Nur bei Einbruch der Dunkelheit klopfte ihr alter Onkel Adolf Michel ans Fenster und sagte »der Krau aus Verviers ist da.« Bevor er sich wieder entfernte klärte er seine Nichte über die »Welsche«, die Wallonen auf: »Fritten, Pantoffel und sonntags vor der Haustüre.«

Die junge Ehefrau Therese Bosch weinte auch nicht, als in der Nacht zum 10. Mai 1940 Hitlers Armee die belgisch-deutsche Grenze überquerte und einige Stunden später bei einer Parade vor dem Eupener Rathaus von Tausenden Menschen jubelnd empfangen wurde. Sie wusste nicht, weshalb sie dem die Kreise Eupen-Malmedy ins Reich »heimholenden« Führer danken sollte. Sie wollte nichts von Politik verstehen, es reichte ihr sie zu wittern. Außerdem hatte dieser schnauzbärtige Prolet nicht eine Spur vom Charme ihres Kaisers, an den sie jedoch nicht mehr zurückzudenken wagte. Sie stand nur konsterniert am Straßenrand, hörte aus der Ferne die Heil-Rufe der Menge und sah die langsame Vorüberfahrt einer offenen Mercedes-Limousine mit Hakenkreuz-Stander. Auf dem rechten Trittbrett stand ein hoch gewachsener deutscher Leutnant. Er streckte seinen Arm zum Hitler-Gruß in die Frühlingsluft und prüfte die herbeilaufenden Passanten mit einem stahlharten Blick. Er traf auch für Bruchteile einer Sekunde die junge Frau auf den Blausteinen vor dem Gasseneingang am Wirtshaus Schins, die in diesen grauen Adleraugen eine eisige Kälte spürte. Dann ging sie zurück ins Haus und hörte ihre Mutter sagen:

»Maria-Jusep, de Prüße sönt da.«

Die Frau des bei der NSV in Dienst stehenden Joseph Bosch hat sich auch fünf Jahre später beim Einmarsch der Amerikaner keine Träne verdrücken müssen. Erleichtert war sie schon, als sie bei ihrer Schwester im etwas abseits und vermeintlich sicherer gelegenem Weiler Stockem die letzten Durchhalte-Parolen der Deutschen im Rundfunk hörte. Aber dann näherte sich plötzlich wie ein Orkan der Gerassel von schweren Panzer- und Kettenfahrzeugen. Sie fuhren in Formation quer durch die Membacher Wiesen auf die Stadt zu; breite braune Spuren, keine Rücksicht mehr nehmende Souveränität. In der widerstandslosen Offensive brachen Hecken und Zäune wie Streichhölzer. Jemand schaltete das Radio aus und sagte:

»Die Amis sind da. Es ist aus.«

Die beiden Schwestern traten zögernd auf die Haustreppe. Monoton rauschte der Panzervortrupp in die Stadt. Einige Kühe des Bauern Anton Neumann irrten brüllend zwischen dem schweren Kriegsmaterial. Farbige GI's öffneten die Luken und zeigten amüsiert auf die beiden Frauen. Therese sah staunend zu ihrer Schwester und griff ebenfalls zu ihrem Taschentuch. Es war weiß und sollte keine Träne abwischen. Dann winkten beide, solange ihre Arme es aushielten, und die jungen Männer in den Tanks winkten zurück. Erstmals hatte der seit vier Jahren tobende Weltkrieg ein lächelndes Gesicht.

Als später die Flüchtlinge, Dienstverweigerer und Widerständler aus Brüssel, Antwerpen und den anderen befreiten belgischen Städten nach Eupen zurück kehrten, sagte niemand »der Krau aus Verviers« sei gekommen. Therese war glücklich, doch gab es in dieser von der »weißen Armee« besetzten Siegerzeit nicht viel Grund für Freudentränen. Gegenüber, unter dem Dachvorsprung des alten Zollhauses, an der Gabelung von Vervierser und Herbesthaler Straße versammelte sich diese zusammen gewürfelte Truppe zu ihren nächtlichen Streifzügen der Einschüchterung und Heimzahlungen. Therese stand manchmal oben in der Wohnung ihres Bruders am Fenster der ersten Etage und sah hinaus auf die leerer werdende Straße. Keine Kleinbahn kam mehr aus dem Landesinnern und drüben am Zollhaus glühten die Zigaretten der »Weißen« wie Glühwürmchen in der schnell hereinbrechenden Nacht. Ihr fiel auf, dass sich im Zwielicht der Dämmerung halbwüchsige Burschen zu den Bewaffneten gesellten. Sie wurden mit Tabak und Schokolade belohnt, um die Kommandos später zu den Wohnungen gesuchter Nazis zu führen. Den Rest erledigten sie selbst.

Immer wenn von diesen »Banditen« berichtet wurde, verkroch sich Albert in die Tiefe von Mutters nach Zwiebel und Kartoffelschalen riechenden Kittelschürzen. Erst wenn er ihre rauhe Hand an seinem Hals spürte und sie hastig, Besitz ergreifend, zu küssen begann, legte sich die Gefahr. Als daraus ein Ritual zu werden drohte, lernte er allmählich die feine Unterscheidungen mütterlichen Weinens und musste sich eingestehen, dass dieses an sich niemals etwas mit den von ihm so beargwöhnten »Besatzern« zu tun hatte. Überhaupt nahm Mutter bei den unvermeidbaren Gängen zu den städtischen Ämtern, Verwaltungen und selbst zu den Schulen jene Haltung zwar korrekter, jedoch eisiger Zurückhaltung an, die ihr manchmal von erstaunt aufblickenden Beamten als Stolz ausgelegt wurde.

Was er nicht wusste und sich erst nach und nach aus Bemerkungen der Eltern, diskret abgelauschten Gesprächen und deren Illustrationen aus dem roten Familienalbum zusammen reimen konnte, war die große Liebe, die Vater und Mutter in der ersten Phase ihrer Ehe verband. Dabei handelte es sich um eine Liebe auf den dritten Blick, die sich bei den Sommer- und Wanderfesten am sogenannten Spa-Brunnen, an den Ausläufern des Hertogenwaldes entwickelt hatte.

Mehr noch als die verwickelte Liebesgeschichte mit ihren unbekannten, komplizierten Orts- und Familiennamen, beeindruckten den Jungen die kleinformatigen Fotos ihrer unprätentiösen Familie. Zunächst klebten da die als »Heldenporträts« belächelten, in einem vergilbenden Braunton gehaltenen Aufnahmen der Soldaten aus dem »großen Krieg«. Großväter- und Onkel in den Uniformen des Kaisers, mit einem stolzen, siegessicheren Grinsen oder in der erstarrten Haltung zu allen Opfern bereiter Entschlossenheit. Ihre militärischen Attribute oder die Zeichen niederer Dienstränge kontrastierten mit einem idyllischen Waldhintergrund aus Pappmaché, den der Fotograf Leonard Franken zum Abschied aller Eupener Dienstpflichtigen, Reservisten und Freiwillige hatte herstellen lassen. Folgten die Gruppenbilder diverser Schulklassen, aus denen Vater Joseph mit seinem dicken, wegen der Flöhe kurzgeschorenen Kopf heraustach. Mutter Therese war indes ein schlankes, schüchtern lächelndes Mädchen. Die Dokumentation ihrer sich anbahnenden Romanze zeigte die beiden zunächst als ein sportliches, Paar, das in Radfahrer-Trikots oder wollenen Badeanzügen strahlend in die Linse blickte. Wenig später wurden die Fotos inniger, Joseph und Therese blickten sich vor dem Hintergrund des Kölner Doms oder an der Reling eines Rheindampfers verliebt in die Augen. Andere Schnappschüsse stammten von Winter-Wanderungen durchs Hohe Venn sowie, etwas feierlicher, mit ihren jeweiligen Elternteilen.

Dass der junge Lehrling einer Speditionsfirma aus einem Arbeiterviertel der Unterstadt stammte und seine Angebetete in einer Gasse der Oberstadt zuhause war, tat ihrer Zuneigung keinen Abbruch. Im Gegenteil, beiden gemeinsam war eine ehrbare Armut, der sie sich, ohne Rücksichten auf soziale Unruhen oder Schlägereien über die Staatszugehörigkeit, nicht schämten. Sie hatten beide nie etwas anderes gekannt, es konnte ihrem bescheidenen Glück nichts anhaben.

Dieses Selbstbewusstsein verdankten sie in nicht geringem Maße der Lebenseinstellung ihrer Eltern. Thereses Mutter war seit 1920 Witwe, ihr Mann, Johannes Michel, hatte sich als belgischer Freiwilliger von einem an der Yserfront in Flandern erlittenen Lungendurchschuss nie mehr erholt, und war, erst 32-jährig, nach dem österlichen Hochamt am Kirchenportal von St. Nikolaus tot zusammen gebrochen. Therese hat ihn kaum gekannt und beschrieb ihn als einen gütigen, oft Blut spuckenden, früh im Schmerz gealterten Mann. Ihre Mutter war jedoch zäh und brachte die drei Kinder alleine durch. Für den Lebensunterhalt sorgten drei Kühe, die jeden Morgen um sieben, nach der ersten Frühmesse auf den Weiden von Brackvenn von ihr gemolken wurden. Auch zählte es zum unbekümmerten Existenzkampf dieser vaterlosen Familie, dass es sich die Witwe leisten konnte, das Heiratsangebot eines reichen Bauern aus Roereken mit der Begründung abzulehnen, er habe »rosa Socken« getragen.

Josephs Vater, Willy Bosch, musste ebenfalls lernen, sein Leben mit vier halbwüchsigen Knaben zu fristen. Seine Frau Mathilde, eine auf den Fotos nie lächelnde, aus dem Städtchen Wilz stammende Luxemburgerin, die ihre breiten Hüften unter weiten Wollröcken verbarg, war im Alter von 35 Jahren an Blasenkrebs gestorben. Die unerträglichen Schmerzen hatten sie in der Endphase in die Umnachtung getrieben. Ihr Sohn konnte diese Szenen nie vergessen, wenn er an der Hand des Vaters die geschlossene Abteilung des St. Nikolaus-Hospitals betrat und seine furchtbar schreiende, um sich schlagende Mutter von zwei kräftigen Pflegern in eine Zwangsjacke gesteckt wurde.

Dann saß sie wie eine zugeschnürte Mumie in ihrem hohen Lederstuhl und starrte hilflos auf das kleine Gucklock in der weißen Eisentüre.

Joseph und Therese Bosch, geborene Michel, sind am 29. August 1939 getraut worden. Da es ihnen an den nötigen Finanzmitteln fehlte, wurde die Hochzeitsmesse aus Scham in die Kirche Mariä Heimsuchung ins benachbarte Herbesthal verlegt. Lediglich die zivile Eheschließung fand ohne großes Aufheben im Eupener Rathaus statt, wo ihnen der Nazi-Bürgermeister Rodt eine Ausgabe von Hitlers »Mein Kampf« mit Goldschnitt und Schuber schenkte. Albert hat diese Ausgabe später in der untersten Schublade eines Abstellschrankes entdeckt und gleich gemerkt, dass sie hierhin versteckt und nie gelesen worden war. Zusammen mit jenem NSV-Tisch und dem verrosteten Bajonett waren dies die einzigen Reliquien aus dem tausendjährigen Reich, die bei Bosch aufbewahrt wurden.

Das eigentliche Hochzeitsmahl fand in Mutters Wohnung im Gässchen am Marktplatz statt. Neben dem Paar und den beiden verbliebenen Elternteilen, nahmen daran lediglich die sieben Geschwister sowie ein Freund, der Uhrmacher Fritz Bollmann teil. Die Braut hatte nicht nur ihr weißes Kleid in mühsamer Kleinarbeit selbst genäht, sondern auch bis spät in die Nacht hinein das Festmahl vorbereitet. Als ihre Mutter sie gegen 2 Uhr aufforderte, sich endlich schlafen zu legen, ließ sie das Kartoffelmesser in die große Porzellanschüssel mit Heringsalat fallen und brach in Tränen aus.

»Komm, leg dich hin, mein armes Kind«, sagte die Mutter und die Braut schluchzte, es handele sich nicht um Kummer- sondern um Freudentränen.

Dann wurde es doch noch ein sehr schönes Fest, bei dem der Großvater Willy nicht nur seiner Sangesfreude freien Lauf ließ und reihum »Im grünen Wald« und »Kein schöner Land« anstimmte, sondern zu der, nach französischer Musette klingenden Ziehharmonika von Thereses Schwager Karl, auch getanzt wurde. Erst später, nachdem der stolze Bräutigam den zehnten Kasten Bier aus dem Keller geholt hatte, kam es zu einigen Differenzen zwischen prodeutschen und probelgischen Gästen über die angeblich aus Feindesland stammenden Instrumentenklänge. Als diese zu eskalieren drohten und die Braut einen bangen Blick zu ihrer Mutter warf, schlug diese mit resoluter Hand auf den Tisch und rief mit heftiger Stimme:

»Marrenjü.«

Dieser allen Eupenern geläufige, Maria und Jesus beschwörende Fluch, stellte augenblicklich die ungetrübte Festtagsfreude wieder her.

Dass Therese sich Kinder wünschte, war keine Frage des Wollens, sondern allein der Zeit. Der bald von einem Polizeibeamten ins Haus gebrachte Mobilisierungsbefehl ihres Gatten in die Kaserne von Gent folgte, im Anschluss an die wenig ruhmreiche »Kampagne der hundert Tage« und den Führerbefehl der »Heimholung ins Reich«, seine Zwangseinberufung zur deutschen Wehrmacht, die ihn für die kurze Dauer eines Uniformwechsels von einem belgischen zu einem großdeutschen Soldaten machte. Beide waren der Meinung, dass dies keine günstige Zeit fürs Kinderkriegen sei und überließen, recht mühsam, die Geburtenkontrolle den damals üblichen, rustikalen Techniken. Als sich dennoch der Verdacht auf eine unerwünschte Schwangerschaft ergab, forderte der angehende Vater seine junge Frau auf, wiederholt vom runden Wohnzimmertisch auf den Holzfußboden zu springen. Ob es an dieser turnerischen Übung gelegen hat, die den alten Nachbar Bartholemy mehrmals entrüstet auf die dünne Wand klopfen ließ, ist nie bekannt geworden, jedenfalls blieb die Ehe von Joseph und Therese während der von Lebensborn und germanischer Rasse verklärten Kriegsjahre kinderlos.

Erst als die Amis einmarschierten, hielt das Paar seine Stunde für gekommen.

»Ich meine es wäre Zeit, Thereschen«, lächelte ihr bereits bürgerliche Klamotten tragender Ehemann und zog schmunzelnd den Vorhang zu.

Als schließlich Albert Wilhelm Johannes Bosch am 2. November 1945 nach eifrigen Übungen seiner Eltern endlich das Licht der Welt erblickte, löste das Ereignis bei aller Freude über den »Stammhalter« auch leise Bedenken aus. Missgünstige Nachbarn wiesen daraufhin, dass es sich bei dem Geburtstag um den finsteren Allerseelentag handele, der obendrein im heiklen Sternzeichen des Skorpions stehe, während die Hebamme das Knäblein mit den Worten:

»Da scheißt er schon«, seiner vor Glück strahlenden Mutter auf den Bauch gelegt hatte.

Der Neugeborene schlief ahnungslos ein und erfuhr von den Konstellationen des Horoskopes und des Kirchenkalenders sowie dem ungestümen Drang, sein Erdendasein mit der Duftmarke eines Häufchen zu beginnen, erst im Einschulungsalter. Zusammen mit Mutter hat er darüber oft gelacht. Älter werdend stimmte ihn jedoch der Kalender- und Fäkalkontext seiner Geburt zunehmend nachdenklicher. Überfiel ihn der Weltschmerz in der nur ihm eigenen Variante ausgeprägter Heimatsuche, begann er zu saufen. Dann orakelte er Sprüche über die »Muttersprache im Stiefvaterland« oder die »Frostkantone«. Er führte diese Nöte auf seine Geburt als ein von tristen Weihrauchwolken umhülltes Novemberkind zurück und glaubte in seinem schnellen Schiss auf der Entbindungsstation ein erstes Zeichen nationalen Protestes zu erkennen.

V.

Die Großväter

Albert Bosch Kenntnis seiner Ahnenreihe reichte über die im roten Album abgebildeten Großeltern kaum hinaus. Zwar gab es da noch jenen im Familienkreis besonders verehrten Urgroßonkel aus den Franzosenkriegen, dessen Name auf dem Kriegerdenkmal am Werthplatz verewigt war, doch blieb er dem Jungen ein zwar hochgeachteter, doch an sich unbekannter Held. Fremdworte wie »Sedan« oder »Kavallerie«, die im Mund der Erwachsenen einen pathetischen Klang annahmen, ließen ihn ratlos zurück, doch wagte er nicht zu fragen. – Sah er sich im Geschichtsunterricht mit dem Kapitel »Unsere Vorfahren« konfrontiert, geriet er rasch in Verlegenheit. Über die ersten Menschen hörte er nur von Primitiven aus den Höhlen von Cro-Magnon, obwohl ihn eine entfernte Tante aus Unterbach über die Umtriebe solcher Urtypen im rheinischen Neandertal ebenfalls schaurige Dinge erzählt hatte. Aus der Römerzeit gab es für seinen alten, aus Baelen mit dem Rad zur Schule fahrenden Lehrer Martin Noël lediglich eine einzige lehrenswerte Quelle, »De bellum gallicum« von Julius Caesar, der die hinter dichten Ardennenwäldern hausenden »Belger« als die »tapfersten aller Gallier« rühmte. Auch fiel dem nicht sonderlich begabten kleinen Bosch gleichwohl bald auf, dass der an seiner Meerschaum-Pfeife lutschende Noël die Residenzen Kaiser Karls des Großen auf seinen angeblichen Geburtsort Herstal im Maastal bei Lüttich beschränkte. Vom Krönungsstuhl aus weißem Marmor, den der Achtjährige an der Hand seines Vaters im Karlsdom von Aachen bewundert hatte, oder von den kaiserlichen Jagden in den benachbarten Wäldern von Harna, dem späteren Walhorn, war nur am Rande die Rede. Auch überging Noël rücksichtsvoll das Gemetzel französischer Revolutionäre nach dem Sturm auf die Bastille sowie die Niederlage Napoleons auf den brabantischen Feldern von Waterloo. Nachdem ein Mitschüler dieses Kapitel vermisste, antwortete der Pauker mit einem pikierten Grinsen, Waterloo sei »die einzige zweisprachige Gemeinde Belgiens«; ein Wortspiel, das niemand verstand. Der Wiener Kongress und dessen Entscheidung, das Gebiet von Eupen-Malmedy dem Königreich Preußen anzugliedern, wurden gar nicht mehr erwähnt. Noël brach hier den Unterricht ab und vertröstete die aufhorchende Klasse auf die bald nach den Sommerferien folgende Mittelstufe. Das, was er zu vermitteln habe, sei »unverzichtbares Basiswissen«; das Studium der Vergangenheit setzte beim Schüler »eine gewisse Reife« voraus. Schließlich klappte er sein Lehrbuch mit einer »Bemerkung fürs Leben« zu: Geschichte, das seien nicht nur Namen und Daten, sondern ein »Gespür für das Überzeugende«. Damit endete in diesem Fach das Schuljahr etwas vorzeitiger, wobei die Zeit bis zu den großen Ferien mit »Basteln« kompensiert wurde, von dem der mit einer Laubsäge zaubernde ältere Herr offenbar mehr verstand.

Noëls Geschichts-Definition hat Albert sogleich als eine Offenbarung verstanden. Bei seinem schlechten Gedächtnis war er für die chronologische Kenntnis von Zahlen und komplizierten Namen ohnehin nicht zu gewinnen. Dass jedoch Geschichte zunächst einmal ein »Gespür« sei und noch dazu »für das Überzeugende«, war eine Erklärung, die ihn auf Anhieb begeisterte. Schlussfolgerte er richtig, handelte es dabei nicht nur um eine Emotion persönlicher Wertung, sondern letztlich um die stille Nachdenklichkeit einer Art Geschichtsphilosophie. Albert war seiner Sache sicher: da konnte er mithalten.

Die von ihm belauschten Gespräche der Eltern boten dazu eine tagtäglich sprudelnde Quelle. In ihren kennzeichnenden Details spannender und auch tiefgreifender waren jedoch all die Geschichten, die ihm seine Großmutter Veronika und sein Großvater Willy anvertrauten. Albert kuschelte sich dabei im Lehnstuhl unter dem gelblichen Licht der Stehlampe auf ihren Schoß und klebte solange an ihren Lippen, bis ihn seine Mutter nahezu gewalttätig aus diesem Verlies fantastischer Erzählung entfernen und ins Bett schicken musste.

In beiden Fällen faszinierte ihn vor allen anderen Dingen zunächst einmal ihr Ton. Ganz abgesehen von all den ihn rührenden oder erschütternden Details, beherrschten die beiden Alten, jeweils auf ihre ureigene Weise eine Form des Berichtens, die das Kind als eine Spielart von Hypnose empfand. Ein ihn fesselndes, nahezu ansaugendes Auf und Ab von Zischeln und Flüstern, das je nach Stand der Erzählungenen von dramaturgischen Pausen oder lauten, gar heftigen Einschüben unterbrochen wurde.

Bei seiner Großmutter schätzte das umkoste »Albertchen« eine detaillierte Aufzählung von Erinnerungen, die ausschließlich ihre unerschöpfliche Verehrung für ihren verstorbenen Mann, den ihm unbekannt gebliebenen Großvater Jean Michel, thematisierte. Da sie die biografischen Daten dieses auf den flämischen Schlachtfeldern bei Diksmuide schwer Verwundeten nicht als eine Chronologie tragischer Kriegsereignisse verstand, sondern nur als sie zutiefst einbeziehende Liebesgeschichte, vermittelte sie stets einen Hauch des Wunderbaren und zugleich Authentischen. Was sie auch berichtete, sie lebte es noch einmal mit. Obwohl ihr geliebter Mann an jenem Ostermorgen auf der kleinen Blausteinstufe, die den gepflasterten Aufgang vom Portal der St. Nikolaus-Pfarrkirche trennt, in ihren Armen gestorben war, glaubte sie weiterhin unerschütterlich daran, dass ihre Liebe im Grunde kein Ende nehme. Was immer sie auch ihrem sprachlosen Enkel ins Ohr flüsterte, es waren weder durch Tod und noch durch Leid zu unterbrechende Liebeserklärungen, die sie bisweilen in erfundenen Dialogen mit dem Verstorbenen fortsetzte. Dies nahm mitunter makabere Formen an, so dass sich der Kleine später, wenn ihn seine Mutter unter heftigem Protest ins Bett beordert hatte, zu fürchten begann. Dann horchte er atemlos auf all die Geräusche und gedämpfter klingenden Gespräche im Parterre. Wie ein Seismograph ortete er daraus Großmutters Stimme und glaubte jedes Mal, wenn sie in ihrem urwüchsigen Platt »danne«, »wanne« oder »kanne« gesagt hatte, sie sich unmittelbar an ihren geliebten »Janne« wandte, seinem nie gesehenen, doch unheimlich präsenten Großvater.

Nicht selten geschah es, dass Albert nach solchen »Séancen« mit Großmutter im Traum einen schönen, jungen Mann sah, der unter dem tiefen Himmel Flanderns im Schatten elegischer Pappelalleen zu verbluten drohte, während sein Frau »Janne, Janne« rufend, hilflos am anderen Ufer des Kanals stand.

Andere Traumbilder spielten in den tiefen Schützengräben der Polder, die von der steigenden Flut der Nordsee umspült wurden und als letzte, eisern verteidigte Zuflucht vor dem übermächtigen Feind dienten. Stets erschien der Freiwillige Jean Michel, der sich bei Ausbruch des Krieges in die nahen Niederlande abgesetzt und dort den belgischen Streitkräften angeschlossen hatte, als ein von Schrapnell- oder Maschinengewehrfeuer Getroffener. Einmal drückte der Soldatenkönig Albert I. dem Verblutenden einen Orden an den zerfetzten Uniformrock; in einer anderen Szene eilte ein schmächtiger Feldgeistlicher im wehenden Ornat durch die Kornfelder von Poperinge, um dem Sterbenden die letzte Ölung zu bringen. Oberst van der Cruysen schüttelte noch einmal seine Hand. In Oostduinkerke, Adinkerke und Veurne läuteten die Sturmglocken. Die graue See zog sich glucksend zurück und wieder tauchte die junge Ehefrau aus Eupen auf, zunächst irgendwo zwischen den Türmen von Brügge und Gent auf einen Zug wartend, der nie ankommen würde, dann ratlos suchend auf schlammigen

Bauernwegen im Geschrei der Möwen. Auch erschien dem schlafenden Kind die Schmiede der Michels, die der Eupener Landschaftsmaler Braun auf einem Ölgemälde verewigt hatte. Es hing kurioserweise in Großmutters Schlafzimmer, wo sie das Bild wie in einem Versteck hütete. Es zeigte ihren Schwiegervater, einen kräftigen Mann mit Bart und Lederschürze, umgeben von Pferden vor dem Eckhaus zwischen Klötzerbahn und Borngasse. Alle Einzelheiten von Alberts Träumen waren Puzzlestücke aus den Erzählungen der alten Frau, die erst erloschen, wenn der Morgen graute, und sich ihr Enkel ängstlich im leeren Zimmer umsah.

Auf die entscheidende Frage des Kindes, weshalb »Opa Janne« nicht zusammen mit »Opa Willy« in den »Großen Krieg« gezogen sei, folgte ein langes Schweigen, bei dem sich plötzlich die Blicke auf die Großmutter richteten. Alle waren gespannt, was die gute Frau ihren Liebesgeschichten jetzt an unausweichlicher politischer Erklärung beifügen würde. Doch dann streichelte sie ihrem Enkel nachdenklich über die Stirn und sagte: »Weest de Kaind, wer sönt van französesch Geblöts«, (»Weißt du Kind, wir sind von französichem Geblüt«).

Im großen Staunen ringsum, begann Großmutter , zu erläutern, dass sich der Name »Michel« nicht auf einen deutschen »Michael«, sondern auf den Sohn eines bretonischen Fischers »Michel« beziehe, der mit den vorrückenden Revolutionstruppen in das als Néau bezeichnete Städtchen Eupen eingerückt war. Unter dem Gesang von »Ça ira, ça ira« wurden die Kapuzinerpatres aus ihrem Kloster, dem heutigen Rathaus, vertrieben, während sich die Landsknechte in dieser weder so richtig französischen noch preußischen Stadt häuslich einrichteten. Einer der jungen Besatzer, ein Alphonse Michel aus Perros-Guirec habe sich in dieser umstürzlerischen Zeit in die Tochter des Schmieds verliebt und seine Herzensgeschichte alle weiteren Feldzüge vorgezogen. Diese Konfidenzen stammten von Janne, der seiner Angebeteten seine Eigenart auf diese Weise zu erklären versucht hatte. Seine ganze Zärtlichkeit, so be-

schwor er, habe etwas zutiefst Sinnliches und Hingebungs-
volles, zu dem nur Franzosen fähig seien. Großmutter beteuerte mit einem wissenden Lächeln:

»Ja Kinder, deshalb sind wir alle so große Romantiker.«

Albert hatte damals noch keine Ahnung davon, was »Ro-
mantiker« bedeutete, doch fand er das Wort einfach verfüh-
rerisch. Gleich wollte er ein »Romantiker« sein und entdeckte
beim Frisör in einer Illustrierten aufregende Bilder weltbe-
rühmter Maler, die er sofort für sehr romantisch hielt: Fotos
völlig nackter Frauen mit einer Scham, die er verwundert
betrachtete, er kannte solche Härchen nicht. Überall blasse
Haut und souveräne Gesichter mit ernstem Blick. Zwischen
Blumen und Blüten sah er sie, zwischen zerbrochenen anti-
ken Säulen und Gärten im Halbdunkel, doch erstaunlicher-
weise immer wieder auf Bahnhöfen. Albert liebte den Gar-
ten hinter dem Küchenfenster seiner Tante, wo Obstbäume
ihre Äste über Gänseblümchen und Löwenzahn ausstreck-
ten. Als unheimlich empfand er ein Bett im Schlafzimmer,
vor allem aber faszinierten ihn die zarten Frauengestalten
zwischen dampfenden Lokomotiven und einsamen Land-
bahnhöfen. Sie glichen der gelben Eisenbahn, die er sich
sehnlichst zu Weihnachten wünschte. Ein seltenes Bild ei-
ner ihm unbekannten Begierde entdeckte er bei der Umar-
mung eines Mannes in schwarzem Anzug und einer schö-
nen Nackten mit einem tiefen Blick. Da war er sich plötzlich
sicher: es war die Romantik, die sich seines Staunens be-
mächtigte. Wie gerne hätte er die Schrift darunter lesen
können, doch ihn lockte allein der bevorstehende Kuss des
schweigsamen Herrn und die sich ihm anbietende Schöne.

Dann legte aber das Heft schnell zur Seite als der Fri-
sör "Albertchen" rief, auf den Ledersessel vor dem großen
Spiegel zu klettern.

Mit fast kahlem Schädel kehrte er heim.

Was ihm seine alte Tante verschwieg, war ihr Kummer, als sich ihr Mann bei Kriegsausbruch über ein Rekrutierungsbüro in Maastricht nach Belgien durchschlug um sich den königlichen Truppen anzuschließen, die im Maastal heroischen Widerstand leisteten. Ausschlaggebend für diesen schmerzlichen Schritt, seine Frau und die drei kleinen Kinder im Schutze der Nacht konspirativ zu verlassen, war die Erklärung des deutschen Kanzlers Bethmann-Hollweg vor dem Berliner Reichstag, die Garantie der belgischen Neutralität sei »nur ein Fetzen Papier«. Jean Michel war überzeugt, dass er durch seinen Eintritt in die tapfere belgische Armee auch die bedrohte Ehre Frankreichs verteidigte, das an die belgische Unabhängigkeit glaubte. Diese patriotische Gesinnung verwandelte sich in Wut und Leidenschaft, als die Deutschen in Visé und Outremeuse die wehrlose Zivilbevölkerung bombardierten und bei ihrem Vorstoß ins Landesinnere keine Stadt verschonten. Unmittelbar vor dem Rückzug in die Schützengräben an der Nordseeküste sah Michel im brennenden Löwen die Universitätsbibliothek zusammenstürzen. Auf der Flucht vor dem übermächtigen Feind steigerten sich diese Bilder rücksichtsloser Zerstörung zu einem Horrorgemälde: weinende Frauen mit toten Kindern in den Armen, hilflose Bauern vor ihren in Flammen stehenden Höfen, Bombeneinschläge in den historischen Bauten der Kunststädte, nach Westen ziehende, jämmerliche Flüchtlingstrecks. Eine Spur des Blutes und der Vernichtung durchzog das kleine Land. Umso mehr bewunderte Michel den König Albert I., der seine gedemütigte Armee nicht alleine ließ und den Befehl gab, Schleusen und Deiche zu öffnen. So bewahrte er seinem armen Königreich einen winzigen Zipfel Freiheit. Wenn in der Nacht die Feuertürme ihren tastenden Lichtstrahl über Küste und Meer warfen, waren die Grenzen von See und Festland nicht mehr zu unterscheiden und über den Wassern glitzerte ein letztes Stück uneinnehmbarer Würde. Janne Michel hat seiner Frau oft erzählt, dass er dann zum Sternenhimmel aufblickte und an seine Frau und seine Kinder denken musste. Auch wenn er später darüber sprach, schämte er sich seiner Tränen nicht.

Die tapfere Frau verschwieg ihm jedoch, wie sehr sie in den Kriegsjahren, dem Hass ihrer deutsch gesinnten Eupener Nachbarn und Mitbürger ausgesetzt war. Zuerst ließen sie ihr im Taumel kaiserlicher Siegesmeldungen ihre ganze Verachtung und Schadenfreude spüren. Im Laufe der langen Kriegsjahre wandelte sich diese Haltung in ein verkniffenes, bösartiges Schweigen, dessen Heimtücke erst vor den Kirchtüren halt machte. Zuletzt knieten die Frau des schwer verletzten belgischen Freiwilligen und die Witwe eines in der Champagne gefallenen kaiserlichen Infanteristen, ohne sich eines Blickes zu würdigen, vor den im Halbdunkel flackernden Kerzen der »Muttergottes von der immerwährenden Hilfe«.

Erst als Janne Michel Anfang November 1918, wenige Tage vor dem Waffenstillstand, in einem Lazarettzug in Herbesthal eintraf, wechselte die Eupener Angst die Fronten. Wenn er hechelnd die Kirchstraße hochkam, gingen die Passanten eilig auf die andere Seite. Hinter ihren Gardinen beobachtete sie, wie der hinkende Vater seine Kinder zur Messe begleitete. Seine Frau hatte ihm die Einzelheiten erspart, aber er spürte auf Schritt und Tritt jenes beklemmende Unbehagen, das sich wie ein erstickender Trauerflor über die Stadt gelegt hatte.

Sein Schweigen war noch abgründiger als das seiner Frau. Er trug zwar an Festtagen demonstrativ seine Tapferkeitsmedaille am schwarzen Revers, doch machte er sich über seinen gesundheitlichen Zustand keine Illusionen.

»Wenn man dort war, woher ich komme«, sagte er, »fürchtet man nichts mehr.«

Dann schwiegen beide und er strich über ihre Hand, die zu zittern begann, wenn er vor sich hin sprach:

»De ärm Kainder.«

Alberts Großvater Willy pflegte eine völlig andere Art des Erzählens. Er kam seltener in das elterliche Haus, so als sei ihm, dem alten Tuchscherer aus den Haagen, die breite, nach Verviers führende Straße eine Spur zu vornehm. Er war ein selbstbewusster Typ, der mit seinen 75 Jahren noch drahtig wirkte, doch bei seinen Besuchen eine gewisse soziale Verlegenheit nicht ganz verbergen konnte. Er kaschierte sie hinter einer Zurückhaltung, von der man nie genau wusste, ob sie nur gespielt oder ehrlich war. Deshalb legte er Wert auf Formen, wollte begrüßt und hofiert sein, lehnte jedoch Einladungen zu einem Stück Reisfladen oder zur Teilnahme am Abendessen händeringend ab. Während er seiner Schwiegertochter gegenüber einen eher charmanten Ton pflegte und sie mit kleinen, manchmal etwas gewagten Komplimenten irritierte, begegnete er seinem Sohn mit noch immer etwas autoritären, kurz gefassten Fragen. Die entsprechenden Antworten wirkten nicht minder abgehackt oder gar verschlüsselt, so dass Opa Willys Visiten zwar etwas Außergewöhnliches, jedoch auch Verunsicherndes anhaftete.

Was den Großvater für Albert so interessant machte, war der Beruf, den er sich im Alter noch zugetraut hatte. Neben dem Torbogen des historischen Tonnarhauses in der Hookstraße führte er einen kleinen Schusterladen mit einer minutiös eingerichteten Werkstatt. Der Reiz dieses engen Geschäftchens bestand darin, dass in dessen Schaufenster ein schwarz-weiß gescheckes Schaukelpferd stand, das Opa mit originalgetreuem Sattel, Geschirr, Scheuklappen und Steigbügel in rotem Leder ausgestattet hatte. Neben dem langen Schweif beeindruckte auch ein Holzgestell mit kleinen Gummirädern, die es erlaubten, das ausgestopfte Modell an einer Leine hinter sich her zu ziehen. Dass der Herr all der Messer, Hämmer, Schleifen und Nägel sein Meisterwerk obendrein als tabu und unverkäuflich erklärte, machte die Besuche und Besichtigungen bei ihm umso spannender.

Der etwas klein gewachsene, mit Adleraugen sein Revier verteidigende Schuster Willy Bosch übte sein Handwerk nicht nur mit der Akkuratesse eines Uhrmachers aus, sondern war in Stadt und Land als ein begnadeter Tüftler bekannt. Seine Nachbarn berichteten Alberts Vater, dass in der Werkstatt seines alten Herr oft nächtelang noch das Licht brenne, wenn auch vom üblichen Lärm seiner Hammerschläge und Schleifmaschinen nichts zu hören sei. Bald jedoch vernahm Albert von seinem Vater, dass Opa nach Feierabend am »perpetuum mobile« arbeite. Er musste sich natürlich zunächst den mysteriösen Begriff dieser von selbst drehenden Wundermaschine erklären lassen, doch bestätigte all das, was er in diesem Kontext erfuhr, seinen bereits lange gehegten Verdacht, dass es sich bei dem schweigsamen Mann um ein verkanntes Genie handele, dessen nächtliche Werkstatt nichts anders als eine Höhle alchemistischer Versuche war. Auch hatte Vater die Mitteilung in einem Ton tiefen Respektes ausgesprochen und das Wort »arbeiten« benutzt. Großvater fummelte also weder an diesem kuriosen Gerät, noch war er, als sei es nur ein Hobby, bloß beiläufig damit beschäftigt. Nein, er »arbeitete« an diesem Projekt, verfügte also bereits über ein Grundwissen und hatte es vermutlich auch schon zu Ergebnissen und Fortschritten gebracht, die weiter ausbaufähig waren.

Albert traute dem unheimlich schaffenden Einzelkämpfer durchaus zu, selbst das ausgestopfte Pferdchen in seinem Schaufenster zu einem überraschenden Wiehern zu veranlassen. Der Junge sah ihn unter seiner Funzelbirne, die Nickelbrille auf der spitzen Nase, an subtilen Konstruktionen basteln, deren Feinmechanik er mit Ölen und Fetten bepinselte, allein bemüht ein kompliziertes Räderwerk in Gang zu setzen, das dann und wann zu einer atemberaubenden, ruckartigen Bewegung startete, um dann wieder in einen gewiss nur vorläufigen Stillstand zu verfallen.

Als sich der Enkel endlich traute, den Großvater anlässlich seines traditionellen Besuches am zweiten Weihnachtstag, nach dem neuesten Stand und dem eigentlichen

Beweggrund seiner Experimente mit der Ewigkeitsmaschine zu befragen, erhielt er nach einem strengen Schweigen und einem prüfenden Blick, ob auch niemand sonst zuhöre, die unglaubliche Antwort:

»Das ist wie beim Christkind, Manneke, keiner weiß wie, aber auf einmal springen am Weihnachtsbaum die Lichter an.«

Obwohl einfachster Herkunft und ohne jegliche Bildung war Willy Bosch seiner Umgebung seit jeher als ein Kauz der besonderen Art aufgefallen. Während ihn manche Arbeitskollegen im Textilwerk an der Hill wegen seiner einzelgängerischen Umtriebe und in jeder Arbeitspause praktizierten Lektüre für einen »bekloppten Spinner« hielten, gab es auch vereinzelte Beobachter seiner kuriosen Gewohnheiten, die den kleinen Alleskönner als »verkrachtes Genie« bezeichneten. Seine Frau schwieg sich zu diesem heiklen Thema bei neugierigen Nachfragen achselzuckend aus; die Söhne dagegen bewunderten die Kenntnisse des ansonsten schweigsamen Vaters über Gott und Welt und nahmen bei jeder erstbesten Gelegenheit seine sagenhafte technische Kompetenz in Anspruch. Auch waren sie sich darüber einig, dass seine von ihnen als »Abwesenheiten« bezeichneten grüblerische Pausen nicht so sehr mysteriöser, sondern eher mystischer Natur waren. Obwohl als militanter Sozialist ein ausgesprochener Kirchengegner las er in stundenlanger Versenkung die biblischen Geschichten über die Erschaffung der Welt, die Biografien großer Gelehrter, wie Leonardo da Vinci, Galilei oder Kopernikus sowie technische Lehrbücher über das Funktionieren von Fortbewegungsmitteln und Elektrogeräten aller Art. Was seine Kinder am meisten beeindruckte, war jedoch das soziale Engagement des Vaters, der sich keineswegs als schrulliger Bücherwurm hinter dem Küchenherd verkroch, sondern mit den roten Genossen vom »Verband« für die »Befreiung des Proletariats« kämpfte oder in der Lokalsektion des Roten Kreuzes freiwillig Dienst tat.

Ohne Zweifel war der »Große Krieg« das Schlüsselerlebnis seines Lebens. Die tagtägliche Konfrontation mit Tod und Leid sowie die von infernalischen Waffen angerichteten Zerstörungen hatten in seinem Herzen, wie er beteuerte, statt dumpfer Resignation, eine »heilige Flamme« entfacht. Aus seinen Briefen, die er seiner Familie von den Frontabschnitten in Ypern, Arras, Reims, Verdun, Nieuwpoort, Châlons-sur-Marne und schließlich aus dem Argonnerwald schickte, ging hervor, dass Vater sich nicht mit einem pazifistischen Protest begnügte, sondern bemüht war, selbst den schrecklichsten Erfahrungen eine positive Seite abzugewinnen. Er sei »im Grunde glücklich, Ypern erlebt zu haben«, schrieb er in seiner feinen gotischen Schrift, »ich glaube mehr denn je, dass das Leben schön ist, auch unter den schlimmsten Umständen.« War Willy Bosch noch bei Ausbruch des Krieges im August 1914 wie die meisten seiner Eupener Altersgenossen mit Hurrarufen dem Stellungsbefehl seiner Sanitätseinheit gefolgt, belehrte ihn bereits nach wenigen Tagen die kalte Maschinerie des Tötens eines Besseren. Beim Einmarsch nach Frankreich bekam er vor Laon die ersten Schwerverwundeten und Sterbenden zu Gesicht, während ein in Richtung Front reitender Offizier, ohne Rücksicht auf die Schreie aus dem Lazarettzelt, einem entgegen kommenden Major zurief:

»Hoffentlich kommen wir bald ins Feuer.«

Bosch erkannte darin nicht nur eine brutale Blindheit, sondern eine Bestätigung seiner tiefsten Überzeugung vom unaufhaltsamen Kampf der Herren und Untertanen, der selbst vor den Stahlgewittern des Krieges nicht halt machte. Brach die Dunkelheit über die Stille der französischen Provinz herein, wurde das Gewinsel der schwerverletzten Kameraden intensiver und der Sanitätsgefreite aus Eupen begann zu zweifeln, ob Freund und Feind noch zu unterscheiden seien.

In der Tiefe der Nacht, wenn die Einschläge der Artillerie plötzlich nachließen und der permanente Schrecken eine kurze Gnadenfrist gewährte, sah er über sich den sternklaren Himmel, dessen funkelnde und abstürzende Galaxien ihn in seiner abenteuerlichen Ahnung bestärkten, dass es, jenseits der Schlacht der Menschen, so etwas wie ein kosmisches Uhrwerk gebe, dessen grandiose Harmonie keine Kanone, gleich welcher Armee, gefährden könne. In solch einsamen Stunden erwachte mitten im Krieg seine irre Hoffnung, dem souveränen Gleichklang auf der Spur zu kommen. Seine Idee, eine Maschine zu erfinden, die aus dieser Sphäre ihre ganze Energie schöpfe und somit zum Segen der Notleidenden genutzt werden könne, war in solchen Pausen zwischen dem Vegetieren im Grabenunterstand und der Konfrontation mit seinen verblutenden Kameraden, die schluchzend nach ihrer Mutter verlangten, der einzige Lichtblick.

Besonders kritisch wurde die Lage im Winter 1916, als sein Regiment nach Dünkirchen verlegt wurde. In vorderster Stellung standen sie dem 4. Zuaven-Regiment der Franzosen, nur durch die Yser getrennt, gegenüber. Der Krankenträger Bosch erlebte hier ein Inferno donnernder Geschütze, hämmernder Maschinengewehre und explodierender Minen, das er im Schlamm und Lehm der Gräben hinter der Front »ein Fegefeuer« nannte. Für acht lange Monate, von Mai 1916 bis Januar 1917, wurde seine Einheit nach Verdun verlegt, wo das Fort Douaumont von einem Feind eingenommen wurde, der sie mit langsamem, fortwährendem Bombardement zu Tode zu martern schien. Das Fegefeuer wurde zur Hölle.

Wann immer Opa Willy bei seinen Erzählungen vom Krieg im sanften Schein der Stehlampe »Manneke« sagte, wusste Albert, dass er ganz allein in dieser Stunde sein Vertrauen besaß. Den bohrenden Fragen des Kindes, die zunächst den Feind und die von ihm zugefügten schrecklichen Leiden betrafen, wich der alte Mann auf eine kaum merkliche, diskrete Weise aus. Bedächtig lenkte er das Gespräch auf seine eher schlichten Erfahrungen hinter dem Gemetzel der Frontabschnitte. Wie »eine Schnecke im Schlamm« habe er sich in den Gefechtspausen in die Unterstände zurückgeschleppt. Für Räumungsarbeiten und den Nachschub von Verpflegung und Verbandszeug seien zwischen den Riesentrichtern und Sumpflöchern drei bis vier Kilometer zurückzulegen gewesen. In der vermeintlich sicheren Zone jenseits von Froideterre habe er den Schwerverletzten erste Hilfe zu kommen lassen und für die Toten eine Ruhestätte gesucht. Die paar Augenblicke Schlaf wurden bald wieder von der gereizten Stimme eines Offiziers unterbrochen, bevor neue Geschosse einschlugen und das hier zusammengepferchte Volk von Verwundeten, Verirrten und Vertriebenen erneut in Angst und Schrecken versetzten. Manchmal sei außer seiner »Dreckkruste« im trägen Widerstand nichts mehr zu tragen gewesen, »... dann hat dein Opa geweint, kurz vor dem Zusammenbruch.«

Wovon Großvater nie sprach, war die nur seiner engsten Familie bekannte, erstmals im August 1915 erfolgte Erwähnung im Divisionsbefehl. Der zum Gefreiten beförderte Wilhelm August Bosch habe »die größte Selbstverleugnung und eine absolute Missachtung der Gefahr bewiesen«. Im Frühherbst 1916 rühmt ein weiterer Armeebefehl »seine beispielhafte Tapferkeit«, nachdem er in einem von Artillerie umgepflügten und von Maschinengewehrfeuer bestrichenen Gelände die Bergung von Verwundeten geleitet habe. Im Januar 1917 wurde er vom Sanitätsgefreiten zum »Ehrenbannerträger« befördert, nachdem er in einem südlichen Abschnitt der Front nahe der strategisch so wichtigen Stellung von Hartmannsweilerkopf den Leichnam eines gefallenen Offiziers, nur zwanzig Meter von den feindlichen Linien entfernt, in die Gräben zurück brachte.

Auch vom Kriegsende erzählte der Großvater ohne jedes Pathos:

»Endlich war Schluss«, lächelte er seinem sprachlosen Enkel zu, so als habe ein Gruselmärchen der Brüder Grimm doch noch ein gutes Ende gefunden. In den Vogesen wurden die letzten Stellungen verlassen und über das obere Rheintal der Rückzug angetreten.

»Nur noch wenige Brücken waren intakt, im allgemeinen Chaos der Flüchtenden konnte von Disziplin keine Rede mehr sein«, schloss seine Geschichte, »wir wollten nur noch nach Hause.«

Wenn er etwas älter sei, versprach der Großvater, würde er Albert mitnehmen und »ein letztes Mal« zu den Friedhöfen in die Champagne reisen. Die Kathedralen von Reims und Straßburg, von denen er auch sprach, so dachte das Kind, würden ihn weniger interessieren …

Opa Willy stand jedoch eine andere Reise bevor. Wenige Wochen vor Weihnachten 1957 erkrankte er an Leberkrebs. Mehrmals hat Albert ihn an der Hand des Vaters auf der Männerstation des St. Nikolaus-Krankenhauses besucht. Da lag er in einem rot- und graugestreiften Pyjama in seinem Eisenbett und schwieg. Sein Gesicht war schon das eines Toten, gelblich und mit wässrigen Augen, von denen man nicht wusste, ob sie tränten. Hin und wieder verlangte er nach einem »Schluck braunes Karamellbier« und strich dem ihn ängstlich beobachtenden Enkel über die Hand. Den Krankenhaus-Seelsorger wollte er nicht sehen. Als der vierte Adventsonntag zu dämmern begann, ist er, wie die Nachtschwester berichtete, »tapfer gestorben«.

So wurde es in diesem Jahr im Haus an der Vervierser Straße ein trauriges Weihnachtsfest. Neben der Krippe stand das Schaukelpferd aus Großvaters Schuster-Werkstatt und als die Kerzen des Christbaumes aufleuchteten, dachte Albert an seine Versuche mit der Ewigkeits-Maschine.

VI.

Tante Sophie

Alberts Tante Sophie war eigentlich gar nicht seine Tante. Als langjährige Freundin seiner Mutter gehörte sie jedoch zum engen Familienkreis. Es war ihr ganzer Stolz und sie unterließ nichts, diese Verbundenheit zu bekräftigen. Obwohl bedeutend jünger als Frau Bosch, hatte sie, als Albert etwas näher in ihr Leben trat, ein Alter erreicht, das schwer zu schätzen ist. Kein Zweifel, dass sie mit ihrem langen kastanienbraunen Haar, das sie bisweilen zu einem resoluten Zopf flocht, noch immer attraktiv war. Doch gab es auch Herren, die ihr liebend gerne den Hof und sogar etwas mehr gemacht hätten, ihren schlanken Vorübergang vom Wirtshausfenster aus mit ungalanten Bemerkungen traktierten:

»Der Lack ist ab«, und, »die hat es hinter sich.«

Hinter sich hatte Sophie, die von diesen Männerkreisen bisweilen auch »die kalte Sophie« genannt wurde, allerdings so manches. Vielleicht war es gerade diese Aura einer »Frau mit Vergangenheit«, die sie mit einer Tristesse umgab, die, ohne penetrant zu wirken, sie wie ein Schatten begleitete. Wer sie jedoch wie Alberts Mutter »in- und auswendig« kannte, der wusste sehr wohl, dass Sophie weder kalt noch besonders traurig war, sondern ganz auf ihre Weise »etwas vom Leben gezeichnet«. Irgendwann, allerdings nicht irgendwo, hatte es da einen Knacks gegeben, der so mancher attraktiven Frau des Jahrgangs 1920 in dieser Stadt zum Verhängnis wurde.

Albert, der lange Zeit von Tantes Lebenslauf nur einige banale Einzelheiten wusste, sie jedoch bereits als Kind aus nächster Nähe beobachtet hatte und einige Jahre später auch zu bewundern begann, vermochte in ihren Regungen und Bewegungen eine sehr diskrete Mischung aus Trotz und Melancholie zu erkennen. Wenn sie die Vervierser Straße herunter ging und sich zur Arbeit in die Anzeigenabteilung der in der oberen Klosterstraße gelegenen »Eupener Nachrichten« begab, hatte ihr Schritt bei aller Eleganz etwas Heftiges, dem man besser aus dem Wege gehen sollte. Der gleiche Eindruck entstand auch, wenn sie im Büro oder nach Feierabend in ihre Handtasche aus braunem Krokodilleder griff und sich eine Zigarette anzündete. Dann kam sie sprungbereit jeder Geste, ihr Feuer anzubieten, zuvor und blies mit spitzem, rotem Mund den Rauch nahezu verächtlich zur Seite. Diese routinierte Unnahbarkeit steigerte sich noch, wenn sie mit lässiger Hand durch ihr Haar strich und beim Zurechtziehen ihres Pullovers oder ihres Rocks gleich witterte, dass Männerblicke sie zu fixieren begannen. Dann drehte sie sich rasch zur Seite, so als ob sie sich ihrer fatalen Wirkung gar nicht bewusst und mit viel wichtigeren Dingen beschäftigt sei.

Nicht minder typisch war Sophies Versunkenheit, die sie gar inmitten lauter und hektischer Umgebung überfallen konnte. Albert glaubte darin eine etwas sanftere Spielart ihrer Reserviertheiten zu erkennen, doch musste er sich gestehen, dass er es liebte, sie so abwesend zu beobachten. Ihren Kopf tief in den Nacken werfend, auf ihrer Unterlippe nagend oder den Blick zum Fenster hinaus in weite Ferne gerichtet. Dieses Wegtreten geschah auch, wenn sie bei der Lektüre eines Buches, einer Zeitung oder Illustrierten plötzlich zuschlug und ihre Hand nachdenklich an die Stirn führte, als habe sie gerade ein Codewort oder eine für sie bestimmte Botschaft entdeckt.

All diese Dinge kontrastierten auffällig mit ihrer Geselligkeit, die sie im Haus der Bosch ausstrahlte. Alle Zwänge fielen augenblicklich von ihr ab. Sie alberte und konnte herzlich lachen. Sie verstand hervorragend zu kochen und genierte sich nicht zu spülen. Sie erzählte von ihrer Arbeit, von ihren Erlebnissen und vermochte mit einer Aufmerksamkeit zuzuhören, die Gespräche mit ihr nie langweilig machten. Albert hat sie immer nur als »Tante« gekannt, dies als selbstverständlich empfunden und den Ursprung dieser Vertraulichkeit nie hinterfragt. Ohnehin war ihm klar, dass Sophie eine Freundschaft und Treue verkörperte, die allen Familienbanden überlegen war. Vater nannte sie liebevoll »Kind«, Mutter sprach sie mit »Mädchen« an, während sie unter den Kindern, auch solchen, die gar nicht zum Haushalt gehörten, nur »die Tante« hieß. Diese Bezeichnung hatte für Albert den Rang einer Sonderstellung, die verlässliche Hilfe garantierte wie auch eine Nähe, von der er noch nicht ahnte, wie abenteuerlich sie sein konnte.

Tante Sophie kam tagtäglich zu den Mahlzeiten. Es war kein Ritual, vielmehr eine Selbstverständlichkeit, die gleich besorgte Fragen auslöste, wenn sie, aus welchem Grunde auch immer, zu spät erschien oder fehlte. Zwischen Mutter und ihr bestand eine ganz besondere Beziehung, die immer dann offenbar wurde, wenn beide sich in eine Küchenecke oder auf die Hofterrasse zurückzogen und somit zu verstehen gaben, dass es Wichtigeres zu besprechen gebe. Es geschah jedoch nie abweisend oder konspirativ, sondern eher als ein zusätzlicher Beweis der Verbundenheit, so dass alle diese als »Frauengeflüster« belächelten Gespräche zu schätzen wussten.

Nur selten ging ein Tag zu Ende, an dem die Tante Albert nicht einen Gute-Nacht-Kuss auf die Stirn drückte. Manchmal lag er noch wach in seinem Bett, wenn das Schloss der Haustüre klickte, und sie sich zum Schlaf nach nebenan begab, wo sie auf der ersten Etage bei der greisen Frau Leffin eine kleine Wohnung gemietet hatte. Zu den Kuriositäten dieser intensiven Nachbarschaft gehörte auch, dass außer der Mutter niemand sonst Sophies drei Zimmer betrat. Daran nahm keiner Anstoß, es gehörte einfach zur Logik ihres Miteinanders, das nun einmal darin stand, dass die Tante an sich zu den Bosch gehörte und nicht umgekehrt.

Dies schloss allerdings nicht aus, dass Albert, als er sich zunehmend gedrängt fühlte, über diese Frau an ihrer Seite intensiver nachzudenken, damit begann, sich ihre so nahe und doch verborgene Wohnung in seiner Phantasie vorzustellen. Zu fragen, wie diese denn aussehe, oder gar zu bitten, sie einmal besuchen zu dürfen, hätte er sich nicht getraut. Irgendwo gab es da eine unausgesprochene Tabuzone, die seine Träume jedoch umso mehr beflügelte. So stellte er sich Sophies kleines Heim als einen Ort des Rückzugs vor. Eine aufgeräumte, jedoch gemütlich Höhle; ein nur ihr bestimmtes letztes Refugium. Über der Chaiselongue Kalenderblätter mit Bildern des verehrten Van Gogh, das Nachtcafé in Arles oder das Selbstporträt mit dem abgeschnittenen Ohr. Ein bisschen Sternengeflimmer, ein bisschen Weltschmerz, es würde zu ihr passen. Da und dort Kerzen, die sie besonders mochte. Auch eine bereitstehende Flasche Rotwein und Bücher, vorzugsweise Rilke-Gedichte und Tagebücher von Ernst Jünger. Die Kochecke blitzeblank, weil kaum benutzt. In der Dusche ein Berg säuberlich gestapelter Handtücher und kleine Fläschchen ihrer Parfums, allesamt etwas betörender als Mutters braves Kölnisch Wasser. An das Schlafzimmer seiner Tante wagte Albert nicht zu denken.

Sophies Familienname, Malmendier, hielt ihr jugendlicher, sie intensiv beobachtender Freund für einen sympathischen regionalen Wink aus der Nachbarstadt jenseits des Hohen Venns. In Eupen hatte er jedoch einen völlig anderen Klang, denn ihr Vater, Ludwig Malmendier, war in die Katastrophe der gerade zu Ende gegangenen Nazi-Zeit dramatisch verwickelt. Seit 1933 zählte er zum Führungskreis der Vereinskameraden des »Heimatbundes«, an dessen nächtlichen Ausflügen und Tapferkeitsprüfungen er regelmäßig teilnahm.

Als sich diese rund 150 Mitglieder umfassende Gruppe zur Tarnung den Namen »Verein für Natur- und Heimatkunde« zulegte und sich etwas später noch konspirativer in »Segelfliegerverein« umbenannte, war Malmendier als engster Mitarbeiter des Vorsitzenden Josef Gehlen für »Stärkung der Disziplin« und »geordneten Dienstbetrieb« zuständig. Der Gärtner Gehlen war ein leicht aufbrausender, fanatischer Nazi, der es als Mitglied der reichsdeutschen SS 1939 zum Hauptsturmführer gebracht hatte. Malmendier, der in der Kirchstraße einen Buch- und Devotionalienhandel führte, galt als ein entschlossener Gegner »alles Belgischen und Undeutschen«, wurde jedoch wegen seines katholischen Glaubens von den NS-Freunden oft beargwöhnt. Dann griff Gehlen ein und würdigte ihn als ein in Eupen notwendiges »taktisches Feigenblatt«. Dieses fromme Image hatte zur Folge, dass die Versammlungen des »kleinen Kreises« in einem Hinterzimmer von Malmendiers Lagerraum stattfanden, zu dem sich die Mitglieder zunächst einen Weg durch die Kisten mit Heiligenstatuen, Weihwasserbehälter, Ikonen und Gebetbücher bahnen mussten. Alles geschah im Schutze der Nacht, bei nur spärlicher Beleuchtung und jedes Mal, wenn einer der sich zum Versammlungsraum vor tastenden Herren eine Gipsfigur der Gottesmutter oder ein Kruzifix umstieß, grinste Gehlen, hier beginne jetzt eine »stille Messe«. Ungeachtet der beruflichen Umstände schmückte Malmendier jedoch den kleine Versammlungsraum mit einem Foto des Führers und einer Hakenkreuzflagge, die er zu später Stunde »wegen des neugierigen Lehrmädchens« wieder verschwinden ließ. Seiner frommen Frau brauchte er nicht erst zu sagen, dass sie bei Zusammenkünften im Hinterzimmer nichts zu suchen habe. Eine »Sicherheitsmaßnahme«, die er bei seiner 14-jährigen Tochter Sophie in dieser Strenge nicht walten ließ. Sie war sein einziges Kind und der ganze Stolz des Vaters, den es schmeichelte, wenn Gehlen das Mädchen zu Gesicht bekam und als »Perle« oder als »Zukunft unserer Bewegung« anstrahlte. Niemand im Haus ahnte, dass in solchen Nächten hinter den Stapeln mit Erbauungsliteratur und den von den Mitgliedern als »Krimskram« bezeichneten Devotionalien Schlägereien mit belgischen Gendarmen, Übergriffe gegen die »Zeugen Jehovas« oder Störaktionen von Gemeinderäten geplant wurden.

Gehlens Anspruch auf Gefolgschaft »ohne Wenn und Aber« war ihm bereits im September 1933 nicht mehr zu nehmen, nachdem er zusammen mit dem Vorsitzenden der bald gleichgeschalteten Christlichen Volkspartei, Walter Derousseaux, in der Berliner Reichskanzlei anlässlich einer Audienz beim Führer Anweisungen zur »Volksgruppenpolitik« erhalten hatte. Mit einem Schlag wurde dem Gärtner in der Stadt viel Hochachtung entgegen gebracht, wenn sich auch das probelgische Blatt »Fliegende Taube« darüber mokierte, dass Hitler die Namen Derousseaux sowie dessen Geburtsort Xhoffraix nicht habe aussprechen können.

Der Besuch in Berlin bestärkte Gehlen in seiner Entschlossenheit, die »Eliteförderung der heimattreuen Jugend« sowie die Bildung von »Kernzellen« voranzutreiben. Diese sollten im »Ernstfall« die zwischen Belgien und dem Reich schwankende Menschen begeistern und mitreißen. In Anerkennung der gewährten Ehre legte der »kleine Kreis« bei seiner nächsten Sitzung die sogenannte »Halbuniform« an, die aus einem weißen Hemd und schwarzen Binder bestand und wenig später, je nach Bedarf, bei angeblichen Reperaturen im »Segelfliegerverein« oder bei Einsätzen der »Saalschutz«-Abteilung durch eine wirkungsvollere Ausstattung mit Hakenkreuz-Armbinde ersetzt wurde.

Im Gegensatz zu ihrer von Asthma beplagen Mutter, die das ständige Kommen und Gehen, das Getuschel im hinteren Lagerraum sowie die sich stets militanter gebärdenden Redensarten und Kleidungsvorschriften mit einem gütigen Schweigen begleitete, fand Sophie des Vaters Nebenbeschäftigung sowie seine kernigen Mitstreiter »einfach spannend«. Dass Gehlen, der tagsüber Tulpen züchtete und frisches Tannengrün zu Totenkränzen formte, für sie, die halbwüchsige Göre, soviel Freundlichkeit übrig hatte, ging ihr nahe. In seinen graublauen Augen, vertraute sie ihrem Vater an, leuchte »etwas Starkes«.

Gehlen ließ keine Gelegenheit aus, das Mädchen mit dem langen Zopf nach Wohlbefinden und Zukunftspläne zu befragen. Wenn sie nur den richtigen Weg einschlage und »die Zeichen der Zeit« verstehe, könne dies ein »Weg der Verheißung« werden. Er sah dabei auch ihren Vater an, der die Aufforderung gleich verstand. Dabei fiel ihm auf, dass Gehlen sich gegenüber Sophie, so verhielt, wie er es wiederholt bei Begegnungen des Führers mit Kindern oder Jugendlichen in der UFA-Wochenschau gesehen hatte: den Kopf in vertraulicher Heiterkeit herabbeugend, eine Frage stellend und, noch ehe eine Antwort erfolgte, mit der Hand das Kinn des Gesprächspartners kurz hin und her bewegend. Der Devotionalienhändler hatte diesen Stil lässiger Macht stets bewundert. Erst als Gehlen ihn bei seiner Tochter zu kopieren versuchte, begann ihn dieser vermessene Griff an ihr Kinn zu stören.

Dass Sophie der Vorgängerorganisation und schließlich dem »Bund deutscher Mädchen« (BDM) beitrat, galt als selbstverständlich. Es geschah begeisternd und vermittelte ein Gefühl starker Gemeinschaft, das ihrer Neigung zu nachdenklichen Alleingängen entgegenwirkte. Ihre Eltern waren über diese Entwicklung sehr glücklich. Vater ließ sich von den Heimabenden, Wanderungen und Fahrten in die deutsche Eifel ausführlich berichten. Er nickte zustimmend, wenn sie die gesungenen Volkslieder aufzählte oder ihm die Namen der besichtigten Burgen nannte. Nach einem heftigen Konflikt mit einer aus der Wallonie stammenden Lehrerin hatte er sein Kind im Lyzeum der Rekollektinnen auf dem Heidberg kurzerhand abgemeldet und in die Privathandelsschule seines alten Gesinnungsfreundes Herbert Lehnen geschickt. Es tat ihr gut, dieser

Atmosphäre ständigen Sprachenstreites und schleichender Politisierung den Rücken kehren zu können und nach zwei Jahren der Ausbildung in Steno- und Daktylographie ein Diplom als Sekretärin zu erhalten. Gehlen führte diesmal nicht die Hand lehrmeisterlich an ihr Kinn, sondern umarmte sie mit den Worten:

»Das ist erst der Anfang.«

Sophies Jahre als BDM-Mitglied war eine sonderbare Zeit. Sie teilte sich die Verantwortung für die Jüngsten mit Liesel Droesch, der Tochter eines Bauern aus Büllingen, die als »Dienstmädchen« im Haushalt des Eupener Arztes Dr. Hubert Brossel arbeitete. Zwischen beiden herrschte ein gespanntes Verhältnis. Liesel kompensierte bei den BDM-Einsätzen ihre mangelnde Ausstrahlung mit einem besonderen Eifer für das, was sie »die Sache« bezeichnete. Sie neidete Sophie nicht nur ihr Aussehen, sondern auch den Zugang zu Gehlen und den anderen Größen der Partei. Die den Beiden anvertrauten Mädchen bekamen diese Animositäten rasch zu spüren, wobei Sophie als die etwas Sanftere galt, die Kollegin jedoch mehr »heiliges Feuer« verbreitete.

»Wir sind hier nicht bei den Franziskus-Pfadfinderinnen«, bemerkte sie gerne in ihrem singenden Tonfall aus der Eifel. Doch sagte sie es schneidig wie eine Warnung. Es war ihr zuzutrauen, dass sie dies auch der Führung der ab 1937 aktiven »Heimattreuen Frauenschaft« mitteilte.

Während die »Heimattreue Front« (HF) von Monat zu Monat ihre Aktivitäten ausweitete und bald das gesamte Vereinswesen der Kreise, bis hin zu den Kegelbrüdern oder Geflügelzüchtern unterwandert hatte, wurde der antibelgische Ton schärfer, die »Einsätze« dreister. Gehlen nannte das grinsend »die stille Faust«, so dass sich bald in den Eupener Straßen, Wirtshäusern und Sälen die beiden Gruppierungen brutale Schlägereien lieferten. Die Probelgier bildeten in defensiver Bewegung einen überparteilichen »Block«, dem die »Heimattreuen« siegesgewiss entgegen traten. Zwischen den Fronten agierten Spitzel der Geheimdienste, die für die »Feinmechanik« zuständig waren; das Grobe übernahm die SA.

Seit dem offenen Auftreten der NS-Verbände verging kein Tag, an dem nicht der Aachener Gestapo oder dem Kölner Gauleiter Siegfried Grohé Berichte zur Lage und Denunziationen mitgeteilt wurden. Dieser ernannte den Devotionalienhändler Ludwig Malmendier 1936, für einige Parteimitglieder überraschend, zum Gauleiter; allerdings mit der deutlichen Warnung, »dass außer einigen Sonderaktionen einzelner HF-Zellen nichts ohne seinen Befehl geschehen dürfe«. Gehlen war offenbar für »höhere Aufgaben« vorgesehen.

Sophie Malmendier hat in diesen Stunden, die in Eupen-Malmedy die Rückkehr ins deutsche Reich entscheidend näher brachten, ihren Vater mit einer neuen Sensibilität zu beobachten begonnen. Sie war sein Herzkind und liebte ihn, gerade in seinen neuen Verantwortungen, noch mehr als je zuvor. Gerade in diesen Wochen und Monaten nach seiner Beförderung. Doch war sie nicht mehr jenes liebenswerte Mädchen, das seine Eltern sonntags zur heiligen Messe begleitete. Früher als viele ihrer Altersgenossinnen geriet sie in die starke Strömung der Politik, deren Heftigkeiten sie manchmal davonzutragen drohten. Seitdem sie damals im Lyzeum von ihrer Lehrerin wegen eines fehlerhaft ausgesprochenen Verses des französischen Dichters Lamartine geohrfeigt worden war, brannte in ihr der Wunsch, sich für die Behauptung der deutschen Sprache und Kultur einzusetzen. Alles, was sie zuhause, ringsum in der Stadt und im »Bund« erlebte, bestärkten sie in der Überzeugung:

»Unsere Heimat muss wieder deutsch werden.«

Vater schenkte ihr zum 16. Geburtstag einen Sonderdruck mit Gedichten von Stefan George, die sie bald im Kreis der BDM-Mädchen rezitierte. Sie liebte darin eine geschliffene Härte und die Disziplin der Emotionen, die sie zutiefst mit dem »deutschen Wesen« identifizierte. Die aus

Innerbelgien ins Eupener Land hinüber schwappende »Kultur« empfand sie als arrogant, schwächlich und ohne »Visionen«. Der französischen Sprache haftete der schadenfrohe Klang von Besatzern an. Die von den Belgiern gerühmte »Öffnung« war nichts anderes als ein Versuch der Vereinnahmung. Aber, sie war überzeugt und ließ es jeden wissen:

»Die Zeit ist reif; sie gehört uns; vieles wird sich bald ändern.«

Die Tätlichkeiten und Schlägereien, die in diesen Tagen in Eupen bis vor die Kirchenportale ausgetragen wurden, hat Sophie nicht geschätzt; es lag nicht in ihrem Naturell. Doch lernte sie am Rande der zuhause hinter den Madonnen-Kartons stattfindenden Sitzungen des »kleinen Kreises« oder bei den Schulungen der BDM-Führung, dass diese rücksichtslose Gewalt zu den unverzichtbaren »hygienischen Maßnahmen« gehöre, die ihrer Sehnsucht nach »deutschem Geist und deutschem Wesen« zum Durchbruch verhelfen würden. Selbst dann, wenn sie Zeuge solcher Heftigkeiten und blutigen Abrechnungen wurde, redete sie sich ein, es handele sich schließlich »um eine völkische Aufgabe«. Aber, irgendwann, sicherlich bald schon, wenn die Spreu vom Weizen getrennt sei, werde man sich auch in Eupen-Malmedy den eigentlichen Werten zuwenden. »Das Reich« war in ihrer jugendlichen Begeisterung ein eher sakrales Phänomen und der Führer sein hohepriesterlicher Prophet. Die von der UFA verbreiteten Szenen von Paraden und Abschlusskundgebungen auf dem Parteitag von Nürnberg wirkten auf die stolz ihre Uniformröcke zurecht zupfende Sophie wie die geniale Ouvertüre einer Zeitenwende, deren militärische Aufmärsche nur das Vorspiel für etwas ganz anderes waren. Zu »Führers Geburtstag« schrieb der heimattreue Schöngeist Dr. Paul Despineux in einem »Grußwort aus Eupen-Malmedy« für den »Westdeutschen Beobachter«:

»Lasst uns pflanzen die Säulen des Reiches in die Verwesung der Welt.«

Sophie zuckte zusammen, sie las das Konzentrat ihres deutschen Glaubens. Alles war gesagt, im tiefsten Kern ging es um »Reinheit«. Sie schnitt den Artikel aus und ließ ihn fasziniert bei ihren Bekannten zirkulieren. Auch der im Laden des Vaters auftauchende Gehlen, der in den Tagen nach der Saarabstimmung das Verteilen von Hakenkreuzfahnen organisierte, las den Auszug. Dann fasste er Sophie wieder, leicht hin und her schüttelnd ans Kinn und lächelte mitleidig:

»Ja mein Engel, aber zunächst müssen wir noch einige andere Dinge regeln.«

Zu glauben, Malmendier sei das katholische Feigenblatt der Heimattreuen, traf seine Seelenlage nicht präzise. Der kleine, kahle Verkäufer von Rosenkränzen, der mit einem kugelrunden Bauch und tippelnden Schrittes jedes germanische Gardemaß vermissen ließ, war eine komplexe Persönlichkeit. Sein Hass auf alles »Undeutsche« ging einher mit einer kleinbürgerlichen Gemütlichkeit, die ihn bei seinen Mitbürgern noch unverdächtiger machte, als er ohnehin schon war. Die von ihm vertriebenen Heiligenbildchen, für die regelmäßig die Schüler seine Ladentheke belagerten, umhüllten ihn obendrein mit der Weihrauchwolke eines Kinderfreunds. Manchmal wischte er sich die Tränen weg, wenn er abends die Übertragungen der Reden prominenter Nazis hörte, wobei er die Verve von Goebbels insgeheim noch mehr schätzte als die eher choreografischen Auftritte des Führers. Aus naheliegenden Gründen bezeichnete er diese Erlebnisse als »Hochamt«, gab es doch jahraus, jahrein keinen Sonntag, wo Malmendier nicht kurz vor zehn mit Frau und Tochter die St. Nikolauspfarrkirche mit einem dicken Schott-Messbuch betrat und an seinem Stammplatz in der ersten Reihe des rechten, unteren Mittelschiffs nieder kniete.

Diese Bank, so hat er es Gehlen einmal erläutert, war für ihn der strategisch wichtigste Platz. Er bot nicht nur beste Übersicht und den Vorteil, größte Aufmerksamkeit auf sich zu lenken; er saß obendrein während der Predigten der von einem vergoldeten Gottvater gekrönten Kanzel unmittelbar gegenüber. Malmendier behauptete, bei gewissen, politisch bedenklichen Passagen, durch ein Räuspern auf sich und seine Kontrollfunktion aufmerksam machen zu können. Das allerdings hat er sich nie getraut, doch gab es Situationen, wo sich der fromme Nazionalsozialist den Wortlaut der Kanzelworte genau merkte und später, unter Angabe des Datums, des in Frage kommenden Priesters sowie des Festtages im Kirchenkalender oder des »Martyrologium Romanum« in einem leinengebundenen Notizheft aufzeichnete. Gingen ihm die Auslegungen über »Des Kaisers was des Kaisers ist« oder »Mein Reich ist nicht von dieser Welt« zu weit, teilte er seine Zitate in besonders pikierten, auch etwas warnenden Schreiben dem bischöflichen Generalvikariat in Lüttich mit, wo er im Ruf stand, ein zwar »etwas angehauchter«, aber ansonsten friedlicher Wertkonservativer zu sein. Was man in Lüttich nicht wusste: Durchschläge von Malmendiers Interventionen gingen zugleich an einen offenbar zuständigen Prälaten des Kölner Erzbistums sowie an Gauleiter Grohé.

War die Predigt harmlos und der gregorianische Choral des Caecilien-Männergesangvereins besonders elegisch, geriet der heimattreue Beter in Verzückung. Er schritt gesenkten Hauptes zur Kommunionbank, schlug beim Abschlusssegen einen großes Kreuzzeichen und erklärte auf dem Nachhauseweg, jetzt habe die Woche wieder eine »Orientierung«. Sophie machte sich über die Bigotterien ihres Vaters keine Illusionen, aber sie passten zu seinem sonnigen Gemüt, dass Störungen gleich welcher Art nicht ertragen konnte und sofort in eine gereizte Defensive flüchtete. Mehr betrübte sie allerdings der nicht länger zu verbergende Umstand, dass ihrem Vater die zunehmend heftigere und brutalere Vorgehensweise der von

Gehlen instruierten SA zu schaffen machte. Es hegte zwar keine prinzipiellen Einwände gegen das »Säubern gewisser Elemente«, bemühte sich auch, seine Bedenken möglichst zu verbergen, doch schmerzte dem Freund mehrstimmiger Kyrie-Gesänge der konkrete Anblick von klaffenden Wunden. Der Kreisleiter konnte kein Blut sehen; blau unterlaufene Augen, gebrochene Nasenbeine, oder aufgesprungene Lippen, mit deren Anblick er mehrmals wöchentlich knallhart konfrontiert wurde, setzten ihm zu. Wenn er mit seiner Tochter darüber sprach, geschah es flüchtig und ausweichend, aber er schaffte es nicht mehr, diesen Zwiespalt zu verbergen.

Die heiklen Dinge zwischen Vater und Tochter wurden gravierender, als der aus dem Nachbardorf Baelen stammende junge Priester Jean Arnolds vom Lütticher Bischof zunächst als Geschichtslehrer an das Kolleg und später als Kaplan der St. Nikolaus-Pfarre berufen wurde. Ein »Altbelgier« als für Geschichte zuständiger Jugendseelsorger, das war auch für Malmendier »eine Provokation«. Diese sich in heimattreuen Kreisen rasch verbreitende Animosität wurde weiter angeheizt, als Arnold bald darauf mit großem Erfolg eine Jugendgruppe unter dem Namen »Eucharistischer Kreuzzug« ins Leben rief.

»Ich fürchte, jetzt geht er zu weit«, bemerkte der Kreisleiter und Gehlen schrie:

»Kreuzzug, du Arschloch, das ist eine Kriegserklärung.«

Arnolds Wirkung, vor allem auf junge Menschen, war stark. Im Grunde konnte sich ihr kaum jemand entziehen, wenn sich das auch die Mitglieder der »Heimattreuen Bewegung« nicht eingestehen wollten. Seine große, etwas asketische Gestalt zog gleich die Blicke auf sich. Kam er in seiner langen schwarzen Soutane über die Straße, war es schwer, seinem freundlichen Gruß auszuweichen. Kinder liefen hinter ihm her. Jungendliche schüttelten seine

Hand. Brachte er in der Frühe im Ornat den Kranken die Kommunion, schritt ihm ein Messdiener mit Klingel und Laterne voran und die meisten Passanten knieten bei seinem Vorübergang auf offener Straße nieder. Begleitete er im Anschluss an das Dreiherrenamt feierlicher Exequien den Trauerzug zum Friedhof, geschah es voller Anteilnahme, vor allem mit dem Leid sogenannter kleiner Leute. In seinen Augen leuchtete eine Güte, die allem Hader voraus war. Ihr neuer Kaplan sei von »einer anderen Welt«, hieß es in Eupen. Er zog die Menschen an, die Gegner schienen wehrlos. Das machte ihn gefährlich.

Seit einer ersten flüchtigen Begegnung auf dem Bürgersteig der Kirchstraße, erweckte der Kaplan bei Sophie zwiespältige Gefühle. Das Unausweichliche seiner Erscheinung alarmierte ihre instinktive Defensive vor klerikaler Macht; obendrein war er Altbelgier; sein Vater, der zusammen mit Frau und Sohn in der Kirchgasse wohnte, hatte gar als hoch dekorierter belgischer Freiwilliger am »Großen Krieg« teilgenommen: ein Feind deutschen Volkstums also; die Ernennung des Kaplans war ein Politikum. Jedoch konnte sich »Fräulein Malmendier«, wie er sie nannte, dem Charisma, das er spontan verbreitete, nicht ganz entziehen. Sie versuchte es zwar, weil er sie verunsicherte, doch es gelang nicht. Als sie ihn beim Überqueren der Aachener Straße entgegentreten musste, kam es zu einer sonderbaren Konfrontation. Sie in ihrer BDM-Uniform, der Kaplan auf dem Heimweg vom Friedhof im weißen Chorrock. Sophie sah ihm kalt ins Gesicht, doch er zog sein Birett und lächelte sanft.

Je mehr Arnold in das Fadenkreuz der Heimattreuen Front geriet, begann er Sophie zu interessieren. Sie beobachtete seinen Gang, er hatte in diesen aufgewühlten Straßen etwas Entrücktes. Sie vernahm das Getuschel der Leute, feige, aber doch voller Respekt. Dann hörte sie sonntags ganz nahe der Kanzel seine Predigten über die Aussendung der »Schafe unter den Wölfen« oder der »Herde, die keinen

Hirten hat«. Politische Schlagworte, wie »Neuheidentum« oder »braune Gefahr«, waren aus seinem Mund nicht zu hören, doch klangen seine Zitate aus dem Tagesevangelium viel stärker. Sprach er etwa zu Beginn des Advents über Johannes dem Täufer im Kerker von Herodes, begann Sophies Vater auf der engen Kirchenbank unruhig hin- und herzurutschen. In der Karwoche bezeichnete er die Predigt über das Waschen der Hände von Pilatus als »Provokation«. Samstag nachmittags bemerkte Sophie im Halbdunkel der Kirche, wie aus dem Beichtstuhl des Kaplans der violette Vorhang heraus hing, doch wagte sie nicht, sich der langen Reihe der Wartenden anzuschließen. Auch wusste sie längst, dass gegen ihn »Aktionen« geplant waren, aber sie schwieg, als seine Haustür mit Kot beschmiert wurde oder anonyme Briefe in seinen Briefkasten landeten, die mit Anschlägen und Schlimmerem drohten.

Als Vater ihr eines abends nach einer Sitzung des größer werdenden »Kreises« anvertraute, die »Affäre Arnolds« werde jetzt endgültig geregelt, verließ sie, noch bevor er dazu Einzelheiten nannte, wortlos das Zimmer. Wenige Stunden zuvor war dem Kreisleiter aus dem Lütticher Generalvikariat das bereits zirkulierende Gerücht bestätigt worden, der Kaplan sei in die altbelgische Pfarrei von Montzen versetzt worden. Dann ging alles sehr schnell. Schon am nächsten Tag fuhr ein Laster in der Hostert vor; die Habseligkeiten der kleinen Familie wurden rasch aufgeladen; es gab weder ein Abschiedswort noch eine Geste des Dankes. Vater Arnolds nahm neben dem Fahrer Platz, der Kaplan hielt im Fond seine Mutter auf einem Stapel Decken fest umschlungen.

Wochen später sagte Sophie am Mittagstisch:

»Er hatte alles, was Gehlen fehlt.«

Ihr Vater ließ seinen Löffel in den Suppenteller fallen. Die Bouillon spritzte auf das weiße Tischtuch. Die Mutter hob erschrocken ihre Hand an den Mund. Doch fiel kein einziges Wort.

Zu den Besonderheiten des Hauses Malmendier zählte, dass der lange, schlauchartige Garten, der sich dem Materiallager und seinem Hinterzimmer anschloss, im oberen Teil an den Garten des Rechtanwalts Dr. Herbert Crott grenzte. Der Jurist war seit Jahr und Tag Mitglied der Sozialistischen Partei und kandidierte regelmäßig als Ersatzkandidat auf deren Senatsliste. Er und Malmendier würdigten sich keines Blickes, nachdem es Crott im Herbst 1932 gewagt hatte, auf einer Wahlkampfveranstaltung im Hotel Carnol auf der Aachener Straße den deutschen Sozialdemokraten Hubert Lennartz als Gastredner einzuladen. Der alte Gewerkschaftler aus Köln-Porz war, versteckt im Fond eines Wagens inkognito über die deutsch-belgische Grenze geschleust worden und hatte mit einer feurigen Rede gegen »die Gefahr von rechts« Aufsehen erregt. Malmendier beschimpfte nach diesem Vorfall seinen Nachbarn über den Gartenzaun als »Stiefellecker der Besatzer«. Crott antworte mit dem Vorwurf »Herz-Jesu-Faschist«. Daraufhin ließ der Devotionalienhändler die Hecke zwischen beiden Grundstücken nicht mehr schneiden. Sie verwilderte, wuchs hoch und war von einem dichten Streifen Disteln und Brennnesseln umgeben.

Spätestens im Herbst lichtete sich jedoch die grüne Grenzbefestigung und Sophie konnte beim Aufhängen der Wäsche in des Nachbars Garten blicken. Manchmal sah sie dort den Sohn des Juristen, der in ein Buch vertieft, auf dem Dreckweg zwischen den Johannisbeersträuchern auf und ab ging. Michael Crott war vier Jahre älter als sie und studierte an der Katholischen Universität Löwen Alte Geschichte. Früher waren sich die beiden bisweilen auf der Straße begegnet und hatten einige lapidare Worte gewechselt, so wie es Kinder tun. Dann kam die Zeit der »Bewegung«, Vater Crott avancierte zu einem »Volksfeind«, der Sohn verschwand an der Uni.

Lediglich an Wochenenden oder in den großen Ferien bekam Sophie ihn hin und wieder zu Gesicht. Von der

Kirchenbank aus sah sie ihn in Kaplan Arnolds Messe oder vom Erkerfenster, wenn er sonntagabends mit seinem Köfferchen zur Kleinbahnhaltestelle am Rathausplatz ging, um im Bahnhof von Herbesthal den Zug nach Löwen zu nehmen. Im Sommer 1939 stand im Lokalteil des »Grenz-Echo« die Nachricht, dass Michael Crott sein Geschichtsstudium in Löwen mit großer Auszeichnung beendet habe. Die Dreizeilen-Meldung schloss mit dem Worten »Wir gratulieren!« Einige Tage später bemerkte Sophie ihn im Wetzlarbad, wo er zunächst im Schatten eines Baumes in einem Buch schmökerte. Bald jedoch federte er schlank auf dem Dreimeter-Brett und sprang kopfüber ins Wasser. Anschließend kam es zwischen beiden zu einer sonderbaren Begegnung.

Michael kehrte an den Platz unter der Buche zurück und rückte seine Strohmatte etwas mehr in die Sonne. Als er wieder zu seinem Buch griff, schaute er plötzlich in das Gesicht von Sophie. Sie lag ihm in nur zehn Meter Entfernung direkt gegenüber, wollte sich instinktiv abwenden, zögerte einen Moment, spürte dann jedoch, wie seine Augen sich in die ihren vertieften. Es war ein sehr ruhiger, etwas scheuer und suchender Blick, dem sie jetzt nicht nur standhielt, sondern mit einem Zwinkern der Verwunderung antwortete. Umgeben vom Geschrei spielender Kinder und spritzenden Wasserfahnen war es, als ob sich beide, völlig unbemerkt von ihrer Umgebung, jedoch auch in zunehmender Gleichgültigkeit gegenüber einer möglichen Entdeckung, in ihrer Position kontemplativer Beobachtung eingerichtet hatten. Vielleicht waren es nur Sekunden, aber Sophie hat diesen Anblick als unendlich lange und schließlich ausreichend empfunden. Es war ja keine Fixierung, auch geschah es weder in einem Wettkampf bohrenden Aushaltens, sondern hatte, wie sie es Jahrzehnte später allein Albert anvertrauen würde, die Kraft »zeitloser Berührung«. Erst als diese als gelungen und gesichert galt, besiegelten beide ihr Augenspiel mit einem sehr vorsichtigen, tastenden Lächeln, das ihr Geheimnis bleiben würde und ihnen von niemandem genommen werden könnte. Sophie packte ihre Badesachen in den Korb, strich mit einer lässigen Bewegung ihr Haar hinter das Ohr und ging, ohne sich noch einmal umzudrehen, zu den Umkleidekabinen.

Es war ein großer Sommer und die Hecke zwischen den beiden Gärten am Rande der Spitalwiesen stand höher denn je, von Klebekraut und dem Dornengeäst wilder Rosen fest umschlossen. Sophie Malmendier meist in ihrer BDM-Tracht und Michael Crott im dunklen Anzug mit roter Strickkrawatte begegneten sich nur selten. Es waren nahezu konspirative Vorübergänge, hinter deren Fassade kühlen Ignorierens sich eine Entschlossenheit verbarg, die auf ihre Stunde zu warten verstand. Ringsum tobte die »Schlacht um Eupen«, die Dr. Crott in eine stets bedenklichere Defensive trieb und den Kreisleiter Malmendier ermutigte auf letzte Tarnungen zu verzichten.

Bereits im Frühjahr 1940 hatte er in einer streng vertraulichen, vom Kölner Gauleiter Grohé unterzeichneten Depesche die Order erhalten, sich für den »großen Tag« bereit zu halten. Als im Morgengrauen des 10. Mai die deutschen Truppen die belgische Grenze überschritten und in Eupen einmarschierten, hatten Dr. Crott und sein Sohn, von einem Telegrafenbeamten frühzeitg gewarnt, die Stadt bereits in der Nacht in Richtung Brüssel verlassen. Auch Sophie eilte gegen zehn Uhr begeistert zum Rathaus. Sie stand am Eingang unter den Säulen, als einige SA-Männer den belgischen Polizeikommissar Fritz Hennes vorführten. Wie einen seit langem steckbrieflich gesuchten Verbrecher stießen sie ihn vor sich hin. Pimpfe der Hitler-Jugend und die vollständig erschienene BDM-Führung schrien »Verräter«, »Schweinehund«. Einige der Mädchen bespuckten und ohrfeigten ihn, bevor er in den Sitzungssaal gezerrt wurde, wo ihm Malmendier die Insignien vom Uniformrock riss und der SA grinsend den Befehl erteilte, den »Bullen« in »Schutzhaft« zu nehmen. Deutsche Truppenverbände defilierten vor dem Rathaus, auf dessen Balkon das Spruchband entrollt wurde »Führer, wir danken Dir!«.

Sophie hob jubelnd ihre Hände. Immer wieder ertönte der Ruf »Eupen-Malmedy ist wieder deutsch« und Gehlen fuhr in der schwarzen Uniform eines SS-Hauptsturmführers auf einem Rad, und in der Hand die an einer Bohnenstange befestigte Hakenkreuzfahne schwenkend, durch die Menge. Das rote Tuch mit den Runenzeichen flatterte im Fahrtwind, als er den Olengraben hinunter sauste, wo ihm die Unterstadt einen jubelnden Empfang bereitete. Vorbei am Eckhaus der Familie Bosch, die sprachlos am Straßenrand stand, radelte er den Belmerin hoch zur Kaserne des belgischen Radfahrer-Bataillons. Trotz der Proteste der Wachposten durchbrach er die Absperrungen. Die Fahne noch höher hebend, rief er »Heil Hitler« und »Heil unserem Führer«. Dann fiel ein Schuss. Gehlen sah sich erschrocken um und stürzte tot zu Boden.

VII.

Der Cousin

Peter Michel war Alberts liebster Cousin. Obwohl zwanzig Jahre älter und im Wesen völlig verschieden, verband beide eine enge Beziehung. Peter war klein und wurde meist Peterchen genannt; er betrachtete den Cousin wie seinen jüngeren Bruder. Stets beteuerte er, dass zwischen ihnen eine »Waffenbrüderschaft« bestehe, er prahlte sogar damit. Tauchte er auf, erregte er sogleich Aufsehen. Es gab zwischen seinem Körpermaß von 1,63 m und seinem Mundwerk eine Diskrepanz, die amüsiertes Grinsen auslöste. Er eckte nicht an, auch stiftete er keine Zwietracht, doch fragten sich seine Zuhörer, was denn, in drei Teufels Namen, diesen »Zwerg« veranlasste, so groß die Klappe aufzureißen. Doch geschah es auf solch originelle Weise und obendrein mit einer flinken Intelligenz, dass man ihm schließlich eine Art Narrenfreiheit zubilligte.

»Solch einen Verrückten«, schmunzelten die Leute, »bekommt man nicht alle Tage zu Gesicht.«

Albert betrachtete seinen Cousin allerdings weder als Sonderling noch als seinen älteren Bruder, sondern rätselte oft darüber, was er eigentlich von ihm sei. Einen Freund, wollte er ihn an sich nicht nennen, denn bei aller Familiarität gab es zwischen beiden so etwas wie einen emotionalen Zeitbruch. Dieser hing wesentlich damit zusammen, dass Albert all die Namen, Daten und Begriffe aus der NS-Zeit und ihrer heftigen Vorspiele in den Kreisen Eupen-Malmedy meist fremd waren. Ihre ständige Wiederholung und das Pochen auf unbekannte Ereignisse begannen ihn zu langweilen. Für

Peter war es jedoch eine abenteuerliche, längst nicht abgeschlossene Geschichte. So sehr sich Albert auch wunderte und manche Frage stellte, sein Cousin war besessen auf diese Zeit. Er lebte darin. Sie war der Inhalt seines Lebens.

Obwohl 1933 bei der Machtergreifung Hitlers erst zehnjährig, berichtete er über diese Ereignisse, als sei er selbst aktiv daran beteiligt gewesen. Seine Betroffenheit dokumentierte er durch den Einbau von Originalzitaten oder ein erstaunliches Detailwissen. Dabei fiel auf, dass ihn keineswegs eine Begeisterung für die Inhalte der Nazi-Ideologie bewegte, sondern für ihren formalen Glanz und den Zauber ihrer Inszenierungen. Typen wie Rosenberg, Heydrich oder Eichmann hielt er für Agenten des Bösen, die dem Führer als »Feldherr und Oberbefehlshaber« nur die kostbare Zeit gestohlen hatten. Peterchens Thema war der Aufmarsch, der Krieg, die Front, doch selbst dies nicht einmal im Sinne von Eroberungen oder »totalen Siegen«, sondern als Grunderfahrung »soldatischer Berufung und Schlachtfeld menschlicher Existenz«. Irgendwo war da ein ständiger Kitzel, der ihn die Dinge des Lebens und ihre banale Normalität aus der Sicht des »Schützengrabens« erleben ließ. Pogrome, Rassenhass und Judenverfolgung waren ihm zwar nicht entgangen, er bedauerte sie zutiefst, doch berührten sie nicht seine Vorstellungen vom »reinigenden Krieg«, den er für eine Bewährung alles Männlichen und Ritterlichen hielt. Die Bereitschaft zum Kampf war eine »bleibende Aufgabe«.

Peter Michel war Anstreicher in der Hausmeister-Werkstatt des Eupener St. Nikolaus-Hospitals. Er stand im Ruf eines fähigen und zuverlässigen Fachmanns, dem man auch heikle Aufträge anvertrauen konnte. Dabei blieb allerdings unklar, ob es sich bei seiner nebenberuflichen Neigung zum »heiligen Durst« um eine Heimsuchung oder eine Gnade handelte. Sein Vetter Albert, der diese Verwicklung in all ihren intimen Facetten kannte, wollte sich da nicht so genau festlegen. Manchmal nahm Peterchens Abmarsch an die Promille-Front zwar bedenkliche Formen an; es gab jedoch auch Situationen seliger »Durchbrüche« seiner, wie immer gearteten »Kampfkommando-Reserve«, die die Frage aufwarfen, was denn bloß geschehen mochte, wenn ihm diese Sandkastenspiele obsessiven Militarismus fehlen würden. War er wieder einmal ausgezogen, einem eingebildeten boshaften Feind das Fürchten zu lehren, äußerte er ernüchtert weder ein Wort der Erklärung oder gar des Bedauerns, sondern griff zu Kleister und Farbe mit der zackigen Bemerkung:

»Leutnant Michel meldet sich vom Einsatz zurück.«

Der Ablauf dieser Einsätze begann spätestens kurz nach 17 Uhr, wenn er sich freundlich und adrett in den Feierabend verabschiedete, dann aber den Verlockungen der seinen Heimweg flankierenden Wirthäuser nicht widerstehen konnte. Gegenüber Albert äußerte er einmal, diese Lokale hätten einen unwiderstehlichen Geruch von »Kampfgetümmel und Kameradschaft«, sie seien Orte der Bewährung. Dann ergriff er wie ein wahrer Genießer das ihm vom Wirt ohne Aufforderung gereichte Bier, trank es in einem Zug leer und strahlte, es sei »wie auf dem Rückzug«. Spätestens nach dem fünften Glas bezeichnete er die Theke als »Schießstand«, die Zapfhähne als »Nachschub« und marschierte mit einem seiner Ledertasche entliehenen Zollstock zwischen den Stuhlreihen. Bei diesem »Défilé« wurden auch gleich seine Kenntnisse neuester Kriegsgeschichte deutlich, denn er redete seine Kumpel am Tresen nur noch mit von Mannstein, von Schill, von Stülpnagel oder von Stauffenberg an.

Was Albert befürchtete, trat dann spätestens ein, wenn er sich schweren Herzens entschloss, die »Feldküche« aufzusuchen und sich nach Hause in die Gospertstraße 47 zu begeben. Nicht selten forderte er dabei »freies Geleit« oder »Flankenschutz« seines Cousins, denn sobald sich die Haustüre öffnete, wurde er mit einem Schnellfeuer von Beschimpfungen und Vorwürfen seiner Frau Hermine, geborene Laschet, empfangen. Ihr Zorn richtete sich nicht minder gegen den unschuldigen Begleiter, dem sie stets unterstellte, der eigentliche Grund ihrer Misere zu sein. Besorgte Peterchen noch einige Fläschchen Bier aus dem Kühlschrank, nahm seine Frau diese sogleich mit einem barschen Handgriff vom Tisch. Es waren peinliche Szenen einer Ehe, die der »Spätheimkehrer« jedoch einfach ignorierte. Seinem Vetter flüsterte er zu, er stelle sich »scheintot«. Erhob sich Albert zum Abschied, legte sein Gastgeber großen Wert darauf, ihm die »Hausehre« zu erweisen, betonte aber spätestens im Flur, dass er längst die »Tarnjacke« übergestreift habe und kündigte kichernd einen baldigen »Kessel-Ausbruch« an.

Peter Michel, der sich als Berufssoldat verstand, führte eine harmonische Josephs-Ehe. Wenn er auch an dieser Front keine Tapferkeitsmedaille errungen hatte, fiel nie ein frivoles oder despektierliches Wort über seine Frau. Auch blieb er völlig frei von Weiberaffären, war doch der Gegenstand seiner Begierde ausschließlich die von Gefechtslärm umgebene Theke. Ohne Rausch konnte man sich sein Leben nicht mehr vorstellen. Aus der Tristesse seiner Ehe und der Biederkeit seines Berufs flüchtend, fand er hier den einzig verbliebenen Notausgang für seine Sucht militärischer Bewährung.

Albert konnte sich ein Lächeln nicht verkneifen, aber Peterchens Liebe galt dem »Rückzug«. Er schwärmte weder von Invasionen noch von Eroberungskriegen, er war kein Durch-, sondern ein Zurückmarschierer. Dabei trieb ihn weder Angst vor dem Feind oder das Heimweh, sondern der Reiz von dem, was er »Etappe« nannte: die Waffenpause, das Atemholen und Ausspannen nach geschlagener Schlacht. Etappenorte in der Nachbarschaft von Fronten und Schützengräben zählte er auf, wie aus dem Ortsregister eines kriegshistorischen Atlas. Doch lagen sie stets in einer von Artillerie-Feuer und Minenfeldern freien Zone. Vorzugsweise waren es verwunschene Dörfer, abgelegene Bauernhöfe und einsame Herbergen, in deren Ställen, Heuschobern und Dependenzen bei einbrechender Dunkelheit die wahren Feldzüge begannen. Auf eine entsprechende Frage seines Cousins antwortete Peterchen, Standort und

Urgrund dieser Stätten beruhten auf einer ausgetüftelte strategische Berechnung:

»Nicht zu weit von der Front, nicht zu nah von Zuhause.«

Albert wusste natürlich längst, dass bei diesen Rückzug-Festen die Atmosphäre eines Feldkasinos des Offizierscorps herrschte. Vetter Peter schlüpfte dabei in die Rolle eines für logistische Hilfe und diskrete Vermittlung zuständigen Gefreiten. Seine konkrete Aufgabe konzentrierte sich auf die Bereiche »Calvados und französischen Damen«. Wohin ihn auch das Schlachtgetümmel quer durch Europa trieb, in seiner Phantasie war »Rückzug« ohne diese Stimulans nicht vorstellbar. Obwohl angeblich offiziell mit der Mission eines Zulieferers betraut, verstand er diese Verantwortung als »vertrauliche Kommandosache«. Von wo er die professionellen »Nachtschwalben« herschaffte, blieb folglich sein Dienstgeheimnis. Es zählte allein die Gunst seiner Vorgesetzten, die sich zwischen den Ritzen der Strohballen, hinter den Bretterwänden dampfender Schweineställe oder in ausgebeulten Pensions-Betten an der, wie er es nannte, »anderen Front« bewährten. Ob die Belegschaft des nach Froufrou und Cabaret duftenden Feldbordells auf dem Frankreich-Feldzug als Geisel genommen, als Horizontal-Kollektiv zum festen Bestand des Nachschubs gehörte oder als Lusttruppe in einem Zirkuswagen der Front hinterher chauffiert wurde, blieb unerwähnt. Fest stand nur, dass Peterchen zwar nie persönlich an den »Nahkämpfen« beteiligt war, dafür jedoch deren Anmeldungen und Ablösungen arrangierte und, wie er behauptete, einen vertrauensvollen »Spähposten« innehatte.

Was den Calvados anbelangt, war er zum Mitsaufen angeblich zwangsverpflichtet. Hier mitzuhalten und auch den Exzess nicht zu fürchten, war eine Frage der Soldatenehre. Da ließ er sich auch nicht bitten, für eine Kiste »Väterchen Magloire« einen Abstecher »hinter die feindlichen Linien« zu riskieren. Gelang es ihm, das in den Apfelwiesen der Nor-

mandie gebrannte, bräunlich funkelnde Gold dem General-
stab anzubieten, ließ sich der versammelte »Sauhaufen« zu
kriegerischen Gesängen hinreißen. Albert hat das Repertoire,
dicht am Rande der Polizeistunde, in Eupener Wirthäusern
aus dem Mund seines Cousins oft zu Ohren bekommen:
Das »Horst-Wessel-Lied«, »Es rasseln die Ketten, es dröhnt
der Motor«, »Schöner Westerwald« oder »Wir fahren gegen Engeland«. Den mit allen Lastern gesegneten Offizieren
gedient oder im Morgengrauen einem im Heu keuchenden
Oberst als Wegzehrung noch eine Blechtasse Schampus angeboten zu haben, war sein größtes Glück.

Dass es sich bei dieser Dienstbereitschaft stets um zwei
Markenprodukte französischen Genießens handelte, hat zu
vorgerückter Stunde zwischen den beiden Vettern zu langen, mitunter schwermütigen Gesprächen geführt. Letztlich wollte Peterchen dabei nie so recht mit der Sprache heraus, drehte und drückte sich, doch glaubte Albert dennoch,
dem Anlass dieser geografischen Präferenzen auf die Spur
gekommen zu sein. Manchmal befürchtete er, seine Zuflucht
in die Tiefenpsychologie sei an den Haaren herbei gezogen,
dann aber bestätigte der Veranlasser solcher Studien erneut
die abgründige Diagnose. Irgendwie, so mutmaßte Albert,
hatten die dienstverpflichteten französischen Damen und
der normannische Digestif etwas mit »Grenze« zu tun. Da
waren nicht nur die tragischen Grenzsituationen des Krieges, Verwundungen und Todesnähe, sondern auch die diversen Grenzüberschreitungen ländlicher Rückzug-Partys,
die es zu kompensieren galt. Es existierte auch ein nicht zu
unterschätzender Bezug zu den realexistierenden Grenzen
in Peterchens Heimat. Stammte er nicht aus einem Grenzland, dessen jahrtausendealter Standort seine Brisanz aus
der Konfrontation germanischer und romanischer Wurzeln
schöpfte? Gab es bei den ständigen Gratwanderungen über
diese Grenze nicht auch so etwas wie Hassliebe, wenn nicht
sogar Sehnsucht nach den Genüssen im Land der Feinde?
Gierige Blicke über Zäune und Schlagbäume deutscher Ord-

nung in ein gelobtes Land der Lüste, wo zwar weder Milch und Honig flossen, jedoch roter Burgunder und, etwas westlicher, golden leuchtender Digestif? Ja, wenn Albert sich in den Tiefen der Nacht von seinem Cousin ein angeblich allerletztes Glas hinschieben ließ, erschien ihm bei solch massiven Gegensätzen das kleine Belgien nur noch wie ein harmloser Pufferstaat. Die wahren sich hier die Stirn bietenden Kräfte waren: von französischen Chansons parodierte deutsche Volkslieder, gegen germanische Vernunftsehen putschende französische Dirnen, statt Bierruhe und Gemütlichkeit hochprozentiger Brandwein und Bohème.

Sich selbst auch in diese Freudsche Analyse mit einbeziehend, erkannte Albert in seinen Kindheitserlebnissen nahtlose Übergänge. Der Lichterglanz über Lüttich bekam plötzlich wieder etwas Pariserisches. Die Madame aus dem »Duc d'Anjou« umgab unter solch einem Nachthimmel der Charme des »Moulin Rouge«. Die aus der Tiefe der Lorraine heranfließende Maas verströmte gespreizte Sinnlichkeit. In Verlaines und Rimbauds belgischen Eskapaden dämmerte die dunkle Sprache der Begierde. Dort jedoch, wo die Sprachengrenze ihren Rachen öffnete, in der ländlichen Harmlosigkeit des der Grenzstadt Eupen vorgelagerten Franziskanerklosters Garnstock, begann eine andere, eine tristere Welt.

Jenseits der von gelangweilten Gendarmen bewachten Schranke, die bereits der kurz zuvor von liebestollen Brüsseler Mädchen beglückte Victor Hugo in der Postkutsche passiert hatte, lag ein Reich züchtigen Eifers. Die beiden Cousins waren sich darüber einig, dass es sie erschütterte, auf solch einem Abgrund, dessen tektonische Beben bis Danzig und Königsberg reichten, ihr Leben fristen zu müssen. Den Kaperberg hinunter torkelnd, erkannte Peterchen Michel in diesem von Schicksalsmächten gezogenen Grenzstandort die fatale Überschneidung von »Front und Zuhause«: nicht ein einziger Hauch von Etappenglück.

Nach solchen Erfahrungen war der nächste Tag besonders bitter. Dann schlich sich der Anstreicher schon früh aus dem Portal des Hospitals. Angeblich zur Erledigung einer Verwaltungsformalität in eine Amtstube bestellt, verschwand er in der Paveestrasse im Toreingang der Bierbrauerei. Dort stand in einem abgelegenen Schuppen ein Fass mit Freibier, von dem sich die Eupener nach Herzenslust bedienen konnten. Es war mit einem Stern gezeichnet und hieß deshalb auch so: »dr Stär«. An einem Holzhaken hingen drei Gläser, die nach ihrer Benutzung mit einem Schlauch heißen Wassers gespült wurden. Mit den Worten »das Afrikakorps hat Durst« bediente sich Peterchen und frozzelte, noch eine Runde schmeißen zu wollen. Solche Tage schnell wieder aufgetankter Zuversicht waren für seine »Verteidigungsbereitschaft« besonders tückisch. Die zum Stundengebet eilenden Nonnen des Krankenhauses bezeichnete er nach seiner Rückkehr als »Lazarett-Schwadron«. Beim Streichen der Leichenhalle sang er »vaterländische Lieder«. Als ihm anlässlich seines silbernen Betriebsjubiläums auf der Bühne des Kolpinghauses vom Direktor ein Blumenstrauß überreicht wurde, trat er ans Mikrofon und grinste:

»Eine Bubbel Schnaps hätte es auch getan.«

An solchen Abenden war an Heimkehr nicht zu denken; einmal mehr befand sich der Gefreite Michel auf dem »Rückzug«. Obwohl Frauen gegenüber stets liebenswürdig und zurückhaltend, gab es in der Judenstraße im Haus der Familie Herné drei Schwestern, die ihm nach der Beerdigung einer alten Tante beim Leichenschmaus erklärt hatten, entfernte Verwandte zu sein. Das Trio war, obwohl keineswegs unansehnlich, aus welchen Gründen auch immer, ledig geblieben. Peter hatte dies unter ihrem feixenden Gelächter mit dem Hinweis kommentiert, er wisse aus seinen Kriegsjahren, dass man auch »viel Gutes im Stillen« tun könne. Wenn seine »Patrouillengänge« besonders heftig verliefen, unterließ er es nicht, bei den etwas reiferen Herné-Jungfrauen zum »Großen Zapfenstreich« zu blasen. Diese Auftritte waren so beliebt, dass er es sich durchaus erlauben konnte, auch unangemeldet zu spätester Stunde aufzukreuzen.

Wenn dann die Klingel wie eine Alarmglocke ertönte, leuchteten im Treppenhaus alle Lichter auf. Die Damen öffneten im Négligé oder Bademantel die Tür und präsentierten ihm sogleich einen Schwenker mit Calvados und die Zigarrenkiste. Paffend und wie ein Luchs die Karaffe im Auge behaltend, saß er, ohne seinen Trench abzulegen, in einem tiefen Sessel und gab seine »Lageberichte« zum Besten. Hatte er jedoch endgültig sein Quantum erreicht, verkündete er, ihm sei zumute »wie nach dem Sieg von Tannenberg«. Schon sprang er auf und begann ein Solo, das seinem Publikum Hören und Sehen verschlug: Er kam gerade von Einsätzen im »tiefen Osten« zurück und berichtete, die Beine der »Kosakenweiber« seien »wie Samt« von schwarzen Häärchen bedeckt gewesen. In der Armee Hindenburgs wollte er den Russen mit Handgranaten Widerstand geleistet haben und verlangte als »Pickelhaube« einen mit Silbernadel bestückten Damenhut. Unter Ludendorf stand er im Schrapnell-Feuer des Feindes. Plötzlich wechselte er Zeit und Raum und parodierte hinkend die Kriegs-Rede von »Jüppke Goebbels« aus dem Berliner Sportpalast. Dann wieder schritt er im Stechschritt eine besiegte Ehrenkompanie der Roten Armee ab. Als er melancholische, slawische Lieder anstimmte, kuschelten sich die drei Grazien wie die Katzen auf dem Sofa. Schließlich ließ sich der Bummler aller Schlachten, wie von einer Feindeskugel getroffen, nach einem letzten Schluck aus der Karaffe in den Sessel zurück fallen.

»Meine arme Hermine«, keuchte er, gab dann aber den schneidigen Befehl, »die 4. Gepanzerte zieht sich in die Wälder zurück.«

Auf Dauer konnte es nicht ausbleiben, dass Peter Michel zu seinem Krankenhaus-Direktor Dr. Norbert Scholl, der ihn stets mit »Herr Leutnant« anredete, ein sonderbares Verhältnis pflegte. Rein fachlich machte ihm niemand den geringsten Vorwurf, doch waren dem Chef die Streifzüge seines Anstreichers nicht verborgen geblieben. Auch kam es vor, dass er, im Anschluss an eine nächtliche »Gegenoffensive«, wieder einmal zum Fass mit dem Stern entwichen, nach Arbeitsbesprechungen mit seinem Vorgesetzten die Hacken zusammenschlug oder die hohe Leiter mit den Farbtöpfen als »Späh-Turm« bezeichnete. Die weißen Arzt-Kittel hielt er für winterliche »Tarn-Jacken« und seinen Tapetenspachtel für ein »Nahkampf-Bajonett«.

Auf den Gängen des Hospitals hieß Peterchen »unser unbekannter Soldat«. Ein Kompliment, das er mit einem breiten Grinsen der Genugtuung beantwortete. Was jedoch die Dinge zwischen ihm und dem Chef nicht leichter machten, waren ihre politischen Differenzen. Dr. Scholl galt als ein leidenschaftlicher Förderer der Ende der 50er Jahre in den »Ostkantonen« scheu auftauchenden Deutschtums- Bewegung, während sein Anstreicher, zu seinem eigenen Erstaunen, im staatserhaltenden, belgischen Lager gelandet war. Seine Lieder im Ohr, nannte ihn der Direktor einen »Fahnenflüchtling« und »Überläufer«:

»Du weißt ja, was zu unserer Zeit mit solchen Deserteuren geschah.«

»Jawohl, Herr Direktor«, antwortete der Zwerg, »auf der Flucht erschossen.«

Entgegen all den Beschwörungen preußischer Offiziersehre und militärischer Tradition, vertrat er in seinen nüchternen Phasen die moderaten, auf Status-quo pochenden Standpunkte der Christlichen Volkspartei. Diese forderte eine zweifelsfreie Haltung zu Belgien und die kulturpolitische Priorität einer möglichst frühzeitig erlernten deutsch-französischen Zweisprachigkeit, was die Gegenseite als Kapitulation, mangelndes Selbstbewusstsein und Profitpatriotismus brandmarkte.

So kam es im Hospital zwischen dem Direktor und dem Anstreicher in seinem mit Farbflecken übersäten weißen

Kittel oft zu politischen Diskussionen. Sie wurden zwar schmunzelnd geführt, doch waren sie nicht frei von Zähigkeit. Standen sich die beiden auf den Fluren gegenüber, horchten die vorbei huschenden Pflegerinnen auf. Drohte Dr. Scholl seinem gestikulierenden Gesprächspartner, ihm bei seinen Sauftouren einen Katheder anzulegen, griff Michels in seine Brieftasche und hielt ihm, wie bei einem Exorzismus, seine in Brüssel abgestempelte Parteikarte entgegen. Darauf stand zu lesen, dass Pierre Michel, Eupen, Rue Gospert 47, seit dem 6. Januar 1958 Mitglied des »Parti Populaire Chrétien« (PPC) war. Mit besonderem Stolz erfüllte ihn die Tatsache, dass dieses grün-weiße Dokument einen markantes Wappen mit dem belgischen Löwen sowie die Unterschrift des Nationalpräsidenten Jean-Paul Vandenbulke-Renard zierte.

»Was soll denn dieser Kripo-Ausweis?«, lachte der Direktor, worauf Peterchen konterte:

»Ihre alte Mitgliedskarte wagen Sie ja nicht zu zeigen.«

Dann grinsten beide und trennten sich in dem zwiespältigen Gefühl, ausgerechnet vor der Tür des Verbandzimmers, an alte Wunden gekratzt zu haben.

Als Albert diese Parteikarte erstmals zu Gesicht bekam und ebenfalls seine Verwunderung über die kuriose Mitgliedschaft nicht verbergen konnte, antwortete der Cousin, er sei in diese Verlegenheit gekommen »wie die Jungfrau zum Kind«. Nach dem Neujahrsempfang des Hospitals habe er mit dem Narkosearzt noch einen »kleinen Abstecher« in die Waldkaschemme »Frau Nabek« gemacht. Dort sei er zu sehr später Stunde als Tribut nach einer verlorenen Wette über den orthografisch korrekten Namenszug von »Baudouin«, vom örtlichen PPC-Parteisekretär Timmerman in die Pflicht genommen worden. Den Jahresbeitrag von 200 Franken hatte er gleich »blechen« müssen. Seiner zu Tode erschrockenen Hermine sei das Dokument eine Woche später »per Einschreiben« vom Briefträger ausgehändigt worden.

Anfangs war ihm als fanatischem Anhänger der »Hitler-Jugend«, dieses »Ding« zwar etwas unheimlich vorgekommen, doch machte er sehr bald die befreiende Erfahrung, dass der kleine Ausweis offenbar die Vorzüge einer Eintrittskarte besaß, deren Folgen er noch gar nicht bedacht hatte. Einmal monatlich wurde er ab sofort zu den Sitzungen der PPC-Lokalsektion im Sälchen der alten Frau Ludwigs in der oberen Bergstraße eingeladen. Dort traf er auf eine ganze Reihe alter Bekannter »aus der Zeit der Bewegung«, die ihn schulterklopfend mit dem Bekenntnis begrüßten, endlich wieder eine politische Heimat gefunden zu haben. Sobald die Tagesordnung mit dem Punkt »Verschiedenes« abgeschlossen war, wurde unter Parteifreunden an der Theke weiter politisiert, wobei nicht einmal der Präsident, der Turnlehrer Herbert Thierron, das neue Mitglied daran hinderte, hin und wieder einige »heimatlichen Lieder« zu singen. Erschien zur Jahreshauptversammlung der PPC-Bezirkspräsident Senator Jean-Marie Grosjean aus Verviers, erstrahlten Peterchens Augen, wenn der ergraute alte Fuchs auch ihn mit persönlichem Handschlag begrüßte. Der Anstreicher war zwar der französischen Sprache nicht mächtig, doch reichte es noch immer zu einer tiefen Verbeugung und einem beherzten:

»Merci, mon Président.«

Als er jedoch nach dem offiziellen Teil im Schankraum neben dem Sälchen »Im grünen Wald« anstimmte, spitzte Grosjean seine Ohren und fragte perplex, ob das nicht »Feindesgesang« sei. Der Vorsitzende erklärte geniert, es handle sich um ein altes deutsches Wanderlied.

Fragte Albert seinen Cousin nach den politischen Inhalten solcher Partei-Versammlungen, betonte dieser, es handle sich um »zum Teil geheime Arbeitssitzungen«, die aber vorrangig mit »bilateralen Grenz- und Sprachenfragen« zu tun hätten. Viel mehr war nicht zu erfahren, doch schwärmte er von der solidarischen Atmosphäre, die er als

Corpsgeist, »wie unter Rommel vor Tobruk«, rühmte. Dem Vetter wurde bald klar, dass Peter zu diesen Kreisen eine eher emotionale Beziehung pflegte, wobei er jedoch seine militärischen Neigungen gar nicht aufzugeben brauchte. Im Gegenteil, wurden doch von ihm weder ideologische Schwüre noch die Kenntnis des Parteiprogramms abverlangt, sondern Begeisterung für »die Sache«, regelmäßige Präsenz und eine gewisse Trinkfestigkeit. Damit konnte er dienen und avancierte bald innerparteilich zu einem allseits geschätzten Kumpel, der schon im nächsten Jahr als »beratendes Mitglied« in den Vorstand gewählt wurde. Spätestens bei den »Nachtsitzungen« des engeren Komitees im diskreten Schutz der Wälder bei »Frau Nabek«, wurden seine eigentlichen Qualitäten offenbar. Dann sprach er den Lokalpräsidenten plötzlich mit »Herr Oberst« an, orakelte von »Feuertaufe« und würdigte die »Verteidigungsbereitschaft« der geschmeichelten Parteifreunde.

Peter, der Parteisoldat, kehrte von solchen Sitzungen erst im Morgengrauen nach Hause zurück. Dann jedoch wagte seine Hermine, die hinter der Gardine den an- und abfahrenden schwarzen Opel-Rekord des Vorsitzenden beobachtet hatte, dem polternden Ehemann nicht mehr zu widersprechen. Sie nahm ihm nur den Trench ab, half ihm ins Badezimmer und schubste ihn sanft ins Bett, wo er sich zur Seite drehte und augenblicklich wie ein Murmeltier zu schnarchen begann. Nachdem Thierron, bei einem gemütlichen Beisammensein mit Ehefrauen anlässlich des Nationalfeiertags, Frau Michel ins Ohr geflüstert hatte, dass ihr Peter »ein Mann mit Zukunft« sei, wurde ihr Respekt noch größer. Vor Beginn der sich häufenden Sitzungen legte sie ihm ein frisches Hemd, eine in den Parteifarben gemusterte grünweiße Krawatte und ein elegantes Poschettchen zurecht.

»Mach' es gut, wa, Jung'«, so stand sie in der Haustüre und winkte dem sich geschäftigen Schrittes entfernenden Ehemann noch lange hinterher.

Damals begannen sich Alberts Beziehungen zu seinem Cousin zu verändern, sie wurden enger und seriöser. Es lag gewiss nicht daran, dass Peter immer häufiger politischen Aktivitäten nachging und reihum in den Wirtshäusern der Stadt »Sprechstunden« abhielt. Es war vielleicht der Anlass zu mancher Begegnung, jedoch nicht der tiefere Grund. Albert befand sich in einer Phase intensiver Suche nach Orientierung. Zunächst musste er über die Wahl eines Studienfaches sowie einer Universität entscheiden, doch warfen diese Dinge noch ganz andere Fragen auf. Wie er glaubte, hatte dies alles etwas mit Lebenssinn, mit Identität und, – er wagte das Wort kaum auszusprechen, es hatte einen so spirituellen Klang, mit »Berufung« zu tun. Wenn er seine komplizierte Ichversunkenheit richtig deutete, reduzierten sich all seine Probleme auf eine Suche nach »Heimat«. Er meinte damit nichts Provinzielles, sondern schwärmte nach der Lektüre der »Morgenlandfahrt« des von ihm hochverehrten Hermann Hesse von einer »tieferen« Landschaft, »die Heimat und Jugend der Seele, es war das Überall und Nirgends, war das Einswerden aller Zeiten«. Hesse schrieb, bei dieser Heimat handle es sich »nicht nur um ein Land und etwas Geografisches«. Genau diese Passage faszinierte ihn. »Nicht nur«, das hieß auch »doch ein wenig« und versprach in seinen tieferen Schichten »viel mehr« oder das, was er in einem diffusen Résumé »das Eigentliche« nannte. Es war wie eine politische Versuchung.

Alberts Nachdenken darüber streifte zunächst all jene seit seiner Kindheit angehäuften Beobachtungen, die mit dem eng umgrenzten Standort Eupens und seiner von ihm als schmerzlich empfundenen Zugehörigkeit zum Königreich Belgien zusammenhingen. Dabei handelte es sich um tagtäglich gemachte, ebenso konkrete wie lapidare Erfahrungen, ohne größere Bedeutung, aber dann doch ein Indiz. Kam jedoch die Nacht, mit ihrem Zauber und mit ihrem Rausch, wirkten diese Stunden wie ein gnädig über all seine Wirrnis gebreiteter Mantel. Er umhüllte und schützte nicht nur, er gewährte auch ein Stück der so sehr vermissten Geborgenheit. Der Alkohol half, ihn für die eher philosophischen Zwischentöne hellhörig zu machen und sie, wie Trost, zu genießen.

Begann er diese Erfahrungen auszukosten, trat der Cousin in seinen Schatten und entwickelte eine Tugend, die er bei ihm zwar nicht völlig verkannt, jedoch unterschätzt hatte: Kompassion. Peter, der diese Dinge etwas rustikaler betrachtete, schätzte diese Nachdenklichkeit und glaubte darin sogar das anspruchsvollere Substrat all seines kriegerischen Hin- und Her-Irrens zu erkennen. Deshalb verzichtete er darauf, jetzt mit neuen Stilblüten der Garnisonssprache zu glänzen, sondern stieß schweigend mit dem Vetter an. Er sah seine Sorgenstirn und lächelte ein sehr verständnisvolles, vaterlandsloses Lächeln.

Peter hätte jetzt gerne seine Beschwörung der »Waffenbrüderschaft« wiederholt, korrigierte sich aber schnell und sprach von »Fremde« und »Exil«. So blieben sie jenseits anderer Worte in diesem nächtlichen Schweigen und gemeinsamen Ausharren verbunden. Es schloss alles ein: Sorgen, Suff, Überdruss, Scheitern mit Frauen, Lebensangst und das Politische.

In diesem Sommer, den Albert als Beginn seiner »Krise« bezeichnete, wunderte es ihn, dass sein Cousin erstmals von seinen Erlebnissen als belgischer Soldat erzählte. Er kam dabei ohne das übliche Brimborium seiner Kasernenhoftöne aus und schilderte seine Zeit als »plouc«[3], als einfacher Soldat, in der grünen Uniform einer Fernmelde-Einheit. Fast wäre er bereits bei der Musterung im Brüsseler

---

3   Der Begriff »Plouc« bezeichnet im französischsprachigen Belgien umgangssprachlich a) einen Soldaten ohne Rang, b) auf abwertende Weise Angehörige vor allem der städtischen Unterschicht, c) als Schimpfwort und abwertende Bezeichnung Menschen aus »bildungsfernem Milieu« sowie Personen, deren Umgangsformen und Lebensstil als »unkultiviert« empfunden werden: Rüpel, »Stoffel«, »Prolet«.

Rekrutierungszentrum »Petit Chateau« wegen seiner »bescheidenen Größe« als untauglich freigestellt worden. Der alte Stabsarzt genierte sich nicht, ihn zu fragen, ob er »von Liliputanern abstamme«, doch Peterchen war nicht auf den Mund gefallen und antwortete, deshalb trage er ja die hohen Kreppschuhe seines Vaters. Außerdem, so irritierte er den Mediziner, brenne er darauf, in die tapfere belgische Armee eintreten zu dürfen, deren »taktische Rückzüge« der Feind so fürchte. Der Alte wurde unsicher und schrieb ihn tauglich.

Als sich Peter Michel zur Ausbildung beim wachhabenden Offizier der Kaserne von Leopoldsburg meldete, löste der Kleine nicht nur in der Kleiderkammer schallendes Gelächter aus. Doch versetzte der Neue aus den »Cantons rédimés«, den von Belgien 1920 in Versailles »wieder erworbenen Kantonen«, bald schon seine Vorgesetzten in Staunen. Beim Exerzieren mit oder ohne Gewehr, auf dem Schießstand oder im Manövergelände war er allen anderen seiner Klasse voraus. Mehrmals wurde der »Soldat milicien Michel« beim Rapport auf dem Kasernenhof gelobt.

Auch in den Cafés und Bars hinter der Kaserne galt er bald als Vorbild. Er trank eine ganze Kompanie unter den Tisch, blieb beim Pokerspiel stets Gewinner und brachte es beim Zigarettenhandel zu wahrer Meisterschaft. Die Taschen voller Geld, war er auch so etwas wie eine wandelnde Kreditanstalt, die großzügig Vorschuss gewährte und Kameraden in besonderer »Dringlichkeit« mit einer Stange Zigaretten für ein »Nümmerchen« im Hinterzimmer der roten Babette aushalf. Keiner seiner Stubengenossen wusste, wo Eupen liegt, so nannten sie ihn wegen seines radebrechenden Französisch »le petit flamin«, der kleine Flame.

Als er zu einer Nachrichteneinheit der belgischen Besatzung in der Bundesrepublik versetzt wurde und die Fahrt zur Kaserne Spich bei Köln antrat, hatte sich sein Ruf dort bereits herumgesprochen. Bei der ersten flapsigen Bemerkung wurde er vom Platzkommandanten angebrüllt, diese »Spirenzchen« hätten hier sofort aufzuhören. Peter nahm Haltung und antwortete:

»A vos ordres, mon Commandant.«

Doch dauerte es keine zwei Wochen, bis der kleine Mann an der linksrheinischen Zigaretten-, Schnaps- und Pufffront wieder als unumgänglich galt. Anders als in Leopoldsburg kam ihm als Besatzungssoldat in Deutschland seine deutsche Muttersprache zu Gute. Auf den diskreten Schneisen von der Kaserne ins Kölner Nachtleben übersetzte, vermittelte und arrangierte er, was das Soldatenherz begehrte. Als er bei einer Razzia der Militärpolizei im »Ramba-Palast«, einem schummrigen Tanzlokal mit Gästezimmern in Köln-Nippes, aufgegriffen wurde, legte die Chefin des Etablissements ihre Hand um seine Schultern und sagte:

»Peterchen ist wie ein Sohn für mich.«

Inzwischen zum Korporal befördert, tauchte er im Kölner Rosenmontagszug unter und wurde in der Nacht zum Aschermittwoch von einer Polizeistreife zwischen Pennern schlafend auf der Domtreppe entdeckt. Statt der blauen Baskenmütze seines Regimentes trug er eine Imitation der Mütze eines Marineoffiziers-Leutnants, goldene Schulterklappen und eine Kunststoff-Nelke am Revers des Uniformjacketts. Die Aufforderung seine Papiere zu zeigen, beantwortete er in einem die Beamten erstaunenden perfekten Deutsch:

»Ich bitte Sie, meine Offiziersehre zu respektieren.«

Die Polizisten schauten sich einen Moment verunsichert an, brachen in Gelächter aus und chauffierten den Schiffbrüchigen nach seinem zackigen Gruß, »Leutnant zur See Peter Michel, Eupen-Malmedy«, in die Kaserne zurück.

In seiner Eigenschaft als Korporal verbrachte er die fünfzehn verbleibenden Monate seiner Dienstzeit in einer am äußerten Ende des Kasernenareals gelegenen Funkerkammer. Seine Aufgabe bestand darin, zweimal wöchentlich mehrere Kabel ein- und auszustöpseln. Ansonsten hatte er den niemals beeinträchtigten Funkverkehr mit einem Geschwader der belgischen Luftwaffe in der Wahner Heide zu beaufsichtigen. Wenn er nicht gerade seinen in den Blechschränken eines Nebenraums gestapelten Vorrat an Zigarettenstangen, Spirituosen und Kondome ordnete, las er abwechselnd Karl-May-Bücher und Landser-Heftchen. Nach Dienstschluss um 17 Uhr ging er aus, tafelte in einem der zahlreichen Brauhäuser und stand anschließend dem Rest der Kompanie in diversen Bars dolmetschend und beratend zur Seite. Selbstverständlich verfügte er längst über eine »permanente Nachterlaubnis«, die lediglich Dienstagabends von einem Funker-Wachdienst in seiner Bude unterbrochen wurde. Da sich an den anderen Leitungen jedoch nie jemand meldete, fiel er gleich in Tiefschlaf. In der Frühe füllte er das Formular der Militäradministration aus, das stets nur aus drei Sätzen bestand:

»Bereitschaft Spich, Signal Köln-Wahn Fpg/08/mv. Nachtwache: 20.00 bis 06.00 Uhr. Funkstille; keine besonderen Vorkommnisse. Michel Pierre, Cpl.«

Sein »Chef de bureau«, der dicke Sergeant Lode Naeten aus Neder-Over-Hembeek, versah das Dokument mit einem blauen und einem roten Stempel, die jeweils in französischer und niederländischer Sprache den Vermerk »streng vertraulich« enthielten, heftete das Blatt in einen speckigen Ordner und sagte:

»Alles paletti. Hast du was zu rauchen?« Dann legte er seine Füße auf die Kante des grünen Blechtisches, klickte mit dem Feuerzeug und brummte nach einem tiefen Lungenzug:

»Hör zu, Kleiner, ich brauche noch ein paar von den Gummis.«

VIII.

Das Kolleg

Das rote Patrizierhaus hinter den Kastanienbäumen löst bei Albert noch immer ein leichtes Erzittern aus. Die beiden Torbögen führen in einen Bezirk, den er jahrelang gefürchtet hat. Auch wirkt die Fassade aus der Zeit der Textilblüte wie eine historische Attrappe. Sie soll all jene dahinter liegenden grauen Gebäude und Dependenzen mit ihren leeren, von hohen Mauern umgebenen Höfen verbergen. Er empfindet es wie denkmalgeschützte Gefängnisarchitektur und jedes Mal, wenn er den Kaperberg passiert, überfällt ihn ein Gänsehäutchen mühsam überwundener Angst, so als sei er hier nur ausgebrochen und werde noch immer von einer Horde drohender Lehrer verfolgt.

Er blickt zurück wie auf eine Zeit nicht enden wollenden Winters, die außer Kälte und Dunkelheit, Pflicht und Strenge nichts geboten hat. Noch immer spürt er die Nähe einer eisigen Hand, die nach seiner Seele greift. Auch traut er nicht dem Lächeln, das ihn dann immer beschleicht, wenn er spürt, der Not entkommen und von jeder weiteren Nachstellung befreit zu sein. Seine Vorsicht entspricht nicht einem Defätismus, sondern – so ist er überzeugt – einer Illusionslosigkeit, die mit bitterer Lebenserfahrung zusammen hängt. Wer so tief in seinem Herzen verletzt worden sei, habe sich ein Recht ertrotzt, dass sich die Erinnerung nicht zu einem späten Triumph wandelt, sondern ein Fluch bleibt. Wenn der zur Jugendzeit erlittene Schrecken eine gewisse Grenze überschritten hat, prägt er sich ein wie Brandzeichen. Albert ist unbarmherzig:

»Solche Feuerproben hinterlassen harte, hässliche Wunden.«

Auch fällt auf, dass ihn zwar das Andenken an seine Schulzeit wie ein Schatten begleitet, er jedoch nur selten darüber spricht. Obwohl ihm noch jedes Detail präsent ist, betrachtet er deren Auflistung als eine späte Verharmlosung, die dem Kern seiner Erfahrungen nicht gerecht wird. Er hat diese Schule als Apparat erfahren, der auf Einzelschicksale keine Rücksichten nehmen kann. Nach dem Motto »Lehrjahre sind keine Herrenjahre« fauchte hier eine riesige Maschine zur Verschlingung der Jugendzeit. Die Fügung in die Unfreiheit geriet zu einer Schicksalsmacht. Die Vorbereitung auf das Leben war keine befristete Bewährung, sondern nur ein tückisches Vorspiel für all das, was noch kommen sollte.

Ja, ja, so räumt er ein, er wolle nicht übertreiben und beabsichtige nicht, die altehrwürdige bischöfliche Schule mit einem Zuchthaus zu vergleichen, doch weigert er sich dann wieder hartnäckig, der einem jungen Menschen systematisch zugefügten Demütigung die Gunst eines Schlussstrichs zu gewähren.

»Ich kann es nicht, ich möchte es nicht. Es wäre Verrat an der eigenen Geschichte, es waren die besten Jahre, die man uns stahl.«

Aber dann schweigt er wieder und rätselt, welche Art überwindender Aufarbeitung noch bliebe, wenn schon das Vergessen, das Erzählen oder Niederschreiben ausscheiden. Nichts ist ihm verhasster als jene Form vertraulichen Dialogs, die er als »verkappte Psychoanalyse« bezeichnet, als wäre das alles nur eigenhändig »gefrickelte Einbildung« oder ein »Jugendtrauma«, das mit einigen die Seele wärmenden Interventionen aus der Welt zu schaffen sei. Er möchte es ein für allemal für sich behalten und hat dazu ein Mittel entdeckt, das ihm ebenso genial wie exklusiv erscheint.

Albert lächelt tatsächlich, denn wenn er es recht bedenkt, war seine Zeit als mühsam heranreifender Primaner eine Frage des Geruches. Je länger er sich in diese zumindest kuriose Idee vertieft, erscheint sie ihm einleuchtender und hilfreicher als jede andere Deutung. Sie beinhaltet auf sehr intime Weise das Konzentrat komplizierter Erfahrungen, das er nach Bedarf ein- und ausatmen kann, ohne von fremden Einblicken oder Bemerkungen behelligt zu werden. Diese Nase ist ein zugleich unbestechliches und intimes Organ, das präzise und geräuschlos seine Daten abliefert. Nachdenklich streichelt er über Nasenwurzel und Nasenbein: ihnen ist zu vertrauen. Die Litanei der während der zehn Kolleg-Jahre erlittenen Schmerzen lässt sich in subtil differenzierte Schichten noch stets präsenter Gerüche klassieren. Sie bergen nicht nur den Wert eines bleibenden Arsenals, sie sind auch einzeln abrufbar und bilden zusammen einen Wirkstoff, der an die schleichende Unerträglichkeit von Gestank heranreicht.

Alberts Schulweg, der ihn zweimal täglich über Vervierser Straße, Rathausplatz, Hostert, Postgasse, Gospert, Werthplatz zum Kaperberg führte, war geprägt von vorauseilender Duft-Warnung. In ihren Sensoren mischten sich die grauen Abgase der Busse, das erkaltete Frittenfett der Restaurantküchen, die Fäulnis der Kadavertransporte vor den Metzgereien und die Rauchfahnen der Marktabfälle zu einer gemeinsamen Front unterschiedlichster Stunknoten. Dicht vor der roten Fassade des Eingangsgebäudes der Schule hielten sie inne. Doch geschah dies nur, um vor dem Bogengang die Lufthoheit an eine viel tückischere Geruchmischung aus Kastanienlaub, Pissoir-Abflüssen und billigstem Chicoree-Kaffe abzutreten. Das in hohen Blechkannen dampfende Gebräu wurde von den Schülern als »Muckefuck« verachtet. Zwei blasse Nonnen setzten es auf, deren Blick einen Hauch von Weiberwirtschaft und tristen Klosterfluren verbreitete. Die Toilettenspülung tropfte wie in Kafkas Schloss. Die vom Wind zusammengetriebenen

Blätter rochen nach Herbst, nach endgültig vergangenem Sommer und heranrückenden dunklen Wintertagen.

Wer, wie Albert, diese Lehranstalt ein Jahrzehnt lang besucht hat, kennt die Gerüche der diversen Klassenzimmer – sei es in abgestandenem Wasser schwimmende Schwämme, zerbröckelte Kreide, vergilbte Schulbüchern und die von den Putzfrauen täglich benutzte Seifenlauge – in ihren subtilsten Nuancen. Dazu gesellte sich das durch die schlecht belüfteten Räume schwebende Gewölk der einzelnen Lehrpersonen, die von den Schülern ausnahmslos als »Monsieur le Professeur« angeredet wurden. Deren unakademische Ausdünstungen boten eine ganze Palette milder bis penetranter Zumutungen. Das Veilchen-Rasierwasser des Musik- und Notenmeisters wurde von einer pariserischen Brillantine auf der Schmachtlocke des Geographen übertroffen. Schon etwas strenger wirkte das wöchentlich nur einmal gewechselte Hemd des Physikus. Der Sportlehrer kultivierte in seinen Turnschuhen flinke Schweißfüße. Die Cigarillos lutschenden Deutsch- und Zeichenkollegen wetteiferten mit den Rauchfahnen der Schrottmarken »Déchets de Havanne« und »Semois«. Bei dem für Mathematik und Chemie zuständigen Tüftler kreuzte sich der ständig treibende Achselschweiß mit der rustikalen Glut einer abgelutschten Pfeife. Die langen Soutanen der Priester, mit ihren 33, die Lebensjahre des Herrn symbolisierenden Knöpfen, verbreiteten neben Weihrauch-, Messwein-, Tabak- und Pralinenaromas eine zusätzliche, von den Schülern als »Sportflecken« gedeutete Duftmarke. Absoluter Rekordhalter des konkurrierenden Stinkens war jedoch der leichenblasse Geschichtspauker, den auch das kostbarste Mundwasser nicht von seinem mörderischen Atem verschont hätte. Betrat er den Klassenraum, öffneten die Schüler, selbst an Frosttagen, sogleich die Fenster. Der hochprozentige Dampf der von ihm zwischen dem Waterloo-Desaster Napoleons und dem Eupen-Malmedy-Artikel des Wiener Kongresses ausgehauchten Spezialitäten, wurde mit der Bezeichnung »Flytox«, einem radikalen Fliegenschutzmittel, prämiert.

Ein eher anheimelndes Geruchssortiment offerierte die bescheidene Speicherkapelle, die mehrmals wöchentlich zu heiligen Pflichtmessen, Andachten und Sakrament-Verehrungen besucht wurde. Hier bestachen die elegischen Rauchschwaden des Ewigen Lichts und ausgeblasener Kerzen, die erkaltete Glut von Weihrauchfässern sowie ein besonders heftiges Bohnerwachs, das sich von dem in den holzverzierten Treppenhäusern benutzten Produkt engelhafter Intensität abhob. Die Nasenwände der Beter in den hinteren Reihen wurden schließlich durch den in der Enge eines Wandschranks schwitzenden Beichtvater auf eine harte Probe gestellt, der im Vis-à-vis, nur durch ein kleines Holzgitter getrennt, von tödlichen Sünden, vorzugsweise gegen die Unkeuschheit, lossprach.

Dagegen hatten der Saal angewandter Wissenschaften sowie die benachbarten Labor-Schränke den Charme von Alchemie mit angrenzender Morgue. Schwefelsäure, anschmorte Kabel von Messgeräten sowie in Vitriol getauchte Kuhaugen oder Giftpilze verbreiteten einen mysteriösen Hauch von Zauberlehre. Der Kinosaal roch nach fortwährender Dunkelheit und verbranntem Zellophan, die Toiletten nach Javelwasser, Pinkelklötzchen und Teerwänden.

Schließlich gab es in dem weitläufigen Areal noch eine Stätte besonders massiven Geruchs: die zum Studiersaal für vierhundert Schüler umfunktionierte Aula. Bakterien- und Furzmischungen verschiedenster Virulenz unterlagen hier der Oberaufsicht des auf einem Hochsitz thronenden Präfekten. Es war ein schlecht rasierter, in einen schwarzen Mantel gezwängter Abbé, der mit der Außenseite seiner gelben Raucherfinger heftig zuschlug. Mit den Augen eines Greifadlers wachte er über Disziplin und Ordnung, die er mit einer keifenden Stimme einforderte. Wohin er auch blickte, verbreitete er Furcht. Als der Bischof ihn zum

Pfarrverwalter in ein Vennkaff versetzte, brach unter den schikanierten Schülern spontaner Jubel aus.

Angenehm roch es allein im Turnsaal, wo sich der wilde Duft des Leders der Sportgeräte mit dem heißen Seifendampf der Duschen mischte. Albert verbrachte hier seine besten Schulstunden, sie hatten einen Hauch von Freiheit.

Den exquisiten Wohlgeruch eines Herrenzimmers erfüllte den auf der ersten Etage des alten Gebäudes befindliche Direktionstrakt, wo hinter einer Polstertür Zigarren gepafft und schwere Bordeaux-Weine kredenzt wurden. Am barocken Schreibtisch residierte der »Zeus« wie ein allmächtiger Vater Gnädig. Im kleinen Innenhof erhob sich eine schlanke Marienstatue des schwedischen Künstlers Harry Elström, den es über Berlin nach Brüssel verschlagen hatte. Als Jahre später Gottesmutter und Kind aus feuerpolizeilichen Gründen zur Seite geschoben wurden, hat es Albert bestürzt. Die einzige Jungfrau, die man den Schülern zugetraut hatte, musste von der Mitte an den Rand weichen. Sie hatte die Schule stets beschützt und stand nun dem Brandschutz im Wege. Es sagte alles über den Aberglauben in dieser katholischen Schule.

Auf dem Pflasterhof schnupperte Albert schließlich einen ihn stets betörenden Duft, wenn freitags die beiden Küchen-Nonnen zum Mittagessen den Internatsschülern Fritten auftischten und die dichten Wolken von heißem Fett zwischen den Torbögen über das Haupt der Madonna himmelwärts schwebten. Albert atmete tief durch, bereits als Kind hatte seine Mutter ihn als »Frittenkönig« bezeichnet, ein Ehrentitel, dem er sich noch als würdig erweisen sollte. In welchen Vibrationen ahnte er allerdings nicht.

Wer sich wie er im Laufe seiner Schuljahre an deren geruchsintensives Konzentrat gewöhnt hatte, vermochte in diesem Irrgarten die verschiedensten Erkennungsmarken nicht nur zu unterscheiden, sondern wie gejagtes Wild, bereits im Vorfeld zu wittern. Diesem Rauchpilz ständig ausgesetzt, hatte Alberts Nase eine Neigung vorauseilender Frühwarnung entwickelt. Blickte er Sonntag nachmittags während der Halbzeitpause des Fußballklubs Alliance Sportive Eupen auf die Dächer seiner etwas tiefer gelegenen Lehranstalt, trat dem anregenden Duft der an der Stehtribüne feilgebotenen Röstkastanien sogleich der an unerledigte Hausaufgaben und zur Neige gehendes Wochenende erinnernde Schulgeruch entgegen. Fiel in der Stadt der Name des Kollegs, roch es unmittelbar nach unerfüllter Pflicht. Tauchte in der Ferne die Silhouette eines Lehrers auf, ging ihm schon von weitem sein spezielles Odium voraus. Mehr noch, diese dringenden Appelle an die Geruchsnerven strebten weit über die Grenzen von Zeit und Raum hinaus. Sie beschränkten sich nicht allein auf das Eupener Milieu, sondern meldeten sich als Parallelgestank nicht minder heftig an gleich welch anderem Ort. Ihr bleibender Wert wurde auch dadurch unübertreffbar bestätigt, dass selbst Jahre nach dem Ableben des einen oder anderen Professors, eine bestimmte Schweißnote oder längst nicht mehr im Handel geführte Rasiercrème, bei der bloßen Erwähung des Verblichenen, posthumen Schrecken auslöste.

Doch war es mit diesen »paranasalen« Phänomenen längst nicht getan. Dazu trug in besonderem Maße der Name der Lehranstalt bei, die in der einzigen deutschsprachigen Stadt des Landes die französische Bezeichnung »Collège Patronné« trug. Dabei handelte es um eine komplizierte Konstruktion, die zugleich die Zuständigkeit des katholischen Bischofs von Lüttich und die zivile Schirmherrschaft der Stadt Eupen versinnbildlichen sollte. Zur Nazi-Zeit war das Kolleg nach dem am 10. Mai 1940 erschossenen Eiferer Josef Gehlen benannt worden. Der Name »Collège Patronné«, im wörtlichen wie im übertragenen Sinne unverständlich, sollte eine abschreckende, politisch exorzisierende Wirkung verbreiten, wenn auch das Volk – Gehlen hin, Patronné her – weiter vom »Kollésch« sprach. Kinder, denen man neben Besoffenen noch am ehesten die Wahrheit zutraut, machten sich darauf ihren eigenen Reim.

Albert, der sich über diese Namenssymbolik nicht weiter grämte, erspürte jedoch sehr bald so etwas wie Namensgeruch. Der leichte Hauch französischer Kultur, der das über den beiden Torbogen platzierte Schild umschwebte, war wider allen Alltagsmuff von einem gewissen exotischen Reiz. Dieser triefte auch auf diskrete Weise durch sämtliche Unterrichtsstunden, die ausnahmslos in französischer Sprache erteilt wurden. Zwar gab es einen zünftigen Deutschunterricht, bei dem Prof. Mostert stets das Kunststück fertigbrachte, während drei Viertelstunden aus Rahn-Pfleiderers »Spracherziehung« vorzulesen, ohne den Cigarillo-Stummel aus dem Mund zu nehmen. Ansonsten vernahm man die Namen historischer Schlachten, rechter und linker Nebenflüsse der Wolga, die Lehrsätze des Euklid oder den dreimal heiligen Namen Gottes nur in französischer Version. Zwar wurden hier und da bescheidene Zusammenfassungen in Deutsch angeboten, doch wirkten sie eher wie mitleidig ausgeliehene Krücken für die ohnehin bald abgehängten weniger Begabten. Da sich Albert auf den Stufen zum Abitur im untersten Mittelfeld bewegte, galt er in dieser Nachhut zwar noch nicht als »abgehängt«, doch sicherlich nicht als bereits »angekommen«. Er lavierte in den Grauzonen und Sumpflöchern eines radebrechenden Kauderwelsch, das seinen einzigen Trost nicht aus der »Grammaire« von Grévisse und auch nicht aus dem Wörterbuch des »Petit Robert« bezog, sondern aus seiner kuriosen Veranlagung des Schnupperns, das beim Wohlklang romanischer Silben ein tänzelndes Parfum witterte, das ihn an Kindheitserlebnisse erinnerte und nach Versuchung roch.

Über diese gefürchteten Gebäude, mit all ihren labyrinthischen Gerüchen alternder Priester und schrulliger Pauker, verliesartiger Räume und finsterer Korridore breitete sich, wie Morgentau, die nichts auslassende Duft französischer Eleganz. Das machte die Dinge für Albert nicht leichter: es war die schwierige fremde Sprache hochmütiger Nachbarn und zugleich unerfüllter Sehnsucht. Sich ihr nähern zu müssen war eine unausweichliche tagtägliche Pflicht, die viel Bereitschaft zur Demütigung voraussetzte, ging sie doch mit einem ständigen Unverständnis einher, das, wenn es nicht gleich bestraft wurde, schwarze Löcher des Nichtwissens hinterließ. Erst die fortgesetzte Unterwerfung schaffte bescheidene Zugänge; ein sich mühsames Herantasten an den Dunstkreis des riesigen Wörterhaufens. Geschah dies in den unteren Klassen auf Gedeih und Verderb, nahm die unbarmherzige Auslese ab Unterprima erträglichere Formen an. Irgendwann, irgendwo wendete sich das Blatt der Verständigung und die Beziehungen zum Lehrpersonal wurden zwar nicht vertraulicher, jedoch familiärer. Albert geriet dabei in die heiklere Rolle eines fast verlorenen Sohnes, der wiederholt die letzte Instanz des Mitleids in Anspruch nehmen musste.

Dies war vor allem im Mathematik-Unterricht der Fall, wo er, jenseits unerklärlicher Integral-Rechnungen und den ihm stets verborgen gebliebenen Geheimnissen der darstellenden Geometrie, die Erklärung all seiner sprachphilosophischen Grübeleien entdeckte. Sein Professor Charles Mertens hatte eine sonderbare Neigung zu Exkursen, die fernab aller Sinus- oder Cosinus-Kalkulationen weit hinein in den Fundus französischen Lebensstils führten. Noch Jahrzehnte später hat Albert über die Motivationen dieses frappanten Sich-Entfernens von der Nüchternheit wissenschaftlicher Lehrbücher gerätselt. Schließlich gelangte er zu der Überzeugung, dass es sich bei Mertens um einen leidenschaftlichen Missionierungseifer handelte, der zugleich auf frankophilem Chauvinismus, erotischer Idylle und katholischer Glut beruhte. Der fidele Mathematiker war sich seiner Übertreibungen zwar bewusst, setzte sie aber dennoch in den Dienst der vermeintlich guten Sache, die stark nach politisch erwünschter Assimilation roch.

Bemühte sich der Professor zu Beginn seines Unterrichts noch mit Lineal, Zirkel oder einem über der Tafel hängenden großen Rechenschieber um die Vermittlung von Zahlen- Zauber, lieferte ihm wenig später die Einführung in den klassischen Lehrsatz von Pascal das hochwillkommene Stichwort für einen gleitenden Übergang in die französische Geistesgeschichte des 17. Jahrhunderts. Schon huschte er in die strenge Klausur der Nonnen von Port-Royal-deschamps, verwies auf den besonders sympathischen Einfluss des ausgerechnet in Brüssel lehrenden Pietisten Cornelius Janssen, wechselte von Pascals Kontroversen mit den Jesuiten zu seiner Entdeckung der Rechenmaschine und schilderte mit beeindruckender Detailkenntnis den qualvollen Tod des Universalgenies sowie den Inhalt des in seinem Rock eingenähten geistlichen Testaments »Mémorial«.

Mertens war ein begnadeter Erzähler mit nahezu hypnotischen Fähigkeiten, der, wenn er sich seiner Wirkung sicher war, auch den kritischsten Schüler in seinen Bann gezogen zu haben, zum eigentlichen Kern seiner Ausführungen vorstieß; einer in immer neuen Strophen anhebenden Laudatio auf Frankreich und alles Französische. Der begeisterte Motorradfahrer startete jährlich in den großen Ferien zu einer Tour de France, von deren Entdeckungen er so faszinierend zu berichten wusste, dass seine Zuhörer glaubten, als Begleiter auf dem Soziussitz dabei gewesen zu sein. Da brutzelten in malerischen »Auberges« Perlhühner à la bordelaise; Dorfpfarrer, Bürgermeister und Lehrerkollegen luden ihn zum Pastis ein; bei schönen Wirtinnen genoss er die kleinen Landweine; Pyrenäen-Pässe und die Strände der Côte d'Azur leuchteten in den Farben des Sommers und selbst die sich über die Weite der Weizenfelder der Beauce schwingenden Hochspannungsleitungen waren, aus seiner Sicht, von betörender Poesie.

Rückte das schrille Klingeln der Pausenschelle näher, zeichnete er noch rasch mit Kreide die leicht retuschierten Umrisse Frankreichs auf die Tafel und verkündete mit der

Nonchalance eines Magiers, nun könne sich jeder selbst davon überzeugen, dass Frankreich das einzige Land der Erde mit den Konturen eines menschlichen Kopfes sei. Erhoben sich die Schüler, um sich zu einem anderen Unterricht zu begeben, krönte er sein Plädoyer zum Abschluss mit einer theologischen Zugabe:

»Frankreich ist das Land, wo der liebe Gott seinen Urlaub verbringt.«

Albert, der mangels elementarster mathematischer Begabung einen Platz in der ersten Bankreihe einnehmen musste – was jedoch an seinen Rechenlähmungen auch nichts änderte – profitierte von den französischen Folien des Professors auf mehrfache Weise. Zunächst kam sein stets auf neue Entdeckungen erpichter Geruchssinn voll auf seine Kosten. Mertens war in der Tat ein Spezi für Ausgeschwitztes und Pfeifenwolken, doch führte die fast intime Nähe von Alberts Pult zu den rhetorischen Auftritten des von ihm bewunderten Zahlengenies zu viel intensiveren Pröbchen. Diese betrafen auch Rülpser, fliegende Speichelflöckchen, sowie den Schwefelqualm der in die Pfeifenschräge gehaltenen Streichhölzer. Darüber hinaus jubilierte das unmathematische Herz des Schülers sobald das Motorrad von Mertens in die nach Frankreich lockenden Landstraßen einbog und ein neues Kapitel seiner unendlichen Geschichte begann.

Das Königreich Belgien spielte in diesem Kontext zwar keine Haupt-, jedoch eine strategische Nebenrolle. Die schlechten Exil-Erfahrungen französischer Dichter in Brüssel ignorierend, entwickelte Mertens mit der Sensibilität eines Landvermessers völlig neue Vorstellungen europäischer Nachbarschaft und nationaler Grenzen. Das Königreich Belgien geriet zu einem heimlichen Vorposten der »Grande Nation«. Die Pointe dieses vorgelagerten provinziellen Standorts lag darin, dass er dies nicht als Verrat sondern als geopolitisches Glück empfand. Zunächst irritiert, dann jedoch allmählich angezogen von der Frankreich-Magie, vermochte Albert dieser Sehnsucht nach einiger Zeit manch positive Seiten abzugewinnen. In seinen ständigen Reflexionen über Heimat entsprach die französische Bilderflut einem vergeblich gesuchten Ideal. Er begann ein Land zu begehren, das er noch nie gesehen hatte. Obendrein erkannte er darin einen vielleicht noch hilfreichen Präzedenzfall emotional begründeter Fahnenflucht. Dieser trug anarchische Züge, das liebte er über alles. Schließlich hinterließ die in keinem Lehrplan erwähnte Frankreichkunde einen beachtlichen Farbspritzer auf seiner Geruchspalette. Da duftete es nach dem Meersalz vom Mont-Saint-Michel und den Schneebergen von Combloux, nach Moulin Rouge und dem Kreuzgang von Chartres, nach den Hühnerwiesen der Bresse und dem Knoblauch von Saint-Rémy-de-Provence. Der schüchterne Schüler war ein faszinierter Zuhörer. Mertens eröffnete ihm ungeahnte Notausgänge aus der Enge Eupens und der militanten Fixierung auf deutsche Kultur. Während des Krieges hatte er die Stadt nicht betreten. Er weigerte sich ins 18 Kilometer entfernte Deutschland zu fahren. Sprach er über die Juden, begann er zu weinen.

Mit völlig anderen Tönen und folglich auch Geruchsnoten wurde er im Fachbereich deutsche Literaturgeschichte konfrontiert, deren Lehrbuch, wie bereits erwähnt, den anheimelnden Titel »Wesen und Werden der deutschen Dichtung« trug. Der Deutschlehrer Hermann-Joseph Mostert trug in Eupen den Spitznamen »die Mumie«. Er war ausgestattet mit einer beeindruckenden, stets triefenden Nase, die Albert aus nahe liegenden Gründen als »Gewürzprüfer« bezeichnete, sowie mit zwei den Wind gleichmäßig verteilenden Plattfüßen. In einem Anflug närrischen Übermuts hatte er sich dazu überreden lassen, auf einer Kappensitzung der Gesellschaft »Mickey-Mäuse« als Mumie verkleidet, auf offener Bühne vor einem feixenden Publikum langsam enthüllt zu werden. Somit blieb ihm der

Name erhalten, und dies, wie es sich für eine Mumie geziemt, sogar über den Tod hinaus. Mostert machte jedoch auch in der Schule seinem ihm stets vorauseilenden Ruf alle Ehre, verbreitet er doch mit seinen nur selten gewechselten Hemden, einer mit Kamel-Motiven besetzten dunkelblauen Krawatte und einem abgenutzten schwarzen Anzug, eine eher altertümliche Aura. Nicht nur Albert litt darunter, dass sein Auftreten von Ingredenzien begleitet wurde, die man mit ein bisschen Phantasie durchaus oberägyptischen Grabkammern zuordnen konnte.

Sein Wirken als Germanist verlieh ihm eine rätselhafte Note, die noch dadurch verstärkt wurde, dass er seine Aufgabe, als für deutsche Literatur und Syntax zuständiger Professor, in diesem Milieu frankophoner Dominanz in geräuschloser Demut wahrnahm. Ein selbstbewusstes oder auf seine elementare Daseinsberechtigung pochendes Wort, war aus seinem Mund nicht zu hören. Eine lüsterne Deutschland-Geografie, wie sie etwa sein Kollege Mertens für Frankreich betrieb, hätte er als Landesverrat empfunden. Diese Bescheidenheit äußerte sich vor allem in seinem Unterricht, der jahraus jahrein im monotonen Ablesen seines abgegriffenen Lehrbuches bestand. Vorzugsweise vertiefte er sich in Werke der etwas weniger mitreißenden Autoren wie Gotthelf, Klopstock oder Grillparzer. Stets fragte er, was uns der Dichter damit sagen wolle. Für die Besprechung von Lessings »Minna« benötigte er acht endlos erscheinende Wochen, weil es ihm die Gestalt des Tellheim besonders angetan hatte. Im »Faust« interessierte ihn vor allem der entrückte zweite Teil. Bei zeitgenössischen Autoren reichten seine Vorzüge nur bis zu Reinhold Schneider und Werner Bergengruen. Thomas Mann war schließlich in dieser Hitparade mit dem vielsagenden Titel »Tristan« vertreten.

Das Bedürfnis von Mostert, möglichst unbehelligt von Kontroversen und kritischen Fragen sein pädagogisches Soll zu erfüllen, reichte bis in grammatikalische und orthographische Abgründe. Bat man ihm um Auskunft, ob man dieses oder jenes schwierige Wort mit einem leisen oder einem scharfen »s« schreibe, antwortete er milde:

»Ich würde sagen, beides ist richtig.«

Seine Sehnsucht nach ungestörtem Frieden und beschaulicher Monotonie ging soweit, dass er dem Treiben seiner Schüler kaum Beachtung schenkte. Zwischenrufe ignorierte er grundsätzlich; bei Lärm und Gelächter nahm er kurz seinen Cigarillo-Stummel aus dem Mund; zum Aufsuchen der Toilette bedurfte es keiner Sondererlaubnis. Erst als Albert, der sich gerade von diesem Unterricht Ideen und Ermutigung versprochen hatte, aus purem Protest im Blechfach seines Pultes mit den Resten einer »Grenz-Echo«-Ausgabe ein Feuerchen anzündete, dessen Qualm bläulich durch das Klassenzimmer schwebte, unterbrach Prof. Mostert für einen Augenblick das Kapitel »Einführung in die Barockdichtung« und sagte seelenruhig:

»Bosch, mache bitte das Feuer aus.«

Der Brandstifter empfand dies als einen höflichen Antrag, dem er zwar Folge leistete, aus dessen Nachsicht er jedoch den Schluss zog, sich in die innere Emigration entfernen zu dürfen und über die Auswahl seiner literarischen Präferenzen selbst zu entscheiden. So zog er sich bald, ausgestattet mit entsprechender Lektüre, in die letzte Bank zurück und vertiefte sich in den Fachbereich »Auslandsdeutsche Autoren«. Er las die zusammenfassenden Kapitel über »Leben und Werk« von Georg Trakl, begeisterte sich für Hermann Hesse, staunte über den Durst von Joseph Roth und bewunderte die robusten Schweizer Max Frisch und Friedrich Dürrenmatt. Er entdeckte bei allen ein grandioses »Deutsch der Nichtdeutschen« und je mehr er las, erfüllte es ihn – er wagte das Wort gar nicht auszusprechen – mit »Trost«.

Stets um ein entsprechendes Geruchs-Pendant bemüht, fand Albert in diesen Texten ungeahnte Anregungen. Sie waren nicht nur originell, sondern hatten bei all den

Grenzgängern den Hauch des Riskanten. Bei Trakl las er dunkle Verse über Inzest und Drogensucht, deren verwegene Düfte ihm bislang unbekannt waren. In »Klingsohrs letzter Sommer« schilderte Hesse die sich vor dem unausweichlichen Tod wehrende Sinnlichkeit des Malers, der rauschenden Abschied nimmt: von Wein und Frauen, die den herben Geruch von Pilzen verbreiteten. Joseph Roths Porträt bestach durch seinen melancholischen Trinkerblick und den Atem von Absinth. Bei Frisch und Dürrenmatt liebte Albert das Gelage der Brandstifter im Hause Biedermanns, Kommissar Bärlachs verzweifeltes Fressen gegen den schleichenden Magenkrebs und die Lust auf Dôle-Wein. Es waren kräftige Gerüche urwüchsigen Lebens; der Sturm und Drang unverbiegbarer Wahrheit. Der Duft von Worten, die Sucht auf Sprache weckten. Manchmal war Albert in diesen Büchern so vertieft, dass er die Pausenschelle einfach ignorierte und Mostert ihn ermahnte:

»Wir machen Schluss, Bosch, höre endlich mit dem Lesen auf.«

Der Religionsunterricht wurde von dem aus dem benachbarten Dorf Baelen stammenden Priester Joseph Klinkenberg erteilt. Es geschah, offenbar aus pastoralen Gründen, in fliegendem Wechsel in Deutsch und Französisch. Albert bemerkte gleich, dass dieser resolut wirkende Lehrer, dessen spitze Nase von feinen Sommersprossen umgeben war, keinen Geruch verbreitete. Sein gewelltes Haar war sorgfältig gekämmt, auch war er Nichtraucher und trug eine saubere Soutane. Klinkenbergs spirituelle Botschaft beschränkte sich auf den Begriff »Staunen«, den er mit zahlreichen Zitaten aus der Zeit- und Weltgeschichte variierte. Cicero und Dostojewski, Augustinus und Ernst Jünger, Camus und Kardinal Mercier oder den verketzerten Sartre und seine betörende Lebensgefährtin Simone de Beauvoir.

Von besonderer Würze waren Klinkenbergs moraltheologische Betrachtungen, die nach zahlreichen Frotzeleien über prüde Pikanterien aus der Kirchengeschichte, in eine etwas kubistische Defintion des Liebesaktes mündeten:

»L'homme et la femme sont faits pour s'emboîter. Ihr kennt doch diese Dosenspiele, es muss passen …«

Albert und seine Mitschüler haben solche Finessen nicht gleich verstanden, jedoch bei dem komplizenhaften Zwinkern, mit dem ihr Lehrer seine Analyse begleitete, die Vermutung gehegt, dass es sich dabei gewiss um eine abenteuerliche Sache handeln müsse.

Überhaupt begannen Klinkenbergs Augen Albert immer mehr zu interessieren. Sie kompensierten auf großzügige Weise seine Geruchlosigkeit und boten obendrein das spannende Schauspiel einer zwischen Grinsen und Lächeln tänzelnden Balance. Der Blick traf einen wie ein Appell, aber man wusste nicht genau woher und wohin. Auch schwebte darin etwas Wissendes und zugleich Verständnisvolles, vor allem, wenn er von gewagten Dingen sprach, die sich zutrauten mit dem Feuer zu spielen. Darauf von Albert angesprochen, sagte er, dass es ihm nicht um das Zündeln mit Feuer gehe, sondern um dessen »Glut«. Diese habe etwas mit »einem Wunder« zu tun. Das war recht kompliziert, klang aber rebellisch und mystisch zugleich. Später sollte deutlicher werden, was er damit gemeint hatte: Widerstand gegen die fügsame Langeweile kapitulierenden Lebens.

Ohne Klinkenbergs mit skurrilen Andeutungen formulierte Sprache ganz zu begreifen, hat Albert ihn sehr geliebt. Auch in seinen selbstversunkenen Eigenarten, als er etwa am Grab seines Vaters, einem braven Bäuerchen, vom »großen Gott der Geschichte« predigte oder während der Fronleichnamsprozession, wenn er wie ein Mafiosi, eine schwarze Sonnenbrille trug, und ununterbrochen den Psalm »Singet dem Herrn ein neues Lied« anstimmte. Wichtiger war, dass er eine »heilige Gelassenheit« beschwor, dabei jedoch, im Gegensatz zu den französischen Exkursionen von Mertens oder dem Wegtauchen von Mostert der Realität scharf ins Auge blickte. Wenn man etwas genauer hinhörte, wurde rasch klar, dass er dies auch politisch meinte und selbstverständlich das allmählich die Schulen erreichende belgische Sprachengerangel mit einschloss. Dann fletschte er sein Piratengrinsen und sagte:

»Il faut laisser pisser le Mérinos[4].«

Zu welcher Gattung ein »Mérinos« zählte und weshalb dieses Schaf, weder in mythologischen noch tierkundlichen Nachschlagwerken erwähnte Fabelwesen ausgerechnet pinkeln sollte, blieb vorerst noch sein Geheimnis, aber es verbreitete bereits eine schmunzelnde Lust zum Putsch, gegen wen und wo auch immer. Blieb allein die Frage des Zeitpunkts, doch Albert spürte bereits, dass er mit einer anarchischen Ladung zu ticken begonnen hatte. Dazu bedurfte es allerdings noch einiger, nicht minder sonderbaren Umwege. Gegen den Mief des Belgien überflutenden Sprachenstreits protestierte Klinkenberg auf seine Weise, in dem er sich täglich die neueste Ausgabe der »Frankfurter Allgemeine« und von »Le Monde« besorgte, und damit demonstrativ durch die Stadt schritt. Als er sich einige Zeit später einen kleinen Pinscher anschaffte, hing dies vielleicht mit Einsamkeit und mangelnder Zärtlichkeit zusammen. Das Hündchen an der Leine und die beiden Zeitungen unter dem Arm, steckte er sich bald darauf, für jedermann sichtbar, einen Flachmann »Johnny Walker« in die Manteltasche. Auf den Schulfesten erschien er, lange vor den neuen Kleiderordnungen der Päpstlichen Ritenkongregation, in feinstem Nadelstreifen und mit einem eleganten Knicks unter dem Krawattenknoten. Albert fiel auf, dass Klinkenberg besonders trinkfest war; berauscht, aber nie besoffen, stand er an der Theke und grinste, als er auf seine provozierende Frage, »wo er denn landen« werde, von seinem Schüler die Antwort erhielt:

---

4   *Wörtlich:* Ein Merinoschaf pinkeln lassen; *umgangssprachlich:* Abwarten und Tee trinken, sich einen Dreck darum kümmern)

»In einem spanischen Trappistenkloster.«

Dann geriet das Grinsen zu einem sehr breiten Lächeln: »Es wird viel schlimmer.«

Aber in dieser Antwort, von der man nicht genau wusste, ob sie ein Dementi sei, war auch eine gewisse Anerkennung, so als habe Albert seine Spur gewittert, die tatsächlich etwas Überraschendes, Aufregendes, ja, Erschütterndes anstrebte. Dann ging er in den Saal zurück und tanzte vor seinen konsternierten Kollegen mit den Müttern seiner Schüler Walzer. Es geschah zugleich resolut und nicht ohne Charme. Die Frauen ließen sich von ihm führen und er brachte sie, ganz Gentleman, an den Tisch ihrer Ehemänner zurück. Es sprach sich rasch herum und auch Albert eilte von der im Lehrerzimmer eingerichteten Bar in die Aula. Wieder zwinkerte der tanzende Klinkenberg ihm zu, als wolle er sagen, so ist das, mein Junge, mag »le Mérinos« im Generalvikariat ruhig pinkeln, vor wessen Füße auch immer …

Noch vor Beginn des neuen Schuljahrs kam es dann zum Knall. Klinkenberg kehrte aus dem Sommerurlaub, den er mit einer 18-jährigen Schülerin in der Toskana verbracht hatte, nicht mehr ins Kolleg zurück. Zusammen mit seiner Geliebten bezog er am Maasufer in Lüttich ein Appartement. Der Skandal schlug hohe Wellen. Alle Bitten, Warnungen und Drohungen der Bistumsleitung halfen nichts. Es folgte die Zeit stiller Heimzahlungen, zu denen nur ein Bischof fähig ist.

Albert und sein ehemaliger Religionslehrer haben sich seit diesen Tagen aus den Augen verloren. Einige scheue Versuche sich wiederzusehen, scheiterten. Es war lediglich bekannt, dass Klinkenberg sonntags neben den Markständen am Quai de la Batte auf der Terrasse eines Hausbootes einige Bierchen trank. Einmal sah Albert ihn aus der Ferne, etwas gebeugt mit zwei Plastiktüten in den Händen, auf der Fußgängerbrücke hinüber nach Outremeuse. Ein anderes Mal suchte er am Quai des Tanneurs seine Wohnung, wagte aber nicht die Schelle mit der Aufschrift »Joseph Klinkenberg-Anette Charlier« zu drücken.

Letztes Frühjahr ist der alte Direktor gestorben. Albert war bestürzt und betrank sich in tiefer Melancholie. Bald erhielt eine kleine Todesanzeige mit seinem Foto: dieser unvergessliche schmunzelnde Blick.

Wenn Albert im Laufe der Zeit anlässlich von Festen, Versammlungen oder privaten Besuchen noch einmal seine Schule betrat, stellte er fest, dass sich zwar manches verändert hatte, das Konzentrat seiner gesammelten Gerüche jedoch geblieben war. Selbst da, wo man eine Mauer durchbrochen, ein Treppenhaus umgebaut oder die stille Kapelle in einen Schlafsaal umfunktioniert hatte, stieg ihm aus tiefern Tiefen noch immer der vertraute Geruch entgegen. Er trug starke katholische, royalistische und frankophone Spuren. Er hatte etwas Ehrwürdiges, Staatsragendes und zugleich Lächerliches.

Seine gegensätzlichen Tönungen von Zwängen und lockender Neugier, bedrückender Pflicht und dunkler Sinnlichkeit erschienen ihm immer mehr wie ein Knäuel symbolischer Kräfte. Irgendwann nach einem solcher Besuche auf der König-Baudouin-Autobahn unterwegs ins Inland und noch immer dieses penetrante Wölkchen um die Nase, ging es ihm wie eine Offenbarung durch den Kopf: der Geruch seines Kollegs war der Geruch Belgiens. Er sollte die Schüler umnebeln und anziehen, beeindrucken und binden. Sie sollten ihm folgen, wie bei einer Versuchung, wie Wild einer Fährte, gewappnet gegen etwaige Umkehr und illusionslos über die Beute. Albert musste kräftig niesen und dachte, sich das Taschentuch an die Nase drückend: Vielleicht steckt hinter diesem Geruch eine klammheimliche nationale Lust.

Das kleine Belgien nur noch wie ein harmloser Pufferstaat. Die wahren, sich hier die Stirn bietenden Kräfte waren:

von französischen Chansons parodierte deutsche Volkslieder, gegen germanische Vernunftsehen putschende französische Dirnen, statt Bierruhe und Gemütlichkeit Hochprozentiges und Lebensfreude.

Sich selbst auch in diese Freudsche Analyse mit einbeziehend, erkannte Albert in seinen Kindheitserlebnissen nahtlose Übergänge. Der Lichterglanz über Lüttich bekam plötzlich etwas Pariserisches; die Madame aus dem »Duc d'Anjou« umgab unter solch einem Nachthimmel der Charme des »Moulin Rouge«; die aus der Tiefe Frankreichs heran fließende Maas verströmte gespreizte Sinnlichkeit; in Verlaines und Rimbauds belgischen Eskapaden erklang die dunkle Sprache der Begierde. Dort jedoch, wo die Sprachengrenze ihren Rachen öffnete, in der ländlichen Harmlosigkeit des der Grenzstadt Eupen vor gelagerten Klosters Garnstock, begann eine andere Welt. Jenseits der von gelangweilten Gendarmen bewachten Schranke, die einst der kurz zuvor von Brüsseler Mädchen beglückte Victor Hugo in der Postkutsche passierte, öffnete sich ein Reich züchtiger Ordnung. Die beiden Cousins waren sich darüber einig, dass es sie erschütterte, auf solch einem Abgrund, dessen tektonische Auswirkungen bis Danzig und Königsberg reichten, ihr Leben fristen zu müssen. Den Kaperberg hinunter torkelnd, erkannte Peterchen Michels in dieser von Schicksalmächten gezogenen Grenzlinie die fatale Überschneidung von »Front und Zuhause«; nicht ein Hauch von Etappenglück.

Nach solchen Erfahrungen war der nächste Tag besonders bitter. Dann schlich sich der Anstreichermeister schon früh aus dem Portal des Hospitals. Angeblich zur Erledigung einer Verwaltungsformalität ins Rathaus bestellt, verschwand er in der Paveestraße im Toreingang der Bierbrauerei. Dort stand in einem abgelegenen Raum ein Fass mit Freibier, von dem sich die Eupener nach Herzenslust bedienen konnten. Es war mit einem Stern gezeichnet und hieß deshalb auch so: »dr Stär«. An einem Holzhaken hingen drei Gläser, die nach ihrer Benutzung mit einem Schlauch heißen Wassers gespült wurden. Mit den Worten »das Afrikakorps habe Durst« bediente sich Peterchen und grinste, noch eine Runde schmeißen zu wollen. Solche Tage schnell wieder aufgetankter Zuversicht waren für seine »Verteidigungsbereitschaft« besonders tückisch. Die zum Stundengebet eilenden Nonnen des Krankenhauses bezeichnete er nach seiner Rückkehr als »Rote-Kreuz-Kompanie«. Beim Streichen der Leichenhalle sang er »vaterländische Lieder«. Als ihm später im Rahmen einer Jubilarehrung vom Direktor ein Blumenstrauß überreicht wurde, trat er ans Mikrofon und sagte:

»Eine Bubbel Schnaps hätte es auch getan.«

An solchen Abenden war an Heimkehr nicht zu denken; einmal mehr befand sich der Gefreite Peter Michels auf dem »Rückzug«. Obwohl Frauen gegenüber stets liebenswürdig und zurückhaltend, gab es im Hause Herné auf der Judenstraße drei Damen, die ihn nach der Beerdigung einer alten Tante beim Leichenschmaus darauf hingewiesen hatten, dass sie entfernte Verwandte seien. Das Trio war, obwohl keineswegs unansehnlich, aus welchen Gründen auch immer, ledig geblieben. Peter hatte dies, unter ihrem feixenden Gelächter, mit dem Hinweis kommentiert, er wisse aus seinen Kriegsjahren, dass man auch »viel Gutes im Stillen« tun könne. Wenn seine Streifzüge besonders heftig verliefen, unterließ er es nicht, bei den etwas reiferen Herné-Jungfrauen zum »Großen Zapfenstreich« zu blasen. Diese Auftritte waren so beliebt, dass er es sich durchaus erlauben konnte, auch unangemeldet zu spätester Stunde auf zu kreuzen.

Wenn er dann die Klingel wie eine Alarmglocke ertönen ließ, flackerte im Treppenhaus bald Licht auf. Die Damen öffneten im Négligé oder Bademantel die Tür und präsentierten ihm sogleich einen Schwenker mit Calva und die Zigarrenkiste. Paffend und wie ein Luchs die Karaffe im Auge behaltend, saß er, ohne seinen Trench abzulegen, in einem tiefen Sessel und gab seine »Lageberichte« zum Besten. Hatte er jedoch endgültig sein Quantum erreicht, verkündete er, ihm sei »wie nach dem Sieg von Tannenberg«. Schon sprang er auf und begann ein Solo, das seinem Publikum Hören und Sehen verging: Er kam gerade von Einsätzen im »oberen Osten« zurück und berichtete, die »Kosakenweiber« hätten alle, »wie Samt«, schwarze Haare auf den Beinen gehabt. In der Armee Hindenburgs wollte er den Russen mit Handgranaten Widerstand geleistet haben und verlangte als »Pickelhaube« einen Damenhut mit Feder. Unter Ludendorf stand er im Schrapnell-Feuer des Feindes. Plötzlich wechselte er Zeit und Raum und begann hinkend die Rede von »Jüppke Goebbels« aus dem Berliner Sportpalast zu imitieren. Dann wieder schritt er im Stechschritt eine besiegte Ehrenkompanie der Armee des Zaren ab. Als er melancholische, slawische Lieder anstimmte, kuschelten sich die drei Grazien wie die Katzen auf dem Sofa. Schließlich ließ sich der Zaungast aller Schlachten, wie von einer Feindeskugel getroffen, nach einem letzten Schluck aus der Karaffe in den Sessel zurück fallen.

»Meine arme Hermine«, flüsterte er, gab dann aber den schneidigen Befehl, »die 4. Gepanzerte zieht sich in die Wälder zurück.«

Auf Dauer konnte es nicht ausbleiben, dass Peter Michels zu seinem Krankenhaus-Direktor Dr. Norbert Scholl, der ihn stets mit »Meister Michels« anredete, ein sonderbares Verhältnis hatte. Rein fachlich machte ihm niemand den geringsten Vorwurf, doch waren dem Chef die Streifzüge seines Anstreichers nicht verborgen geblieben. Auch kam es vor, dass der Anstreicher, wenn er nach einem seiner nächtlichen »Einsätze« wieder einmal zum Fass mit dem Stern entwichen war, nach Arbeitsbesprechungen mit seinem Vorgesetzten die Hacken zusammenschlug oder seine Leiter mit den Farbtöpfen als »Späh-Turm« bezeichnete. Die weißen Kittel der Ärzte nannte er »Schnee-Hemden« und seinen Tapetenspachtel »Nahkampf-Messer« …

146

Auf den Gängen des Hospitals wusste man inzwischen um seine Spezialitäten, grüßte ihn mit »Leutnant Michels«. Ein Kompliment, das er mit einem breiten Grinsen der Genugtuung beantwortete. Was jedoch die Dinge zwischen ihm und dem Chef nicht leichter machten, waren ihre politischen Differenzen. Während Dr. Scholl als ein feuriger Befürworter der Ende der 50ger Jahre in den »Ostkantonen« wieder scheu auftauchenden Deutschtums-Bewegung agierte, war sein Anstreicher, zu seinem größten Erstaunen, ins staatserhaltende, belgische Lager gelandet. Seine Lieder im Ohr, nannte ihn der Direktor einen »Überläufer« und fügte hinzu:

»Du weißt ja, was zu unserer Zeit damit geschah.«

»Jawohl, Herr Direktor«, antwortete Peter, »auf der Flucht erschossen.«

Entgegen all den Beschwörungen preußischer Offziersehre und militärischer Tradition, vertrat er in seinen nüchternen Phasen die moderaten, auf Status-quo pochenden Standpunkte der Christlichen Volkspartei. Diese betrafen vor allem eine zweifelsfreie Hatung zu Belgien sowie die kulturpolitische Option einer möglichst frühzeitig erlernten Zweisprachigkeit, was die Gegenseite als Kapitulation, mangelndes Selbstbewusstsein und »Profitpatriotismus« brandmarkte.

So kam es auf den Korridoren des Hospitals zwischen dem Direktor, im weißen Kittel eines Facharztes für Urologie, und dem Anstreicher, im mit Farbflecken übersäten weißen »Stübb« des Handwerkers, wiederholt zu politischen Diskussionen. Sie wurden zwar schmunzelnd geführt, doch waren sie nicht ganz frei von einer beiderseitigen Zähigkeit, die das sie beobachtende Personal bisweilen aufhorchen ließ. Drohte Scholl seinem gestikulierenden Gesprächspartner ihm bei seinen Sauftouren einen Katheder anzulegen, griff Michels in seine Brieftasche und hielt ihm wie bei einem Exorzismus seine Parteikarte entgegen. Darauf stand zu lesen, dass Pierre Michels, Eupen, Rue Gospert 27, seit dem 6. Januar 1956 Mitglied des »Parti Populaire Chrétien« (PPC) war. Mit besonderem Stolz erfüllte ihn die Tatsache, dass dieses grün-weiße Dokument einen markanten Stempel mit dem belgischen Löwen sowie die Unterschrift des Parteipräsidenten Jean-Paul Vandenbulke-Renard trug.

»Was soll denn dieser Kripo-Ausweis?«, frotzelte der Direktor, worauf Peterchen konterte:

»Ihre alte Mitgliedskarte wagen Sie ja nicht zu zeigen.«

Dann grinsten beide und trennten in dem zwiespältigen Gefühl, ausgerechnet vor der Tür des Verbandzimmers, an alte Wunden gekratzt zu haben.

Als Albert diese Parteikarte erstmals zu Gesicht bekam und ebenfalls seine Verwunderung über die kuriose Mitgliedschaft nicht verbergen konnte, antwortete der Cousin, er sei in diese Verlegenheit gekommen »wie die Jungfrau zum Kind«. Nach dem Neujahrsempfang des Hospitals habe er mit dem Narkosearzt noch einen »kleinen Abstecher« in die Waldkaschemme »Frau Nabek« gemacht. Dort sei er zu sehr später Stunde, als Tribut nach einer verlorenen Wette über den orthografisch korrekten Namenszug von »Baudouin«, vom örtlichen Parteisekretär Timmermans in die Pflicht genommen worden. Den Jahresbeitrag von 200 Franken hatte er gleich »blechen« müssen und schon am nächsten Tag sei seiner zu Tode erschrockenen Hermine das Dokument ausgehändigt worden.

Anfangs war ihm als fanatischem Anhänger der »Hitler-Jugend« dieses »Ding« zwar etwas unheimlich vorgekommen, doch machte er sehr bald die befreiende Erfahrung, dass dieser kleine Ausweis offenbar die Vorzüge einer Eintrittskarte besaß, deren Folgen er noch gar nicht bedacht hatte. Einmal monatlich wurde er ab sofort zu den Sitzungen der CVP-Lokalsektion im Sälchen der alten Frau Ludwigs in der Bergstraße eingeladen. Dort traf er nicht nur auf eine ganze Reihe alter Bekannter »aus der Zeit der Bewegung«, die ihn schulterklopfend begrüßten. Sobald die Tagesordnung mit dem Punkt »Verschiedenes« abgeschlossen war, wurde unter den Parteifreunden an der Theke weiter politisiert, wobei nicht einmal der Präsident, der Turnlehrer Herbert Thierron, das neue Mitglied daran hinderte, hin und wieder einige »vaterländische Lieder« zu singen. Erschien zur Jahreshauptversammlung der Bezirkspräsident Senator Pirotte aus Verviers, erstrahlten Peterchens Augen, wenn der ergraute, alte Fuchs auch ihn mit persönlichem Handschlag begrüßte. Der Anstreicher war zwar der französischen Sprache nicht mächtig, doch reichte es noch immer zu einer tiefen Verbeugung und einem beherzten »Merci, mon Président.«

Als er jedoch nach dem offiziellen Teil im Schankraum neben dem Sälchen »O, du schöner Westerwald« anstimmte, spitzte Pirotte seine Ohren und fragte perplex, ob das nicht »l' hymne nazi« sei. Der Vorsitzende erklärte geniert, es handle sich um ein altes deutsches Wanderlied.

Fragte Albert seinen Cousin, nach den politischen Inhalten solcher Versammlungen, betonte dieser, dabei handle es sich um »zum Teil geheime Arbeitssitzungen«, die aber vorrangig mit »Grenz- und Sprachenfragen« zu tun hätten. Viel mehr war nicht zu erfahren, doch schwärmte er von der kameradschaftlichen Atmosphäre und Solidarität, die er als Corpsgeist »wie unter Rommel vor Tobrouk« rühmte. Dem Vetter wurde bald klar, dass Peter zu diesen Kreisen eine eher emotionale Beziehung pflegte, wobei er jedoch seine militärischen Neigungen gar nicht aufzugeben brauchte. Im Gegenteil, wurden ihm doch weder ideologische Schwüre noch die Kenntnis des Parteiprogramms abverlangt, sondern allein Begeisterung für »die Sache«, wohlwollende Präsenz und eine gewisse Trinkfestigkeit. Damit konnte er dienen und avancierte bald innerparteilich zu einem allseits geschätzen Kumpel, der schon im Jahr darauf in den Vorstand »kooptiert« wurde. Spätestens bei den Nachtsitzungen an der Theke oder im diskreten Schutz der Wälder, auf der Fahrt des engeren Komitees zu »Frau Nabek«, wurden seine eigentlichen Qualitäten offenbar. Dann sprach er den Lokalpräsidenten plötzlich mit »Herr Oberst« an, orakelte von »fliegenden Kugeln« und würdigte die eifrigen Parteifreunde als »Kampfkommando-Reserve«.

Peter, der Parteisoldat, kehrte von solchen Sitzungen bisweilen erst im Morgengrauen nach Hause zurück. Dann jedoch wagte seine Hermine, die hinter der Gardine den an- und abfahrenden schwarzen Opel-Rekord des Vorsitzenden beobachtet hatte, dem polternden Ehemann nicht zu widersprechen. Sie nahm ihm nur den Trench ab und schubste ihn sanft ins Bett, wo er sich zur Seite drehte und augenblicklich wie ein Murmeltier zu schnarchen begann. Nachdem Thierron bei einem gemütlichen Beisammensein mit Ehefrauen anlässlich seines 50. Geburtstages Frau Michels ins Ohr geflüstert hatte, dass Peter »ein Mann mit Zukunft« sei, wurde ihr Respekt noch größer. Vor den sich häufenden Sitzungen legte sie ihm ein frisches Hemd, grün-weiß gemusterte Krawatten und Poschettchen zurecht.

»Mach' es gut, wa Jung'«, so stand sie an der Haustüre und winkte dem sich schnellen Schrittes entfernenden Ehemann noch lange nach.

Zu dieser Zeit begannen sich Alberts Beziehungen zu seinem Cousin zu ändern, sie wurden enger und seriöser. Es lag gewiss nicht daran, dass Peter immer häufiger politischen Aktivitäten nachging und reihum in den Wirtshäusern der Stadt auftauchte. Es war vielleicht der Anlass zu mancher Begegnung, jedoch nicht der tiefere Grund. Albert war damals in eine Phase intensiver Suche nach Lebensorientierung getreten. Zunächst musste er über die

Wahl eines Studienfaches sowie einer Universität entscheiden, doch warfen diese Dinge noch ganz andere Fragen auf. Wie er glaubte, hatte dies alles etwas mit Lebensinn, mit Identität und – er wagte das Wort kaum auszusprechen, es hatte einen so spirituellen Klang – mit »Berufung« zu tun. Wenn er seine komplizierte und oft als Not empfundene Ichversunkenheit richtig deute, reduzierten sich all seine Probleme auf die Suche nach »Heimat«. Er meinte damit nichts Provinzielles, sondern schwärmte nach der Lektüre der »Morgenlandfahrt« des von ihm hochverehrten Hermann Hesse von einer tieferen Landschaft, »die Heimat und Jugend der Seele, es war das Überall und Nirgends, war das Einswerden aller Zeiten«. Hesse hatte jedoch zuvor geschrieben, es handle sich »nicht nur um ein Land und etwas Geografisches« und genau diese Passage hat ihn so fasziniert. »Nicht nur«, das hieß doch auch »doch ein wenig« und versprach in seinen tieferen Schichten »viel mehr« oder das, was er in einem diffusen Résumé »das Eigentliche« nannte.

Alberts Nachdenken darüber streifte zunächst all jene seit seiner Kindheit angehäuften Beobachtungen, die mit den eng umgrenzten Standort Eupens und seiner von ihm als schmerzlich empfundenen Zugehörigkeit zum Königreich Belgien zusammen hingen. Dabei handelte es sich um tagtäglich gemachte, ebenso konkrete wie lapidare Erfahrungen, ohne größere Bedeutung und dann doch ein Indiz. Kam jedoch die Nacht mit ihrem Zauber und mit ihrem Rausch, wirkten diese Stunden wie ein gnädig über all seine Wirrnis gebreiteter Mantel. Er umhüllte und schützte nicht nur, er gewährte auch ein Stück der so sehr vermissten Geborgenheit. Der Alkohol half, ihn für die eher philosophischen Zwischentöne hellhörig zu machen und sie wie Trost zu genießen.

Begann er diese Erfahrungen auszukosten, trat der Cousin in seinen Schatten und entwickelte dabei eine Tugend, die er bei ihm zwar nicht völlig verkannt, so jedoch unterschätzt hatte: Kompassion. Peter, der diese Dinge etwas rustikaler betrachtete, schätzte jedoch diese Nachdenklichkeit und glaubte darin sogar das etwas anspruchsvollere Substrat all seines kriegerischen Hin- und Herirrens zu erkennen. Deshalb verzichtete er darauf, jetzt mit neuen Stilblüten der Garnisonssprache zu glänzen, sondern stieß schweigend mit dem Vetter an. Er sah seine Sorgenstirn und lächelte ein sehr verständnisvolles, vaterlandsloses Lächeln.

Peter hätte jetzt gerne seine Beschwörung der »Waffenbrüderschaft« wiederholt, korrigierte sich aber schnell und sprach von »Heimatlosigkeit« und »Zigeunerleben«. So blieben sie, jenseits anderer Worte, in diesem nächtlichen Schweigen und gemeinsamen Ausharren verbunden. Es schloss alles ein: Familienärger, Berufssorgen, Überdruss, Scheitern mit Frauen, Lebensangst und das Politische.

In diesem Sommer 1964, den Albert als Beginn seiner »Krise« bezeichnete, wunderte es ihn, dass sein Cousin erstmals von seinen Erlebnissen als belgischer Soldat erzählte.

Er kam dabei ohne das übliche Brimborium seiner Kasernenhoftöne aus und schilderte seine Zeit als »plouc«[5], als einfacher Rekrut, in der grünen Uniform einer Fernmelde-Einheit. Fast wäre er bereits bei der Musterung im Brüsseler »Petit Chateau« wegen seiner »Größe« als untauglich freigestellt worden. Der alte Stabsarzt genierte sich nicht ihn zu fragen, ob er »von Liliputanern abstamme«, doch Peterchen war nicht auf den Mund gefallen und antwortete, deshalb trage er ja die hohen Kreppschuhe seines Vaters. Außerdem, so irritierte er den Mediziner, freue er sich in die tapfere belgische Armee eintreten zu dürfen, deren »taktische Rückzüge« der Feind so fürchte. Der Alte wurde unsicher und schrieb ihn tauglich.

---

5   Siehe Anmerkung 3

Als sich Peter Michels zur Ausbildung beim wachhabenden Offizier der Kaserne Marie-Henriette in Namur meldete, löste der Kleine nicht nur in der Kleiderkammer schallendes Gelächter aus. Doch der »Zwerg aus den Cantons rédimés« versetzte bald schon seine Vorgesetzten in Staunen. Beim Exerzieren mit oder ohne Gewehr, auf dem Schießstand oder im Manövergelände war er allen anderen seiner Klasse voraus. Mehrmals wurde der »soldat milicien« Michels beim Rapport auf dem Kasernenhof gelobt.

Auch in den Cafés und Bars hinter dem Bahnhof galt er bald als Vorbild. Er trank eine ganze Kompanie unter dem Tisch, blieb beim Kartenspiel stets Sieger und brachte es beim Zigarettenhandel zu wahrer Meisterschaft. Die Taschen somit voller Geld, war er auch so etwas wie eine Bank, der großzügig Kredit gewährte und Kameraden in besonderer »Dringlichkeit« mit einer Stange Zigaretten für ein »Nümmerchen« im Hinterzimmer der roten Babette ausstattete. Keiner seiner Stubengenossen, wusste wo Eupen liegt, so nannten sie ihn, wegen seines radebrechenden Französisch »le petit flamin«, der kleine Flame.

Als er seine Bahnfahrt zur Nachrichteneinheit bei der belgischen Besatzung in Spich bei Köln antrat, hatte sich sein Ruf dort bereits herum gesprochen. Bei der ersten flapsigen Bemerkung wurde er vom Platzkommandanten zusammengestochen, diese »Spirenzchen« hätten sofort aufzuhören. Peter nahm Haltung und antwortete:

»A vos ordres, mon Commandant.«

Doch dauerte es keine zwei Wochen, bis der kleine Michels an der linksrheinischen Zigaretten-, Schnaps- und Pufffront wieder als unumgänglich galt. Anders als in Namur kam ihm als Besatzungssoldat in Deutschland seine deutsche Muttersprache zu Gute. Auf den diskreten Schneisen von der Kaserne ins Kölner Nachtleben übersetzte, vermittelte und arrangierte er, was das Soldatenherz begehrte. Als er bei einer Razzia der Militärpolizei in einem schummrigen Tanzlokal mit Gästezimmern in Köln-Nippes aufgegriffen wurde, legte die Dame des Hauses ihre Hand um seine Schultern und sagte:

»Peterchen ist wie ein Sohn für mich.«

Inzwischen zum Korporal befördert, tauchte er im Kölner Rosenmontagszug unter und wurde in der Nacht zum Aschermittwoch von einer Polizeistreife zwischen Pennern schlafend auf der Domtreppe entdeckt. Statt der grünen Baskenmütze seines Regimentes, trug er eine Imitation der Mütze eines Brigadegenerals und eine Kunststoff-Nelke an der Uniformjacke. Der Aufforderung seine Papiere zu zeigen, antwortete er in einem die Beamten erstaunenden Deutsch:

»Ich bitte Sie meine Offiziersehre zu respektieren.«

Die Polizisten schauten sich einen Moment verunsichert an, chauffierten ihn dann aber, nach seinem zackigen Gruß, »Leutnant Michels, Eupen-Malmedy«, schmunzelnd in die Kaserne zurück.

In seiner Eigenschaft als Korporal verbrachte er die fünfzehn verbleibenden Monate seiner Dienstzeit in einer am äußersten Ende des Kasernenareals gelegenen Funkerbude. Seine Aufgabe bestand darin, zweimal wöchentlich mehrere Kabel ein- und auszustöpseln. Ansonsten hatte er den niemals beeinträchtigten Funkverkehr mit einem Geschwader der belgischen Luftwaffe in der Wahner Heide aufrechtzuerhalten. Wenn er nicht gerade seinen in den Blechschränken eines Nebenraums gestapelten Vorrat an Zigarettenstangen, Spirituosen und Pariser ordnete, las er abwechselnd Karl-May-Bücher und Landser-Heftchen. Nach Dienstschluss um 17 Uhr ging er aus, tafelte in einem der zahlreichen Brauhäuser und stand anschließend dem Rest der Kompanie in diversen Etablissements beratend zur Seite.

Selbstverständlich verfügte er über eine »permanente Nachterlaubnis«, von der er bei Einbruch der Dunkelheit Gebrauch machte. Lediglich Dienstagabends musste er in seiner Bude einen Funker-Wachdienst schieben. Da sich an den anderen Leitungen jedoch nie jemand meldete, fiel er gleich in einen Tiefschlaf. In der Frühe füllte er das Formular der Militäradministration aus, das stets nur aus drei Sätzen bestand:

»Funkbereitschaft Spich, Signal von Köln-Wahn Fpg/08/ mv. Nächtliche Wache: 20.00 bis 06.00 Uhr. Keine besonderen Vorkommnisse. Michels, Cpl.«

Der »Chef de bureau«, Sergeant van Naeten, versah das Dokument mit einem blauen und einem roten Stempel, die jeweils in französischer sowie niederländischer Sprache das Wort »vertraulich« enthielten, heftete es in einen dicken Ordner und sagte.

»Sehr gut, mein Junge, hast du was zu rauchen?«

Dann klickte er mit dem Feuerzeug und brummte nach einem kräftigen Lungenzug:

»Ich brauche noch ein paar von den Gummis.«

IX.

Löwen

Der junge Mann, der am 4. Oktober 1964 den Bahnhofsvorplatz der Universitätsstadt Löwen betrat, tat dies mit einem leichten Schaudern. Er stellte seinen Koffer ab und blieb lange, nahezu andächtig stehen. Hinter ihm setzte sich der Köln-Ostende-Express, der ihn aus dem belgischen Grenzbahnhof Herbesthal hierher gebracht hatte, mit einem Ruck wieder in Bewegung. Auf den grauen Steinen des Kriegerdenkmals leuchtete noch etwas Sonne. Die sich ausbreitenden Ränder der »Bastos«-Zigaretten-Reklame flimmerten über die Ausgänge; sich öffnende und wieder verschließende Ringe. Er wird ihr Auf- und Abflackern noch Jahrzehnte später am Abteilfenster haltender Züge beobachten; ein Symbol der Ankunft und bereits ihres Scheiterns. Der rote Kreis wirkte zunächst wie ein Willkommensgruß, wechselte dann aber, wie an einem unbewachten Bahnübergang, in die Brisanz eines Warnlichts. Jetzt huschten seine Spuren über den Platz, streiften die Fassaden der Bürgerhäuser und die weißen Wände der Imbissstuben.

An den Theken standen Arbeiter, die ihre zerbeulten Taschen zwischen den Füßen klemmten und, kurz vor der Heimfahrt in die Provinz, noch ein Bier tranken oder in eine der Cervelatwürste bissen. Jede dieser Stände trug den Namen der Wirtin: Anneke, Bertha, Yvette oder Josiane. Auch fiel dem Neuankömmling gleich auf: Die Fritten waren am begehrtesten. Der Geruch des schäumenden Fetts, dem er bereits in der Küche seiner Mutter, im

»Duc d'Anjou« und im Innenhof des Kollegs nachgespürt war, trat ihm auch hier gleich in die Nase. Er hatte etwas Besänftigendes; heimatlich wagte er es nicht zu nennen, doch war da eine Vorahnung gedeckter Tische. Das, was er in seiner Schule als »belgisch« gerochen hatte, besaß dieser Platz in starkem Maße. Die aus spitzen, weißen Tüten in einen Spritzer Senf getauchten Fritten boten dem Bahnhofstrubel einen Hauch Widerstand, der für die Dauer einer Portion Fritten und einer filterlosen »Bastos« genau bemessen war. Später sollte Albert die Entdeckung machen, dass Belgien mit einem dichten Netz verqualmter Bahnhöfe und Imbissstände überzogen war. So sehr, als bestehe in diesem kleinen Frittenland eine fast mythische Entsprechung von permanenter Ankunft, Aufbruch, Abschied und letzter Wegzehrung im Stehen.

Busse kreuzten wie träge Dampfer um das pathetische Denkmal. Der Verkehr staute sich an den Auffahrten der Ringstraßen. Die zu ihren Zügen hastenden Menschen standen ungeduldig an den Zebrastreifen; auf ihren Gesichtern die teilnahmslose Härte eines verbrauchten Tages. Gegenüber, auf der Plakatwand des Scala-Kinos blickten die Filmhelden Peter O'Toole und Richard Burton als »Becket«-Hauptdarsteller über die Hochspannungsleitungen hinaus ins Leere. Auch das wird bleiben, die scheiternde Liebe zweier Männer, des einsamen englischen Königs Heinrich II. und des Bischofs von Canterbury, der während der Vesper im Dom erschlagen wird.

Der noch nicht 18-jährige Albert Bosch überquerte den Platz und betrat die Avenue des Alliés, die Bondgenotenlaan, die wie ein dominanter Strich ins Zentrum strebt. Zu beiden Seiten die Boutiquen und Cafés einer regionalen Prachtstraße. Ihre Leuchtreklamen erloschen vor dem Kreisverkehr, als beginne hier eine unsichtbare Grenze, die wie ein Glacis Rathaus und St. Petersbasilika schützt. Be-

reits vom Bahnhof aus wetterleuchtete die spätmittel-
alterliche Silhouette, der Stolz Burgunds. Näher tretend,
blickte er auf ein feierliches Gemisch: verstrickte Bal-
dachine und Konsolen; himmelwärts blickende Prophe-
ten und Apostel; zudringliche Gönner in dunklen Nischen; Wappen und Symbole der Gilden; schließlich die
Brüstung, der massive Steinschwung der Treppen. Auf
der Fassade spielte noch eine Spur Abendlicht und Albert
fragte sich, ob es kitschig oder unausweichlich sei, vor dieser Baukunst einen leisen Schmerz zerrinnender Zeit zu
empfinden. Solche Wucht des Anblicks macht ihn stets
hilflos, ihre Schönheit ist nicht zu halten. Ähnlich den
Bildern sich entziehender Frauen, beschwört sie Abschied
und Vergeblichkeit.

Phantasien fluten zurück in das Alte, so als organisiere
eine Zeitmaschine Ausflüge in die Vergangenheit: Holpri-
ge Pflaster und morastige Feldwege schlängeln sich in das
geschäftige Zentrum. Ritter, Vasallen, Legaten, Bischöfe,
Magister, Händler, Gaukler, Troubadoure, Dirnen, Mönche
und Nonnen aller Orden, und, nicht zuletzt, viel Bauern-
volk, müde und hinkend, Lasten schleppend, auf Vieh und
Pferde einschlagend. Die Karren vollgestopft mit Tuch- und
Gobelinrollen, Lederbänden und Stundenbüchern, Weizen,
Hopfen, Gerste, polternde Bier- und Heringsfässer, Säcke
mit Gewürzen sowie Truhen mit Schätzen und Geschmeide
aus den Mittelmeerhäfen. Seine Magnifizenz wird es ihnen
mit einem flüchtigen Lächeln danken.

Gegenüber dem Rathaus liegt, blasser, aus gelblichem Stein,
die Basilika. Albert wird sie an diesem Ankunftstag nicht
betreten, doch fällt gleich auf, dass sie nicht himmelstür-
mend mit ihrem zivilen Nachbarn in Konkurrenz tritt.
Bucklig und breit gewährt sie den weltlichen Ratsherren
den Vortritt, verzichtet jedoch keineswegs auf Macht. Wie
eine fette Henne hockt die Kirche in der Mitte anbranden-

der Gassen. Sie wärmt und beherrscht. Ihr Treppenaufgang, zu dessen rechter Seite ein dem Kulturerbe kaum verpflichteter Schöffe, der Mariake van Tongeren, die Konzession einer Frittenbude erteilt hat, ist nicht hoch, sondern breit gestreckt. Die Mühseligen und Beladenen, erst recht die adligen und akademischen, mögen aus allen Löchern und Verliesen ihrer Paläste und Hörsäle, ihrer Kollege und Seminare näher treten. Bevor ihnen in den Beichtstühlen die Absolution ihrer gierig begangenen Sünden erteilt wird, soll das Volk beobachten können, wie sie heraufschleichen. Es sind Stufen vorauseilender, öffentlicher Busse. Das Gotteshaus ist dem heiligen Petrus geweiht. Ob die betuchten Gründer dabei an den ersten Papst mit den Himmelsschlüsseln dachten oder an den vorlauten Fischer, Verräter und Ehemann, wurde nicht überliefert. Niemand will über Letzteres reden, aber ein angesäuselter Kanonikus soll den Zaungästen nach einem Leichenschmaus im Rathaussaal davon gefaselt haben: Löwens Petrus sei der Weinende.

Albert wird diese Kirche dann und wann besuchen. Vorzugsweise an späten Herbst- und Winternachmittagen oder bei einbrechender Dunkelheit. Wenn er kommt, geschieht es nicht um zu beten. Er stößt die schweren Polstertüren auf und kann in dem Clair-obscur der Quer- und Seitenschiffe dem Versuch nicht widerstehen, in die hinter zitternden Kerzen, an hohen Wänden hängenden Gemälde »einzutreten«. Seine ständigen Versuche, in die Zeit »zurück zu wandern«, vielleicht sogar dabei »endgültig wegzutauchen«, sind in solchen Momenten ebenso heftig wie die Lust, den in der Krypta ruhenden Herzögen Brabants provokant nahe zu treten: Was wollt ihr denn, ihr Ascheherrscher? Die goldene Mutter Maria als »Sitz der Weisheit« hält er für eine Verirrung weltfremder Gelehrter.

Löwen lockt in den ersten Kreisen der rund um das mächtige Zentrum gezirkelten Gassen mit obskuren Bildern. Da sind Torbogen verlassener Bürgerhäuser, als würden sie ins Leere führen; hohe Portale der dem Heiligen Geist und anderen Heiligen geweihten Konvikte; von Weinlaub umgarntes Gemäuer der Stadtklöster; feuchte Kellergewölbe; Arkadengänge, auf denen nachts die Schritte wie von Flüchtenden klacken. Oder die Kollegs, hoch ummauerte Festungen des Geistes – etwa das nach der noch immer verehrten Kaiserin Maria-Theresia benannte auf dem kleinen gleichnamigen Platz oder in der unteren Tiense Straat das Gebäude der Juristischen Fakultät, über deren Eingangstor das unbestechliche Auge eines Falken wacht. Albert blieb keine Zeit sich zu fürchten, es hat ihn gleich erschlagen. Noch ehe er hinter diesen Mauern das erste Blatt eines Lehrbuches aufschlägt, ist ihm klar, gegen die Großmacht versteinerten Wissens keine Chance zu haben. Schlimmer wird es ihn treffen, wenn er später in der Julihitze in der ehemaligen Tuchhalle dem gelangweilten Exekutionsblick seiner Professoren gegenüber sitzt, ringsum umzingelt von überlebensgroßen Stelen mythologischer Gottheiten und Rektorenporträts.

Beim Betreten der Hörsäle und Seminarräume der Philosophischen Fakultät, zuckt er in den ersten Oktoberwochen stets zusammen, weil die ihn umgebenden Kommilitonen einen ähnlichen Eindruck wie das ihn gefangen haltende Steinlabyrinth erwecken: Fremde, Kühle. Es sind Gesichter lärmender Wallonen, die kein Wort seiner Muttersprache sprechen und einen aufdringlichen Regionalismus verbreiten. Die Brüsseler sind besonders prätentiös. Spricht ihn endlich jemand an und erkundigt sich nach seiner Herkunft, trifft ihn ein Lächeln des Bedauerns. Eupen und die Ostkantone sind entweder unbekannt oder man hält sie für eine sibirische Enklave belgischer Hoheit.

Viel tückischer trifft ihn jedoch die völlig neue Präsenz junger Frauen. Es gab sie nicht in seiner Schule, sie galten als mit strengen Verboten behaftete Fabelwesen. Jetzt sitzen sie neben ihm am Klappult. Es kann ihm nicht verborgen bleiben, dass der Saum ihrer Miniröcke höher rutscht. Rechts und links umhüllt ihn Parfum verlockender Berechnung. Die weiblichen Erstsemester umgarnen ihn mit tändelnder Unnahbarkeit. Manche setzen sich Brillen auf und genießen seinen Seitenblick auf ihre sich spannenden Brüste. Albert schielt auf ihre Schriftzüge und entdeckt eleganteste Kalligraphie, wie aus dem Skriptorium von Cluny, die sogleich Lust auf verschlüsselte Einladungen und konspirative Briefe erwecken. Doch eilen ihre Kugelschreiber in stenografischer Geschwindigkeit dem rhetorischen Pathos der Professoren nach; lauter zusammengedrängte Einführungen in die Geschichte des frühen Mittelalters, des Abendlandes, der Kirche und Konzilien oder die kleingedruckte Mühsal historischer Kritik. Später huschen die züchtigen Schönen mit fliegendem Haar über die Steinflure, die Kollegblocks wie eine Trophäe unter dem Arm. Dann verschwinden sie unter dem Torbogen der Kaiserin oder des Falken in die abendliche Stadt. Wohin wohl? Und vor allem: in wessen Arme?

Albert hat sich bemüht, ungeschickt, schüchtern, wie es seine Art ist, mit einer dieser Nachbarinnen ins Gespräch zu kommen. Am Ende der Vorlesung von Prof. Dumont über »Naturrecht«, bemühte er sich, einer Studentin den gefallenen Stift aufzuheben und ihr in den Mantel zu helfen. Sie verließen gemeinsam das Fakultätsgebäude und auf seine Frage nach ihrer Herkunft antwortete sie, ihr Vater führe an der Place Stéphanie in Brüssel ein renommiertes Modehaus. Als sie sich über seinen »sonderbaren Akzent« mokierte, wollte er eine Erklärung über das deutschsprachige Belgien abgeben, doch unterbrach sie ihn gleich:

»Ach, da oben, die Dörfer hinter den Wäldern«, im Fortgehen rief sie, »Pardon, ich habe noch eine Verabredung«.

Albert stand allein unter dem Portal und sah sich in seiner Konsternation von reichen Brüsseler Bürgertöchtern umgeben, die ihn als hinterwäldlerisch belächelten und anderweitige Termine hatten. Erneut war es Brüssel, das ihn ablehnte, die Hauptstadt dieses Königs, der kaum zurück gewunken hatte, und all seiner lebensfernen Ministerien, deren Beamte skeptisch und mitleidvoll auf seinen Landstrich herabblickten. Die davon eilende junge Frau verkörperte all diese Prätentionen, doch auch das Lockende. Er ging in die nächste Kneipe, trank hastig ein Bier und schwor:

»Sie werden noch winseln und dich anflehen, bitte, bitte, nicht aufzuhören.«

Albert hatte sich ohne besondere Gründe in Löwen immatrikuliert. Allein seine Bekannten, die ihm ein bukolisches Bild dieser Studentenstadt zeichneten, waren entscheidend. Er versprach sich eine »Freiheit mit Nestwärme«, völlig ahnungslos, wie dumm und bourgeois es klang. Wann immer er in den ersten Wochen und Monaten aus der Ferne das blassgraue Bahnhofsgebäude sah, sehnte er sich nach einem Zug in Richtung Osten. Früher als alle anderen brach er bereits Freitagabends ins Wochenende auf. Ununterbrochen schrieb er einem Freund lange, nostalgische Briefe. Jede Nacht trank er im Café »Park-Poort« drei, vier Gläser Bier, die ihn gleich in eine selige Melancholie versetzten. Dann ließ er sich aus der violett flimmernden Wurlitzer-Jukebox mit Adamo-Chansons berieseln. Der wallonische Italiener sang mit rauer Stimme von Frauen, die seinem Idealbild entsprachen. Sie tauchten im Nachtnebel auf und nahmen ihm mit einem Blick, mit ihrem Gang oder einem komplizenhaften Lächeln alle Sorge ab. Er tauchte weg und hat hinter dem Kitsch solcher Stimmungen in immer neuen, vergeblichen Anläufen einen Kern Wahrheit gesucht. Die trügerischen Konturen dieser Traumfrau waren der einzige Garant einer wie auch immer gearteten »Heimat«.

Dass sich seine Universität »Alma Mater«, nährende Mutter und »Sedes Sapentiae« nannte, hat ihn skeptisch gestimmt. Das Ideal der deutschen Universität, »Einsamkeit und Freiheit« war ihm näher, doch zu spät, er hatte sich entschieden. Das, was er mit »Nestwärme« meinte, war jedoch kein katholischer Reflex. Bereits in den letzten Schuljahren hatte sich Albert von diesen Dingen des Glaubens leise verabschiedet. Er wollte nicht akzeptieren, dass eine regulierende Religion mit strengen Geboten in sein Leben eingriff. Alles erschien ihm so eifernd kompliziert. Zwar las er die »Bekenntnisse« des hl. Augustinus, doch auch Kierkegaards »Enweder oder« und Nietzsches »Fröhliche Wissenschaft«. So kam er zu dem Schluss, dass, wenn Gott tatsächlich der große Barmherzige sei, alles längst endgültig geregelt wäre und sich weitere rituelle oder konfessionelle Vorschriften erübrigten. Damit lebte er gut; es half ihm den Überdruck in diesem katholischen Dampfkessel unbeschadet zu ertragen.

Bereits morgens auf dem Weg in die Vorlesung begegnete ihm auf den Parkwegen am Hoover-Plein ein Rudel hochgewachsener amerikanischer Jesuiten, die mit ihren schwarzen Soutanen und breitrandigen Hirtenhüten wie der Spähtrupp einer Spezialeinheit aussahen. Sie waren drahtig, zähnefletschend heiter und in ihrer Geschlossenheit auch beängstigend. In den Hörsälen traf er auf Mönche und Nonnen: südländische Franziskaner in braunem oder schwarzem Habit, diskrete Benediktiner, schweigsame Kamaldulenser, Zisterzienser der einfachen und strengen Observanz, niederländische Kapuziner sowie Novizen der Ostkirche, bärtig und von kindlicher Freundlichkeit. Besonders interessierten Albert die frommen Schwestern, vor allem jene, die in diesem Schmelztiegel konziliarer Aufbrüche weiter ihre komplizierten Gewänder und steifen Hauben trugen. Dann und wann saß er neben einer dieser ihn keines Blickes würdigenden Klosterfrauen und rätselte während der Vorlesung, wie viel Herzblut und Sehnsucht sich unter deren Ordenstracht aus schwerer, schwarzer Wolle verbergen möge.

Der »Clergyman« kam damals gerade in Mode. Wohin man auch blickte, ob in der Innenstadt, in den Parks, auf Radwegen, in Kaufhäusern, Restaurants oder selbst auf den Toiletten der Kinos begegnete man den Männern mit dem steifen römischen Kragen. Es waren durchweg ernste Mienen mit einem vorsichtigen Blick für den »Dialog mit der Welt«. Unangenehm waren die Priesterprofessoren, die, statt der Sorge um verlorene Schafe, kalten Stolz verbreiteten und in den feineren Restaurants an reservierten Tischen tafelten. Ein Urbild kontemplativer Versenkung entdeckte Albert auf einem Leiterchen im großen Lesesaal der Universitätsbibliothek: Ein mit weißer Kutte bekleideter asketischer Dominikanermönch und einer Tonsur, wie von Fra Angelico, blätterte seraphisch in die Migne-Ausgabe der »Lateinischen Kirchenväter«.

Einen ersten Tupfer fraulicher Emanzipation vermittelte die Metaphysik-Vorlesung von Mademoiselle Dorval, die den klassischen Gottesbeweisen von Anselm von Canterbury und Thomas von Aquin die »Gemeinschaft der Heiligen« beifügte. Albert erkannte darin einen sympathischen Zug simpler Menschlichkeit gegen dem angehäuften Stroh entrückter Erfasser des Unfassbaren.

Der einzige persönliche Kontakt, den er in Löwen mit einem Priester hatte, ergab sich mit seinem Tutor Dr. van Dooth, einem französisch sprechenden Flamen aus Lokeren, der an einer Habilitationsschrift über die »Geschichte ethnischer Minderheiten in Europa« arbeitete und sich, wie es in Flandern oft geschieht, von seinem ostbelgischen Erstsemester einige prodeutsche Bekenntnisse erhoffte. Kurze Zeit später legte er seinen römischen Kragen ab, heiratete eine junge Witwe und wechselte in den »Palast der Schönen Künste« von Antwerpen, wo er als Hilfskraft in der Abteilung »Religiöse Malerei« Führungen abhielt.

Das penetrante katholische Milieu von Löwen hat Albert nicht gestört; eher war da die Faszination einer leise bröckelnden Welt. Die Basilika und die Abtei Mont César betrat er öfter, jedoch nicht um an Gottesdiensten oder Stundengebeten teilzunehmen. Beide Kirchen hatten für ihn den Charme einer »Absteige«. Neben dem von hohen Glasfenstern gebrochenen Licht lockte ihn ein sonderbares Geruchgemisch in diese Kirchen: vor den Heiligenstatuen erlöschende Kerzenstümpfe, schwebende Reste von Weihrauch und Tannengrün nach den Totenmessen, vergilbte Blätter der Breviere und das abgeschliffene Holz im Chorgestühl. Es geschah, dass er sich länger darin aufhielt und hinter einem Pfeiler im Seitenschiff betende Frauen beobachtete, vor allem wenn sie schön waren und dann und wann ihr Gesicht in den Händen verbargen.

So haben ihn auch die ehemaligen Beginenhöfe interessiert, die innerhalb der alten Stadtmauern noch immer einen Bezirk fraulicher Pietät bildeten. Er blätterte in den dort ausliegenden Schriften von Hadewijk, Beatrice von Nazareth und Lutgarde von Tongeren und staunte über die »heilige Minne« dieser »Bräute Christi«, deren leidenschaftliche Liebe für den Gekreuzigten so spannende Phänomene wie Visionen, Extasen und Elevationen hervorgerufen haben soll.

Vom freien Besuch der Vorlesungen hat Albert großzügig Gebrauch gemacht. Doch kompensierte er diese Abwesenheiten mit einem intensiven Studium der belgischen Geschichte, die Prof. Henri-Léopold Pircot zwei Stunden pro Woche las. Dienstag und donnerstags kurz vor 17 Uhr war er einer der ersten Hörer im Auditorium Maximum des Maria-Theresia-Kollegs und postierte sich unmittelbar gegenüber dem Lehrpult. Pircot war klein und temperamentvoll; die Studenten nannten ihn deshalb »Giftzwerg«. Das war weniger despektierlich als es klang, denn sie verehrten den wilden Alten. Betrat er den Saal und schob sich das Mikrofon auf Mundhöhe, herrschte heilige Stille. Seine Hauptthese, die er in immer neuen Variationen vortrug, bestand in einer Art Belgien-Beschwörung. Die 1830 erfolgte Revolution bezeichnete er »zufällig und dennoch siegreich« sowie als ein »Nicht-Ereignis«. In seinen Augen war sie die logische Spätfolge einer bis in die Urzeit zurückreichenden Vorgeschichte.

Albert kritzelte fleißig mit, ihm gefiel die Art, wie Pircot die beschwipsten Brüsseler Revolutionäre und den aus Sachsen entliehenen ersten König Leopold als »Verlegenheit der Geschichte« abkanzelten. Aber bald kam es knüppeldick: Belgien, nicht als konstitutionelle Monarchie, sondern als »tiefe, anonyme Nation« reiche hinab in »die Nacht der Zeiten«. Der Professor liebte es, mit Übertreibungen zu provozieren, sein verstohlenes Grinsen verriet, dass er diese Lehrsätze selbst nicht ganz ernst nahm, doch ging es ihm um den darin verborgenen »Kern Wahrheit«.

Dann löste er seinen Krawattenknoten, öffnete unakademisch den Hemdkragen und begann mit einer besonders detaillierten Erläuterung der »Entstehung der Sprachengrenze« zu dozieren. Damit meinte er weder die Konflikte in den Randgemeinden Brüssels oder im Voergebiet, sondern die klaffende Grenze zwischen dem romanischen und germanischen Sprachraum, die quer durch Belgien verläuft. Nach seinen Worten ist sie im »im Dunkel der Geschichte« entstanden: nicht als Folge einer Kriegslist zwischen kannibalischen Höhlenmenschen, sondern eines Jahrtausende währenden Geschiebes zwischen den Krusten der Eiszeit und den allmählich auftauenden Flüssen Maas und Rhein. Diese Grenze war ein »geohistorischer Mythos«, eine von Steinzeit-Titanen sowie von Hirten- und Sammlergottheiten abgesegnete »kontinentale Spalte«. Belgien, so Pircot, ist der urzeitliche Ort ihres hochdramatischen Ringens und folglich eine »voreuropäische Brücke der Begegnung«. Albert notierte es im Wortlaut, als der Professor abschloss:

»Hier kommt es weder auf Daten und Namen, noch auf Herrscher und Eroberer an. Belgien ist ein Land geologischer Unausweichlichkeiten. Grenzland ist seitdem unser Schicksal und unsere Bestimmung«.

Beim Kapitel über die Römerzeit bemühte Pircot erneut geografische, topografische und sogar psychologische Parameter um Caesars Laudatio, die Belgier seien die »tapfersten aller Gallier« zu begründen. Zunächst erinnerte er an elementarste Bedürfnisse der menschlichen Natur, die nun einmal bei Hunger, Durst und dem gerade zu Zeiten der römischen Kaiser besonders heftigen Liebestrieb, nach Labsal, Schlaf und Erholung lechze. Dieses Verlangen soll, nach der Überquerung der bis in die Vogesen reichenden Alpen sowie der wilden Unterläufe von Rhein und Maas, in den Pioniereinheiten der römischen Legionen besonders heftig ausgebrochen sein. Deshalb sei die Offensive der Invasionstruppen in den dichten Wäldern der von den belgischen Stämmen verehrten Jagdgöttin Arduina zum Stehen gekommen. Caesars lobende Wertung beruhe offensichtlich zunächst einmal auf der zwangsläufigen »Müdigkeit der kaiserlichen Krieger«. Aber, so der erneut schmunzelnde Pircot, ein mächtiger Clan der Belgier habe folglich bereits existiert und an der ominösen Grenze seine seit Urzeiten bewährte Kampfmoral gegen die zu einem »Nickerchen neigenden Soldaten Caesars« eingesetzt. Wie sich solche Schlachten auf Statur und Körperbau auswirkten, dafür biete die limburgische Römerstadt Tongeren und ihr erschütterndes Standbild des Ambiorix schlagende Beweise. Der schnauzbärtige Riese habe die von Orgien erschlafften und auf baldigen Heimaturlaub hoffenden Legionäre buchstäblich das Fürchten gelehrt.

In einer weiteren Vorlesung rief Pircot seine Studenten dazu auf, die Lehrbuchweisheiten angeblich großer Historiker mit den »kleinen Einfachheiten des täglichen Lebens« zu konfrontieren. In diesem Kontext erwähnte er zunächst die bis zum heutigen Tag hochgeschätzte Tradition belgischer Braukunst. Die von den römischen Nachschubverbänden in Tonampullen mitgeschleppten Weine aus Montepulciano und Frascati seien auf den Kletterpartien über die Alpen ungenießbar geworden. Doch habe das ersatzweise gesoffene Gebräu belgischer Biere die Südländer

»wie mit der Axt umgehauen«. Dies soll sich nicht nur in Rom herumgesprochen haben, sondern später auch in Nursia und Monte Cassino, so dass der heilige Benedikt in seiner berühmten »Regula« den Genuss von Alkoholika auch auf regionale Biersorten ausweitete; dies allerdings nur bei mäßigem Genuss. Pircot erkannte darin einen bislang kaum beachteten Grund für die wirtschaftliche Blüte der belgischen Abteien, ihrer Skriptorien und Klosterschulen.

Dieses Geheimwissen über das Brauen von Hopfen und Malz bietet bis zum heutigen Tage die Grundlage für die Trappistenbiere der Abteien Westmalle, Sint Sixtus (Westvleteren), Chimay, Rochefort oder Orval. Dass belgisches Bier nach wie vor als Narkotikum oder Aphrodisiakum verwertbar sei, habe bei der »von König Leopold II. beschirmten Übernahme« des Kongo eine strategische Rolle gespielt. Ganze Pygmäenstämme seien nach ein paar Kästen »Westmalle Triple« wie die nassen Säcke umgekippt; die farbigen Damen hätten sich vor Angeboten der nachrückenden Befreier nicht mehr retten können …

Pircot verkündete die Überzeugung, dass jenes von ihm erspürte »ewige Belgien« zu klein war, um Entscheidungsschlachten zu schlagen und folglich zunächst einmal die Besatzer, »karolingische Kaiser, französische Sonnenkönige, spanische Blutsauger oder Berliner Dynamit-Generäle«, im Siegerkranz jubelten. Doch verstand es dieses Ländchen, dank seiner überschaubaren Lage zwischen den großen Durchmarschierern, einen Sinn für speziellen Widerstand zu entwickeln. Als Beispiele dieser »belgischen Guerilla« nannte er neben dem taktischen Einsatz von Klosterbieren, das aus strategischen Gründen schlechte Straßennetz in den Ardennen, die geheimdienstlich vorteilhafte Schwerverständlichkeit flämischer Dialekte, die von der Diplomatie geschätzte Sprachenkenntnisse in den Kunst- und Hafenstädten, der außenpolitisch wirkungsvolle Einsatz belgischer Missionare, die von Schleusen behinderte Schifffahrt auf Maas und Schelde, die als Waffenschmiede international geschätzte Metallindustrie, die selbst den deutschen Kaiser zur Weißglut bringenden Polder-Deiche sowie die Flexibilität der stets zu »vorsichtigen Rückzügen« bereiten königlichen Armee. Die Fähigkeit belgischer Politiker zum spektakulären Kompromiss sei bis heute ein Zeichen von Friedensliebe, jedoch als logische Folge all dieser Erfahrungen listiger Resistenz nicht vom Himmel gefallen …

Die schrulligen Geschichtsstunden des Alten lösten bei seinen Zuhörern zwar keine wissenschaftliche, jedoch starke emotionale Begeisterung aus. Er lieferte, so mutmaßten sie, keine Beweise, jedoch glaubwürdige Indizien. Vor allem Albert wehrte sich vehement, diesen munteren Herrn mit der Schottenmuster-Weste als akademischen Eulenspiegel zu belächeln, sondern brachte ihm eine starke Mischung aus Sympathie und Mitleid entgegen. Den Vorwurf des historischen Chauvinismus, der von der Brüsseler Studenten-Regionale erhoben wurde, ließ er nicht gelten. Pircots Vorlesungen waren für ihn Meisterstücke historischer Fußnoten und eine heimliche Einladung zu einer kleinen belgischen Anarchie. Besonders beeindruckte im Vorfeld des Pariser Mai '68, dass solche Vogelfreiheit weder politischer Systeme, noch staatstragender Traditionen bedurfte. Der Heimat suchende Eupener erspürte darin eine bodenständige Liebeserklärung und simpelste Daseinbejahung, die offenbar bis in die Eiszeit zurückreichte. Ihm leuchtete endlich ein: das Frittenland ist seit Urzeiten von Menschen mit einer heiteren Bereitschaft zum Putsch gegen Störer seiner Lebensfreude bevölkert. Albert erkannte darin auch seine eigenen Sehnsüchte nach »Freiheit und Nestwärme« wieder und stellte sich augenblicklich die Frage, ob er heimlich nicht schon längst vom Belgien seines Geschichtsprofessors assimiliert sei.

Wäre nicht auch er, zusammen mit einigen angesäuselten Brüsseler Bourgeois nach der Monnaie-Premiere »Die Stumme von Portici« auf die Straße gestürmt? Hätte sich nicht auch er an der Seite des Soldatenkönigs Albert I. in den Nordsee-Schützengräben gegen die deutschen Invasoren nasse Füsse geholt? Würde nicht auch er, zusammen mit den Sozialisten, gegen Degrelles-Faschismus-Reden im »Cirque Royal« protestiert haben? Hätte es nicht auch ihn zur Verteidigung abendländischer Grundsätze zu Fallschirmjäger-Einsätzen in die Kupfer-Provinzen Katanga und Kasai gelockt? Von anderen belgischen Lockungen ganz zu schweigen. An sich war Albert ein Urbelgier.

Als Prof. Pircot zum Kapitel »Regionale Aspekte der belgischen Geschichte« überleitete, wurde rasch klar, dass diese aus nichts anderem bestanden als aus einer ununterbrochenen Folge von Zwist, Blüte, Provokationen, Zusammenarbeit, Schlägereien und Friedensverträgen. »Unsere Provinzen«, das war Pircots alle Geschichtsepochen durchgeisterndes Codewort belgischer Einheit. Dieses schließlich zum nationalen Wappenspruch avancierte Ideal der Einheit war ein stets behelligtes, jedoch nie ernsthaft gefährdetes. Es bezog seine Kraft aus einem allein Gott vertrauenden »laisser-aller, laisser-passer«[6]. Erst wenn die Kugeln flogen wurde über Widerstand oder »vorsichtigen Rückzug« entschieden.

Allen anderen Kriegen voran, mobilisierte die 1288 geschlagene Schlacht von Worringen Alberts Aufmerksamkeit. Hier waren zugleich supranationale und regionale Interessen im Spiel, fochten doch auf dem niederrheinischen Schlachtfeld Truppen der Herzöge von Brabant und des Kölner Erzbischofs ein folgenreiches »belgisch-deutsches Duell« aus. In diesem Erbfolgekrieg ging es um die Macht an der Weserkrümmung im Herzogtum Limburg, dessen Schauplatz sich sozusagen einen Steinwurf von Alberts Haustüre an der Eupener Vervierser Straße befand. Es verschlug ihm die Sprache endlich zu erfahren, dass es sich bei seiner Heimat nicht um einen von den Zeitenläufen unberührten Wetterwinkel handelte, sondern um den begehrten

---

6   frz., »lasst sie machen, lasst sie gehen«, fig., Gewährenlassen, Nichteinmischung

Landstich eines der wichtigsten mittelalterlichen Feldzüge. Dass ihn die Truppen Brabants für sich entschieden, klärte für Jahrhunderte die Hoheitsrechte über dieses Gebiet. Das war nicht zum Schaden des hier lebenden Völkchens, das weiter sein etwas mokantes limburgisches Platt sprechen und sich als unfreiwilliger Kriegsgewinnler feiern durfte. Dieser Schicksalsfügung konnte sich der junge Eupener Geschichtsstudent nicht weiter verschließen.

Als sein Professor schließlich detailliert auf die beim Wiener Kongress ausgehandelten Vertragsartikel einging und in unüberhörbarer Lautstärke den Namen »Eupen-Malmedy« aussprach, begann Alberts Herz wild zu klopfen. Einige Kommilitonen drehten sich anerkennend nach ihm um. Die Karmeliterin neben ihm wagte einen Blick aus den Scheuklappen ihrer steifen Haube. Albert errötete bei soviel Zuspruch und musste mit den Tränen kämpfen.

Noch zweimal wiederholte Pircot diese, für seinen deutschsprachigen Studenten so aufwühlende Erwähnung von »Eupen-Malmedy«: zunächst bei den Erläuterungen des Versailler Vertrages von 1920, in dessen Kleingedrucktem es hieß, Belgien habe diese Kreise »zurück erhalten«, sowie nach der deutschen Katastrophe von 1945, die ringsum im Auditorium mit einem verachtenden Schweigen bedacht wurde. Niemand drehte sich mehr um; die Nonne kritzelte pikiert auf ihren Blättern; Albert war auf nahezu landesverräterische Weise allein.

Als schließlich das zweite Semester zu Ende ging und Prof. Pircot den Ostbelgier im Halbdunkel des Skulpturensaales zum Examenstermin empfing, versetzten dessen Antworten den Ordinarius gleich in Erstaunen. Worringen rühmte er als »europäischen Entscheidungsschlacht«. Die Weserschleife unterhalb der Burg der Herzöge von Limburg bezeichnete er den »Check-point-Charly des Mittelalters«. Als er nach der Auflistung überraschender Details erwähnte, Habsburgs Kaiser Joseph II. habe bei einer Visite der geschleiften Festung schmatzend Wildschweinbraten mit Rotkohl verspeist, legte Pircot seine Nickelbrille ab und sagte in mühsamem Deutsch:

»Es reischt, Här Bosch, isch gratuliere.«

Albert verließ die Hallen in einem Gefühl seligen Glücks. Er hatte nicht nur mit Bravour das Fach »Belgische Geschichte« bestanden, sondern seinem Meister aus nächster Nähe in die klarsichtigen Augen geschaut. Nichts war ihm entgangen: das rotblaue Muster seiner Seidenkrawatte, die violetten Äderchen seiner Nase, ein Goldzahn im rechten Mundwinkel, einige schwarze Haare in den Ohren und am Revers, unübersehbar, die Rosette mit den Goldpalmen eines Ritters des Kronenordens, eine der höchsten Auszeichnungen, die der König zu verleihen hat. Der Geruch des alten Herrn bestand aus einer distinguierten Mixtur feinen britischen Tabaks und Pariser Eau de Toilette, die Albert in solcher Diskretion noch nicht unter die Nase gekommen war. Er klassierte sie gleich in seine Sammlung »Belgische Gerüche«, wo sie hinter dem Spitzenreiter »Fritten« den zweiten Platz einnahm und für eine wichtige Aufwertung sorgte.

Dieser »Belgische Geruch« erlitt allerdings draußen auf den Straßen und Plätzen Löwens schmerzliche Rückschläge. Kaum eine freie Wandfläche, die nicht mit der Forderung »Walen buiten« (Wallonen raus) beschmiert war. Bereits bei der Einfahrt in den Bahnhof sprangen den Zuggästen diese Lettern in furioser Entrüstung entgegen. Auf dem Asphalt im Zentrum leuchteten sie an Regentagen schlangenhaft auf. Die Graffitis beschmierten die Holzzäune der Baustellen und die Wartehäuschen der Busse. Die Sprachenkämpfer hatten selbst vor den ehrwürdigen Mauern von Sint Pieters nicht zurück geschreckt und somit, sehr zur Entrüstung des Klerus und der Nachbarn, die seit dem Mittelalter respektierte Bannmeile rund um die Basilika verletzt. Mitarbeiter der Stadtverwaltung waren wöchentlich mehrmals unterwegs, um diesem Slogan mit

Bürsten und Salmiaklauge zu Leibe zu rücken; vor dem Fest der heiligen Petrus und Paulus setzte der um das Renommee der Stadt besorgte Bürgermeister sogar Sandstrahler ein, doch es half nicht. Bereits am nächsten Tag blühte das Unkraut an anderer Stelle wieder auf.

Die überparteiliche Forderung nach einem strengeren Durchgreifen beschäftigte mehrere Stadtratssitzungen, die jedoch stets mit Eklats endeten, wenn die radikale Opposition aus Protest den Saal verließ, hunderte Demonstranten vor den Rathaustreppen das Lied vom »Flämischen Löwen« anstimmten und die gelbschwarzen Fahnen mit dem drohenden Raubtier über die Köpfe der Demonstranten wehten.

Albert machte noch in derselben Nacht die Erfahrung, dass es nicht gern gesehen wurde, sich aus Neugierde solchen Demos zu nähern. Sie wurden von Ordnern eines privaten Sicherheitscorps beschirmt, die auf unerwünschte Zaungäste trainiert waren und bei Widerstand gleich zuschlugen. Zogen angetrunkene Mitglieder regionaler frankophoner Studentenvereinigungen vorbei, konnte es ihnen schlecht ergehen. Ihre ahnungslosen, sarkastischen Zwischenrufe »Namur vlaams« oder gar »Goebbels buiten« wurden brutal niedergeknüppelt. Als Albert an einem friedlichen Frühlingsabend auf dem Alten Markt in einem flämischen Gasthaus ein Bierchen trinken wollte, wurde er, noch ehe er bestellt hatte, an der Theke sprachlich kontrolliert und gleich raus geschmissen. Selbst sein Hinweis, kein Wallone, sondern deutschsprachig zu sein, half nicht. Er sah nur noch, wie eine widerliche Alte eine Pfanne mit Speck und Ei hin und her schwenkte und ihm ein Bier über den Kopf gekippt wurde.

Schräg gegenüber ließ man ihn, wegen seiner deutschen Sprachkenntnis, die Treppen des »Bierkellers« passieren, vor dessen Zapfhähne ältere Herren mit Krügen anstießen. Sie trugen schwarze Stiefel und sangen zur Marschmusik in den Lautsprechern Kampflieder aus der Nazizeit.

Angetrunken und auch angewidert kippte Albert später einen Eimer Eierbriketts ins Klo. Es war nicht besonders fein, aber die gereizte Stimmung der nächtlichen Stadt forderte irgendwie zu »Aktionen« heraus. Der Wirt hieß »Caesar« und hat am nächsten Tag die Entschuldigung akzeptiert.

Über dem Alten Markt tönte aus der Tiefe des »Kellers« das Lied vom »Westerwald«, es roch nach der Speckpfanne der alten Katrien und nach bepinkelten Eierbriketts. Irgendwo in den Gassen das Gegröle einer Schlägerei, in der Ferne »A la saloppe« und andere wallonische Anal-Gesänge; darüber, jede halbe Stunde, das Glockenspiel im Turm der Bibliothek am Ladeuzeplatz: es war eine sehr belgische Mischung, die im Mikrokosmos dieser Stadt bereits alles vorweg nahm, was dem Land bald schon an Streit und Trennungen widerfahren sollte. Die Flamen sperrten ihn aus, die Rituale der Wallonen waren ihm fremd, so begab sich Albert in eine Region vermeintlicher »Nestwärme« zu den Stammtischen und Kneipen der »Katholisch-Akademischen Studentenverbindung Eumavia Lovaniensis«, die im Hotel »Majestic« an der Avenue der Alliierten tagte.

Alles war hier deutsch, die Sprache, das Ritual, die Farben und Uniformen, das Kommersbuch und vor allem der Durst. Handelte es sich beim wöchentlichen »Stamm« noch um eine harmlose Veranstaltung sanfter Einübung, fand auf den im oberen Sälchen »geschlagenen Kneipen« ein organisiertes, kollektives Besäufnis statt. Dem in grünweiß-roten Farben zu den Klängen des »Bundesliedes« einmarschierenden »haushohem Präsidium« folgten die Gastdelegationen. Während die aus Aachen, Köln oder Bonn angereisten Vertreter steif und feierlich in »Vollwichs« erschienen, betraten die »knaschtige Letzeburger« mit ihrem kleinen spitzbärtigen Fahnenträger bereits leicht angesäuselt die Stätte unsäglichen Durstes. Wenn sich der »Fuchsenstall« der Erstsemester auf Befehl des »Burschensalons« gehörig »gelöffelt« hatte und die ersten Saufwettkämpfe sogenannter »Bierjungen« ausgetragen waren, ging es bald zur Sache. Klang es zunächst noch würdevoll »Gaudeamus igitur« und »Alte Burschenherrlichkeit«, folgte dem »Totengedenken« das Lied von der »Lindenwirtin« und die Jagdhymne »Ich schieß den Hirsch«, die mit dem Zwischenruf »Waidmannsheil, was sind die Weiber geil« eröffnet wurde. Spätestens jetzt kippte das Zeremoniell in ein mit Säbelhieben und Bierbeschwörungen angeheiztes Gelage zu Ehren der Saufgötter um. Noch ehe das »Ex« des Präsidenten ertönte, waren die Toiletten bekotzt, die ersten Bierleichen hinausgetragen. Noch immer schleppte der kurzsichtige, mit goldenen Schulterklappen ausgestattete Kellner Jacky überschwappende Biertabletts auf die erste Etage, doch lagen Burschen und Füchse vereint unter den Tischen. Die Bundesdeutschen hatten längst ihre Hemmungen abgelegt und brüllten nach »Kaiser Wilhelm«. Ein promovierender Kirchenrechtler küsste den Zwerg aus Luxemburg auf den Mund. Vereinzelt anwesende »Musen« retteten sich vor der grapschenden Aktivitas ins Parterre. Der Fuchsmajor befahl »schnell, schnell, schnell – noch mal ins Bordell«. Der »Bierorgelkitzler« am Klavier kippte, wie von einer Kugel getroffen, leichenblass auf die Tasten.

Zwei Häuser weiter dampfte auf den Tischen im »Kanter« bereits die Zwiebelsuppe. Sie war scharf gewürzt, mit Käse überbacken und versetzte sogar dem im Biersee abgetauchten Albert einen kreativen Schock. Dann zogen all jene, die noch ziehen konnten, in die Bars und Discos am Fischmarkt. Die frische Luft tat ihr Übriges und ließ die Schönen der Nacht, die im schummrigen »Macumba« tanzten, wie Trostgestalten aus einer anderen Welt erscheinen. »I can get no ...«, donnerte es aus den Boxen. Auf dem Heimweg hinauf in die Frederic-Lint-Straat besuchte ein tapferer Rest noch die »Venus Bar«. Hinter der Theke stand eine etwas reifere Diva, deren besonderer Reiz darin bestand, dass man sie zwar nicht berühren durfte, sie es jedoch besonders schätzte, wenn man ein Bier aus ihren Stöckelschuhen trank. So wurde auch Albert dieser Schierlingsbecher gereicht. Er roch eine schreckliche Mischung aus Gerstensaft, Fußschweiß und Kirmesparfum, dann sah er verklärt in das sich vor seinen Augen weit öffnende Dekolleté und trank leer.

Die »Eumavia« war kein Ort sprach- oder kulturpolitischer Debatten, doch fanden sie, typisch für das schüchterne Ostbelgien, hinter vorgehaltener Hand oder auf den Umwegen stellvertretender Konflikte, etwa beim Skatspiel, statt. Fast ausschließlich betrafen sie das Verhältnis zwischen den Mitgliedern aus dem Eupener Land und denen aus der Eifel. Nicht nur ihr Tonfall, der Dialekt und die Trinkfestigkeit waren unterschiedlich. Es herrschte auch ein unübersehbarer Clan- und Cliquengeist. Man verkehrte miteinander, doch war man keine Freunde.

Diese Differenzen brachen beim jährlich im November stattfindenden »Stiftungsfest« aus, wenn die »Alten Herren« aus den Kantonen Eupen, Malmédy und St. Vith anreisten. Meist waren es zu katholischen Biedermännern verkümmerte Bourgeois, die für ein unbeobachtetes Wochenende noch einmal »die Sau raus lassen« wollten. Die Herren wurden am Bahnhof abgeholt, bezogen die reservierten Zimmer im »Majestic« und legten ihre Insignien an. Die Stiftungskneipe verlief feierlicher als üblich. Die Eingangsgesänge schallten elegischer. Jacky schleppte, unterstützt von einem Hilfskellner, enorme Biermengen in das Sälchen. Beim Totengedenken »Ja, was soll aus der Welt denn noch werden, wenn keiner mehr trinken will«, kullerten Männertränen. Dann nahm das Besäufnis epische Züge an und spätestens nach der Zwiebelsuppe, fielen da und dort erste politische Schlagworte. Meist begann es mit Mäkeleien über nicht mehr respektierte Detailvorschriften des »Komment«, doch folgten bald die Bereiche »Sprache und Tradition« und deren schmachtende Übergänge »Volkstum und Kulturnation«.

In der Zwischenkriegszeit hatten sich diese »Alten Herren« als Studenten in Löwen heftige politische Richtungskämpfe geliefert, bei denen sich Probelgier und Prodeutsche bis zur Zerreißprobe gegenüber standen. Als der aus Arlon stammende Jura-Student Léon Degrelle, unter Bezug auf Christkönig eine faschistische Partei gründete, die gegen den verkommenen Parteien-Staat ein radikales Aufräumen forderte, erreichte der Streit in der »Eumavia« seinen Höhepunkt. Katholische Schlagworte, wie »Rex sacra« bildeten den Brückenschlag zur deutschtümelnden extremen Rechten, deren drohender Wahlsieg erst durch ein Verbot des Kardinals Van Roey gestoppt wurde. Degrelle und vereinzelte seiner ostbelgischen Anhänger ließen die Hüllen fallen und schlossen sich der SS oder anderen Nazi-Organisationen an, der Katastrophe entgegen.

Albert hat die späten Debatten auf den Stiftungsfesten als peinlich empfunden. Bereits am Sonntag, nach salbungsvollem Kirchgang und Festessen, wurden sie fortgesetzt. Er empfand für die Alten eine Art Mitleid, sie hatten sich die Zeitumstände ihrer Jugend an solch kritischen Grenzen nicht ausgesucht. Doch missfiel ihm der noch immer unbelehrbare Missionierungston und die Heuchelei derer, die von »deutscher Kultur« schwärmten und etwas anderes meinten.

So brach er noch vor Beendigung des Stiftungsfestes auf, stellte sich an den Rand des Tiense Steenweg und machte Auto-Stopp in Richtung Eupen. Wenn es klappte, konnte er noch der zweiten Halbzeit der AS beiwohnen. Dann saß er neben fremden Chauffeuren, blickte ernüchtert auf die herbstlichen Rübenfelder und hielt Belgien für ein unheilbar gespaltenes Land, dessen Krankheit bis tief in die Wälder an der Ostgrenze reichte. Der Regen schlug gegen die Scheiben und im Rotlicht der »Bars« am Rande der Landstraße nach Sint Truiden räkelten sich die Damen des Gewerbes wie müde Katzen. Wenigstens ihnen, dachte Albert, ist es egal, ob man in diesem verdammten kleinen Königreich Französisch, Niederländisch oder Deutsch spricht.

X.

Der Sir

Der alte Herr trug einen Stock aus poliertem Bambus-
rohr. Den Knauf umrandete ein Silberornament, am unteren Ende steckte ein Gummi, so dass die elegante Stütze
geräuschlos den leicht hinkenden Schritt des Mannes begleitete. Bisweilen blieb er stehen, betastete prüfend den
Krawattenknoten, strich mit flacher Hand über den Kragen seines Popeline-Mantels und setzte seinen Weg fort.
So ging er gemäßigten Schrittes von der Klosterstraße zur
Bushaltestelle an der Vervierser Straße. Zu seinem gepflegten Äußeren zählte auch ein grauer Brummels-Hut, den er
gegenüber Passanten freundlich zog. Kannte er sie näher,
geschah es in demonstrativer Reverenz; in anderen Fällen
tippte sein Zeigefinger nur in der zaghaften Andeutung eines Grußes an den Hutrand. Sein Schritt war bemessen,
seine Haltung kerzengerade und sehr darum bemüht, sich
die kleine Behinderung, das etwas nachgezogene linke Bein,
nicht anmerken zu lassen. In Eupen nannte man ihn »Sir
Martin«, was er durchaus als Kompliment verstand und
mit der blauen Rauchwolke einer Zigarre bestätigte. Diese
»Little Rose of Sumatra« war die Krönung seines abendlichen Vorübergangs. Er paffte sie nicht, sondern hielt sie in
weltmännischer Noblesse zwischen den hervorstechenden
Fingern und hob sie genießerisch an den Mund. Sich seiner
Wirkung eines britischen Lords durchaus bewusst, huschte
über sein Gesicht ein Schmunzeln, das sich an den Augen-
rändern in zahlreichen symetrischen Fältchen auflöste und
eine in sich ruhende Zufriedenheit ausstrahlte.

Dass der Sir, der mit bürgerlichem Namen Martin Friedrich Jerusalem hieß und ein pensionierter Drucker war, Abend für Abend um 18 Uhr den Bus nach Aachen bestieg, und dort neben weitaus weniger gepflegten Fahrgästen Platz nahm, tat seiner Würde keinen Abbruch. Er warf einen kleinen kontrollierenden Blick in die Runde, steckte die erkaltende Zigarre wieder in den Mund und ließ sich, als sei es eine vierspannige Kutsche, durch das Eupener Wiesenland in die Kaiserstadt befördern. Da dies tagtäglich geschah, war er den diversen Schaffnern und Zöllnern bestens bekannt. Das Jahresabonnement brauchte er nicht einmal mehr vorzuzeigen; auch am Grenzübergang »Köpfchen« verzichteten die Beamten schmunzelnd auf eine nähere Überprüfung seiner Identität. Das war ihm besonders lieb, denn seinen Ausweispapieren war zu entnehmen, dass er zwar ein in Eupen, Am Höfchen 3 als ordnungsmäßig registrierter Belgier wohnte, dies jedoch in Aberkennung seiner bürgerlichen Rechte.

Am Aachener Elisenbrunnen entstieg Jerusalem dem klapprigen, rotgelben Bus, schüttelte sich die Asche vom Revers und begab sich gleich in eine dem Stadttheater gegenüberliegende Kneipe, die im Volksmund den Namen »Stehgraa« trug. Der holzgetäfelte Raum, der über keinen Sitzplatz verfügte, galt als das kleinste Wirtshaus der Welt. Die Gäste standen in dichten Reihen um die kleine Theke, aus deren Zapfhähnen wie aus einem ständig sprudelnden Brunnen das Bier floss. Es war die lokale Marke der Brauerei »Degraa«, die den munteren, auch auf den »Sir« passenden Slogan verbreitete:

»Opa wurde hundertjährig, stets trank er Degraa obergärig.«

Der betagte Stammkunde galt unter den Gästen am Tresen jedoch keineswegs als großväterlich; sie hielten ihn vielmehr für einen in das karolingische Aachen vernarrten Nachkommen des Eupener Landadels. »Sir« war folglich eine angemessene Bezeichnung, der bloße Vorname »Martin« hätte fraternisierend geklungen, »Herr Jerusalem« war einfach zu banal. Die Achtung, die sich der sonderbare Gast über Jahre hinweg in dem engen Quadrat dieses Lokals erworben hatte, beruhte, neben seinem sympathischen Wesen, auf einer beachtlichen Trinkfestigkeit, die man Vertretern seiner Generation an sich nicht mehr zutraut. Immerhin Jahrgang 1894 hatte er in zwei Weltkriegen als strammer deutscher Soldat gedient. Während der Ardennenschlacht im Winter 1944 durchschlug in den Wäldern von Houffalize der Splitter eines amerikanischen Geschosses sein linkes Knie, was er jedoch nur selten zur Sprache brachte. Lieber als irgendeinen Veteranenmythos, genoss er in diesem urigen Kreis, der vom Hochschulprofessor bis zum Stadtarbeiter reichte, seinen Ruf als eleganter, durch nichts zu erschütternder Ruheständler. In diesem Milieu chronischen Suffs verkörperte Sir Martin gelassene Lebensfreude.

Solche Vorzüge wussten auch die Damen zu schätzen, die im Laufe des späteren Abends hier eintrafen. Darunter befanden sich zahlreiche Schauspielerinnen, Balletteusen und Personalmitglieder des Stadttheaters, die nach Ende der Vorstellung noch auf ein Gläschen vorbeikamen. Sie alle hatten den alten Herrn mit seinem Schalk und der glühenden Zigarre in ihr Herz geschlossen. Auf manche wirkte er gar wie eine robuste Vaterfigur, der man auch die etwas intimeren Dinge des Lebens anvertrauen konnte. Hatte er seine zehn, zwölf Bierchen intus, entwickelte er wahre Qualitäten eines Beichtvaters, wobei er im Gedränge an der Theke, dann und wann, seine geübte Hand etwas tiefer sinken ließ, und ohne Widerstand den Trost suchenden, meist jüngeren Frauen, diskret über deren Po streichelte. Es geschah jedoch, wie die von ihm Betäschelten übereinstimmend würdigten, eher in »väterlicher Fürsorge« und keineswegs »fottefühlerisch«.

Der Sir war im Stadttheater, dessen Premieren im Großen Haus er stets wie ein Ehrengast beiwohnte, so sehr geschätzt, dass sich der Intendant davon überzeugen ließ, ihm bei der Inszenierung der Operette »Zar und Zimmermann«

eine kleine Nebenrolle als greiser Zitherspieler anzubieten. Geschmeichelt sagte er zu und stand wochenlang in der Kluft eines rustikalen Handwerkers auf den Brettern, »die das Leben bedeuten«. Hob sich zum Finale noch einmal der Vorhang, verbeugte er sich an der Hand von zwei Schönen wie ein Gentleman der alten Schule und der Beifall wollte kein Ende nehmen. Die Aachener Blätter berichteten in Fotoreportagen über sein spätes Bühnendebüt. Bei seinen Heimfahrten im letzten Bus nach Eupen, hielt er das alles, still vor sich hin schmunzelnd, für seine beste Zeit.

Der inzwischen 88-jährige spürte in solchen Momenten, dass er die Höhen und Tiefen seines Lebens doch noch heil überstanden hatte; lange Zeit war er sich darüber nicht so sicher gewesen. Erst das fortschreitende Alter und seine robuste Konstitution hatten ihm geholfen, die rettenden Ränder ostbelgischer Vergesslichkeit unbemerkt zu erreichen und sich in die Regionen unbeschwerter Immunität hinüberzuretten. Jerusalem selbst hatte natürlich nichts vergessen, jedes pikante Detail seines langen Lebens war ihm präsent. Aus guten Gründen begab er sich erst bei einbrechender Dunkelheit unter die Leute. Seine tagtäglichen Hin- und Rückfahrten über die belgisch-deutsche Grenze waren viel mehr als eine schrullige Gewohnheit, sie bargen politischen Symbolcharakter. Lebte er tagsüber zurückgezogen in der Sackgasse am Eupener Höfchen wie im Exil, flammte am Abend seine heimliche Liebe zum deutschen Vaterland wieder auf. Seine Aachener Stammkneipe im Schatten der Krönungsstätte deutscher Kaiser war ihm eine sichere Zuflucht, tagtäglich genoss er den kleinen Triumph, wieder einmal den Einschränkungen und Kontrollen belgischer Obrigkeit entkommen zu sein.

In seiner dem Marktplatz gegenüber liegenden Zweizimmer-Wohnung führte der Witwer Martin Jerusalem das Leben eines Eremiten. Zwischen den spartanischen Mahlzeiten, die er sich auf einem Gaskocher selbst zubereitete, verbrachte er seine Zeit mit dem Lesen der »Bild«-Zeitung, der Durchsicht eines mit amtlichen Dokumenten, Zeitungsausschnitten und vergilbenden Fotos überfüllten Privatarchivs und mit dem Spiel auf der Zither. Obwohl nachts ständig unterwegs, betrat er tagsüber nie ein Wirtshaus. Auch den Freitagsmarkt mied er. Mit der Kirche, deren Glocken bisweilen die Nippesfiguren auf seiner Kommode erzittern ließen, hatte er, wie er freimütig beteuerte, »nichts mehr am Hut«. Jeden Mittwochnachmittag besuchte er auf dem Eupener Friedhof das Grab seiner Frau Katharina geborene Mengels. Ansonsten saß er am Fenster zum »Höfchen« und beobachtete stundenlang das Geschehen auf dem Marktplatz. Jede Viertelstunde schlug die Glocke der benachbarten St. Nikolaus-Pfarrkirche, doch bemerkte er es schon längst nicht mehr. Für die zur Messe eilenden Kirchgänger hatte er nur ein müdes Lächeln. Die mehrmals wöchentlich sein Fenster passierenden Leichenzüge ließen den Betagten unberührt; aufdringlichere Fragen nach seinen Vorstellungen vom Ewigen Leben beantwortete er mit der simplen Erklärung: Wenn man ihn »in die Kiste« legen würde, sei schließlich alles vorbei. Albert fiel bei ihren späteren Begegnungen auf, wie verächtlich Jerusalem über den Tod sprach. Dabei benutzte er auch Begriffe, die der NS-Theologie vom Übermenschen nicht unähnlich waren, und die auch den sarkastischen Tonfall seiner Meinung über das Leben bestimmten.

Fragte man ihn, was er denn den lieben lang Tag da oben treibe, behauptete er, seine Akten zu ordnen und sich auf den Anbruch der Nacht zu freuen. Seine Dokumentensammlung befand sich in drei Schuhkartons, die er in der Nussbaum-Kommode seines Wohnzimmers aufbewahrte. Niemand hat je darin Einblick gehabt. Hin und wieder öffnete er lediglich die Schublade, um auf das Volumen seines Nachlasses aufmerksam zu machen. Selbst seine Haushälterin, das bucklige Fräulein Josephine Rutté, die ihm am Samstagvormittag die Wohnung säuberte, hatte strikte Anweisung ihre »Finger«

von dem matt glänzenden Möbelstück zu lassen. Die einzige Antwort, zu der sich jemals gegenüber neugierigen Fragen hinreißen ließ, war die Bemerkung, dass er auch viele Fotos des »Führers« besitze. Grinsend fügte er hinzu, nach deren Betrachtung spiele er gerne auf seiner Zither.

Jerusalems hat zwar nie ein Tagebuch geführt, doch besaß er persönliche Notizen, die überwiegend Orts- und Zeitangaben enthielten. Es waren äußerst knapp kommentierte Angaben, die er buchhalterisch aufgelistet und bisweilen unterstrichen oder mit einem Zeichencode versehen hatte. Sie betrafen seine Zeit als Rekrut einer kaiserlichen Pioniereinheit in der Endphase des 1. Weltkriegs und umfassten zwölf eng beschriebene Seiten, die am 20. Oktober 1917 mit seiner Einkleidung und marschbereiten Entsendung an die Front begannen. Er war zuvor bei der Aushebung im Hotel Klein am Eupener Rathausplatz kampfverwendungsfähig, »k. v.« geschrieben worden und drängte stolz, sich in den Dienst vaterländischer Pflichterfüllung stellen zu können. Er verließ seine Vaterstadt als handele es sich um ein Indianerspiel; sehr bald würde er wieder zurück sein. Bereits zehn Tage später erlebte er in den französischen Ardennen bei Carignan den ersten Fliegeralarm. Ende Oktober erreichte seine Kompanie die Manteuffelkaserne in Sedan, musste jedoch in einem Stall bei Bareton übernachten. Jerusalem fror und schwieg. Weihnachten und Silvester verbrachte er in Avesnes und Sivry, ohne eine Silbe der Rührung, doch lobte er die Entlausung. Nach Einsätzen und Brückbauten in Ripont, Croix au Bois und Esmery, kam er im Juni 1918 leicht verwundet erstmals auf Heimaturlaub. Aber es geschah ohne jede Emotion, schon notierte er wieder neue Abmärsche, Alarmbereitschaft, Brückensprengungen und die Besetzung der 1. Linie bei Walincourt.

»Im Scharfschießen habe ich gute Ergebnisse erzielt«, schreibt er Anfang August, »und stets die Bedingungen erfüllt.«

Er schätzt die Ansprachen des Bataillon-Kommandeurs und den Besuch des Divisions-Kommandanten, Graf von Lambsdorf, der an mehrere Kameraden Orden verteilt. In den Dörfern ringsum, in Crépy und Prémontré, beobachtet er Fuhrwerke, Wagen, Autos, »einer Völkerwanderung gleich«. Nach stundenlangen Märschen werden Schützengräben ausgehoben und Drahtverhaue installiert. Sie stehen bis zu den Knöcheln im Morast und müssen mit durchnässten Klamotten vier Stunden in der Kälte auf Nachschub warten. Später, an der Front in Flandern überrascht ihn die Taktik der Engländer, urplötzlich anzugreifen. Über der Siegfriedlinie waren sie bis etwa 5 Kilometer an Cambrai herangekommen. Da und dort legte Jerusalem Skizzen und Ausschnitte von Militärkarten bei. Von toten Pferden ist die Rede. In einem Haus in Masnières entdeckt er, »während die Granaten sausten«, ein Klavier. Manchmal werden ihre Märsche durch die Felder von Musik begleitet, die Instrumente dann jedoch von der Kavallerie der »Tommys« zerstört. Rund um den Kanonenberg überall nur noch Verwundete, Verschüttete, Gefallene. Er schreibt:

»Im Winter können die Leichen länger liegen bleiben.«

Unterwegs stößt er auf Landsleute aus Hergenrath, Düren und Herhan/Eifel. Die Versetzung in eine Schreibstube lehnt er ab, weil er bei seinen Kameraden bleiben will. Beim Nahkampf mit französischen Alpenjägern setzen die Deutschen erstmals Flammenwerfer ein.

»… durch einen Fehler schoss die Artillerie zu kurz, es kostete viele der Unseren das Leben.«

Beim Rückzug im August 1918 kommt er nach Flandern und sieht die riesigen Soldatenfriedhöfe, die nach den großen Offensiven von 1916 und 1917 hier angelegt worden sind. Doch schreibt er:

»Uns gefiel die Gegend in Flandern sehr gut und wir hofften, einige Zeit zu bleiben. Mit der Bevölkerung kamen wir bestens überein.«

Um Mitternacht rollten die Eisenbahngeschütze zum Sturm auf Arras, wurden aber von den Engländern in Brand geschossen. Am 17. September 1918 erhält Martin Friedrich Jerusalem das Eiserne Kreuz 2. Klasse für »tapferes Verhalten bei der ›Operation Michael‹, der ›Kaiser-Schlacht‹«. Auch darf er als Ordonnanz einen Blick in die hektische Telefonzentrale werfen, wo Tankangriffe befürchtet wurden. Ohnehin werden die Luftangriffe heftiger, an einem Tag verliert eine Batterie neben seinem Feldlager neun Mann. Bei Gouzecourt fällt durch Artilleriefeuer ihr bester Mann; er war erst seit zwei Tagen aus dem Heimaturlaub zurückgekehrt. Nach wiederholten englischen Angriffen ist die Hindenburglinie nicht mehr zu halten und muss zerstört werden dem Gegner überlassen werden.

Der neue Träger des EK 2. Kl. führt das Wanken der Front auf »Zersetzung« zurück; die Ersatztruppen der älteren Jahrgänge, die immer mehr angefordert wurden, »waren nicht mehr so zuverlässig und verweigerten manchmal den Dienst«. Die 30. Division muss zur Nacht die Verteidigungsstellungen räumen. Am 4. Oktober um 2 Uhr in der Frühe überraschte sie in den Kellern von Ligny orkanartiges Trommelfeuer. Der Kompanie-Feldwebel wurde von einer Schrapnellkugel tödlich getroffen. Beim Angriff der Engländer wurden Artillerie und Infanterie abgeschnitten. Überall zurückeilende Sanitätswagen, zerstörte Gesichter der Verwundeten. Ein einziges Mal geht Jerusalem mehr ins Detail:

»In einem Haus, wo ein M.G. eingebaut war, zeigte sich plötzlich ein englischer Soldat, der mit einem deutschen Mantel angetan war. Er winkte herüber, die Entfernung war höchstens dreißig Meter. Aber nach einigen Minuten wurde er von einer Kugel unserer Seite erledigt.«

Bald drängen die Engländer immer stärker. Überall wird nach essbaren Sachen gesucht. Die Nachrichten aus der Heimat bleiben völlig aus. Allerhand Gerüchte schwirren umher. Die 30. Division ist bereits aufgelöst. Dann trifft sie auf dem

Rückzug in der Nähe von Hirson in den französischen Ardennen die völlig überraschende Nachricht von der Abdankung des Kaisers und der sich anbahnenden Revolution in Berlin. Bereits am Abend ergeht der Befehl, Frankreich sofort zu verlassen. Am 5. November 1918 überschreitet Jerusalem mit den verbliebenen Kameraden die französisch-belgische Grenze bei Macquenoise. Die Märsche sind anstrengend, bis zu den Knien waten sie durch Morast. Erstmals ist in den Weltkriegs-Notizen des Eupeners von »Mitleid« die Rede, es gilt französischen und italienischen Kriegsgefangenen, die sich mühsam über die Straßen schleppen. In der Nähe von Philippeville wird noch eine Brücke gebaut und eine Kuh erbeutet. Am 18. November erreichen sie die Ourthe, am 20. gegen 3.30 Uhr die belgisch-deutsche Grenze bei Lengeler:

»In Auel war unser erstes deutsches Quartier, wo wir von einem Bauer sehr unfreundlich empfangen wurden. Er wollte uns das angewiesene Gehöft nicht überlassen. Vom Ortsvorsteher wurde uns ein anderes zugewiesen…«

Als Jerusalem am 29. November über das Ahrtal und die Eifel in Hauset eintraf, ließ der Bürgermeister ihn verhaften. Französische Truppen waren nachts in Hergenrath einmarschiert und hatten, für den Fall, dass im Dorf etwas gegen die Besatzung unternommen würde, 25 Geiseln gefordert. Vor dem Gemeindehaus mussten sie antreten, wo ein französischer Offizier drohte, sie zu erschießen, falls es zu Widerstand komme. Jerusalem übersetzte die Anordnungen. Nach zwei Tagen wurden alle frei gelassen.

»Hiermit war die Sache erledigt. Wir konnten nach Hause gehen.«

Wenn »Sir Martin«, mit dem letzten Bus aus Aachen kommend, wieder in Eupen eintraf, bog er nicht Am Höfchen zu seiner Wohnung ein, sondern begab sich zur unteren Bergstraße in das Café »Columbus«. Noch immer steckte eine Zigarre in seinem Mund, doch trug er den Mantel weit geöffnet. Am runden Tisch in der Ecke hatte er einen

Stammplatz, den ihm niemand streitig machte und der einen Überblick des ganzen Lokals gewährte. Zudem hatte er bereits Stunden gestanden, sein Bein begann zu schmerzen, so dass er die Theke mied. Er war leutselig und beliebt, seine Aachener Trunkenheit hatte sich etwas gemildert. Ohnehin bewahrte er stets Haltung, wenn er auch Frauen gegenüber zu Tuscheleien neigte, die manche beschämte. Gerne ließ er sich ein Bier spendieren und entwickelte dabei eine herausragende Fähigkeit: das passive Gespräch. Vermeintlich redselig, verstand er es nicht nur, seine Gegenüber auszuhorchen, sondern sie auch Dinge sagen zu lassen, über die sie besser geschwiegen hätten. Da er sich Namen und Daten hervorragend merken konnte, war er sehr bald über Herkunft, Alter, Beruf, Zivilstand und vor allem verwandt- und bekanntschaftliche Beziehungen der nächtlichen Zechkumpane und deren Begleiterinnen informiert. Das Netz, das er somit spannte, galt allein seinem Schutz. Es war eine Art Vorfeldsicherheit, die verhinderte, dass man ihm Fragen stellte, über deren Antwort er sich ausschweigen musste.

Albert hat ihn gemocht. Sein hohes Alter, seine rüstige Gestalt und das gepflegte Äußere machten ihn zu einer urigen Persönlichkeit, man neigte dazu, ihm zu vertrauen. Da war auch irgendwo eine Spur Mitleid, die der Sir erregte, wenn er zu vorgerückter Stunde seinen Hut aufsetzte, sich in den Mantel helfen ließ und leicht hinkenden Schrittes am Stock die Kirchstraße hoch ging. Manchmal hat Albert ihn auf dem Heimweg begleitet und beobachtet, wenn er nach der munteren Nacht plötzlich von Einsamkeit umgeben, in dem langen, hellen Mantel, etwas gespenstig, Am Höfchen im Hauseingang verschwand. Der junge Mann rätselte über diese Art »Mitleid«. Bei seinen ansonsten strengen politischen Wertungen war es eine Emotion, aber so erging es ihm fast immer, wenn er in der konkreten Praxis des Lebens mit Menschen konfrontiert wurde, die verlassen schienen. Bei Jerusalem kam noch das Alter hinzu, er war mit seinen

94 Jahren ein rüstiger Herr. Mehr noch, er hatte viel erlebt: das ganze Jahrhundert mit seinen schrecklichen Abstürzen; an allen Fronten stand er in vorderster Reihe, wenn auch tragischerweise auf der falschen Seite. Doch konnte man ihm das jetzt, wo alle Schlachten geschlagen waren, noch immer zum Vorwurf machen? Hatte der kaiserliche Soldat im »Großen Krieg«, der Eiferer des Führers und belgische Häftling nicht endlich das Recht auf freies Geleit?

Dass er sich vorzugsweise mit viel Jüngeren unterhielt, vermittelte ein Bild idyllischer Altersweisheit, die ihn jedoch allein zurückließ, wenn die Burschen, mit denen er sich umgab, zu später Stunde noch einmal in eine Disco aufbrachen. Bei seinen Begegnungen mit Frauen wirkten solche Trennungen noch stärker. Zunächst lockte seine Patriarchen-Gestalt sie in interessante Konversationen, deren zunehmende Vertraulichkeit jedoch abbrach, wenn sich die Umschmeichelten, geschockt von seinen Sprüchen und mühsam verschlüsselten Angeboten, plötzlich wieder von ihm abwandten. In solchen Momenten hat sich Albert eines Tages zu ihm an den Tisch gesetzt und die Peinlichkeit zu überbrücken versucht. Der Alte war illusionslos genug, dies zu würdigen. Seitdem bot der junge Mann ihm für solche Fälle etwas Zuflucht.

Als Albert nach einem solchen Gespräch am Mittagstisch seinen Eltern von Jerusalem erzählte, blickten sich die beiden vielsagend an. Es entstand eine Pause und Mutter sagte:

»Dä fiese Möpp.«

Während Vater hinzufügte: »Frage ihn doch mal, wo er 1940 stand …«

Als am 23. Juli 1920 das Ergebnis der in Artikel 34 des Versailler Vertrages festgeschriebenen Volksabstimmung über die Eingliederung der Kreise Eupen-Malmedy an Belgien bekannt gegeben wurde, hatten sich, offenbar wegen der Eintragung in ein belgisches Register, von den 33.000 Wählern im Kreis Malmedy nur 62, im Kreis Eupen nur 209 Protestler eingeschrieben, davon waren 202 deutsche Beamte. Der Drucker Martin Jerusalem hat nie einen Hehl daraus gemacht, dass er zu der verschwindenden Minderheit zählte, die es gewagt hatte, sich offen zum Deutschen Reich zu bekennen. Noch im selben Jahr schloss er sich begeistert dem von reaktionären Reichswehrgenerälen geforderten »deutschen Kultureinsatz in Eupen-Malmedy« an, der sich den »Kampf um das deutsche Volkstum« zum Ziel gesetzt hatte. Dabei wetterte er in dem konspirativen Kreis gegen den »westlerischen Geist des belgischen Staates und das fanatische Wallonentum«. Er wurde Mitglied im »Bündischen Kreis für Grenzlandfragen«, der zu Beginn der 30er Jahre in eine ominöse »Abteilung G« aufging, einer zentralen »Steuerungsgruppe für die deutsche Westgrenze und die angrenzenden Gebiete in Belgien und Holland«. Hier kam Jerusalems Fähigkeit des leisen, verdeckten Auftretens gleich zur Geltung. Es galt die Order, »streng im Hintergrund« zu bleiben und jedes öffentliche Auftreten zu vermeiden. Die Französisch-Kenntnisse des Eupeners wurden in dem westpolitischen Spionagedienst besonders geschätzt. Die entsprechenden belgischen Amtsdokumente, Zeitungsausschnitte und deren Auswertung hielt er in seiner Nussbaum-Kommode unter Verschluss. Vor allem der beabsichtigte Verkauf Eupen-Malmedys an das Reich, über den die Außenminister Stresemann und Delacroix 1925 Verhandlungen begonnen hatten, und die an der von belgischer Seite geforderten Phantasiesumme von 2 Milliarden Franken gescheitert waren, heizten die Agitation weiter an. Jerusalem ließ Handzettel verteilen, auf denen es hieß:

»Du sollst Deine Freiheit nicht den Belgiern verkaufen … Du sollst nicht in vier Jahren Deine deutschen Brüder bekämpfen …«

In anderen, von der Presse verbreiteten Pamphleten stand, die belgischen Bewohner der »im Diktat annektierten Kreise« seien »zeitweilig behinderte Reichsdeutsche«, die in diesem Staat »nur eine Gastrolle« spielten:

»… unsere Stunde wird gewiss kommen.«

Keiner im Kreis zweifelte daran, dass sie näher rückte.

Unterdessen stand Jerusalem in permanenter Verbindung zum »Verein für das Volkstum im Ausland (VDA)«, zu dessen Tagung in Salzburg er im Juli 1930 mit einigen Gesinnungsgenossen eingeladen wurde. Er zählte in diesen Kreisen, die offen eine »Heimkehr ins Reich« forderten, zu den »Kerlen, die wir brauchen«. Über den »Heimatbund« organisierte er die diskreten Wandlungen seiner Eupener Kampfgruppen in »Segelflieger-Verein«, »Christliche Volkspartei« und »Heimattreue Front«. Bei »Studienfahrten« nach Flandern forderte er die Jugendlichen dazu auf »die HJ-Ausweise bitte zu Hause zu lassen«. Bei der Hindenburg-Spende für deutschgesinnte Weltkriegsveteranen war er ebenso führend dabei wie bei der Kartenvergabe für die Olympiade 1936 in Berlin. Als man ihn Unter den Linden, wegen seines Familiennamens »Jerusalem« zu einer näheren Kontrolle abführte, bestätigte die sofort alarmierte Dienststelle des Regierungsrates in Köln entrüstet »seinen lückenlosen arischen Nachweis«.

»Ahnenerbe, germanische Brauchtumsfragen und deren rassenbiologische Konsequenzen« waren Themen von Büchern und Schriften, die er in den Eupener NS-Verbänden zur Pflichtlektüre erklärte. Nunmehr offizielles Mitglied im Sicherheits-Dienst des Reichführers der SS, Oberabschnitt West, sprach er am Rande der Joseph-von-Görres-Preisverleihung 1939 von der »Vernichtung der deutschen Sprache in unserer Heimat als eine »seelische Verkrüppelung der Volksgenossen« und forderte »ein Reich von Dünkirchen in Flandern bis Riga«.

Dann nahte der 10. Mai 1940. Der NS-Geheimdienstler Jerusalem war am Vorabend durch einen Kurier seines Vorgesetzten in Köln, Oberregierungsrat Thehlen, über die bevorstehende Ereignisse informiert worden. Er hatte in aller

Stille seine Dispositionen getroffen, um einen triumphalen Machtwechsel zu gewähren. »Die Freiheit um 5.30 Uhr. Heil Hitler« hatte ihm Thelen in einer Depesche angekündigt. Bei einem vermeintlichen Einmarsch der Pioniereinheiten des Führers war es im November 1939 zu verfrühten Jubelaktionen gekommen, die der heimattreuen Sache sehr geschadet hatten. Kinderluftballons mit der Aufschrift »Eupen-Malmedy will zurück ins Vaterland« stiegen in den Himmel; die Hitler-Jugend hisste Hakenkreuzfahnen; überall an den Häuserwänden stand »Heil Hitler«. Unterdessen wurden die aufgeschreckten belgischen Sicherheitsdienste in Alarmbereitschaft versetzt, neue Jahrgänge mussten in die Kasernen, Urlauber wurden zurückbeordert, an die Eltern erging der Appell ihre Kinder aus den Pensionaten abzuholen. Die Eifeler Dienstmädchen verließen Brüssel, die Studenten aus Löwen kehrten heim, dagegen flüchteten die Altbelgier ins Inland. Auch wurden erste militärische Maßnahmen bekannt: die belgische Gendarmerie requirierte alle einsetzbaren Last- und Personenwagen; Dreißig mit leichten Waffen ausgerüstete Mitglieder des Saalschutzes der »Heimattreuen Front« überschritten die Grenze. Als diese Meldungen bekannt wurden, tobte in Berlin der vom Führer zusammengestauchte Reichsinnenminister Frick:

»Die haben völlig den Kopf verloren.«

Jerusalem hatte den Befehl, die Wiederholung solcher »Disziplinlosigkeiten« mit allen Mitteln zu verhindern. Umso mehr war er entsetzt, dass die von ihm angeordneten prioritären Verhaftungen fehlschlugen. Der während der Nacht die Fernmelde-Depeschen im Eupener Post- und Telegraphenamt sichtende Vorsteher Charles Kehl erkannte bereits kurz nach drei Uhr, dass kein Zweifel mehr an eine deutsche Invasion bestehen konnte. Eilends weckte er seinen Sohn Jacques, der mit einem Moped durch das Postgässchen und den Hosterwiesenweg zum Haus des Grenz-Echo-Herausgebers Michael Heinrichs an der Aachener Straße brauste, an die Fenster im Halbparterre klopfte und dem sprungbereiten Herrn mitteilte:

»Vater sagt, sie kommen.«

Heinrichs konnte sich zusammen mit einigen hohen belgischen Beamten auf Umwegen am Franziskanerkloster Garnstock in Richtung Brüssel absetzen. Als die »Heimattreuen« zuschlagen wollten, griffen sie ins Leere. Der Einsatzleiter betrat mit Hitlergruß die Kommandozentrale und meldete:

»Die Betten waren noch warm.«

Jerusalem schrie: »Du verdammtes Arschloch.«

Im Schutze der Nacht hatten vereinzelte »Brandenburger-Verbände«[7], die sich aus Deserteuren der belgischen Armee und Mitgliedern der Hitler-Jugend zusammensetzten, die belgisch-deutsche Grenze zwischen Lichtenbusch und Fringshaus überquert, um den anrückenden deutschen Truppen voranzugehen und Brücken sowie Straßenkreuzungen vor Anschlägen zu sichern. Um 5.30 Uhr begann die Invasion, die mit schwerem Beschuss auf belgische Abwehrstellungen in den Forts von Tancrémont und Eben-Emael eingeleitet wurde. Pioniereinheiten sprengten die ersten Brücken.

Es war ein herrlicher Frühlingstag. Bei strahlendem Sonnenschein betraten die Deutschen ohne jeden Widerstand die Dörfer im Eupener und Malmedier Land. In Schönberg wurde eine Frau durch eine irrtümlich gezogene Handgranate tödlich verletzt. Überall herrschte Jubel, die Menschen eilten auf die Straßen, Hakenkreuzfahnen wurde geschwungen. Jetzt marschierten die heimattreuen Kampf-

---

7   Eine deutsche Spezialeinheit des Amtes Ausland/Abwehr des Oberkommandos der NS-Wehrmacht, zu deren Hauptaufgabe Operationen hinter den feindlichen Linien gehörten: die überraschende Einnahme operativ wichtiger Angriffsziele, Sabotage oder die Kooperation mit verbündeten politischen Gruppierungen. Die Angehörigen waren als fanatisch-überzeugte Nationalsozialisten freiwillig in diesen Verband eingetreten. Sie waren fremdsprachenkundig und außerdem mit den Lebensgewohnheiten im Einsatzraum vertraut.

verbände auf. Im Blickfeld der deutschen Kriegsreporter stand das Eupener Rathaus. Der Balkon prangte im Blumenschmuck, dann wurden die Lorbeerbäumchen auf Seite geschoben und vor den vorbeidefilierenden Truppenverbänden das von zwei Hakenkreuzen flankierte Spruchband »Führer, wir danken Dir« entrollt.

Martin Jerusalem hatte unterdessen seine Kommando-Zentrale in einem abgelegenen Zimmer des »Braunen Hauses« gegen das Bürgermeister- und Schöffenzimmer gewechselt. Gemessenen Schrittes ging er den kurzen Weg von der Aachener Straße zum Rathaus. Ihm galten Jubel, Hochrufe und Schulterklopfen. Sein erster Befehl hieß jedoch:

»Wo steckt Hennes? Ich will den Kommissar, und zwar sofort.«

Als ihm schließlich der von Hitlerjungen verhöhnte und von BDM-Mädchen bespuckte Polizeikommissar vorgeführt wurde, rief Jerusalem pathetisch aus:

»Eupen-Malmedy ist wieder frei. Ich nehme Dich in Schutzhaft, Du belgische Sau. Heil Hitler.«

Noch am gleichen Tag wurde Hennes ins Gefängnis für politische Häftlinge nach Prüm gebracht. Man sagte ihm gleich, er möge sich auf eine Exekution vorbereiten. Mehrere Tage hörte er, bei Wasser und Brot, im Gefängnishof die Gewehrsalven von Erschießungen. Jedesmal, wenn sich Schritte seiner Zelle näherten und ein Schlüsselbund an der Eisentüre klimperte, glaubte er, an der Reihe zu sein. Doch dann schaffte man ihn, nach langen nächtlichen Verhören ins Konzentrationslager Ravensbrück. Wenige Monate später wurde seiner Frau sein Tod gemeldet. Der amtliche Bescheid lautete: »Verstorben durch Blutvergiftung«.

Albert wusste, dass es sich bei Sir Martin um einen »Mann der Bewegung« handelte, doch hatte er von den verräterischen Details seiner NS-Karriere nicht den Hauch einer Ahnung, als ihn der sehr betrunkene Jerusalem am Ende der

Sylvesternacht 1991 auf dem Nachhauseweg bat, ihn hinauf in seine Wohnung zu begleiten. Da saßen sie sich nun, bei einem »allerletzten« Schnäpschen, in dem kleinen Zimmer gegenüber und stießen noch einmal auf das neue Jahr an. Über dem Couchtischchen leuchtete gelblich eine Schirmlampe; an den Wänden hingen Ölgemälde vom Eupener Wald sowie die in Silberrahmen gefassten Fotos seiner Eltern und seiner Frau. Ein etwas kleineres, mit einer Widmung von Weihnachten 1917 versehenes Bild, zeigte den jungen deutschen Soldaten, streng in die Linse blickend, vor den Trümmern von Avesnes; auf dem Esstisch stand die Zither.

Dann begann der alte Mann zu schluchzen, immer wieder griff er zu seinem Taschentuch, bis es mühsam aus ihm herausbrach, dass er den Wunsch habe, als ein mit den Bürgerrechten ausgestatteter belgischer Staatsangehöriger zu sterben.

Nach dem, was er von Jerusalem wusste, verschlug es Albert die Sprache. Doch zweifelte er keine Sekunde daran, dass der Alte keine Schnapstränen heulte. Zusammengesunken, noch immer wie ein verprügeltes Kind nach Luft schnappend, saß er ihm gegenüber. Über seinen Tränensäcken flackerte Hilflosigkeit, die langen Finger zitterten. Dann zeigte er auf die Kommode und sagte:

»Wenn du das schaffst, kannst du nach meinem Tod den ganzen Plunder haben.«

»Wie war das mit Hennes«, wollte Albert noch wissen und Jerusalem sagte:

»Ach, mit dä Fritz, dat wor ald e sujät …« Er wollte nicht mehr dazu sagen.

Von den Kirchtürmen schlug es fünf Uhr, kurz danach sprang auch der Kuckuck aus dem Kasten über dem Sofa. Draußen hatte es zu schneien begonnen. Dann schob Albert die Schnapsflasche bei Seite und sagte:

»Es ist sehr spät, Sir Henry, wir werden es versuchen.«

Der Alte ergriff seine Hand und flüsterte:
»Jung', ich will endlich Frieden haben.«

Anfang März wurde der Sir in den Justizpalast von Lüttich geladen. Albert chauffierte ihn am frühen Morgen in die Maasstadt. Die ganze Fahrt über sagte der Alte kein Wort. Es war ein grauer Tag und die Arkaden im ehemaligen Fürstbischöflichen Palais wurden von zwei Laternen matt erleuchtet. Anwälte in langen schwarzen Roben eilten zu den Verhandlungen. Über eine breite Treppe, vorbei an einer elegischen Skulptur der Justitia, gelangten sie vor die hohe Pforte des Assisenhofes. Ein Saaldiener, der in der linken Hand einen Zigarettenstummel versteckte, rief mit lauter Stimme:

»Jerusalem Henri, Eupen.«

Es klang wie eine lebenslängliche Verurteilung. Der Sir erhob sich, ergriff seinen Stock und sagte:

»Marrenjü.«

Albert richtete sich auf einen längeren Aufenthalt ein und begann die vom Gerichtspräsidenten unterzeichneten Bekanntmachungen zu studieren. Doch bereits nach fünf Minuten erschien der Sir wieder im Türrahmen und nickte stumm. Am Treppenende streichelte er der Marmorfigur über den Kopf und sagte:

»Gott sei Dank, Kamerad, nu ben ich ne richtige Welsch.«

XI.

Der Dichter

Albert hat sich über seinen Examensabschluss in Löwen nie Illusionen gemacht. Dass er bei Professor Pircot im Fach »Belgische Geschichte« einen guten Eindruck hinterließ, war einsame Ausnahme. Zur Bekanntgabe der Ergebnisse im Maria-Theresia-Kolleg ging er als Tourist; natürlich wurde sein Name nicht aufgerufen, ringsum fielen sich die erfolgreichen Studenten in die Arme, die Mädchen weinten, er schlich hinaus und bestieg den Zug. Zur zweiten Sitzung kehrte er zwar im September nach Löwen zurück, doch nahm er an keinem Examen teil. Stundenlang lief er durch die Felder jenseits der Park-Abtei, sah aus der Ferne die Silhouette der Stadt mit dem goldenen Turm der Bibliothek und war sehr traurig. Dann informierte er seine Eltern über das Scheitern, versprach der Mutter »jetzt keinen Unsinn zu machen« und fuhr heim. Vor dem Bahnhof von Welkenraedt warteten sein Vater und ein Onkel. Ihnen blieb nicht unbemerkt, dass er eine Zigarette rauchte; jetzt schmiss er den Stummel weg und saß schweigend im Fonds des VW. Zu Hause gab es kein Donnerwetter, sondern den vom Vater nüchtern vorgebrachten Kommentar, dass er mit einem solchen Ergebnis gerechnet habe. Auch wollte er ihm noch einmal eine Chance geben, mehr sei jedoch nicht finanzierbar. Dann begab sich Albert auf ein Bier zu Freunden in die Stadt. Für ihn stand bereits fest, er würde nicht in Löwen bleiben.

Die Philosophische Fakultät der Technischen Hochschule Aachen bot ihm völlig neue Perspektiven. Deren Studienpläne und Prüfungsordnung unterschieden sich grundsätzlich vom starren belgischen System. Die freie Wahl von Haupt- und Nebenfächern, das Ansehen der Professoren, jedoch auch die kurze Entfernung von Eupen nach Aachen und die damit verbundenen Einsparungen machten ihm die Entscheidung leicht. Ein befreundeter Assistent arrangierte einen Termin und wenige Tage später saß er im Germanistischen Institut am Templergraben dem Ordinarius für Neuere Deutsche Literaturgeschichte, Prof. Dr. Hans Schwerte, gegenüber.

Albert betrat mit Herzklopfen sein Büro. Hinter der Schreibtischlampe saß ein großer Mann mit dichtem grauen Haar und einem burschikosen Schnurrbart. Er schob seine schwarze Brille zurück, wirkte etwas ungehalten, bat aber Platz zu nehmen: Name, Alter, Herkunft, Studienabsichten, literarische oder philologische Präferenzen. Alles verlief sehr schnell und in amtlicher Routine. Allein der Name »Belgien« ließ den Professor kurz aufhorchen. Er nahm die Brille wieder ab, sprach von Kontakten zur Universität Lüttich und seiner Freundschaft mit dem Kollegen Prof. Nivelles. Albert entschied sich für die Nebenfächer Soziologie und Politische Wissenschaften, dann war er schon wieder draußen auf dem Flur.

Sonderbar, dieser Schwerte. Weder ein Handschlag, ein Lächeln noch ein lockeres Wort; stattdessen akademische Würde, wie Albert sie aus Löwen zu kennen glaubte. Da war auch Abwehr, Unnahbarkeit, etwas Monumentales. Dieser Eindruck wiederholte sich wenige Tage nach Beginn des Wintersemesters in der ersten Vorlesung des Professors. Deutsche Gründlichkeit unter einem kontrollierenden Blick, eine gehobene, vom minutiös vorbereiteten Manuskript ablesende Sprache mit süddeutschem Akzent und bei aller Distanz, ein Bedürfnis zu imponieren. Schwerte las über »Die Dramen Schillers«: vornehm, kühl, stets mit theaterwissenschaftlichen Exkursen kokettierend. Seine Statur, das Schnauzbärtchen und ein grauer Prince-de-Galle-Anzug gaben ihm einen weltmännischen Hauch. Irgendwie war es schwindelerregend, doch fiel dem belgischen Studenten auf, dass ein innerer Bezug zur Dichtung fehlte, er ertränkte das Werk in gehobene Expertise.

Im Proseminar »Deutsche Lyrik um 1900« erschrak Albert, wenn Schwerte ihn bei den Lüttich-Reisen von Stefan George und der homoerotischen Freundschaft des »Meisters« mit dem ostbelgischen Poeten Paul Gérardy im Kreise von Karl Wolfskehl, Ludwig Klages und Friedrich Gundolf herausfordernd anblickte. Glücklicherweise wusste er, wo der Geburtsort des Dichters, Maldingen, liegt und auch über den Lütticher Vorort Fléron, wo die Erstdrucke erfolgten, konnte er einige Informationen mitteilen. Als der Professor später dazu aufforderte, Verse aus Rilkes frühen Gedichten zu rezitieren, meldete sich Albert als einziger mit einem Zitat aus dem von ihm geliebten »Herbsttag«:

»Der Sommer war sehr groß … Wer jetzt allein ist, wird es lange bleiben …«

Schwerte nahm wieder die Brille ab und fauchte:

»Muss denn da ein Ausländer kommen, um uns so etwas vorzutragen?«

Dieses plötzliche Aufbrausen machte ihn für Sekunden zu einem anderen Menschen. Er lief rot an, stampfte mit den Füßen, er wurde laut und aggressiv, auch fielen hässliche, graue Strähnen in sein Gesicht. Anlässlich einer Berlin-Exkursion ließ er sich, nach der harmlosen Frage eines Studenten, erneut zu solch einer Szene hinreißen. Kurz zuvor hatten sie noch alle im Schiller-Theater Hans Ernst Schröder als »Galilei« gefeiert. Albert, der auf der Busfahrt zurück nach Grunewald, direkt vor ihm saß, zuckte bei diesem Zornausbruch zusammen. Schwerte tobte und fiel in ein finsteres Schweigen. Erst nach dem Mord an Benno Ohnesorg in Berlin begann sich der Unnahbare um Konzilanz zu bemühen, es wirkte aufgetragen. Bald mischte er auf Podiumsdiskussionen mit, vertrat linksliberalen Positionen und suchte den flotten Beifall; auch marschierte er im Rollkragen-Pulli bei politischen Demos gegen den »Muff aus tausend Jahren«. Im Hörsaal gab er sich engagiert und wechselte die Themen: Brecht wurde sein Favorit. Das berühmte Auschwitz-Gedicht »Todesfuge« des jüdischen Lyrikers Paul Celan rezitierte er mit einem Pathos, das aufhorchen ließ. Da stand er aufgebäumt wie ein Koloss vor seinem Pult, hob beide Hände zum Himmel und rief:

»… ein Grab in den Lüften da liegt man nicht eng … dein goldenes Haar Margarete dein aschenes Haar Sulamith … der Tod ist ein Meister aus Deutschland …«

Wiederholt interessierte er sich in Seminaren für »Identitätswechsel« und forderte dazu auf, nach entsprechendem literarischen Material zu suchen. Etwa in Heinrich Bölls »Ansichten eines Clowns«, in »Stiller« von Max Frisch oder in Ingeborg Bachmanns »Malina«.

Wenig später wurde Professor Dr. Schwerte zum Hochschulrektor gewählt, mit der Ehrendoktorwürde und dem Bundesverdienstkreuz ausgezeichnet. Nach seiner Emeritierung, 1978, zog er sich als Honorarprofessor an der Uni Salzburg zurück. Dann wurde es still um ihn. Dann jedoch lüftete der amerikanische Sprachwissenschaftler Earl Jeffrey Richards plötzlich sein Geheimnis. Niemand wollte es hören, doch 1995 schlug die bestätigte Nachricht wie eine Bombe ein: Schwerte hieß in Wirklichkeit Hans Ernst Schneider und hatte als SS-Hauptsturmführer im engsten Kreis des SS-Reichsführers Himmler gearbeitet. Sein sonderbares Belgien-Interesse war damit zu erklären, dass er in den westlichen Nachbarländern Belgien und Holland als NS-Wissenschaftsfunktionär für das »Ahnenerbe« zuständig war, Modelle für ein »germanisches Kern-Europa« entwarf und medizinische Geräte für Menschenversuche einführte. Juden ließ er aus den Schlüsselpositionen entfernen und durch Nazis und Kollaborateure ersetzen. Nach der Katastrophe tauchte er zunächst unter. Als Aachener Professor kannte er später keine Hemmungen, erneut zu wissenschaftlichen Begegnungen nach Lüttich aufzubrechen oder als Beauftragter des Landes Nordrhein-Westfalen in Leiden, Groningen und Amsterdam die Zusammenarbeit mit niederländischen Hochschulen zu erörtern.

»Doppelleben?«, fragte Schwerte alias Schneider nach seiner Enttarnung empört in einem Fernsehinterview, »Ich habe ein Leben und dann ein neues Leben geführt. Ich habe mich nicht verdoppelt, ich habe mich selbst entnazifiziert«, fuhr der Greis im Lehnstuhl aus der Haut.

Albert fühlte sich an seine Ausfälle im Berliner Bus erinnert. In Kommentaren zu diesem TV-Auftritt hieß es, Schwertes Biografie sei »eine finstere Parabel der Geschichte des 20. Jahrhunderts«. Schon während seiner Studentenzeit war er NS-Professoren über Königsberg, Hamburg und Berlin an die Universität Erlangen gefolgt, die als »Zufluchtsort für akademische Nazis« bezeichnet wurde. Den Doktortitel soll er sich erschwindelt haben. Nach der Niederlage 1945 ließ sich der Verfechter eines »totalen Kriegseinsatzes der Wissenschaften« für tot erklären, heiratete seine eigene »Witwe« und trug fortan den Namen Hans Werner Schwerte.

An seinem Ruf nach Aachen war offenbar ein anderer Professor der Philosophischen Fakultät, der Soziologie lehrende Arnold Gehlen, nicht ganz unbeteiligt. Albert schätzte den vornehmen, etwas schroffen älteren Herrn als brillanten Lehrer, der zwar seine Vorlesung montags früh um 8.30 Uhr ansetzte, jedoch während zweier Stunden mit scharfsinniger Verve auch den letzten Träumer wachrüttelte. Ständig zwei Brillen wechselnd, redete Gehlen ohne jede Notiz und ging dabei mit dem, was er die »Zur-Zeit-Melodie« nannte, sarkastisch ins Gericht. Linksintellektuelle waren aus seiner Sicht »arbeitsscheue Schmarotzer, die bestenfalls von den Nachtstudios der Radios leben«. Die »großen Toröffner« in der Kunst seien »oft Kranke, die mit Grausamkeit die Schönheit verdrängen«. Bereits während des 2. Weltkrieges als Ordinarius für Philosophie an der Universität Wien hatte er vom NS-Ideologen Rosenberg den Auftrag erhalten, »die Fakultät von rassen- und wesenfremden Elementen zu befreien«. In einem Hauptwerk »Der Mensch«, das 1940 erschien, bezeichnet er den Menschen als »ein Mängelwesen … ein wegen Unspezialisiertheit noch nicht festgestelltes Tier«. Albert hat jedoch nicht vergessen, dass Gehlen sein in Löwen verlorenes Studienjahr sofort anerkannte und bei Vaters Tod ein Herz zeigte. Ein Monument hatte Mitleid, es war ein Schock.

Im zweiten Nebenfach besuchte Albert eine Etage höher, im 6. Stockwerk der Philosophischen Fakultät die Politik-Vorlesungen von Prof. Klaus Mehnert, der auch in Ostbelgien als Fernsehkommentator und Mitherausgeber der Wochenzeitung »Christ und Welt« hoch geschätzt wurde. Umso mehr wunderte es ihn, als einige Jahre später zu lesen war, dass Mehnert ebenfalls dem »tausendjährigen Reich« gedient hatte, und jetzt »als harmloser Altnazi durch die ansonsten als liberal geltenden Institute« geistere. Es waren tatsächlich gespensterhafte Konstellationen, zu denen Rektorat und Senat der Hochschule eisern schwiegen.

Amerikanische Studien bezeichneten Mehnert als einflussreichen NSDAP-Propagandisten, der in Shanghai die Gleichschaltung von Pfadfindern und der Hitler-Jugend, von Evangelischer Frauenhilfe und NS-Frauenschaft betrieben habe. Auch soll er Mitarbeiter in einem Spionagezentrum gewesen sein und beim japanischen Angriff auf Pearl Harbour, zu Gunsten von General Yamamoto Isoroku, eine nachrichtendienstliche Rolle gespielt haben. Eines von Mehnerts Bestsellern trug später den Titel »China vor dem Sturm«. Im Seminarraum des lebhaften Publizisten stand an herausragendem Platz eine Büste des Hitler-Attentäters Graf von Stauffenberg. Er verbreitete viel Sympathie und lud Albert ein, ihn während der Sommerferien im Schwarzwald zu besuchen.

Sonderbar, der belgische Student hat seine deutschen Professoren Gehlen und Mehnert in guter Erinnerung behalten. Vibration ging von ihnen aus, etwas in die Nachdenklichkeit Mitreißendes, das er in Löwen nicht gekannt hatte. Dass die Beiden in Aachen lehrten, als renommiert galten und offenbar in derlei Verwicklungen verstrickt waren, bedeutete ein Schock. Es reichte ja ganz nahe an Belgien heran. Wem war noch zu trauen? Wohin sollte man noch fliehen, wenn man es denn wollte? So blieb über Jahre hinweg ein Rätseln über die Biografien dieser Hochschullehrer. Durften sie keine Chance mehr haben? War späte Einsicht keine Einsicht? Albert war nicht nur Nicht-Deutscher, auch hätte ihn die »Gnade der späten Geburt« von jeder Mitschuld verschont, und doch wehrte sich etwas in seinem Innern, als im Tumult der Studenten-Revolte an den deutschen Universitäten neue Rechthaber aufstanden und das Fallbeil politischer Justiz sausen ließen. Sie hatten aus ihrer Entrüstung nichts gelernt. Erneut entschied die Eiseskälte deutschen Eifers über die Exekution Unschuldiger. Hinter den Morden der Baader-Meinhof-Bande, deren logistisches Umfeld bis in die belgische Eifel reichte, stand ein überfülltes Auditorium Maximum sarkastischer Claqueure.

Doch im Wintersemester 1965–66 war bei geregeltem Lehrbetrieb diesseits und jenseits des Templergrabens von all diesen Problemen noch nichts zu hören. Schwerte hielt ein Seminar über »Landschaftsprosa zwischen den Weltkriegen«, Gielen lehnte ein Leserbrief-Angebot des »Spiegel« mit der grinsenden Bemerkung ab, »auch noch honorarfrei«, und Mehnert debattierte dienstagnachmittags mit Prominenten in seinem »Kolloquium für aktuelle Politik«

über den Prager Frühling. Anlässlich der Verteilung der Seminararbeiten fiel Albert allerdings auf, dass Schwerte den von ihm gemachten Vorschlag, ein Referat über »Todeslandschaften bei Hermann Hesse« zu halten, nicht gelten ließ und ihm eine Arbeit über »Der Heimatbegriff bei Josef Ponten« förmlich aufdrängte:

»Bosch, Sie machen das«, wiegelte er jeden Widerspruch ab, »der kommt doch aus Ihrer Grenzecke. Heimat ist keine Schande.«

Bosch wusste sehr wohl, dass Heimat keine Schande war, er suchte sie seit Jahren intensiv, doch empfand er dieses Machtwort im Kreise anderer Studenten als Demütigung. Keine weitere Frage zulassend, erhob sich Schwerte und verließ den Raum. Sein Abgang hatte etwas Herrisches, er schritt nicht, er marschierte; den Blick demonstrativ abgewandt, breitschultrig, die Ledermappe wie ein Stock unter den Arm geklemmt. Es war Germanistik im Kommandoton.

Alberts Beziehung zu Ponten war folglich von Beginn an schwierig. Im Eupener Kolleg hatte er, außer der üblichen Kurzbiografie, nichts von ihm gelesen. Doch gab er zu, voreingenommen zu sein. Er fand Pontens Kopf, den er auf einem Gemälde von Hans Wever erstmals gesehen hatte, sofort unsympathisch. Er wirkte dominant und knurrend. Man hätte diesen Schädel eher einem Metzgermeister oder Schalterbeamten zugeordnet als einem Dichter. Auch wirkte er im Vergleich zu dem schmächtigeren Körper, wie aufstülpt. Es war nicht der dünne Haarkranz oder die Kerben und Kanten auf seiner Stirn, die abstießen, sondern der Blick. Er verdrängte tiefes Unbehagen mit Strenge. Ein deutsches Gesicht, meinte Albert, korrigierte jedoch seine erste Wertung als er Pontens Unterschrift und die von Prof. Kurt Schmid-Ehmen geformte Bronzebüste zu Gesicht bekam. Die Schrift war fein und resolut, der Kopf schien runder, gesammelter, wie von einem Benediktinerabt.

Der Zufall wollte es, dass der in der Aachener TH-Bibliothek nach Ponten-Dokumenten suchende Student zunächst eine vergilbte Schrift über die Ehefrau des Dichters, Freiin Julia von Broich entdeckte. Auch von ihr war eine Aufnahme zu sehen: mit Brosche, Schillerkragen und angewinkelter Hand vor einer Staffelei; das Haar tiefschwarz, etwas zu lange, gelockte Koteletten auf blassen Wangen, unter dichten Augenbrauen ein sehnsüchtiger Blick und leicht geöffnete Lippen. Gleich war er von ihrer dunklen Gestalt fasziniert, deren Geschichte auf den Schlössern von Montzen und Schönau wie das Märchen von Dornröschen begann und im Aufzugsschacht einer Münchener Etagenwohnung grausam endete. Da war sofort eine Spannung, die zusehends handgreiflicher wird, als der drei Jahre ältere Josef Ponten in ihr Leben trat. Er verfügte bereits über einen Namen als »Heimatdichter«, Baron von Broich verpflichtete ihn als Hauslehrer seiner Tochter. Es war eine brisante Konstellation. Sehr schnell beherrschte der dominante Autor die Schlossidylle. Das schöne Mädchen verliebte sich in ihren strengen Meister, dem es gelang, sie von ihren Eltern zu entfremden. Nachdem der Baron ihr ein weiteres Wagnis, den Besuch der Düsseldorfer Kunstakademie, verweigerte, begann sie als erste Studentin in Deutschland an der TH Aachen ein Architekturstudium, wurde allerdings nur als Gasthörerin zugelassen. Sie wollte ohnehin mit Ponten, der wie ein Zauberer im Hintergrund agiert, ein Künstlerleben führen. Jeder von beiden bot auf seine Art den Noblesse-Vorschriften des Landadels die Stirn. Gegen den Willen ihrer Eltern, die dem Schreinersohn aus Lontzen misstrauten, heiratete Julia ihren Privatlehrer, allerdings nur standesamtlich, die Widerstände waren zu heftig.

Baldiges Scheitern wird ihnen vorausgesagt, als sie in die gemeinsame Bohème flüchten. Ponten hat gerade seinen Roman »Siebenquellen« in Druck gegeben, ein Opus schmachtender Heimatliebe. Albert lässt sich die Ausgabe, die 1909 hohe Auflagen erzielte, gleich kommen, legt sie aber bald aus der Hand. Als Schwerte ihn nach der Lektüre fragt, sagt er, es handle sich um »völkisches Edelschmalz«. Der Professor horcht auf, als habe man ihn beleidigt, fixiert ihn messerscharf und zischt:

»So etwas liest man nicht mit Che-Guevara-Brille, Bosch.«

Doch der Student aus Eupen interessiert sich mehr für Julia. Ihr pikiertes Elternhaus erwartete baldiges Scheitern. Aus der Distanz erkennt Albert in ihr jedoch eine erstaunliche Gestalt früher fraulicher Emanzipation. Der Abschied vom Heimatschloss, die Trennung von der Kirche, das pionierhafte Studium, vor allem aber, die von dem bekannten Aachener Maler Peter Bücken angeregte Liebe zur Malerei haben sie zu einer fesselnden Persönlichkeit gemacht. Obwohl jünger, sensibler und einsamer als der berühmte Mann an ihrer Seite, geht sie in dieser riskanten Beziehung nicht unter. Sie begleitet ihn auf den Weltreisen nach Brasilien, Griechenland, Italien und in die USA. Keineswegs als Dekor, sondern mit großen Augen und ständig schaffend. Ihre mit leichter Hand gezeichneten Tuschebilder dokumentieren Freiheit und Selbstständigkeit. Die Illustrationen zu Pontens stark beachtetem Werk »Griechische Landschaften« werden von Kennern als »neuartig und ihrer Zeit voraus« gewürdigt.

Die das Schlossleben und ländliche Feste gewohnte Julia folgt Ponten in ständig wechselnde Wohnungen von Aachen nach Berlin und München. Im Freundes- und Kollegenkreis, dem zunächst so bedeutende Schriftsteller wie Thomas Mann und Hermann Hesse angehören, wird die schöne Frau geschätzt. Bei Gesprächen fällt ihre stille Präsenz gleich auf; in den Salons besticht ihre Nachdenklichkeit. Im Gegensatz zu dem oft eitlen und aufbrausenden Gatten, bewahrt man ihr stets Sympathie und Verehrung, auch nach den peinlichen Brüchen. Hesse, der in seiner Versunkenheit die Aquarell-Malerei liebt, bittet sie um Zusammenarbeit. Das Aachener Suermondt-Museum widmet ihr eine Ausstellung. Schließlich beginnt Julia selbst zu schreiben: kühne, intensive Lyrik, die sich vom bombastischen Ponten federleicht abhebt.

Als ihr zunächst vom Erfolg verwöhnter Ehemann beginnt, anderen Frauen ungehemmt seine Zuneigung zu bezeugen, schweigt sie. Auch dann, wenn er sich bemüht, mit expressionistischen Komplimenten zu betören und zurückgewiesen wird, nutzt sie es nicht zu Revanchen. Ohnehin hat Julia zwei Heiratsanträge abgelehnt. Scheute Ponten jedoch nicht davor zurück, sie bloßzustellen und in seiner Versessenheit auf frauliche Zustimmung zu übertreiben, heimliche Korrespondenz zu führen oder diese mit unleserlicher Kurzschrift zu tarnen, trat sie ihm entgegen. Es gab Szenen und immer wieder Waffenstillstände. Schließlich bricht er alleine zu neuen Reisen nach Nordafrika und Südamerika auf, kultiviert weiter Liebschaften, die seine Frau zu ignorieren beginnt, auch weil sie ihre eigene künstlerische Kraft lähmen. Sie geht so weit, einige dieser Verehrerinnen als Freundinnen zu akzeptieren, die Julia letztendlich mehr zu schätzen lernen, als den selbstverliebten Poltergeist.

Frau Pontens Ende ist schrecklich. Nachdem sie, neben all den Affären, den unaufhaltsamen schriftstellerischen Abstieg ihres Mannes sowie 1940 seinen plötzlichen Herztod verkraften musste, fordern ihr die Kriegsjahre neue Entbehrungen ab. 1947 stürzt sie 67-jährig vom vierten Stock in den Aufzugsschacht ihres Münchener Hauses am Englischen Garten und kommt durch einen Leberriss ums Leben.

Albert liest diese Biografie wie ein Kontrastprogramm zu Ponten. Nicht nur die nie aufgegebene Würde Julias beeindruckt, sondern auch die gegen Wind und Stürme durchgehaltene Ehe. Dass sie nicht zerbrach, war allein ihr Verdienst. Doch scheint auch, dass der renommierte Schriftsteller, der Ponten lange Jahre war, die ständigen Gegensätze als kreativen Antrieb brauchte. Seine großen Erfolge, der Roman »Der babylonische Turm« oder die Novelle »Der Meister«

sind ohne Julias diskrete Nähe undenkbar. Seinem literarischen Absturz gehen kurioserweise der menschliche und auch der politische voran. Sein plötzlicher Tod hat ihn vor Schlimmerem bewahrt. Es bleibt das Geheimnis seiner im dunklen Schacht zerschmetterten Frau, weshalb sie das alles mit einer solchen Größe ertragen konnte.

Prof. Schwerte hat seinen belgischen Studenten mit Bemerkungen zu Ponten verfolgt. Selbst vor einem Imbissstand in der Bahnhofsstraße sagt er im Vorübergehen:

»Vergessen Sie Ponten nicht; ich hoffe, es schmeckt.«

Albert dreht sich perplex um und antwortet:

»Die Curry-Wurst ist prima, die Fritten sind in Belgien besser.«

Im Korridor, im Aufzug, nach der Filmvorstellung von »Alexis Sorbas« im Halbdunkel des »Capitol«, vor der Mayrischen Buchhandlung, stets erkundigt sich Schwerte nach dem Stand der Seminararbeit:

»Wie stets um den ›Meister‹?«

»Über die Verbindungen zu Thomas Mann und Döblin möchte ich alles wissen.«

»Haben Ihre Belgier eigentlich eine Ahnung, wer dieser Mann war?«

»Herr Bosch, wann erhalte ich Ihren Ponten?«

Während des Seminars fordert er: »Wir brauchen einen tieferen Heimatbegriff; lesen Sie Heidegger.«

Dann hört er sich stirnrunzelnd Alberts Äußerungen zu Julia von Broich an und sagt:

»Gut, aber Sie sollten jetzt endlich zur Sache kommen.«

»Vielleicht ist diese Frau ein Schlüssel der Sache, Herr Professor.«

»Das wage ich zu bezweifeln.«

Schon eilt Schwerte davon, klackende Schritte auf den Treppen des Hauptgebäudes, das dichte graue Haar im Windsog eines vorbeibrausenden Busses, sein fliegender Mantel, die unvermeidliche Ledermappe, trügerischer Winterhimmel, Mittagsglocken in der Ferne, dann verschwindet er hinter den Glastüren des Instituts: ein Feldherr der Wissenschaften.

Julias Todessturz hat Albert tief berührt. Jenseits der grausamen Umstände erkennt er darin ein »spätes Zeichen«. Er kann es natürlich nicht belegen und Schwerte wird bei der ersten Zwischenbilanz der Arbeit diese Passage mit roter Tinte durchstreichen und den Vermerk »Wir sind hier nicht bei Simenon« an den Rand kritzeln. Doch hat der Student längst bemerkt, dass sein Professor die Rolle von Pontens Frau neben all den Größen aus der »Sektion für Dichtkunst« der »Preußischen Akademie der Künste« für unerheblich hält. Er dagegen erkennt in ihr einen »Schatten«, der ihren komplizierten Mann wie ein Schutz begleitete. Es war Julias unausgesprochenes Arrangement einer Rollenverteilung, ohne die beide nicht leben konnten. Dass sie schließlich auf eine solch dramatische Weise ums Leben kam, möchte er als »dunkle Fügung« verstanden wissen, die sie auch mit hinab reißt in einen Abgrund, der bereits Ponten selbst unter sich begraben hatte. Ihr Sturz, so glaubt Albert, sei nur ein verspätetes, jedoch unaufhaltsames Spiegelbild seines voraus gegangenen dichterischen Untergangs, als habe der Tote seine allein zurückbleibende Frau endlich zu sich herübergezogen. Sich ihm nicht entziehen zu können, war ja ihr Leben; während er selbst im Tod nicht ohne ihren Schatten auskam. Ihr beider Absturz brachte sie wieder zusammen.

Schwerte hat dazu mit stets sarkastischerem Grinsen bemerkt, dass sich »der belgische Herr Bosch« offenbar mehr für »Kuriosa und Klatschmeldungen« interessiere, als für konkrete Fakten und literaturhistorische Zusammenhänge. Das wollte Albert nicht einmal bestreiten, doch war er wie versessen darauf, die ihm von seinem verehrten Löwener Professor Pircot demonstrierte Lehre der gerne vergessenen, kennzeichnenden Details auch auf Ponten anzuwenden. So spielt die Kinderlosigkeit des Ehepaares in seiner »Theorie der Nebensachen« gleich eine wichtige Rolle. Über etwaige gynäkologische Bedingungen gab es kaum Hinweise; Ponten selbst dürfte es bei seinen ständigen Eskapaden wohl kaum an Vitalität gemangelt haben. Folglich sieht sich Albert in seiner Sicht einer »exklusiven Fixierung« der beiden bestätigt. Vom Elternhaus isoliert, den Aufbrüchen permanenter Reiselust hingegeben und in anderweitige Romanzen verstrickt, hätten Kinder die ambitiösen Bedürfnisse der Malerin und des Dichters nur gestört. Zwischen ihnen, so Albert wörtlich, »war kein Platz mehr«, es sei denn für erotische Abstecher des »Meisters«, die seine »Schattenfrau« schließlich mit großzügigen Freundschaften abwehrte.

Alberts als etwas voreilig bewertete Bemerkungen über den Kopf des Dichters, erhielten bei einem näheren Hinsehen neuen Auftrieb. In der Erzählung »Derselbe«, womit Ponten zweifellos sich selbst meinte, kam eine massive Ablehnung seines eigenen Aussehens zum Ausdruck:

»Alles an mir war mir verhasst, die zu kurzen Beine, der gedrungene Hals, der mächtige Schädel, den Kenner für ein antiquarisches Vermächtnis keltischer Urreltern erkärten, alles was die Natur uns mitgegeben hat, uns bei Demut zu halten, namentlich das platte Dach des Hinterkopfes, das mir den Gang zu den Doppelspiegeln des Schneiders schwer machte ...«

Die Narbe über seiner rechten Augenbraue war keineswegs die von einigen verwegenen Bewunderern gerühmte »tiefe Denkkerbe«, sondern die lebenslange Spur eines Sturzes auf der steinernen Kellertreppe im Haus seiner Raerener Großmutter. In diesem Kontext notierte Albert auch ein traumatisches Kindheitserlebnis Pontens in Lontzen, als er in der Jauchegrube fast ertrunken wäre. Selbst wohlmeinende Beobachter hielten seine Nase für »ein wenig zu breit«, die Brauen für »dreiwinkelig« und das nicht mehr vorhandene Kopfhaar für »etwas licht«. Dass von dem mit sich selbst hadernden Mann »ein bewegtes In-sich-Ruhen« ausgegangen sein soll, wie es ein salbungsvoller Epigone bei einem Vortrag im Dorfsaal von Astenet betonte, wollte Albert nicht gelten lassen. Das Gegenteil war der Fall: Der junge Ponten entwickelte bei seiner illusionslosen Selbstkritik schwere Minderwertigkeitskomplexe. Aus kleinen Handwerker-Verhältnissen stammend, bemühte er sich, diese gegenüber der Freiherrenfamilie von Broich sowie seinen Klassenkameraden im Aachener Kaiser-Karl-Gymnasium mit Arroganz zu kompensieren. In der vertraulichen Abiturakte der Schulleitung wird er als »selbstgefällig und zuweilen vorlaut« charakterisiert, er habe »offenbar etwas zuviel gelesen«.

Obwohl sein Professor wiederholt auf die Heimatbezüge Pontens pochte und Albert drängte, den »tieferen Kontext« nicht zu vergessen, fiel es dem Studenten schwer, bei einer nüchternen Analyse der Dinge den bislang in Aachen und Raeren verbreiteten Deutungen beizustimmen. Dass Pontens Lebensgrund »als letzter Standort seines Künstlerseins im Landschaftlich-Heimatlichen« zu entdecken sei, wollte ihm nicht einleuchten. Auch hatte er zu den Begriffen »maasländischer Raerener und eupenländischer Weltbürger« oder »landschaftlich-stammeshafte Gebundenheit« kritische Anmerkungen zu machen.

Es fiel gleich auf, dass Pontens späte Wiederentdecker, zu denen Albert auch seinen Ordinarius zählte, ein auffallendes Interesse hegten, den Autor der heimatverbundenen Werke »Siebenquellen« oder »Die Bockreiter« als einen Spross mythischer Abstammung zu präsentieren. Neben dem Keltischen wurden dabei auch Verbindungen nicht nur zu Lüttich, sondern zu dessen Vorort Herstal, dem vermeintlichen Geburtsort Karls des Großen, konstruiert. Auch sollten Pontens Hinweise auf »Alteltern« aus der Branche weltberühmter Raerener Kannenbäcker Übergänge zu seiner Bedeutung als Autor herstellen. Als Beleg wurde dafür die zufällige

zeitliche Übereinstimmung von Pontens Geburtstag, dem
3. Juni 1883, mit dem Neubeginn des Töpfergewerbes in Raeren durch den Meister Hubert Schiffer angeführt. Richtig
war indes, dass die zehnköpfige Familie des Schreinermeis-
ters Michael Ponten bereits wenige Monate nach der Geburt
des ältesten Kindes Josef nach Lontzen umzog und sich sieben Jahre später im Frankenberger Viertel von Aachen niederließ. Richtig ist jedoch auch, dass ihn die Erinnerungen an
die unbeschwerte Kindheit im Lontzener Wiesenland und
im Hause der geliebten Raerener Großmutter lange begleitet
haben. Doch eher als fernes Glück im Gegensatz zu seinen
Weltreisen und den beargwöhnten Großstädten.

Bei den Diskussionen im Seminar für »Neuere Deutsche
Literaturgeschichte« kostete es Albert einige Mühe seinem
Professor klar zu machen, dass er nicht beabsichtige, diese
regionalen Zusammenhänge zu verharmlosen.
    »Sie treten also als Brunnenvergifter an«, unterbrach
ihn Schwerte.
    Das sei nicht seine Absicht, wiederholte der etwas ein-
geschüchterte Student, doch gebiete die komplexe Persönlichkeit Pontens, seine Blut- und Boden-Huldigungen kri-
tischer zu hinterfragen. Die Dinge seien viel komplizierter
und nicht immer günstig, mitunter peinlich für den Dichter.
    »Sein Scheitern ist das Bleibende.«
    Es entstand eine engelhafte Pause, alle warteten auf
eine Replik Schwertes, doch dieser brummte nur:
    »Dann sind wir alle einmal gespannt.«

Je mehr sich Albert mit Pontens Persönlichkeit und der
»Fieberkurve« seines Werkes auseinander setzte, kam er
zu der Überzeugung, dass die Freundschaft mit Thomas
Mann ihr neuralgischer Punkt war. Sie bildete zugleich
den Höhepunkt und Absturz seines Lebens. Dieser Gegensatz galt nicht minder für seine literarische Arbeit. Zwischen dem 12. November 1919, an dem die Tagebuchnoti-

zen von Mann die Lektüre des »Babylonischen Turm« mit »Ehrerbietung«, dann mit »Respekt« und schließlich mit »Bewunderung« begleiten, und dem 13. September 1934, wo sich der Autor des »Zauberbergs«, in der Folge von Hitlers Machtergreifung, vorstellt, »wie wohl sich Ponten in dem neuen Reich fühlen müsse«, liegt eine dramatische Entwicklung. Sie lässt jedoch nur einen Schluss zu: Josef Ponten war der Freundschaft mit Thomas Mann nicht gewachsen. Er hat sie mit gezielten Provokationen, öffentlichen Angriffen und zuletzt mit dem politischen Bruch ausgelöscht. Mann, der seine Nachsicht mit wohlwollender Ironie spickt, konnte nicht verhindern, dass sein acht Jahre jüngerer Freund, nur noch zu einer Beziehung der »verbrannten Erde« fähig war und in seiner Ohnmacht alles mit in den Abgrund riss.

Auf einer Nachfeier zu Pontens 50. Geburtstag am 4. Februar 1934 im Krönungssaal des Aachener Rathauses würdigt er, unter den Fresken Rethels, »ein neues starkes Reich«. Bei einer anschließenden Lesung im Stadttheater legt er jedoch jede Zurückhaltung ab und stellt der »Freiheit als Schrankenlosigkeit« die Verbundenheit mit »Grund, Boden, Herkunft, Volk« gegenüber. Er wettert gegen »behandschuhten Kulturbolschewismus«, gegen »gewisse Gewaltige in der Wüste der Berliner Druckerschwärze« sowie gegen »zum Teil weltberühmten Leute, die heute meist auf Reisen sind«. Damit konnte nur Thomas Mann gemeint sein, der ihn inzwischen mit »Herr Ponten« anschrieb.

Der jedoch für immer auf ihm lastende Vorwurf betrifft einen ungenannt gebliebenen Schriftsteller, der ins Konzentrationslager Oranienburg eingeliefert worden war. Ponten lässt sich dazu hinreißen, diesen Kollegen als »Staatsvollpensionär« zu bezeichnen, der sein Leben »an einem luftigen Ort« friste, »an dem freilich kein Oranienbaum wächst«. Soviel Niedertracht wurde ihm von den Anhängern Rosenbergs im »Kampfbund für deutsche Kultur«

mit den Literaturpreisen des Rheinlandes und der Stadt München honoriert. Wenn Adorno später feststellen sollte, dass man »nach Auschwitz keine Gedichte mehr schreiben kann«, so hat Ponten bewiesen, dass es dem Beginn von »Auschwitz« eine Prosa menschenverachtender Häme vorausging. Außer peinlichen Erläuterungen, die er auch dem Reichsminister für Volksaufklärung und Propaganda Goebbels, zusandte, hat es zu seiner skandalösen Aachener Rede weder eine Entschuldigung, noch eine Einschränkung, erst recht kein Dementi gegeben.

Albert betrachtet nach der Lektüre dieser Dokumente seine Arbeit über Ponten für beendet. Es ist die Disqualifikation. Erst in der Woche zuvor hat er im »Stern« das ganzseitige, kommentarlose Foto eines KZ-Massengrabes gesehen und es ausgeschnitten: zersprungene Münder, gebrochene Augen, Knochenhaufen, als sei es Brennholz. Von der Familie des Dichters nachgereichte mildernde Umstände, »Belgiens Siegerwillkür gegenüber der Heimat« und die »Demütigung durch die belgische Besatzung im nicht-annektierten Aachen«, hätten ihn für nazistisches Gedankengut anfälliger gemacht als andere Deutsche, lässt der Student ebenso wenig gelten wie Pontens Abkehr vom rheinischen Katholizismus, der Autoren wie Heinrich Böll oder Walter Dirks gegen die Nazis immunisiert habe. Es gibt ein Paktieren mit dem Bösen, das jede Nachsicht ausschließt.

Die Konsequenzen sind vernichtend. Wenn Ponten immer wieder »Grund, Boden, Herkunft und Volk« als Fundamente seines politischen Glaubens darstellt, können damit nur seine Kindheits- und Jugenderfahrungen in Raeren und Lontzen gemeint sein. Für Albert ist somit klar, dass sie als Bezugspunkte, für gleich welchen Heimatkult wegbrechen, sie umgibt Schändung, der Dichter hat sich an ihnen vergriffen. Es sind nicht nur die Trauerweiden am Iterbach oder der sich ins Wiesenland öffnende Hertogenwald, die in eine finstere Nachbarschaft geraten. Folgt der Student tatsächlich der drängenden Empfehlung seines Professors, »nach einer tieferen Heimat« zu forschen, geraten auch das Liebäugeln mit den angeblich keltischen und karolingischen Ursprüngen Pontens oder seine »altväterlichen« Verbindungen zur Raerener Töpferkunst in Misskredit. Die Schlüsselblumen von Titfeld, das Wollgras im Hohen Venn und die Bauerntänze auf den Krugglasuren müssen vor ihm in Deckung gehen. Bleibt allein »Heimat« als völkischer Bodensatz und tückisches Gemisch im Dienst von Rassenideologen. Wehrlos wird sie als schreckliche Legitimation benutzt. Das grüne Grenzland des Dichters führt vor die Tore des Todes. »Der luftige Ort« des Eupener Landes ist umhüllt vom Rauch über Oranienburg.

Der junge Mann, der die engen Treppen zum Institut für Germanistik hochsteigt, zittert. Seine Heimat ist nirgendwo. Brüssel fern und fremd, der König reserviert, das Vaterland eine Illusion, die Muttersprache ein Makel, die Grenzen missbraucht, der Glaube erschüttert, doch am schlimmsten, am schmerzlichsten: Dichtung ist keine Zuflucht mehr. Sie war die letzte Instanz und wurde verraten.

»Herein«, so tönt Schwertes abweisende Stimme.

Albert öffnet seine Tasche und legt ihm den unfertigen Entwurf der Seminararbeit auf den Tisch. »Der Heimatbegriff bei Josef Ponten« lautet der Titel. Sie umfasst 72 Seiten und bricht anlässlich der Rede vom 4. Februar 1934 im Aachener Stadttheater ab.

»Ich will und kann an diesem Referat nicht weiter schreiben, Herr Professor.«

Schwerte wirft einen flüchtigen Blick auf die Arbeit und wendet sich wieder seiner Lektüre zu.

»Ach gehen Sie doch, Bosch«, sagt er, ohne ihn noch eines Blickes zu würdigen,

»Sie sind doch nur ein belgischer Schwächling.«

XII.

Der Wirt

Albert hat sich nie als ein verkrachter Student betrachtet. Seine verträumt durchwanderten neun Semester brachten ihm, außer lobende Erwähnungen vereinzelter Arbeiten, zwar keine akademischen Abschlüsse, aber das entsprach seinem anarchischen Lebensgefühl. Allein sein Vater tat ihm leid, unheilbar krank konnte er dem Verlauf des turbulenten Studiums nicht mehr folgen, erkundigte zwar immer wieder mit zunehmend schwächerer Stimme danach, und lächelte verklärt, wenn sein Sohn ihn anlog.

Präzise Berufsvorstellungen hatte der sich in den sogenannten »Ernst des Lebens« flüchtende 22-jährige allerdings nicht. Vielleicht wollte er sie auch gar nicht haben, sondern nur eine Nische finden, die es ihm erlaubte, seine privaten Studien eines Lebens im Zwischenland der Grenzen fortzusetzen. Bei Pircot, Gehlen, Mehnert, beim Philosophen Biemel und da und dort sogar bei Schwerte, hatte er sich aus dem Stapel angehäuften Wissens seine ganz persönlichen Rosinen herausgepickt. Er führte dazu eine Art Tagebuch, das jedoch meist aus Zitaten bestand, die er in das kleine, stets in der Rocktasche mitgeführte Leinenheft eintrug. Heideggers Lehre vom »in-das-Dasein-Geworfensein« und zwar »für den Tod« bot ihm einen weiten, illusionslosen Rahmen. Seine langjährigen Erfahrungen von Grenzen und Heimatlosigkeit bildeten dazu einen konkreten, ihn jedoch nicht mehr bindenden Hintergrund. Etwas älter werdend und am dosierten Genuss von Alkohol und dem Vorübergang von Frauen reifend, gewann er Grenzsituationen viel intensivere Bedeutungen ab, die etwas mit Lebenswagnis zu tun hatten, so vage dies auch klingen mochte. Sein trautes Bedürfnis nach einem Rest an »Nestwärme« legte er völlig ab, begab sich auf Reisen nach Südfrankreich, Korsika, Griechenland oder Marokko, deren Erlebnis seine Neigung nach intensiver Zuflucht kompensierten. Auf Hydra gab es Nachtgespräche, die er in stichwortartiger Kurzfassung seinem Tagebuch anvertraute. Auch hatte er Begegnungen mit Frauen, die manchmal nur für die Dauer der Schiffspassage nach Bastia oder die paar Tage des Inselaufenthalts auf Patmos währten, die er jedoch auskostete, als habe sich endlich eine zarte, tröstende Hand über alle Unruhe gelegt. Trost war ohnehin ein Codewort, das immer stärker sein Bewusstsein ergriff, dessen genauere Konturen er jedoch offen ließ. Obwohl mehr denn je von einem seligen Unglauben bewegt, kam es vor, dass er sich für eine bemessene Zeit hinter die kompakten Mauern eines Klosters zurückzog und als unbeteiligter Zaungast gregorianischer Nachtvigilien sanfte Übergänge zwischen sexueller und spiritueller Kontemplation erspürte. Als Albert schließlich irgendwann nach Hause zurückkehrte, wusste er sehr wohl, dass Heimat »nicht nur etwas Geografisches« sei und fühlte sich für alles, was da noch kommen sollte, mit einer seemännischen Gelassenheit gerüstet.

Vorerst ohne Job erlebte er die Monate nach dem Tod seines Vaters und den Abschied von der Universität wie im Traum. Wenn er es richtig betrachtete, hatte er sein Studium gar nicht abgebrochen, sondern es nur als Autodidakt fortgesetzt. Zwar ohne die strenge Examensordnung fragwürdiger Professoren, jedoch auf Lebenserfahrung bedacht, die er aus seinen Reisebegegnungen, Klosteraufenthalten und einer intensiven Lektüre, vor allem der Werke von Hermann Hesse, schöpfte. Er fand im »Steppenwolf« den Typ Mann, der er zu sein wünschte: ein Nachtmensch und Einzelgänger, gleich welchem Rausch zugeneigt, jedoch nicht ergeben; statt dessen auf einer kompromisslosen Suche nach jenem

»Morgenland«, von dem Hesse schrieb, es sei »nicht nur ein Land ..., sondern die Heimat und Jugend der Seele ...« Kein Land und doch Heimat, das war eigentlich das Konzentrat, dessen, was er seit Jahren suchte. Dass dies »überall und nirgends« zu finden und obendrein zeitlos sei, entsprach, nach all den Abweisungen, Enttäuschungen diesseits und jenseits nationaler Grenzen, seiner tiefsten Sehnsucht. Sollte es ihm gelingen, dieses Land zu erreichen, würde es ihm eine exterritoriale, uneinnehmbare Heimat sein.

Ähnlich wie in der Park-Poort von Löwen, verbrachte er die Nächte vorzugsweise in Wirtshäusern. Die Eupener Abende mit ihren leeren Straßen und dumpfen Glockenschlägen waren ihm ein Gräuel. Aber spätestens gegen zehn begannen sich die Cafés noch einmal zu beleben. Dann kamen die Einsamen, die von Veranstaltungen heimkehrenden, die Kinobesucher, die routinierten Zecher, Kartenspieler und ungebundenen Frauen. Neben einem harter Kern, der Stammplätze besetzte und sich für lange Stunden einrichtete, gab es noch jene zufälligen oder seltenen Gäste, die bald schon durch Trunkenheit und andere Exaltationen auffielen.

Auf seinem Bücherbrett hatte Albert eine Kopie seines Lieblingsbildes neben den »Gesammelten Werke« von Rainer Maria Rilke aufgestellt. Rilke entsprach als deutschsprachiger Dichter mit französischen Neigungen einem »Zauberer der Worte« , der auf seiner Reise von Paris in die flämischen Kunststädte eine Zeit in Delvaux' Nähe im »Hotel Die Nobele Rose/de la Noble Rose« in Veurne/Furnes verbracht hatte. Albert war begeistert. Die beiden Künstler betrachteten sich gegenseitig als Meister und liebten die Schönheit der Frauen. Besonders beeindruckte den Studenten im Hochparterre am Ring von Löwen, dass der Maler seine erste Liebe Tam, wie in einem surrealistischem Zufall, nach Jahren in einem Lebensmittelladen wieder entdeckte und für immer bei ihr blieb. Rilke hatte Bosch dagegen für die Dreiecksgeschichte der verwegenen Muse Lou-Andrea Salomé, mit dem Lyriker und ihrem älteren Mann in einer Spielart riskanter Leidenschaft fasziniert.

Die sehnsüchtige orthodoxe Frömmigkeit und ihr ungehemmtes Verhältnis zu Liebschaften brach zu dritt auf einer gemeinsamen Russlandreise aus. Albert liebte diese Exzesse, nahm das Bild von der »Lebensfreude« aus dem Regal und las flüsternd aus Rilkes »Stundenbuch«: IN TIEFEN TIEFEN NÄCHTEN GRAB ICH DICH, DU SCHATZ, / DENN ALLE ÜBERFLÜSSE DIE ICH SAH, / SIND ARMUT UND ARMSELIGER ERSATZ, / FÜR DEINE SCHÖNHEIT, DIE NOCH NIE GESCHAH. Dann ging er zur »Park-Poort« und besoff sich.

An seinem Stammplatz wählte er in der Jukebox melancholische Songs und vertiefte sich in die nahezu mystische Frage, weshalb Delvaux sein stilles Gemälde den Titel »Lebensfreude« gegeben hatte: War es der unmittelbar bevor stehende Kuss oder die betörende Nacktheit der schlanken Frau? War es ihr leicht gelocktes sich bald öffnendes schwarzes Haar oder ihr zu allem bereite große Blick? Das Fenster stand offen, draußen ein frühlingshafter Garten, in dem eine jugendliche Frau mit tapferen Brüsten auf einer Pan-Flöte spielte. Delvaux suchte oft mythologische Anspielungen.

Nur der Mann im tristen Anzug gefiel Albert nicht, er wendet dem Zuschauer seine Schultern zu, die Schöne hat Besseres verdient. Während sie ihn mit beiden Händen entschlossen umfasst, hält er nur eine Hand auf ihrem Rücken. Da naht kein heimkehrender Ehemann, seine glatte, gefettete Frisur deutet auf einen jungen Liebhaber, Angestellter oder Vertreter, den Anblick genießend und seiner Sache sicher.

Mögen sich die Experten in den Akademien auch streiten. Der aus seiner Stammkneipe leicht torkelnde Rückkehrer spürt beim Anblick der beginnenden Liebesszene wieder jenen verführerischen Stich in der Bauchhöhle. Albert Bosch liebt Verführungen.

Die Trinkfestigkeit der Stammkunden unterlag einer ungeschriebenen Regel, der sich Albert gerne unterworfen hat, sie entsprach seinem Lebensgefühl und bestand in der Kunst, sich in genießerischer Gelassenheit an den Rausch heranzutrinken, ohne ihm zu unterliegen. Im Gegensatz zum vulgären Besoffensein war es ein schwebender Zustand höheren Bewusstseins, der dem banalen Leben seine Trägheit nahm und mit Traumbildern, Sehnsüchten, Sprachwitz, Gedankenschärfe, Ideenreichtum, Heiterkeit oder dem Schmeicheln von Melancholie anbrandete. So wurde die verstaubteste Pinte über Nacht zu einem trunkenen Schiff, das mit einer abenteuerlichen Besatzung in stürmische See stach.

Alberts Stammkneipe lag an der unteren Bergstraße und trug den ambitiösen Namen »Café Columbus«. Seine Beziehung zur Schifffahrt bestand darin, dass ein auf den Weltmeeren kreuzender, ehemaliger Kellner sein Segelboot vor dem Café auf den Namen des großen Entdeckers getauft hatte. Mit ein bisschen Phantasie konnte man auch das enge, geduckte Innere des Schankraumes mit einer schwankenden Schiffskombüse vergleichen. Fließendes Wasser gab es ansonsten nur in der Spüle, auf den Toiletten oder im unterirdischen Stadtbach, der direkt neben dem Kellergewölbe den Ratten des Schlachthofs entgegenfloss. Albert hat zu vorgerückter Stunde dieses finstere Rinnsal manchmal mit Styx und Hades verglichen, so als rausche am Rande der Bierfässer der Strom des Untergangs.

Mit dem Wirt Horst Rosenstein, einem Berliner Juden, verband ihn eine innige Verbundenheit, die nicht auf besondere Ereignisse beruhte, sondern sich in spontaner Selbstverständlichkeit ergeben hatte. Irgendwann kam es über die Zapfhähne hinweg zu einem Blick tieferer Verständigung, die keiner Worte bedurfte und für alle Zeit gelten sollte. Versank Albert in seine mythologischen Träume, schob ihm der Wirt ein frisches Bier hin oder sagte in einem Ton väterlicher Entschlossenheit:

»Ich glaube, es ist Zeit.«

Dass ein Typ wie Rosenstein mitten in Eupen ein Lokal führte, das bereits morgens um sieben öffnete, zu jeder Tageszeit eine feste Klientel hatte und vor allem als Nachtcafé begehrt war, gehört zu den Kuriositäten, wie man sie nur in Grenzstädten antrifft. All diese Feldherren waren nur vorübergehende Sieger, sie hinterließen nicht nur Wunden, sondern auch Originale.

Horst Rosenstein trug an der rechten Hand einen kleinen, schwarzen Ring mit dem Davidstern. Wenn er den Ärmel hochkrempelte, konnte man auf seinem Unterarm in dunkelblauer Schrift die Zahl 117.648 lesen. Im Winter 1941 hat man sie ihm bei seiner Ankunft in Auschwitz eingepresst.

Er zeigt sie Albert mit einem fragenden Blick; dann wieder Kaffee, französischer Cognac, schwarze Zigaretten. Triefend schwarz ist auch sein Humor, eine Mischung aus jüdischem Esprit und Berliner Schnauze. Er passt nicht in diese Stadt, aber mit der Nummer auf dem Arm wagt keiner zu widersprechen. Horst bemüht sich bisweilen, das Eupener Platt zu sprechen, gibt es dann aber, mit einer lässigen Handbewegung, wieder auf. Albert bemerkt, dass seine Frauenwitze sarkastisch sind; er hat Charme, jedoch eine Präferenz für Verprügelte.

Natürlich ist er ein politischer Mensch, doch schwanken seine Ansichten zwischen Idealismus und Resignation, bis er es aufgibt, dann wieder diese Handbewegung, ein illusionsloses Lächeln, ein Schluck Cognac. In den ausgehenden zwanziger Jahren ist er mit seinen Freunden aus der Pappelallee für die kommunistische Jugend durch die Berliner Straßen gezogen. Sein Vater fiel 1917 in Flandern; nach der Wiederheirat der Mutter zählte die Familie zehn Kinder; die Mietskaserne war ihr »Miljöh«. Als die gute Frau erblindet und ins Krankenhaus muss, werden die Kinder auf die umliegenden Verwahr- und Waisenhäuser verteilt. Im Frühjahr 1983 war er noch einmal drüben, in Pankow stand noch immer der alte Kasten und beherbergte die kubanische Botschaft.

Nach der »Machtergreifung« der Nazis herrscht für den Friseurlehrling, der nach Feierabend Kurse für Heilpraktiker belegt, ein anderer Ton. Als der begabte Turner eine Auszeichnung abholen will, brüllt ihn der Vorsitzende an:

»Wegen nichtarischer Abstammung zurücktreten!«

Rosenstein gibt seiner jungen Frau ein Zeichen und auf dem Motorrad verschwinden sie in Richtung Westen. Im Aachener Hotel »Zum Siegfried« säuft im Parterre die SA, in den Dachzimmern hocken deutsche Juden, die auf abenteuerlichen Fahrten über die belgische Grenze geschleust werden. So landet das Paar in Antwerpen, wo ihr Söhnchen zur Welt kommt. Rosenstein schlägt sich recht und schlecht als Friseur jüdischer Damen durch. Am 10. Mai 1940 marschieren die Hitler-Armeen in Belgien ein. In der Pelikaanstraat steht auf einem Plakat:

»Der Feind hat unser Land angegriffen.«

Der im Untergrund wirkende spätere Regent, Prinz Charles, besorgt dem Friseur einen gefälschten Personalausweis. Horst Rosenstein heißt jetzt »René Wouters« und schließt sich der Résistance an. Bei einer Razzia wird er gefasst und als »feindlicher Deutscher« deportiert; der Güterwagon, der die gefangenen Deutschen (Nazis und Antinazis gemeinsam) ins südliche Frankreich bringt, wird in den Bahnhöfen bepinkelt und mit Steinen beworfen. Im Lager von St. Cyprien gelingt ihm die Flucht. Nachtwanderungen in Richtung Norden; geklaute Hühner und rohe Kartoffel. Wo ist meine Frau, wo ist mein Sohn? In Beringen sehen sie sich wieder; es ist das letzte Mal.

Erneut ist es Prinz Charles, der »Wouters« in Brüssel, Rue du Pont-neuf 24, im Hinterhof eines Cafés versteckt. Manchmal bringt der Regent selbst die kargen Rationen; bleibt der Nachschub aus, gibt es in der Bäckerei an der Ecke für ein Codewort ein halbes Brot. Bei einem dieser Gänge wird er von der Gestapo aufgegriffen; unter seinem Kopfkissen finden sie den echten Ausweis. »Wouters« ist wieder Rosenstein. Vor der Wache in der Avenur Louise steht der jüdische Denunziant Jacques Hurterer; beim Verhör schlagen sie Horst das Gesicht blutig. Als er diese Dinge erzählt, beugt er sich zu Albert herüber und flüstert:

»Als es mit uns wieder ging, war Hurterer der erste, der dran war.«

Albert blickt in seine feurigen Augen, als er sagt:

»Christliche Nächstenliebe heißt bei uns ›das jüdische Herz‹, beides ist gelogen.«

Nach einer Zwischenstation im gefürchtete Lager Breendonk[8], wo er sich von Schweinefutter ernähren muss, kommt Rosenstein ins Sammellager Mechelen und wird mit dem Transportzug XV/524 nach Auschwitz deportiert. Wieder dieses Schweigen und der Feuerblick:

»Glaube mir, mein Lieber, kein Film hat das Leiden in den KZ's wiedergeben können.«

»Wie bist du da lebendig raus gekommen?«

»Weil ich aus ganz kleinen Verhältnissen stammte. Wir kannten Dreck und Elend. Die Reichen sind wie die Fliegen umgefallen.«

Horst kommt in das Außenlager Auschwitz-Monowitz. Er hat »großes Glück«: Er ist nämlich von Beruf Friseur, davon gibt es nur acht im Lager bei über 22.000 Gefangenen Hier hört er auch zum ersten Mal in seinem Leben den Namen »Eupen«:

---

8   Die Festung Breendonk war der zentrale Schreckensort des NS-Besatzungsregimes in Belgien (1940–1944). Knapp 80 Jahre später ist die heutige Gedenkstätte im Ausland nahezu unbekannt. Das Maß an Gewalt, das im Fort angewendet wurde, war beispiellos. Schon Ende 1940 sorgte sich selbst Eggert Reeder, der Leiter des NS-Militärverwaltungsstabs, dass das Lager als ›Hölle von Breendonk‹ in die Geschichte eingehe.

»Es war der Tag, als Elise Fraipont[9] enthauptet wurde.«

»Du musst die Deutschen ja hassen, Horst.«

»Ich werde nie sagen, alle Deutschen sind Mörder. Aber ich klage den Oberfeldwebel Boden aus Dresden an, der meine blinde Mutter ermordet hat.«

Im Januar 1945 erkennt er bei einem Transport aus Theresienstadt seinen Schwiegervater wieder, dem Wächter die Ringe ausreißen und die Goldzähne ausschlagen. Aber es gelingt, den Alten mit Wassersuppe durchzufüttern.

»Das ist wohl einmalig, dass ein Volljude mit 72 Jahren noch die Freiheit gesehen hat.«

Als die Eroberung des KZ droht, werden die Häftlinge in Richtung Westen, zum KZ Flossenbürg, in Marsch gesetzt – und als das Kriegsende nur noch eine Frage von Tagen sein kann, in das KZ-Außenlager Ganacker, in dem bereits viele Belgier inhaftiert waren.

Als die Amerikaner näher rücken, treibt man die Häftlinge in Höfen zusammen. Die Decke um die Schultern gebunden, ein Stück Brot, eine Dose Ölsardinen als eiserne Ration. Eines Nachts öffnen sich die Scheunentore und die Abgemagerten starren in die Lichtkegel amerikanischer Taschenlampen. Ein Offizier tritt näher und sagt:

»Ich habe davon gelesen, ich habe davon gehört, aber das habe ich nicht für möglich gehalten.«

Rosensteins junge Frau überlebt das Naziregime nicht: Sie stirbt im NS-Frauenkonzentrationslager Ravensbrück.

Nach der Rückkehr nach Belgien knallen im Hof des Durchgangs- und Untersuchungslagers Arlon die Rache-Schüsse des Exekutionskommandos der »Sûreté«: Nach ihrer Entdeckung werden SS-Freiwilligen durchsucht, abgeführt, an die Wand gestellt und erschossen.

---

9 Elise Fraipont aus Eupen, von der SS in Auschwitz-Monowitz hingerichtet. Keine weiteren Daten bekannt.

»Es war eine schlimme Zeit, jeder rannte um sein Leben.«

Nach zwei Jobs als Hilfskellner bei den GI's in Brüssel sowie im schönen und eleganten jüdischen Café-Restaurant »Nor-Club« am Boulevard Adolphe Max, schickt ihn ein polnischer Jude eines Tages nach Eupen, einen Messestand aufzubauen. Ironie der Geschichte, es ist im ehemaligen »Hotel Bredohl«, dem »braunen Haus« der Stadt. Als der jetzige Wirt Léon Kirfel die Nummer auf seinem Arm sieht, schenkt er ihm das Standgeld. Abends an der Klötzerbahn im Café Josef Pauquet trinkt er mit den Mitgliedern des gerade gegründeten Karnevalvereins »Eulenspiegel« sein erstes Eupener Bier. In ihrem Kreis sitzt auch eine junge Frau; sie hat rötliches Haar und heißt Christine. Als Horst Rosenstein ihr am nächsten Tag mit einem Brummschädel einen Strauß Blumen bringt, weiß er noch nicht, dass er bald schon in dieser Stadt für immer zu Hause sein wird.

Da Albert viel Hesse las, hat ihn sein Freund Horst oft an den »Diener Leo« aus der »Morgenlandfahrt« erinnert, eine sonderbare Mischung einer starken und zugleich »ausgewischten« Persönlichkeit. Er war ein schöner, stets gepflegter Mann, aber seine Kleidung blieb einfach; zu besonderen Gelegenheiten trug er ein etwas übertriebenes Schwarz. Er kannte alle Eupener Affärchen in- und auswendig, doch machte er sie sich nie zu eigen. Tage- und nächtelang hinter den Zapfhähnen das Gerede seiner Kundschaft im Ohr, blieb er an sich ein einsamer Mensch. Man sah ihn manchmal allein mit seinem Hund, dem er offenbar mehr vertraute als seiner Umgebung. Er konnte sich heftige, gar provozierende Töne erlauben, ohne das man es ihm übel nahm, es war ja auch nur eine Inszenierung und nie so gemeint. Außergewöhnlich fleißig ging ihm alles leicht von der Hand. Zugleich Frühaufsteher und Nachtmensch, klagte er nie über Arbeit. Schlaf schien ihm verdächtig, als gäbe es noch Übergriffe oder dämonische Träume. Er hörte sehr viel und konnte schweigen. Sein Lächeln war durchdringend, laut lachen hat Albert ihn nie gehört. Zu seiner Frau redete er oft wie zu einer Magd, aber sie wusste, dass es nur ein Schutz war, wie auch seine bitteren Witze am Rande des Erlaubten nur Schutz waren vor der Erinnerung an dem, was man ihm schon einmal geraubt hatte. Arme Schweine hatten seine besondere Sympathie. Den Tod fürchtete er nicht mehr, Abschied stimmte ihn traurig. Weinen hat Albert ihn nie gesehen. Seine Kneipe war mehr Zuflucht als Wirtshaus. Jüdischer Herkunft schloss er einen sehr fernen Gott nicht ganz aus. Nie kam ein hämisches Wort über das katholische Milieu über seine Lippen, doch hat er Alberts mystische Neigungen gleich entdramatisiert. Er trank selten, dann aber unmäßig. Ob er glücklich sei, hat er niemanden anvertraut. Dem Sterben so nah, wollte er noch etwas leben.

Ohne Horst Rosenstein ins Herz zu schließen, hat seine Eupener Kundschaft ihn sehr geschätzt. Seine Dienstbereitschaft war konkurrenzlos, seine Diskretion galt als beichtväterlich. Sein Leidensweg war bekannt, kam jedoch nie zur Sprache. Die kleinen Eupener Nazis und Sieger der letzten Viertelstunde hatten bei ihm nichts zu befürchten. Ein Waldarbeiter betrat einmal spät die Kneipe und sagte leichenblass:

»Juda verrecke.«

Horst packte ihn am Kragen und warf ihn raus. Er war schmächtiger, aber viel stärker als der alte Sack. Dann und wann tauchte er wieder auf, kam aber nicht viel weiter als zum Türrahmen.

Was Horst nie gelungen ist: sich beim »Fastelovend« unters Volk zu mischen und es seiner Frau und den Narren der »Eulenspiegel« gleich zu tun. Zwar führte er nach seinem Umzug jahrelang mit einer Aushilfe einen kleinen Zeitungsladen, in dem zur Karnevalszeit auch Masken, Schminke, Luftschlangen, Knallkörper und Cowboyhüte verkauft wurden, doch hat er nie eine Pappnase aufgesetzt. Der lila Frack und die Federkappe der »Eulen« waren ihm ein Gräuel. Zum Auftakt ihrer Kappensitzungen trat er einige Jahre als Double des Eupener Clown auf, stand regungslos wie das Original auf der Bühne, doch erntete er mit seinem, in schwermütigen Reimen vorgetragenem Humor chassiddischer Juden nur ein mitleidiges Lächeln. Begleitet von einem rheinischen Büttenmarsch zog er sich danach an den Tresen zurück und betrank sich, unansprechbar.

Selbstverständlich war sein »Café Columbus« auch ein politischer Ort. Als ehemaliger Jungkommunist stand er innerlich den Sozialisten nahe, deren Vorstand dann und wann einen Tagungsraum auf der ersten Etage benutzte. Ein politisches Bekenntnis hat man jedoch von ihm nie gehört. Die Schlagworte zur Animation seiner Kundschaft entnahm er den Balkenüberschriften der »Bild-Zeitung«. Er brachte sie grinsend unters Volk, provozierte, debattierte und zog sich, wenn sich die verehrte Kundschaft zerstritt, diskret zurück. Albert war überzeugt, dass Horst gebildeter war, als sein Kreuzwort-Wissen preisgab. Manchmal sah er ihn an stillen Winternachmittagen versunken die Lebensgeschichte des KZ-Häftlings und »Weltbühne«-Mitarbeiters Peter Edel oder in einer speckigen Ausgabe die Gedichte Bert Brechts lesen, die er in einer Schublade hinter dem Tresen aufbewahrte. Französisch und Niederländisch sprach er nach seinem Exil in Brüssel und Antwerpen recht ordentlich. Das Eupener Dialekt kam ihm nur radebrechend über die Lippen, doch amüsierten ihn dessen mokante Zwischentöne, wie er ohnehin auf diese neue Heimat zwar dankbar, jedoch auch etwas spöttelnd herabblickte. Ihre kleinen Sorgen waren nicht die seinen. Ihre politischen Häutungen hielt er für harmlose Jugendsünden. Die routinierte List seiner Eupener Zeitgenossen, aus all den Regime-Wechseln arglos Kapital zu schlagen, fand seine Sympathie.

So wunderte es nicht, dass sein »Café Columbus« zu einem Geheimtreff der Schmuggler avancierte. Rosenstein beherrschte das ganze Repertoire an Codeworten, Marschordnungen, Adressaten und Lieferzeiten auswendig. Zugleich gelang es ihm, konspirative Kontakte zu Zöllnern und Gendarmen zu pflegen, die er in freigebigen Cognac-Sitzungen hoffierte und aushorchte, bis sie wie nasse Säcke umkippten. Obwohl die Lage an der Kaffeefront bald eskalierte und der Bandenführer Toussaint-Elsen in den Wäldern von Petergensfeld und Fringshaus Krähenfüße und gepanzerte Fahrzeuge einsetzte, ist bei den Razzien das Nachtcafé an der Bergsstraße unbehelligt geblieben.

Einer andere Kaschemme, das jenseits der Bellesforter Brücke gelegene Wirtshaus von »Frau Nabek« betrachtete Horst nicht als Konkurrent. Es handle sich beim »Geschäft dieser Kollegin« um eine »komplementäre Einrichtung«, schmunzelte er bei neugieriger Nachfrage und ließ sich auf seinen Streifzügen am dienstfreien Mittwoch gerne in das Holzfällerhaus hinter dem Pissevenn fahren. Frau Nabek war eine Wirtin nach seinem Geschmack. Schon etwas reiferen Alters, verkörperte sie nuttösen Charme mit nahezu mütterlicher Fürsorge. Dass sie ihre Ausbildung im »Gewerbe« absolviert hatte, war nicht zu übersehen, doch durfte diese Lehrzeit, unter Androhung des sofortigen Rausschmisses, nie angesprochen werden. Ohnehin führte sie in ihrem Häuschen ein strenges Regime. Geöffnet wurde erst ab 22 Uhr, es herrschte Gesichtskontrolle, Jugendliche unter 18 Jahren war der Zutritt untersagt. Wagten sie sich dennoch hinein, flogen sie mit dem Vorwurf »Pannewichser« gleich vor die Türe. Ob Frau Nabek verheiratet, geschieden oder noch ledig war, wurde nicht bekannt, doch ließ sie sich von ortsfremden Nachtvögeln mit »Fräulein Vilvörder« anreden. Stammkunden durften manchmal, das etwas intimere »Elisa« wagen, was zur Folge hatte, dass sie in diesen Kreisen, wegen ihrer feuerroten Hochfrisur, auch als »rote Elisa« geschätzt wurde.
Frau Nabek und ihr Kollege Horst Rosenstein verband nicht nur eine berufsspezifische Solidarität, sondern auch eine infrastrukturelle Gemeinsamkeit: ihre Häuser lebten

erst in den späten Nachtstunden auf und wurden von der Kundschaft als Zuflucht empfunden; obendrein handelte es sich um sehr enge Gaststätten, in denen sich die Klientel nicht an sogenannten Stammtischen verschanzen konnte, sondern sich in dichten Reihen um den Tresen scharte. Vor allem Elisa hielt diesen Körperkontakt für eine unverzichtbare Würze ihrer Gastlichkeit. An einem Weihnachtsabend hat sie, im Punsch ertrinkend, Horst einmal anvertraut, dass sie erst umstellt »von geilen Böcken« so richtig auflebe, das gehöre eben zu einem »Betrieb im Wald und auf der Heide«. Das Geheimnis ihres Erfolges liege in der Zauberformel »dran, aber nicht drin«.

Obwohl mit besonderer Gunst bedacht, hat Horst sie stets mit »Frau Nabek« angeredet. Zwar schätzte er ihr außergewöhnliches Talent für platteste Vulgarität, doch verschaffte ihm seine darauf, mit der berlinerischer Eleganz eines ehemaligen Damenfriseurs antwortende Hochachtung, den Mehrwert eines ganz besonderen Vergnügens. Beschimpfte sie etwa den fidelen Narkosearzt Dr. med. Blau mit den Worten »Du alte Sau«, milderte Horst diesen Anschiss mit der Replik:

»Frau Nabek ist heute erneut von außerordentlicher Liebenswürdigkeit.«

Verweigerte sie dem stadtbekannten Anwalt kleiner Gauner, Michael Schön, das letzte Bier, kicherte sie mit ihrer rauhen Stimme:

»Du Arschloch hast genug gesoffen.«

Darauf reagierte Horst mit der Bestellung einer Lokalrunde und fügte hinzu:

»Meine verehrte Kollegin trinkt natürlich ein Fläschchen Champagner.«

Wagte jemand Frau Nabek mit schnöden Angeboten zu reizen und zu fragen: »Ob Fräulein Vilvörder denn noch Jungfrau ist?«, drohte sie wutschnaubend:

»Das werde ich morgen deiner Tussi erzählen.«

Bevor dieser Konflikt auszuarten drohte, bat Horst:
»Darf ich Frau Nabek denn um ein Tänzchen bitten?«

Das konnte sie ihrem Verehrer nicht verwehren, trank mit einem Zug das Champagnerglas leer, zupfte ihr Dekolleté in eine etwas züchtigere Form und folgte dem sie mit geschlossenen Augen führenden Charmeur in die Ecke vor dem Damentoilette beim »Kriminaltango«.

Wenn sich Albert donnerstags bei seinem Freund nach dem Verlauf der dienstfreien Nacht erkundigte, faltete Horst die Hände und legte seinen Kopf wie ein schlafendes Kind darauf:
»Ich bin kaputt, die Tante macht uns fertig.«
Aber er sagte es grinsend, so wie er alles, was ihm in Eupen widerfuhr, mit einem breiten Mantel der Barmherzigkeit zudeckte. Die nicht mehr auszulöschende Nummer unter seinem hochgekrempelten Hemdsärmel rückte das alles in eine Harmlosigkeit, die selbst die ernsthafteren Konflikte dieser Stadt wie ein Spiel erscheinen ließ. Oft sprach er vom »Städtchen« oder »Völkchen« ohne es despektierlich zu meinen, es ging ihm allein um Lebensdistanzen. Er schätzte die neue Existenz, die er sich nach der Katastrophe aufbauen konnte, doch betrachtete er sie zugleich wie eine gnädig gewährte letzte Runde.
»Ich bin hier daheim, aber nicht zu Hause«, vertraute er Albert an.

Als es im März 1968 erstmals seit Kriegsende in Eupen zu einem Versuch politischen Aufbruchs kam, avancierte die Kneipe von Horst Rosenstein zu einem strategischen Knotenpunkt. Zu verschiedenen Tageszeiten versammelten sich die Anhänger der diversen Parteien, nachts tauchten sie reihum gemeinsam auf. Nicht einmal in den »Kindheit-Jesu-Verein« hätten sie sich in den Repressionsjahren nach der »Annektion 1945« gewagt, so hörte man. Andere, die nach Kriegsende wegen Mitgliedschaft in der NSDAP oder NS-Kampgruppen in das im Franziskanerkloster eingerichtete Gefängnis gesteckt worden waren, trauten sich erstmals wieder an die Öffentlichkeit. Gravierendere Fälle von Kollaboration oder Landesverrat landeten in die gefürchtete Haftanstalt von Heusy bei Verviers oder wurden lebenslänglich des Landes verwiesen. Albert hat einmal bei einer »Fahrt ins Blaue« mit seinen Eltern einen solchen Mann besucht. Es war Hermann Grohé in Ober-Reifferscheid in der deutschen Eifel. Die beiden alten Leuten weinten vor Glück und führten sie an das Grab ihres einzigen, in Russland gefallenen Sohnes. In der ärmlichen Küche saßen sie sich bei Kaffee und dem mitgebrachten Eupener Reisfladen gegenüber. Dann standen die zwei am Abend vor dem kleinen Hof und winkten, bis der VW hinter der Dorfkirche verschwand.

»Muss man nicht alles verzeihen?«, fragte Albert und sein Freund antwortete ganz leise:

»Wer nicht verzeiht, dem wird auch nicht verziehen; so lehrte es unser Rabbi Bal Schem über das ›jüdische Herz‹«.

Beide haben sich im Frühling 1968 für den Ausgang der Parlamentswahlen sehr interessiert und sich gefreut, als der erhoffte Aufbruch eine breite Zustimmung fand. Dass er noch im gleichen Jahr in sich zusammenbrach und die eigentlichen Gründe nie bekannt wurden, hat die alten Zweifel an Gerechtigkeit für die Deutschsprachigen in Belgien wieder aufleben lassen. Diesmal waren es jedoch nicht so sehr die Parteizentralen in der Hauptstadt, die es bewirkt hatten, sondern ein jenseits aller belgischer Ressentiments herrschender Zwiespalt, in den »Ostkantonen« selbst. Horst hat diesen Vorgängen, aus verständlichen Gründen, keine große Bedeutung beigemessen und die internen Kleinkriege belächelt. Sein junger Eupener Freund empfand sie als tragisch. Die Hin-Hergeschichte dieses Jahrhunderts hatte tiefe Risse hinterlassen. Während sich die jeweiligen Durchmarschierer, die Hände in Unschuld waschend, in ihre Länder zurückzogen, blieb das kleine Gebiet unbefriedet und innerlich gespalten. Belgien und Brüssel standen in einer geschichtlichen Verantwortung, aber Albert traute ihnen diese Aufgabe nicht zu:

»Wir waren Opfer großer Sieger, jetzt sind wir Opfer der kleinen Zahl.

»Wir waren immer Opfer der großen Zahl«, sagte Horst und schaltete die Beleuchtung an.

Christine Rosenstein mochte Albert sehr und spürte instinktiv, wenn seine Gespräche mit ihrem Mann ernsthafter wurden. Dann half sie sofort hinter den Zapfhähnen aus und hielt ihm den Rücken frei. Sie säuberte die Aschenbecher und trug die Platten mit Bouletten und Hackfleisch-Brötchen ins Lokal. Das Mitbringen von Fritten hatte Horst verboten.

»Wir sind hier nicht auf der Kirmes.«

Einige Zeit später erkrankte die muntere Frau unheilbar an Leberkrebs. Manchmal tauchte sie noch abgemagert im Türrahmen auf. Bald darauf gab es keine Bouletten und Brötchen mehr, drei Wochen später war sie tot. Horst wollte ein Begräbnis in aller Stille, doch folgten unzählige Menschen dem dunklen Sarg. Er trug seinen schwarzen Anzug und schwieg ohne ein Zeichen der Rührung. Am nachfolgenden Mittwoch bemerkten jedoch Friedhofsbesucher, wie er sich in der Abenddämmerung über das Grab beugte und wie ein Kind heulte.

Nach der jüdischen Trauerfrist heiratete er eine andere Frau. Es war das hässliche Dienstmädchen aus seinem alten Zeitungsladen. Über all die Jahre hinweg war sie seine Geliebte. Doch auch darüber schwieg er und steckte sich eine schwarze Zigarette in Brand.

XIII.

Der Chef

Über seine berufliche Zukunft hatte Albert eher romanti-
sche Vorstellungen. Das vorzeitige Ende des Studiums und
den Tod seines Vaters empfand er als Tor zur großen Freiheit. Er verfügte über einige Ersparnisse, zu seinen Reisen brach er, wie ein Pfadfinder, mit Rucksack, Schlafsack
und Isomatte auf, ansonsten lebte er, abgesehen von seinen
nächtlichen Streifzügen, recht anspruchslos. Irgendwann
kam natürlich der unaufhaltsame Punkt, wo jeder Spaß
ein Ende nimmt. In der Wohnung seiner Mutter konnte er
nicht bleiben. Sie reagierte auf Damenbesuche mit hysteri-
scher Entrüstung. Er brauchte eine Bude und ein geregeltes
Einkommen.

Eine neue Bleibe fand er im Hinterhof eines Hauses am
Werthplatz in Eupen, auf dem sich die großen Bürgerhäuser
des Textiladels befanden. Es war nur ein Dachzimmer mit
Blick auf die Rückfront seines alten Kollegs und die Nisper-
ter Wiesen, aber Albert hat es sogleich sehr geliebt. Die alte
Schusterwerkstatt seines Großvaters Willy Bosch und jenes Drachentöter-Denkmal, auf dem auch der Name seines
in den Franzosenkriegen gefallenen Urgroßonkels Nikolaus Bosch vermerkt war, bildeten eine fast familiäre Nachbarschaft. Auch die Glockenschläge aus dem Türmchen der
Lambertus-Kapelle waren ihm noch vertraut; sehnsüchtig
hatte er in unendlich langen Unterrichtsstunden das helle
Geläut herbeigesehnt. Am wichtigsten war ihm die unmittelbare Nähe des Hauses, in dem der rheinische Expressi-
onist Walter Ophey seine Kindheit und Jugend verbracht

hatte. Albert besaß einen abgegriffenen Katalog, in dem auch das Frühwerk des Künstlers abgebildet war: der Altarraum von St. Nikolaus, das Umfeld von Schloss Libermé und ein kleines Gemälde des heimatlichen Werthplatzes, das sich inzwischen, nicht ohne politische Pikanterie, im Arbeitszimmer des damaligen nordrhein-westfälischen Ministerpräsidenten Johannes Rau befand.

Es war eine Atmosphäre kleiner Vertraulichkeiten; er hatte sie bereits als Schüler anlässlich eines Prüfungsaufsatzes zum Thema »Der Werthplatz in der Sonnenglut« erspürt: eine unförmige Fläche anspruchsloser Geschichte, auf der sich Patrizierfassaden und die verwinkelte Schräge der Häuschen kleiner Leute gegenüberstehen. Einmal wöchentlich, zum Freitagsmarkt, sowie zu Beginn des Sommers, an den drei Kirmestagen, belebte sich der Platz. Doch ebenso abrupt kehrte wieder Stille ein; die Rauchwolken glimmender Marktabfälle entschwinden in den Baumkronen, die zwei Küchennonnen schlurften zur Abendmesse, in der Schänke von Leo Jansen leuchtete die Bierreklame. Albert kannte auch jenes vergilbte Foto aus der Zeit der Jahrhundertwende, auf dem eine Kinderschar in den in den Pfützen des vom Stadtbach überschwemmten Platzes steht und staunend in die Linse blickt. Im Eckhaus wohnte der Heimatdichter August Tonnar, der seinen Zeitgenossen die Verse widmete:

»Dr Öupener es löstig, he dränkt jeer e Beer;
Sänge än spränge dat is sä Pläsir.«

Albert hat es irgendwann als lokale Note in sein Zitatebuch eingetragen und das Wort »spränge« rot unterstrichen. Er mochte »springen«, es zielte in Richtung »wagen«, riskant, tollkühn, das war seine Welt. Manchmal kletterte er die breiten Treppen hinauf zum verwaisten Heidbergkloster, wo Joseph Pontens Bockreiter-Novelle spielt. Auch das hielt er für spannend: nächtliches Eindringen einer Räuberbande in die Klausur keuscher Nonnen. Der Werthplatz war kein banaler Standort, sondern dichtes Geflecht kleiner, kennzeichnender Hinweise über einen Tatort Eupener Heimlichkeiten, die ihn sofort angezogen haben. Nur so war die Stadt sein Zuhause.

Beruflich wollte Albert locker in sein Berufsleben starten. Kandidaturen oder Bewerbungsschreiben waren ihm zu feierlich, auch hielt er seinen Lebenslauf kaum für attraktiv, jedenfalls nicht konventionelle Angebote. Die Auflistung all jener Dinge, die ihm am Herzen lagen, hätte ihm nur geschadet. Doch nahm er sich vor, Versuche zu wagen, kleine Ratschläge zu beachten, freundlichen Empfehlungen zu folgen. Horst spitzte für ihn die Ohren; sein Cousin Peter holte Erkundigungen ein; Tante Sophie war in Sorge und führte so manches Telefonat. Schließlich war es dann der Zufall, der ihm zu seiner ersten Stelle verhalf. Bei einem Gang zum Grab seines Vaters half er einem älteren, gebückt gehenden Herrn die Gießkanne zu tragen. Er stellte sich als Fachmann für Raerener Steinzeug vor und erzählte beiläufig, einen Gehilfen für seine Ausgrabungen in Berlotte zu benötigen.

Albert hat seinen ersten »Chef«, Dr. Otto Eugen Mayer, sofort ins Herz geschlossen. Während er mit Schaufel und Spitzhacke in seinem Loch buddelte, saß der Alte mit Strohhut und Lupe unter einem Baum und prüfte jeden Stein, den sein Assistent ihm herauf reichte. Der ehemalige Kustos des Aachener Suermondt-Museums vermutete am Waldrand jenseits der kleinen Kapelle Reste einer römischen Villa und entwickelte bei seiner Suche eine lebhafte Phantasie, von der er behauptete, dass es ohne einen solch erfinderischen Optimismus in der Archäologie nie zu Entdeckungen gekommen wäre. Betrachtete er mit zitternder Hand die ans Tageslicht geförderten Scherben oder Ziegelreste, dauerte es keine Minute, bis er eine erstaunlich präzise Datierung der Fundstücke wagte. Da ortete er neben Basaltstücken »offenbar aus der Zeit von Kaiser Konstantin«, Feuersteine »höchstwahrscheinlich karolingischer Krieger« und Tonglasuren »ich schätze mal, aus einer Küche des Hochmittelalters«. Die Diagnosen brachten ihm bald in der

Erdlöchern den Ehrentitel »der Sachverständige« ein, was er mit einem zustimmenden Schmunzeln zur Kenntnis nahm.

Setzte sich Albert jedoch in der Mittagspause zu ihm unter die Eiche, bedurfte es nur eines leisen Stichwortes, damit der Althistoriker zwischen zwei mit Herver Käse belegten Schwarzbrotschnitten zu erzählen begann. Es war spannend, doch keine Legende mehr. Dr. Otto Eugen Mayer hatte bereits kurze Zeit nach Hitlers Machtergreifung, am 10. März 1933, vor der Gestapo flüchten müssen. Als einer der ersten politischen Flüchtlinge kam er mit seiner Frau und zwei Töchterchen nach Paris, wo man ihn zurück nach Belgien schickte. In der probelgischen Eupener Tageszeitung »Grenz-Echo« als Redakteur tätig, musste er im Morgengrauen des 10. Mai 1940 erneut flüchten. Das Ehepaar Otto verschwand mit den beiden kleinen Mädchen im Hertogenwald, als die ersten deutschen Soldaten bereits die Unterstadt erreicht hatten. Im Strom zehntausender Flüchtlinge kamen sie über Lüttich und Kortrijk an die Nordseeküste. Wenige Tage später begann für den jüdischen Emigranten eine Odyssee, die ihn durch ganz Flandern führte. Tagtäglich Bombardierungen, Hunger, die weinenden Kinder. Schließlich gelang es unter falschem Namen in Wegnez unterzutauchen. Die Kinder waren instruiert, das Auftauchen von Fremden sofort zu melden. Ihr Vater hatte sich geschworen:

»Lebend bekommen die uns nicht.«

Drei Wochen lang saß Albert jeden Mittag neben ihm unter dem Baum im Gras. Seine Einstellung gegenüber den Doktor hatte sich verändert, keine Frotzeleien mehr, kein Grinsen wegen der geschichtlichen Datierungen. Otto hatte ganz andere hautnah, mörderisch kennengelernt. Als sie sich schließlich nach getaner Arbeit verabschiedeten, drückte sich der alte Mann den Strohhut in die Stirn und sagte:

»Nehmen Sie es mir bitte nicht übel, dass ich von Deutschland nichts mehr wissen will.«

Alberts zweiter Job war ebenfalls von kurzer Dauer, aber nicht minder aufschlussreich. Nach Vermittlung seiner Tante Sophie wurde er Hilfskraft beim Landvermesser Bernd Willems. Über den kleinen, untersetzten Mann kursierten wilde Geschichten: er sei Altkommunist, ein notorischer Geizhals und habe seine erste Frau an der Heizung gefesselt und ausgepeitscht. Willems war jedoch vor allem ein intimer Kenner des Eupener Landes, dessen Grund und Boden er jahrzehntelang vermessen hatte. Wegkreuze, Hexenbäume, Hinrichtungsstätten, Unglücksorte, Brandherde oder Ruinen, nichts war seinen unaufhaltsamen Drang nach »Enthüllung« und »Spuren«verborgen geblieben.

In den Sommermonaten brillierte der bereits betagte Herr als Turmspringer im Wetzlarbad. Stundenlang stand er am Beckenrand und unterrichtete die Jugend in der Technik des Anlaufens, Federns und Abhebens. Dann streckte er auf dem Ein-Meter-Brett die Arme aus und stach, von jungen Frauen bewundert, kerzengerade ins Wasser.

Mit ihm im Gelände zu arbeiten war mühsam. In Stiefeln ging es bei Wind und Wetter durch Sumpfwiesen und Hohlwege. Willems war ein Perfektionist, Albert hatte von Geometrie und ihren abenteuerlichen Anwendungen keine Ahnung. Stundenlang schleppte er Theodolit, Messgeräte und dreibeinige Stative über Stock und Stein.

»Pause ist nach Feierabend«, grinste der Meister, der behauptete, nicht an Gott, jedoch an die Vermessbarkeit der Welt zu glauben, »an dieser Formel arbeite ich«.

Eine Ausnahme seiner spartanischen Arbeitsordnung machte er allerdings bei Fahrten vorbei am Weißen Haus auf dem Gebiet der Gemeinde Lontzen. Dort befand sich auf der deutschsprachigen Seite der Straße Karls des Großen eine kleine Frittenbude. Willems hielt an, lächelte genießerisch und sagte:

»Los, hol' uns eine Tüte, für mich mit viel Senf.«

Seine Erforschung einer mystischen Kurzformel zur Erklärung der Welt erinnerte Albert an Großvaters »perpetuum mobile«, dessen Konstruktion ihn ebenso erschüttert hatte, wie all jene Geschichten, die Willems an Wegkreuzungen, auf Waldlichtungen oder vor verfallenen Gehöften über finstere Morde und plötzliche Todesfälle zu berichten wusste. Fasziniert bemerkte der Assistent, dass seine private Suche nach Heimat beim stundenlangen Festhalten der rot-weißen Markierungsstäbe eine ihm bislang unbekannt gebliebene topografische Grundlage erhielt. Der Standort von Fixpunkten und diametralen Entfernungen, das Gefälle von Sprach- und Landesgrenzen, die Maße ihrer Flächen, die Spitze der Winkel, das Niveau der Höhenzüge oder die Pegel der Wasserstände, kurzum, alles was dem zugekniffenen Adlerblick des Alten als messenswert erschien, geriet in den Zauberhut seiner Spekulationen. Viel Rüstzeug also für ein heikles Zwischenland, das Albert letztlich für nicht berechenbar hielt.

Breitete der Landvermesser am Abend seine Katasterpläne und Militärkarten noch einmal aus, rieb er sich wie Rumpelstilzchen die Hände. Noch bevor er ein karges Nachtmahl zu sich nahm, fasste er seine persönlichen Beobachtungen in stenografischen Notizen zusammen. Er war überzeugt, erneut einem Stück dieses Landstriches auf die Spur gekommen zu sein. Er kannte ja nicht nur die abgründigen Flurnamen und vergessenen Wiesenpfade, sondern vor allem deren präzise Umrisse mit all jenen Daten und Zahlen, die auf den Punkt genau die Brisanz dieses Grenzlandes ausmachen. In den Weilern und Dörfern ließ er sich in vermeintlich harmlose Gespräche verwickeln und brachte viel in Erfahrung über das, was er gerne als »Passagen« oder »Übergänge« bezeichnete: feine Unterschiede der Dialekte, die von grün zu rot wechselnden Verschläge und Gatter der Höfe, die Steinmetz-Zeichen verblichener Grenzsteine, die Tiefe von Sackgassen, die Distanzen der Wegmarkierungen, die Heimtücke lange gemiedener Grundstücke, aber auch Stammbäume, Legenden, Volksweisheiten, allesamt Perlen kleiner Geschichte. Er orientierte diese Details vorzugsweise an Kirchtürmen, Telefonmasten, Bahnbrücken sowie, falls sie auf freiem Feld lagen, an Friedhöfen. Ihnen galt ohnehin ein besonderes, nebenberufliches Interesse und Albert ahnte nichts Gutes, wenn Willems auf Heimfahrten, bei einbrechender Dunkelheit, seinen klapprigen Fiat noch einmal im Schatten der Kirchhofsmauern von Walhorn, Membach oder Baelen parkte und mit einem Taschenmesser an den Moosflecken umgestürzter Grabkreuze und Engelsfiguren zu kratzen begann. Gelang es ihm schließlich mit Unterstützung seines Assistenten, lateinische oder niederdeutsche Inschriften zu entziffern, strahlte er über das ganze Gesicht und sagte mit raunender Stimme:

»Hab' ich es doch geahnt, mein Lieber.«

Albert war überzeugt, dass es sich bei dem mit Baskenmütze und Bleimaß das Gelände abschreitenden Willems nicht nur um einen simplen Landvermesser, sondern um einen geometrischen Geheimdienstler handelte. Sein Credo lautete, dass wir es im Eupen-Aachener Grenzland nicht nur mit Schlagbäumen und Hoheitszeichen, jedoch mit einem viel tieferen »kontinentalen Riss« zu tun haben, dessen Wunde zwar stets sichtbar, jedoch keineswegs unheilbar sei. Der Altkommunist, Turmspringer und Frittennarr wurde fast andächtig, wenn er flüsterte:

»Das ist eure spannende, bleibende Aufgabe, mein Junge: endlich zusammen führen, vereinen. Hinüberspringen und überbrücken.«

Dieser Aufgabe kam Albert ein entscheidendes Stück näher, als in einer Winternacht des Jahres 1969 ein ihm unbekannter Herr das »Café Columbus« betrat. Er war groß, korpulent und zog das linke Bein etwas nach. Unter einem offenen, grünen Lodenmantel trug er einen dunklen Anzug mit Weste; im rotblauen Krawattenknicks steckte eine goldene Nadel. Es fiel auf, dass sein ohnehin beachtliches Geruchsorgan mit feinen waldbeerfarbenen Äderchen überzogen war, die eine Klassierung als »Schnapsnase« durchaus rechtfertigten. Der etwas genießerische Gesamteindruck wurde allerdings durch ein Diplomatenköfferchen aus schwarzem Leder korrigiert, das etwas Bedeutsames signalisierte. Er schwenkte es lässig hin und her, ließ es dann aber mit einer Handbewegung unter dem Tisch verschwinden, als wolle er sagen, dass es jetzt genug sei mit all der anspruchsvollen Pflichterfüllung. Der Herr, dessen Finger mehrere Ringe schmückten und der mit vorsichtiger Hand über sein dichtes, blondrotes Haar strich, lächelte zufrieden.

»In diesem Zigeunerleben ist das ja das Einzige, was uns bleibt«, sagte er, ergriff das von Horst gezapfte Bier und trank es mit einem Zug leer.

Dann blickte er strahlend in die Runde und gab zu verstehen, dass er keine Bestellungen aufgeben werde, sondern beim Leeren des Glases gleich nachgeschüttet werden könne. Was Albert bei seinem späteren Chef Hans Weykmans auf Anhieb bewundert hat, war seine Fähigkeit, auch betrunken noch immer einen Hauch von Würde zu verbreiten. Weder Gepolter noch Lallen, vielmehr eine väterliche Lebens- und Sangesfreude, die sich zu vorgerückter Stunde auf »Ein Prosit der Gemütlichkeit« oder »Warum ist es am Rhein so schön?« beschränkte. Gegenüber Frauen entwickelte er einen rustikalen Charme, der ihn veranlasste, zu vorgerückter Stunde seine Ringfinger unter dem Tisch über deren Schenkel gleiten zu lassen und bei vereinzelten Protesten mit der erstaunten Feststellung zu antworten:

»Es ist doch nichts kaputt gemacht worden.«

Aber, von all diesen Dingen ahnte Albert noch nichts, als der unbekannte Gast sich aus seinem Zigarrenetui bediente und er ihm eine Zündholzschachtel reichte. Hinter den dichten Rauchwolken sah er sein rot glühendes Gesicht, die Knollennase und auf der breiten Stirn feine Schweißperlen, die er hin und wieder mit einem nach Kölnisch Wasser duftenden weißen Taschentuch abwischte. Ihr Gespräch, wurde erst später ernsthafter, als Weykmans ihn zu sich an den Tisch bat und dabei gleich ein erstaunliches Vertrauen verbreitete. Es hatte mit der Leutseligkeit von Suff nichts zu tun; Albert blieb nicht einmal Zeit zu rätseln, was dieser sonderbare Koloss eigentlich verkörperte, sondern war gleich hineingenommen in eine Offenheit, die irgendwie entwaffnete. Auch wurden keine protokollarischen Fragen nach Alter oder Herkunft gestellt, allein der Vorname reichte sowie die Bereitschaft spontan in das leicht schwankende Boot seiner Geselligkeit zu steigen. Er werde in Zukunft öfter kommen, ließ er nach einer letzten Runde wissen, nuschelte etwas von Verantwortung und Fahrten nach Brüssel, bevor er breitschultrig, hinkenden Schrittes hinter der Milchglas-Tür verschwand.

In den folgenden Wochen wurden die nächtlichen Begegnungen zwischen Weykmans und dem inzwischen zum Duzfreund avancierten Albert intensiver. Der Ältere antwortete auf dessen kritische Bemerkungen über den fernen König, das hochmütige Brüssel und belgische »Stiefvaterland« mit der schwermütigen Mahnung:

»Lass uns Mensch bleiben.«

Wie die mysteriöse Stimme aus dem brennenden Dornbusch verkündete er schließlich:

»Wir sind, was wir sind. Wir bleiben, was wir sind.«

Was da wie eine Banalität klang, war umgarnt von Lebenserfahrung und besänftigender Zuversicht, der sich sein Zuhörer nicht entziehen konnte. Albert spürte, er versteht mich, findet aber die Worte nicht. Bis spät in die Nacht wurde schwer getrunken. Weykmans entwickelte eine Standfestigkeit, der sein Tischgenosse nicht folgen konnte und es irgendwann aufgab, absackte und nur noch die Konturen solidarischer Bonhommie wahrnahm, die händeringend und prostend auf ihn einredeten.

Einige Tage später schob ihm Horst die Zeitung zu, auf deren Titelseite die Meldung stand: »Ehrenvolle Berufung für

Hans Weykmans«. Unter einem einspaltigen Foto etwas älteren Datums, auf dem er in beschämtem Stolz in die Kamera grinste, stand zu lesen, dass der Minister für französische Kultur, Charles Flament-Gerbinet, ihn zum beigeordneten Kabinettschef in seinen Beraterstab nach Brüssel in die Rue Joseph II berufen hatte. Weiter hieß es in dem Bericht, dass Weykmans bislang als Sachbearbeiter für Nachkriegsfragen im Bezirkskommisariat von Malmedy tätig war und als Vizepräsident der Christlichen Volkspartei (CVP) eine führende politische Funktion in der Region innehatte. Noch in der gleichen Nacht erschien der Geehrte, imposanter denn je, im »Columbus«. Horst läutete die über dem Tresen hängende Schiffsglocke, Weykmans schmiss einige Lokalrunden, wischte sich den Schweiß von der Stirn, stieß reihum mit den Gästen an und betonte immer wieder:

»Wir sind, was wir sind.«

Albert bat er gleich an seinen Tisch und predigte von Beständigkeit, Zähigkeit, Ausdauer, Nicht-unter-kriegen-lassen »in diesem schönen Land«. Später fiel auch erstmals das Wort vom »langen Arm«, der von Ostbelgien bis Brüssel reichen sollte und er versicherte, dass er sich zutraue, diesen Arm zu verkörpern; allerdings vorausgesetzt, man lasse ihn nur machen. Früher als sonst brach er diesmal auf; bereits um halb neun wurde er am nächsten Morgen vom Minister in der Rue Joseph II erwartet. Bevor er zur Türe hinkte, nahm er Albert noch einmal beiseite und fragte, ob er einen Führerschein besitze. Als dieser antwortete »Sogar für Lastwagen«, klopfte Weykmans ihm auf die Schulter und sagte:

»Dann bist du mein Mann; ab kommenden Montag brauche ich einen Chauffeur.«

Am Steuer eines schwarzen Mercedes 280 mit dem Kennzeichen »A 178« hat Albert seitdem die Distanz zwischen Eupen und Brüssel auch geopolitisch zu ermessen erlernt. Bereits nach einigen Kilometern verließ der Wagen den deutschsprachigen Landesteil. Im Lütticher Land galt es die

Höhen und Tiefen des Maastales zu durchqueren. Dann begann bald schon die Weite der Felder Brabants, die vereinzelt von wallonischen Enklaven unterbrochen wurden. In Tienen standen Rathaus und Basilika geschwisterlich nebeneinander. In Löwen sah er aus der Ferne den goldenen Turm der Bibliothek wie einen noch immer mahnenden Fingerzeig. Die Brüsseler Peripherie empfing ihn mit Tunnels, die in den satten Bauch der Hauptstadt führten. Über der sechsspurigen Straßenschlucht der Rue de la Loi erhoben sich die Asbest-Burgen europäischer Bürokratie und die grauen Fassaden der Ministerien. Militärpolizei wachte an den Aufgängen zum Parlament. Vor dem Amtssitz des Premierministers parkte das schwarze Rudel der Staatskarossen. Zwischen Regierungsviertel und dem königlichen Palast warb wie ein pikanter Bindestrich das »Théatre du Parc« mit der Komödie »Eine Dame zum Wegwerfen« von Dario Fo.

Für Albert waren diese täglichen Hin- und Zurückfahrten nicht nur Dienstreisen. Die Strecke auf den Betonpisten der König-Baudouin-Autobahn war ein Powertraining politischer Annäherung, die Rückkehr ein Pilgerweg der Entsagungen. Jede Ausfahrt, jedes Hinweisschild hatte eine symbolische Bedeutung. In Verviers tagte der misstrauische Vorstand der Parteichristen, in Lüttich wollte der Provinzgouverneur von Autonomie nichts wissen, der reihum am Straßenrand seine Zähne fletschende flämische Löwe schmeichelte die Deutschsprachigen, nur um den verfeindeten Wallonen zu schaden, das mit EU-Milliarden verwöhnte Brüssel gab sich mit Kleinigkeiten ostbelgischen Formats erst gar nicht ab. Ständig in dieses anderweitig beschäftigte Inland und seine blasierte Hauptstadt zu reisen, wäre für den Chauffeur zu einer unerträglichen Demütigung geworden, hätte nicht im Fonds seiner Limousine der beigeordnete Kabinettschef Weykmans sein Hinkebein ausgestreckt, eine Zigarre gepafft und hin und wieder mit einem diskreten Blick in den Spiegel die fettige Welle seiner Schmachtlocke inspiziert.

Albert fiel gleich auf, dass der Chef im Gegensatz zu anderen chauffierten Staatsdienern weder Akten noch Zeitungen studierte. Auch teilte er seine Bedenken bezüglich des politischen Kontextes der Fahrtroute ganz und gar nicht, sondern äußerte ständig seine Bewunderung für das frische Grün der Rübenfelder zwischen Landen und Hoegarden oder die geschichtsträchtigen Türme über den Dächern von Tienen. Selbst die jeden Morgen hinter Bertem beginnenden Staus taten seiner guten Laune keinen Abbruch. Statt dessen lag über seinem Gesicht der stille Glanz behaglichen Glücks: Weykmans genoss einfach diese Dienstfahrten in vollen Zügen; sie bedeuteten ihm offizielle Gleichstellung und späte Anerkennung. Manchmal schien seinem aufmerksamen Beobachter, es war für den Chef die schönste Zeit des Tages, am liebsten hätte er von der Autobahnauffahrt in Herbesthal bis zur Tiefgarage des Brüsseler Ministeriums nach allen Seiten gewunken. Schmiss er um Punkt sieben seinen Mantel in den Kofferraum, musste man befürchten, er werde das Nummernschild wie eine Ikone küssen. »A-178«, das signalisierte landesweit jedem Verkehrsteilnehmer seine herausragende Wichtigkeit als Regierungsvertrauter.

Bemerkte er, dass beim Abbremsen an Ampeln oder Straßenkreuzungen Passanten einen flüchtigen Blick auf die Nummer und auf ihn warfen, lächelte er landesväterlich und grüßte ihm völlig unbekannte Menschen, die erstaunt inne hielten und dem davonbrausenden Wagen nachschauten. Ganz besonders schätzte er, wenn Polizisten oder Gendarmen, die an kritischen Übergängen den zäh fließenden Berufsverkehr regulierten, dem Mercedes einer solchen Nummer sogleich Vorfahrt gewährten und dabei mit zwei Fingern an den Mützenschirm tippten. Dass belgische Ordnungshüter ihm mitten in Brüssel eine solche Gunst erwiesen, war das höchste der Gefühle, jedes Mal grüßte er überschwänglich zurück. Auf dem Dach des Königlichen Stadtschlosses wehte die schwarz-gelb-rote Landesflagge, vor der Säule des Kriegerdenkmals flackerte ein

Ehrenfeuer, im Eckzimmer des Premierministers, auf der ersten Etage des Amtssitzes Rue de Loi 16, brannte bereits der Kronleuchter: Hans Weykmans atmete tief durch und betrat Brüssel; es war jeden Morgen eine frohe Ankunft.

Albert verbrachte, Fahrten, Mittagessen und Kneipenbesuche inklusive, täglich acht bis zehn Stunden mit seinem Chef. So hat er bald gelernt, was sein Hinken, sein Schweigen und Schwärmen bedeuteten. Mehr und mehr begann Weykmans zu erzählen, manchmal glaubte Albert, dass sich das alles bei ihm angestaut und er bloß darauf gewartet hatte, die verwickelten Geschichten aus den Kriegsjahren einem jüngeren Freund anvertrauen zu können. Es war zugleich eine Beichte und ein Vermächtnis, dessen Ritual darin bestand, im Fonds des Dienstwagens nachdenkliche klingende Wortfetzen zu verbreiten. Von Kilometer zu Kilometer brach es aus ihm heraus, jedoch so, als führe er Selbstgespräche. Blickkontakt mit seinem Chauffeur gab es nur über den Spiegel, der immer dann genutzt wurde, wenn die Erzählung einem Höhepunkt zustrebte, so als bedürfe die Dramatik noch immer eines solidarischen Beistands. Rührseligkeiten, wie Abschiede, Heimaturlaube oder Weihnachtsfeste kamen nicht zur Sprache. Umso mehr jedoch Gemeinschaftserlebnisse, Erinnerungen an schwer verwundete und gefallene Kameraden. Das Landserlied »Ich hatt' einen Kameraden« sei keine Kriegsschnulze, betonte er immer wieder. Die Bereitschaft, gemeinsam zu leiden, zu teilen, bis zur Selbsthingabe zu helfen, habe er nur als Soldat an der Ostfront erlebt. Im Frühjahr 1943 durch einen Hüftschuss verletzt, war er in den gnadenlosen Sog der drohenden Niederlage hineingeraten.

»Die Russen wurden immer stärker; unweit von Wjussa hatten wir eine Büffelstellung aus rohen Stämmen gezimmert. Doch die Löcher liefen immer voller Wasser. Die Rotarmisten stürmten nicht mehr wie zu Anfang des Krieges sinnlos eine Welle nach der anderen in unser MG-Feuer. Jeder Angriff wurde stundenlang von Artillerie, Stalinorgeln und Granatwerfern vorbereitet. Tagsüber konnte man sich in dem Schützenloch kaum rühren. Wo wir gedacht hatten, da kommt kein Panzer durch, schaffte das der wendige T 34, der unsere Löcher oft überrollte. Da hat es mich erwischt. Unsere Kompanie war nur noch 58 Mann stark wurde bei diesem Angriff fast aufgerieben; nur sieben Mann sind davongekommen.«

An eine Rückführung in die Heimat war in dieser gravierenden Situation nicht zu denken. Durch die Reihen der militärischen Führung geisterte die »Wiedereroberung von Stalingrad«. Nach dem Aufenthalt in verschiedenen Lazaretten, geriet Weykmans an einem Novembermorgen 1944 in Gefangenschaft und in das Lager Bomolskja, 400 Kilometer südöstlich von Moskau transportiert. Bereits bei seiner Ankunft hatte er ein erschütterndes Erlebnis:

»Zusammen mit mir wurde ein total erschöpfter Hamburger Kamerad mit einem Lungendurchschuss von den Wachposten registriert. Er sei ja nicht mehr zu gebrauchen, sagte der junge Russe und erschoss ihn in unseren Armen. In diesem Moment kam der Politruk und erkundigte sich nach dem Grund für diese Hinrichtung. Ohne ein Wort zu sagen zog er seine Pistole und erschoss den Täter.«

Bomolskja in den undurchchdringlichen Wäldern von Razorks galt als Todeslager. 1200 Meter lang und 500 breit war es von drei Stacheldrahtzäunen umgeben. Feine Sandstreifen, auf denen man jeden Schritt erkennen konnte, trennten die Umzäunungen. Am äußersten Zaun standen in Abständen von 50 Metern die Wachtürme. An jedem der Türme hingen Eisen verschiedener Länge und Töne, die zur Kontrolle von den Wachsoldaten angeschlagen werden mussten. Blieb ein Ton aus, wurde die Kommandatur in Alarmbereitschaft versetzt. Der Klingklang begleitete die Gefangenen Tag und Nacht. An langen Ketten lauerten scharfe Wachhunde.

Wegen der schrecklichen Kälte waren die Baracken fast anderthalb Meter im Boden versenkt, nur die Dachkanten erreichten so gerade die ebene Erde. Innen war es düster und stickig, nur eine Ölfunzel brannte, sogenannte »Hindenburg-Lichter« aus dem »Großen Krieg«. Die Gefangenen schliefen ohne Schlafsack oder Decke auf Holzpritschen. Wegen der nicht zu tilgenden Wanzen, Flöhe und Läuse waren Gesicht, Arme und Beine mit eitrigen Kratzwunden übersät. Im Sommer brachen Furunkulose und Sumpfmalaria aus, schlimmster Feind war jedoch die Ruhr, die sogleich zu Unterernährung führte und die Kranken zum Skelett abmagern ließ. Der Gestank war fürchterlich, doch wer zum Lazarett geschleppt wurde, war zum Tode verurteilt; es trug die Nummer 24 und hieß »die Leichenbaracke«. Bereits vor der Einweisung in dieses Verlies waren den Opfern ihre Kleidungsstücke abgenommen worden, sie galten in den Eiswintern als zu kostbar, um sie den Sterbenden zu überlassen.

In Bomolskja erhielten die Gefangenen morgens 200 Gramm Brot aus Sojamehl, Mais und Kartoffeln; mittags gab es eine Wassersuppe mit einigen Kohlblättern und abends einen Löffelschlag »Kascha«, eine Art Hirsebrei. Der Arbeitsdienst bestand zunächst aus dem Holzkommando, das aus dem umliegenden Wäldern Brennholz für die Unterkünfte herbeischaffen musste. Viele Häftlinge kehrten mit schweren Erfrierungen an Händen und Füßen von dort zurück. Das Latrinenkommando, bei dem täglich die riesigen Latrinen geleert werden mussten, galt als Strafmaßnahme. Sie war ebenso gefürchtet wie die »Prowerka«, einem morgens und abends durchgeführten Zählappell, der bei glühender Hitze oder eisiger Kälte, Stunden in Anspruch nahm und vom Lagerkommandanten gerne als Schikane benutzt wurde.

»Wie hast du das überlebt?«, fragte Albert.

»Die Kameraden haben mich ja nicht im Stich gelassen …«

Nach Kriegsende war von den Russen zu hören »Skoro damoi«, es geht bald nach Hause. In einer unglaublichen Odyssee gelangten 2500 Franzosen, Luxemburger, Belgier, Holländer und Polen von der Bahnstation Razorks über Kiew, Bialystok und Warschau nach Helmstedt, an der Grenze zwischen der russischen und englischen Zone. In Wolfsburg, beim Betreten der französischen Zone, wurden die Rückkehrer nach Nationalitäten aussortiert und Verhören durch Sicherheitsoffiziere und Vertreter des Roten Kreuzes unterzogen. Über Kevelaer und Hasselt ins Brüsseler »Petit Château« eingeliefert, begann für die abgemagerten und zum Teil schwerkranken deutschsprachigen Soldaten aus Ostbelgien bald ein neuer Leidensweg. In ein Lager ins wallonische Erbisœul transportiert, wurden sie von Gendarmen mit Maschinengewehren empfangen und als »SS-Leute« gedemütigt.

Hans Weykmans hat nicht vergessen, dass der Vorsteher dieses Lagers ein ihm noch heute bekannter Ostbelgier war und sich besonders ereiferte, seine Landsleute zu quälen. Einige Tage vor Weihnachten 1945 traf er im Gefängnis von Verviers ein, doch war an Heimkehr noch immer nicht zu denken. Erneut hatte es politische Beschuldigungen aus den heimatlichen Ostkantonen gegeben, die wochenlange Verhöre zur Folge hatten. Schließlich wurde Weykmans entlassen. Als er auf einem Bauernkarren aus der Ferne den Kirchturm von Bütgenbach sah, hat er geweint. Er musste sich bei der Gemeindeverwaltung melden und wurde von einem alten Kollegen, ohne ein Wort des Willkommens, in französischer Sprache noch einmal verhört.

Albert hat sich über die Art des Chefs, über diese Erfahrungen zu erzählen, wiederholt gewundert. Es geschah nicht nur ohne Weinerlichkeit und Klage, sondern in einem Ton sachlicher Auflistung, als seien es Ereignisse, die der Mann hinten im Wagen sich zur Kontrolle noch einmal in Erinnerung rief, stets darauf bedacht, die Fakten zwar beim Namen zu nennen, doch Fragen nach Schuld oder die Erträglichkeit von Schmerzen auszuschließen. Er sagte auch nicht, dass es ihm nicht zustehe zu richten. Blickte der Chauffeur in Erwartung einer abschließenden Wertung in den Spiegel, antwortete sein Begleiter nur mit einer barschen Handbewegung, dass es jetzt reiche und er zu diesem Thema nichts mehr zu sagen habe. Wenn überhaupt, kehrten diese Dinge später am Rande melancholischen Trinkens auf Umwegen noch einmal kurz zurück; doch erwähnte er nur das stille Heldentum von Freundschaften und deren »Verrat« in Zeiten der Sattheit. Auch wollte er Vorwürfe an die Adresse der belgischen Revanche-Bürokratie nicht gelten lassen. Ohne sie zu entschuldigen, sagte er, die Heimzahlungen nach der Rückkehr zu Hause hätten viel schwerer gelastet. Auch gebe es Wunden, die im Gegensatz zu seiner durchschossenen Hüfte mehr schmerzten.

Als Weykmans eines Morgens auf seine Zigarre verzichtete und stattdessen die Vervierser Ausgabe des Boulevardblattes »La Meuse« aufschlug, wusste Albert sofort, dass etwas Besonderes geschehen war. Die Blickkontakt signalisierte Alarm. Auf der Titelseite stand zu lesen, dass der Minister für Französische Kultur »ein ehemaliges Mitglied der SA« als beigeordneten Kabinettschef beschäftige und es zu diesem »Skandal« in Kürze zu einer parlamentarischen Interpellation des Brüsseler Senators Mignolet kommen werde. Dazu gab es ein etwas verschwommenes Foto, das den jungen Weykmans, in SA- Uniform mit Hakenkreuzbinde am Arm, bei einer Büchsensammlung für ein NS-Hilfswerk zeigte. Auf der Höhe von Crisnée bat er Albert anzuhalten und reichte ihm die Zeitung.

»Ich habe es gewusst«, sagte er, »die werden keine Ruhe geben.«

Später, hinter Löwen, fragte er: »Sagst du nichts?«

»Ich denke nach«, antwortete der Chauffeur.

Der Minister Flament-Gerbinet, der seinen beigeordneten Kabinettschef zu kennen glaubte, wusste, dass er keinen Kriegsverbrecher vor sich hatte, sondern einen der zahlreichen Mitläufer aus den Ostkantonen, die jung und etwas opportunistisch für »das Reich« optiert hatten. Auch war der Minister ein gewiefter Jurist und kannte die Personalakte Weykmans, der sich nie etwas hatte zu Schulden kommen lassen und obendrein für sein Leben gezeichnet aus Russland heimgekehrt war.

»Das ist eine peinliche Geschichte«, sagte er auf der morgendlichen Lagebesprechung, »doch wird es die Regierung nicht umwerfen, wir gehen dadurch.«

Albert beobachtete in den Tagen und Wochen vor der Senatssitzung einen Mann, der wie ein Hund litt. Vor allem die Publizität seiner Leidensgeschichte machte ihm schwer zu schaffen. Er war plötzlich in das Medieninteresse gerückt, auch gab es Schauermärchen und »Sonderberichte« aus seinem Eifeldorf. Als es zu der mit Spannung erwarteten Interpellation kam, hatte sich im Hohen Haus bereits herumgesprochen, dass es sich bei dem Beschuldigten um einen kleinen Fisch handelte. Seine Kollegen antworteten obendrein auf wiederholte Nachfragen der Presse, der deutschsprachige Belgier sei Opfer der schwierigen geschichtlichen Konstellation, man könne Weykmans nicht mit dem »Verrat unbelehrbarer flämischer Nazis« vergleichen. Aber das schaffte im nördlichen Landesteil böses Blut, so dass der Premierminister nach dem wöchentlichen Kabinettsrat Flament-Gerbinet zu sich bat und ihm dringend empfahl, die Affäre herunterzuspielen. So kam es nach der scharfen Attacke von Senator Mignolet, der glaubte, »an die Ehre eines zweimal vom Feind überrannten Landes« erinnern zu müssen, zu einer knappen, nahezu lapidaren Replik des Ministers. Sein beigeordneter Kabinettschef sei ein kompetenter und loyaler Mitarbeiter, der seine Jugendsünden längst bedauert, bereut und schwer bezahlt habe, er spreche ihm sein Vertrauen aus. Weitere Stellungnahmen der anderen Fraktionen gab es nicht; nach knapp zehn Minuten war der Spuk vorbei, das Hohe Haus ging zur Tagesordnung über.

Auf der Heimfahrt, irgendwo in einem Kaff zwischen Sint Truiden und dem Autobahnkreuz von Loncin haben Weykmans und der Chauffeur an diesem Abend einige Bierchen getrunken. Es war eine Stunde der Erleichterung, die den Geprügelten in seiner Überzeugung nur bestärkte: der eigentliche Feind der Deutschsprachigen hockt nicht im anderweitig interessierten Inland, sondern in den Denunziantenkreisen der von Missgunst zerrissenen und zerbissenen Kantonen. Weykmans trank reihum vier Gläser in einem Zug leer und schlug erleichtert mit der flachen Hand auf die Tischplatte. Die Bauernburschen an der Theke drehten sich amüsiert um, im Sportteil der Fernsehnachrichten lief der Rad-Klassiker »Flèche Wallone«, aus der Küche stieg der Geruch kalten Frittenfetts, die blonde Wirtin trug ein T-shirt mit der Aufschrift »Make love not war«. Das kleine Königreich hatte andere Sorgen.

XIV.

Der Kaplan

Die Nachricht vom Tode des Kaplan Arnold Johanns verbreitete sich in Windeseile. Es erfolgte keine Todesanzeige, keine öffentliche Mitteilung wurde bekannt gegeben, lediglich am Kirchenportal von Montzen hing ein kleiner Totenzettel. Aber das Schweigen beschleunigte nur die Intensität der schrecklichen Nachricht, die von vielen Menschen als eine Bestätigung schlimmer Befürchtung verstanden wurde. Nach einem Anruf seines Verbindungsmannes im Berliner Reichsjustizministerium hatte Gauleiter Grohé den Ortsgruppen und Kampfverbänden der NSDAP »eisernes Schweigen« verordnet. Doch machte sich niemand Illusionen, dass das böse Ende des »Fall Johanns« einfach ignoriert werden könne. »Das musste ja so kommen«, hieß es in Kreisen der Eupener SA, er habe »es ja so gesucht«. In den Gottesdiensten wurde für »die Verstorbenen dieser Woche« gebetet und jeder wusste, wer gemeint war.

Der Briefträger hatte am Haus der Familie Johanns zweimal geklingelt und der zur Türe schlurfenden Mutter des Kaplans das Schreiben aus Brandenburg-Görden überreicht. Ein graues Kuvert mit der Anschrift »An Frau Johanns, Montzen, Kreis Eupen«, darüber der Stempel mit dem Reichadler und der Vermerk »Eilt«.

Der Postbeamte wagte nicht in ihre Augen zu schauen und sagte nur:

»Entschuldigen Sie bitte.«

»Mein Gott, Herr Drooghaag, Jesus Maria.«

Auf dem Küchentisch lagen Kartoffelschalen und ein Messer. Als die Frau ihre Brille aufsetzte, begann ihre Hand zu zittern:

»Sehr geehrte Frau Arnolds! Bereits am 28. August 1944 wurde ihr Sohn hingerichtet. R.I.P. Ihr ergebener A. Scholz, Pfarrer.«

»Selbst haben sich die Schweine nicht getraut«, fuhr es ihr durch den Kopf.

Die letzten Septembertage 1944 waren im Eupener Land von verschwenderischer Schönheit. Der Sommer bäumte sich noch einmal auf. In den Obstwiesen lehnten die großen Leitern der Bauern an den Bäumen. In den Höfen von Montzen glitzerten die Milchkannen in der Abendsonne. Doch lag über diesem Idyll eine gespannte Stille, in die plötzlich das Geläut der Totenglocke herein brach. Pfarrer Bébronne war selbst in den Kirchturm gestiegen und zog das dünne Seil. Der Klang hatte etwas Alarmierendes, die Menschen hielten inne, sahen sich kurz in die Augen. Über dem Hügel, wo der Kaplan die jungen französischen Zwangsarbeiter an die belgische Grenze geschleust hatte, lag ein letzter Streifen rötlichen Lichts.

Die Mutter des Toten trug Schwarz. Kein Mensch war mehr auf den Straßen, als sie leise die Haustüre schloss und sich schnellen Schrittes zum Friedhof begab. Das Eisentörchen quietschte, zwischen den Steinkreuzen huschte sie zum Denkmal des Priestergrabes. Dann zündete sie ein kleines Öllicht an, dessen Schein auf den bemoosten Stufen hin und her flackerte.

Frau Johanns hatte sich über den Ausgang des Dramas keine Illusionen gemacht. In einem Schuhkarton bewahrte sie auf dem Küchenschrank alle Briefe ihres Sohnes. Die lange Reihe mit zerfransten Umschlägen aus den Priesterseminaren von Sint Truiden und Lüttich war unterbrochen von einem Bild der »Jungfrau der Armen« aus Banneux. Dann folgten die Briefe aus der Haft. Zunächst mit dem

Absender »Justizvollzugsanstalt Aachen, Adalbertsteinweg 92«, dann kurz und kalt »Zuchthaus Brandenburg-Görden«. Im Schlitz des Schrankfensters hatte sie sein Foto befestigt. Es zeigte den 24-jährigen zwischen seinen Eltern am Primizfeiertag im Juli 1928 vor ihrem ärmlichen Bauernhaus in Baelen. Groß und schlank, ein Blütenkranz auf dem schwarzen Barett; ein ruhiger, staunender etwas prüfender Blick, der Mund breit und harmonisch, am Rande eines Lächelns. Es war auch sein Gesichtsausdruck, als die zwei Männer in den Regenmänteln ihn im Sommer 1943 abgeholt hatten. Erneut dieses lächelnde Staunen, als sie ihm die Handschellen anlegten und in den Wagen schubsten. Die Eltern standen noch lange in der Haustüre und hielten einander ihre Hände, als der Motorenlärm sich in Richtung Deutschland entfernte.

»Der gute Junge«, sagte Vater, die Mutter schluchzte.

Frau Johanns hat sich von den Briefen nie täuschen lassen. So sehr sich der Sohn auch bemühte, sie zu besänftigen, erkannte sie darin nur seinen Kummer um das »liebe Mütterchen«. Im ersten Brief vom 27. Juli 1943, knapp ein Jahr vor seiner Hinrichtung, teilt er ihr mit, dass die Vorführung beim Untersuchungsrichter »gut, sehr gut sogar« verlaufen sei und dass ihn der schwere Luftangriff auf Aachen nicht erschüttert habe. Aber Frau Johanns traute ihm nicht. Glaubwürdiger schien seine Mitteilung, dass er im Gefängnis ein echtes Klosterleben führe, »ich wollte immer ins Kloster«, das wusste sie. Auf das Kriegsende zu hoffen, wagte sie nicht, wie hätte sie es je gekonnt, »sich keine Sorgen machen.«

Auch am 30. August 1943 war er bemüht, Ängste zu zerstreuen, »keine Sorgen meinetwegen«. Sie weiß längst, dass Besuche verboten sind, doch er rät, darauf zu verzichten, sie seien »zu ermüdend«. Ernst nimmt sie allein seine Worte über die innere Erfahrung: »Das richtige Beten erlerne ich aufs Neue in der stillen Einsamkeit der Zelle«. Kraft und Trost spende der Glaube, es sei ein »Vorgeschmack des Himmels«.

Am 20. September 1943 gesteht er, dass sein Kreuz schwerer geworden ist. »Mein ganze, von Liebe überfließendes Herz, eilt voraus in die Heimat«. Inzwischen haben sie auch seinen Vater ins Aachener Gefängnis gebracht. Mutter ist alleine in Montzen und er bedauert »den Schmerz, den ich verursacht habe. Bald kommt die Stunde, wo Du uns beide an die Brust drückst«.

Vater gehe es »sehr gut« behauptet er am 4. Oktober 1943 und erinnert an die Großmutter, die stets betonte, dass, wenn die Not am größten, Gott am nächsten sei. Er lasse nicht zu, dass »wir über unsere Kräfte geprüft werden«. Offenbar jedoch an deren Rändern, vom »Umschmelzen« ist die Rede, »gereinigt, geheiligt wie Eisen im Glutofen«. Erneut ein Vergleich mit Kloster- und Gefängniszelle, selten habe er »so viele übernatürliche Freuden empfangen«. Er darf keine Messe lesen, aber »täglich segne ich die lieben Montzener«.

Der inhaftierte Kaplan leidet wegen der brutalen Trennung seiner Eltern. Ganz nahe rückt er zum »Mütterchen« und erinnert an die Christmette 1916, als sie den 12-jährigen Messdiener bat, »immer brav« zu bleiben. Das Gebet die einzig verbliebene Zwiesprache. »Ich danke Dir, dass Du mich beten lehrtest.«

Allerheiligen 1943 lobt er »die innere Schönheit der Geheimnisse«. Er empfindet sie intensiver weil von allem Äußeren befreit. Erstmals deutet er an, dem Oberreichsanwalt in Berlin unterstellt zu werden. In der »Leidensschule des Herrn geht alles vorüber«.

Ein schlimmer Tag, dieser 15. November: Mutters Namenstag in der Gefängniszelle. Ihre Tränen haben ihn stets aufgewühlt, sie machten ihn so hilflos. Bei Familienfesten, bei Großmutters Tod, beim Abschied waren sie in ihren Augen. Er denkt an das »Tal der Tränen« des Salve Regina im Nachtgebet der Kirche und an das tröstende Wort des hl. Augustinus, über die Sehnsucht des unruhigen Herzen endlich in Gott zu ruhen. »Darum, mutig voran«.

Als der Advent 1943 beginnt, schreibt Arnold Johanns wieder besänftigende Wort, die Zelle sei »gut geheizt und sauber«. Gebete sind »Strohhalme«, die Krippe verspricht Frieden.

»Die Welt ist ja doch nur voller Enttäuschungen«, da ist auch eine Spur Resignation, erstmals auch die Andeutung: »Es komme, was kommen mag«. Doch ist die Adventszeit kälter, er bittet am 13. Dezember um eine wollene Schärpe und eine Mütze, auch rät der Mutter, sich vor der Kälte zu hüten, nicht in die Kirche zu gehen, das Putzen und Waschen zu lassen. Er zählt offenbar die Zeit seit der Rückkehr des Vaters aus dem Krieg oder dem Ende seiner Studien. Das Leben sei ein Advent, ein Bußzeit, die jedoch zu Weihnachten in eine Fest ohne Ende mündet.

Dann folgt sein erstes Weihnachtsfest im Gefängnis: zweimal hat er die Messe besucht, es gab Musikbegleitung, ein Harmonium und drei Geigen, in der Kapelle eine schlichte Krippe, die Beteiligung außergewöhnlich groß. Besuche müssen aber unterbleiben.

Im Februar 1944 erreicht ihn eine Postkarte von treuen Messdienern, die er nicht beantworten darf. Das Frühjahr sei für Mutters Gesundheit sehr tückisch; auch gibt es Verspätungen bei der Postzustellung, Kranken-und Todesnachrichten bestürzen ihn, doch sei er selbst »gesund wie ein Fisch im Wasser«. Die neun Monate in Gottesnähe bedeuten ihm inneres Glück. Am 2. März, dem Palmsonntag, erneut ein klösterliches Vergleich, die Zelle sei »so eine Art Noviziat«, die heute verlesene Passionsgeschichte hat er »noch nie so betrachtet«. Er freut sich auf die Karwoche. Selten sei Langeweile, »die Tage zu kurz«.

Am 17. April berichtet er über sein Ostererlebnis, »unvergesslich in der stillen Zelle«. Der Fliegerangriff hat Osterdienstag im Gefängnis einige Schäden angerichtet. Für den 27. April wurde die Gerichtsverhandlung anberaumt, Ende der Woche wird man ihn nach Berlin überführen. Den ganzen Nachmittag hat er mit Vater verbringen können, der zu zwei Jahre Gefängnis verurteilt wird.

Im seinem ersten Brief aus dem Zuchthaus Brandenburg-Görden steht kein Wort über das gegen ihn gerichtete Todesurteil, sondern, »die Prüfung erreicht bald ihren Höhepunkt« und sein Leben hänge jetzt von einem Gnadengesuch ab. »Gern schenke ich dem Herrn mein Leben«. Es ist fast ein Abschiedsbrief. »Christus ist mir Leben und Sterben mir Gewinn«, zitiert er den Philipperbrief des hl. Paulus. Vaters Adresse ist jetzt Berlin-Plötzensee. »Auf Wiedersehen, Mütterchen«.

Unterdessen wurde Montzen bombardiert, jeden Tag betet Arnold Johanns für die Verstorbenen. Sein Gnadengesuch läuft, er hat dem Oberreichsanwalt »die Angelegenheit richtig geschildert«. Er macht sich Sorgen wegen des Leids der Mutter. »Wenn wir das Kreuz lieben, wird es leichter«. Ein Bild aus der Apokalypse: die weißen, im Blut des Lammes gewaschenen Kleider. Wieder ein Abschiedswort, Dank für »vierzig Jahre Liebe«.

Am 26. Juni 1944 erfolgt der vermutlich letzte Brief. Die Hoffnung auf Begnadigung durch den »Führer« werde immer größer. Dann eine Aufzählung seiner täglichen Gebetsübungen, wie in einem strengen Kloster. »Ich bete leise den ganzen Tag«. Er spricht von Tabor- und Ölbergstunden. »Solange die Todesstrafe nicht in Zuchthausstrafe umgewandelt ist, darf ich alle 14 Tage schreiben und Du darfst antworten …« Dann reißt der Briefverkehr ab.

Am 10. August 1944 wurden Gnadengesuche von Kaplan Johanns, vom Erzbischof von Brüssel-Mechelen sowie von den Bischöfen von Lüttich und Aachen abgelehnt. Die Nachricht wird ihm am 28. August um 11 Uhr mitgeteilt. Aller Gebetsbücher beraubt, betet er in der Mittagsstunde den »Engel des Herrn«, in dem es heißt: »Siehe, ich bin die Magd des Herrn, mir geschehe nach deinem Worte«. Die

Muttergottes: Bereits als Kind sah er unten rechts in der Pfarrkirche von Baelen die Schmerzensmutter und die Frage »Wo ist ein Schmerz wie solch ein Schmerz«.

Die letzten Stunden vor der Hinrichtung waren furchtbar. Im Todesblock hörte de Kaplan die mit ihm verurteilten Häftlinge wimmern, beten und schreien. Niemand der Gefangenen wusste, wann er an die Reihe kam. Zunächst waren die Todeskandidaten einzeln, montags in der Frühe, fast noch im Schutze der Nacht durch die »Armesünderglocke« alarmiert worden, doch ließ man diese frömmelnde Maskierung bald wieder fallen. Der Oberreichsanwalt verbot es, denn nicht nur die anderen Häftlinge, sondern auch die Anwohner in der Nähe des Zuchthauses, konnten an dem wiederholten Glockengeläut die Zahl der Opfer zählen. Das Zuchthaus war 1939 durch eine Anordnung von Reichsjustizminister Thierack zu einem »Vollstreckungsort für Hinrichtungen« umgewandelt worden.

Maschinenmeister Kallähne und Wachtmeister Schulze mussten »unter strengster Verschwiegenheit und Eile« die Guillotine aufrichten. Vom 1. August 1944 bis zum 20. April 1945, dem Tag der Befreiung durch T34-Panzer der Roten Armee wurden hier 2743 Todesurteile vollstreckt. Zunächst waren es nur zwei täglich, allenfalls fünf, dann zehn, doch bald schon erhöhte sich die Zahl auf 42 an einem Tag.

Das Schlimmste war jedoch das ungewisse Warten. Jeder Schritt, jedes Klingeln der Schlüssel war ein angekündigter Tod. Kaplan Johanns saß zusammen mit 200 Verurteilten gefesselt im Todesblock. Vereinzelt war es zu Selbstmordversuchen gekommen, die jedoch nach dem Willen der Nazi-Justiz mit allen Mitteln verhindert werden sollten. Der Freitod galt als zu milde. Der Sozialdemokrat Hermann Amter aus Hamburg, der schon einmal zur Hinrichtung gebracht worden war, dann aber wegen fehlender Dokumente wieder in die Todeszelle gebracht wurde, stürzte sich aus Verzweiflung aus dem dritten Stockwerk des Zuchthauses in die Tiefe und überlebte. Mit gebrochenen Gliedern wurde er zum Schafott geschleppt. Zuvor waren bereits Behinderte und Blinde getötet worden. Ein tschechischer Eisenbahner, der beide Beine verloren hatte, wurde auf dem Rücken eines Kriminellen zum Scharfrichter gebracht. Nach einem weiteren Selbstmordversuch wurde die Todeszellen umgebaut, so dass es den Insassen nicht mehr möglich war, Hand an sich zu legen. Während der ganzen Nacht brannte das Licht. Die Eisenketten wurden den Häftlingen, unter Aufsicht von zwei Wärtern, nur zum Waschen, Anziehen und zum Essen abgenommen. Abschiedsbriefe mussten mit Handschellen geschrieben werden. Dabei wurde eine »Sklavensprache« verlangt, jeder andere Ton galt als »zersetzend«. Auch Arnold Johanns kritzelte auf diese Weise auf dem »holzfreien Zuchthauspapier«: »Gott will meiner Seele die letzte Läuterung angedeihen lassen, die oft aus tiefstem Leid erwächst.«

Nach der Mitteilung des Vollstreckungsbefehls musste alles sehr schnell gehen. Zuvor wurde dem Todeskandidaten der Kopf rasiert. Vor dem in einer Garage befindlichen Fallbeil musste sich Johanns in einer langen Reihe mit je fünf Meter Abstand aufstellen. Vor dem Eingang zur Hinrichtungsstätte stand die »Teufelsbank«, auf der jeweils drei Opfer nackt Platz nehmen mussten. Im Takt von wenigen Sekunden erfolgte der Ruf:

»Der Nächste«, oder »Nachrücken«.

Vor den Augen der zum Tode Geweihten stapelten sich auf dem Gang die Särge, aus grobem Holz gezimmerte Kisten.

Der Henker Röttger, einer der gefürchtesten Menschenschlächter des Dritten Reiches, war um Punkt elf Uhr mit drei Knechten erschienen. Für jeden Toten erhielt er 300 Reichsmark, die Helfer je 50. Anwesend waren neben den beiden Gefängnisgeistlichen, der Zuchthausarzt, der den Tod feststellte, der Wirtschaftsdirektor, der den Abtransport der Leichen regelte, sowie der Wachtmeister, der die Opfer zum Schafott führte. Ein »Annahmebüro« verbuchte die Toten amtlich als »Abgänge«.

Besonders teuflisch war ein vom NS-Arzt Dr. Bimler und Zuchthausdirektor Thümmler ausgeheckter Mechanismus, eine Blutbank der Hingerichteten anzulegen. Einige Tage zuvor war ihnen eine Blutprobe entnommen worden, um die Blutgruppe festzustellen. Bimler und Krankenwächter Paching nahmen nunmehr an den Hinrichtungen teil und fingen das Blut der Enthaupteten ein, um es für Transfusionen und Konserven nutzen zu können. Thümmler hatte die letzte Mahlzeit verbieten lassen, die Verurteilten hatten nüchtern zu erscheinen, um »Störungen bei der Blutabnahme« zu vermeiden. Als über Berlin und Brandenburg die Luftangriffe zunahmen, ließ Thümmler das Henkerspersonal aufstocken, um den »geschäftsmäßigen Gang der Dinge« nicht zu beeinträchtigen.

Das schreckliche Ende des Leidensweges von Kaplan Arnold Johanns dauerte acht Sekunden. Ruhig und gefasst trat er in den Raum. Ein letztes Gebet, dann vollstreckte Röttger das Urteil. Nach der »Blutabnahme« legten die Henkersknechte den Kopf des Toten zwischen seine Beine und schlossen die Sargkiste. Unter der Nummer J/304 lfd 1903 registriert, transportierte man ihn zum Krematorium. Am nächsten Tag wurde er eingeäschert und auf dem Ausländerfriedhof in einem Massengrab beigesetzt. Die Blechurne des Toten wurde nie gefunden.

Von all diesen furchtbaren Einzelheiten hat Albert nichts gewusst. Es wäre auch schwergefallen, denn im Eupener Land herrschte zu diesem Fall ein konspiratives Schweigen. Zwar hatte der vor den Nazis geflüchtete Dechant Dr. Keutgen nach Kriegsende in der St. Nikolauspfarrkirche eine Totenmesse zelebriert und der Lütticher Bischof Msgr. Close in einer Gedenkbotschaft das »heilige Priesterleben« des Ermordeten gerühmt, aber dann wurde das

Schicksal von Arnold Johanns jahrzehntelang totgeschwiegen. Diejenigen, die dennoch über ihn zu sprechen wagten, sein ehemaliger Konfrater Viktor Thielen oder ein entfernter Verwandter aus Raboterath, wurden überhört. Das »liebe Mütterchen« verkümmerte im Altenheim des Wallfahrtsortes Moresnet; der Vater hatte die Gefangenschaft nicht überlebt, keiner wusste wie und wo.

Erst als seine Tante Sophie sich im August 1964 entschloss, an der fünftägigen Fußpilgerfahrt ins niederrheinische Kevelaer teilzunehmen, wurde Albert stutzig. An sich ging sie nicht mehr zur Kirche, jedenfalls nicht in die Gottesdienste. Es geschehe wegen des toten Kaplans, sagte sie leise, auch er habe diesen Weg gemacht, es sei ihre Form des Gedenkens.

Auf seine Frage, weshalb es so spät geschehe, verwies sie auf die kleine Schrift über seine Erfahrungen als Pilger. Uns darf nichts festhalten auf der Suche nach der eigentlichen Heimat, hieß es darin. Über die »Königin von Kevelaer« schrieb er, bei ihr wohne das Glück. Überhaupt das Glück, immer wieder sprach er davon, es war nicht greifbar, so wie Gott nicht greifbar war. Doch seine Nähe konnte man erspüren wie einen Hauch, ein leises Wehen. Der Teufel war »der Feind des Glücks«, wie hatte er ihn kennengelernt! Dass es sie so ergreife, sei keine Frage der Frömmigkeit, wehrte Sophie ab, eher eine Frage der Zuflucht. Sie habe ihn ja in Eupen erlebt und als junge Frau bei ihm gebeichtet. »Schließen wir alles ein«, flüsterte er stets bei der Lossprechung, alles unbewusst Verschwiegene und ängstlich Verdrängte miteinbeziehend, nichts auslassend an Heilung. Auch sagte sie, seinen Blick noch immer zu spüren; die Enthauptung habe ihn nicht auszulöschen vermocht; im Gegenteil, diese »milde Entschlossenheit am Rande eines Lächelns« sei ihr präsenter denn je. Ganz zu schweigen von ihrer Schuld. Als BDM-Mädchen gehörte sie zu den Gesinnungsgenossen derer, die ihn jagten und festnehmen ließen. Als die Hitler-Jugend die Haustür seiner Wohnung in der

Kirchgasse mit Kot beschmierte, hatte sie ebenso geschwiegen wie bei der Rückkehr des Eupener Bürgermeisters nach dem Todesurteil in Berlin. Die Frage nach der Urne mit den sterblichen Überresten hatte sie ebenso wenig beunruhigt wie der Verbleib seiner Mutter. Ja, auf sie lastete eine schwierige Mischung aus Verehrung und Schuld.

»Das ist mein Leben. Verstrickt in Liebe und das Schuldigwerden daran. Als Frau bleibt man allein damit, doch hält man es nicht aus.«

Sophie sagte Dinge, die Albert noch nicht verstand, von denen er aber spürte, dass sie voller Glut waren. Alles Worte im Vorfeld nie geweinter Tränen:

»Es gibt Erlebnisse, die, obwohl sie lange zurückliegen, immer näher rücken. Du siehst alles ein, kannst es jedoch nicht mehr ändern.«

»Achte darauf, mein Junge, dass du nicht in Geschichten gerätst, die keine Rückkehr mehr zulassen. Es ist schlimm, wenn du begreifst, dass alles zu spät ist.«

»Empörend, dass diese kleine Stadt voller Lügen steckt; doch muss ich den Mund halten, denn ich bin ein Teil davon.«

»Niemand hat gewagt, für den Kaplan, als er noch zu retten war, ein Wort einzulegen. Ich hätte es gerne getan, doch fürchtete ich die Heimzahlung.«

»Ich glaubte, dass Menschen wie er hier nur Vorübergehende sind. Auch ich gehöre zu denen, die sagten, das es ja so kommen musste.«

»Seine sanfte Stärke hielt unsere Feigheit aus.«

»An ihn zu denken, ist meine Art des Betens. Manchmal auch des Weinens.«

»Ich weiß nicht, was Heiligkeit ist, aber wenn es sie gibt, zählt er dazu.«

»Das Eupener Schweigen ist schlimm, es fügt dem Opfer neues Leid zu.«

»Halt etwas meine Hand, mein Junge, nimm ihn mit in dein Herz.«

Als Sophie ihn darum bat, ist er ihr zum ersten Mal in ihre Wohnung gefolgt. Es geschah ohne ein Wort, auch sie hat es geschehen lassen. Als er eintrat, war alles so, wie er es sich vorgestellt hatte: auf kleinem Raum geschmackvolle Behaglichkeit, viele Bilder, vorzugsweise Impressionisten, Bücher, Schallplatten, Blumen, Kerzen. Gleich fiel auf, keine silbern eingerahmte Fotos von Verstorbenen. Sie ging in die Küche, um ihm alle Zeit zu lassen. Alle Tagebücher von Ernst Jünger standen im Regal. Auf dem Tischchen unter der Leselampe rot unterstrichene Passagen in einem Roman von Garcia Marquéz. Die Glastüre zum Balkon mit Blick auf den Hertogenwald. Sie legt keine Musik auf, steht nachdenklich, etwas verlegen im Türrahmen. Als er sich aufs Sofa setzt, reicht sie ihm eine blaue Mappe. Sie ist dicht gefüllt mit gesammelten Dokumenten über den Kaplan. Neben den spärlichen Texten aus Eupen, viel Material aus dem Archiv der Stiftung Brandenburg-Sachsenhausen, Publikationen des Militärverlags der DDR, ein Buch über »Priester vor Hitlers Tribunalen«, Zeitungsausschnitte, das Heftchen mit seinen Berichten über die Kevelaerwallfahrten, daneben sein Foto, mit Barett, im Ornat unterwegs auf den Feldwegen im Grenzland, erneut der stille Blick »am Rande des Lächelns«.

»Ich sammle alles über ihn.«

Schon am nächsten Wochenende hat er sie auf einer Fahrt durchs Eupener Land begleitet. »Spurensuche«, so nannte sie es. In der Kirchgasse die Kaplanei, noch ohne jeden Hinweis auf den »Blutzeugen«. Im barocken Überschwang der St. Nikolaus-Pfarrkirche zeigt Sophie auf das große Kreuz über dem Mittelschiff und die Taufkapelle: der sterbende und der tote Christus, ausgemergelt, ausgelitten, blassblau. Auch im bischöflichen Kolleg kein Hinweis auf den ehemaligen Lehrer. Der Katholizismus der Unbetroffenen.

Im viel älteren Baelen unter dem gezwirbelten Kirchturm die grauen Grabsteine. Wie ein wankendes Schiff das Innere, von schrägen Säulen mühsam getragen. Unten rechts in der Kapellennische die Piéta mit den Worten »Solch ein Schmerz«. Hier ging der kleine Arnolds zur ersten hl. Kommunion, diente jahrelang die Messe. Wie viele winterliche Fußwege vom Bauernhäuschen in den Nerether Wiesen ins Dorf?

Welkenraedt, die wallonische »Frontgemeinde«, ehrt ihn in der Pfarrkirche mit einer Gedenkplakette. Der sozialistische Bürgermeister hat sie mit anderen eingeweiht. Eine Plakette auch am Haus des Kaplans in der Poststraße von Montzen, französische Kriegsgefangene, die er mit Vater über die Grenze nach Belgien schleuste, haben sie anbringen lassen. Ein kleines Haus aus roten Ziegeln, über dem Giebel ein Eisenkreuz. Albert fällt auf, dass in den Nischen über dem Kirchenportal die Apostel Petrus und Paulus stehen, der eine wurde mit dem Kopf nach unten gekreuzigt, der andere mit dem Schwert enthauptet. Im Schatten von zwei uralten Zedern das eiserne Friedhofskreuz. Auf seiner letzten Fahrt durchs Dorf ging der Blick noch einmal dahin.

Sophie fährt auf dem Rückweg über die benachbarten, plattdeutschen Dörfer Moresnet, Bleyberg, Homburg nach Aubel. Hinter den Hecken, im Schatten der Obstbäume schlängeln sich die Wiesenpfade, über die Vater und Sohn die französischen Häftlinge und Zwangsarbeiter nach Innerbelgien führten. In Henri-Chapelle der amerikanische Ehrenfriedhof mit 7989 weißen Marmorkreuzen für die in den Ardennen und im Hürtgenwald gefallenen Soldaten.

»Das ist das grüne Land meiner Schuld«, sagt sie leise, »das Land meiner verlorenen Jugend.«

Es ist auch das grüne Land ihrer verlorenen Liebe, aber darüber schweigt sie und gibt Albert beim Abschied einen Kuss auf die Stirn.

»Es ist auch dein Land, meine Junge, lass nicht zu, was ich zugelassen habe.«

Auf seine Fahrten mit Weykmans nach Brüssel, bei den Gesprächen mit Horst im Nachtcafé, aber auch unterwegs, ringsum in der Stadt zweifelte Albert oft, ob es böses Verschweigen oder bloße Unwissenheit ist, die dem toten Kaplan hier widerfährt. Je mehr er seine Ohren spitzte und dabei auch bisweilen glaubte, das Husten der Flöhe zu hören, vernahm er eine sehr große Koalition, die einfach in Ruhe gelassen werden wollte. Oft machte er die Feststellung, dass kritische Fernsehberichte über den Zusammenbruch des III. Reichs kurzum abgeschaltet wurden oder Zeitungsleser bei Berichten über den Eichmann-Prozess einfach weiterblätterten. Eine breite Mehrheit der Älteren vertrat die Auffassung, dass diese hin- und hergerissene Stadt Anspruch auf einen fortwährenden Ausnahmezustand habe, der ihr bei Nationalitätsdelikten, wie Verrat, Denunziation oder Fahnenflucht, so etwas wie Immunität zubilligt. Kleine Ungerechtigkeiten der Gewinner wurden mit den großen Verbrechen der Verlierer in einen Topf geschmissen.

Doch geschah es nicht auf offenem Markt. Hier waltete die Korrektheit einer kühlen Normalität. Am Nationalfeiertag, dem Tag der Dynastie oder zum Gedenken des Waffenstillstand versammelten sich die Honoratioren zum feierlichen Te Deum in der St. Nikolaus-Pfarrkirche und zum Anschließenden »Umtrunk« im Rathaus. Der Bürgermeister legte seine schwarz-gelb-rote Schärpe um und hielt eine patriotische Rede, die mit dreisprachigen Hochrufen auf den König abgeschlossen wurde. Albert, der seinen Chef dorthin chauffieren musste, fiel auf, dass die Kirche bei solch Anlässen zur Hälfte leer blieb. Zwar marschierten Fahnenabordnungen der Vereine auf, auch flatterten einige Landesflaggen, doch blieb das Volk ungerührt, es registrierte nur die schweren Glockenschläge »mitten in der Woche«. Bei dem Empfang im Schatten der großen Ölgemälde der Bürgermeister aus der Preußenzeit geriet der belgische Festtag schnell in Vergessenheit. Der städtische Laufbursche und zwei Fräuleins vom Einwohnermeldeamt, boten auf den Tabletts einen säuerlichen Weißwein und Fruchtsaft an, die Uniformierten hofierten mit Ordenbrust und

Säbel die lokale Politprominenz, während sich der Schützenbruder und kaiserliche Weltkriegsveteran Jüppke Willems die Rocktaschen randvoll mit Zigarren füllte.

Der eigentlich gesellige Teil fand erst nach Beendigung des offiziellen Festaktes in den umliegenden Wirtshäusern statt, wo so mancher Ehrengast erleichtert die stramme Haltung aufgab, und sich über die schlampige Nation der »Frittenfresser« lustig machte. Der Dechant huschte mit fliegenden Röcken und roten Backen in sein einsames Pfarrhaus zurück, der Bürgermeister hatte die Schärpe längst abgelegt und der alte Willems steckte sich die vierte Zigarre in Brand. Als der bereits angesäuselte Fahnenträger des »Königlichen Trommler- und Pfeiferkorps«, der ehemalige Freiwillige der Waffen-SS und »Brandenburger« Hubert Falkenberg, ein »vaterländisches Lied« anzustimmen versuchte, wurde er, noch ehe der Platzkommandant des »Königlichen Militärsport-Instituts« das Anheben der ersten Strophe zu Ohren bekommen hatte, mit einem diskreten Brummen der umstehenden Kenner dieses Liedgutes daran gehindert.

Albert, dessen wichtigste Aufgabe darin bestand, als Chauffeur nüchtern zu bleiben, erkannte in diesem allmählichen, nahezu konspirativen Umkippen nationaler Hochachtung in ein alkoholisiertes Schmunzeln, eine nur in dieser Stadt mögliche Balance. Sie brachte heikle Nationalitätenfragen ohne allzu viele Peinlichkeiten über die Runden. Es fehlte ihr nicht an Respekt, sondern an Ernsthaftigkeit. Der Leiter des städtischen Bauamtes und ehemaliges Mitglied der Partei, Carl Jüsken, der seiner Sekretärin beim Anrücken der ersten amerikanischen Panzer gesagt hatte:

»Nu werdet Tiet dat ver jönnt. (Jetzt wird es Zeit, dass wir gehen)«, begrüßte den Fahrer des Brüsseler Dienstwagens mit den Worten:

»Einen schönen Festtag, Herr Attaché«, und lächelte, »wir waren stets gute Patrioten«. Auf welcher Seite sagte er nicht.

Am Nationalfeiertag 1970 stand der Stadt Eupen ein brisanter Wahlkampf bevor. Der mehrjährige Versuch, einen mit großer Mehrheit gewählten ehemaligen NS-Funktionär vom Brüsseler Innenminister als Bürgermeister zu ernennen, war gescheitert. Der Christlichen Volkspartei, CVP, sie konnte bislang nach Gusto schalten und walten, stellte sich eine unabhängige Dissidentenliste, unter dem Namen »Vaterstädtische Union«, VU, in den Weg. Alles drehte sich offenbar um den Sprachengebrauch im Unterricht, wobei zum Thema »mehr oder weniger Deutsch- oder Französisch« heftige stellvertretende Kriege geführt wurden. Erstmals seit Kriegsende standen sich wieder die alten Rivalen der dreißiger Jahre gegenüber. In Eupen selbst wagte niemand diese Konfrontation beim Namen zu nennen, doch dauerte es nicht lange, dass in der wallonischen Presse ausführlich darüber berichtet wurde. Es begann eine Zeit gegenseitiger Verdächtigungen und alter Vorwürfe.

Albert geriet zusammen mit seinem Kabinettschef, dem Sammler für das »Winterhilfswerk« und konvertierten treuen Belgier Hans Weykmans, zwischen alle Fronten. Dabei tauchte auch der Name von Kaplan Arnold Johanns wieder auf. Genauer gesagt, er tauchte zunächst nicht auf, denn anlässlich einer im bischöflichen »Collège Patronné« gezeigten Ausstellung über »Die verdrängten Jahre« wies die an der Eröffnung teilnehmende Sophie ihren, am Eingang auf seinen Kabinettschef wartenden jungen Freund empört daraufhin, dass kein Foto des hingerichteten ehemaligen Lehrers dieser Schule gezeigt wurde. Stattdessen habe man dem Eupener Obernazi Josef Gehlen, nach dem die Schule während der NS-Zeit benannt worden war, eine ganze Stellwand gewidmet. Albert mischte sich unters Publikum und konnte seinen Chef noch gerade daran hindern, sich mit einer Würdigung ins ausliegende Gästebuch einzutragen. Auf seine entrüstete Frage, wo denn hier das Schicksal des von den Nazis hingerichteten Kaplan gezeigt werde, erhielt Albert von einem Geschichtslehrer zur Antwort:

»Ich habe in meiner Schublade noch ein Foto von Johanns liegen; wenn du willst, kannst du es ja aufhängen.«

Auf der Heimfahrt bemerkte der hellhörig gewordene Weykmans, dass auf der Rückseite des Ausstellungskatalogs in Kleindruck zu lesen stand:

»Mit freundlicher Unterstützung der Hermann-Görres-Stiftung, Düsseldorf.«

Der Konflikt um den Kaplan eskalierte bald zu einem handfesten Skandal. Da der Schulname »Collège Patronné« sprachlich und inhaltlich keinen Sinn mehr machte, schlug ein angesehener Eupener Bürger der Direktion eine Änderung in Arnold-Johanns-Schule vor. Johanns stand nicht nur im Kreis seiner Kenner im Ruch der Heiligkeit, er hatte von 1928 bis 1933 hier Religion, Geschichte und Geografie unterrichtet und sich als hervorragender Jugenderzieher bewährt, er war schließlich, nach einem schrecklichen Leidensweg, im August 1944 von den Nazis hingerichtet worden. Eine Umbenennung sollte der Schule nicht nur den Namen eines Priesters und Gegner des III. Reiches geben, sondern auch den Makel der vorausgegangenen NS-Bezeichnung wieder gut machen.

Der Direktionsausschuss ließ sich von zwei Geschichtslehrern beraten und war um Diskretion bemüht. Sehr schnell fiel die unangefochtene Entscheidung, das Kolleg nicht nach Kaplan Johanns, sondern nach dem flämischen Lepra-Missionar Pater Damian de Veuster umzubenennen. Wer konnte dem in dieser Stadt widersprechen? Bald kehrte wieder die schmunzelnde Eupener Ruhe ein und niemand wollte etwas von der Verhinderung einer späten Ehrung gewusst haben.

Zehn Jahre ging Albert unter den Torbogen der Schule ein und aus; unzähligen Messen und Andachten musste er oben in der Speicherkapelle beiwohnen; tagtäglich Mahnungen, Appelle und Predigten zu einem christlichen Lebenswandel.

Dutzende Priester lehrten Religion und betreuten die Jugendgruppen: Nie fiel der Name Arnold Johanns, kein Wort über die NS-Zeit in diesen Mauern, in dieser Stadt. Die Begriffe »Mitläufer« oder »Wegbereiter« waren unbekannt. Als der Schah von Persien das Militär-Camp Elsenborn besuchte, standen die Schüler auf der Neustraße im Regen und warteten zwei Stunden bis die Staatskarossen mit dem Diktator vorbeibrausten.

Der ehemalige Schüler empfand viel Sympathie für Pater Damian, den Apostel der Leprakranken, der schließlich selbst an dieser furchtbaren Krankheit sterben sollte. Im Hafen von Ostende hatte er das Segelschulschiff »Mercator« besucht und nicht ohne Erschütterung die Hängematte gesehen, in der man den todkranken Missionar transportierte. Doch empfand er Wut für jene Leiter der katholischen Schule, die den Namen Damians als Alibi benutzten und junge, ahnungslose Menschen in ihre listige Namensfindung einbezogen, nur um das Andenken an den Blutzeugen Arnold Johanns der Vergesslichkeit anheimzugeben. Die Verantwortlichen hätten sich zu diesem Namen »nicht durchringen« können, hieß es später in einer Reportage. Doch hatte niemand »gerungen«, alle übten, wie es Gauleiter Grohé bereits 1943 gefordert hatte, »eisernes Schweigen«.

XV.

Der Winter

Einen solchen Winter hatte man in Ostbelgien schon lange nicht mehr erlebt. Er kam überfallartig am Tag nach dem Neujahrsfest, das rauschend bei milden Temperaturen gefeiert worden war. In den Morgenstunden zogen Jugendliche singend durch die Straßen. Die älteren Leute erzählten kopfschüttelnd, früher sei die Welt noch in Ordnung gewesen, es habe glühend heiße Sommer und eisige Winter gegeben, aber heutzutage, »mit all dem Giftzeug und den Raketen …« Doch über Nacht stürzten die Temperaturen. Zwischen Elsenborn und Küchelscheid, der kältesten Ecke Belgiens, wurden -18 Grad gemessen. Der von einem schneidenden Ostwind verwehte Schnee legte innerhalb weniger Stunden die gesamte Region lahm. Tag und Nacht waren die Schneepflüge im Einsatz. Einige abgelegene Ortschaften zwischen Büllingen und Manderfeld blieben 24 Stunden von der Außenwelt abgeschnitten. Im Eupener Klinkeshöfchen landete ein Armee-Hubschrauber und übernahm Lebensmittel zur Versorgung der einsamen Waldhöfe von Reinartzhof. Als am Wochenende die Stürme nachließen und der Himmel aufklarte, strömten tausende Touristen aus den benachbarten Ballungsräumen von Lüttich, Aachen und Maastricht hinauf nach Baraque Michel und Mont-Rigi. Die Wälder und weiten Flächen des Hohen Venns hatten sich in eine Märchenlandschaft verwandelt. Strahlte die Sonne über das Hochplateau, wirkte das Moor nahezu nordisch, Schneekristalle funkelten, die Luft war eisig, der Himmel tiefblau. Loipen wurden gezogen, in den Randgemeinden florierte urplötzlich Wintersport.

Doch war das Paradies nicht frei von Gefahren. Kilometerlange Schlangen parkender Autos machten freie Durchfahrten nach Malmédy und Monschau problematisch. Polizei und Forstbeamte waren überfordert. Notdienstwagen blieb der Weg versperrt. In Eupen staute sich bis spät in die Abendstunden der Verkehr. Erst zu diesem Zeitpunkt stellten die Ordnungskräfte fest, dass vereinzelt Wagen am Straßenrand zurückgeblieben waren. Gespenstisch standen sie in der Dunkelheit neben den Schneehaufen, die Scheiben voller Eisblumen. Schon rückten Motorschlitten und Raupenfahrzeuge in die Schneisen vor. Ihr Blaulicht geisterte zwischen den Fichtenstämmen. Im Sturm waren unter der Last des Schnees viele Bäume umgestürzt. Die Suchtrupps kämpften tapfer aber vergeblich, die Winternacht gab ihre Gefangenen nicht preis. Erst am Morgen, wenn die Meldungen des Belgischen Rundfunks die Hörer in der Region aufgeschreckt hatten und sich zahlreiche Freiwillige den Suchaktionen anschlossen, gelang es die Vermissten zu finden. Geschockt und unterkühlt krochen ältere Herren, schluchzende Mütter und halbwüchsige Kinder aus ihren Verstecken im Unterholz. Den kurzen Winterausflug ins Hohe Venn würden sie nie vergessen.

Albert hat diesen Wetterumsturz fasziniert verfolgt. Ihn fesselte der Gedanke, dass es nur eines Temperaturunterschieds von wenigen Grad bedurfte, um die in trauter Normalität dahindämmernde Gegend in den Ausnahmezustand zu versetzen. Schulen mussten geschlossen werden, Verstörte und Verletzte wurden in die Notaufnahmen der Hospitäler eingeliefert, Soldaten des Lagers Elsenborn waren im Einsatz. Seine Freunde bekräftigten diese abenteuerliche Einschätzung: der Cousin Peter Michels schwärmte, es sei »wie zu Beginn der Rundstedt-Offensive in den Ardennen«:

»Dezember 44«, faselte er, »des Führers letzte Hoffnung«.

Hans Weykmans sagte beim Anblick der olivgrünen Militärzelte neben der Wetterstation von Signal de Botrange, es erinnere ihn an Szenen »damals an der Ostfront«, es fehlten nur noch die Birkenwälder. Fernsehteams und Reporter der großen Brüsseler Tageszeitungen rückten an und berichteten über ungeahnte belgische Winterfreuden, jedoch auch über die Heimtücke der »Frostkantone«. Bald machte die Bezeichnung »Belgisch-Sibirien« die Runde. Der Begriff erweckte den Eindruck von Wäldern, Weite, Winterwüste, aber auch von Gulag, der Eiseskälte eines anderen Regimes. Die Bezeichnung schien irgendwie zu diesem beargwöhnten deutschsprachigen Menschenschlag zu passen: zäh und nicht ganz durchschaubar. Der belgische Normalbürger fühlte sich in seinen Einschätzungen bestätigt. Doch fand man selbst zwischen Eupen und St. Vith an dem sibirischen Vergleich Gefallen; er ließ die längst bewusste Distanz und das Unverständnis des Inlandes erkennen. Beiden gemeinsam war eine gewisse Furcht.

Die Presseleute hatten sich mit freundlicher Unterstützung des Fremdenverkehrsverbandes der Ostkantone in die Hotels und Gasthöfe am Rande des Hohen Venns einquartiert. Es waren muntere Abende am prasselnden Kaminfeuer. Der Wildschweinbraten mundete, Wein und Bier flossen in Strömen. Doch lag über diesen Expeditionen ein Hauch Ungewissheit, als könne stündlich eine Art belgisch-sibirischer Schneemensch zwischen den Türpfosten stehen und sie als Geisel nehmen, hinaus in die eisige Sturmnacht. Solche Befürchtungen wurden wenig später bestätigt, als eine Studentengruppe aus Lüttich, die von Solwaster nach Baraque Michel unterwegs war, bei anbrechender Dunkelheit noch immer nicht ihr Ziel erreicht hatte. Die sofort ausgelöste Suchaktion musste in der Nacht wegen eines neuen Wettersturzes im heftigen Schneetreiben abgebrochen werden. Die Live-Reportagen der an den Tatort eilenden Journalisten löste landesweite Betroffenheit aus. Die unheimliche Schneewüste verdrängte am Abend in den Fernsehnachrichten die Meldungen einer schleichenden Regierungskrise und eines Großbrandes im Hafen von Antwerpen auf die Plätze zwei und drei. Ostbelgien löste Spannung, Irritationen aus. Manche der Sonderberichterstatter witterten den unausgesprochenen Zwiespalt und schlossen in ihre Sendungen politische Hinweise auf Unruhe und Widerstände mit ein. Es roch nach Untergrund und Ausnahmezustand. Ein Hauch Südtiroler Befreiungskampf geisterte in den Köpfen.

Der Journalist Kurt Buchenwald, ein Kenner der Militärgeschichte, erinnerte daran, dass im Kriegswinter 1944 deutsche Fallschirmjäger über diesem unwegsamen Teil des Hohen Venns abgesprungen waren. In einem von Hitler persönlich befehligten Sonderkommando sollten sie den in der Ortschaft Walk von den Geheimdiensten vermuteten US-General Patton liquidieren. Bereits bei der Landung im Venn zwischen der Hillquelle und dem Wäldchen von Brochepierre war das Unternehmen im Schneesturm gescheitert. Aber, solche Geschichten steigerten die Spannung.

Doch der Winter löste noch lange nicht seine eisige Hand. Der Karneval, dessen »drei tolle Tage« diesmal bereits auf das erste Februarwochenende fielen, kontrastierte auf sonderbare Weise mit den Horrormeldungen von der Schneefront. Mehr als alles andere schockierte und faszinierte dieser Gegensatz die in Ostbelgien recherchierenden Journalisten. Draußen Einsamkeit und Schrecken, in den Fastnachts-Hochburgen der Städte und selbst in dampfenden Dorfsälen widerspenstige Veitstänze von Hexen und Vermummten. Die junge Redakteurin Anne-Marie Toussaint der Brüsseler Wochenzeitschrift »Pourquoi-pas« titelte ihren Bericht vom Fettdonnerstag in Eupen »Wie bei einer Teufelsaustreibung«. Ahnungslos über die Gebräuche des hierzulande zelebrierten rheinischen Karnevals, glaubte sie, Augenzeugin von »hemmungslosen Umarmungen«, »aufrührerischen Parolen« und »mittelalterlichen Orgien« geworden zu sein. »Die ganze Nacht anfeuernde Pauken und Trompeten«, schrieb sie, »hinter anonymen Masken herrscht das Gesetz ungezügelter Lust. Wie anbrausende Wellen die Wiederholungen der Gesänge in verschwörerischem Dialekt. Die Süchtigen greifen nach Bier, unendliche Mengen, Flüsse, Katarakte, es nimmt kein Ende. Schon greifen sie nach mir; wenn ich nicht flüchte, bin ich verloren«.

Bart van Haverbeek, Chefreporter von »Het laatse Nieuws« wollte jedoch alles andere, als die Flucht ergreifen. Er sei entführt worden, meldete er seiner Redaktion, »aber es waren Haremsdamen aus La Calamine, ich habe vor ihnen kapituliert und mich fangen lassen. Jetzt sitze ich der Falle, sie rücken mir zu Leibe«. Auch das war ihm beim Sturm auf die Rathäuser aufgefallen: »Die Parodien sind nur zur Hälfte gemimt. Im Seelengrund der Jecken schlummert Aufstand gegen den hochmütigen Staat«. Es könne auch Seelenverwandtschaft sein, so spekulierte er: »… ähnlich wie bei uns die unaufhaltsame flämische Bewegung, noch ein Bierfest, ein letztes Gelage vor dem Putsch gegen die wallonische Vorherrschaft«.

Jef Snakkers von Sender BRT 2 telefonierte nach dem »Prinzenball« in Deidenberg mit seinem Chefredakteur und stöhnte: »Die Obermöhn' ist ein Teufelsweib. Wenn ich berichte, was ich diese Nacht erlebt habe, fliege ich morgen raus. Ich war am Höllentor«. Der Alte im Funkhaus an der Place Flagey jubilierte:

»Genau das ist der Stoff, den wir brauchen.«

Albert hat diesen Winter genossen. Er nannte das wahnsinnige Gemisch aus Saison und Session »unsere Frostfestung«. Das Ländchen stand mit einem Mal in einem nie da gewesenen Mittelpunkt, der durch kein Tauwetter behelligt wurde. Legte die Jahreszeit noch einen drauf, trotzten die Narren der Witterung mit noch größerer Heftigkeit. Dafür gebe es »Feuerwasser« riefen sie den fröstelnden Journalisten zu. Die Aufmerksamkeit der Medien schmeichelte jedoch nicht nur die stets Vergessenen, sie barg auch die Qualität vorauseilender politischer Witterung. Wallonen wie Flamen hatten ganz auf ihre Art den Braten gerochen: Es gärte in »Sibirien«. Wo die einen von Rebellion orakelten, applaudierten die anderen den kostümierten Freischärlern. Oft saß der Chauffeur in Wirtshäusern und wartete bei einem Kaffee auf seinen vielbeschäftigten Kabinettschef. Gleich fiel ihm auf, dass es zwischen der Strenge des Frostes und der kurzen Karnevalssession mythische Zusammenhänge gab. Sie berührten tiefe Wesenszüge dieses Ländchens. Der Winter herrschte über die enge Normalität mit eisigem Regime. Die sich dramaturgisch steigernden Paukenschläge der Narren vertrieben das alte, noch nie so drückend empfundene Unbehagen. Albert hörte es knirschen und knacken, so wie das Eis und der Schnee draußen. Bald würde es schmelzen und brechen. Allein die Ahnung mobilisierte. Einfach er selbst sein, das war sein Traum von anspruchslosem Glück. Er kannte Zonen des Suffs, die eine solche Seligkeit verschaffen; manchmal auch Umarmungen, aber da hatte er schon seine Zweifel. Doch das war nur das vergebliche, zwischen den Fingern zerrinnende Glück von Illusionen. Seine Sehnsucht zielte weiter: er wollte das Glück simpler Freiheit. Zu sagen, ich trinke jetzt in Ruhe meine Tasse leer. Das Glück, keine Pläne zu machen und sich nicht daran hindern lassen. Das Glück, auf ein Vogelzwitschern zu warten. Auch das Glück zu sagen, ich bin hier zu Hause und möchte bleiben.

Bei Alberts Kaffeepausen in der Eissaison fiel ihm auf, dass selbst die Tag- und Nachtzeiten vom Rauschen des allgemeinen Wandels berührt waren. Galt bislang in Eupen die vorrückende Nacht als die beste Zeit Feste zu feiern, so waren in diesem Winter tatsächlich die Nächte länger und die Tage kürzer geworden. Mehr noch: die Nacht breitete sich bis in die Morgenstunden aus, an den Vormittagen liefen bereits die Vorbereitungen einer neuen Nacht auf Hochtouren, die Nachmittage gerieten zu Stunden der dämmernden Übergangs und wenn es Abend wurde, wunderte man sich, dass dieser herrliche Tag flüchtiger Zeit, bereits von der anbrechenden Nacht eingeholt wurde. Unaufhaltsam, wie ein Sog, die Nacht war ihr Hafen. Albert kannte seine Neigung zu romantischen Interpretationen einer meist viel harmloseren Realität, doch wollte er sich diesmal nicht täuschen lassen. Betrat er in der Frühe das »Café Columbus« stieß er dort auf Zecher, denen man weder die Schlaflosigkeit, noch den nächtlichen Rausch ansah. In ihren Augen war ein Glanz, der nicht allein auf Promille beruhte. Der Schreiner Gustav Voss verbrachte auf diese Weise eine ganz Woche. Auf den Vorwurf seiner schluchzenden Frau:

»Du trinkst zuviel, Gustav, du liebst mich nicht mehr«, antwortete er seelenruhig:

»Mein Herz, je mehr ich trinke, umso mehr liebe ich dich.«

Es gab Tage, da wurde in der Kneipe bereits beim Frühschoppen geschunkelt. Auch erschienen Gäste am Tresen, die das Lokal zuvor nie betreten hatten. Seriöse Ärzte, schüchterne Beamte und stille Zeitgenossen mischten sich unters Fußvolk, schmissen Runden und stimmten Lieder über den Vater Rhein an. Mit der traditionell tristen Eupener Wirtshauszeit zwischen acht und zehn, wenn man zu Abend isst oder vor der Glotze sitzt, war plötzlich Schluss.

»Wir machen die Brücke«, frotzelten einige Herren und behaupteten »zwar gut verheiratet, doch schlecht gefallen« zu sein.

In den Kneipen war allerdings von Männerwirtschaft nichts zu spüren. Die Frauen mischten munter mit und Albert bemerkte, dass es eine ausgesprochen »reine« Lust war, die hier geteilt wurde. Keine Fummeleien, keine Affären, keine lallenden Schnapsweiber mit glasigen Augen. Die Besten waren ohnehin die Seniorinnen. Solide im Suff, um keine Antwort verlegen, dann jedoch wieder von einer nahezu mütterlichen Weisheit, der man am liebsten die Hände geküsst hätte.

Besonders schätzte Albert eine sonderbare Alte, die täglich nach der Abendmesse auftauchte. Fremde tuschelten pikiert, wenn die schrullige Frau das Wirtshaus betrat. Für den Wirt und die Stammgäste bedeutete ihr Erscheinen jedoch die Fortsetzung des liturgischen Rituals mit anderen Mitteln. Die letzten Glockenschläge waren gerade verstummt, wenn sie die Türe öffnete. Sie machte zwar kein Kreuzzeichen, doch lag auf ihren Gesichtszügen noch eine Spur Sammlung. Deshalb grüßte man sich auch nicht; ein Blick reichte. Endlich bist du da, sollte es heißen, du hast uns noch gefehlt. Sie wusste es zu schätzen und sagte:

»Nabend, Kinderchen.«

Ansonsten reichte ihr zerfurchtes, zuversichtliches Gesicht, manche sagten, es habe »etwas Stabiles«. Die betagte Frau wirkte zwar nicht ungepflegt, aber ärmlich. Ihre Hand zitterte, wenn sie nach dem Gläschen griff, dass ihr Horst ungefragt zuschob. Ihr Platz war stets der letzte, hinten in der Ecke, einer kleiner runder Tisch, der bestenfalls für einen zweiten Gast reichte. Doch suchte sie keine Unterhaltung, sie wollte nur dabei sein, zuhören und den Pulsschlag anbrechender Nacht spüren. Mokierte sich jemand, dass sie gerade aus der Messe komme, bat sie um Nachsicht, es sei um »Kohlen zu sparen«. Wurde sie gefragt, ob sie denn viel gebetet habe, schmunzelte sie:

»Vor allem für dich, du Schubbejack«, und kippte sich den Fusel runter, den sie »witte Pick« nannte. »Raerener Töpfergeist«, stand auf der Flasche. Horst meinte, es sei mehr Topf als Geist.

Vroni, die in Eupen auch als »de Vron«, Vronneka« oder »die alte Frau Gensterblum« bekannt war, trank jeden Abend fünf Schnäpschen. Sie sagte, es sei gut für ihr Herz. Wollte man ihr ein Glas spendieren, lehnte sie ab, Horst wusste Bescheid, das Geld steckte abgezählt in der rechten Tasche ihres Mantel, den sie nie ablegte. Es war ihre Ehre, sich nicht aushalten zu lassen. Für wichtiger hielt sie es, Mitleid zu haben, als es zu benötigen. Sich zu ihr an das Tischchen zu setzen, war nicht selbstverständlich. Der Wirt wachte darüber, dass sie von niemand belästigt wurde. Sie saß nur da, anwesend-abwesend und umgeben von einem routinierten Wohlwollen, das keiner besonderen Worte bedurfte.

Albert gehörte zu den Wenigen, die sich ungefragt zu ihr »in den Beichtstuhl« begeben durften. Monate hatten sich beide schweigend gegenüber gesessen, beobachtet und geprüft. Wenn auch keine anderen Worte fielen als »Nabend, Jong« und »Nabend, Frau Gensterblum«, entstand rasch eine verschwiegene Sympathie. Sie reagierten auf den »Büffet-Mulle«, das Getratsche an der Theke, auf die gleiche Weise. Wurde der Unsinn zu groß, trafen sich ihre Blicke des Bedauerns; gab es eine überraschende Pointe, schmunzelten sie dankbar. Irgendwann fiel ihr ein Geldstück hin, und als Albert es aufhob, sagte sie nahezu ungeduldig:

»Nu wärdet el bo Tiet, iech biet niet« (nun komm schon, setz dich hin, ich beiße nicht).

Vroni ist an diesem Abend etwas länger geblieben. Sehr schnell erwies sie sich als eine intime Kennerin Eupener Familiengeschichte. Es bedurfte lediglich des Stichwortes seines Namens »Bosch«, schon begann sie weitverzweigte, mitunter hochkomplizierte Verwandtschaften aufzuzählen, wobei ihr Zuhörer zwischen all den Cousins, Cousinen, Neffen, Nichten, Kindern und Enkelkindern aus erster oder zweiter Ehe nicht mehr zu unterscheiden wusste. Von all den Angeheirateten, Vermissten und früh Verstorbenen ganz zu schweigen. De Vron, die ihm bereits am nächsten Abend das »Du« anbot, ihn jedoch nicht mit »Albert«, sondern mit »Jong«, »leeve Jong« oder »minne leeve Jong« anredete, besaß Kenntnisse, die über das Maß trauter Familienbande hinausreichten.

Albert war sich nicht sicher, ob seine Gesprächspartnerin über eine rückwärtsblickende Phantasie verfügte oder einfach Lokallegenden erfand, doch sah er bald ein, dass es sich bei ihr um die seltene Spezies einer mysteriösen Mit-

wisserin sogenannter »folgenreichen Affären« handelte.
Manchmal schien, sie führe über die Geschichte der Ehebrüche und spektakulären Untreue detaillierte Zettelkästen.
Gleich fiel auf, dass sich die Delikte zwischen Ehemännern
und Ehefrauen die Waage hielten. Ihr besonderes Mitleid
galt den schmählich Verlassenen, vor allem den Kindern,
wobei sie das Los der unehelichen akribisch verfolgt hatte.
So entstand an diesen Abenden ein breites Sittengemälde,
dessen Verwicklungen und Abgründe Albert nicht für möglich gehalten hatte. Beide steckten so sehr ihre Köpfe zusammen, dass Horst sie als »unser junges Glück« belächelte,
ohne allerdings zu ahnen, dass es bei diesen konspirativen
Gesprächen tatsächlich um »Glück« ging, jedoch vor allem
um dessen Scheitern.

Schwappten von der Theke Gesprächsfetzen über das
»Fremdgehen«, über Bettgeschichten, Trennungen, private
wie lokalpolitische, zu ihrem Eckplatz hinüber, grinste »de
Vron« still vor sich hin, kannte sie doch längst viel spekta-
kulärere Zusammenhänge, die nicht selten die Qualität mil-
dernder Umstände hatten.

»Verstehen und nicht urteilen«, sie betonte es in Hochdeutsch. Inmitten ihres angesammelten Genuschels über die
höchst fragwürdige Wohlanständigkeit der kleinen Stadt,
klang es wie ein Vermächtnis. Verliefen ihre »Fälle« besonders tragisch, fügte sie den Rat hinzu, den ihr der Beichtvater
jeden Samstagnachmittag beim hl. Bußsakrament zuflüsterte:
»An der Barmherzigkeit Gottes niemals verzweifeln«. Auf
die Frage ihres Zuhörers, was sie denn noch »auf ihre alten
Tage« zu beichten habe, kam die spitze Antwort:

»Du meinst doch nicht etwa, ich hätte was mit dem Kaplan …?«

Albert, der ihrem genealogischen Geheimwissen in die Höh-
lengänge dritten und vierten Grades nicht mehr zu folgen
vermochte, wehrte sich mit zunehmend gezielteren Fragen
nach den Umständen und Einflüssen dieser eher zerrütteten

Familienlandschaft und kam rasch zu der Erkenntnis, dass es sich hier um ein historisches, geopolitisches Phänomen handelte. Folgte er Vronis labyrinthischen Erzählungen richtig, hatte seit dem Erbfolgekrieg um das Herzogtum Limburg in den Ehebetten des Butterländchens eine nur durch kurzbemessene Friedenszeiten unterbrochene Völkerwanderung stattgefunden. Mit buchhalterischer Pedanterie wusste die fromme Alte eine Sturzflut pikanter »Fälle« aufzulisten, durch die sich unverkennbar ein roter Faden der Unabwägbarkeit zog. Dabei handelte es sich keineswegs um die landauf landab üblichen Fälle unvermeidlichen Lasters oder platte Sexaffären, sondern um tatsächliche Herzensschicksale im Schatten europäischer Geschichte. Wie anders war es zu erklären, dass sie zu wissen vorgab, in der Folge der Schlacht in Worringen seien 1288 siegreich heimkehrende Landsknechte des Herzogs von Brabant über die Frauen »unserer Heimat« hergefallen? Hatte denn der »leeve Jong« eine Ahnung, was sich in der Folge der Feldzüge von Alessandro Farnese, des Prinzen Louis de Bourbon oder des Earl von Malborough in den Heuställen und Feldquartieren im Umfeld der umkämpften Weserschleife abgespielt hatte?

»Die Schönen des Wiesenlandes von Baelen standen Schlange«, kicherte die Alte. Ein Gerichtsschreiber der Bank Walhorn ließ Frau und Kinder sitzen und suchte mit einer Marketenderin aus Saint Denis das Weite. Die Magd Klinkenbergs Gretchen aus dem Käsehof von Lommerich wurde von einem Kavelleristen unbekannter Nationalität geschwängert. Der für das Noviziat des Schweigeklosters Gottestal bestimmte Sohn des hochwohlgeborenen Eupener Tuchhändlers Wilhelm August Tilgenkamp, genannt »Dr. Verkeswellem«, brannte noch vor Eintritt in die Klausur mit einer schon etwas reiferen Bäckersfrau vom Aachener Krugenofen durch. Die landadelige Freifrau von Eiterbach ließ bereits nach der ersten Liebesnacht mit einem jungen französischen Offizier ihren geizigen »alten Sack« sitzen und verließ noch im Morgengrauen fluchtartig das heimatliche Schloss Libermé. Albert geriet ins Grübeln und klagte über die Labilität sogenannter »besserer Kreise«. Veronika wandte ein, selbstverständlich auch eine lange Liste legitimer Eheschließungen mit »Zugezogenen« zu kennen. Außerdem sei es natürlich auch im einfachen Volk »drunter und drüber« gegangen, doch waren die armen Leute in der Regel treuer. Ihre einleuchtende Erklärung lautete:

»Die haue Honger, leeve Jong«, denen habe der Magen geknurrt, die seien »schnell kuriert« gewesen.

Ohne besondere Vorbildung kannte sich Vroni in der Hin- und Hergeschichte ihrer Heimat aus. Was sie über Eheschließungen, Zwangsehen, Josephsehen, Ehekrisen, Ehebrüche, eheliche, uneheliche und gar abgetriebene Kinder zu berichten wusste, hatte meist einen unmittelbaren regionalhistorischen Bezug. Auf den Einwand Alberts, Kaiserin Maria Theresia habe doch im Eupener Land ein goldenes Zeitalter, eine wahre Blütezeit ausgelöst, an die man sich, dank spendabler Holzlese-Rechte, bis zum heutigen Tag mit einer »Messe für das Haus Habsburg« gerne erinnere, antwortete die alte Frau mit einem Kopfschütteln. Es gebe Hinweise, flüsterte sie, dass die als milde und nachsichtige Beichtväter besonders geschätzten Kapuzinerpatres in der Marienkirche selten so viele Absolutionen erteilen mussten als zur österreichischen Zeit.

»Die Franzerl und Leopolds sprachen ja alle Deutsch, da lief so manches schneller.«

Alle Rekorde »der Fleischeslust« hatten jedoch ihres Wissens die Franzosen übertroffen. Im deutschsprachigen Teil des »Département de l'Ourthe« war nach dem Einmarsch der Truppen Napoleons ein hemmungsloser Verfall der Moral konstatiert worden, als habe man jahrelang auf die Invasion gewartet.

»Die kamen in so engen Hosen«, grübelte Vronneka, »und hatten eine andere Zeitrechnung, manche Frau wusste im Brumaire nicht mehr wo ihr der Kopf stand«.

Ihren sprachlosen Zuhörer belehrte sie jedoch auch, dass die kaiserliche Soldateska die frommen Kapuziner vertrieben und im klösterlichen Kapitelsaal »Ça ira, ça ira« gesungen hatten.

»Ich bin noch vom alten Schlag und weiß, wenn das Beichtsakrament verboten wird, da brechen alle Dämme.«

Es war unüberhörbar, die Sünde hatte es ihr angetan. Sie pochte darauf, nur im Schutze des Beichtgeheimnisses finde Wahrheit statt. Albert konnte sich Vroni durchaus als Beichtmutter vorstellen. Sie lächelte nachdenklich:

»Reue und Vorsatz haben die Einmarschierer nie gekannt, die verschafften sich bei uns gleich Respekt. Durchmarschierer sind anders, da geht es immer auf die Flotte …«

So wunderte sie sich auch nicht, dass die Franzosen im Eupener Land tiefe Spuren hinterlassen haben. Sie waren einfach »viel raffinierter«, »richtige Liebeslümmel« trieben sich hier »auf den Strohsäcken« herum. Nach Lavendel und Knoblauch habe es gerochen; das ungewohnte Bier nur stimuliert. Die Ehemänner auf der Flucht oder »in der Fremdenlegion bei dem dicken Blücher«, die Kinder ohne Brot, »die Eupenerin hat sich immer zu helfen gewusst«, frotzelte die Jungfer. So mancher Frau habe es buchstäblich den Atem verschlagen, die »Kultur des Französischen« habe die »brabantischen Bierbäuche und den Salzburger Mozartkugeln« mit fliegenden Fahnen verdrängt. Vroni geriet ins Schwärmen:

»Lass dir von einem alten Weib sagen, mein Junge, wahre Hingabe vergisst eine Frau niemals. Was glaubst du denn, von wo in unserer Stadt all die Derousseaux, Despineux, Charlier, Fraipont, Lejeune und Leroy her kommen? Die sind nicht vom Himmel gefallen, das war die Liebe der Franzosen.«

Es muss wohl unter diesen Frauen eine begeisterte mündliche Überlieferung gegeben haben, denn für die alte Dame stand fest: Der Sturm auf die Bastille hat auch in Eupen so manches »Nachbeben« ausgelöst, Napoleons Soldaten bleiben in »Néaux«, wie die Stadt zur Franzosenzeit hieß, unvergessen:

»So was sitzt tief in den Knochen. Schau dir nur einmal an, wenn am Fettdonnerstag die unzähligen Wallonen hier auftauchen. Die brauchen doch nur den Mund aufzumachen, schon ist es um unsereinem geschehen …«

Alberts Überlegung, hier liege offenbar der wesentliche Unterschied zur Eifel, kann sie nur bestätigen, auf die »Mottesse« aus »Venntirol« ist sie nicht gut zu sprechen:

»Da oben ist es ein Röckchen kälter. Die bleiben, lieber unter sich.«

Die Eupener Lust an der französischen Besatzung sollte sich allerdings bald rächen. Nachdem in den Feldern von Waterloo die Ehre des deutschen Mannes wieder hergestellt worden war, erwies sich die Entscheidung des Wiener Kongresses, die Kreise Eupen-Malmedy dem Königreich Preußen anzugliedern, jedenfalls aus der Sicht Veronikas am Ecktischchen im »Café Columbus«, als verheerend.

»Wir Frauen hatten in der Preußenzeit nichts mehr zu lachen. Wer einmal französisches Blut geleckt hat, dem verging beim alten Fritz die Spaß an der Freud'.«

»Im Buch von Viktor Thielen ist aber zu lesen, es habe sich um eine besonders friedliche und florierende Zeit gehandelt«, korrigierte Albert.

»Paperlapap, Kamerad, erstens war unser Viktor ein braver Pastor, die verstehen von Frauen nichts. Zweitens: Unter den Preußen war einfach nichts los. Nee, nee, hür miech op met de Prüße.«

Auch wusste sie zu berichten, dass sich eine besonders tückische Form männlicher Rache an der französischen Herrlichkeit bald darauf im benachbarten Gebiet von Neutral-Moresnet ausbreitete. Die Freizügigkeit im Kleingliedgebilde hatte zur Folge, dass sich Europas schräge Vögel sogleich auf den Weg zu den Schürfgruben am Altenberg machten: Verbrecher, Steuer- und Fahnenflüchtlinge, Abenteurer, Hasardeure und die Goldgräber des Nichtstuns ließen sich am Göhlufer nieder. Darunter auch die unvermeidlichen Damen des ältesten Gewerbes und ihre professionellen Beschützer, denen die Administration »aus Gründen innerer Sicherheit« die Schaffung eines »Etablissements« gestattete. Die Eröffnung des »neutralen Puffs« sprach sich in Windeseile auch im Butterländchen herum. Vroni klimperte mit ihren Fingern auf der Tischplatte:

»Den Rest muss ich dir ja nicht erzählen. So manches Familienoberhaupt erinnerte sich noch an die Demütigungen aus der Franzosenzeit und sann auf Rache. Außerdem hatte das siebenjährige Warten auf die Pilgerfreuden der Heiligtumsfahrer rund um das Aachener Münsters ein Ende. Wiederholt hieß es bei Eupener Geschäftsleuten und Handwerkern, es sei noch dringend etwas am Alten Berg zu erledigen …«

Mit der »Kaschemme in Kelmis« habe allerdings Kaiser Wilhelm im August 1914 sofort aufgeräumt:

»Mir nix, dir nix war das Bordellchen geschlossen; wenigsten an dieser Front herrschte Ruhe.«

Über die Wirren der Zeitgeschichte, die ja auch die ihre war, äußerte sich die geschichtskundige Seniorin in einer weniger heftigen Bildsprache.

»Ach weißt du, Jung«, wiegelte sie ab, »Krieg ist Krieg.«

Kaum Kommentare über Besatzer und Besiegte. Nur etwa soviel: dDie Deutschen waren Preußen geblieben, die Belgier Franzosen. Deshalb wehrte sie sich auch so vehement, als in diesen strengen Wintertagen, wo sich Saison und Session brisant mischten, in den bis dahin stillen Ostkantonen ein Sprachenkampf entbrannte. Von den Parteien CVP und VU wusste sie nicht viel und wollte sie auch nichts wissen.

»Ich wähle sowieso immer weiß.«

Auch sprach sie kein Wort »Französesch«, doch war ihr Mann schwerverletzt von der Marneschlacht heimgekehrt und ihr einziger Sohn, »uus Schängelche«, in Russland gefallen. Der Name »Hitler« kam nie über ihre Lippen.

»Das haben nicht die Welschen verbrochen«, sagte sie plötzlich todernst. Für Vroni war der Sprachenkampf bereits entschieden.

»Uus Prüße hant nix jeliert.« (Die Eupener Deutschtümler hatten nichts gelernt.)

Albert verstand an diesem Abend so manches besser. Als die alte Frau ihren Mantel zuknöpfte, dem Wirt das abgezählte Geld zuschob und sich durch das Gedränge an der Theke einen Weg zur Tür bahnte, erinnerte es ihn an seinen kuriosen Professor Pircot an der Alma Mater in Löwen. Für viele Dinge, die ihm ein Rätsel, manchmal auch eine Last waren, gab es ganz simple Erklärungen. Er war sich sicher, dass solche Einsichten allein der Illusionslosigkeit kleiner Leute zu verdanken ist. Von Vertragswerken, Verwaltungsakten und Parteiprogrammen haben sie keine Ahnung, auch verstehen sie nichts von den Doppeldeutigkeiten politischer Sprache, doch sie schämen sich dieser Unkenntnis nicht. Weshalb auch? Sie wissen viel mehr, denn nur sie besitzen ein untrügliches Gespür für die unromantische Realität des Lebens. Der Hosenknopf eines französischen Grenadiers oder die verwelkte Feldblume eines von ihm verehrten Bauernmädchens aus Stockem sagen ihnen mehr als das gestapelte Wissen der Bibliotheken.

Manches hat Vroni ihm gewiss mit augenzwinkerndem Schalk erzählt, wohl wissend, dass er zwischen ihren dramaturgischen Übertreibungen und der für Forscher nicht greifbaren Wirklichkeit zu unterscheiden wusste. Aber im Kern hatten ihre Legenden über die Liebe in den Zeiten der Besatzung einen Hauch schlichter Wahrheit. Mit einer flapsigen Bemerkung brachte sie es stets auf den Punkt:

»Weißt Du, was am Abend nach Abschluss des Versailler Vertrages in Lontzen-Busch los war? Der Verehrer von Finchen Radermacher, ein Bäckergeselle aus Henri-Chapelle, fuhr mit einer belgischen Fahne über die unbewachte Grenze.«

Es erinnerte Albert an die tödliche Hakenkreuzfahrt des Eupener Nazi-Helden am Vormittag des 10. Mai 1940. Doch da belehrte ihn die nachdenkliche Frau:

»Das ist eben der Unterschied, minne Leeve. Der siegreiche Belgier radelt zu seiner Geliebten, der jubelnde Deutsche in die Kaserne des Feindes.«

Albert nannte die tollen Wintertage »Eupen vor Ausbruch der Revolution«. Die Angst, in Versuchung zu sein, hatte ihm Veronikas Lebensweisheit ausgetrieben. Ab jetzt zog er die Versuchung gleich welcher Schönheit, jedem labilen Patriotismus vor. Die »Abendkurse« in Vronis »Volkshochschule« hatten sein Gespür dafür geschärft, dass etwas in der Luft lag. Während die Parteien noch leidenschaftlich stritten, in wessen Programm als erstes diese oder jene Regelung gefordert wurde, gab es für ihn keinen Zweifel, dass es allein der gute solidarische Riecher des Volkes war, der die belgische Morgenluft längst geschnuppert hatte. Der Markt, die Theke, der Kirchgang, der Fußballplatz und das Kino vermittelten Morsezeichen, deren ständigem Tickern selbst bei Frostrekorden ein Lüftchen Vorfrühling anhaftete. In der Schusterwerkstatt waren Töne zu hören, die es so noch nicht gegeben hatte. In Leserbriefen bislang braver Bürger standen Sätze, die aufhorchen ließen. Vor den Schulen wurden Themen diskutiert, die über Jahrzehnte als tabu galten. Auch das entdeckte Albert bei seiner passionierten Suche nach nicht-offizieller Realität: In mehreren Kneipen kannte er Pissoirwände, auf denen anonyme Freiheitskämpfer mit blauem Filzstift gekritzelt hatten: »Wir sind es satt«.

Vielleicht war es auch nur eine Weltstimmung. In Paris putschte die Jugend auf den Boulevards. Studenten der Freien Universität skandierten beim Sternmarsch auf Bonn »Wir sind die Berliner Ferienkinder«. Die Blumenmädchen schwärmten von »Mister Tambourine Man«. Nie zuvor heulte der Sound von den britischen Inseln so mitreißend. Selbst der alte Papst rief vom Fenster seines Sterbezimmers

»Seht den Mond, gebt euren Kindern einen Gutenachtkuss …« Doch sonderbar, der Schrei »I can get no satisfaction«, die Sehnsucht nach »Aggiornamento« oder Che Guevarras Botschaft, »Seien wir realistisch, fordern wir das Unmögliche«, sie schwebten unüberhörbar auch über das kleine ostbelgische Land. Die Enge brach auf. Belgien bot plötzlich mehr Platz. Deutsch zu sprechen, war nicht mehr identisch mit ewiggestrig. Es war ein irrer Duft der Freiheit, der anbrechenden Versöhnung von Vaterland und Muttersprache. Und was die Liebe anbelangt, keine Furcht mehr, in Aachen fremd zu gehen.

Aber schon forderten am Godehard-Gymnasium in St. Vith Priester, die am Vorabend noch in der schwarzen Soutane den Schmerzensreichen Rosenkranz gebetet hatten, »Wir müssen dies, wir müssen das«. Lichtscheue Teer-Kommandos bekämpften in Büllingen und Bütgenbach nicht-deutschsprachige Straßenschilder; die Gendarmerie kannte die Täter und ließ es geschehen. In abgelegenen Eifeltälern trafen sich akademische Sprachtheoretiker und nannten sich »Deutschostbelgischer Hochschulbund«. Cousin Peterchen rief im »Café Columbus« »Deutschostafrika« und forderte einen »Volksschulbund«. Auf dem Asphalt am Eichenberg stand zu lesen »Los von Lüttich«; aber es handelte sich um eine kaum befahrene Nebenstraße, die Freischärler hatten sich das Stadtzentrum nicht zugetraut. Schließlich zog ein Wagenkonvoi der mobilmachenden VU durch Ostbelgien und tönte »Wallonie nie«.

Der dicke Friedhofsgärtner Klaus Lenz, der sich jeden Mittag acht Bier einverleibte polterte, kein Lakai der Hochdeutschen aus der Eifel zu sein:

»Wr sönd niet de Lapatsche van de Monschäuer.«

»Wieso Wallonie nie«, rätselte der schwerhörige Jakob »Köbi« Pommé auf dem Weg zur Toilette, »wir deutschsprachige Belgier haben doch immer schon zur Wallonie gehört.«

»Wir meinen ›nie wieder‹ und ›niemals mehr‹«, belehrte ihn der kleine Jupp Schmitz von der VU-Lokalsektion Eupen-Nispert. Flugs kam die Antwort des neben ihm seinen dritten Kaffee schlürfenden Schriftführers der Christlichen Gewerkschaft, Fränzchen Bong:

»Aber, das entscheidet nicht Pastor Heinzius aus Eibertingen.«

Revolutionen finden in Belgien bekanntlich im Wirtshaus statt. Zwar gibt es da und dort vereinzelt Schusswechsel, doch handelt es sich nur um Warnschüsse. Die eigentlichen Kampfhandlungen toben an der Theke. Die Verhandlungen der feindlichen Lager, die sich oft über Wochen und Monate erstrecken können, werden ebenfalls im »Café« geführt. Manchmal kann es passieren, dass erst die Trinkfestigkeit über den eigentlichen Sieger entscheidet. Vor diesem Hintergrund ist Eupen eine sehr belgische Stadt. Ihre »Revolution«, der »Sprachenkampf«, der »Aufbruch«, die »Wende« waren letztlich eine Frage von Druckerschwärze und Bierdunst. Gefochten wurde nur mit gespitzten Schulweisheiten konkurrierender Lehrer, geschossen lediglich mit den Platzpatronen ohnehin vom Chefredakteur zensierter Leserbriefe. Es gab weder Verletzte noch Tote, einige Bierleichen ausgeschlossen.

Reisten flämische oder wallonische Journalisten zur Kriegsberichterstattung durch Stadt und Land, wunderten sie sich über die Geselligkeit in den Cafés von Eupen und die idyllische Stille der Eifeldörfer. Die eigentliche Kontroverse, Philologenstreit und Sprachenkram, etwas mehr Deutsch oder weniger Französisch, worüber sich diesseits und jenseits des Hohen Venns ganze Familien, Pfarrgemeinden und Vereine zerstritten, wäre im Komparatistik-Institut der Aachener in einem einzigen Oberseminar gelöst worden. Doch hatte das eigentliche Problem eine eher tiefenpsychologische Dimension. Diese war unheimlich, weil sie viel mit »Heimlichkeit« zu tun hatte. Heim ins Reich oder daheim im Königreich, so hieß die Alternative. Da sie jedoch zwar heftig bewegte, in der Öffentlichkeit aber nicht ausgesprochen wurde, konnte sie auch nicht geklärt werden. Der Rest war heißer Dampf. Es tobte ein Luftkrieg um verweigerte Antworten nicht gestellter Fragen.

XVI.

Im Hohen Venn

Albert hat in den strengen Wintertagen eine Wiederentdeckung gemacht. Wollte er sie beim Namen nennen, fand er nicht die passenden Worte. Und doch ließ er sich tagtäglich darauf ein, näherte sich ihr wie auf leisen Sohlen und geriet ins Grübeln darüber, dass er bislang für diese Dinge keinen oder nicht den richtigen Blick gehabt hatte. Sein Chef Hans Weykmans lag mit einer schweren Bronchitis im Bett, stöhnte und schwitzte, die Brüssel-Fahrten waren gestrichen, der Chauffeur genoss unerwartete Schneeferien. Als er unverrichteter Dinge von Weywertz übers Hohe Venn zurück nach Eupen fuhr, nutzte er den sonnigen Morgen, auf Botrange den Wagen abzustellen. An sich sollte es nur ein kurzer Halt sein, ein bisschen frische Luft schnappen und den Touristen zusehen, die in niederländischen Bussen anreisen. Doch dann folgte er, neugierig geworden, einer Schulklasse in eine Schneise und erreichte nach knapp zweihundert Metern im tiefen Schnee ein Aussichtsplateau. Es war einfach auf groben Fichtenstämmen errichtet, die in alle Himmelsrichtungen weisenden Geländekarten machte eine dicke Eisschicht unleserlich. Doch darauf kam es gar nicht mehr an. Dem Blick bot sich das grandiose Schauspiel einer weiten winterlichen Moorlandschaft. Albert kniff die Augen zu, denn der Ostwind und die funkelnden Schneekristalle trieben ihm Tränen ins Gesicht. Der Himmel war wolkenlos blau, wie im Süden, doch stand die Sonne tief, strahlend, ohne zu wärmen in ihrem tückischen Licht von hypnotisierender Kraft. Er war nicht der einzige, der die glatten Holzstufen hinauf geklettert war, doch einmal an das Geländer tretend, brach das Gelächter ab, verstummten die Gespräche. So steht man am Meer oder auf Berggipfeln, dachte er, immer noch die Nahtlinie dieser Ferne suchend, die am Horizont feurig mit dem Himmel zusammenfloss. Nein, es war eher ein Schmelzen, als knisterten die Funken eines Schweißgerätes. Das Zischen weißer Glut, so weit das Auge reichte.

Die unbestechliche Klarheit erinnerte ihn an die Kindergeschichten vom Ende des Regenbogens. Wo er die Erde berührt, so wurde erzählt, befinde sich ein Goldschatz, unermesslich, unvorstellbar. Vor dieser Winterwüste begann er zu begreifen, dass es sich dabei weder um ein Märchen noch um eine Legende handelte. Dort, wo der Himmel unerreichbar wurde, befand sich tatsächlich ein Schatz. Er war bewundernswert, aber, wie alle richtigen Schätze, nicht greifbar.

Albert staunte, dass es in der amtlichen Enge Ostbelgien eine solche Weite gab. Es war seine große Wiederentdeckung an diesem Februarmorgen. Hunderte Male hatte er in seinem Leben die Vennstraße von Eupen nach Malmédy befahren. Auch an Wintertagen, wenn die Schneepflüge enge Bahnen ziehen und die Gräben zuwehen oder im Vorfrühling, wenn die roten Fahnen der Forstverwaltung vor Feuerwänden warnen, deren Glut sich noch wochenlang im Torf verbirgt und von neuen Windstößen wieder angefacht wird. Er kannte auch die Zeit der Wollgrasblüte, graue, manchmal silbern funkelnde Glocken im buschigen Gras, oder die knapp bemessenen Wochen der Wald- und Preiselbeerernte. Bei der hastigen Überfahrt fielen ihm stets Frauen auf, die sich mit wehendem Haar über die Sträucher beugten. Triumphierend trugen die Kinder die randvollen Kannen zu den parkenden Autos. Noch etwas hatte er bemerkt, das Gelb der herbstlichen Gräser, so als beginne hier die Savanne. Ein anderes Licht, andere Farben.

Auf seinem Ausguck bedauerte er, seine frühen Träume langer Wanderungen durch die Wälder am Hochmoor nur selten verwirklicht zu haben. Er erinnerte sich an den betörenden Glanz eines späten Septembertags, als er mit seinen Freunden von der Hillquelle barfuß nach Eupen wanderte; weite Wege an den Ufern des eilenden Wassers; Leichtigkeit des Lebens, die nie mehr wiederkehrte. An Wochenenden hatte er oft seine Eltern hinauf nach Reinartzhof oder Porfays begleitet, wo sie an den Arbeitsplätzen der Holzfäller Späne und Scheite sammelten. Es waren heitere Stunden, die erst auf der Rückfahrt unheimliche Züge annahmen, wenn die Schatten länger wurden und die diesige Tiefe der Schneisen vorbeihuschte. Da kommt keiner mehr, fürchtete er sich und die Stille geriet zu einem unabwägbaren Komplizen der Einsamkeit. Damals war es sein Wunsch, einmal dort hinaufzuziehen und sich die Wildnis eine Nacht lang zuzutrauen. Er bereut, diese Lektion nicht gelernt zu haben.

Oben auf den Holzplanken fiel auf, dass die Loipen nur die Ränder der freien Flächen berührten; an sich drehten sie im Kreis, dessen Radius je nach Ausdauer der Läufer etwas weiter gezogen und mit bunten Pflöcken markiert war. Doch blieb der Bezugspunkt stets das Signal de Botrange, dessen hoher Turm mit den Geräten der Wetterstation von überall sichtbar war. Es war der höchste Punkt des kleinen Belgiens. Zusammen mit dem fernen Rauschen des Verkehrs, das bisweilen im rasselnden Ton der Schneeketten herüberwehte, bot er eine nicht zu unterschätzende Orientierungshilfe. Naturfreunde hatten auf die Einrichtung präzise bemessener Trassen gedrängt um die sensible Fauna und Flora vor den Kufen der Langläufer zu schonen. Die grellen, modischen Farben ihrer Sportjacken unterlagen nicht den Vorschriften des Umweltschutzes, doch verschwanden sie bald wieder in den dichten Wäldern. Die Fläche blieb frei, unnahbar, jungfräulich und glänzte an diesem Morgen wie die grenzenlose, windstille Glätte eines Ozeans. Sie zu lieben, ist ihm nie in den Sinn gekommen. Jetzt sah er ein, es war ein Fehler.

Auf der Rückfahrt ist Albert mehr denn je bewusst geworden, dass die Wälder und das Hohe Venn eine souveräne

Grenze bilden. Zwischen dem Eupener Land und der Eifel steht eine Wand. Wäre nicht die einsame, mitunter schwer passierbare Straße, man würde in den Torflöchern versinken, sich im Nebel verirren. Über den gurgelnden Wassergräben schlägt das Wetter, heulen die Winde. Die Wege versumpfen, Bäume verkümmern. Alle Jahreszeiten sind Spätgeburten; karges, scheues Grün, nur resistente Pflanzen überleben. Es herrscht das Regime einer anderen Geologie, selbst die Wasserläufe trennen sich und fließen verschiedenen Strömen, der Maas und dem Rhein entgegen.

Albert ist der unpolitische Chauffeur eines politischen Kandidaten, seit Monaten verfolgt er als Augen- und Ohrenzeuge die Konflikte und Kämpfe, Intrigen und Revanchen der Parteivölkchen. Kaum ein Tag ohne das zermürbende Ringen um fragwürdige Macht und unhaltbare Kompromisse. Unterhalb von Hestreux hat es hat zu schneien begonnen, Wind kommt auf, doch im dichter werdenden Schneetreiben leuchtet ihm ein, dass sich in den Unwegsamkeiten dieser Landschaft mehr verbirgt als nur die Heimtücke plötzlicher Einsamkeit. Hier sträubt sich etwas. Es hat die Menschen diesseits und jenseits zutiefst geprägt, die politische Legendenbildung will es nicht wahrhaben. Letztlich sind alle Institutionen und Infrastrukturen hier oben wehrlos. Man möge sich nicht täuschen, denkt er. Wer den riskanten Einschnitt des Hochmoors nicht sehen will, wird ihn zu spüren bekommen.

Die Klarheit des Wintertages ist von entlarvender Schönheit. Sie kennt keine Hemmungen. Alles, was zwischen Eupen und St. Vith an kleinlicher Enge, an Resolutionsstaub und eifernden Drucksachen angehäuft worden ist, muss vor einer solchen Landschaft kapitulieren. Hinter den Kurven am Schwarzen Kreuz liegen im Wesertal die Fabrikhallen der Eupener Kabel- und Gummiwerke. Ihre rötlichen Ziegelwände trotzen der weißen Pracht. Der Kontrast kann heftiger nicht sein: dort ereignislose Stille, hier tobende Technik.

Die Vennflüsse Hill und Soor sind längst geschluckt, das Tal öffnet sich nach Verviers und Lüttich, oben hinter den Tannenwänden liegt eine andere, ländliche Welt. Albert erinnert sich, dass ihm ein erfahrener Parlamentarier während des Wartens auf den Chef vor wenigen Wochen anvertraute:

»Wir sind keine Gemeinschaft.«

Er hat es geflüstert wie ein Staatsgeheimnis, es klang konspirativ, ein brutales Fazit angehäufter Erfahrung, ein Stück Lebensbeichte. Der ehemalige Lateinlehrer aus Atzerath ging gerade in Pension, er konnte sich solch ein Resümee erlauben, er hatte nicht viel gewonnen, aber auch nichts mehr zu verlieren. Doch wusste er, wovon er sprach und wiederholte seine Offenbarung noch einmal mit resignierenden Gesichtszügen: langer Jahre Last um bitter wenig, über den Tränensäcken ein letztes skeptisches Augenzwinkern, Albert möge alles, bitte, für sich behalten. Später vielleicht würde er sich dazu äußern.

Der Chauffeur hat in diesen Wintertagen wieder zu wandern begonnen. Schritt für Schritt und ausdauernd, weil sich das Land nur mitteilt, wenn man es ernst nimmt, etwas Zeit und Leidensbereitschaft investiert. In Stockem, wo Eupen am ältesten ist, sah er die preußisch-niederländischen Grenzsteine aus der Zeit nach dem Wiener Kongress. Bisweilen scheinen selbst die Bauern nicht zu wissen welcher Hoheit die Weißdornhecken an den Wegbiegungen unterstehen. Wirft man einen Stein über das Wiesengatter, landet er in Wallonien. Das Dörfchen Membach ist fast von der sich ausbreitenden deutschsprachigen Stadt Eupen eingemeindet, doch wurde ihm eine andere Kultur verordnet. Am westlichen Horizont der Saum der Straße Karls des Großen, sie liegt auf der Höhe und strebt, verächtlich auf all das Kleingestrickte hinabblickend, der Maas zu. Durch den Preußwald schlängelt sich, von Laub und Unterholz zugedeckt, der alte Landgraben des Herzogs Albert von Österreich. Nur noch ein paar Schritte und hinter dem Vorhang aus flirrendem Buchenlaub erhebt sich das Aachener Münster, die Krönungsstätte deutscher Könige. Hitlers Westwall war ihr beleidigender Schutz. Nicht allzu tief, unter der Grasnarbe von Raeren-Botz und Berlotte lagern die Scherben von Steinzeug, dessen Meisterwerke im 16. und 17. Jahrhundert um die Welt gingen. In Reinhardstein residierten die Metternichs. In Malmédy stand eine grandiose Abtei. Tief im Rocherather Wald lag das mysteriöse Weisfeld. In Burg-Reuland blickte er auf den matten Glanz des Grabmals derer von Pallant. In Maldingen suchte er nach Spuren des Dichters Paul Gérardy. Unvergesslich der Höhenweg jenseits von Lascheid. Will Albert alles verinnerlichen, braucht er Wochen, doch es reicht ihm schon, sich etwas zu nähern, die alten Wege zu suchen und auf zuwachsenden Pfaden die versickernde Zeit zu spüren.

Er verweigert sich das salbungsvolle Ankreuzen dessen, was hierzulande als »altehrwürdig« gilt. Er möchte einfach gehen, durchschreiten, überschreiten. Da und dort, trifft ihn der kleine Schock geopolitischer Paradoxie. Allein dem Hohen Venn gilt seine gebannte Aufmerksamkeit. Gerät er nach Stunden urplötzlich in die Nähe mächtiger Landschaft, vergleicht er die Spannung mit dem Betreten dunkler Kirchen. Es ist eine Mischung aus Furcht und Faszination, er nennt sie »fast mystisch«. Manchmal hat er dieses Empfinden auch bei Frauen gespürt, erschöpfter Augenglanz an verregneten Nachmittagen, er kennt seine Euphorien und lächelt in sich hinein. Und doch ist hier oben ein seltener Ort des Einsamen und Freien. Er entdeckt eine Wildnis, die sich seit Urzeiten nicht mehr hat wehren müssen. Nur der Wind und das Wetter fegen wie ein Kamm hindurch. Raue Flächen jenseits der Schöngeisterei.

Vor allem die Kreuze erschrecken. Oft erkennt man schon aus der Ferne eine leichte Veränderung im Gelände, graue, bucklige Silhouetten. Sie erzeugen Ungewissheit und Spannung: ist da noch jemand? Dann werden die Umrisse deutlicher, Golgota-Stunden, die Einsamkeit des Schmerzenmannes zwischen Tannen und Farn. Kaum eine Gedenkstätte, die nicht die Inschrift eines Namens, eines Stoßgebetes oder das Datum eines Sterbetages trägt. Spärliche Auskunft auf grauem Stein und zähem Holz. Es sind nur tragische Ereignisse, die hier festgehalten wurden: plötzliche Todesfälle, Abstürze, Raub, Freitod, Mord und Totschlag. Manchmal bemerkt Albert die Dornenzweige längst verwelkter Rosen oder ein abgebranntes Totenlicht. Er fragt, wer kam hierher, was trieb die Einsamen um? Die Stille wird größer am Zimmermann Kreuz, am Bilfinger Kreuz oder an den Gedenksteinen für Albert Bonjean und Joseph Parotte. Wenn die Heide blüht, werden ganze Flächen zu Friedhöfen. Violett, lila, Farben des Advents, der Fastenzeit und uneingestandener Angst.

Ein Gefühl leiser Unsicherheit umgibt auch die Ruinen oder Kapellennischen, der Eremitagen. Am besten erhalten und seit Jahrhunderten noch immer bewohnt ist die Einsiedelei im Wald von Bernister. Ein ovales Schiffchen inmitten grüner Brandung. Einmal jährlich, in der toten Saison kommen die Holzfäller und Bauern der Umgebung hierher. In der Kapelle Fischbach auf Baraque Michel und bei Schwärzfeld auf dem Reinhart waren es einsame Beter, die zur Nacht den im Nebel Verirrten die Glocke läuteten. Es hat Alberts Phantasie seit Kindertagen beschäftigt: erschöpfte, ängstliche Pilger, Laternen, Sturmgeläut. Dramatische Rettung, als führe die Droste Protokoll.

Später standen auf Reinartzhof zwei abgelegene Höfe. Die katholische Jugendbewegung zog an Herbstwochenenden hier hinauf. Ein Priester kam mit dem Motorrad durch das Pissevenn und den Wald des Raerener Stuhls und las im Wohnzimmer der Familie Reuter die Messe. Am Abend wurde die Stille unheimlicher. Marquet, der Inhaber des Oberhofes, huschte zwischen den Ställen. Die Jungen beobachteten, dass er sich auf dem dunklen Pfad, der ins Venn führte, hinhockte und schiss. Zur Nacht erschien er mehrmals in der Luke des Heustalls und grinste mit seinen faulen Zäunen im Funzellicht der Taschenlampen. »Marquet« geriet im Freundeskreis zu einem Begriff der Ängstigung: Marquet kommt, Marquet sucht dich, Marquet war hier. Jahre später, als die einsame Siedlung angeblich aus Wasserschutz-Gründen dem Erdboden gleich gemacht werden sollte, hat sich Marquet bis zuletzt, wie ein Michael Kohlhaas, gegen die Vertreibung gewehrt. Mit einer Frau, von der man nicht wusste, ob sie seine Gattin oder seine Schwester war, hauste er weiter auf dem Hof. Zeugen berichteten, man habe »das Weib« in der Dämmerung schreien gehört. Albert hat die Flucht ergriffen, als er eines Tages an der Bergstraße in Eupen eine Toilette betreten wollte und er hinter dem Mäuerchen plötzlich Marquet gegenüber stand: Noch immer grinsend, biss er mit weit aufgerissenem Mund in ein Aprikosenflädchen …

Die Bücher über das Hohe Venn hat der Chauffeur verschlungen und auf den federnden Torfpfaden nach Spuren gesucht. Inzwischen kennt er die Namen, als sei es das letzte Revier der Wölfe: Noir Flohay, Weisserstein, Drello, Alt Hattlich, Trou Brouly, Drossart oder Fagne Longlou. Ihr Klang ist nicht nur kongenial mit den Schnee- und Regenstürmen, die hier niedergehen, sondern stellt unmissverständlich klar, dass hinter den letzten Bäumen die Zivilisation abbricht. Nichts lässt sich mehr politisch vermessen. Sogar die Forstwirtschaft stößt an ihre Grenzen. Ein paar Kühe auf den Lichtungen, ein Schafhirte für das Fremdenverkehrsamt, die Torfstecher sind längst aus ihren Löchern verschwunden, ihre Attrappen stehen im Heimatmuseum. Resignierend haben die Behörden das Venn zum Schutzgebiet erklärt und rühmen sich ihrer ökologischen Sensibilität. »Naturpark«, so lautet eine Bezeichnung, als könne man auf gepflegten Rasenflächen lustwandeln. »Grenzüberschreitend«, so klingt die Leier einer anderen Floskel, die das Labyrinth geografischer, geologischer, klimatischer, sprachlicher und kultureller Barrieren ignoriert. Würde man all das markieren, mit dem ansonsten Grenzziehung begründet, begrüßt oder bekämpft wird, das Hohe Venn wäre nur noch ein von Fähnchen, Steinen, Schlagbäumen, Hinweis- und Hoheitsschildern abgestecktes Plateau.

Aber Grenzziehungen sind hier nicht korrigierbar. Albert beobachtet es gebannt. Die Fluren des Wallonischen Venns schieben sich in souveräner Breite zwischen die Versuche politischer Vereinnahmung. Das deutsche Sprachgebiet ist keine landschaftliche Einheit. Der meist unbewohnte, jedoch breite wallonische Trennungstreifen lässt sich mit einem »Korridor« nicht durchlöchern. Das hin- und herfliegende Laub bedarf keiner Sonderausweise, die Wildwechsel keiner Genehmigung der Föderalisten. Wie Festungen stehen die Dörfer Sourbrodt, Longfaye und Xhoffraix an den Übergängen. Ihre Sprache ist ein wallonischer Dialekt, im Ernstfall würde sie niemand verstehen. Dem Verfechter des Wallonentums im Kulturkampf, Abbé Nicolas Pietkin, haben sie ein Denkmal mit der säugenden römischen Wölfin errichtet, das 1940 zerstört und 1957 wieder aufgerichtet wurde; so tief sind die Gräben. Was der in den Ruhestand flüchtende Senator aus Medendorf dem in der Rue de la Loi wartenden Chauffeur raunend anvertraute, es gebe keine Gemeinschaft der deutschsprachigen Belgier, findet in den kniehohen Grasbüschen eine geografische Bestätigung. Der Boden ist weich und morastig, schon die Römer, die in den Sumpflöchern von Les Wéz mühselig an einer »Via Mansuerisca« buddelten, wussten, wie tief zu schaufeln ist, bevor man in diesem Terrain für kurzbemessene Jahreszeiten auf festen Halt stößt.

Jenseits der Wälder von Mont-Rigi klatscht in einer engen Schlucht der Bayehon-Bach an die Schieferfelsen. Albert trat in ein breites Tal, das der heilige Bernhard von Clairvaux, der im zwölften Jahrhundert ein weitreisender Krisenmanager war, das »schönste der Ardennen« nannte. Es fällt nicht schwer, sich die Idylle auszumalen: Stavelot-Malmédy, ein Doppelkloster, reichsunmittelbar, die Äbte päpstliche Legaten, berüchtigt im Wissen und Einfluss. Doch selbst hier Zwietracht und Sprachenkampf zwischen dem begehrteren, zur Diozese Lüttich zählenden Stavelot und dem zweitrangigen, dem Erzbistum Köln angehörenden Malmédy. »Malmundaria«, der uralte Namen lässt Böses ahnen. Es soll zwischen den Mönchen zu Überfällen und Mordanschlägen gekommen sein. Viel Reichtum, viel Sündenfall. Bis tief ins St. Vither Land hinein betreuten die schwarzen Mönche entlegene Sprengel, die Eifel war ihr verlängerter Klostergarten.

Selbst bei Hans Weykmans hat der Chauffeur ein kurioses Faible für die Abteistadt bemerkt. Es weht ein milderer Wind, eine Heiterkeit, die hinter den Schneehecken der Vennhöfe nicht üblich ist. Es tönt eine andere Sprache, den Schulen vertrauen die Eifeler Bauern ihre begabteren Kinder an. Der Cwarmé-Karneval, eine anarchische Sehnsucht, wird hier länger und traditionsreicher gefeiert, die fetten Donnerstage nehmen kein Ende. Im Schatten der Klostermauern von Stavelot zelebrieren noch am Mittfasten-Sonntag »Laetare« die Männer eine Parodie mönchischer Untugend. Albert beobachtet es mit Erstaunen und vermutet, leicht angesäuselt am funkensprühenden Fastnachtsfeuer auf der Place Albert, dass sich hinter dem unbekannten »Bösen«, den strengen Klausuren und der Entschlossenheit, die Feste bis zum Umfallen zu feiern, ein mythologisches Fabeltier verbirgt. Es haust in den Sümpfen des Hohen Venns und streckt zur Winterwende seine Feuerzunge und Eiskrallen nach den Schönen der Abtei-Städtchen aus. Doch scheint hier die Lebenslust virulenter, sie flüchtet durch das breite Tal in die romanische Welt, wo alles leichter und sinnlicher ist.

Albert hat seinen allmählich genesenden Chef mit Fragen bestürmt und nur auf komplizierten Umwegen erfahren, wo sich zwischen Malmédy und St. Vith die Wege trennen. Je mehr Weykmans sich um eine Antwort zu drücken versuchte, wuchs der Verdacht, dass es sich bei diesem Zögern um eine verschwiegene Furcht vor dem Protest der Dorfsäle und Stammtische handelte. Der Chef mochte es nicht, wenn sein Chauffeur dies als »Sippenhaft« bezeichnete. Auf die Frage, weshalb bei den Wahlen ein Eupener in St. Vith kaum eine Stimme holt, er selbst dagegen auch jenseits des Venns Rekorde einheimste, gab der Chef kurz angebunden zur Antwort:

»Eifel wählt Eifel.«

Weykmans schien es zwar zu bedauern, doch klang es wie die Verkündigung eines Naturgesetzes. Stets um Verschwiegenheit bemüht, löste sich seine Zunge nach einigen Gläschen der Gemütlichkeit. Das Unbehagen an den Widersprüchen seines »kleinen Reiches« wandelte sich in Zorn. Er richtete sich massiv gegen das, was er verächtlich »die Schule« nannte. Dabei erwähnte er weder ihre katholische Gründung noch die im fernen Lütticher Generalvikariat kaum wahrgenommene Aufsicht. Kam er jedoch auf das sich aus den Reihen der Geistlichkeit rekrutierende Lehrpersonal zu sprechen, benutzte er den abfälligen Begriff »Schulmeister«. Albert wandte ein, dass es sich in den Eifelortschaften um einen Mikrokosmos handele, der sich seine Eigenart bewahrt und verteidigt habe, das verdiene Beachtung. Es half auch nicht, als er von Sommerferien auf dem Igelmonderhof in Manderfeld, von Wanderungen nach Holzheim und Schönberg schwärmte. Es habe ihn an oberbayrische Dörfer erinnert oder an Tiroler Bergbauern, die sich ihre eigene Kultur und den bodenständigen römisch-katholischen Glauben nicht durch laxe Städter und flüchtige Touristen hatten nehmen lassen.

»Du bist ein Romantiker, mein Lieber«, lächelte Weykmans, »deine Idylle stammt aus Bilderbüchern. Das Problem ist, dass die Menschen hierzulande die Enge zugleich beschwören und aus ihr raus wollen. Sie rühmen das grüne Land und fordern die Sackgasse einer Autobahn. Sie wollen »Los von Lüttich« und gründen dort eine Studentenverbindung. Sie rufen »Wallonie nie« und fahren nach Malmédy zum Einkauf. Verkehrsschilder in französischer Sprache werden beschmiert, doch soll der Sitz des Fremdenverkehrsamtes der Ostkantone nach St. Vith. Eupen gilt als hochmütig, doch besetzt man dort die Staatsstellen. Man stichelt gegen Belgien und empfiehlt sich der Inlandspresse als besonders königstreu«.

»Woher kommt diese Hassliebe? Sieh Dich doch um, saubere Dörfer, florierende Höfe, Milch- und Holzwirtschaft, reines Wasser, gesunde Luft, ein intaktes Land …«

»… und glückliche Kühe«, unterbrach ihn Weykmans, »Du glaubst noch an die Eifel-Romantik von Clara Viebig. Ihr Roman ›Das Kreuz im Venn‹ begeisterte vor hundert Jahren die deutschen Großstädter. So eine Mischung aus Mitleid und Almenrausch. Die Realität ist, dass diese abgelegene Region und ihre zum Großteil aus bäuerlichem Milieu stammende Bevölkerung von einer Priesterkaste gegängelt wird.«

»Bei euch herrscht eine andere Heimat-Sensibilität, Hans, die hast Du auch. Das ist doch keine Schande.«

»Die muss auch niemand verraten, nur weil er sich nicht an der Hetze gegen die Wallonen und Wallonien beteiligt. Ist es nicht sonderbar, dass im St. Vither Godehard-Gymnasium des Bischofs von Lüttich ein Krieg gegen die französische Sprache geführt wird?«

»Noch ist kein Blut geflossen.«

»Das wird auch nicht nötig sein, die Botschaft wirkt wie Gift, überall Abschottung und Ressentiments. Gekämpft wird von den Akademikern heimtückisch im Untergrund. Sie behaupten nicht gegen Zweisprachigkeit zu sein, wollen aber aus der Wallonie raus; sie geben vor, für Belgien zu optieren, jedoch ohne die Französischsprachigen. Es ist paradox.«

Albert teilte nicht die Sicht seines Chefs. Sein Eupener Arzt Dr. Robert Scholl vermittelte ihm ein völlig anderes Bild des Godehard-Gymnasiums. Der Mediziner, ein trinkfester Rabauke aus Maspelt, hatte beim Bombenangriff auf St. Vith seine Eltern verloren. Verwandte und Nachbarn ermöglichten ihm das Studium und steckten ihn ins St. Vither Internat, wo er für Furore sorgte. Das Lehrerkollegium hielt diesen Abiturienten, der in den letzten Kriegswochen noch als Flakhelfer im Einsatz gewesen war, für einen »Querulanten«. Er gefährde die »innere Ordnung«, tobten die Aufseher. Schließlich wurde er von der Schule verwiesen und als »gefährliches Element« dem Eupener Kolleg übergeben. Dennoch schwärmt Dr. Scholl noch immer von der »Pionierzeit« im Eifel-Internat. Albert sah, wie seine Augen leuchteten, St. Vith nach der Befreiung, blieb für ihn »die beste Zeit«. Der Direktor war gerade im KZ Dachau befreit worden. Ein Priester hatte in amerikanischer Gefangenschaft sein eigenes Grab schauffeln müssen und die Vollstreckung des Todesurteils in letzter Sekunde überlebt. Ein anderer erreichte die Heimat nach einer Fahnenflucht von der Ostfront. Das Internat lebte von den Kartoffelspenden der Bauern. Die Schulbänke zimmerten Freiwillige aus Brettern der Schutthaufen. Im Schlafsaal lagen sie auf Strohsäcken. Virgil und Homer wurden im Schatten von Ruinen übersetzt. Fehlte das Brennholz, wurde gebetet und gesoffen. Es stärkte die Moral und, so beteuerte der Arzt, »unser Selbstbewusstsein«. Im Gegensatz zum von Bomben verschonten Eupen, hatte man zu kämpfen gelernt. St. Vith verglichen sie mit Dresden, Eupen mit Las Vegas.

»Einsatz für die Muttersprache ist noch kein Landesverrat«, Albert sagte es etwas leiser, es klang nachdenklich und beherzt.

»Wer die Sprache seiner engsten Nachbarn verteufelt und diese als Invasoren verschmäht, giftet gegen Belgien.«

»Gegen das alte Belgien.«

»Das neue Belgien wird es für uns nicht geben, wenn ausgerechnet von katholischen Priestern der Unfrieden geschürt und eine ganze Generation junger Eifeler in Komplexe getränkt wird, die uns entweder auf kleinstem Raum verkümmern lassen oder dem deutschen Landkreis Bitburg-Prüm einverleiben werden.«

»Die Wallonen wollen von Deutsch nichts wissen. Das ist Kultur mit Schlagseite.«

»Das hat oft andere Gründe, schmerzliche. Doch sie werden es noch lernen müssen. Wir kennen diese Lektion bereits.«

Albert hatte seinen Chef noch nie so erlebt. Brausend, händeringend, rot anlaufend. Wie immer, wenn er sich aufregte, verlor er den Faden, verhaspelte sich, doch fing er sich wieder und es schoss wie aus der Pistole aus ihm heraus. Es war kein Frust, sondern angestaute Wut. Er musste nicht, wie sooft in kritischen Situationen, nach Worten suchen, er war seiner Sache sicher. Tobend zwar, aber echt, so wie Volkesstimme echt ist, auch wenn sie nicht so geschliffen daher kommt. Er war fest davon überzeugt, dass es zwischen der schweigenden Mehrheit einfacher Menschen und der Elite agitierender »Schulmeister« keine Übereinstimmung, sondern ein sonderbares Verhältnis von Untertänigkeit, Clandenken und taktischem Abwarten gab. Pfarrer und Lehrer hatten über die Dörfer und Ortschaften ein enges Netz sprachlich-kultureller Kontrolle gesponnen. Wer öffentlich widersprach wie eine junge Journalistin, ein sozialistischer Abgeordneter oder ein bissiger Poet aus Neundorf wurde als Verräter geächtet. Die »Muttersprache« geriet zur einzigen Instanz Eifeler »Identität«. Ihre Verfechter hielten sich für Guerilleros der Heimattreue und verglichen sich allen Ernstes mit den Helden der Studentenrevolte. Doch kämpften sie nur im deutschnationalen Kellerloch gegen französischsprachige Nachbarn. Ihre Erfolge verwechselten sie mit dem Endsieg. Abweisend gegen alles Wallonische, zur »deutschen Kulturnation« nach allen Seiten begehrlich offen. Während Europa größer wurde, predigten sie den Rückzug ins Schneckenhaus der Eigenart.

»Die haben sich darin verbarrikadiert.«

»Irgendwann«, lächelte der Chauffeur in den Rückspiegel, »müssen sie da auch wieder rauskriechen.«

»Außerdem, was ist das eigentlich, Identität? Sag's mir, Albert, so ein Gemisch aus Blut, Boden und Weihrauch?«

»Da müssen wir Heino fragen.«

»Ich fürchte, das Lachen wird uns noch vergehen …«

Wenige Wochen später startete der Belgische Hör- und Fernsehfunk (BHF) eine Reportageserie über die sich zuspitzende Lage in den »Ostkantonen«. In beiden Kammern des Parlaments waren die Töne schärfer geworden. Das alte Spiel flämisch-wallonischer Unterstellungen eskalierte. In den Voer-Dörfern war es bereits zu schweren Zwischenfällen gekommen. Senatspräsident Paul de Keyser bat seine ehemalige Kollegin, die elegante BHF-Sendeleiterin Jeanne Netzky, auf der Fahrt in ein diskretes Restaurant von Tervueren, den auch in Ostbelgien drohenden Konflikt zu thematisieren. In der Tagespresse hatte der Korrespondent Kurt Buchenbaum bereits begonnen, die kritische Lage zu analysieren. Es bestand Handlungsbedarf. Madame verfügte in ihrer Redaktion an der Place Flagey über zwei junge, begabte Journalisten, Hubert Schröter und Thomas Peters. Beide stammten aus Ostbelgien, hatten an den Universitäten Löwen und Lüttich exzellente Studien absolviert und sich in der von dem Routinier Peter Müsch geleiteten Rundfunkredaktion bereits einen Namen gemacht. Ihr Auftrag lautete, ein ungeschminktes Porträt dieser turbulenten Region zu zeichnen. Historische und soziologische Kenntnisse sowie persönliche Kontakte kamen ihnen dabei zugute.

»Ohne Ri-, Ra-, Rücksichten«, forderte die Chefin.

»Mit allem drum und dran«, rief Müsch.

Peters und Schröter berichteten über einen Nachholbedarf an Selbstbestimmung für die ostbelgische Bevölkerung; auch wurden bedenkliche Defizite sprachlicher Gleichberechtigung festgestellt. Doch gelang es ihnen, einen erschreckenden Einblick in das Netzwerk schleichender Unterwanderung zu gewinnen. Zentrum dieser mehr oder minder im Dunkeln operierenden Bewegung war das vierteljährlich erscheinende Publikationsorgan »Unser Weg«, dessen Autoren meist verdeckt, mit Kürzeln oder Pseudonymen arbeiteten, jedoch eine ständige Geschäftsstelle in St. Vith unterhielten. Sie befand sich im Haus eines Deutschlehrers des Godehard-Gymnasiums, bei dem die logistischen Fäden der verschwiegenen Redaktion zusammenliefen. Diese belieferte, nach den Informationen der beiden BHF-Redakteure, eine über ganz Ostbelgien verbreitete Abonnenten-Kundschaft und stand in ständigem Kontakt zu Partnerorganisationen, die im deutschsprachigen Ausland bereits den Verfassungsschutz beschäftigt hatten.

Schröter bemühte sich als Germanist sämtliche Ausgaben dieser unheimlich wirkenden, mehrmals ihren Namen wechselnden Zeitschrift zu studieren und einer sprachlichen Analyse zu unterziehen. Peters war als Politikwissenschaftler vor allem an den eigentlichen Absichten, Wirkungsfeldern und Botschaften des Kampfblattes interessiert. Grundsätzlich wurde in den Beiträgen ein systematischer Hass auf alles Wallonische sowie auf die französische Sprache verbreitet. Da war von einer »Französierungsmaschine« und einem »Verwelschungsprozess« die Rede. »Deutschostbelgien« wurde als »wallonisches Kolonialgebiet« bezeichnet, die Gemeinschaft sei »Landfremden unrechtmäßig übereignet worden«. Besonders hart gingen die Autoren mit den sogenannten »Helfershelfern« in der eigenen Bevölkerung um, die zur »Entdeutschung der Volksgruppe unwürdige und beschämende Dienste leisten«. Wörtlich hieß es:

»Die beabsichtige Zerstörung der deutschen Volksgruppe als Stück des deutschen Volkskörpers kann dem wallonischen Staatswesen nur mit Hilfe von Kollaborateuren gelingen …«

Das wallonische Establishment sei »der Feind Deutschostbelgiens«, der nichts anderes »als unsere Zerstörung betreibt«. Wiederholt kamen kuriose Autoren ausländischer Publikationen zu Wort. Auch besuchten Mitglieder der »deutschen Volksgruppe aus Eupen-St. Vith« Tagungen der des Rechtsextremismus bezichtigten Organisationen, wo sie zusammen mit Gesinnungsgenossen die erste Strophe des Deutschlandlieds mit dem Passus »von der Maas bis an die Memel« sangen. Für das EU-Parlament wurde ein gemeinsamer Wahlbezirk mit der deutschen Nachbarregion gefordert; Wallonien habe »Deutschostbelgien annektiert«. In der Terminologie aus der Nazi-Zeit war vom »Versailler-Diktat« sowie von der »Rückkehr in die preußische Rheinprovinz« die Rede. Die von flämischen Nationalisten und europäischen Rechtsradikalen besuchte »Ijzerbedevaart« erntete pathetisches Lob, wobei die Bevölkerung im Grenzland von Diksmuide und Ypern als »staatsfranzösischen Westflamen« bezeichnet wurde. Ziele schwerer Angriffe waren die in den Ostkantonen von einer überwältigenden Mehrheit gewählten Parteien. Christdemokraten, Liberale und Sozialisten, denunzierten die Hintermänner aus der St. Vither Geschäftsstelle als »Handlanger und Kollabos des wallonischen Imperialismus«.

In einer abschließenden Wertung zogen Schröter und Peters das Fazit, dass es sich hier inhaltlich und formal um eine auf Fremdenhass und Volksverhetzung zielende deutschnationale Organisation handelte, die offenkundig auch mit völkischem, rechtsradikalem und separatistischem Gedankengut liebäugelte und entsprechende Kontakte unterhielt. Dies alles in einer bereits in der Zwischenkriegszeit praktizierten Strategie der Tarnung, jedoch in verräterischer Sprache und mit unbelehrbarer Heftigkeit.

Die beiden BHF-Redakteure kehrten ernüchtert aus Ostbelgien zurück und ließen keinen Zweifel daran:

»In dem Organ wird gegen die unmittelbaren Nachbarn der deutschsprachigen Bevölkerung in Wallonien sowie gegen die Einwohner der überwiegend frankophonen Hauptstadt Brüssel gehetzt und somit antibelgische Agitation betrieben. Ostbelgische Mitglieder der im Parlament vertretenen Parteien, Besucher mehrsprachiger Schulen sowie Vertreter der Zweisprachigkeit werden als Verräter beleidigt und verleumdet. Der den Deutschsprachigen in Belgien zugefügte Schaden im In- und Ausland ist enorm, er rückt alle Bemühungen um sprachlich-kulturelle Gleichberechtigung in ein unerträgliches Licht«.

Nach einem Moment irritierter Stille wurde die Rundfunkserie im Lehrerzimmer der Godehard-Gymnasiums als »Brunnenvergiftung« gebrandmarkt. Dem Inhaber der »Geschäftsstelle« klopften die Kollegen in seiner Absicht, eine politische Karriere einzuschlagen, auf die Schulter und sicherten ihm vollste Unterstützung zu. »Jetzt hat der Kampf um die Ehre unserer Heimat erst recht begonnen«, verkündete der Geografie-Lehrer Plattes Emil aus Emmels. Der Heimatkundler Schlabertz Laurenz aus dem Ourgrund bekräftigte gegenüber der flämischen Tageszeitung »De Standaard«: »Ja, wir wollen raus aus der Wallonie.«

Der Besuch des auch für »Sport und Leibeserziehung« zuständigen frankophonen Kulturministers Charles Flament-Gerbinet in Bütgenbach am Wochenende nach Ausstrahlung der BHF-Serie fand in einer gespannten Atmosphäre statt. Albert bemerkte, dass sich der Staatskarosse eine Reihe Brüsseler Journalisten angeschlossen hatten, denen er als Chauffeur auf den Parkplätzen im Regierungsviertel ständig begegnete. An sich stand die Einweihung eines Wassersportzentrums am Stausee in Worriken, einem Großprojekt des Ministeriums, auf dem Programm. Die Aufmerksamkeit der Medien galt jedoch mehr den Umständen des Besuches. Vor allem beim beigeordneten Kabinettschef Hans Weykmans, der hier sozusagen ein Heimspiel absolvierte, war die Aufregung unübersehbar. Flament-Gerbinet hatte ihn im Anschluss an eine Vorstandssitzung der CVP gebeten, im Fonds seines Wagens Platz zu nehmen. Albert lächelte, er gleiche darin einem »Leibwächter«, und folgte dem schwarzen Wagen wie ein Schatten. Motorisierte Polizei und Gendarmerie fuhr dem Tross voran, der am Gemeindehaus von Bütgenbach von zahlreichen Zuschauern erwartet wurde. Statt politischer Zwischenrufe war jedoch der schmetternde »Bayrische Defiliermarsch« der Königlichen St. Aegidius-Harmonie zu hören. Bürgermeister Keifgens Albert, der seine Schärpe in den Landesfarben angelegt hatte, verbeugte sich tief und bat den Minister, mit ihm eine Ehrenformation der St. Hubertuschützen abzuschreiten. Es geschah bemessenen Schrittes. Flament-Gerbinet, der solch einen Empfang bei seinen Besuchen in Flémalle-Haute oder La Louvière nicht gewohnt war, genoss das Zeremoniell. Die Schützen-Kompanie stand kerzengrade, die Hand am Federbusch, die Backen glühend rot. Beim Betreten des Gemeindehauses flüsterte der Minister seinem beigeordneten Kabinettschef ins Ohr:

»On se croirait en Prusse.« Er fühlte sich wie in Preußen.

Auch beim Abspielen von »Ich hatt' einen Kameraden« am Kriegerdenkmal gab es Missverständnisse. Zwar stand Flament-Gerbinet stramm wie ein Zinnsoldat zwischen dem Bürgermeister und Weykmans und nahm erleichtert dessen kurzes Kopfschütteln zur Kenntnis, als er von ihm wissen wollte:

»N'est-ce pas l'hymne nazi«? Er hatte das alte deutsche Soldatenlied mit einer NS-Arie verwechselt.

Zum befürchteten Eklat kam es jedoch, als der Minister unter dramatischem Trommelgerassel, wie bei einer Zirkusnummer, die Plakette zur Einweihung des Wassersportzentrums enthüllte, und zum Entsetzen der umstehenden Ehrengäste, Vereinsabordnungen und Schulkinder, auf einen großen Teerfleck starrte, der die allein in französischer Sprache abgefasste Inschrift unleserlich machte. Die Trommler brachen ihr Intermezzo ab, die St. Aegidius-Bläser verzichteten auf den Tusch, der Bürgermeister stotterte Entschuldigungen und forderte, im Blitzlicht der Pressefotografen, vom Dorfgendarmen Erklärungen.

Als jedoch der sichtlich pikierte Flament-Gerbinet an der Seite seines schwitzenden Kabinettchefs den Saal Thönnes-Thunus betrat, wurde er von den Bütgenbachern mit einer stürmischen Ovation empfangen. Sie war von kompensatorischer Inbrunst. Der Beifall steigerte sich noch, als der Minister sich in seiner Rede wegen seiner »bedauerlichen Unkenntnis der deutschen Sprache« mehrmals entschuldigte, dann jedoch die ihm von Weykmans in phonetischer Schrift eingebaute Passage verlas:

»Isch danké Iehnen, fuer dén herrzzzlischen Bei-Falll ound Emphphphanggg.«

Der Schützen-Präsident Mackels Ewald beteuerte dem »hohen Gast«, den er in protokollarischem Übermut mit »Eminenz« anredete, die »uneingeschränkte Treue der Bevölkerung von Bütgenbach und Bütgenbach-Berg, und schloss seine Hommage mit einem dreifachen Hoch auf »unseren Landesvater, Seine Majestät, den König«. Gerührt nahm Flament-Gerbinet als Gastgeschenk einen Original-Eifeler-Räucher-Schinken entgegen.

Albert bemerkte, wie ein erleichtertes Lächeln über sein Gesicht huschte und wunderte sich, dass er bald darauf von seinem Chef einen diskreten Wink erhielt, ihn und den Ehrengast auf die Herrentoilette zu folgen. Der Minister war nicht mehr zu halten und forderte, ihm in Windeseile ein lesbares Dankeswort in deutscher Sprache zu verfassen. Der Chauffeur sollte sich an der Tür postieren und unter Hinweis auf den »Staatsakt« jeden Eintritt verwehren. Es wurde still auf den Steingängen, nur die Wasserspülung plätscherte. Aus dem Ardennenstädtchen La Roche stammend, dessen Wurstwaren landesweit geschätzt werden, beabsichtigte der Minister zu verkünden, ihm bedeute der Räucherschinken ein »symbolisches Freundschaftsband zwischen Ihrer und meiner Heimat«.

Mit dem abgerissenen Handzettel kletterte der hohe Gast auf einen Stuhl und konzentrierte sich auf Weykmans Zitterschrift. Durch den Saal ging ein Raunen. Dann verlas er das kernige Abschiedswort und es brach ein Jubel aus, von dem der zu Tränen gerührte greise Pfarrer, Hochwürden Hellebrand, sagte, er habe solch stürmische Begeisterung »nur bei einer anderen Feierlichkeit, einst am 10. Mai 1940, bei der Befreiung unserer schönen Heimat erlebt«.

XVII.

Der Senator

Das Kabinett des Staatssekretärs für die Ostkantone befand sich in Brüssel am Boulevard de Berlaimont 12 im zweiten Stock eines anonymen Bürogebäudes. Die Straße führte zweispurig vom Zentrum der Brüsseler Altstadt zum inneren Ring. Ständig rauschte der Verkehr, Menschen waren nur selten zu sehen; tauchten sie auf, trugen sie Regenmäntel und Aktentaschen. Kein Geschäft, keine Kneipe. Gegenüber dem Kabinett bildete die Nationalbank eine breite, abschreckende Front. Sie war nicht nur unheimlich wie eine Festung, sondern schien auch in ihrer massiven Hässlichkeit jeden Anblick abzuwehren. Albert, der zu Finanzen eine lebensgefährliche franziskanische Beziehung pflegte, verglich die graue Fassade mit einem gierigen Ungeheuer und deren, von Etage zu Etage kleiner werdenden Fenster mit der Heimtücke von Franz Kafkas Schloss. Dahinter vermutete er ebenfalls stets kleiner und unbedeutender werdende Beamte, mit nichts anderem beschäftigt, als unablässig einfließende Steuergelder zu zählen, zu registrieren und die Daten auf leise klappernden Tastaturen in eine zentrale Rechenmaschine einzuspeisen. Ununterbrochen prasselten Ziffern, Summen und Quersummen auf die Schreibtische der Abteilungsleiter, die reihum das totale Endergebnis dem Generaldirektor zuflüsterten, der sich stündlich als Lottokönig fühlen durfte.

Vom schmutzigen Fenster des Aufenthaltsraumes der Chauffeure und Boten blickte Albert weiter rechts auf die Kathedrale, die den Heiligen Michael und Gudula geweiht war. Ihre gedrungenen Türme erinnerten an Notre-Dame von Paris, doch befanden sich die Portale nicht zu ebener Erde, sondern am Ende einer breiten Steintreppe, die eher dem Aufstieg gekrönter Häupter diente als einem Zugang für das Volk. Heiraten und Beisetzungen von Mitgliedern der königlichen Familie wurden unter den gotischen Gewölben zelebriert. Zum Nationalfeiertag stimmte der Kardinal vor der großen Koalition der Parteichristen und vereinigten Logenbrüder das Te Deum an. Im Inneren vermisste man das Zittern des von bunten Glasfenstern gebrochenen Lichts. Dass der Mystiker Jan Ruusbroec hier gebetet haben soll, war nicht mehr nachvollziehbar. Albert, der in Kirchen keine Gnadengaben suchte, sondern hinter Säulen oder in Seitenkapellen verborgene Trostnischen und Daseinspausen, entdeckte schließlich vor dem Westportal eine Skulptur von Désiré-Joseph Kardinal Mercier. Im vollen Ornat stand er auf dem Sockel; in der einen Hand den Krummstab, die andere weit zum Segen ausholend. Seine Haltung war leicht gebeugt, fast zugeneigt, der Blick feurig, die Nase markant, wie einer der frühen irischen Missionare, die den Invasionen der Wikinger milde gefolgt waren.

Albert Bosch hat erst begonnen, Brüssel in sein Herz zu schließen, als er in der Altstadt die Kneipe »Petit blanc« entdeckte. Nichts in der kleinen Pinte war weiß, doch war mit ihrem Namen der weiße Schnaps gemeint, dessen Flaschen stets griffbereit auf der Theke standen. Ringsum Musikanten, Studentenvolk und lebensmüde Bettler, umgeben von lasziven jungen und etwas älteren Frauen, die dem Lokal einen Hauch von Bohème gaben. Albert begriff sehr schnell, dass Paul Delvaux viele kreative Jahre seines Lebens im Umfeld dieses großen Platzes der goldenen Engel und Heiligen verbracht hatte. Vor allem nachts strömte hier die Freiheit. Mehr noch in der Nähe der Bahnhöfe Nord, Central und Midi. Jedoch zog es ihn zum kleineren Luxemburger Bahnhof, dessen Züge, Gleise und Weichen den dunklen Fassaden der Cafés, Frittenbuden und Stundenhotels einen sonderbaren Schimmer verliehen. Delvaux hat sich hier wiederholt inspiriert, ohne jedoch die fauchenden Lokomotiven, Güterwagons oder Nachtzüge in die Ardennen als störend zu empfinden. Nicht als notorischer Nachtgänger kam er, sondern als faszinierter Beobachter, der an den Zinktheken und Wartesälen kein Motiv ausließ. Manchmal trieben ihm die Abfahrten Tränen ins Gesicht. Delvaux' Bahnhof im Quartier Léopold war ein Abschiedsort.

Obwohl ihn in den Seitensträßchen von Parnasse und Montoyer die Tänzerinnen und bunt lackierten Prostituierten umgaben, war er nie ihr Partner. Die Damen des Milieus hatten längt begriffen, dass Paul sie als Künstler und nicht als Kunde aufsuchte. Er lernte, sie als Entkleidete in sein Skizzenbuch festzuhalten, splitternackt, aber nicht werbend in erotischen Dessous. Bevor der Morgen graute, tranken sie als gute Freunde und nicht als feurige Geliebte ein letztes Bier.

Dass der Meister jenes Ölgemälde, das Albert so sehr in seinen Bann zog, keinen Bezug zu den an Brüsseler Bahnhöfen lustwandelnden Mädchen hatte, lag an seinem viel tieferen Blick für ihre Fraulichkeit, die auch an den Abgründen nichts von ihrem Geheimnis preisgab. Dass er sein 1938 abgeschlossenes Gemälde »La Joie de Vivre« (»Die Lebensfreude«) nannte, wurde von jedem Versuch, es als Begrüßung eines zahlenden Verehrers zu deuten, von seiner strengen Ernsthaftigkeit, dem gartenhaft wucherndem Hintergrund und dem sanftem Pan-Spiel einer jungen Schönen aufgehoben. Das Bild birgt die Stille der Kontemplation.

Unweit des Kabinetts führte eine Treppe in die unterirdische Bahnstation »Brüssel-Palais«. Sie diente nur den Regionalzügen als kurzer Halt und lag vereinsamt wie ein konspirativer Treff im Dunkel zwischen den Zentral- und Nordbahnhöfen. Daneben erhob sich das schlanke Hauptgebäude des »Gemeindekredits«, in dessen Penthouse mit Panoramablick über die Brüsseler Unterstadt sich eine Galerie zeitgenössischer belgischer Kunst befand, die die Illusion nährte, dass sich die Angestellten hier oben zur Mittagspause kulturellen Betrachtungen hingeben würden.

Gegenüber führte eine Treppe hinauf zum Denkmal des »Unbekannten Soldaten«, vor dessen Stele Tag und Nacht eine Flamme flackerte, die von zwei mächtigen Steinlöwen bewacht wurde. Albert gönnte jedem Land seine nationalen Paläste, Gedenkstätten, Symbole und Hoheitszeichen, doch schienen sie ihm im bukolischen Brüssel überdimensional. Ihre Einschüchterungsarchitektur verlangte devote Distanz, die er belächelte. Die beiden Raubtiere erinnerten ihn an die brutalen belgischen Kongo-Feldzüge Leopold II., des Königs mit den blutigen Händen. Alberts anarchisches Herz schlug höher.

Vom Kabinettsfenster aus unsichtbar, jedoch in unmittelbarer Nachbarschaft lag die Altstadt. Rund um die Grand' Place eine Insel verlorener Zeit, zugleich grandios und großzügig. Auf den Spitzen der Giebelhäuser gestikulierten goldene Statuen von Königen, Engel und Heiligen, einander die selige Allianz von Thron und Altar beschwörend. Doch auch zu ihren Füßen waltete eine sanfte Harmonie von Macht und genießerischer Freiheit. Das Lächeln der Verkäuferinnen auf dem Blumenmarkt und die Dekolletés der Terrassen-Damen verbreiteten die Kontinuität praller Lebensfreude. Diese Balance von Fragmenten fraulicher Nacktheit der Fassadenfiguren und ihrer betörenden Nachfahren unter den Sonnenschirmen hat Albert fasziniert. Auch besuchte er während ministerieller Nachtsitzungen die von Bierschaum triefende Kneipe »Mort subite« und das in einer Seitengasse versteckte »Petit blanc«, wo eine Dixie-Band aufspielte und sich Hippie-Pärchen hemmungslos küssten. Zwischen diesem Konzentrat brabantischer Geschichte und flüchtiger Liebe huschte eine keusche Busladung eifriger Foto-Touristen aus dem Reich der aufgehenden Sonne.

Die Etage des ostbelgischen Staatssekretariates war nur über zwei Aufzüge zu erreichen, deren Abbremsen, ein hellen Klingelton auslöste. Sein nervendes weihnachtliches Gebimmel war den ganzen Tag bis in die äußerten Enden des Ganges zu hören. Im Gegensatz zu allen anderen Regierungskabinetten lagen die Arbeitszimmer des mit »Herr Minister« anzuredenden Staatssekretärs Frings und des Kabinettschefs Weykmans keineswegs in einvernehmlicher Arbeitsteilung nebeneinander, sondern in größtmöglicher Entfernung. Sie betrug etwa 200 Meter. Auch waren die Boten angewiesen, ihrem Chef weder interne Unterlagen, noch offizielle Dokumente auszuhändigen. Der Staatssekretär hatte zwar bei der Regierungsbildung dessen Berufung nicht verhindern können, doch ließ er ihn in der Tiefe des Korridors am langem Arm bürokratisch verhungern. Wollte Weykmans wissen, was in seinem Kabinett zur Tagesordnung stand, musste er entweder das Staatsblatt, den »Moniteur«, oder die Presse konsultieren. Da jedoch außer der Regelung der Nackkriegsprobleme und der Kulturautonomie keine anderen Gesetzesinitiativen anstanden, ignorierte der Kabinettschef mit einem breiten Grinsen den Versuch tagtäglicher Demütigung. Als Vorsitzender des Kriegsopferverbandes war er in letzter Instanz ohnehin unumgänglich; in der Kulturpolitik gab es zum halbherzigen Minimalangebot der Regierung keine Alternative. So konzentrierte er sich von neun bis zwölf Uhr auf die Beantwortung von Fragen und Bitten ostbelgische Antragsteller, die samstags bei seiner Sprechstunde in Weywertz Schlange standen. Er bestätigte diese Gespräche, übermittelte Kopien der Weiterleitung an die diversen Verwaltungen, informierte über Zwischenstände der Bearbeitung und teilte schließlich deren Ergebnisse mit. Fielen diese negativ aus, versicherte er den Adressaten, in seinen Bemühungen nicht nachzulassen und den heiklen Fall noch einmal neu aufzurollen. All diese Schreiben wurden nicht diktiert, sondern hastig auf

Kladdeblätter gekritzelt, deren Reinschrift ihm nachmittags die Sekretärin zum Signieren vorlegte.

Weykmans liebte dieses Ritual spendabler Verabschiedung. Selbst der geringste Mitarbeiter auf der Kabinetts-Etage wusste, dass der Inhalt seiner Unterschriftenmappe das Doppelte der des Staatssekretärs umfasste. Den Lederumschlag genüsslich zu öffnen, die roten Löschblätter mit angefeuchtetem Zeigefinger zu wenden und dann den zahlreichen hochachtungsvollen Grüßen dieses Posthaufens das Monument einer Unterschrift folgen zu lassen, war seine Art argloser Rache. Wenn er den Pelikan-Füllfederhalter zückte, brach es wie eine wilde Lust aus ihm heraus: die gezirkelten Schriftzüge seines Namens füllten fast eine halbe Seite, sie hatten nicht nur die ambitiöse Unleserlichkeit eines ärztlichen Attestes, sondern zugleich das »molto furioso« eines Konzertpianisten. Niemand, selbst nicht der »Herr Minister«, in seiner selbst gewählten Distanz am anderen Flurende würde ihn daran hindern können, seinen Julius unter diese Interventionsflut zu schmettern.

Vom kühlen Boulevard anonymer Institutionen bis in den warmen Bauch der Stadt waren es keine fünf Minuten. Jeden Mittag begaben sich der Kabinettschef und sein Chauffeur durch die Passage der »Galerie de la Reine« in den Wohlgeruch der Rue des Dominicains und der Petite Rue des Bouchers. Da sie täglich diese Stätten urigen Schmausens wechselten, schafften sie es ohne besondere Anstrengung, monatlich ausnahmslos alle Restaurants zu beiden Seiten der Sträßchen abzuklappern. Albert, der sich zunächst, schlank wie ein Nagel, gegen diese gastronomischen Exzesse gewehrt hatte, erhielt vom Chef zur Antwort, das sei eben »in unserem Zigeunerleben das Einzige, was wir haben«. Allmählich begann er sich zu fügen, entdeckte dabei gar ihm verborgen gebliebene Lüste und nahm bei den langen Zwiegesprächen über Töpfe und Teller hinweg nicht nur rapide an kulinarischem Geheimwissen, sondern auch an Gewicht zu. Wenn man es recht betrachtete, war diese Mittagspause ihre wichtigste Zeit des Tages. Weykmans bezeichnete das heftige Schlemmen allen Ernstes als »Arbeitsessen«, gab es doch kein heikles Thema, das bei dieser Fresslust ausgelassen wurde. Nach wenigen Wochen der Einübung an den gut gedeckten Tischen von »Chez Vincent«, »Chez Léon«, »Stans«, »Ogenblik«, »Le Petit Bedon« oder »Aux Armes de Bruxelles« ergab sich zwischen dem ungleichen Paar eine nahtlose Übereinstimmung, dass die tagtäglichen Streifzüge durch das Brüsseler Schlaraffenland für die ernsthafte Wahrnehmung ostbelgischer Interessen unverzichtbar seien.

Der Chef schätzte an seinem Begleiter dessen kritische Solidarität, während der Chauffeur ungeahnte Einblicke in die Autobiografie eines Musterexemplars belgisch-deutscher Verirrungen erhielt. Diese in Saucen und Weine getränkten Dialoge schafften eine Atmosphäre intimer Vertraulichkeit. Bereits beim Betreten der Fressgassen lag über den Gesichtszügen Weykmans ein Glanz von Verklärung. Albert witterte an den Eingängen der Gasthäuser bei den auf langen Markttischen ausliegenden Fischen und Meeresfrüchten und den aus den Küchen aufsteigenden Fleisch- und Frittengerüchen königliche belgische Düfte. Auch schafften Giebel, Fassaden, Inschriften und Madonnennischen die Impression eines engen Stadtkerns aus dem goldenen Zeitalter des burgundischen Brabants. Sein Name »Ilôt Sacré« erhob dieses Labyrinth zu einem sakralen Reservat, eine Art Vorstufe zur Seligkeit.

Sich an diese genussreichen Stunden erinnernd, hat Albert später, deren eigentlichen Reiz nicht so sehr im gastronomischen Bereich geortet, sondern in einer sinnlichen Metamorphose des Politischen. Je mehr ihn Weykmans in seine, zwar von elsässischen Weinen beflügelten, jedoch grundehrlichen Monologe hineinnahm, spürte er, dass dieser schwere, sich um Verständnis abmühende und manchmal hilflos gestikulierende Mann so etwas wie »ostbelgisches Schicksal«

verkörperte. Auf dem Rückweg ins Kabinett hörte er auf den Marmorfliesen der Königin-Galerie das Klacken seines verwundeten Beines aus dem Russland-Feldzug; an seinem rechten Arm unter dem weit geöffneten Lodenmantel hatte er die SA-Binde getragen; am Rockaufschlag glitzerte das Bändchen des ihm verliehenen belgischen Kronenordens; Schweiß lief über seine rosarote Stirn; noch immer betastete er die blonden Haarwellen; doch in seinen Augen leuchtete, neben dem Promilleglanz der Birnenschnäpse, eine hartnäckige Zuversicht, dass sich – koste es, was es wolle –, die Loyalität mit diesem Königreich ihren Weg bahnen werde. Auch das verstand Albert in diesen Stunden: Weykmans würde davon nicht mehr abzubringen sein. Er war nicht eloquent, aber echt; kein Patriot, jedoch treu; kein Opportunist, sondern hellhörig. Der hinkende Mann an seiner Seite hatte seine Geschichtslektion gelernt.

Dies wurde auch in Ostbelgien so verstanden. Im zweisprachigen Wahlkreis Verviers steigerten sich Weykmans Vorzugsstimmen bald auf rekordverdächtige 14.000. Auf Landesebene erregte er Aufmerksamkeit, in der Region schaffte es viel Neid. Aber je mehr alte Geschichten gegen ihn ausgegraben wurden und aus dem Hinterhalt die Kugeln flogen, umso stärker wurde die Zustimmung. Für die CVP, die von seinem Erfolg profitierte, geriet er zugleich zu einem Problem: Weykmans wurde unumgänglich, auf seine Stimmen wollte niemand verzichten, doch für höhere Aufgaben war er manchen zu unbequem oder zu jovial, auch in den eigenen Reihen.

An solchen Konstellationen fand Albert Gefallen. Über Anstand in der Politik hatte er sich nie Illusionen gemacht, doch galten auf den undurchschaubaren Schlachtfeldern belgischer Sprachenkriege noch ganz andere Gesetze. Völlig lapidare Dinge – der Name eines Schulbuches, der Standort einer Frittenbude, die Sonntagspredigt in einer Randgemeinde oder Trauungsvorschriften in einem Rübendorf – vermochten bei entsprechender Anheizung durch sogenannte »Aktionsgruppen« Regierungskrisen und Ministerrücktritte auszulösen. In diesem ständig dem Untergang zutreibenden Land herrschte ein Gleichgewicht der Überlebenskünste. Dessen wankende Harmonie wurde keineswegs von staatstragenden Fundamenten gestützt, sondern für die kurze Dauer einer Atempause durch halsbrecherische Kompromisse gerettet. Das System hatte zur Folge, dass kompetente Politiker verzweifelt das Handtuch warfen, während sich die Meister des Komplotts und der Kabale an der Macht sonnten. Auch galt das Gesetz des Unvorhersehbaren, das urplötzlich unbekannte Provinzhelden mit staatsmännischen Würden überhäufte oder Parteien, die sich während der Nacht noch einander die Vernichtung geschworen hatten, im Morgengrauen nahtlose Übereinstimmung verkündeten. Drohten deren Vorsitzende mit der »Auflösung Belgiens«, rühmten sie bald darauf dessen akrobatische Einheit, die eben auf bürgernahem Lebensgenuss und nicht auf buchstabentreuen Prinzipien beruhte. War es ein Tanz auf dünnem Eis oder auf dem Vulkan? Man wusste es nicht und wollte es gar nicht wissen, Hauptsache, es war ein Tanz. Dessen Charme bestand in der Unberechenbarkeit seines Ausgangs. Die Burleske und das Irrationale spielten ebenso eine wichtige Rolle wie seine sarkastische Begleitmusik und das Kokettieren mit dem Absturz. Totgeglaubte lebten auf, das Unmögliche war stets handgreiflich. Auf solchem heimtückischen Parkett bahnte sich im Winter 1972 eine Konstellation an, die einzigartig in der belgischen Politik bleiben sollte, obwohl es nur zwei liebenswerte Randfiguren waren, die sie ausgelöst hatten: der beigeordnete Kabinettschef Hans Weykmans und der sozialdemokratische Journalist Kurt Buchenbaum.

Beide kannten sich kaum, konnten auch unterschiedlicher gar nicht sein, waren jedoch durch ihre gemeinsame Muttersprache in einer Art Notgemeinschaft verbunden. Weykmans hatte durch eine »Senatsaffäre« landesweite Aufmerksamkeit erzielt; Buchenbaum galt als einflussreichster Flüsterer nicht nur der Linken. Einen für belgische Lebensfreude stets etwas dunklen, manchmal gar wagnerianischen Hintergrund bildeten dabei die sogenannten »Ostkantone«, von denen die wenigsten wussten, was damit eigentlich gemeint sei. Dieser irgendwo östlich, an dubiosen deutschen Grenzen vermutete Landstrich weckte mit seinen Mooren und tiefen Wäldern eine Impression unabwägbarer germanischer Vorhut und katholischer Finsternis. In Flandern gab es dafür stiefbrüderliche pangermanische Sympathien, in Brüssel und der Wallonie unterschwellige Ängste.

Für die typisch belgische Ausschlachtung dieses Phänomens bot eine Senatskandidatur von Hans Weykmans eine ideale Bühne. Nach den Herbstwahlen 1971, bei denen er auf der CVP-Senatsliste sein Stimmenpotential weiter ausbauen konnte, jedoch nicht direkt gewählt wurde, kam es zu ernsthaften Spannungen. Die ursprünglich im Brüsseler Parteivorstand der wallonischen Christdemokraten getroffene Lösung, ihn als Provinzialsenator nachrücken zu lassen, wurde von deren Lütticher Fraktion torpediert. Somit sah sich die frankophone Parteispitze gezwungen, den auf ihrer Landesliste einzig verbleibenden Platz für Weykmans frei zu machen, was schließlich mühevoll geschah. Als es jedoch zu der entscheidenden Abstimmung kam, war es die christdemokratische Senatsfraktion aus Flandern, die dem Deutschsprachigen ihre Stimmen verweigerte. Sie verteilte ihren Anteil so, dass einer ihrer Kandidaten gewählt wurde und der vom frankophonen Flügel vorgeschlagene ostbelgische Kandidat durchfiel.

Albert saß an diesem grauen Dezembertag neben seinem Chef im Plenarsaal auf der Beamtentribüne. Es herrschte knisternde Spannung. Lief alles wie erhofft, würde der Senatspräsident den Kandidaten Weykmans in wenigen Minuten zur Eidesleitung bitten. Doch dann öffneten sich – wie nach einem Konklave – die Türen des Hohen Hauses und als erster kehrte der CVP-Senator Georges Vandamme zurück ins Plenum. Er hatte als Zeuge an der Stimmenauszählung teilgenommen, blickte hinauf zu Weykmans und schüttelte den Kopf. Es war ein schwerer Eklat, ein Skandal. Frankophone Christdemokraten beschimpften ihre flämischen Kollegen; einige verließen aus Protest den Saal; der Fraktionsvorsitzende Remy schleuderte den verbissen schweigenden flämischen Kollegen ein verachtendes »Merci« entgegen. Auch auf der Pressetribüne herrschte Konsternation. Reporter des belgischen Rundfunks stürzten an die Telefone. Kurt Buchenbaum saß noch immer auf seinem Polsterstuhl, stütze seinen Kopf nachdenklich mit einer Hand und notierte mit der anderen all jene Zwischenrufe, die jetzt die Runde machten. Remy eilte mit hochrotem Kopf zum Ausgang und rief: »Verlasst euch drauf, das wird Folgen haben.«

Hans Weykmans saß wie geistesabwesend auf der Tribüne. Kein Wort kam über seine Lippen. Albert bemerkte um seine Augen die Spur eines flüchtigen Lächelns. Es sollte heißen: So ist das also in diesem Land, ich habe es nicht wissen und nicht hören wollen, aber wir sind hier nicht willkommen, wir sind der letzte Dreck, kleine »Beute-Belgier«, rechtlos, harmlos, nichts als »quantité négligable«, störend und überflüssig. Dann schlug er mit der Hand heftig auf die Stuhlkante, nahm seinen Lodenmantel und hinkte hinaus. Draußen wehte ein eisiger Wind; noch immer fiel kein einziges Wort. Erst im Aufzug zum Kabinett, wo ihn die Sekretärinnen mit Champagner erwartet hatten, brach es kurz aus ihm heraus:

»Den Flamen sind alle Mittel recht.«

Unterwegs auf der König-Baudouin-Autobahn huschten die Scheinwerfer. In den Abendnachrichten der Rundfunkstationen wurde bereits über den »Fall Weykmans« berichtet. Was im Landesinnern mit einem Stirnrunzeln bedacht wurde, geriet in den deutschsprachigen Kantonen zu einem politischen Konflikt. Es war kein Rückschlag, es war Ablehnung.

»Jetzt wird es eng«, sagte der Gescheiterte.

Noch am späten Abend trafen in seinem Haus in Wey-wertz Blumengebinde ein, wie bei einem Sterbefall. Die Frauen weinten, das Telefon stand nicht still. Weykmans hatte seinen Chauffeur gebeten, bei ihm zu bleiben. Seine Wohnung füllte sich mit Freunden, Nachbarn, Vorstands-mitgliedern der CVP. Doch mitten im Tumult der Entrüs-tung erhob er plötzlich seine Stimme. Es war, als wolle er Platz um sich schaffen und sich von der Flutwelle des Zorns befreien.

»Lasst uns Mensch bleiben«, da waren sie wieder, jene simplen Worte, mit denen er sich zu wehren verstand, »wir haben eine Schlacht verloren, doch noch nicht den Krieg.«

Albert fiel auf, dass er seinen Rock ablegte; er trug dun-kelrote Ärmelhalter, doch wirkte es, als wolle er die stei-fen Manschetten jetzt heraufkrempeln. Er ließ sich ein Bier kommen, knallte das Glas auf den Tisch. Jetzt erst recht, sollte es heißen, so schwer es auch sein mochte.

Das, womit Weykmans gerechnet hatte, traf noch am späten Abend ein. Seine Frau rief ihn ans Telefon. Es ge-schah in einem etwas lauteren Ton als zuvor. Als sie hin-ter ihrem Mann die Türe zu seinem kleinen Arbeitszimmer schloss, lag auf ihrem Gesicht Besorgnis.

»Dr. Schunk«, flüsterte sie, »die Ratten kommen.«

Weykmans nahm den Hörer und bedankte sich für alle Anteilnahme, spielte jedoch den Fall mit seinen unbeholfe-nen, sich ineinander verwickelten Worten herunter. Aber der Doktor wollte es nicht bei Floskeln und Formalitäten belassen. Seine Stimme klang leise, verständnisvoll, jedoch auch zielbewusst wie bei einem Untersuchungsrichter, der den lange gesuchten Schurken endlich erwischt hat.

»Die Zeit ist reif, Herr Kabinettschef«, flüsterte er, »un-sere Heimat steht geschlossen hinter Ihnen. Ein Wort aus Ihrem Mund und schon startet morgen eine große Initiati-ve der Solidarität, die selbstbewusst und unaufhaltsam, all das in Brüssel erobern wird, was man Ihnen heute verwei-gert hat.«

Weykmans dankte für den Zuspruch, war bemüht, sich keine weiteren Kommentare abringen zu lassen, aber Schunk ließ nicht locker:

»Wir haben Ihnen ein wichtiges Angebot zu machen, Herr Kabinettschef. Wir schließen uns morgen zu einem breiten Bündnis aller Deutschsprachigen zusammen und gründen eine unabhängige Volksbewegung, die treu zur Heimat der Gerechtigkeit in diesem Land eine Bresche schlägt.«

»Jede Stimme des Zuspruchs stärkt mich im Willen, weiter für unsere Positionen zu kämpfen. Ich danke Ihnen, Herr Doktor.«

»Es muss jetzt oder nie gemeinsam geschehen. Sie haben heute erfahren, dass alle Verbundenheit mit nationalen Parteien nichts hilft. Wir werden deren Lakaien bleiben, wenn nichts geschieht. Sie sollen die Spitze übernehmen. Wir werden Sie beraten und Ihnen zur Seite stehen. Genug ist genug, bis hier und nicht weiter.«

»Ich werde weiter kämpfen, Herr Doktor, aber mit meinen treuen Freunden in der CVP. Hans Weykmans ist kein Verräter. Bei uns ist allerdings jeder willkommen.«

»Sie müssen doch einsehen, dass es nur in gemeinsamer Front gehen wird. Alles andere ist Kapitulation, sie wird uns spalten und weiter schwächen. Die Wallonen lachen sich ins Fäustchen.«

»Heute lachen vor allem die Flamen, die uns Deutschsprachige in beispielloser Heimtücke um den Senatssitz gebracht haben.«

Jetzt begann ein nervöses Geplänkel über die wahren Hintergründe der Senatorenwahl, es wurde hektisch, fast peinlich. Dann folgte eine kühle Verabschiedung; Schunk sagte:

»Diese Chance wird nicht wiederkehren.«

Dr. Gottfried Schunk war der heimliche Führer einer Bewegung, die bislang im zwielichten Hinterzimmer agitiert hatte und sich reihum »hochdeutsche Volksgruppe«, »Arbeitsgemeinschaft Ost« oder »Deutschostbelgische Eintracht« nannte. Erst zu Beginn der sechziger Jahre waren ihre Mitglieder, die sich meist aus akademischen Kreisen rekrutierten, mit einer Vierteljahrsschrift, dem »Heimatboten«, an die Öffentlichkeit getreten. Bald schon im Visier des Geheimdienstes »Sûreté« fristeten sie zunächst in Ostbelgien ein Schattendasein. Die altbacken und gestelzt wirkende Sprache ihrer Forderungen wurde belächelt. Das Volk wusste mit ihren schmachtenden Kulturklagen nichts anzufangen. Menschen aus der Kriegsgeneration fürchteten ein neues Aufflackern der Deutschtumskämpfe. Nicht unwichtig auch die Tatsache, dass die Mehrheit ihrer Mitglieder aus den Eifelgemeinden stammte, die in den Ostkantonen zahlenmäßig in der Minderheit waren. Doch die Defizite ihrer Öffentlichkeitsarbeit machten die Anhänger der »Hochdeutschen« durch strategische Ausdauer wett. Intellektuell beherrschten sie sämtliche Themen der Verfassungspolitik; wichtige Positionen in Kultur und Unterricht wurden von ihren Anhängern besetzt; in den Medien entwickelte sich rasch ein Zusammenspiel ihrer Sympathisanten; in vielen Stadt- und Gemeinderäten saßen sie bereits in der Mehrheit.

Über allem thronte jedoch Dr. Schunk: sphinxhaft, unnahbar, in zäher Autorität. Bei den von ihm geleiteten Versammlungen galt Gesichts- und Gesinnungskontrolle; seine Anordnungen waren strikt einzuhalten, auch in diesem Kreis von Gebildeten. Er formulierte in einer verführerischen Sprache, die Wagnis und Realismus kühn mischte. In beängstigender Ruhe sagte er all das, was die anderen nicht auszusprechen wagten. In einer Zeit, wo sich in Ostbelgien niemand mehr getraut hatte, in den »Kindheit-Jesu-Verein« einzutreten, verbreitete er das Charisma unerschütterlichen Widerstands. Provozierten seine Visionen da und dort Stirnrunzeln, schöpfte er sogleich aus dem Fundus seiner abenteuerlichen Beziehungen. Diese reichten tief hinein in das dunkle Netzwerk europäischer Volkstumskämpfer. Ließ er einen Namen seiner Kontaktpersonen in

Antwerpen, Düsseldorf, Bonn, Bozen oder San Sebastian aufblitzen, herrschte andächtiges Schweigen.

Der Doktor war ein Meister der Konspiration. Er kannte alle Fallen und alle Auswege. Sein Machttrieb war demütig, für sich wollte er nichts. Er forderte keine Führung, er besaß sie. Manchen schien, er beherrsche die Kunst der Zeitlupe, eine nahezu hypnotische Fähigkeit im Halbdunkel seines Zimmers jedem das ihm eigene Codewort mitzuteilen und während zweier Stunden knisternde Spannung zu verbreiten. Verließen seine Zuhörer schließlich sein auf einem Hügel am äußersten Ende der Stadt gelegene Haus, wirkte es im Windschutz der Lärchen und Buchenhecken wie eine Festung, deren Mauern sich bis dicht an die Sprachengrenze heranwagte. Von ihrer Höhe hatte er das Dorf Membach und die Ausläufer der Wallonie Tag und Nacht im Visier. Es herrschte Frontstimmung. Die Zeichen standen auf Offensive.

Weykmans und Albert haben über das politische Profil von Schunk viel gerätselt. Da er sein wahres Gesicht nie zeigte und die Öffentlichkeit mied, wusste man wenig. Das, was zu erfahren war, zirkulierte hinter vorgehaltener Hand. Seine mit einem spartanischen »Sch.« gezeichneten Leitartikel im »Heimatboten« lasen sich entweder wie verschlüsselte Botschaften an anonyme Kampfzellen oder strotzten nur so von einer deutschnationalen Terminologie, deren Wortschwall völkische Euphorie mit verfaßungsrechtlichen Ansprüchen pathetisch mischte. Albert bezeichnete diese Ergüsse als »völkisches Edelschmalz«, doch musste er gestehen, sie nie ungelesen beiseitezulegen. Weykmans wusste zu berichten, dass jede neue Ausgabe von Schunks Blättchen von der Staatssicherheit akribisch durchleuchtet werde, dass es dazu bereits einen Wortindex mit verdächtigen Begriffen sowie ein ausführliches Personenregister gebe, doch verstehe es dieser Doktor der Verschwiegenheit meisterhaft, mit stets neuen Stilblüten seine geheimdienstlichen Beobachter in ein

Katz- und Mausspiel zu verstricken. Stets an den fließenden Übergängen staatsgefährdenden Schrifttums lavierend, schaffte es der verantwortliche Herausgeber, den »Zugriff« auf seine Publikation zu verhindern. Er grinste nur.

Auch der Kabinettschef musste zugeben, dass alle Entrüstung, die der »Heimatbote« in politischen Kreisen auslöste, nicht ausreichte, »Maßnahmen« zu ergreifen. Zwar war der Verdacht von »Heim-ins-Reich«-Tendenzen, nicht nur berechtigt, sondern offensichtlich, doch gelang es den bekannten und unbekannten Mitarbeitern der Postille immer wieder, eine irgendwie dann doch unangreifbare belgische Kurve zu kratzen. Für solche Kunstgriffe war als Schlussredakteur allein Schunk zuständig, der sich eine besondere Freude daraus machte, Hochrufen auf den »Freiheitskampf« und den »Widerstand gegen die welsche Besatzung« eine kaum bemerkbare Einschränkung unterzujubeln. Richteten sich zwar die Grußworte an »Weggenossen« und »Leidensgefährten« in Südtirol, im Elsass und im Baskenland, die der dortigen Justiz wohlbekannt waren, wurden Aufrufe zu Waffengewalt oder gar nazistische Sympathie-Bekundungen tunlichst vermieden. »Dieser Fuchs«, so schäumte in den Amtsstuben die Wut der Zensoren, aber genau da lag die hauchdünne Distanz, auf deren Seil Schunk zu tanzen verstand.

Die von ihm gezielt verbreiteten Vorwürfe »Kriechbelgier«, »Profitpatrioten« oder »wallonische Stiefellecker« waren in den etablierten Parteien Ostbelgiens bereits Beweis genug, der »Volksgruppe« extreme Tendenzen zu unterstellen. Vor allem der deutschsprachige »Minister« ließ keine Gelegenheit aus, in der Regierung und den sie tragenden Parteien der Großen Koalition solche Ängste zu schüren. Es gab in Brüssel dafür ein interessiertes Publikum, das den »kleinen Deutschsprachigen« schon immer misstraut hatte. So entstand ein Klima der Verdächtigungen; auf beiden Seiten fielen böse Schlagworte, die eine abgeklärte Lösung der sogenannten »Ostbelgienfrage« verhinderten. Mehr als die konkreten Probleme, stellte sich eine politische Machtfrage, die bereits in den Vorkriegsjahren die deutschsprachige Bevölkerung gespalten hatte. Es ging schon nicht mehr um Forderungen, sondern um den Lohn ihrer Regelung: Gelang es den traditionellen Parteien die Kriegsschädenfrage einer definitiven Lösung zuzuführen und in dem neuen Kulturrat die Mehrheit zu bilden oder würde es der »Volksgruppe« gelingen, aus dem Brüsseler Misstrauen Kapital zu schlagen und die Führung in die Hand zu nehmen?

Schunks nächtlicher Anruf bei Weykmans war der letzte Versuch, die Konfrontation zu verhindern und eine, wie auch immer geartete gemeinsame Front zu bilden. Obwohl der gescheiterte Senatskandidat um den Reiz einer solchen Bewegung wusste, kam sie für ihn nicht in Frage. Dabei spielten weder strategische Gründe noch parteipolitische Treue eine Rolle, sondern allein seine persönliche Geschichte, das Trauma seiner späten Jugend als SA-Mitglied. Allen Versuchungen jetzt zu widerstehen, bot die nicht wiederkehrende Chance, den Makel seiner Vergangenheit landesweit abzustreifen und die gegen ihn gerichteten Kampagnen gegenstandlos zu machen. Schunks Angebot war ein Danaer-Geschenk; es hätte ihn sicherlich zum ersten Mann der deutschsprachigen Belgier gemacht, jedoch zugleich als Marionette von Schunks Gnade zum Verräter abgestempelt und im Inland als »unmöglich« kompromittiert. Er war kriegsversehrt, guten Willens und all der Kämpfe etwas müde. In diese Falle würde er nicht tappen. Nein, dreimal nein, so ließ er sich in seinen Sessel fallen. Wandel durch Annäherung, doch nicht durch Aufstand, hieß seine Devise.

Es wurde eine lange Winternacht in Weywertz. Die Winde sausten um das Haus, das Telefon verstummte und unter den Gästen des Geprügelten gerieten Wut und Enttäuschung zusehends zu einem neuen Aufbruch. Natürlich wurde gesoffen und Weykmans begann seine ausufernden, kaum noch zu folgenden Monologe über ein nahendes kleines Schlaraffenland, das unter belgischer Hoheit mit allen Nachbarn in einem seligen Frieden leben werde.

»Wir sind, was wir sind, wir bleiben, was wir sind.«

Er selbst spielte dabei eine gütige landesväterliche Rolle, endlich unbehelligt von jeder Verdächtigung und allseits geachtet und beliebt. Albert lächelte. Gegen zwei Uhr schlich er nach oben ins Mansardenzimmer und vernahm, die Decke über beide Ohren, noch immer die polternde Stimme seines Chefs. Kein Zweifel, dass es eine Nacht der Entscheidung war. Der schwer angeschlagene Weykmans hatte sich für eine Lösung im belgischen Kontext und gegen einen sprachpolitischen Alleingang entschieden. Die Mehrheit der Bevölkerung würde ihm dabei folgen; jetzt musste Brüssel diese Haltung honorieren.

Zu den ersten, die in der Hauptstadt die Brisanz der neuen Situation erkannt hatten, gehörte der Journalist Kurt Buchenbaum. Unmittelbar nach dem Eklat im Senat hatte er noch in den Wandelgängen des Parlaments Kontakt mit mehreren führenden Mitgliedern des Vorstands der Sozialistischen Partei aufgenommen.

»Wenn jetzt nicht gehandelt wird, droht in den Kantonen ein Putsch der Rechten.«

Dem kleinen Kreis schloss sich auch Premierminister Edmond Winandy aus Waremme an, der nicht nur Buchenbaums Befürchtungen teilte, sondern als wallonischer »Falke« in der gescheiterten Weykmans-Wahl ein gezieltes flämisches Manöver witterte:

»Die haben nicht nur einen ihrer Leute durchgeboxt, sondern zugleich bei den Deutschsprachigen die Stimmung gegen uns angeheizt. Wir sollen ins Messer rennen.«

»Bereits letzte Woche hat Heeremans orakelt«, bestätigte Senator Pirotte aus Verviers, »ihr seid dabei, die Ostkantone zu verlieren.«

Buchenbaum wusste, dass Heeremans, der in der Regierung für die Staatsreform zuständig war, eine Einladung zum bevorstehenden Jubelfest des ostbelgischen Akademikerverbandes »Unitas« angenommen hatte.

»Er wird es dabei nicht bei einem Glückwunsch belassen.«

Auch das war inzwischen in Regierungskreisen durchgesickert: Heeremans stand in ständigem Kontakt mit dem »Volksgruppen«-Chef Dr. Schunk. Verbindungsmann war ein freundlicher Rundfunkjournalist, der dem flämischen CVP-Politiker als Redenschreiber diente.

Die politische Großwetterlage hatte sich in den beiden letzten Wochen des Jahres in Brüssel gravierend verschlechtert. Erneut führte der Sprachenstreit in den Dörfern an der Voer zu heftigen Kontroversen. Die Mehrheit der dortigen Bevölkerung war frankophon und wollte unter dem Gemeindenamen »Fourons« zurück in die Provinz Lüttich; das Gebiet gehörte territorial zum nördlichen Landesteil, dessen Parteien keinen Zentimeter flämischen Bodens preisgeben würden. Wiederholt kam es bei sogenannten Spaziergängen radikaler Sprachaktivisten zu Schlägereien. Nachdem ein erster Schuss gefallen war, der jedoch, wie durch ein Wunder, in einem vollbesetzten Café niemanden traf, ließ der Innenminister Gendarmerie-Einheiten anrücken. Nur ihnen gelang es mühsam, die mit Steinen und Schlagstöcken aufmarschierenden Sprachfanatiker zu trennen. Noch bevor es zu einem weiteren Eklat kam, warf Winandy das Handtuch. Nach einer heftigen Auseinandersetzung mit Heeremans, der im Ministerrat neue Fördergelder für ein flämisches Kulturzentrum im Voergebiet verlangt hatte, knallte der Premier die Türen, ließ sich ins Schloss nach Laeken fahren und erklärte dem König den Rücktritt seiner Regierung. Die kurzfristig anberaumte Audienz dauerte ganze vier Minuten. Winandy wurde traditionsgemäß mit der »Weiterführung der Amtsgeschäfte« beauftragt. Für den zweiten Februarsonntag wurden Neuwahlen angekündigt.

Kurt Buchenbaum, der diese dramatische Entwicklung als parlamentarischer Mitarbeiter mehrerer Tageszeitungen aus nächster Nähe verfolgte, wusste gleich, dass ihm für die erhoffte Ostbelgien-Lösung nur wenige Wochen blieben. Jetzt oder nie musste ein Deutschsprachiger der neuen Regierung angehören und ein für allemal die gärenden Probleme aus der Welt schaffen. Ihm war allerdings klar, dass Kriegsschäden und Kulturautonomie nicht reichen würden, eine solche Forderung durchzusetzen. Die im Brüsseler Regierungsviertel besonders eifrigen Hinterzimmer arbeiteten jedoch diesmal in seinem Sinne. Auch in den Parteigremien der Sozialisten gab es kaum noch nennenswerten Widerstand. Dies geschah jedoch nicht uneigennützig, denn ein Durchbruch der »Hochdeutschen« hätte die Chancen der »Roten« in Ostbelgien für lange Zeit zunichtegemacht. Stattdessen musste man eine Allianz zwischen CVP und den »Deutschtümlern« befürchten. Es galt, die dritte Sprachgemeinschaft des Landes nicht einer uneinnehmbaren rechten, »heimattreuen« Front zu überlassen. Überzeugendstes Argument für die Berufung eines deutschsprachigen Regierungsmitgliedes war jedoch das, was die wallonischen Sozialisten als »flämische Gefahr« bezeichneten. Die heimliche Agitation von Minister Heeremans in den Ostkantonen und seine konspirativen Kontakte mit dem Chef der »Volksgruppe« nährten den Verdacht, dass Flandern einen Korridor zum deutschsprachigen Gebiet anstrebte um dieses von Wallonien abzutrennen. Buchenbaum hatte Winandy dieses Szenario in finsteren Farben ausgemalt, so dass dieser mit zitternder Stimme im Parteivorstand ausrief:

»Genossen und Genossinnen, das ist ein Putschversuch.«

Kurt Buchenbaum bezeichnete sich im Unterschied zu den belgischen Sozialisten als Sozialdemokrat. Die feine Differenz verdeutlichte seine deutsche Herkunft und wäre so niemals akzeptiert worden, hätte der hochgewachsene, etwas schwermütige Mann nicht als Jude unter der Verfolgung durch die Schergen Hitlers schwer gelitten. 1914 in einem hessischen Städtchen geboren, hatte er in Freiburg

Jura und Volkswirtschaft studiert. Dort besuchte er auch als Gasthörer die berüchtigte Antrittsrede des damaligen Rektors Martin Heidegger. Wegen seiner politischen und journalistischen Tätigkeit für die SPD auf einer »schwarzen Liste« geführt, musste er als Jude zusammen mit seiner jungen Frau Beatrice 1933, nach der »Machtergreifung« der Nazis, nach Belgien fliehen. Für die deutschsprachige Tageszeitung »Grenz-Echo« als Korrespondent arbeitend, kam er bald mit Regierungskreisen in Kontakt, die sein profundes historisches Wissen und sein antifaschistisches Engagement zu schätzen begannen.

Mit jüdischen und politischen Emigrantenkreisen eng verbunden, verfügte Buchenbaum über wichtige Informationen aus dem Reich und konnte bereits in der Nacht zum 10. Mai 1940 seine deutschsprachigen Freunde in Eupen rechtzeitig vor dem unmittelbar bevorstehenden deutschen Einmarsch warnen. Er selbst flüchtete mit seiner Frau nach Ostende, wurde jedoch bald als Deutscher verhaftet und in ein Lager nach Savoyen gebracht. Als sich 1942 in den Lagern des Vichy-Regimes die Nachricht verbreitete, die Pétain-Regierung beabsichtige, ihre deutschen Gefangenen an die Nazis auszuliefern, ergriff er erneut die Flucht und gelangte in ein schweizerisches Militärlager. Dort konnte er unter Einsatz von Deckadressen in Briefkontakt mit seiner in Brüssel untergetauchten Frau treten. Nach fünfjähriger Trennung sahen sie sich 1945 in Belgien wieder.

Buchenbaum erwarb sich in den Nachkriegsjahren das Vertrauen von Politikern aller Parteien. Geschichtskundig, leiderprobt, unbestechlich und loyal avancierte er zum Senior der Parlamentsjournalisten. Seine Berichte waren unromantisch, nüchtern; die eigene Meinung stand stets zurück, das schaffte ihm viele Freunde. Umso mehr wurde er als diskreter Ratgeber geschätzt. Immer wieder reichten die Parlamentsdiener auf hohen Stöcken befestigte Zettel mit Nachrichten und Anfragen aus dem Plenum hinauf zur Pressetribüne. Dann saß er an seinen Platz neben der ersten Säule, den krausen Kopf auf die Hand gestützt und mit Schnellschrift Auskunft gebend: präzise wie ein Archivar, mit dem Hintergrundwissen eines Historikers. Seine Berufsehre war das Begleiten, nicht das Eingreifen.

Dass er eine besondere Vorliebe für die deutschsprachige Minderheit in den Ostkantonen hegte, lag auf der Hand. Nicht nur die gemeinsame Sprache und Kultur, sondern auch die erste Hilfe, die ihm nach seiner Flucht aus Nazi-Deutschland aus dieser kleinen Wetterecke zuteilgeworden war, hat er nie vergessen. Seine Vision war ein in Belgien gleichberechtigtes und folglich von Deutschland unabhängiges Gebiet. So, wie er seine Geschichte gelernt zu haben glaubte, würde es dem Land nicht lästig fallen, sondern es bereichern.

Als Hans Weykmans im Senat scheiterte, die beargwöhnte »Hochdeutsche Volksgruppe« die Gründung einer neuen Partei ankündigte und der flämische Minister Heeremans zu einem Festvortrag nach Eupen aufbrach, wusste Buchenbaum, dass seine Stunde gekommen war. Der Journalist schlüpfte unerkannt in eine Rolle, von der er selbst nicht genau sagen konnte, ob sie diplomatischer, geheimdienstlicher oder politischer Natur war. Darüber zu grübeln war auch jetzt nicht die Zeit. Genug der Vorwürfe und Forderungen. Es galt zu handeln. Bis zum Wahltag am 12. Februar blieben noch knappe vier Wochen.

XVIII.

Das Kabinett

Als der schwarze Mercedes von Minister Heeremans am frühen Abend des 12. Januars 1972 in die Autobahnausfahrt nach Eupen einbog, fiel der erste Schnee. Heeremans, der tief versunken Akten gelesen und Briefentwürfe korrigiert hatte, blickte erstaunt auf und dachte, das passe zu den Ostkantonen: Winterzauber. Touristen aus dem flachen flämischen Land vergleichen dieses Gebiet gerne mit den Voralpen oder Tirol. Es fehlen nur noch die Kuhglocken; aber Heeremans kam nicht als Tourist. Sein Vortrag zum 50. Stiftungsfest des ostbelgischen Akademikerbundes war für 20 Uhr angesetzt, doch fiel diskreten, hauptberuflichen Beobachtern auf, dass die Staatskarosse mit dem Kennzeichen A-19 nicht das Kurhotel im Stadtzentrum ansteuerte, sondern bereits an der Kreuzung Herbesthaler Straße rechts abbog und in Richtung Stockem fuhr. Am Ende der asphaltierten Gasse bremste der Wagen kurz ab und verschwand hinter hohen Buchenhecken in der Einfahrt zum Haus von Dr. Schunk. Der Gastgeber stand im hell erleuchteten Türeingang. Dichte Flocken wirbelten im Scheinwerferlicht, die Wagentür klackte zu und der Minister sagte:

»Ostbelgien, ein Wintermärchen.«

Die diskreten, hauptberuflichen Beobachter zählten im großen Saal des Eupener Kurhotels 450 Zuhörer, die den Minister um Punkt 20 Uhr mit einem Beifall empfingen, der an sich zum Schluss von Festveranstaltungen üblich ist. Albert, der sich zusammen mit Kabinettschef Weykmans an einem Tisch auf der rechten Saalseite niedergelassen hatte, und die Eupener Verhältnisse zu kennen glaubte, fiel sogleich auf, dass die große Mehrheit der Besucher Ortsfremde waren, aus der Eifel reisten ganze Busse an, darunter auch zahlreiche Lehrpersonen und Geistliche. Auch hatte er bereits beim Betreten des Kursaales gespürt, dass Weykmans Erscheinen von den Veranstaltern mit einer gewissen Kühle bedacht wurde; keine Unhöflichkeit, aber Zurückhaltung und die unausgesprochene Botschaft, dass heute Abend hier ein anderes Heimspiel stattfinde. Dieser Eindruck wurde bei der Begrüßung der Ehrengäste durch den Bundes-Vorsitzenden noch verstärkt, der die Honoratioren aus dem Umfeld der »deutschen Volksgruppe« vorrangig willkommen hieß und die üblichen protokollarischen Prioritäten außer Acht ließ. Entsprechend dosierte der Saal auch den Beifall.

Was allerdings von den Claqueuren niemand wusste: Hans Weykmans war am Vortag am Stadtrand von Brüssel in der »Auberge de Boenendaal« mit Heeremans zusammengetroffen. Ursprünglich als gemeinsames Mittagsessen vereinbart war, gestaltete sich das Tête-à-tête schließlich zu einer intensiven Begegnung, die erst gegen 16 Uhr mit einem allerletzten Himbeerschnaps beendet wurde. Heeremans ließ einfach zwei Termine sausen. Wesentliches Ergebnis dieser intensiven Aussprache war die gemeinsame Überzeugung, dass für die deutschsprachigen Belgier eine möglichst weitgehende, realistische und gleichberechtigte Autonomie anzustreben sei. Wichtig war dabei auch die Feststellung, dass diese nicht im luftleeren Raum akademischer Theorien zu verwirklichen sei, sondern im Kontext der politischen Fakten. Dem Programm und den Interessen der Parteien, vor allem der gemeinsamen christdemokratischen, müsse bei diesem Bemühen selbstverständlich Rechnung getragen werden. Zwischen der ostbelgischen und der flämischen CVP gab es da keine nennenswerten Differenzen. Heeremans hatte sich als ein liebenswerter Gastgeber präsentiert: gut informiert, ruhig, humorvoll und nicht ohne jenes kurze, listige Augenzwinkern, das beim souveränen

Überwinden heikler Passagen den wahren Staatsmann aus-macht. Unmissverständlich war natürlich auch, dass man sich in der heißen Phase eines Wahlkampfes befand, des-sen Ausgang das Land grundlegend verändern würde. Von diesen Reformen hin zu einem Föderalstaat sollte erstmals auch das deutschsprachige Gebiet konkret betroffen sein. Es war keine Frage, dass der flämische Politiker dieser Konstel-lation auch als Parteifreund Rechnung tragen wollte. In ei-nem Zustand angesäuselter Euphorie hatte sich Weykmans mit den Worten »Bis morgen, Herr Minister« verabschiedet.

Zu Beginn der Rede, bei der Heeremans die üblichen Komplimente und Dankesadressen an die Veranstalter, den Bürgermeister und die ergeben nickende Geistlichkeit richte-te, fiel auf, dass er den ihn mit rötlichem Gesicht erwartungs-voll anstrahlenden Kabinettschef mit keinem Wort erwähn-te. Albert wunderte es nicht, denn bereits beim Betreten des Saales hatte der Minister seinen gestrigen Tischpartner nicht eines Blickes gewürdigt. Die Rede an sich bestand aus einer wohlwollend vorgetragenen, jedoch nüchternen Bestands-aufnahme der belgischen Staatsreform und ihrer Zukunfts-perspektiven. Dass dabei auch die berechtigten Forderungen und weitergehenden Hoffnungen der atemlos lauschenden Zuhörer angesprochen wurden, war evident. Doch hatte sich Heeremans zum dramaturgischen Abschluss eine rhetori-sche Formel einfallen lassen, deren Ursprung von der Antike bis zu Wilhelm Tell reichte, und die zutiefst den Erwartun-gen des Saales entsprach. Sie erinnerte an kämpferische Tra-ditionen, beschwor selbstbewusste Eigenverantwortung und pochte obendrein auf ein von schleichenden Feinden bedroh-tes himmlisches Vertrauen. Beschwörend rief er aus:

»Hilf Dir selbst, dann hilft Dir Gott.«

Spontaner Beifall, Jubel, Hochrufe, Ovationen begleite-ten den Minister zum Ausgang.

Was Heeremans nicht gesagt hatte, waren die Bedin-gungen unter denen sich solche Appelle in einer parlamen-tarischen Demokratie verwirklichen lassen, welche konkreten Konzessionen die Regierung – der er seit Jahren angehörte und in Zukunft sicherlich noch einflussreicher angehören würde – den Deutschsprachigen anbieten werde und mit welchen Mitteln die politischen Hürden dabei zu überwinden sein würden. Unter welchen Umständen Flandern Beiträge zum Gelingen beitragen wolle, blieb ebenfalls unerwähnt. Der Minister hatte keine politische Rede gehalten, sondern eine staatsfromme Predigt, von der er jedoch genau wusste, dass ihre seelsorgerisch verschlüsselte Botschaft von seinen Zuhörern als flammender Aufruf zur Selbstständigkeit verstanden würde.

Weykmans und sein Chauffeur eilten stumm dem Ausgang zu. Kein Gruß, kein Wort der Solidarität unter Parteifreunden, keine Würdigung schwieriger Vorarbeit auf unwegsamem Terrain, auch kein Hinweis auf den Respekt hier waltender heikler Zeitgeschichte und schwieriger Nachbarschaften. Stattdessen das Säuseln heißer Luft über eine jungfräuliche Schneelandschaft.

Die Gastgeber standen mit Heeremans noch vor der Drehtüre des Kurhotels. Lange winkten sie seinem Wagen nach, der in der kalten Nachtluft eine graue Rauchspur hinterließ. An den Bäumen und Masten gegenüber hingen die ersten Wahlplakate der neuen ostbelgischen Heimatpartei. Albert, der stets alles verinnerlichte und deshalb kein politischer Mensch war, empfand diesen Abend wie eine Offenbarung. Bislang in seinen Gefühlen gegenüber Parteien hin- und her gerissen und Präferenzen allein von emotionalen Einflüssen abhängig machend, erkannte er in den Ereignissen der letzten Tage eine von langer Hand gesteuerte Strategie. Die »deutsche Volksgruppe«, deren zäher Widerstand gegen den Hochmut Brüssels seine anarchische Lust an Zusammenbrüchen beflügelt hatte, war aus dem Schatten einer wackeren Druckgruppe herausgetreten und griff zur Macht. Bislang alle anderen Parteien Ostbelgiens verteufelnd, bildete man selbst eine Partei. Zwar pochten ihre Gründer, die meist von den Christdemokraten oder Liberalen übergetreten waren, auf die Unabhängigkeit ihrer neuen Formation, aber schon wurde sichtbar, dass sie im Windschatten flämischer Interessen marschierte, deren Parteien jenseits des kleinen Zankapfels Voer-Gebiet eine weitaus attraktiver Domäne gewittert hatten.

Der unpolitische Chauffeur, der Mitleid für seinen von flämischen Drahtziehern gebeutelten Kabinettschef empfand, konnte dem von Heeremans in seiner Rede verbreiteten Appell einer »ostbelgischen Einheit« keinen Glauben schenken. Die Haltung der flämischen Fraktion bei der Abstimmung über einen deutschsprachigen Senator, seine kuriosen Kontakte zu Dr. Schunk, das Ignorieren seiner ostbelgischen Parteifreunde sowie der nahtlose Übergang von Ministerrede und Wahlkampfauftakt waren keine Zufälle. Man musste mit Blindheit geschlagen sein, die strategische Absicht nicht zu erkennen.

»Geht es dir nicht gut«, fragte der Wirt des »Columbus« zu vorgerückter Stunde.

»Ich denke nach.«

Dazu bestand auch in den nächsten Tagen wiederholt Anlass. Albert musste seinem Chef sämtliche Pressekommentare besorgen und kippte ihm einen dicken Zeitungspacken auf den Schreibtisch. Die französischsprachigen Blätter warnten vor einem »Zündeln flämischer Brandstifter in den Ostkantonen« und erinnerten an »böse Beispiele aus Nordirland, dem Baskenland und Südtirol«. Die niederländischsprachigen Zeitungen feierten den Heeremans-Auftritt als überfälligen »Befreiungsversuch aus wallonischer Vormundschaft«. Einig waren sich jedoch alle, dass die Probleme der »sympathischen Minderheit« endlich gelöst werden müssten.

Ähnlich wie bei vorausgegangenen Kommunalwahlkämpfen konzentrierte sich der Parteienstreit in Ostbelgien auf die Frage der »Zweisprachigkeit« vor allem im Unterrichtswesen. Da wie dort wurden weniger pädagogische Argumente debattiert, sondern mit den Waffen polemischer

Unterstellung gestritten. Der Vorwurf deutschtümelnder Heim-ins-Reich-Absichten der einen, wurde von den anderen mit der Beschuldigung von »Verrat und Ausverkauf an die Wallonie« gekontert. In Wahrheit ging es allein um die Macht in Ostbelgien. Blieb sie in den Händen der bislang führenden Christdemokraten, würde deren Regierungsbeteiligung die fälligen Reformen einleiten. Schaffte die neue Sprachpartei die Mehrheit, drohten Ungewissheit und ernsthafte wallonisch-flämische Turbulenzen in Brüssel.

Horst, dessen aufgekrempelter Ärmel bisweilen den Blick auf die eingebrannte Häftlingsnummer aus Auschwitz freigab, war in diesen Tagen ein unverdächtiger Beobachter. Er mochte es nicht, wenn sein junger Freund ohne ein Wort die leeren Biergläser in Richtung Zapfhahn schob. Nacht für Nacht das gleiche Szenario: letzte heftige Wahlkampf-Diskussionen an der Theke; stets die gleichen Verdächtigungen und Vorwürfe; zwar keine Schläge – der Wirt hätte es nicht zugelassen – aber Worte, die verletzender waren. An sich ein Mikrokosmos ostbelgischer Hilflosigkeit, die angestauten Konflikte eines tödlichen Jahrhunderts waren nie angesprochen, sondern verdrängt und verharmlost worden. Jetzt blühten die Eiterbeulen zum ersten Mal auf, erschreckend farbig, es gab nichts mehr zu vertuschen. Bis in die Intimität der Familien hinein waren Sieger und Besiegte gleichmäßig verteilt; selbst die Kellerleichen wogen einander auf. Der einzige Unterschied zur Idylle des Verschweigens war, dass die unaufhaltsame Stunde der Abrechnung gekommen war. Die Siegerjustiz hatte längst ihre Opfer begnadigt; eine trügerische Stille war dem allgemeinen Desaster gefolgt. Man grüsste wieder einander und ging schnell weiter. Doch hatte die politische Lage in Belgien den Deutschsprachigen die Fluchtwege versperrt. Maskeraden und Nischen im Zwischenland halfen nicht mehr; es galt Farbe zu bekennen. »Großdeutschland« lag immer noch hautnah vor der Haustür, doch war es ferner denn je,

Brüssel blieb eine fremde Hauptstadt der Zweifel, die Wallonie umschlang ihre »boches« wie gezähmte Beute und Flandern probte auf leisen Sohlen den Einmarsch, arglos wie ein Brudervolk.

Der jüdische Wirt des Café »Columbus« konnte diese Tragikomödie nicht länger mit ansehen. Als erneut dieses Nationalitäts-Gezeter losbrach, der gemütliche SS-Freiwillige Mengels nach Luft rang, der christliche Gewerkschaftler Despineux ihm »gnadenlose« Rache schwor, »Sir Henry« von Peterchen als »deutscher Minenhund« beschimpft wurde und die Gattin des CVP-Kassierers Harrings, die Geliebte eines diskreten »Volksgruppen«-Anwalts, als »Flintenweib« bezeichnete, worauf diese den rot anlaufenden Schatzmeister als »Fotte-Fühler« betitelte, schaltete Horst mit einem flinken Handgriff die Sicherungen aus und schrie in die Stille der stockdunklen Kneipe hinein:

»Ihr heimatlosen Arschlöcher! Wenn hier einer das Maul aufreißt, dann allein ich: eines deutschen Juden belgisches Kind.«

Über die Zapfhähne und die durchlöcherte Zinkplatte zuckte zweimal das Neonlicht, im Nachtprogramm von Radio Luxemburg tönte erneut »Merci chérie« und in den Reihen der Streithähne trat augenblicklich Waffenruhe ein. Der Mann mit der KZ-Nummer hatte im Bürgerkrieg der kleinen Belgier die wahre Größenordnung wieder hergestellt.

Albert lernte von Horst die aufgeregten Kontroversen der Wahlkämpfer aus der Perspektive des in Eupen gestrandeten Auschwitz-Häftlings zu sehen, der die echten Nazis am eigenen Leib gespürt hatte und schließlich in Belgien eine Zuflucht fand.

»Das sind doch alles nur harmlose Mitläufer«, lächelte der Wirt, »sieh' Dir doch den alten Mengels an, der Angsthase ist mit beschissenen Hosen zur SS übergelaufen.«

»Ihr seid nur 60.000 vaterlandslose Gesellen«, flüsterte er seinem jungen Freund ins Ohr, »wollt Ihr Euch zu Tode spalten? Das dient nur Euren Gegnern.«

»Das könnt Ihr Antifaschisten der letzten Viertelstunde von uns Juden lernen: wir verraten unsere Brüder nicht.«

Doch bestand bei solchen Bemerkungen für die »Columbus«-Kundschaft aus der »Volksgruppe« kein Grund zum Jubel. Der Wirt nahm an ihre Adresse kein Blatt vor dem Mund:

»Habt Ihr die Schnauze noch immer nicht voll? Reicht das nicht, dass ausgerechnet ich euch hier ein Bier zapfe? Oder erscheint ihr demnächst in der braunen Uniform?«

»Sagt doch endlich, was ihr wirklich wollt; hört auf über die Muttersprache zu spinnen.«

»Es steht euch frei nach Aachen zu ziehen; aber selbst da schüttelt man über euch den Kopf.«

Horst beherrschte die Kunst, brutale Wahrheiten mit dem Charme Berliner Schnauze zu sagen. Er konnte zwar heftig werden, doch dann folgte sogleich wieder das in Eupen seltene Schmunzeln eines Überlebenden, als wolle er sich korrigieren, seine Lebenserfahrung ging tiefer. Jeder, der diese Kneipe betrat, wusste und respektierte es. Auf den wankenden Planken des »Columbus« herrschte der Ausnahmezustand eines dünnen ostbelgischen Friedens. Das führte mitunter zu kuriosen Szenen, wenn etwa zwei alte Kämpfer der »Armée blanche« und der SA von einer gemeinsamen Jugendliebe zu schwärmen begannen, oder der CVP-Kammerkandidat Mennicken die Bierleiche des ehemaligen HJ-Führers Coppeneur nach Hause chauffierte und dessen entsetzter Gattin zurief:

»Ich bringe ihnen den Rest des tausendjährigen Reiches.«

Albert geriet unter dem Einfluss solcher Erfahrungen immer mehr zu der Überzeugung, dass all die pathetisch vorgetragenen Verurteilungen der wahlkämpfenden Parteipolitikern oder Leitartikler ohne solche Nachterfahrungen nichts wert waren. Er teilte nicht die Nibelungentreue etablierter belgischer Beamter, doch fand er, dass man hierzulande gar nicht so schlecht lebe. Weiß Gott gefiel ihm nicht die von Zweideutigkeiten umnebelten Forderungen der »deutschen Volksgruppe«, aber er spürte auch, »dass sie irgendwie zu uns gehören.«

»Wir müssen lernen, uns auszuhalten.«

»Das sage ich jeden Morgen zu meiner Frau«, grinste Horst.

Die Februar-Wahlen stärkten landesweit die auf Eigenständigkeit pochenden Sprachenparteien. Im Wahlkreis Verviers, dem das deutschsprachige Gebiet zugeteilt war, brachte es die neue VU zwar zu einem Achtungserfolg, doch behauptete die CVP ihre Führungsposition, vor allem dank des weiter gestiegenen Zuspruchs für Hans Weykmans. Typisch für die Lage im Ländchen war jedoch, dass jede Seite Argumente vorbrachte, sich als Wahlsieger zu bezeichnen. Weykmans konnte sich mit 14. 000 Vorzugsstimmen im Glanz des Märtyrers sonnen; Dr. Schunk verkündete, die neue Partei sei »bereits unumgänglich«. Der Brüsseler Korrespondent, der sich an sich jeden Kommentars enthielt, sandte nach den ersten Parteivorstandssitzungen in Brüssel sorgenvolle Depeschen an seine Redaktionen. Premierminister Winandy hatte bereits nach Bekanntwerden der ersten Wahlresultate im kleinen Kreis orakelt, das sei der Anfang vom Ende:

»Das alte Belgien bricht zusammen.«

Die einzig noch mögliche Antwort war die Bildung einer wehrhaften großen Koalition aus Christdemokraten, Sozialisten und Liberalen, die sich dem neuen Trend mit einer Reihe regionaler Konzessionen empfehlen wollte. Dazu gehörte auch die Schaffung eines »Staatssekretariates für die Ostkantone und den Tourismus«, die in der satirischen Wochenpresse als »Rosenmontags-Schnapsidee« mit »Alaaf«-Rufen begrüßt wurde. Aber noch ehe das Regierungsprogramm ausgehandelt und das Koalitionsabkommen unterzeichnet waren, begann hinter den Kulissen ein heftiger Kampf um die Besetzung ausgerechnet dieses Postens.

Die CVP forderte als »traditionelle Führungskraft« das neue Ressort für einen der ihren. Sozialisten und Liberale fürchteten, in die Bedeutungslosigkeit gedrängt zu werden und schlugen den neutralen Bezirkskommissar Heinrich Hohn als Staatssekretär vor. Da jedoch niemand die Wahlergebnisse ignorieren konnte, fiel der Posten schließlich doch an die Christdemokraten, was aber die Berufung durch den König nicht leichter machte. Sehr schnell wurde deutlich, dass der in Ostbelgien als haushoher Favorit geltende Weykmans in Brüssel keine Chance hatte. Schon tauchten die alten Dämonen wieder auf, erneut zirkulierte das Foto mit der SA-Binde, die Linkspresse ließ keine Gelegenheit aus, daran zu erinnern.

Albert spürte, wie die strahlende Zuversicht seines Chefs nach wenigen Tagen in jene stille Verzweiflung umkippte, die er bereits während der Senats-Affäre bei ihm beobachtet hatte. Besonders verletzte ihn, dass die Widerstände mit ausgekochter Heimtücke auch in der eigenen Partei geschürt wurden. Volkesstimme, seine solide Arbeit, der gute Wille, spielten keine Rolle mehr. Im Parteivorstand der Sozialisten erklärte der Lütticher Abgeordnete Chaindron:

»Nur über meine Leiche.«

Das CVP-Präsidium zog sich diskreter aus der Affäre und schlug, »gleichberechtigt« neben Weykmans, einen zweisprachigen Abgeordneten vor, der bereits klammheimlich die Zustimmung der Koalitionspartner erhalten hatte.

Während in der Presse weiter über die Personalentscheidung spekuliert wurde, erfuhr Albert von seinen bestens informierten Chauffeur-Kollegen, wie chancenlos sein Chef war:

»Hör zu mein Junge, ein alter Nazi bei der Eidesleistung vor dem König, das gibt eine Revolution.«

»Rate Deinem alten Herrn, sich schleunigst zurückzuziehen.«

»Mein Vater ist in Breendonk[10] von den Deutschen erschossen worden. Du verstehst …«

Unmittelbar vor der Bekanntgabe der Liste der neuen Kabinettsmitglieder und dem offiziellen Fototermin nahm der in eine letzte Sitzung eilende CVP-Vorsitzende Charles-Henri Colomb den auf einem Parkplatz in der Rue-des-deux-Eglises wartenden Albert kurz beiseite:

»Wie, glaubst Du wird der Chef reagieren?«

»Es ist eine Schweinerei, aber er gehört nicht zu denen, die ihre Flinte ins Korn werfen.«

»Hans Weykams wird zum Kabinettschef befördert und einen besseren Dienstwagen erhalten.«

So blieb Brüssel, auch an diesem denkwürdigen Ehrentag der deutschsprachigen Belgier, für Albert eine Erfahrung von Ablehnung. Er chauffierte Weykmans in dem neuen Fahrzeug mit dem Kennzeichen über die Boulevards Richtung Autobahn. Die Polizisten erhoben an den Kreuzungen weiter die Hand zum Gruß. Im Innern des Wagens herrschte Schweigen.

»Man will uns nicht, sondern nur Alibis«, brach es endlich aus ihm heraus.

Weykmans antwortete nicht und blickte auf die vorbei huschende abendliche Stadt. Im zäh fließenden Verkehr auf Ring passierten sie die Fronten martialischer Kasernen. Auch für ihn hatte Brüssel jetzt die unpersönliche Kühle eines Exerzierplatzes. Er wollte seinem Freund beipflichten, sagte dann aber nur, wie sooft schon:

»Es ist ein Zigeunerleben, mein Junge. Lass uns unterwegs ein Bier trinken.«

Hinter der schönen Fassade der Regierungsbeteiligung war das Kabinett am Boulevard de Berlaimont eine Fortsetzung der schüchternen Ostbelgien-Politik mit ande-

---

10   siehe Anm. 7, Seite 227

ren Mitteln. Albert meinte sogar, dass sie heuchlerisch sei, so als habe man sich darauf verständigt, diesen lästigen kleinen Deutschsprachigen das Spielzeug eines ministeriellen Departements zu überlassen, sie mit dem Charme protokollarischer Würde zu besänftigen und zugleich, bei kleinstmöglichen Konzessionen, weiter am Gängelband zu führen. Staatssekretär Volders inkarnierte diesen Zwiespalt so penetrant, dass er sich zu Hause mit »Willy«, in Brüssel jedoch demonstrativ mit »Guillaume« anreden ließ. So stand es auch auf seinen Visitenkarten und unter allen offiziellen Dokumenten. Es war nicht nur eine Präferenz, sondern ein Glaubensbekenntnis. Er war ein emsiger Arbeiter, jedoch ohne jede Phantasie für politische Möglichkeiten. Als geschätzter Hinterbänkler in einem von Honoratioren und Parteipaten beherrschten Abgeordnetenhaus, bestand seine Leistung in einer lückenlosen Loyalität zum System. Dieses forderte den Respekt vermeintlicher Wichtigkeiten und eiserne Disziplin. Gesetzesinitiaven waren genehmigungspflichtig. Zu aller Sicherheit mussten sie von mehreren Kollegen gegengezeichnet werden. Interpellationen bedurften einer komplizierten Absprache. Redetexte unterlagen der Zensur der Fraktionsführung. In diesen Minenfeldern von Kontrolle und Einflussnahme spielte sich das Kleinformat einer Parlamentsvertretung ab. Der deutschsprachige Peuple-Redakteur, der Volders am Pfeiler der Pressetribüne stets im Blick hatte, pflegte zu ihm ein Vertrauensverhältnis, hielt ihn jedoch für einen begrenzten »Kanalarbeiter«, von dem weder Impulse, geschweige Visionen zu erwarten waren. Er steckte ihm manch wichtige Information zu, überflog seine mit zittriger Schrift verfassten Rede-Entwürfe und sorgte dafür, dass deren Vortrag in der heimatlichen Presse auf Seite eins erschien. Sein Problem bestand weniger in deren Unterbringung, sondern Aufbesserung, wobei er mit historischen Rückblicken und Detailbesessenheit anderweitige Mängel ausglich.

Albert hat sich in diese Chronik des Dürftigen nie vertieft und auf den Sportteil konzentriert. Als er jedoch den Staatssekretär in seinem neuen Amt tagtäglich auf der Kabinettsetage erlebte, hat es ihn nicht verwundert, sondern in seinen Ahnungen nur bestätigt. Dennoch bemerkte er einen wichtigen Unterschied: Volders, der im Ruf stand, ein liebenswerter Apparatschick zu sein, wandelte sich als Mitglied der Regierung zu einem aufbrausenden Feldwebel, der hinter jeder Bürotüre Komplott und Verrat vermutete. Er war fachlich und politisch unsicher, davon durfte nichts nach außen dringen. So herrschte atmosphärisch ein Regime gespannter Folgsamkeit, die er mit aufbrausenden Gesten einforderte und nicht spürte, dass er mit jedem Eklat an Autorität verlor. Das Privatsekretariat ließ er, trotz eindringlicher Warnungen der Partei, aus Furcht vor Indiskretionen, von seiner Nichte führen. Dem Presseattaché untersagte er, ohne seine Genehmigung, Kontakte mit Journalisten zu pflegen. Wichtige Posten vertraute er ausschließlich Personen an, die nicht aus Ostbelgien stammten. So oblag die Vorlage des Gesetzes über den »Rat der deutschen Kulturgemeinschaft« einem wallonischen Juristen, der kein Wort Deutsch verstand und zuvor bei der Nationalen Eisenbahngesellschaft beschäftigt war. Volders Zornesausbrüche gingen soweit, dass er in Anwesenheit zweier älterer Besucherinnen, seiner Tippse eine Schachtel Zigarren nach schmiss.

Albert, der sehr bald jede Entrüstung ablegte und sich auf dieser Etage über nichts mehr wunderte, amüsierte sich jedes Mal, wenn er in Zeitungen ein Foto mit dem wütenden Blick des gestressten Staatssekretärs entdeckte. Schließlich fiel es sogar dem Pressedienst des Premierministers auf, und Volders ließ, nach einer diskreten Bemerkung am Randes des Regierungsrates, vergrößerte Passfotos an die Redaktionen versenden, die ihm, einige Jahre jünger mit Pustebacken und glatter Scheitelfrisur, den Spitznamen »notre Fritz national«, unser belgischer Preuße, einbrachten. Diesem Ruf wurde er nach einer Sitzung der parlamentarischen Kommission für die Verfassungsreform auf besonders peinliche Weise gerecht. Beim Verlassen des Amtssitzes des Premierministers in der Rue de Loi 16 beschimpfte er vor laufenden Kameras seinen flämischen Kollegen Heeremans, die Verabschiedung eines Gesetzentwurfes blockiert zu haben. Als Heeremans diese Verbalattacke ignorierte und seinen Wagen herbeiwinkte, begann Volders mit seinen Fäusten auf die Tür einzuschlagen und schrie, er wisse genau, mit welch obskuren Kreisen der flämische Minister in Ostbelgien konspiriere.

Der Jurist aus der Nationalen Eisenbahngesellschaft hatte inzwischen solide Arbeit geleistet und den Gesetzestext der beiden großen Kulturgemeinschaften abgekupfert. Dabei fielen jedoch dessen Wahl durch die betroffene Bevölkerung sowie die Gewährung echter Befugnisse der »Texttoilette« zum Opfer. Wenn morgens gegen halb neun der Kabinettschef und sein Chauffeur das Kabinett betraten, stand der juristische Berater bereits in Hemdsärmeln im Türrahmen. In der einen Hand hielt er ein mit Rotwein gefülltes Limonadenglas, die andere legte er über die Schulter seiner abgeklärt strahlenden Übersetzerin, deren Qualitäten er mit den Worten rühmte:

»Jean, sie liebt es besonders heftig …«

Albert lustwandelte den Tag über den Flur und stellte bald fest, dass an allen strategischen Punkte dieses Kabinetts »therapeutisch« getrunken wurde. Der kleine Kabinettsdiener Jules Vanderstappen, der über eine jahrzehntelange Erfahrung auf Regierungetagen verfügte, und reihum mit Tabletts voller Apéritifs, Digestifs, Rot- und Weißweinen sowie braunen Trappistenbieren in den Büros verschwand, erklärte dem Chauffeur, ohne seine Dienste sei »dieses Land unregierbar«. Während der Kabinettschef spätestens um Mittag seinen ersten Whisky bestellte, der Volljurist zu dieser Stunde meist schon voll war, blieb Albert nicht verborgen, dass sich auch Volders gerne mit Spirituosen tröstete. Sein Gesicht lief dann rosafarben an, der tagtägliche Zorn kippte urplötzlich in Jovialität um, auch verbreitete er Regierungsinterna und bat bei einer solchen Gelegenheit sogar den Chauffeur, ob er nicht einmal Heeremans zum Essen einladen solle.

»Das könnte gewiss nicht schaden, Herr Minister«, antwortete Albert, der eine flatternde Schnapsfahne zu schnuppern glaubte, bevor Volders ihn anfuhr:

»Eher trete ich zurück, du Pflänzchen.«

Zu den zahlreichen Empfängen und Banketten begab sich der »Fritz national« in Streifenhose und mit schwarzem Sakko. Seine besondere Sorgfalt galt der Prüfung, ob auch die Ordenstreifen an seinem Rockaufschlag gut sichtbar waren. Manchmal hat Albert ihn als Aushilfefahrer ins Königliche Stadtschloss oder in die Botschaften der Avenue de Tervueren chauffiert. Volders war dann stets leutselig, trank er sich doch vor solchen Missionen stets Mut an. Dann konnte er richtig angenehm werden und an den Auffahrten der Residenzen war oft zu hören, welch einfacher, liebenswerter Mensch »dieser Staatssekretär aus den Wäldern« doch sei. Volders pflegte bei den Begegnungen, in denen er die von livrierten Dienern angebotenen Cocktails in einem Zug herunter kippte und sich bald sicher fühlen konnte, seine Gesprächspartner mit dem Ellenbogen leicht in die Seite zu stoßen. Albert, der ihm vom Foyer aus beobachtete, glaubte, darin einen zwar fraternisierenden, um Anerkennung buhlenden Versuch zu erkennen. Er hat sich oft über ihn geärgert, manchmal tat er ihm auch leid.

Kabinettschef Weykmans blieb von diesen Repräsentationspflichten ausgeschlossen. Auch zu den Beratungen in den Ausschuss-Sitzungen des Parlaments durfte er, im Gegensatz zu den Kollegen anderer Ministerien, den Staatssekretär nicht begleiten. Ein einziges Mal hat er es nach einem ausführlichen Essen in seinem unverwüstlichen Glauben an das Gute im Menschen dennoch gewagt, kehrte dann aber kurze Zeit später kopfschüttelnd, mit einer verwerflichen Handbewegung in die Einsiedelei seines Büros zurück. In dieser Zeit hat Albert bei ihm, zwar keine Resignation, aber unverkennbare Evasionsversuche festgestellt. Jetzt kam es vor, dass er mittags allein verschwand und ausblieb. Der Chauffeur hütete sich, eine Frage zu stellen, erfuhr jedoch spätestens auf der Rückfahrt bei einem »Zwischenbier«, dass der Chef eine platonische Freundschaft mit einer unglücklich verheirateten Frau pflegte, deren züchtige Lust in stundenlangen Trostgesprächen bestand.

Weniger züchtig waren jedoch die sich meist daran anschließenden Trinkgelage, die der Chauffeur nicht nur als Beichtpartner zu begleiten, sondern als wohlmeinender Freund zu beaufsichtigen hatte. Mit fortschreitender Zeit wurde die Versuchung zu einem Laster. Es nahm schon am frühen Morgen seinen Anfang und schleppte sich in zähen Anläufen über den ganzen Tag, manchmal bis tief in die Nacht. Die Kollegen im Kabinett nannten es »Oktav«, denn die Exzesse des Chefs konnten tatsächlich über eine Woche andauern. Bereits an der Autobahnauffahrt in Herbesthal bat er Albert, »geradeaus, geradeaus« zu fahren. Im nächsten Landgasthaus meldete er sich bei der Sekretärin in Brüssel wegen »unvorhersehbarer Termine« ab und es begann ein langer Tag schwebenden Daseinspause. Die heimtückischen Attacken seiner Gegner, die Ablehnungen in Brüssel, die Demütigungen durch Volders hatten ihm schwerer zugesetzt, als er zugeben wollte. Auch begann sein Bein zu schmerzen, heftige Stiche bis in die Hüfte hinauf. Schließlich war da jene Frau, deren keusche Verehrung er schon für eine Sünde hielt, von der er nicht wusste, ob er sie bedauern oder begrüßen sollte. Weykmans trank tief und schwer. Nach einer einleitenden Phase belangloser Fröhlichkeit stürzte er in eine Hochebene heftigeren Durstes. Dabei wechselten sich Rebellion und Überdruss einander ab. Nach einem kurzen Aufflackern weinerlicher Melancholie erreichte er schließlich das angestrebte gelobte Land seliger Gelassenheit und ausgelassener Seligkeit. Von Verletzungen und Wehmut war keine Rede mehr. Rotglühend, schwitzend und gestikulierend verkündete er den Ausbruch ewigen Friedens. Mit einer abrundenden Handbewegung schwärmte er von einem »kleinen ostbelgischen Reich«, dem er als »Väterchen Gnädig« vorstand, und stimmte Lieder an, deren Repertoire vom »Prosit der Gemütlichkeit« bis zu einigen »vaterländischen« Gesängen reichte, die Albert jedoch sprungbereit mit »Auf, auf, zum fröhlichen Jagen« oder »Nun ade, du mein lieb Heimatland« übertönte.

Kehrten sie schließlich übers Hohe Venn in die Sourbrodter Straße nach Weywertz zurück, wurde der sich mühsam aus dem Fond erhebende Sänger von den furiosen Vorwürfen klagender Frauen empfangen, deren atonales Gekeife er mit der Bemerkung kommentierte:

»Schlagt mich nur kaputt.«

Dann schmiss er sein Diplomatenköfferchen in eine Ecke und verschwand hinkend im Treppenhaus.

Albert hat sich Weykams Vision vom »kleine Reich« nie zu eigen gemacht. Betrachtete man diesen dünnen Schlauch, der sich vom Göhlbach in Kelmis bis ins Ourtal schlängelte, etwas genauer, bestand er aus völlig verschiedenen Landstrichen, die von wallonischen Enklaven und dem Hochmoor des Venns unterbrochen, nicht einmal eine geografische Einheit bildeten. Im ehemals »neutralen Gebiet« von Moresnet überschnitten sich unterschiedliche Dekanatsgrenzen; Raeren beherbergte eine alte Töpfereikultur; Eupen wurde als städtisch beargwöhnt; die Dörfer Elsenborn und Bütgenbach neigten zur Malmedier Wallonie; Büllingen verwies stolz auf seine Herkunft Kurtrier; St. Vith und Burg-Reuland hatten eine luxemburgische Vergangenheit. Der sogenannte »Norden« empfand sich dem alten Herzogtum Limburg zugeordnet, während die Eifelgemeinden so etwas wie der verlängerte Klostergarten der ehemaligen reichsunmittelbaren Abtei Stablo-Malmedy darstellten.

Aber selbst dieser gehörte, in sich gespalten, der Diozese Lüttich und dem Erzbistum Köln an. Weykmans romantisches »kleines Reich« war ein schwieriger Flickenteppich unterschiedlichster Empfindungen und Dialekte, von nationalen Sehnsüchten, vor allem den heimlichen, ganz zu schweigen.

Albert hat mit seinem Chef nie darüber gestritten, aber oft gelächelt. Wenn beide jeden Morgen in Brüssel aus dem Tunnel auftauchten und an der Place Schuman die mächtigen Bürotürme der europäischen Einrichtungen passierten, erhielten die regionalen Umrisse ihrer tagtäglichen Arbeit etwas Burleskes.

»Draußen wird die Welt weit und groß, Ostbelgien verkriecht sich in seine Maulwurfshügel.«

»Solange das Herz nicht eng wird«, schmunzelte der Chef, »und die unzähligen belgischen Biere noch schmecken, soll uns das nicht stören.«

XIX.

Der Rat

Als der ostbelgische Herbst kam und sich im Hertogenwald die Blätter färbten, begannen sich die Ereignisse zu überstürzen. Der nasse Asphalt der Vennstraßen glänzte bläulich, am großen Horizont des Herver Landes war noch eine Spur Sonnenglut, dann brach die Dunkelheit überfallartig herein. Albert hat in dieser Zeit die Strecke von Eupen hinauf in die Eifelgemeinden mehr denn je befahren. Meist geschah es in einer gewissen Anspannung; die sich häufenden Versammlungen dauerten bis spät in die Nacht. Dabei ging es um wichtige Forderungen an die Adresse Brüssels, um strategische Orientierungen innerhalb Ostbelgiens, um die Bedeutung von Begriffen, jedoch auch um Personalentscheidungen, die als letzte Tagesordnungspunkte behandelt wurden und stets die heikelsten waren.

Allein der Tagungsort dieser Sitzungen des CVP-Vorstands und der Delegiertenversammlung, ein dunkles, holzgetäfeltes Sälchen im Restaurant »Zum Trouschbaum« in Elsenborn, bot Anlass für symbolische Überlegungen. Er lag mehr oder minder zentral zwischen Eupen und St. Vith und stellte ein Gleichgewicht der Distanzen her. Unter dem alten, längst gefällten Baum, hatten früher standesamtliche Rituale stattgefunden. Der Ort beherbergte obendrein seit Kaisers Zeiten eine große Kaserne mit angrenzendem Militärgelände, dessen Wald- und Moorlandschaft dem Ruf »Elsenborn, o Elsenborn, dich schuf der Herr in seinem Zorn«, auf garstige Weise gerecht wurde. Bereits zur Preußenzeit fanden hier berüchtigte Herbstmanöver statt, die von der Generalität mit Federbusch und Feldstecher inspiziert wurden. Nahte der Zapfenstreich rückten schwere, mit Bierfässern beladene Fuhrwerke an und ringsum im Kasino, den Schenken und Absteigen begannen nicht minder heftige Saufereien. Der Trouschbaum-Wirt, ein fideler älterer Herr für alle Lebenslagen, wusste mit vorgehaltener Hand zu berichten, dass auch die belgische Zeit »nicht ohne« war. Die »Ploucs«[11] der niederen Ränge amüsierten sich auf den Kartoffelsäcken hinter einer Frittenbude mit den aus dem Lütticher Bahnhofsviertel nachgerückten Damen. In einer etwas abgelegenen und von diskreten Wachmannschaften gesicherten Waldhütte fanden anspruchsvollere Gelage mit besserer Besetzung statt. Die Vorzüge dieses windumsausten Verstecks sollen sich sogar bis in »allerhöchste Kreise« herumgesprochen haben, nachdem für den Nachschub zuständige Lieferanten bei vom Gouverneur wiederholt arrangierten Jagdpartien auch eine schöne Prinzessin gesichtet haben wollten. Albert horchte auf, der Alte betonte grinsend, er habe »nichts gesagt«, aber beide wussten, wer die Madame im grünen Lodencape gewesen war.

Die stürmischen Sitzungen der kleinen Regionalpolitik fanden folglich auf traditionsreichem Boden statt. Hans Weykmans und seine Freunde aus dem nahen Weywertz und Bütgenbach fühlten sich wie bei einem Heimspiel. Die Parteikollegen aus dem St. Vither Land fuhren in proppevoll geladenen Volkswagen vor und traten geschlossen wie eine Kamppatrouille in den Versammlungsraum. Die Delegierten aus Eupen und Kelmis kamen stets mit Verspätung und scharten sich wie Küken um Staatssekretär Guillaume Volders, der sie zwischen dem Forsthaus Schwarzes Kreuz und der auf dem höchsten Punkt Belgiens gelegenen Wetterstation »Signal de Botrange« auf eiserne Solidarität eingeschworen hatte. Die Konfrontationen in Sachen eigener Wahlkreis, Dekretbefugnis für den zu bildenden Kulturrat oder Zugehörigkeit zur Provinz Lüttich waren folglich

---

11   Siehe Anmerkung 3

deftig und kräftig wie bei jenen kaiserlichen Manövern. Volders focht um Dinge die seiner Ansicht nach »drin waren«; es war allerdings sehr wenig »drin«. Die akademisch geschulten Sprecher der Eifelsektionen forderten Visionen und eine härtere Gangart. Einverständnis gab es selten, dafür jedoch akrobatische Kompromisse zu mitternächtlicher Stunde, nachdem mancher Eiferer mit knallenden Türen das Lokal vorzeitig verlassen hatte.

Wenn sich dann schließlich die Versammlung auf den nächstmöglichen Termin vertagte und mit rauchenden, hochroten Köpfen in den Schankraum wechselte, saß Albert mit dem Wirt bei einem Gläschen Elsässer in der Ecke am Kachelofen und haderte mit der Zukunft einer Autonomie der Deutschsprachigen, die unterschiedlicher nicht sein konnte. All das, was hier mit rhetorischen Klimmzügen und verzweifelten Interventionen als »unsere Selbstständigkeit« debattiert wurde, war nichts anderes als die alte Gretchenfrage der stets ungefragten Grenzregion: Wer sind wir eigentlich? Wohin gehören wir?

Nachdem seine Direktwahl in den Senat, das Nachrücken über die Listenverbindung sowie eine Berufung zum Staatssekretär gescheitert waren, blieb für Hans Weykmans nur noch die Präsidentschaft im ersten »Rat der deutschsprachigen Kulturgemeinschaft«, der in diesen Herbsttagen eingesetzt werden sollte. Diese konnte ihm allerdings niemand mehr verweigern. Obwohl, im Vergleich zu den flämischen und wallonischen Regionen mit kaum nennenswerten Kompetenzen ausgestattet, wurde die Gründung dieses Rates von politischen Beobachtern als ein erster, wichtiger Schritt gewertet. Kurt Buchenbaum gelang es, selbst in der »Neuen Züricher Zeitung« einen Bericht über die neue belgische Institution zu veröffentlichen. Der Brüsseler Korrespondent der »Frankfurter Allgemeinen«, Ernst Flobbert, erschien sogar zur feierlichen ersten Sitzung im Ratsgebäude am Eupener Kaperberg. Einflussreiche flämische Journalisten erkannten einen »Durchbruch in Deutschostbelgien«, während die frankophone Presse auf vorsichtige Distanz zu der neuen, eher föderalen Richtung des Staates ging. Weykmans leistete seinen Amtseid vor den laufenden Kameras der beiden belgischen Fernsehanstalten RTB und BRT. Volders hatte gar die Saaldiener des Abgeordnetenhauses eingeladen, die im feierlichen Livré zwischen den engen Bänken Protokoll-Dokumente, Stimmzettel und Redetexte verteilten.

Die Antrittsrede des ersten Ratspräsidenten, die ihm ein junger Historiker entworfen hatte, handelte von einem »Heimatbegriff«, der über anheimelnde Idylle und Selbstbespiegelung hinausging. Heimat nicht als geografische Einheit, sondern als ein Ort, wo sich Liebe und Freundschaft finden lasse, so variierte er ein Zitat von Max Frisch. Albert hat es sich gleich notiert. Die noch viele Fragen offenlassende Autonomie sei eine bleibende Aufgabe. Niemand in Belgien müsse sie fürchten, sie könne jedoch alle bereichern. Hier nahe kein Pangermanismus auf leisen Sohlen, sondern die solidarische Nachbarschaft der »großen deutschen Kulturnation« nicht nur Goethes und Schillers, sondern auch Bert Brechts, Friedrich Dürrenmatts und Thomas Bernhards. Die kleine Zahl deutschsprachiger Belgier sei kein Nachteil, so wenig wie Luxemburg in der Europäischen Gemeinschaft als überflüssig empfunden werde. Im Zuge der Erweiterung Europas und der unaufhaltsamen Föderalisierung Belgiens könne gerade eine kleine Gemeinschaft hilfreiche Dienste der Verständigung und Annäherung leisten. Die Ratsmitglieder erhoben sich von ihren Sitzen, als der Präsident mit einem Bekenntnis zur deutschen Muttersprache abschloss:

»Ihr gehört unsere Liebe und unsere Treue.«

Später bei Festbankett ist diese Rede vor allem am Pressetisch eifrig diskutiert worden. Die wallonischen Reporter hatten erst kurz vor der Übermittlung ihre Berichte die französischsprachige Fassung des Textes gelesen, und begannen zu begreifen, dass hier ein Boot abgelegt hatte, dessen Kurs mit einem vermeintlichen »Narrenschiff« nicht zu vergleichen war. Buchenbaum ließ keine Gelegenheit ungenutzt, auf die Bedeutung der herausragenden Passagen hinzuweisen. Mit staunender Skepsis saßen sich bei geräuchertem Salm und Hasenrücken mit Rotkohl die Redakteure der »Libre Belgique« und von »Het laatste Nieuws« gegenüber; Weine aus Sancerre und Bordeaux taten ihr übriges. Volders hatte selbst die Parlamentsdiener zu Tisch gebeten und es wurde ein sehr belgischer Abend. Da und dort erschallten Gesänge. Ein sozialistischer Minister aus Flémalle-Haute stimmte »Valeureux liègeois« an, die flämische Staatssekretärin für Raumordnung antwortete mit »Moie Moelen«, während der Ratspräsident Weykams vom Ehrentisch aus »Kein schöner Land« dirigierte.

Im Brüsseler Königshaus, das nach der Revolution von 1830 aus dem Hause Sachsen-Coburg-Gotha gebildet worden war, erkannte man in der kleinen deutschsprachigen Gemeinschaft einen sympathischen Tupfer, der im lähmenden Sprachenstreit einen konzilianteren Ton einbrachte. Obwohl in der Presse, aus Gründen der Diskretion traditionell nur mit einer Zweizeilenmeldung bedacht, blieb nicht unbemerkt, dass König Baudouin wenige Tage nach dem Eupener Festakt, den Ratspräsidenten zu einer Audienz im Schloss von Laeken empfing. Der von Albert gesteuerte Wagen wurde von einer Gendarmerie-Eskorte vor den Treppenaufgang geleitet; der persönliche Berater des Staatsoberhauptes führte ihn in die oberen Gemächer; der Vorsitzende hinkte, vorbei an den Porträts fürstlicher Diplomaten und brabantischer Feldherren, über einen Säulengang in die königlichen Gemächer; dann schlossen zwei Diener mit weißen Handschuhen die Türen.

Als Weykmans nach dreißig Minuten wieder ins Freie trat, der Berater ihm die Wagentüre öffnete und mit freundlichen Grüßen verabschiedete, bemerkte Albert, dass sein Freund, der Präsident, beim Verlassen des Schlossparks zum Taschentuch griff und sich eine Träne aus dem Gesicht wischte.

»Es ist ein großer Herr, eine große Stunde.« Albert sah weg und dachte, das gehe zu weit. Dann tauchte der Wagen in den Brüsseler Mittagsverkehr und verschwand in die Unterführung von Koekelberg.

Obwohl der neue Rat für die zentralen Fragen Ostbelgiens gar nicht zuständig war und bestenfalls kaum ernst genommen Resolutionen und Empfehlungen nach Brüssel senden konnte, fanden im aus den Nähten platzenden Plenarsaal auf der ersten Etage des ehemaligen Bürgerhauses de Spa am Kaperberg leidenschaftliche Debatten statt. Neben der traditionell stärksten Partei CVP, hatten inzwischen auch die im Brüsseler Regierungsviertel einflussreichen Sozialisten und Liberalen Kulturratsfraktionen gebildet, die mit eigenen Vorstellungen an die Öffentlichkeit traten. Heftigen Widerstand leistete jedoch die Volksunion, die nicht zuließ, dass die neue Institution zu einer Stätte politischer Verharmlosungen geriet.

Selbst um lapidare Formalitäten, protokollarische Details gab es verbissenen Streit. Die Ernennung eines Dienstboten geriet zum Politikum. Dabei wurde jedoch bald ein sich als gravierend erweisendes Dilemma deutlich: Die ausschließlich sprachpolitisch argumentierende Opposition war den sogenannten »nationalen« oder »traditionellen« Parteien weit voraus, sah sich jedoch als Minderheit deren Block gegenüber. Die unmittelbare Folge war, dass sich diese Mehrheit personalpolitisch bestens bediente sowie, mit einem wohlüberlegten zeitlichen Abstand und entsprechender »Texttoilette«, die vorher verteufelten Vorschläge der Minderheit abkupferte.

Keine Frage, dass in diesem schmerzlichen Schwebezustand institutioneller Ungewissheit, die sich stets an Brüsseler Verfassungsreformen orientierende Mehrheit und die auf argumentative Unabhängigkeit pochende Opposition unversöhnliche Debatten lieferten. Während die eine Seite sagte, »wir sind zu klein, um allein davonzupreschen«, antwortete die andere, »genau darin liegt der Sinn unserer Autonomie«. Dass die Wahrheit, wie sooft schon, in der Mitte lag, wurde erst Jahre später erkannt.

Herausragendes Ereignis dieses Ringens war die Frage, ob sich diese »Kulturgemeinschaft« als eine »deutsche« oder eine »deutschsprachige« bezeichnen solle. Der ursprüngliche Name »deutsche Kulturgemeinschaft« war der politischen Ahnungslosigkeit eines wortgetreuen Übersetzers der Parlamentsverwaltung entsprungen. Zwar geisterte er als missverständliches Fragezeichen durch die Öffentlichkeit; doch sollte das möglichst bald korrigiert werden.

Erstmals, seit der feierlichen Ratssitzung, reisten zu dieser Debatte auch Kurt Buchenbaum und einige flämischen Journalisten nach Eupen. Im Inland und in der zunehmend von deutschen und österreichischen Bundesländern ernst genommenen Hauptstadt Brüssel hörte man die Flöhe husten. Es ging um die unkomplizierte Orientierung einer neuen Generation, jedoch auch um alten Wunden und sensible Grenzfragen. Nicht nur das detaillierte Für-und-wider wurde ausgetauscht, sondern auch die Litanei aller erdenklichen Vorwürfe und Verdächtigungen, die eine schwierige Geschichte in diesen engen Landstrich hinterlassen hatte. Letztendlich setzten sich die Mehrheitsparteien mit ihrem Vorschlag »deutschsprachig« durch. Er signalisierte einen feinen, jedoch markanten Unterschied, der bei aller Lust an den stets lukrativeren Vorzügen der Autonomie, einen Schlussstrich zog und welchem Deutschtum auch immer eine Absage erteilte.

Albert hat diese heftige Debatte allerdings nur am Rande verfolgt, er las in der Zeitung die Schlagzeilen und Bildunterschriften. Sie reichten schon, denn sie waren nur ein weiteres Indiz für die tiefen Risse, die mitten durch dieses Ländchen gingen, dessen neue Schicht feierabendlicher Volksvertreter sich seit Einsetzung des Rates mit kleinstaatlichen Attributen zu zieren begannen. Schon wurde über ein Wappen, eine Fahne und einen eigenen Feiertag nachgedacht, obgleich in den grundsätzlichsten Fragen eines in etwa normalen Zusammenlebens abgrundtiefe Differenzen bestanden. Kurioserweise berührten sie nicht das Gros der Bevölkerung, die sich allein schon bei dem Hoheitsbegriff »Rat der deutschen Kulturgemeinschaft« verschaukelt fühlte. Man war weder deutsch noch eine Gemeinschaft, mit Kultur hatten es die Wenigsten zu tun. Ungläubig staunend, manchmal auch mit schallendem Gelächter verfolgten die Menschen das politische Gerangel der Ratsmitglieder.

Albert schloss sich diesem parteiübergreifenden Kopfschütteln an und flüchtete zu den Autoren, die sein Freund, der Präsident, bei seiner Antrittsrede in ahnungslosem Wohlklang abgelesen hatte: Brechts Galilei im Anblick der schrecklichen Instrumente der Inquisition, Dürrenmatts Kommisar Bärlach vor einer Flasche Dôle oder Thomas Bernhards römischer Emigrant Murau beim Rätseln über seinen Herkunftskomplex. Jede dieser Figuren gab auf seine Weise Auskunft darüber, was »Heimat« in ihren tödlichen Verherrlichung eigentlich sein könne. Galilei sagte illusionslos: »Glücklich das Land, das keine Helden nötig hat«. Bärlach tröstete sich im Rotwein. Murau antwortet auf die Frage, was er denn eigentlich und insgeheim sei, »ein Übertreibungskünstler«, nur so sei die Existenz auszuhalten.

Die Frage nach seiner »Identität« drängte sich Albert auf völlig unromantische Weise auf, denn nach der Beförderung seines Kabinettchefs zum Präsidenten waren die schönen Tage als Chauffeur gezählt. Weykmans Fahrten beschränkten sich auf's Besuchen von Vereinsjubiläen, Heimatabenden und Beerdigungen im trauten Umkreis der neun deutschsprachigen Gemeinden. Zwar nahm er auch dann und wann in Brüssel Repräsentationsaufgaben wahr, aber das reichte bei weitem nicht für eine Vollzeitbeschäftigung. Der Zufall wollte es, dass zu dem Haus des ruinierten Textiladeligen, in dem es sich der neue Rat bequem gemacht hatte, ein parkähnlicher Garten gehörte, der dringender Pflege bedurfte. Der Vorschlag des Präsidenten, dafür einen hauptberuflichen Gärtner einzustellen, der auch kleine Arbeiten als Hausmeister und Botenfahrten übernehmen könne, stieß sofort auf einhellige Zustimmung im Ratsvorstand. Dieser wünschte sich einen respektablen Rahmen, der Garten, der ab sofort nur noch »die Anlage« genannt wurde, sollte nicht nur einen geeigneten Rahmen für sommerliche Empfänge bieten, sondern auch den Ratsmitgliedern für stimmungsvolle Spaziergänge und vertrauliche Gespräche dienen.

Albert wurde kurze Zeit später mit Stiefeln, Schürze, Ölzeug, Strohhut, Kappe und Gummihandschuhen ausgestattet. In der alten Garage richtete man ihm eine kleine Werkstatt ein. Vom Spaten bis zum Rasentraktor wurde jedes Werkzeug angeschafft. Er kaufte Saatgut, Blumenstauden und Rosenstöcke, zimmerte rund um eine uralte Platane eine Sitzbank, stellte in diskreter Entfernung weiße Gartenstühle auf und plante für das nächste Frühjahr den Bau eines Springbrunnens. Sehr schnell hatte er begriffen, dass der Begriff »Arbeit« in diesem Hohen Haus der Suche nach politischer Daseinsberechtigung eine eher meditative Bedeutung hatte. Die Arbeitszeit der hier nach Parteiproporz ausgewählten Beamten war nicht nur gleitend, sondern bisweilen auch ruhend. Sie wurde von mehreren Cafépausen unterbrochen, die, in längere Gespräche ausufernd, keineswegs unzulässig, sondern erwünscht waren; eben zu einer öffentlichen Einrichtung des Dialogs und der Bürgernähe passend. Niemand schämte sich einzugestehen, nicht zu wissen, was eigentlich zu tun sei. Gleitende Arbeitszeit und Bürgernähe galten auch nach Feierabend, wenn das Verwaltungspersonal vollzählig, von Direktor Beckmann bis zum Pförtner Fränzchen Flück, zu einer Runde durch die Eupener Gaststätten aufbrach. Das gute Betriebsklima förderte bald auch engere Bindungen, denen der Chef mit gutem Beispiel voranging: Die Nachtschicht, als sich die brünette Schreib-kraft aus Nieder-Emmels ans Klavier setzte, und Beckmann piano nach ihren Knöpfen tastete, bleibt unvergessen.

Die Hippie-Welle mit ihren Blumenmädchen und Kommu-nen und der freien Liebe hatte den Eupener Kulturrat mit der belgisch-atlantischen Verspätung von fünf Jahren er-reicht, doch ließ sich deren etwas ländlichere Variante in Alberts Samenschuppen bestens einüben. Die im Kreis der Ratsmitglieder und Verwaltungsangehörigen mit vorge-haltener Hand gestellte Frage, ob es sich hinter den Hor-tensien-Beeten um eine Laube oder ein Liebesnest handele, verstand der Gärtner in akribischer Geschäftigkeit zu ig-norieren. Den Strohhut oder die Mütze tief in der Stirn, grub er im Umkreis seiner Werkstatt eifrig die Erde um. Geduldig kniete er auf den Parkwegen und jätete Löwen-zahn oder Klebekraut. Verträumt saß er auf dem knattern-den Rasentraktor und fuhr, jedes Mal wenn sich eine un-erwünschte Person der Schuppentür näherte, dicht an den Eingang heran. Eigens hatte er Strohballen und Torfsäcke anschaffen lassen, deren Geruch den Honorarbuchhalter zu der Frage veranlasste, ob er in seiner »Hütte« Ziegen oder Schafe halte, worauf er zur Antwort gab:

»Es können durchaus auch gurrende Tauben sein.«

Sich unter Kollegen um bestes Einvernehmen bemü-hend, hatte Albert, zum Dank für erwiesenes Gastlichkeit, aus den Schränken der Küchenfrau und dem Keller des Hausmeisters sogenannte »Pröbchen« entnehmen lassen: Trockengebäck, Gläser mit eingelegten Champignons und geräucherten Forellenfilets sowie zwei Dutzend Flaschen aus besten französischen Lagen. Für Sonderfälle befand sich in dem stets verschlossenen Schränkchen mit seinen Privatsachen eine leuchtende Magnum-Version aus dem Hause der »Veuve Cliquot«, die im Rat nur bei Minister-Empfängen kredenzt wurde. Zum Essen und Trinken ver-mittelte dieser Hortus den urigen Charme einer Räuberhöhle. Mittags tafelte Albert hier mit vertrauten Kollegen und Kolleginnen, offerierte Kartoffelsalat und Heringshappen oder ließ vom benachbarten Freitagsmarkt große Frittentüten heranschleppen, die auf den Pikiertischen ausgebreitet und mit bloßen Fingern verspeist wurden. Es waren selige Stunden, in denen der Gärtner seine persönliche Vision von »Autonomie« entwickelte: ein kleines Refugium an belgischen Rändern, die Genügsamkeit stiller Genüsse, eine Nische des Grenzenlosen, der Ort von Daseinspause, das alles umrauscht von den Gerüchen des Grünens und Blühens, dem Atem von Erde, Wind und Freiheit. Während sich drüben, hinter den Buchsbäumchen, die Kommissionen vertagten, im Plenum Verträge des Zentralstaates mit den Fidschi-Inseln zur Kenntnis genommen oder »Dekret-Entwürfe mit Verordnungscharakter« verabschiedet wurden, pulsierte auf den Strohballen der parlamentarischen Gartenlaube das einfache, echte Leben. Albert geriet in Versuchung die Eigenständigkeit zu lieben.

Begab er sich, vor allem in den Wintermonaten, meist zur Aushilfe in die Druckerei oder an die Photokopier-Maschine, in das Ratsgebäude, staunte er immer wieder über den gesammelten Ernst, mit dem es die Mitglieder und das Personal schafften, die Harmlosigkeit ihres Tuns zu kaschieren. Die Papierproduktion und deren Verwandlung in offizielle Dokumente und Drucksachen stand nicht still. Nahezu erfinderisch gelang es den Fraktionen, angetrieben durch die drängenden Forderungskataloge der VU-Opposition, stets neue Anläufe in eine die Gewissen beruhigende Normalität zu starten. Präsident Hans Weykmans stand dabei keineswegs zurück, sondern ließ sich tagtäglich eine randvolle Unterschriftenmappe vorlegen, in der sich persönliche Interventionen für seine Sprechstunden-Klienten und die laufenden Geschäfte des Rates munter mischten. Auch wurde keine Gelegenheit ausgelassen, zu Empfängen und anderen Festlichkeiten einzuladen, die der neuen, von der Bevölkerung beargwöhnten und von Büttenrednern mit virulenter Häme überschütteten Einrichtung ein Image spendabler Gastlichkeit zu vermitteln. Dabei entwickelte die Verwaltung sehr bald eine logistische Routine, in der auch die höheren Beamten eingespannt waren, die mangels anderweitiger Aufgaben, den Mayonaisenlöffel rührten oder die Champagner-Tabletts anreichten.

Die Geschäftigkeit der Auschüsse und das Rotieren der Administration waren jedoch nur durchzuhalten, weil sich in Brüssel wie eine schwerfällige Lawine lösende Wechsel von Zentral- zum Föderalstaat und im entfernten Eupen eine wohldosierte Hoffnung auf neue Wichtigkeiten verbreiteten. Dementsprechend wurden im Ratspräsidium einstimmige Beschlüsse über Anwesenheitsgelder, Beförderungen, Funktionskosten und Spesen verabschiedet, die, im Sinne der neu entdeckten »Bundestreue« stets nach oben korrigiert wurden. Da konnte es passieren, dass ein ehemaliger Eisverkäufer in den Rang eines Spitzenbeamten berufen wurde oder ein uriger Amateurboxer am Rednerpult, mit der in Parlamenten üblichen Eingangsformel »Herr Präsident, liebe Kolleginnen und Kollegen«, die Kriterien zur Verleihung von Kulturnadeln ablas. Beendet wurden solche Berichte stets mit einem ausdrücklichen Dank an die »kenntnisreiche und engagierte Verwaltung«, deren einsichtigeren Mitglieder sich eines kurzen, genüsslichen Schmunzelns nicht erwehren konnten. Sie wussten nicht, womit sie sich die Ehre verdient hatten. Im Rat war guter Rat eben teuer. Eigentliche Politik wurde erst im Anschluss an die sich häufenden Sitzungen gemacht, wenn Mehrheit und Opposition in trauter Gemeinsamkeit die am Rand des Hertogenwaldes gelegene Wirtshaus »Waidmanns Dank« aufsuchten und die politische Wahrheitsfindung mit anderen Mitteln fortsetzten. Daran beteiligten sich nunmehr auch außenstehende Beobachter, Pressevertreter, der angesäuselte Hausmeister und der sich ins Fäustchen lachende Inhaber, bis sich schließlich die Kampfhähne, im Schutze der sich selbst gewährten Kaskoversicherung auf die Kilometergeldfahrt nach Hause machten.

Im Laufe der Zeit avancierte die sich bald vom »Rat der deutschen Kulturgemeinschaft« in einen »Rat der deutschsprachigen Gemeinschaft« wandelnde Einrichtung immer mehr zu einer arbeitsbeschaffenden Anstalt, die ihr dichtes Netz amtlicher Kontrolle und politischen Gönnens über Vereine und Vereinigungen des ganzen Gebietes legte. Wie mit der Gießkanne ihres emsigen Gärtners ließ das Plenum die Fördergelder über die sich drängenden Antragsteller rauschen, deren Schatzmeister bald erfinderische Klimmzüge entwickelten, in die Gunst des Geldsegens zu gelangen. So kam der Rat zu seinem ersten Skandal, dem mit einem »Untersuchungsausschuss« zu Leibe gerückt wurde. Sogar über eine »Abhöraffäre« berichtete die Presse, deren Spuren sich allerdings im Kabel-Dickicht der Telefonzentrale verloren.

Albert bemerkte in diesem Ringen um Pfründe und Einfluss eine andere, eher landsmännische Variante: die Vertreter der Eifel waren ihren Kollegen aus dem Eupener »Butterländchen« nicht nur argumentativ voraus, sondern auch strategisch. Ihre vorausblickende Vorstellung von Autonomie war stets personalintensiv. Ehe die Eupener richtig kapiert hatten, was die Eifeler eigentlich forderten, hatten diese die entsprechenden Posten längst besetzt. Dabei waltete die massiv vorgetragene Überzeugung, dass, je weiter die Deutschsprachigkeit getrieben wurde, umso mehr Stellen abfielen. Einziger Nachteil dieser Beschäftigungspolitik war, dass die in den Parteistrukturen des Landesinnern nicht verankerte VU vom reichen Segen der Ernennungen, Berufungen und Beförderungen ausgeschlossen blieb. In Wahlkämpfen präsentierten sich die Autonomisten zwar als »treibende Kraft«, doch lästerten die sich auf den Futterkrippen räkelnden Mehrheitsparteien, »treibende Kraft im Leerlauf«.

Nichts wäre jedoch falscher, als diese munteren Lehrjahre auf den Brettern zaghafter Selbstständigkeit als staatlich inszeniertes Volkstheater zu verharmlosen. In Brüssel, vor allem jedoch in der unmittelbar benachbarten Wallonie wurden »les petits malins de Belgique«, die »kleinen listigen Belgier«, als ein zähes Völkchen betrachtet, das mit einer als »preußisch« geltenden Arbeitsmoral seinen Weg suchte. Zwar stets im Windschatten innerbelgischer Reformen, doch sprungbereit darauf trainiert, ihre Ansprüche und Rechte einzufordern. Mit Kirmes-Veranstaltungen war das gewiss nicht zu schaffen und im Ratspräsidium sowie an der Spitze der Fraktionen wirkten Politiker, mit deren Kompetenz und Entschlossenheit gerechnet werden musste. Angetrieben von der unermüdlich Feuer speienden »Ideenschmiede« der VU-Opposition, geriet die Gemeinschaftspolitik zunehmend auf Kurs. Zwar wurden die einstimmig formulierten Ratsresolutionen im Brüsseler Regierungsviertels noch immer zu den Akten, wenn nicht gar ins Papierkorb-Archiv klassiert, doch entwickelte sich in den sogenannten traditionellen Parteien der Christdemokraten, Liberalen und Sozialisten eine kleine, aber selbstbewusste deutschsprachige Basis, die sich nicht weiter vertrösten lassen wollte.

Dabei half auch der Zufall, der über die akrobatische Arithmetik der Listenverbindungen bewirkte, dass bei Parlamentswahlen urplötzlich Kandidaten aus Eupen oder St. Vith Abgeordnete und Senatoren wurden, mit denen niemand gerechnet hatte. In der VU beobachtete man diese Entwicklung mit gemischten Gefühlen: der heftig bestürmte politische Gegner profitierte von solchen Unwägbarkeiten, während die Forderung nach einer gesicherten Parlaments-Vertretung weiter unerfüllt blieb.

»Sie sind ein Lotterie-Kandidat«, schleuderte der VU-Ratsherr Joseph Dreeßen dem soeben vereidigten liberalen Senator Jean-Marie Theves entgegen. Der Zorn rührte auch daher, dass der zufällig Gewählte ein jovialer Eupener Hühnerfarmer war, der die Autonomie-Forderungen aus der Eifel für akademischen Unfug hart am Rande des Landesverrats hielt. Theves blieb des Sitzungen des Rates, dem er nunmehr angehörte, demonstrativ fern und nutzte jede Gelegenheit, um die VU, wie er es ausdrückte, »kaputt zu machen«.

Die überraschende Wahl ins Abgeordnetenhaus schaffte auch der Postbeamte Thommessen Ferdinand aus dem Weiler Atzerath bei St. Vith, der ein liebenswerter Mensch, jedoch ein schlechter Redner war. Ihm galt die angestaute Häme der akademischen VU-Gefolgschaft, wobei sich der schlitzohrige Sozialdemokrat mit einer Reihe von Gesetzentwürfen revanchierte, die den autonomen Sehnsüchten seiner Spötter frontal zuwiderliefen. Wann immer ihre Zwischenrufe ihn als »Staatsprofiteur« oder »welscher Lakai« betitelten, geriet er vor Aufregung ins Stottern und konterte:

»Wir wollen nicht hei-, hei-, heim ins Reich, sondern hei-, hei-, heim ins Kö-, Königreich.«

»Roter Bauchredner«, keifte die Opposition, »Postbeutel« oder »Klein-Ulbricht«.

Ratspräsident Weykmans schlug in solchen Situationen mit dem Holzhammer auf die Tischplatte:

»Lasst uns Mensch bleiben«, rief er ins Plenum und schaffte es meist mit einigen rührenden Mahnungen, die verbalen Duelle auf die inoffizielle Sitzung in der Waldschenke zu vertagen.

Ohnehin war Weykmans Autorität gewachsen. In seinem Amt als erster Repräsentant der Deutschsprachigen fühlte er sich wie der Fisch im Wasser. Im Protokoll des königlichen Palastes rangierte er inzwischen an sechster Stelle, wurde von seinen ehemals vorgesetzten Ministern als »Monsieur le Président« begrüßt und auf Staatsbanketts ausländischen Gästen als belgische Spezialität vorgestellt. Von Parteiengezänk blieb er verschont. Es entsprach seinem Bedürfnis nach staatstragender Harmonie. Er war allen bösen Demontage-Versuchen entrückt; sein Intimfeind Volders versank langsam im Pflaumenschnaps; Dr. Schunk und der harte Kern der »Deutschen Volksgruppe« nahmen, aus Respekt vor seinem hohen Amt, Abstand von weiteren Attacken. Mehr denn je glaubte Weykmans an sein »kleines Reich«, das er sich im Chaos belgischen Sprachenstreits und europäischer Expansion als eine idyllische Wetterecke ausmalte. Albert, der auch mit Spaten und Sichel sein engster Vertrauter blieb, hörte es sich zum tausendsten Mal an und stöhnte:

»Mein lieber Präsident, es fehlen nur noch die glücklichen Kühe.«

Im Grunde war Weykmans der einzige, der ihn in »diesem Laden« noch hielt. Dass er so lange schon auf den Parkwegen das Laub zusammenfegte oder die Rosenstöcke beschnitt, hatte für den vaterlandslosen Gärtner etwas mit Zuneigung und Mitleid zu tun. Der Präsident war sein väterlicher Freund. Keiner wusste wie er, wie viel Güte und Empfindlichkeit sich hinter seinem bukolischen Auftreten verbargen. Gewiss waren seine verschwommenen Heimatgefühle nicht die des jungen Vertrauten, doch seine Sehnsucht heuchelte nicht, das ließ nicht unberührt. Wenn er am Abend unter dem Torbogen des Ratsgebäudes schweren Schrittes verschwand, spürten beide, dass sich ihre Wege zu trennen begannen. Albert sah ihn gehen, schloss seinen Schuppen und kehrte in die Stadt zurück, deren monotone Zuversicht ihn zunehmend deprimierte. Er trank im »Columbus« zwei, drei Bier und wusste, dass sich zu der behaglichen Eupener Langeweile jetzt die vermeintliche Wichtigkeit einer kleinen Hauptstadt gesellte. Das, was man als »Gemeinschaft« beschwor, hielt er für ein Konstrukt. Die viel zitierte »Grenzenlosigkeit« eine Illusion. In den Köpfen der neuen, dritten Belgier geriet bereits Lüttich zur wallonischen Fremde, Aachen zu einem Vorposten des abgebrannten Reichs. Brüssel blieb ihre unheimliche Hauptstadt. Da war sich Albert sicher: herablassend, ohne das man zu ihr aufblicken konnte; weder Schutz noch Zuflucht, keine Verwurzelung. Zwar hatte sie ihre stolze Attitüde ablegen müssen, aber sie gewährte nur knapp bemessene Gerechtigkeit, ließ sich weiter anbetteln, noch dazu grinsend, manchmal gar verächtlich.

Horst hörte sich diese Klagen mit einem gütigen Kopfschütteln an.

»Der Staat ist immer ein Apparat, mein Junge. Du verwechselst ihn mit einer untreuen Geliebten.«

»Vielleicht ist er auch nur eine Hure.«

»Huren haben ein Herz.«

»Ihr Juden redet immer so weise über das Heimatlose.«

»Unsere Heimat wurde zu Asche.«

»Ich möchte wie ihr: zu Hause sein in der Fremde.«

»Zu Hause ist man nur, wo man geliebt wird.«

»Sag mir, wo das ist und ich ziehe hin.«

»Geliebt ist man dort, wo man schwach sein darf …«

Wenige Tage vor Weihnachten brach Präsident Hans Weykmans an seinem Schreibtisch zusammen. Eine Kristallvase mit Tannenzweigen und Lametta zersplitterte am Boden. Die Sekretärin öffnete erschrocken die Tür, schrie auf und lief davon. Der Ratssekretär und zwei in Ausschüssen tagende Ärzte eilten ins Zimmer. Draußen auf dem Flur drängte sich das Personal. Als sie Albert riefen, hörte er in der Ferne schon die Sirene des Notdienstwagens. Er bahnte sich einen Weg in den Raum und erstarrte. So hatte er den Chef noch nie gesehen: bläulich, mit halboffenem Mund und kaltem Blick, eine blonde Haarsträhne in der Stirn, der Federhalter in der Hand, Spritzer der umgestoßenen Cafétasse auf der weißen Magnette. Er war tot.

Als sie ihn hinaustrugen, drehte das Blaulicht des Notdienstes auf dem verschneiten Pflaster. Drei Wagen eilten ihm hinterher. Die Sirene blieb ausgeschaltet. Einige Sekretärinnen weinten. Es war bitter kalt. Die Fenster des Ratsgebäudes leuchteten gelblich, geschäftig in dieser Stille. Noch immer standen die beiden Türflügel des Präsidentenzimmers offen. Auf dem Schreibtisch klingelte das Telefon, doch hob niemand ab. Neben der Unterschriftenmappe stand das schwarze Lederköfferchen, bereits offen für den Aufbruch ins lange Festtagswochenende. Vor der

Unterlage ein Familienfoto im Silberrahmen; über dem Kaminsims Porträts des Königspaares. In der Ecke, hinter den mit Schneepuder bestäubten Zweigen des Tannenbaums, die belgische Flagge. Die Küchenhilfe räumte die Tasse weg und wischte mit einem Tuch über die Tischplatte. Albert roch Harz und Zigarrenrauch. Jemand klopfe ihm auf die Schulter, doch er sah sich nicht um und sagte:

»Verdammte Scheiße.«

Bevor der Leichnam des Ratspräsidenten am nächsten Tag nach Weywertz überführt wurde, kam es noch zu einem Ereignis, das Albert überrascht und erschüttert hat. Während er damit beschäftigt war, die ersten Kränze und Blumengebinde vor der Leichenhalle des St. Nikolaus-Hospitals für den Transport bereitzustellen, erschien ein Dienstfahrzeug der Polizei, dem mehrere Beamte entstiegen, darunter zwei ihm unbekannte Männer in Zivil. Sie begaben sich nicht nur an den offenen Sarg, sondern inspizierten auch die nähere Umgebung mit einer nahezu geheimdienstlichen Akribie. Nach einem zustimmenden Zeichen des Älteren betraten alle, mit Ausnahme des Fahrers, das Innere des alten Krankenhauses, in dem sich jetzt eine Pflegeschule befand. Es stehe hoher Besuch bevor, verriet der Fahrer den Umstehenden und bat darum, den Innenhof zu räumen. Lediglich Albert, dem er offenbar einige hilfreiche Handgriffe zutraute, durfte bleiben.

»In einer halben Stunde wird der König hier eintreffen«, sagte der Polizist, »der Hof verlangt strengste Diskretion.«

Wenig später trafen weitere Wagen mit Sicherheitsbeamten ein, die das gesamte Krankenhausgelände absperrten. Durch das Blaulicht angelockte Neugierige wurden zurückgedrängt. Dann waren in der Luft schon die Rotoren des königlichen Hubschraubers zu hören; ein geschäftiges Schnattern am grauen Winterhimmel. Die Maschine zog einen breiten Bogen über das Krankenhaus-Areal und landete auf dem für Nothubschrauber reservierten Platz im unteren Teil des Parks Klinkeshöfchen. Ein Offizier, der mit einer Hand seine Mütze festhalten musste, öffnete mit der anderen die Glastüre. Der Bürgermeister, der Sekretär des Rates und der Krankenhausdirektor traten vor die Maschine und begrüßten König Baudouin, der sich sofort durch die kleine Gasse zum Toreingang des alten Hospitals begab.

Albert, stand links neben dem Eingang zur Leichenhalle. An seiner Seite befanden sich einige Krankenpflegerinnen und die Oberin des benachbarten Franziskanerinnen-Klosters, die wegen der klirrenden Kälte Mäntel über ihre weiße Dienstkleidung trugen. Bedächtigen Schrittes näherte sich der König der hohen Pforte des Anbaus aus roten Ziegelsteinen. Er trug einen langen Mantel aus braunem Loden, als habe er ihn eigens für die winterlichen Ostkantone angelegt; er war glatt und lang und verlieh dem Monarchen ein fast priesterliches Aussehen. Der Bürgermeister wies ihm mit einer verlegenen Handbewegung den Weg. Unmittelbar am Eingang gab ihm der hohe Gast mit einem Lächeln des Bedauerns zu verstehen, dass er jetzt allein sein wolle. Das Gefolge trat einen Schritt zurück. Es roch nach Kerzen und frischem Tannengrün. Dann betrat der König die Leichenhalle und schloss die Türe vorsichtig hinter sich zu.

Das von Albert seit Kindertagen beargwöhnte Staatsoberhaupt blieb fast zehn Minuten allein an diesem brisanten Ort. Das gab zu denken. Ringsum herrschte gespanntes Schweigen, das nur vom Schluchzen der Witwe unterbrochen wurde, die mit ihren beiden halbwüchsigen Söhnen und dem Notdienstpersonal am Eingang zur Pflegeschule Aufstellung genommen hatte. Die Familie in feierlichem Schwarz, das im beginnenden Schneefall noch heftiger wirkte. Federleichte Flocken trieben über die Betonplatten in die Ligusterhecke. Als sich endlich wieder die Tür öffnete, stand Albert ganz nahe und erkannte hinter dem braunen

Ärmel des königlichen Lodens das polierte, dunkle Holz des Sarges und die gefalteten Hände des Toten. Den Blick des Königs wird er nie vergessen. Müsste er diesen Ausdruck beim Namen nennen, würde er ihn weder souverän, noch stark, sondern »mystisch« nennen. So hat er es später erzählt: So stelle er sich Heilige vor, undramatisch von innen leuchtend. Dem entsprach auch die Art, wie sich der Monarch zu Frau Weykmans und ihren Söhnen beugte; männliche Anteilnahme, die alles verstanden hatte und sie in seinen Schutz nahm. Die Witwe hielt ein weißes Taschentuch vor ihre Nase. Zu einem persönlichen Gespräch zogen sie sich in einem Gastraum zurück. Nach einer Viertelstunde erschienen wieder die Zivilbeamten, doch traten die wenigen Zuschauer von selbst zurück. Noch einmal sah Albert dieses Gesicht, feine Falten, gefasster Ernst. So hatte er sich seinen König nicht vorgestellt. Er passte nicht in sein Belgienbild; stille Größe, die sich vor dem aufgebahrten Repräsentanten der kleinen Gemeinschaft der Deutschsprachigen verbeugte.

Wer die Lebensgeschichte des Toten kannte, wusste, was diese Geste zu bedeuten hatte. Der Schneefall wurde stärker, schon fegte das flatternde Sausen des Hubschraubers über die Parkwiese. Mit einem heulenden Pfeifton hob er schräg ab, als werde er vom Wind erfasst. Dann verlor sich das rote Signallicht im Schneetreiben am westlichen Horizont.

XX.

Die Affäre

Albert hat sich dagegen gewehrt beim Tode des Präsidenten zu weinen. Er schuldete ihm keine Tränen. Was ihn bewegte, war auch nicht das sonderbare zeitliche Zusammentreffen von plötzlichem Sterben und dem anbrechenden Weihnachtsfest. Doch bot es seinem Zorn über den Verlust einen angemessenen Rahmen: gereizte Emotion über verweigerten Frieden, die weder angesprochen noch beklagt sein wollte. Er stand am Fenster seiner Wohnung am Werthplatz und starrte hinaus auf die Winterlandschaft, über die plötzliches Tauwetter hereinbrach. Wohin man auch blickte, überall tropfte und gurgelte Eiswasser. Die Schneekristalle färbten sich grau und stürzten dann und wann von den Dächern krachend zu Boden. Außerdem, so schränkte er ein, war Hans Weykmans gar nicht sein »Freund«. Zwischen ihnen lag ein Altersunterschied, eine andere Lebensgeschichte. Was sie verband, war die ständige Präsenz eines familiären Vertrauens, als seien die politischen Rahmenbedingungen, unter denen sie antreten mussten, nur ein Vorwand. Aber vielleicht war es die einzige ostbelgische Verbundenheit, die Albert je überzeugt hat: er aus Eupen, der andere ein Eifeler, ihrer beider völlig andere Geschichte als Brücke des Verstehens, Verzeihens und Zusammenhalts. Das Schmerzliche dieses Todes war seine Radikalität, das Wegreißen, der brutale Schnitt. Er lehrte den aus seinem Fenster Hinausblickenden ein abgrundtiefes Misstrauen in jede Spielart von Behaglichkeit. Das Leben ist für Überlebende eine unerträgliche Last. Wer seine Heimtücke mit Harmonien bedeckt, wird sich noch wundern. Weykmans war solch ein Mensch, der, vielleicht sogar wider besseres Wissen, an »das Gute« geglaubt hatte, an gute Fügungen und gute Ausgänge. Seine Kindheit und Jugend in der ländlichen Eifel waren ebenso gut wie seine Begeisterung für das braune Reich und den totalen Krieg; nicht minder gut waren die Erinnerungen an den Russland-Feldzug, auch wenn der Schrapnell-Splitter in seiner Hüfte ihn oft das Gegenteil spüren ließ und er den stechenden Schmerz mit Birnenschnäpsen verdrängte. Die Demütigungen der belgischen Sieger waren nicht minder gut; er empfand sie als gerechte Züchtigung, stets mäßiger werdend und bei guter Führung Bekehrungen eine Chance lassend. Als ihm diese Rückkehr gelang, begann erst recht die beste Zeit, politischer Aufstieg, der die Giftpfeile der Heckenschützen zäh wegsteckte, und es schließlich zum ersten Ratspräsidenten brachte, mit Vorzugsstimmen überhäuft, als Vaterfigur öffentlich verehrt und jetzt auch mit den sinnlichen Tröstungen kleiner regionaler Macht reichlich beschenkt. Zuletzt nahm selbst sein Sterben ein versöhnliches, gutes Ende: allein mit dem König in der eiskalten Leichenhalle. Was mag der Monarch dem Aufgebahrten zugeflüstert haben, um dessen Mundwinkel eine Spur staunenden Friedens war?

Manchmal hat sich Albert vorgeworfen die unbeirrbare Zuversicht seines Chefs nicht geteilt, sondern nur genossen zu haben. Es waren Formen mitleidvoller Sympathie und aufgeklärten Schmunzelns; eher Zwiesprache mit Unterhaltungswert als die Solidarität gemeinsamer Sache. Deshalb haben ihm auch die Trauerreden der vom Protokoll begünstigten Politiker und Parteifreunde am offenen Grab in den Ohren geschmerzt. Die Menschen standen dicht gedrängt im Schneematsch und über ihren entblößten Häuptern geisterten die pathetischen Floskeln verharmlosenden Lebenslaufes und vaterländischen Dankes. Allein der alte, zitternde Pfarrer fand Alberts Zustimmung. Wenn alles getan sei, hüstelte er in die pfeifende Lautsprecheranlage, seien wir noch immer »unnütze Knechte«.

Das Schweigen wurde penetranter, als sechs Männer im Gleichschritt nach vorne traten, die trotz der Kälte, nur mit dunklen Anzügen, weißen Hemden und schwarzen Krawatten bekleidet waren, und einen großen Kranz vor den Sarg legten, auf dessen schwarz-weiß-roter Binde in Runenschrift zu lesen stand: »Treu bis in den Tod: Deine Kameraden«. Selbst Albert, der die hier anvisierte Zeit nicht gekannt hat, fiel es nicht schwer, diesen Aufmarsch zu identifizieren. Er wirkte streng, entschlossen; eine martialische Choreografie letzter Ehre. Wer sich ihnen in den Weg gestellt hätte, wäre umgelaufen worden. Aber es öffnete sich eine devote Gasse. Die glatt rasierten Backen der Kranzträger waren von einem kräftigen Rot, ihre schweren Hände zu Fäusten geballt. Selbst die kurze gemeinsame Verbeugung war nicht milde, sondern militärisch. Dann traten sie weg und verschwanden wieder in der Menge. Es fiel auf, dass die Trauergäste starren, gesenkten Blicks dieses Ritual zu ignorieren versuchten. Keiner wollte etwas gesehen, etwas bemerkt haben. Es herrschte eine sehr ostbelgische Stille. Albert würde sie noch kennenlernen.

Erst beim Leichenschmaus im Sälchen des Café-Restaurants Backes-Hilgers löste sich die Spannung. Eifeler Mädchen mit kurzen weißen Schürzen über den kräftigen Schenkeln schütteten Kaffee nach, trugen Brötchen und Fläden auf. Das gedämpfte Geflüster, das zunächst beim Eintreffen der Trauerfamilie geherrscht hatte, wandelte sich zu einem zunehmend lauter werdenden Gemurmel. Bald kreisten Tabletts mit Bier und weißen Schnäpsen. Vereinzelt hörte man ein kurzes, rasch wieder abbrechendes Lachen. Der Lebenslauf des lieben Verstorbene wurde in Anekdötchen zerfleddert; zunächst noch andächtig honorige, später mit dezenten Seitenhieben gespickte. Wir sind alle kleine Sünderlein, sollte es heißen; ja ja, jeder kommt einmal dran. Albert sah in das fragende Gesicht der Witwe, die zu ihrem Taschentuch griff, als er ihr ins Ohr flüsterte, jetzt gehen zu müssen.

»Da liegt er in dem kalten Grab«, schluchzte sie. Ihre Hand roch nach Kölnisch Wasser. Auch trug sie schon seinen Ehering, der auf ihrem Finger hin und her rutschte. Doch dann hielt sie ihn fest, wie einen allerletzten Faden.

Albert fuhr noch einmal am Friedhof vorbei und sah den hohen Grabhügel überschüttet mit leuchtenden Blumen. Obenauf die Kranzschleifen in den nationalen Farben, wie eine späte patriotische Verbeugung. Der andere Kranz etwas bedeckt. Ringsum vom Eifelsturm grau gefegte Steinkreuze und neuere Denkmäler aus poliertem Marmor. Durch das trockene Laub der Buchenhecke pfiff der Wind.

Vorbei an Botrange und Mont-Rigi sauste sein Wagen über die Landstraße Richtung Eupen. Die Luft war klar, am Horizont erhob sich das Gebirge der Kohlehalden des Lütticher Reviers. Erste Lichter flackerten in der Ferne, von der man nicht genau wusste, ob sie noch belgisch oder bereits holländisch oder deutsch war. Irgendwo fließt alles zusammen, dachte Albert. Die weißen Flächen des Hohen Venns glitzerten in der scheuen Wintersonne. Im Westen wolkenlose Bläue über tiefroten Streifen, ein grandioser Abschiedshimmel. An diesem späten Nachmittag fuhr er blindlings über seine Vaterstadt hinaus. Er glaubte zu wissen, dass es nicht mehr seine Heimat sei, dass er ihr den Rücken kehren werde und in Ostbelgien nichts mehr zu suchen habe. Genug der kleinlichen Selbstfindung; nur weit weg von den eifernden Profiteuren aufgedunsener »Autonomie«; einfach flüchten vor der lähmenden Leier eines bloß an deutscher Sprache orientierten Daseins.

So irrte er stundenlang im Kreis über Straßen und Autobahnen. Auf dem Viadukt von Moresnet dampfte in der Dämmerung eine Lok wie ein fauchendes Fabeltier. Zwischen Aachen und Maastricht flutete der Feierabendverkehr. Im

Simenon-Viertel von Outremeuse lag schmutziger Schnee. Auf der schwarzen Maas zogen Lastkähne mit Kurs auf die Nordseehäfen. Die Hochöfen von Cockerill spuckten Feuer. Im Wiesenland von Herve leuchteten die Ställe abgelegener Gehöfte. Über dem Hertogenwald stand silbern die Mondsichel. Wohin nur an diesem Abend? Wohin überhaupt? In einer nach Charlemagne benannten Kneipe in Henri-Chapelle trank er drei Bier. In den Boxen sang Reggiani ein tapferes Liebeslied. Albert atmete den Geruch von Bierschaum und Gauloises-Zigaretten. Dann kam blitzartig der Gedanke: nur noch die Präsenz einer Frau kann dich an diesem schrecklichen Abend retten. Er kennt diesen Stich, tief im Bauch, unausweichlich. Die Niederländer vergleichen das Gefühl anbrechender Lust mit »Schmetterlingen«; Albert empfindet es als eine Verharmlosung, sie verdrängt den Schmerz.

Entschlossen brach er auf. Herzklopfen begleitete ihn zurück nach Eupen, die Vervierser Straße lag menschenleer. Er klingelte zweimal im alten Nachbarhaus und schritt durch die sich spaltbreit öffnende Tür, als sei er endlich angekommen. Sophies Blick war von einem staunenden Ernst. Aber sie fragte weder:

»Wie siehst du denn aus«, noch, »ist dir nicht gut?«

»Sie ist größer als ich dachte«, wunderte sich der späte Besucher, »sonderbar, ich komme wie ein Lebensmüder und rätsele über ihre Körpergröße«. So standen sie sich eine Weile gegenüber, fragend, zögernd.

»Ich kann nicht mehr«, sagte er endlich und sie antwortete:

»Ich verstehe.« Es war kaum hörbar.

Sophie hat ihren sechszehn Jahre jüngeren Freund mit der Melancholie einer vom Leben enttäuschten Frau aufgenommen. Ihre Antwort war abwehrend und ängstlich. Sie hätte gerne die fast familiäre Beziehung in der bewährten Distanz fortgesetzt. Beschützerin, Vertraute, sie suchte nach einem treffenden Wort, fand aber für diese Schwebe keinen Namen. Sein Blick war ohnehin unmissverständlich, er verlangte nicht nach mütterlichem Rat. Ihn einzulassen würde nicht ohne Folgen bleiben, doch war es schon zu spät. Sie hat es ja gewusst: Irgendwann wird er dastehen. Jetzt spürte sie, dass sie dennoch darauf nicht vorbereitet war; sie hatte die Dinge nicht mehr unter Kontrolle. Es gab zu viele Gespräche zwischen ihnen, die sehr weit gegangen und ohne Berührung abgebrochen worden waren. Er bedurfte einer natürlichen Anlehnung, die sie mochte. Drängte es ihn stärker in ihre Nähe, hat sie sich nicht verweigert, ihn jedoch mit der schmunzelnden Bitte, »wir sind doch nicht wie die anderen«, zu besänftigen verstanden. Er nannte es »unsere vorläufige Keuschheit«.

Nach ihren tragischen Liebesgeschichten hat Sophie jede feste Beziehung zu einem Mann ausgeschlossen; an sogenannte Freundschaften wollte sie erst gar nicht glauben. Alberts Werben um ihren solidarischen Schutz bot eine Ausnahme. Sie hat ihn lange beobachtet, aber nicht auf ihn gewartet. Ob sie ihn heimlich liebte, wagte sie sich erst gar nicht zu fragen, sie sprach von einer »Herzensangelegenheit« und ließ es offen. Als er an jenem Abend nach der Beisetzung Weykmans in ihr Zimmer stürzte, waren die Dinge anders. Es ging ja nicht mehr um den Verstorbenen, sondern um die Rituale des Abschieds: von einem gewissen Leben, einer tückischen Umgebung und ihrer vermeintlichen Verwurzelung. Der Tod, vor allem wenn er überfallartig wie der Blitz einschlug, hat Albert immer in unheimliche Abgründe gestürzt. »Todesverfallenheit«, nannte er den Zustand, »dem Feind ausgeliefert«. Es gab nur einen Ausweg: der Putsch mit einer Frau; Sophie wusste es. Außerdem bestürmte er sie ja nicht, er stand nur da in dieser jungenhaften, empörten Ratlosigkeit. Alles schien wie eine Fügung, unverzichtbar. Es musste offenbar so kommen und jeder von beiden hatte gute Gründe, es jetzt geschehen zu lassen. Doch fiel ihm auf, dass sie seine Umarmungen mit einer zärtlichen Tristesse beantwortete, als stehe sie einem Getriebenen und Verletzten bei, den es nicht zu lieben, sondern erst einmal zu heilen gelte. Die leise Skepsis, mit der sie bisher seine Avancen beantwortet hatte, wich einer verträumten Passivität. Sie schätzte seine Heftigkeit, ohne sie auszukosten. Selbst als sie, wie zwei erschöpfte Sprinter keines Wortes mehr fähig, nebeneinander lagen, hörte sie noch immer seinen wilden Atem. Er solle bleiben, sagte sie, und nahm ihn wie ein erkranktes Kind, das sich vor den Fieberträumen der Nacht fürchtet, in ihren warmen Schutz.

Als Albert in der Frühe erschrocken um sich blickte, lag sie schon wach. Er berührte kurz ihre Hand, doch sagten beide kein Wort. Wie eine Gazelle verschwand sie im Bad; er hörte das gurgelnde Wasser, Geräusche in der Küche, den Geruch von Kaffee. Dann sah er sie wieder durch den Türspalt vor dem Spiegel, nackt, nur mit einem Handtuch, wie ein Turban um das Haar geschlungen. Sie ist immer noch schön, dachte er, der Morgen ist die Stunde der Wahrheit. Dann kam sie zurück, stellte das Tablett mit dem Kaffee in ihre Mitte und schlüpfte wieder ins Bett.

»Bin ich für dich nicht ein altes Mädchen?«

»Du bist eine wunderbare, traurige Frau. Die Differenz von Zahlen irritiert uns nicht.«

»Was soll denn noch irritieren? Es geht um ganz andere Dinge.«

»Lebensgeschichte …«

»… der ich mich nicht schäme«, antwortet sie resolut.

»Du stehst ja schon längst darüber.«

»Über dem Eigentlichen steht man nie, es steht über uns.«

»Was ist das Eigentliche?«, schreckt er auf.

»Die Unverwundbarkeit großer Liebe.«

»Und wie geht man mit Liebe um, die im Krieg fällt und dich allein lässt? Sie ist dann doch weggestorben …«

»… wenn man den Schmerz hütet, bleibt er«, sie sagt es zögernd.

»Manchmal glaube ich, du liebst diesen Schmerz.«

»Dann wird er erträglich«, es klingt resignierend.

»Weshalb bist du nicht gegangen, weit weg von hier, als die Familie aus Ohio deinen geliebten Captain im Hürtgenwald exhumieren ließ und ihn mitgenommen hat für ein anderes, fernes Grab? Entschuldige bitte, ich meine akzeptieren, reinen Tisch machen, noch einmal neu beginnen. Man muss doch weiter leben.«

»Tue ich das jetzt nicht?«

»Bei dir ist, wie soll ich es nennen, ein Abwägen, ein leises Zittern wie bei aufgehaltenen Tränen.«

»Vielleicht ist es meine Art der Treue, du wirst sie mir lassen.«

»Alles geben, alles lassen. Das wäre schön.«

»Ja.«

»Bin ich noch dein Freund oder schon dein Geliebter?«

»Deine Tante bin ich jetzt nicht mehr.«

Sie lacht. Es war ein befreites, sehr frauliches Lachen. Albert beobachtete sie beim Anziehen. Der Reißverschluss, die Schuhe, ein kontrollierender Blick in den Spiegel. Dann kniff sie ihm in den Fuss und verschwand. Noch lange rätselte er über das Klacken ihrer Absätze auf den Treppenstufen.

Ihre Beziehung, von der sie selbst nicht wussten, wie sie zu bezeichnen sei, wurde in der kleinen Stadt als eine schändliche Affäre denunziert. Während man ihn für einen Traumtänzer und Hasardeur hielt, von dem nichts Besseres zu erwarten sei, galt die Infamie der Vorwürfe vor allem Sophie.

Ihre angeblich »nuttöse« Vorgeschichte als SA-Liebchen und »Fraulein« im amerikanischen Offizierskasino boten eben soviel Anlass zur Häme wie der Altersunterschied des sonderbaren Paares. Obendrein gingen beide den Voyeursbedürfnissen ihres Publikums aus dem Weg, verkrochen sich in ihre Wohnung. Albert liebte es, am Wochenende mit ihr nach Lüttich zu fahren, es war eine andere Welt. Sophie erzählte lächelnd, in dieser Stadt tief enttäuscht worden zu sein.

»Doch lass uns fahren, es ist lange her.«

Im glitzernden Ballsaal der »Concorde« hatte sie 1949 auf Drängen einer Kollegin am »Tanz in den Mai« teilgenommen. Sie war sehr begehrt und erinnert sich, dass ihr Partner Jean-Claude hieß, schwarzhaarig war und einen dieser modischen engen Anzüge trug. Sie schwebten über die Tanzfläche, die Herzen flogen ihr zu. Als sie ihm ihren Namen sagte und er ihr ins Ohr flüsterte, »mehr, viel mehr« wissen zu wollen, antwortete sie:

»Ich spreche Deutsch, ich komme aus Eupen.«

Da traf sie ein feuriger Blick der Verachtung. Ihr galanter Partner zog seinen Arm weg, drehte sich um und ließ sie alleine auf der Tanzfläche stehen. Es war ein Eklat, die Kapelle zögerte einen Moment, alle Paare starrten sie an, dann lief sie weg, weit weg.

»Ich habe nicht geweint«, sagte Sophie, »es liegt Jahre zurück, den Saal gibt es nicht mehr, komm, lass uns fahren, ich mag die Stadt.«

In keinem Punkt war ihr Einvernehmen so nahtlos wie in der Überzeugung, dass in ihrer kleinen Welt der Hitler-Jubler und belgischen Hurrapatrioten für ihre Flucht in die Intimität kein Verständnis zu erwarten war. Sophie begab sich täglich in das Sekretariat des Elektrogroßhandels Scholl&Söhne, deren Chef sich in schwachen Stunden einbildete, sie wie Freiwild begrapschen zu dürfen. Fast mitleidvoll sagte sie:

»Lassen Sie es bitte.«

Albert erhielt eine Stelle als »Faktotum« in der gerade geschaffenen ostbelgischen Niederlassung der »Aachener Volkszeitung«. Er war dort Hilfskraft des verantwortlichen Lokalredakteurs Leonard Pauquet und für Botenfahrten, Vertrieb, Anzeigen- und Abonnementwerbung zuständig.

Da es sich bei der »AVZ« um eine politisch umstrittene, von misstrauischen belgischen Parlamentariern als Provokation betrachtete Neugründung handelte, konnte es passieren, dass der junge Werbebote in der allgemeinen Mobilmachung gegen das Blatt ganz nebenbei als Korrektor, Verfasser von Unfallmeldungen oder Hilfsfotograf bei drittklassigen Fußballspielen in Honsfeld und Oudler einspringen musste. Seine Hoffnung, endlich dem parteipolitischen Gerangel um die Pfründe der Autonomie entkommen zu sein, erwies sich als eine dramatische Illusion. Seine Affäre mit Sophie begann sich nach wenigen Wochen mit einer ganz anderen Affäre zu überschneiden, die in Eupen zunächst noch vorbeugend als eine »sogenannte« verharmlost wurde, dann aber landesweit mit einer Wucht einschlug, die man in der pikiert schlotternden »Deutschsprachigen Gemeinschaft« noch nicht erlebt hatte. Das Inland reagierte empört; selbst im benachbarten Nordrhein-Westfalen horchte man auf. Die AVZ und ihr kleiner, etwas untersetzter Lokalredakteur Leonard Pauquet, der seine ironischen Glossen mit »Leo« unterschrieb, spielten dabei eine Schlüsselrolle. Der 43-jährige Redakteur hatte diese Affäre weder veranlasst noch gesucht, sie fiel ihm Ende August 1987 wie eine überraschende Beute vor die Füsse.

Die »Aachener Volkszeitung« sah sich seit Monaten wegen ihrer belgischen Aktivitäten, den Vorwürfen »pangermanischer Einmischung« ausgesetzt. So jedenfalls hatte es der sozialistische Abgeordnete Pirotte aus dem benachbarten Verviers in einem »Offenen Brief« an Innenminister Filzon ausgedrückt. Das brisante Thema interessierte inzwischen auch die Brüsseler Auslandskorrespondenten und das Deutsche Fernsehen. Allein der Journalist Kurt Buchenbaum hielt sich wie immer etwas zurück. Es geschah aus guten Gründen, denn Pauquet hatte ihm einen streng vertraulichen Hinweis zugespielt, wonach eine dubiose »Hermann-Görres-Stiftung« aus Düsseldorf im deutschsprachigen Belgien aktiv geworden sei. Buchenbaum, der sich erst im Mai einer schweren Magenoperation unterzogen hatte, teilte dem Eupener Kollegen mit, sich aus Gesundheitsgründen des Falles nicht annehmen zu können, jedoch bei einigen, ihm vertrauten deutschen Stellen Informationen einzuholen. Dabei handelte es sich in erster Linie um Genossen in der Bonner SPD-»Baracke«‹, die dem jüdischen Emigranten seit den Kriegsjahren verbunden waren.

»Hören Sie gut zu«, ließ er Pauquet bald wissen, »es handelt sich hier um eine tickende Zeitbombe. Die extreme Rechte hat die Hand im Spiel. In Ostbelgien droht eine Unterwanderung. Ich bin alt und krank, übernehmen Sie das, bitte, und halten Sie mich auf dem Laufenden. Doch Vorsicht, die Sache könnte für euch da unten eine Nummer zu groß sein.«

Noch am gleichen Abend saß »Leo« im Verlagshaus der »Aachener Volkszeitung«, an der Kreuzung Theaterstraße/Bahnhofsstraße, seinem Chefredakteur Dr. Simon C. Konrads gegenüber. In seinem Eckzimmer auf der ersten Etage brannte nur die Schreibtischlampe. Ihr spärliches, gelbliches Licht gab diesem Mann, der sich über die neuen Depeschen beugte, etwas Kontemplatives. Seine Beine waren weit ausgestreckt, die randlose Brille hatte er auf seine Stirn geschoben. Er nahm die Gesprächsnotizen Pauquets mit der Vorsicht eines Geheimdienstlers in seine Hände. Zwei-, dreimal las er die Informationen auf dem grünen Manuskriptbogen. Seine Finger spielten mit dem Blätterrand, so als prüfe er selbst deren Papierqualität.

»Also doch«, sagte er, ohne aufzublicken, und schlug mit der flachen Hand auf die Tischplatte, nicht heftig knallend, eher wie der Paukenschläger in der berühmten Haydn-Symphonie: appellierend. »Wer steckt hinter diesem ›Onkel Hermann‹, wiederholte er zweimal. Die Affäre hatte ihren Namen. Dann überflog er noch einmal die Texte und dachte nach. Die Schlitzaugen spähten in weite Ferne; die Falten und Schmisse überzogen sein Gesicht mit feinen, durchtrainierten Furchen; so glich er einem Zenmönch.

»Sehr gut, Brüderchen«, lächelte er, »jetzt müssen wir klug sein wie die Schlangen, aber es wird auch in Belgien unseren eigenen Ruf wiederherstellen. Du hast drei Tage Zeit, am Wochenende bringen wir das auf Seite eins. Dann bekommst du den Pulitzer-Preis«.

Selten hat eine Ausgabe der »Aachener Volkszeitung« seit Ende des 2. Weltkrieges eine solche Resonanz hervorgerufen, wie jene vom letzten Augustwochenende 1987. Detailliert war auf deren Titelseite zu lesen, dass führende Köpfe der radikalen großdeutschen Szene mit rassistischen Parolen für eine Düsseldorfer »Hermann-Görres-Stiftung« warben. Die Adressaten ihrer millionenschweren Spenden waren dubiose politische Kreise in Südtirol, im Elsass, im Baskenland und in … Ostbelgien. Dabei handelt es sich um ein zu diesem Zeitpunkt noch schwer zu identifizierendes Gemisch aus Mitgliedern oder Sympathisanten von Terrorgruppen, Volkstumsfanatikern und Heimatidealisten. Zentrale Figur dieser bereits im Fadenkreuz von Verfassungsschutz und Staatsanwaltschaften stehenden Gruppierungen war der Anwalt Dr. Burger aus Brixen, der bereits 1963 in München wegen Sprengstoffanschlägen verhaftet und zur unerwünschten Person erklärt worden war. Auch fiel auf, dass die in undurchschaubaren Gremien stets wechselnden Hintermänner dieser Stiftung sich »Befreiungskämpfer« nannten oder mit Spendierhosen als bourgeoise Biedermänner auftraten. Gegenseitig lieferten sie sich gnadenlose Richtungskämpfe. Ihre Aktivitäten reichten vom Mordanschlag bis zum urigen Heimatabend. Sie bezichtigten sich reihum der Verleumdung und Veruntreuung. Höchststrafen, Freisprüche mangels Beweisen, Brandschatzungen, Geheimbündelei, politische Verschwörung, Geldwäsche, Fälschungen und Gebrauch von Fälschungen füllten ihre Ermittlungsakten. Die Innen- und Justizminister sahen sich einer nebulösen Front gegenüber, die unter dem mildtätigen Vorwand der Förderung ethnischer Minderheiten europaweit agitierte.

Ex- oder Noch-Vorsitzender der Stiftung war der bayerische Honorarprofessor Walther von Heider, dessen Name in Ostbelgien sogleich Erinnerungen wachrief. Er war während der Ardennen-Offensive in dem von Hitler persönlich befehligten »Unternehmen Stoesser« im Hohen Venn hinter den feindlichen amerikanischen Linien abgesprungen, um die strategisch wichtige Kreuzung von Belle-Croix unschädlich zu machen. Der Versuch scheiterte, von Heider verirrte sich im Moor, kam nach Monschau und wurde wegen »Tapferkeit vor dem Feind« mit dem Ritterkreuz ausgezeichnet. Vierzig Jahre später sprang er erneut in Ostbelgien hinter den »feindlichen Linien« ab: mit dem Geld von »Onkel Hermann«. Jahrelang wurden unerkannt die ostbelgischen Sprachkämpfer, ihre Kulturverbände und Bildungseinrichtungen gefördert, dann wurde aber auch mit schwarzen Kassen, Umwegfinanzierungen und sogenannten »Autonomie-Kampagnen« in die Wahlkämpfe eingegriffen.

Als der Name der Görres-Stiftung erstmals in der Öffentlichkeit fiel, stieß der AVZ-Redakteur Pauquet bei seinen Recherchen auf eine eisige Wand des Schweigens. Niemand innerhalb oder im Umfeld der »Autonomisten« wusste oder wollte etwas über die Verbindungen nach Düsseldorf wissen. Erst ein durch Kurt Buchenbaum vermittelter Kontakt zu einem Pressedienst der SPD, der von München aus das rechtsradikale Lager observierte, half den Schleier zu lüften. Als die Aachener Zeitung in ihrer Wochenend-Ausgabe mit dem Skandal aufmachte, erhielt »Leo« zwar nicht den Pulitzer-Preis, aber Belgien wurde von einem mittelschweren Erdbeben erschüttert. Das Epizentrum lag irgendwo im dunklen Forst zwischen Eupen und St. Vith. Die Nachbeben sollten noch Jahre andauern und nicht nur in Bonn und Bozen Erschütterungen auslösen.

Albert Bosch machte in diesen hektischen Wochen Erfahrungen, die sein Leben verändert haben. Die Görres-Affäre brachte für ihn schlagartig einen anderen Arbeitsauftrag.

Statt hinter Werbekunden herzulaufen, Todesanzeigen anzunehmen oder Freiexemplare zu verteilen, hatte er für seinen Redaktionsleiter Telefonate zu vermitteln, Adressen zu sammeln, Auskünfte einzuholen, zu beobachten, Archive zu konsultieren, Buch zu führen und als Kurier permanent einsatzbereit zu sein. Mit all diesen neuen Anschriften, Telefon- und Faxnummern jonglierend, avancierte er zu einem Krisensekretär; organisierte Kontakte, vereinbarte Termine, vertröstete wartende Besucher, servierte Kaffee, lotste Reporter durch verschwiegene Eifeldörfer und pendelte täglich in einem schrottreifen, bordeauxroten Dienstwagen der Marke Renault R4 zwischen der AVZ-Geschäftsstelle in der Eupener Gospertstraße und der Aachener Zentralredaktion hin und her. Seine Anlaufstelle im Verlagshaus an der Theaterstraße war Chefredakteur Dr. Konrads persönlich, der strikteste Anweisung erteilt hatte, dass in dieser Affäre ohne seine Zustimmung keine Zeile veröffentlich werden dürfe. »Onkel Hermann« war Chefsache.

»Sie sind mein Vertrauensmann«, schärfte er Bosch ein, »jedes Detail kann gegen Sie verwendet werden. Nehmen Sie sich in Acht, wir haben es mit Großwild zu tun.«

Dann gab er seinem Eupener Laufburschen die von »Leo« redigierten Berichte und Meldungen zurück, die er da und dort handschriftlich redigiert hatte. Manchmal fügte er nur lapidare Worte ein, »sogenannt«, »unter anderem« oder »wie verlautete«, da und dort bezog er sich auf »politische Beobachter« oder »gut informierte Kreise«. Auch platzierte er taktische Gedankenstriche, Anführungs- und Fragezeichen.

»Wir müssen klug sein wie die Schlangen, Brüderchen.«

Seine Vorliebe galt Schlagzeilen, Bildtexten, Zwischentiteln sowie ihrer Schriftgröße und dem Druckformat:

»Was schreiben wir darüber«, fragte er wie geistesabwesend in den Raum hinein, griff nach einem Manuskriptblatt und begann in seiner kantigen Schrift zu kritzeln. Albert staunte, mit welcher Verve und Schnelligkeit er Titel zu texten verstand. Erst nach einem halben Dutzend Entwürfe gab er Ruhe, sichtete die Beute und bastelte daraus die definitive Version:

»Das kleine Ostbelgien im großdeutschen Schatten«, »Onkel Hermanns tiefe Taschen«, »Einmarsch auf leisen Sohlen«, so formulierte er die Aufmacher zur Affäre. Noch ein letzter prüfender Blick und er schmunzelte selbstversunken vor sich hin. Es saß und mobilisierte. Albert fragte:

»Glauben Sie wirklich, dass bei uns Rechtsradikale tätig sind?«

»Eure Andreas-Hofer-Kopien begehen keine Anschläge. Sie trauen sich nur auf den Königsvogel zu schießen«, lächelte der erfahrene Journalist, »das sind Kirmes-Helden, die im Schutze der Nacht mit einem Eimer Teer in Nieder-Emmels Verkehrsschilder bekämpfen. Obendrein lässt Eure Gendarmerie sie klammheimlich gewähren. Wichtiger ist das in Düsseldorf gespannte Netzwerk, die Kontakte zur Führung, die Strategie. Etwa die Frage: Was tat Schunk in Brixen? War Burger in Eupen? Was hatten beide zu besprechen?«

Albert stürzte mit dem Material in den Fernschreiberraum, stopfte die Blätter in eine Hülse der Papierpost und drückte auf den Startknopf. Ein rotes Licht leuchtete auf, aus dem Rohr rauschte ein mächtiges Saugen, ringsum auf den Druckern von DPA, Reuters und United Press International tickerten die Abendmeldungen aus aller Welt. Dieser kleine Raum mit den Geräuschen eines surrenden Wespennetzes und den alarmierenden Ton- und Lichtsignalen eines Cockpits verbreitete Faszination. Im Auftrag des Chefs auf diesen Knopf zu drücken, war ein konspirativer Vertrauensbeweis. Er beförderte ihn zu einem Geheimnisträger.

Manchmal schmunzelte Konrads, die ostbelgische Dependance der AVZ sei an sich keine Redaktion, sondern eine »Agentur«, die einige diskretere Herren beschäftigte, aber so verstand der Jurist und ehemalige Bonner Korrespondent diese deutsch-belgische Nachbarschaft: tückischer Übergang in einen stillen Landstrich, der, geprügelt und vergessen, jedoch auch etwas undurchschaubar, noch nicht ganz in die Zeitgeschichte entlassen war.

»In diesem Minenfeld als Politiker oder Journalist zu arbeiten, ist wie sanftes Streicheln über alte, nicht verheilte Wunden …«

»Onkel Hermann« und seine lichtscheuen Gestalten, die am Pfizzerjoch in den Scheunen Südtiroler Bergbauern ihre Waffen versteckt hatten, im elsässischen KZ Struthof Brandsätze legten oder im baskischen St Jean-de-Luz Bombenanschläge planten, betrachtete er nicht so sehr als kriminelle Landesverräter, sondern eher als eine Nachhut streunender Landsknechte aus den Bauernkriegen. Manchmal nannte Konrads sie »die Fremdenlegion der Heimattreuen«. Im Gegensatz zur Biederkeit unterkühlter deutscher Erfolgsnormalität hielt er sie für »Desperados im Trachtenlook«.

»Gewiss sind auch Frauen dabei«, phantasierte er, »alles Romanfiguren.«

Dass ihr harter Kern allerdings nicht zimperlich war und auch Blut an ihren Händen klebte, machte die Befreiungskämpfer lebensgefährlich. Er winkte Albert, näher zu treten, und zeigte ihm im Licht seiner Schreibtischlampe Archivfotos, die ihm der AVZ-Archivar am Morgen besorgt hatte: zerfetzte Leichen unschuldiger Menschen nach dem Bombenanschlag der ETA auf das Restaurant »Los Reyes« bei San Sebastian; die Erschießungswand im KZ Struthof nach dem Brandanschlag der »Schwarzen Wölfe«; ein langer Leichenzug für den 20-jährigen Carabinieri Giancarlo Lombardi, der, zusammen mit drei anderen Polizisten von den Südtiroler »Buam« auf der Porzescharte meuchlings erschossen wurde.

»Leider sind das keine nachgestellten Filmszenen«, sagte er und klopfte mit der Faust auf dem Tisch, »die Finanziers und Hintermänner tagen im Café des Düsseldorfer Schauspielhauses, reisen in Aachen mit falschen Pässen über die Grenze und betreiben mit gefüllten Brieftaschen in Ostbelgien Kulturförderung. Für wie blöd hält man uns eigentlich?«

»Doch gibt es bei uns weder ein KZ noch eine ETA«, wagte Albert einzuwenden.

»Deshalb seid ihr auch das Feigenblatt dieser Stiftung. Im Struthof fliegen Brandsätze der ›Schwarzen Wölfe‹ und Eure mit Görres-Geld geförderte Laienbühne probt dort ein Stück des jüdischen Dramatikers Tabory. Beides aus derselben Kasse. So, nun lauf Bürschchen, die Kollegen warten ...«

Mit einem Knopfdruck setzte Albert die Hauspost in Gang. Wechselte das Licht auf »grün«, bedeutete es, »angekommen«, das Unaufhaltsame nahm seinen Lauf. Jetzt landeten die Seiten auf dem Vorspann einer der rasselnden Linotype-Maschinen, die ihre Buchstaben in flüssiges Blei tauchte und zu tatsächlich heißen Informationen formte, bevor sie auf den Mettagetischen umbrochen wurden. Im Morgengrauen erreichten sie hunderttausende Leser vom Selfkant an der deutsch-niederländischen Grenze bis in die tiefe Eifel. Görres und seine Berater eingefangen in dem Ritsche-Ratsche dieser ungestümen Maschinerie zu wissen, chancenlos gegen jede weitere Vertuschung, ohne Rücksicht auf politische Manipulation ans Licht der Öffentlichkeit gezerrt, das war abenteuerlich.

Die belgischen Zeitungen sowie die Rundfunk- und Fernsehredaktionen der RTB, BRT und BRF bezeichneten die Enthüllung von Leo Pauquet in der »Aachener Volkszeitung« als »Scoop des Jahres«. Das kleine Land war geschockt. France 2 berichtete aus dem Elsass. Was viele stets vermutet hatten – die Unterwanderung deutschsprachiger Minderheiten durch reaktionäre Kräfte – schien sich zu bestätigen. Die französischsprachigen Blätter Brüssels mokierten sich mit schwarzem Humor: »D-Mark mit Hakenkreuzen«, so knallte es auf Seite eins. Besonders der Titel »Nazi-Wölfe im deutschsprachigen Schafstall« ließ die ostbelgische Kundschaft des »Onkels« Gift und Galle spucken; aber es war der beste Titel der zehn Jahre währenden Affäre: bissig, witzig und den Kern treffend. Die flämischen Zeitungen berichteten moderater im Ton, doch in der Sache nicht minder deutlich. Der mit der politischen Lage in Ostbelgien bestens vertraute »De Standaard«-Redakteur Guy Lafontaine ließ, bei aller Sympathie für die »kleinen Deutschsprachigen« keinen Zweifel daran, dass in Eupen und St. Vith ein »braunes, europäisches Netzwerk agitiert«. Die Berichte von Leo nannte er den »Scoop des Jahres«. Trotz aller Unschulds-Beteuerungen der politisch Verantwortlichen, die auf einer eigens organisierten Pressereise die von der Görres-Stiftung finanzierten Schreib- und Malstuben, Laientheater und Bildungsstätten vorstellten, wollte auch er nicht so naiv sein, dieser Darstellung argloser kulturpolitischer Barmherzigkeit auf den Leim zu gehen. Lafontaine fragte: »Was suchen solche Typen in Belgien?«

Obwohl es immerhin um den Verdacht der Geheimbündelei, Unterstützung einer kriminellen Vereinigung, der Parteifinanzierung, Fälschung und Steuerhinterziehung ging, fiel auf, dass die ostbelgischen Görres-Anhänger nicht nur ungehindert Akten und Dokumente wegschaffen konnte, sondern von den zuständigen deutschsprachigen Gerichtsbehörden weder Nachforschungen, noch Verhöre oder Hausdurchsuchungen angeordnet wurden. Die »Drecksarbeit« blieb der Presse überlassen, wobei die Gegenseite stets nur das zugab, was man ihr gerade beweisen konnte. Um die notwendige Aufklärung zu verhindern, empörte man sich über die Verdächtigung des Rechtsextremismus. Je mehr die Partei unter den Druck öffentlichen Interesses geriet, witterte sie auch eine Chance, die Konsternation in Mitleid zu verwandeln. Statt einer raschen und restlosen Information zu dienen, bevorzugte man den Nebel von Vermutungen und Ungewissheiten, um sich als Opfer einer großangelegten Verleumdungskampagne zu präsentieren. Leo Pauquet, der in seinen Berichten den Begriff »rechtsextrem« nicht einmal benutzt hatte, wurde bezichtigt, seine Gegner aus Sensationsmotiven in eine »Nazi-Ecke« drängen zu wollen. Seiner Zeitung unterstellte man, sie versuche mit dieser »Hexenjagd« ihre deutschen Ambitionen in Belgien zu kaschieren.

Die Reaktionen in der ostbelgischen Bevölkerung waren schlimm. Nach einer ersten Phase des Erschreckens gingen die Menschen entweder in abwartende Deckung oder bekundeten den Anhängern der Görres-Stiftung Verständnis und Solidarität. Obendrein wurde zwischen dem Eupener Land und der Eifel ein tiefer Riss deutlich. Die Hauptverdächtigen der Affäre stammten aus den Eifelgemeinden, dort herrschte nicht nur eiserne Abschottung und Sippenhaft, sondern auch der politischen Agitation gegen die vermeintliche »Verfolgung Unschuldiger«. Hunderte kündigten unter Protest ihr Abonnement bei der AVZ. Sehr schnell gerieten nicht etwa Dr. Schunk und sein Geschäftsführer unter Beweiszwang, sondern die Aachener Volkszeitung und ihr Redakteur Leo Pauquet. Neben der Wand des Schweigens und öffentlicher Ächtung eröffneten die Verbindungsmänner der Opposition eine juristische Front, die alle Gegner mit Verleumdungsklagen einzuschüchtern versuchte. Prozesse führen bedeutete Zeitgewinnung und Unkosten: die Zeit brauchte man, die Spuren verwischten, an Geld fehlte es nicht.

Erzählte Albert abends am Ecktisch in der Küche von den Aufgeregtheiten des Tages, hörte Sophie aufmerksam zu, hielt sich jedoch mit Kommentaren zurück. Er trank und sprach, argumentierte, gestikulierte, vermochte allerdings nicht ihren Beifall zu finden. Sie widersprach nicht, doch lag über ihren Gegenfragen und Bemerkungen ein Hauch des Bedauerns. Die Opposition war für sie mehr moralische Instanz als politische Partei; sie wollte nicht wahrhaben, dass diese Leute zusammen mit Personen aus dem Terrorumfeld gefördert wurden. Stets gab sie ihnen bei Wahlen ihre Stimme. Je mehr die Zeit der Affäre ihre Brisanz nahm und sich ringsum eine Art »cordon sanitaire« um den Spender und seine Kundschaft bildete, wurden die Abendgespräche zwischen Albert und Sophie gereizter. Jetzt trank auch sie, sprach von einem »Komplott«, vom »Mut der Tiroler« und »dem Recht auf Freiheitskampf«. Albert tobte, Sophie fauchte, bis sie es schließlich erschöpft aufgaben und zu Bett gingen, umgeben von einem kalten, züchtigen Schweigen, das keiner aus Stolz zu unterbrechen wagte.

Erst beim Frühstück waren beide um Entspannung bemüht. Nahezu sanft sagte sie:

»Verstehe das doch, bitte, unsere ›Beutebelgier‹ haben ihnen alle Ideen abgekupfert und sie von der Macht ausgeschlossen. Diese frommen Patrioten werden von Brüssel getäschelt; lass' dem Schunk doch auch seine Goldader. Onkel Hermann, das ist eben so etwas wie eine sechs im Lotto.«

»Dann sollen sie zugeben, was Sache ist. Wir haben mit keinem Wort erwähnt, dass Schunk&Co. aktiv mit Rechtsradikalen kollaborieren. Doch muss man die Frage nach der Nachbarschaft stellen dürfen. Von der massiven Unterwanderung ganz zu schweigen. Hier sollte eine neue Mehrheit gekauft werden.«

»Schau Dir doch die Brüsseler Skandale an: Parteifilz bis in die höchsten Staatsämter, Korruptionsaffären in Millionenhöhe, Minister-Rücktritte, selbst die Justiz …«

»Rücktritte und taktische Dementis gibt es auch bei den Freunden des Onkels. Du legst soviel Wert auf Ehre, gib doch zu, dass sie verloren ist.«

»Weshalb müssen wir Deutschsprachigen immer das makellose Vorbild abgeben? Niederlagen dürfen sich hier offenbar immer nur die Besatzer leisten.«

»Wir ›Profit- und Beutebelgier‹ leben also in einem besetzten Land. Das ist mir neu.«

»Der Unterschied in Belgien ist nur, dass angesehene Politiker sich ungeniert heim nach Frankreich sehnen oder die flämische Unabhängigkeit fordern. Wenn so etwas bei uns geschieht, sind es gleich Nazis und Landesverräter.«

»Das Problem bei uns liegt wohl darin, dass niemand zu sagen wagt, was er wirklich wünscht. Deshalb sind wir ja auch die bravste Minderheit Europas.«

»Du willst den Kontext nicht sehen. Er reicht zurück bis in den Spiegelsaal von Versailles. Wir waren immer die Gebeutelten und mussten die Nationalität wechseln wie andere ihr Hemd. Das hat Ängste geschaffen, anderswo in diesem Land nicht. Es muss jedoch auch bei uns eine Kontinuität geben dürfen für ein ungebrochenes Heimatgefühl.«

»Aber nicht getarnt mit dem Geld der Faschisten.«

»Selbst unsere sogenannten Faschisten waren doch nur ganz kleine Nümmerchen. Ich habe sie doch alle gekannt: Gehlen, dieser Schwärmer, rennt den belgischen Wachposten vor die Flinte; Sir Henry mit seiner Zigarrenkiste; selbst mein Vater, letztlich nur ein Rosenkranz-Verkäufer.«

»Und doch haben sie in ihrer Harmlosigkeit Kommissar Hennes und Kaplan Johanns in den Tod getrieben oder anderen auf offener Straße mit dem Abtransport ins KZ gedroht …«

»Helden sind immer und überall die Ausnahme, mein Liebster, das einfache Volk will völlig unheroisch nur ein simples Menschenrecht: endlich Zuhause sein ohne verdächtigt zu werden.«

»Wo es solchen Verdacht gibt, ist nicht unser Zuhause.«

Dann brach das Gespräch wieder ab. Sophie trank schnell ihre Tasse leer und verzichtete auf die Zigarette. Das war ein schlechtes Zeichen. Ihr Kuss auf seine Wange kam kühl, auch sagte sie nur »Bis heute Abend«, nicht streng, aber traurig. Nur ihre Absätze im Treppenhaus berührten noch immer seine tieferen Empfindungen. Klackende, lockende Fraulichkeit über alle Gefechte hinweg.

Im Lauf der Wochen verkümmerte der Görres-Skandal zu einem langwierigen Gerichtsstreit. Doch blieb nicht unbemerkt, dass der vom Erstinstanzlichen Gericht in Verviers ausgehandelte Vergleich die Stiftung bevorteilte. Augenzeugen des Vorgangs schworen, der Text sei nachträglich verändert worden, doch hätte dies bedeutet, den Richter der Urkundenfälschung zu bezichtigen; wer wagt das schon? Unterdessen starb Kurt Buchenbaum, der zwei Tage vor seinem Tod ein letztes Telefonat mit Pauquet führte und sich mit dem Wort »Courage« verabschiedet hatte. Der AVZ-Redakteur wagte einen weiteren Vorstoß zur Verhinderung der Vergesslichkeit und handelte sich einen zweiten Prozess ein. Diesmal kam es in Eupen zur Verhandlung und obwohl der Staatsanwalt gegen die Düsseldorfer Stiftung plädierte, entschied die Dreirichterkammer gegen den Journalisten.

Als Albert am späten Nachmittag die Eupener Manuskripte in das Aachener Verlagshaus brachte, wurde er vom Chefredakteur bereits erwartet. Auch der Verleger Hannes Müllejans, ein rundlicher, gütiger Mann, kam ins Büro. Alles schien etwas feierlich, der junge Bote war den Tränen nahe.

»Ich weiß besser als jeder andere, dass Leo Pauquet das nicht verdient hat«, brach es aus ihm heraus.

»Auch seine Gegner wissen das«, beruhigte ihn der Verleger, »selbst in der Eifel sagen besonne Menschen: Natürlich ist es ein Skandal, doch werden wir es nie zugeben.«

»Sogar der Justiz ist in diesem beschissenen Land nicht zu trauen.«

»Umso mehr besitzt Pauquet unser Vertrauen«, erwiderte Dr. Konrads, »Rechtssprechung, das ist immer eine Momentaufnahme, sie hängt von Umständen und Einflüssen ab, die sich ändern können. Eure jungen Richter saßen doch vor einiger Zeit noch im Hörsaal und paukten römisches Recht. Jetzt sind sie über mehrere parteipolitische Kanäle fest ernannt worden und schielen nach dem Beifall ihrer Förderer. Von ihren Vorgesetzten in Lüttich ganz zu schweigen.«

»Und doch sind wir als Zeitung gescheitert und abgestempelt.«

»Ich kenne große Journalisten und Verleger«, sagte der Chefredakteur nachdenklich, »die haben im Streit mit NS- und SS-Pensionären ganz andere Prozesse verloren. Unsere Berufsehre, mein Junge, unterliegt nicht dieser Instanz, merk Dir das bitte.«

Der Verleger klopfte Albert auf die Schulter:

»Fahr nach Eupen zurück und sage dem Leo Pauquet, dass es Verurteilungen gibt, die man wie einen Orden trägt.«

Für Albert blieb es ein Schock, der auch etwas mit seinen Belgien-Vorstellungen zu tun hatte. Dieses Land war selbst in seinen Autonomie-Ablegern unglaubwürdig; es gab hier eine institutionelle Unfähigkeit zum Regieren. Pauquet antwortete ihm nach seiner Rückkehr aus Aachen, dass es Auszeichnungen gebe, auf die er verzichten könne und bat bald um seine Versetzung in die Eifelredaktion nach Monschau. Sophie schwieg an diesem Abend, doch nach dem dritten Glas Wein glaubte Albert in ihren Augen den Schimmer eines triumphierenden Grinsens zu erkennen. Er schlug die Tür und kehrte erst im Morgengrauen furchtbar betrunken zurück.

Unterdessen wurde bekannt, dass es in dem neugebildeten Gericht der Deutschsprachigen Gemeinschaft wenige Tage vor der Urteilsverkündigung eine »Intervention« aus der Lütticher Generalanwaltschaft gegeben habe. Der verdächtigte Magistrat wurde einige Jahre später nach einem einmaligen Verfahren in der belgischen Rechtsgeschichte als »Schande für die gesamte Justiz« entlassen. Aber wozu diente es noch? Albert warb wieder bei Möbelhändlern und Autoverkäufern um Anzeigen; abends brachte er die Manuskripte in die Zentralredaktion nach Aachen. Der kleine Fernschreiberraum hatte seine Spannung verloren. Die Ticker meldeten EU-Ministerräte über Fischfang-Quoten und Helmut Kohls Erklärung zur Ostpolitik. Draußen eilte Chefredakteur Dr. Konrads über den Gang und rief:

»Ruhig Blut, Brüderchen, die kommen noch einmal vor unserem Kellerloch pinkeln.«

Der alte Fuchs sollte Recht behalten. Nach einer Zerreißprobe in der Görres-Stiftung wurde Pauquet im Juli 1989 von einem unbekannten Anrufer in das Foyer der Deutschen Bank auf der Düsseldorfer Königsallee bestellt. Man möchte ihm ein wichtiges Dokument aushändigen. Er meldete es seinem Chef und sagte, dass er die Nase gestrichen voll habe; aber Konrads blieb resolut:

»Nichts wie hin. Wir garantieren, dass Ihnen kein Haar gekrümmt wird.«

Dann ging alles sehr schnell. Als der belgische AVZ-Redakteur zum vereinbarten Treff am »Business Corner« eintraf, sah er vor den Monitoren der aus aller Welt einlaufenden Börsenkurse einige ältere Herren, die Kaffee tranken und sich dann und wann Notizen machten. Es herrschte das gedämpfte Geschiebe großen Geldes; ringsum ausschließlich gepflegte, routinierte Mienen, deren Augen über den Brillenrand hinweg, auf günstige Notierungen warteten. Plötzlich legte sich eine Hand auf seine Schulter und jemand zischelte:

»Sie drehen sich jetzt nicht um, Meister. Hier ist das Material. Grüssen Sie Eupen-Malmedy.«

Auf dem kleinen Glastisch, an dem Pauquet stand, landete ein großes Kuvert. Es trug weder Anschrift noch Absender und war mit breitem Klebeband mehrfach verschlossen. Pauquet wunderte sich, wie schwer die Sendung war. Er eilte damit auf die Toilette und riss den Umschlag auf. »An die Regierung des Landes Nordrhein-Westfalen«, stand auf der Titelseite zu lesen, und, mit rotem Filzstift fett unterstrichen, »Bericht zu den Aktivitäten der Hermann-

Görres-Stiftung«. Im peitschenden Regen fuhr Pauquet in seinem roten R4 nach Aachen zurück. Dr. Konrads hatte auf seine Mittagspause verzichtet und erwartete ihn mit zuversichtlicher Neugier. Er warf einen Blick auf das Dokument, ließ die engbedruckten Seiten über seinen rechten Daumen sausen und sagte:

»Jetzt wären wir weiter.«

Der von einem renommierten Anwalt erstellte Bericht bot auf 160 Seiten einen detaillierten Einblick in die Entstehungsgeschichte und Machenschaften der Hermann-Görres-Stiftung. Daraus ging hervor, dass deren Kuratorium gegen Belgien konspiriert hatte. Über Umwegfinanzierungen, Schwarzgeld und Kulturspenden sollte die Sprachenpartei in Eupen an die Macht gefördert werden. Die Lügen führender Vorstandsmitglieder der Stiftung und ihrer ostbelgischen Verbündeten wurden offenkundig. Parteifunktionäre, die vorher »auf den Kopf ihrer Kinder« das Gegenteil geschworen hatten, tauchten ab. Dr. Burger, von dessen Tätigkeiten niemand etwas gewusst haben wollte, war in Eupen sogar mit dem Parteivorsitzenden zusammengetroffen. Selbst das Görres-Kuratorium hatte in Eupen getagt. Es gab Rücktritte.

Der nordrhein-westfälische Innenminister, der zuvor aus »Datenschutz-Gründen« die Einsicht in wichtige Quellen stets verweigert hatte und von ihm eigenhändig zensierte Berichte verbreiten ließ, veröffentlichte nunmehr beschwichtigende Kommuniqués. Vom vorlauten Kölner Regierungspräsidenten Antwerpes war nichts mehr zu hören. Grüne und PDS intervenierten im Deutschen Bundestag, der nach einem kurzen Dementi eines später wegen Geldwäsche in Millionenhöhe behelligten CDU-Innenministers geräuschlos zur Tagesordnung überging. Die deutschen Medien stellten allerdings die Dinge klar: ARD und WDR III brachten die Görres-Affäre zur besten Sendezeit an die große Öffentlichkeit. Der »Stern« und zahlreiche Tageszeitungen berichteten über die Umtriebe. »Die Zeit«

veröffentlichte eine zweiseitige Reportage unter dem Titel »Mit vollen Händen«. Das Nachrichtenmagazin »Der Spiegel« berichtete über Ostbelgien mit der Schlagzeile: »Südtirol ist überall«.

Dass Leo Pauquet seine Berufung am Lütticher Appellationshof zwar nicht verlor, diese jedoch wegen eines »Formfehlers« nicht aufgegriffen wurde, wunderte nach all den Vertuschungen schon nicht mehr. Nach mehrjährigem Rechtsstreit und neun Jahre nach Ausbruch der Affäre, beruhte der »Formfehler« auf eine »Verwechselung der Stiftungsadresse«, die Pauquets Anwalt nicht bemerkt haben wollte. Ein zweiter Anwalt nahm auf seiner Flucht nach Australien, nicht nur eine Parteikasse, sondern sämtliche Prozess-Unterlagen mit. Der später geschasste Generalanwalt grinste in der »Auberge du Loup« von Sourbrodt bei einem »Arbeitsessen« mit hohen Ministerialbeamten aus Eupen, man könne »den Haufen Papier jetzt wegschmeißen«. Albert war über diese Art Justiz erschüttert; Pauquet blieb ruhig:

»Die Stiftung bleibt sich treu, sie finanziert weiter gezielt.«

AVZ-Chefredakteur Dr. Konrads behielt eine Person weiter im Visier: den Stiftunsgvorsitzenden Dr. Mielke-Moltke, ein ehemaliger Bundeswehr-Oberst, der sich als Saubermann aufdrängte. Pauquets Veröffentlichungen hatte er gegenüber deutschen Tageszeitungen als »großen Humbug« bezeichnet, die jetzt bekannt gewordenen Fakten stets verschwiegen. Zwei Gerichtsverfahren, die er gegen den Eupener Journalisten anstreben wollte, wurden von der Staatsanwaltschaft und Oberssstaatsanwaltschaft in Düsseldorf verworfen. Man durfte jetzt der Stiftung eine »Konspiration gegen Belgien« vorwerfen und Mielke-Moltke der Mitwisserschaft bezichtigen. Konrads interessierte sich vor allem für die Tatsache, dass Mielke-Moltke in seiner Funktion als Beamter des Ministeriums für Innerdeutsche Beziehungen ausgerechnet für deutschsprachige Minderheiten im Ausland zuständig war. Bereits unmittelbar nach Bekanntwerden des Skandals hatte ein ostbelgischer Abgeordneter in einer heftigen Parlamentsdebatte ausgerufen:

»Wir sind keine innerdeutsche Angelegenheit.«

Jetzt konnte Konrads feststellen, dass die ehemaligen Kreise »Eupen-Malmedy« und die heutige »Deutschsprachige Gemeinschaft« Belgiens, in Berlin und Bonn kurioserweise nie dem Auswärtigen Amt unterstanden, sondern dem Reichsinnenministerium, dem für innerdeutsche Beziehungen zuständigen Ministerium sowie zuvor dem »Ministerium für gesamtdeutsche Fragen«. Dafür hatte 1949 dessen Staatssekretär Thelen gesorgt, der zur NS-Zeit mit Aufgaben im Netzwerk »Westfrage« beauftragt und im Rahmen einer »Sondermission für Eupen-Malmedy« zuständig war. Bundeskanzler Konrad Adenauer hatte bei der Bildung des ersten Bundeskabinetts vergeblich die Ernennung Thelens zu verhindern versucht, da er um seine Verstrickung in einen Auftragsmord der Nazis wusste.

»Und immer wühlt im Untergrund der Verein der Gesamtdeutschen«, erklärte Konrads in der Redaktionskonferenz, »die Subversion reicht von den Nazis bis ins Bonner Regierungsviertel.«

Albert und Sophie haben über diese Dinge nicht mehr gestritten. Die Görres-Affäre war nur der dramatische Hintergrund ihrer eigenen Affäre. Sprachen sie über »das Problem«, meinten sie nicht »Onkel Hermann«, sondern sich selbst. Je mehr in dem Skandal deutscher Einmischung die Wahrheit scheibchenweise ans Licht drang, umso mehr lebten sich die beiden in einem zögernden Abstieg auseinander. Sophie blieb dabei, dass in ihrer Partei nichts und niemand rechtsradikal seien; Albert wiederholte seinen Vorwurf, dass es vertuschte, viel zu spät eingestandene Kontakte und Konspirationen gegeben hat. Sophie beklagte, dass er sie wegen ihrer Vergangenheit vernachlässige; er begann einzusehen, dass sie eine andere Geschichte, auch eine andere Empfindungs-Geschichte hatten. Selbst ihre Umarmungen, die sie noch in routinierter Verzweifelung zusammenhielten, vermochten es nicht, den Riss zu verhindern.

Dass sie sich geliebt hatten, wagte keiner mehr zu sagen.

»Wir haben es versucht«, weinte sie.

»Wir haben es nicht ausgehalten«, ihre Tränen machten ihn hilflos.

Schließlich haben sie sich verlassen und konnten sich doch nicht trennen. Klopfte er zu unmöglichen Tag- und Nacht-zeiten an ihre Türe, öffnete sie:

»Du weißt immer, wann.«

Dann wurde es unerträglich und sie bat ihn, nicht mehr zu kommen. Albert ging den Weg zurück zum Werthplatz und wusste, dass es höchste Zeit war, Abschied zu nehmen. Nicht nur von dieser Frau, sondern auch von seiner heimatlosen Stadt. Beide verweigerten die Erinnerung, so kann man auf Dauer nicht leben.

XXI.

Jeanne

Albert hat über seine neue Liebesgeschichte Tagebuch geführt. Es handelte sich um ein dickes, in graues Leinen ge-
bundenes Heft, das so gerade noch in seine Rocktasche passte.
Das war sehr wichtig, denn, als ihn die Dinge zu erschüttern
begannen und er allen Ernstes behauptete, »Stromstöße«
zu spüren, griff er mehrmals täglich danach und notierte
mit kaum leserlicher Kleinschrift mysteriöse Details. Meist
waren es lapidare Namen von Straßen, Gerüchen, Farben,
Käsesorten, Biermarken oder Streichholzschachteln, die bei
ihm eine Resonanz heftigen Erinnerns auslösten. Auch hielt
er nur ihm verständliche Empfindungen fest: »Erneut deine
Abendstimme«, oder »Gare du Midi, die Bank am Gleis 2«
oder »Café ›Mort subite‹. Du, du, du«.
   Nachts lag das Leinenbuch neben seinem Bett, damit
er ihm sogar die dunkle Flut seiner Träume anvertrauen
konnte. Mehrmals war es geschehen, dass er plötzlich auf-
wachte und mit einer Klarheit Zusammenhänge erkannte
oder durchschaute, die ihm jedoch am Morgen nicht mehr
einfielen. Er hat es sich nicht verziehen. So schlief er fortan
in einer ständigen Alarmbereitschaft. Sobald jener »point
vierge« neue Einblicke in die tieferen Schichten der Nacht
gewährte, tastete er blindlings nach dem Bleistift. Um ganz
sicher zu gehen notierte er den genauen Wortlaut solcher
Einflüsterungen. Wenn er sie richtig deutete, bargen sie eine
Synthese der von ihm tagsüber gesammelten Eindrücke.
Hatte er etwa den Namen des im Hafen von Ostende vor
Anker liegenden Fischerpotts »XD 046 Mijn Tinneke« ein-

getragen, lieferte ihm dazu ein wohlmeinender Traum den entsprechenden Hintergrund: ein mythologisches Gemisch vom Abenteuer der Kabeljaufänger, von Seenot und dem Warten versteinerter Witwen. Albert unterschied zwischen historischen, tiefenpsychologischen und gar mystischen Träumen, doch stets handelten die vorbeischwebenden Bilder von großer, stürmischer, manchmal auch tragisch endender Liebe. Alles andere interessierte ihn nicht mehr. Die belgische Versuchung hatte er aufgegeben, ein viel stärkere trat an ihn heran.

Schreiben war eine ungeahnte Entdeckung. Nach Jahren der Verirrungen als gescheiterte Existenz endlich im Glück, bedurfte sein Zustand einer diskreten Begleitung, allein die Einsamkeit des Schreibens bot ihm dafür die Garantie. Da er solche Erfahrungen, die er wie in einem Rausch erlebte und manchmal auch erlitt, mit niemand teilen wollte, war sein Tagebuch nicht nur eine minutiöse Chronik seiner Pulsschläge, sondern auch ein Instrument der Zwiesprache. Ständig sah man ihn darin blättern oder mit einem verklärten Lächeln auf gewisse Passagen starren, als sei es eine geheime Offenbarung, die er weiter verinnerlichen wollte. Die pure Lust sich schreibend dem »kaum Sagbaren« zu nähern, verführte ihn im Chaos von Übermut und Mitleid dazu, sogar Sophie auf kitschigen Ansichtskarten Lebenszeichen zu senden. Eine Weile hat sie auf diese Flaschenpost nicht reagiert, ihm aber dann den ganzen Stoß bunter Fotos vom Brüsseler Atomium, vom Karneval in Binche oder eines Ausschnitts des Genter Altars der Brüder van Eyck mit der kühlen Mitteilung zurückgeschickt, er möge sie »bitte, bitte« in Zukunft mit seiner »Rastlosigkeit« verschonen. Seine Sprache verriet ihn, er hatte sich für immer von ihr entfernt.

Neben dem Tagebuch trat ein anderes neues Phänomen in sein Leben: Zug fahren. Nachdem ihm das begegnet war, was er mit selbstbewusstem Pathos »die große Liebe meines

Lebens« nannte, hat er es zunächst sehr bedauert, kein Auto zu besitzen. Sehr schnell machte er jedoch im Köln-Ostende-Express unterwegs nach Brüssel die ihn begeisternde Erfahrung, dass es für seinen Sonderfall keine bessere Form der Mobilität geben konnte. Seit seiner Zeit als verkrachter Student in Löwen war ihm die belgische Eisenbahn in zweifelhafter Erinnerung geblieben. Er hatte in diesen Abteilen an Heimweh und schlechtem Gewissen gelitten. Gerne hätte er sich in Gesprächen mit seinen ostbelgischen Kommilitonen von diesem Weltschmerz abgelenkt, doch die spielten ununterbrochen Skat. Sich in die Kunst des Reizens und Passens einweihen zu lassen, hat er stets abgelehnt. Es erregte Zorn, wenn der dritte Mann fehlte, aber dann blickte er trotzig auf die vorbeisausenden Felder oder zählte die Kirchtürme der Dörfer zwischen Tienen und Ans.

Im Zug lernte er bescheiden und einsichtiger denn je, dass Reisen eine Bestimmung haben muss, und weiß Gott, er eilte nicht nach Irgendwo, sondern strebte den Fortsetzungen seines Glücks entgegen, das sich auf den grünen Lederbänken der Nationalen Belgischen Eisenbahngesellschaft SNCB in vorauseilender Freude auskosten ließ. Hunderte Male war er auf dieser Strecke wie blind hin- und hergefahren, plötzlich lernte er den Charme ihrer Landschaften kennen. Die dunklen Tunnels im Wesertal erinnerten ihn an diese Blindheit, die weiten Flächen jenseits von Waremme oder die blühenden Obstplantagen von Sint Truiden öffneten seinen Blick für Distanzen und die faszinierende Technik, sie wieder zu verschmelzen. Albert betrachtete Züge als »solidarische« Verkehrsmittel, sie waren zielgerichtet, von Staus unbehelligt, bevorzugten gradlinige schnelle Wege und boten viel Anlass zur Beobachtung unbekannter Menschen und zu geografischer Meditation.

Die belgischen Bahnhöfe, die er wegen ihrer historisierenden Firlefanz-Architektur als gute Beispiele für schlechten Patriotismus verachtet hatte, erwachten im Gedränge seiner Reiselust zu neuem Leben. Er begann die dezenten Geräusche ihres Funktionierens zu schätzen, erspürte in den Wartesälen etwas vom »alltäglichen, heroischen Schmerz des Volkes« und vom Gleichnis »lebenslänglichen Abschieds«. Diese Impression elegischer Betroffenheit wurde jedoch durch die Tresen der Bahnhofstheken gemildert. Das schnelle Bier, fette Würste mit roten und braunen Rinden, verschmierte Senftöpfe, unbestechliches Neonlicht: Albert erkannte hier bereits die nahe Verwandtschaft zu den Frittenbuden draußen auf den Vorplätzen, für deren weibliches Personal er einen geübten Blick erwarb. »Robust«, so bezeichnete er ihre Ausstrahlung; er glaubte zu wissen, wovon er sprach.

Auch Bahnhofsvorsteher und Zugschaffner fanden seine uneingeschränkte Achtung. Sie seien verlässlich und hilfsbereit, ihnen hafte nichts von der widerlichen Arroganz anderweitiger Uniformierten an. Fast hätte er über sich selbst lachen müssen, als er in seiner Eisenbahn-Euphorie feststellte, »fahrendes Volk« sei eben lebensfroher und unternehmerischer als all diese Eupener Miesepeter auf ihren Motzbänken am heimatlichen Brunnen. Das »Zigeunerhafte« war immer schon seine Sache, Weykmans hatte ihn darin bestärkt.

Was der in den Zügen zwischen Brüssel und der belgisch-deutschen Grenze hin- und her pendelnde Albert Bosch nicht wahrhaben wollte und auch in seinem Tagebuch mit keinem Wort auch nur andeutete: Seine Liebe war eine eher platonische Liebe, deren fragwürdige Erwiderung er mit Selbstverleugnung kompensierte. Solange es ihm nicht ausdrücklich verboten wurde daran zu glauben, konnte ihn nichts auf der Welt davon abhalten, prophylaktisch das Terrain für die Erfüllung seiner kühnen Träume schon einmal vorzubereiten. Selbst in tristen Stunden redete er sich ein, dass von ihm ein »Training« abverlangt werde und dass der geforderte Preis entsagungsvoller Erwartung gewiss nicht zu hoch sei. Es war keine Frage fehlenden Mutes oder der Angst vor dem Wagnis, dass er in dieser Situation ungewisser Verehrung nicht zu rebellieren begann. Es handelte sich bei ihm um eine seltene Form der Selbstdisziplin, von der er sich fest versprach, sie werde ihn bald schon für seine asketischen Übungen belohnen. Dann stieg er wieder in einen Zug, verschloss beim ruckenden Abfahren die Augen und genoss den sausenden Klang der über Weichen und Gleise hämmernden Eisenräder.

Begonnen hatte alles auf einer Kirmes in der Eupener Oberstadt. Fest entschlossen diesen Ort politischen Frustes und gescheiterter Beziehung den Rücken zu kehren, bot ihm das sich von der Klötzerbahn bis dicht vor seine Haustür am Werthplatz hinstreckende Volksfest einen idealen Rahmen diese Trennung zu zelebrieren. Es sollte ein Abschied werden. Was er sich nicht eingestand, war seine Neigung, das dreitägige Feiern noch immer wie mit Kinderaugen zu bewundern. Als kleiner Junge hatte er bereits Wochen vorher die Ankunft der Kettenkarussells, Schiffschaukeln, Schieß- und Verlosungsbuden herbeigesehnt. Er konnte es nicht abwarten, am letzten Sonntag im Juni an der Hand seiner Eltern in dieses Universum glitzernder Vergnügung einzutauchen. Blieben am Mittwochmorgen in den Gossen der Gospertstraße nur noch haufenweise leere Frittentüten, zerschossene Gipsstangen und Pferdedung zurück, traf es ihn tief ins Herz. Eupen war doch keine Stadt von Welt, Las Vegas auf der Klötzerbahn nur eine Attrappe aus Pappmaché.

Älter werdend hat sich Albert seinen Kirmeskult nicht ausreden lassen. Er fuhr zwar nicht mehr bei den Hülsters oder Van Doorens Auto-Scooter, auch schoss er für seine Freundinnen keine roten Papierrosen, doch schlenderte er bei einbrechender Dunkelheit stundenlang zwischen den Ständen und Attraktionen der Schausteller auf und ab. Mehr als alles andere faszinierte ihn, dass dieses Fest sämtliche »Ratten« aus ihren Löchern lockte. Das ganze Jahr über hatte er die Originale nicht erblickt, die sich jetzt in einem Ansatz von Sonntagsstaat ins Vergnügen stürzten und auf den

Gespenster- und Raupenbahnen die Helden spielten. Er erkannte in diesen Typen den Bodensatz kleinstädtischer Urbanität, etwas Unverwüstliches, eine vaterstädtische Treue und anarchische Lust, die er mit ihnen teilte. Auch erschienen ihm die Fassaden der Patrizierhäuser, Kirchen und Kapellen im bunten Geflimmer der Lichtspiele wie verzaubert. In den überfüllten Wirtshäusern schäumte das Bier. Aushilfskellner schleppten randvolle Tabletts auf die Terrassen. Wie aus der Versenkung ertönte noch einmal das Eupener Platt, die Sprache vergessenen Widerstands. »Leckt mich gevälligst em Aasch«. Die Betonung lag auf »gevälligst«. Es waren Stunden unverhofften Wiedersehens und lockerer Sprüche. Der neue Schützenkönig wurde in einer Kutsche durch sein jubelndes Völkchen gefahren; die verschämt lächelnde Königin trug einen Nelkenstrauß und ließ sich in ihrer Schüchternheit nicht anmerken, dass der »Alte« schon betrunken war. Die Schützen wankten im mühsamen Gleichschritt hinter dem Schingderassabum der Königlichen Harmonie. Der alte Franz Bosten, der sonst sphinxhaft die Zügel des Leichenwagens hielt, grinste hoch auf dem Bock.

Albert hatte ein besonderes Auge für die Frauen der Schausteller. Sie verbreiteten eine ungehemmte Eleganz, die man in Eupen als »Havanna« bezeichnete. Sie trugen enge Blusen, Jeans und Stiefel. Sie rauchten und sprachen Französisch. Lippen und Nägel leuchteten in provozierenden Farben. An ihren Ohren klimperte Kirmesgold. In den Boxen donnerten die neuesten Hits der Stones, doch wirkten diese Damen wie abgebrühte Raubkatzen, die im Käfig der Kassenhäuschen das Staunen der Kleinbürger genossen.

Über dem vibrierenden Lichterglanz der Kirmes schwebte eine schwere Duftwolke, die sich aus den Gerüchen von schäumendem Frittenfett, Eau de Toilette, gebrannten Mandeln, Zigarrenqualm, Brathähnchen und Lütticher Waffeln zusammensetzte. Hinzu kamen die exotischeren Essenzen von Anisstangen, die ein farbiger Händler mit der Kante eines Suppenlöffels mundgerecht zerhackte, sowie der Exkremente von Ponys, die träge im Sägmehl ihre Runden drehten.

Im Vorfeld dieser Kirmes, die seinen Abschied von Eupen einleiten sollte, hatte Albert im Café »Columbus« eine sonderbare Begegnung. Es war Freitagnacht, das Volksfest stand unmittelbar bevor, in der Kneipe herrschte ausgelassene Vorfreude. Im Gedränge an der Theke standen auch einige Schausteller, die mit ihren Begleiterinnen ein Glas auf den soeben beendeten Aufbau tranken. An sich hatten sie bereits getrunken und waren im Begriff die Pinte zu verlassen. Sie wirkten französisch, provenzalisch. Unter ihnen befand sich eine Frau, die Albert den Rücken zuwandte. Manchmal spürte er sie im Gedränge. Ihm fiel gleich auf, dass sie groß und schlank war. Sie trug Jeans und eine braune Lederjacke, immer wieder griff sie nach ihrem dicht geflochtenen Haarknoten und spielte mit den Fingern an dessen Spange. Worüber sie sprachen, wusste Albert nicht, er hörte nur kurz den selbstbewussten Klang ihres »Oh lala« und ein vibrierendes, frauliches Lachen. Horst winkte ihnen wie alten Bekannten zu, dann drängten sie nach draußen. Im Hinausgehen stieß die Frau mit der Schulter leicht gegen Alberts Arm. Etwas erschrocken drehte sie sich um und sagte:

»Oh pardon, Monsieur.«

Jetzt erst sah er ihr Gesicht, ungeschminkt, etwas blasser als das ihrer Kolleginnen, aber zwei leuchtende Augen, die noch zwischen Heiterkeit und Entschuldigung schwankten. An ihrem Hals baumelte ein Medaillon, sehr klein und offenbar einer Madonna geweiht. Gleich fielen ihre Hände auf, es waren Anpackerhände; ihm fuhr durch den Kopf, »Maulwurfhände«. Auch das war wichtig, nirgends steckte ein Ring. Sie roch nicht nach Kirmesparfum, eher nach soeben benutzter Lavendel-Seife, aber dann war sie auch schon im Türrahmen verschwunden, ihre Konturen huschten noch einmal kurz über das Butzenglas der

Scheiben, schlendernden Schrittes den anderen hinterher. Albert dachte, an sich war es gar keine Begegnung, es
war ein Vorübergang, so wie Engel vorübergehen und erst
erkannt werden, wenn sie bereits verschwunden sind. Es
könnte auch eine Erscheinung gewesen sein. Horst rief:

»Na, mein Junge, trinken wir mal leer.«

Es ging ihm sehr gut. Dann ließ er sich noch einmal vom Wellengang der Kirmesnacht schaukeln, wie ein
Boot, das bald den Hafen verlässt. Als er im Morgengrauen
zum Werthplatz heimkehrte, zwitscherten schon die Vögel.
Der Himmel war strahlend blau und die Kirmes ringsum
schlummerte wie eine große Zeltstadt. In einigen Stunden
würde das Fest beginnen.

Albert hat lange gebraucht, am Abend jene Frau mit dem
blonden Haarknoten und den »Maulwurfhänden« wiederzusehen. Je länger es dauerte, redete er sich ein, sie gar nicht
zu suchen. Auch vermutete er sie irgendwo im Logistikbe-
reich der mondäneren Attraktionen: rasante Achterbahn,
stürzende Flieger, Zauberkabinett oder Luna-Park. Dann ließ
er sich an den Biertischen am Werthplatz nieder. Es wurde
sehr viel getrunken. Ein Anhänger der Görres-Gefolgschaft
verweigerte ihm vor aller Leute Augen die Hand. Doch nach
einem Moment der Konsternation rief Albert:

»In deiner Hand steckt wohl Kirmesgeld von Onkel
Hermann.«

Alle lachten, es war nicht der Ort für Abrechnungen. Als er sich später auf dem Weg zu Horst dem Bereich
der Kinderkarussels, Eisstände und Entchenbuden näherte, schlug ihm plötzlich Frittengeruch entgegen, den er als
stark und verführerisch empfand. Ohne aufzublicken, in
seiner Brieftasche nach einem 50-Franken-Schein fingernd,
trat er an die Theke des rot-weißen Wagens und stutzte.
In den von gleißenden Neonstangen ausgeleuchteten Spiegeln sah er einen dicht geflochtenen blonden Haarknoten
und eine Spange. Vor den schäumenden Fritteusen stand
eine schlanke Frau, die mit ihren »Maulwurfhänden« zwei

große Schöpflöffel umfasste und in das zischende Fett tauchte. Dann drehte sie sich mit einer sportlichen Bewegung um und kippte die heißen Fritten in ein Blechsieb, auf das sie kräfig Salz streute, die gesamte Ladung immer wieder hin und her schüttelnd. Es geschah in einer eleganten Routine, wobei nicht eine einziges Frittenstäbchen aus dem Sieb fiel und sie, sich der Wirkung ihrer Zirkusnummer gewiss, lächelnd über die Köpfe hinweg auf die Straße blickte.

Albert bestellte eine große Portion mit Mayonnaise und erst, als sie das Wechselgeld zurückgab, hielt sie einen Moment inne, so als wolle sie sagen, »den kenne ich doch«, gab es dann aber auf, und wandte sich den nachrückenden Kunden zu. Albert zog sich mit seiner Tüte in die sichere Distanz der gegenüberliegenden alten Post zurück, tauchte die salzigen Fritten tief in die Mayo und begann mit Heißhunger zu essen. In der Nische hinter den hohen Gitterstäben blickte er wie auf gelobtes Land: Girlanden, Lichterketten, vorbeiziehende fröhliche Menschen, Rockmusik, heulende Sirenen und der Geruch schwebender Verführung. Dahinter aber, im strengen Schatten der protestantischen Kirche, leuchtete der Spiegelglanz des rot-weißen Frittenwagens, in dessen Thekenausschnitt diese betörende Frau hin- und hereilte. Eine lange weiße Schürze über den engen Jeans, ein weißes T-shirt, in dessen Ausschnitt das Madonnen-Medaillon baumelte, das Haar festgebunden, hin und wieder fuhr sie mit dem Handrücken über ihre Stirn.

Das grelle Licht und die Spiegel ließen die kleine Bühne dieser belgischen Feldküche in unbarmherziger Schärfe aufleuchten, doch vermochte die Hauptdarstellerin, die zugleich auch Regie führte und als Kassiererin fungierte, nichts zu erschüttern. Der drängelnden Kundschaft empfahl sie lächelnd etwas Nachsicht, erbarmte sich liebevoll der kaum bis zum Thekenrand reichenden Kinder, kippte einen Eimer zerhackter Kartoffel in das Fett und warf ihren Kopf in den Nacken, als wolle sie fragen:

»Wer will noch mal, wer hat noch nicht?«

In der kurzen Dauer seines Nachtessens hinter den Gitterstäben hat Albert sich einen Überblick verschafft, der seine kühnsten Vorstellungen übertraf. Hier waltete eine Frau der Sonderklasse, die zugleich wie eine mütterliche Küchenfee wirkte. Doch nicht genug: Über dem rot-weißen Neon-Ungetüm, aus dessen Kaminrohr sich die grauen Fettwolken sanft über das Kirmestreiben verbreiteten, stand in großen, gelben Lettern ihr Name: JEANNE.

Als nach Mitternacht der Kirmesbetrieb nachließ und die Karussells mit Plastikschutz abgedeckt wurden, kehrte Albert noch einmal an den Frittenwagen neben dem Kirchenportal zurück. Er war jetzt der einzige Kunde, die Chefin lehnte verträumt an den Kesseln. Erneut bestellte er eine große Portion, diesmal mit Senf, und nannte sie »Madame«.

»Sie haben heute aber einen gesunden Appetit«, lachte sie.

»Das liegt an Ihren Fritten, einfach köstlich.«

»Die sind auch mit Liebe gemacht.«

»Kommen Sie eigentlich oft hierher?«

»Das sechste Jahr schon, die Eupener Kirmes ist begehrt, die Leute geben Geld aus.«

»Und sonst, das ganze Jahr nichts als Fritten?«

»Fritten sind nicht langweilig, man spielt jeden Tag mit dem Feuer«, sie macht eine kleine dramaturgische Pause, »Kirmes, Jahr- und Flohmärkte, Umzüge, Prozessionen, Radrennen: bei uns ist immer etwas los, Belgien ist ein munteres Land. Salz der Erde auf jeder Tüte. Und Sie, was machen Sie, wenn Sie nicht gerade Fritten essen?«

Meint sie es ernst mit den Wortspielen oder zählen sie bei ihr zum Kundenservice? Albert zögert, es entsteht erneut eine Pause, die beide irritiert. Sie fürchtet, ihn mit dem »Feuerspiel« vielleicht provoziert zu haben, schiebt den Kessel beiseite, lächelt nicht mehr. Es ist wieder dieser Blick zwischen abklingender Heiterkeit und plötzlichem Zweifel. Wie schön sie ist, denkt er, und sagt sehr nüchtern, sehr entschlossen und dennoch mit einem leichten Zittern:

»Ich habe mich in Sie verliebt, Madame.«

Jetzt ist es raus. Er hat sich selbst keine Zeit mehr gelassen. Es hätte auch keinen Sinn gemacht. Nichts war mehr zu ändern. Natürlich ist es Wahnsinn. Die großen Dinge kommen im Sturm. Genug der kleinlichen Um- und Auswege. Doch steht er da mit seiner Tüte.

Um ihre Lippen spielte ein Lächeln, dem er noch nie ausgesetzt war. Wenn Rehe lächeln könnten, würden sie es so tun: scheu, etwas naiv, aber aufhorchend und ganz gewiss, dass ihnen die Flucht gelingen wird.

»Sie sind verrückt.«

»Das ist unsere einzige Rettung.«

»Haben Sie getrunken?«

»Das würde auch nichts ändern.«

»Also, so etwas habe ich noch nie erlebt.«

»Das gibt es nur einmal im Leben.«

»Sie machen mich sprachlos.«

»Ich bin es schon.«

»Bitte, Sie sollten jetzt nach Hause gehen und sich ausschlafen«, sie fügt hinzu, »und danke für das Kompliment, Sie sind ein Charmeur.«

»Sie sollten mich nicht unterschätzen, Madame.«

»Was haben Sie vor?«

»Auf Sie zu warten.«

»Wie bitte?«

»Soll ich Ihnen etwas anderes sagen, wenn ich nur ehrlich sein will?«

Mit jedem Wort ist er sicherer geworden. Sie faucht nicht, wirft ihm keinen dieser Salzstreuer an den Kopf. Schlimmstenfalls Staunen, zu ihrem Schutz ein mokantes Schmunzeln.

»Jeanne ist ein schöner Name.«

»So heißt meine Frau Mama. Aber gehen Sie jetzt. Gute Nacht, Monsieur.«

»Auf Wiedersehen, Madame.«

»Gehen Sie, bitte.«

Albert hat später seinem Tagebuch anvertraut, dass er seine nächtlichen Avancen sehr bedauert hat. Er war zwar nicht betrunken, doch hatten ihn der Alkohol und die erste Begegnung mit seiner Frittenfrau in eine Schwebe versetzt, dieses irre Gefühl fataler Begegnung und die Illusion, sie bald steuern zu können. Auch fürchtete er, aufdringlich, vielleicht gar beleidigend gewesen zu sein und diese Frau in eine unmögliche Situation versetzt zu haben. Ihre letzte Bitte klang nicht schroff, aber inständig, es war viel schlimmer. Vor allem wunderte er sich, mit welcher Virulenz sie in sein Leben einbrach. Zunächst mit einem lässig herausfordernd Vergleich, dann in ihren Antworten fast vorwurfsvoll, beides jedoch in einer Intensität, die er für »verhängnisvoll« hielt. Würde sie ihn fragen, was er mit diesem Überfall eigentlich beabsichtige, gäbe er zur Antwort: der Wunsch zu bleiben. Sie könne ihn zu beschimpfen, Kartoffel schleppen oder schälen zu lassen, ihn jedoch bitte nicht wegschicken.

Als am Abend wieder das Kirmeslicht über den Platz zu flimmern begann, öffnete er das Fenster in der Dachschräge und blickte hinaus auf das kleine Wunderland. Es befand sich für die Dauer von drei Tagen in einem Ausnahmezustand, der für ihn nicht beendet sein würde. Auch machte er sich keine Illusionen über das Verliebtsein, er hatte es nicht mehr unter Kontrolle. Zwar spürte er irgendwo im Bauch den stechenden Schmerz vergeblicher Mühe, doch dann ließ er sich auch wieder von anspruchsvollen Träumen entführen. Phantombilder der Leidenschaft, abstürzende Phantasien, die ihm zumindest niemand nehmen konnte.

Erst spät wagte er sich noch einmal in die Nähe des Wagens. Jeanne trug jetzt ein rotes T-shirt und hatte, wie eine Krankenpflegerin, ein weißes Schiffchen aufgesetzt, in dem ihr Name eingeprägt war. Wieder ging ihr Blick über die Köpfe der umstehenden Menschen hinweg, dabei erblickte sie ihn, als er versuchte, wie ein geprügelter Hund an ihrem Stand vorbeizuschleichen. Sie hat gleich bemerkt, was vorging; wieder erstarb ihr überraschtes Lächeln und wechselte für Sekunden mit gerunzelter Stirn und gespitztem Mund in einen aufmunternden Gruß, »besorgt, fast schwesterlich«, so hat er es noch in der Nacht notiert.

An den verbleibenden Kirmestagen hat Albert Jeannes Frittenstand gemieden. Er wolle sich diesen letzten Blick bewahren, so redete er sich ein und empfand ihn als »Kompassion«. Ein großes Wort, das sich schnell verflüchtete, als er am Morgen nach dem Fest in die harmlose Normalität der Gospertstraße trat und an ihrem Standplatz nur noch ein kümmerlicher Fleck zu sehen war, Fett- und Saucenreste, Spülwasser, was auch immer. Ein einziger Trost blieb ihm jedoch und er brauchte mehrere Tage, dieser moderaten Schwermut einen Namen zu geben: »Was bedeutet sie mir? REINHEIT«, so schrieb er in sein Heft und unterstrich dieses Wort dreimal. Sie war verschwunden wie eine Nomadin in der Salzwüste, doch nichts mehr geschah ohne sie.

Albert Bosch hat seinen Abschied von seinen politischen Diensten als eine große Befreiung empfunden. Nur weg aus diesem Land Verlogenheit. Als Gärtner hatte er sich als Totengräber betrachtet, beim Bedienen an Festen als Oberkellner, schließlich im Dienstwagen als Überbringer schlechter Nachrichten. Allein Delvaux blieb er treu, sein Bild »Die Lebensfreude« wurde älter, doch für ihn wertvoller. Wo er sich auch niederließ, hing es von allen Seiten sichtbar am Fuß über seinem Bett. Morgens leuchtete es in den ersten Sonnenstrahlen, am Abend tauchte es in ein mysteriöses Clair-obscur, erwachte er aus unruhigen Träumen, kroch er in seinem Schutz. Wenn er es recht bedachte, war dieses Bild seine Ikone, er konnte sie anbeten, sie verehren oder lange in ihre Stille abtauchen.

Obwohl sein Blickwinkel und die Betrachtung der Personen je nach seiner Verfassung wechselte, beließ er es bei Delvaux' Titel. Er konnte sich jenseits dieses Fensters einen sonnigen Wintertag, melancholischen Herbst, die Glut des

Sommers oder aufbrechenden Frühling vorstellen. Je nach der Saison seiner Seele suchte er in den Farben Schutz und in den Personen die Gestalten einer bleibenden Vision. Gewiss hatte er längst erfahren müssen, dass Lebensfreude oft Anfechtungen ausgesetzt ist, doch gerade dann spürte er in den verborgenen Details seiner visuellen, leidenschaftlichen Liebe eine Schwebe, für die er keinen anderen Namen kannte als Gnade. Hätte er all dies niedergeschrieben, wäre so etwas wie eine Sammlung mystischer Theologie entstanden, an deren Originale er jedoch kein besonderes Interesse zeigte. Bosch, der in seiner Kindheit neben seiner Mutter kniend, noch den abendlichen Rosenkranz zur Jungfrau Maria gebetet hatte, war in den Jahrzehnten seiner nicht widerstandenen Versuchungen zu einem gleichgültigen Ungläubigen geworden, den dann und wann ein spiritueller Blitz traf. Es war schon geschehen, dass er sein Café »Pullman« verließ, dem Geläut der Trauerglocken folgte und hinter einem Pfeiler beim Vorbeizug des Sarges in Tränen ausbrach.

Diese Rührung hat Delvaux nicht gekannt, selbst seine Skelette oder die erschütternde »Kreuzigung« sind in ihrem Tiefgang andere stille Zeichen des wahren Menschen. Bosch hatte die blauen Wände seines sakralen Gemäldes mehrmals nach einem Kruzifix abgesucht und nichts gefunden als Leere. So schloss er sich dieser deutlichen Abwesenheit an und spürte allein bei der schönen nackten Frau so etwas wie Trost.

Die Lebensfreude von Paul und Tam fand er auf einem Foto im Bildband der Delvaux-Stiftung: Die beiden Arm in Arm in einem südlichen Garten, Tam elegant mit Schlapphut und großer Sonnenbrille, das Halstuch zur Krawatte gebunden und eine Hand in der chicen Jacke. Paul mit wallendem strohweißem Haar, den stets breiten Hemdkragen, eine schwarze Weste über heller Wolle. Sie strahlend, er mit gefalteten Händen nachdenklich lächelnd.

Am nächsten Wochenende borgte er sich einen Motorroller und klapperte in der Umgebung alle Kirmesplätze ab. Welkenraedt, Goé, Thimister, Faymonville, in Ouren wurde er fündig. Bereits von weitem leuchtete ihm unter den alten Bäumen ihr Namenszug entgegen. Er bestellte eine Tüte Fritten, sie beugte sich etwas herunter und flüsterte, damit die Leute es nicht hörten:

»Sie sind tatsächlich verrückt.«

»Trinken wir später ein Glas?« Es war seine einzige Chance, er sagte es schnell, auch etwas hilflos.

»Mit Senf oder Mayo?«, fragte sie und fügte nach einem tiefen, etwas mühsamen Atemzug hinzu: »Mal sehen.«

Als sie gegen elf das Festzelt betrat, riefen die angetrunkenen Bauernburschen:

»Da kommt ja unser Frittenfrolein. Aber bitte mit scharfer Soße.«

Albert und Jeanne tranken an diesem Abend ihr erstes Bier. Ihnen gegenüber saß ein rotbackiger Pastor, der die Hände über seinem kugelrunden Bauch gefaltet hatte. Alle zehn Minuten spendierte man ihm ein frisches Bier. Neben Jeanne rauchte ein verschwiegener Mann seine Pfeife. Er trug langes Haar und ein geknotetes Halstuch.

»Kennen Sie den nicht, Roger Fleisch, das ist unser berühmter Künstler«, sagte der Priester, »lauter Striche und Kleckse, davon verstehen wir hier nichts.«

»Wir verstehen auch nichts von Ihrer Kunst, Herr Pastor«, schmunzelte der Maler.

»Und der Kleine da drüben, der Gärtner Guido Schlabbers, schreibt unsere Kirchweih-Gedichte. Ein Lyriker, alles gereimt, pico bello.«

Dem heißen Tag folgte eine kühle Nacht. Draußen floss die Our mäanderhaft in Richtung Luxemburg. Es roch nach Heu. Jeanne hatte ein Zimmer im Hotel »Zum Rittersprung« gemietet. Es waren nur ein paar Schritte und Albert nahm sie, »zum Schutz«, an die Hand. Es seien »Maulwurfhände«, sagte er, als sie ihn beim Treppenaufgang losließ. Wie bitte, das habe ihr noch niemand gesagt.

»Der Rittersprung ist eine alte Legende. Drüben an der Flusskrümmung haben sich die Frau des Burgherrn und ihr Liebhaber in den Tod gestürzt.«

»Weißt Du«, lachte sie und lief die Stufen hoch, »so etwas traue ich Dir auch zu.«

Sie hatte »Du« gesagt. Er schmiss seine Kiste an und brauste jubelnd durch die Nacht.

Jeanne van Horebeek war eine waschechte Brüsselerin: man machte ihr nichts vor. Dass ihre Augen meist strahlten, zählte zu ihrem sonnigen Gemüt, das bisweilen den Eindruck erweckte, sie habe noch nicht bemerkt, dass das »goldene Zeitalter« Brabants längst vorbei war. Albert hat sie in seiner überschäumenden Phantasie mit jenen beschwingten Figuren auf den Giebeln der Zunfthäuser am Großen Markt verglichen, entrückt und ausdauernd fröhlich. Aber, was wusste er schon? Weder von ihr noch von Brüssel hatte er eine Ahnung. Auch begriff er nicht, dass es ein Unding war, Jeanne zu verehren und ihre Stadt zu verachten, so wie er es seit Jahren kultivierte. Sie durchschaute sehr schnell diesen Putsch-Versuch gegen ihre »Identität«, lächelte mitleidvoll oder hörte nicht mehr hin. Sie war 37 Jahre alt und sah in ihren Jeans und T-shirts jünger aus. Manche Stammgäste an ihrem Frittenwagen nannten sie »Mädchen« und sie widersprach nicht. Die Leute mochten, dass sie unkompliziert darauf pochte, zum einfachen Volk zu gehören und bei diesem aufreibenden Job an den dampfenden Friteusen seelsorgerische Qualitäten zu entwickeln: ein gutes Wort, ein unerhofftes Zuhören, vor allem dieses Lächeln, die treuen Augen.

Die Zuneigung rührte auch daher, dass ihre Schönheit ungekünstelt war und rustikal blieb. Stets umgab sie ein Hauch von Marktweib. In den Arbeitspausen oder nach Feierabend trank sie noch an den Theken mit den Stammkunden oder Taxifahrern ein Gueuze-Bier mit Himbeergeschmack, trug Stiefel und dicke Pullover, blies den Zigarettenqualm lässig über die Zapfhähne und mischte sich militant in das Tagesgeschwätz. Sie hatte keine Hemmungen loszukeifen:

»Garçons de merde, verpisst euch«, oder mit flämischem Pathos zugleich den lieben Gott und den Fürsten der Finsternis zu beschwören:

»God verdomme, ambetante duivel.« (Verdammt noch mal, ekelhafter Teufel)

Dass sie zwar viele Komplimente, jedoch selten Angebote erhielt, hing damit zusammen, dass man ihre nicht ganz einfache Geschichte zu kennen glaubte. Tuscheln über Trennungen, Todesfälle. Da war irgendwo eine magische Grenze, ihr näher zu treten schien riskant. Geschah es doch, bildete sich in ihrem Rücken sogleich zum Schutz eine solidarische Männerfront aus Schaustellern, Kellnern und Chauffeuren und alles endete mit einem befreienden Gelächter. Das galt nicht nur für ihre Brüsseler Standorte auf den Gemüse- und Flohmärkten am Südbahnhof oder an der Place du Luxembourg, sondern nicht minder auf dem Lütticher Sonntagsmarkt am »Quai de la Batte«, dem Cwarmé-Karneval im Schatten der Kathedrale von Malmédy oder bei der Eröffnung der Maatjes-Hering-Saison in Zeebrügge. Sie gehörte zum Milieu, war beliebt, auch begehrt, jedoch nicht zu haben.

Alberts plötzliches Auftauchen, seine aufdringliche Fragerei und das stundenlange Warten wirkten in ihrem Brüsseler Nachtcafé zunächst kurios, später lästig. Die Stammkunden hielten ihn für einen Fremden, einen Bekloppten, manche gar für »einen dieser Deutschsprachigen, ihr wisst schon …« Jeanne hat ihn wiederholt gebeten, seine »Pilgerfahrten« zu ihrem Frittenwagen einzustellen und den Kollegenkreis zu meiden, aber dann tauchte er schließlich doch wieder auf, stand plötzlich vor ihrem Salzsieb oder saß noch um Mitternacht auf der Eckbank unter den Spiegeln des »Pullman« und las zur Erheiterung der Spätschicht im

Quartier Léopold Gedichte von Gottfried Benn, der eine starke Zeit seines Lebens in Brüssel verbracht.

Wenn Jeanne schließlich das Café betrat, grinsten ihr Bekannten: »Er kennt den Schmöker bald auswendig.«

Doch sie ging gleich zu ihm hin, besorgten Blicks, als verberge er ihr etwas:

»Darf ich sehen, was du da liest?«

Er reichte ihr das Buch und stehend, am Finger nagend, las sie:

»Du bist so weich, du gibst von etwas Kunde,
von einem Glück aus Sinken und Gefahr
in einer blauen, dunkelblauen Stunde
und wenn sie ging, weiß keiner ob sie war.«

Sie betrachtete das Buch von allen Seiten, skeptisch, als halte sie einen Sprengsatz in ihren Händen.

»Wer ist dieser Benn?«

»Ein deutscher Hautarzt, der im Ersten Weltkrieg hier stationiert war.«

»Was hast Du mit ihm am Hut?«

»Er sprach Deutsch und war trotz seiner Frauenge-schichten einsam hier.«

»Wie Du.«

»Wie ich.«

»War er auch so verrückt?«

Nur ein Blick, sein ratloses Bedauern. Aber sie forschte weiter, fürchtete Codeworte, Zweideutigkeiten:

»Und was ist eine dunkelblaue Stunde?«

»Wenn man zusammen die Nacht erreicht.«

»Weshalb liest Du so was?«

»Weil ich nicht möchte, dass auch Du gehst.«

»Wohin soll ich denn gehen, mein Lieber?«

»Weg von mir.«

»Ich bin doch noch gar nicht da.«

Bisweilen bestürmte Jeanne ihn mit Fragen über die ostbelgische Herkunft. Seine heftige Abwehr begann sie zu interessieren, sie widersprach vehement. Sie hielt die

418

»grünen Kantone« für »ein gesundes Ländchen«, wollte seine Abneigung nicht akzeptieren. Er konterte mit Details aus Sprachenkriegen deren Kontext sie nicht verstand.

»Dieser schreckliche Kleinkram. Weshalb so Aufgeregt?«, fragte sie provokant, »was soll diese Hassliebe? Ich mag Euer Grenzland.«

»Es ist ein Niemandsland mitten in Europa.«

»Du spinnst.«

»Wenn man am Nabel der Welt lebt wie Du hier in Brüssel, kann man das nicht verstehen.«

»Ich fühle mich einfach wohl, überall im Land bin ich zuhause, weshalb machst Du alles so kompliziert? Lass Deine Leute doch.«

»Die uns wollen, mögen wir nicht; dort, wo wir gerne wären, sind wir nicht willkommen.«

»Was für ein Unsinn, Brüssel war immer schon eine weltoffene Stadt …«

»… die sich um ein Häufchen Beutebelgier einen Dreck schert.«

»Dann müsst ihr euren Arsch bewegen, etwas unternehmen, werben, gewinnen, Brüssel überzeugen, Brüssel erobern.«

»Ich möchte Dich erobern.«

»Ich bin uneinnehmbar, Süßer.«

Die Nachtvögel am Tresen mochten nicht, wenn Jeanne zu lange bei dem Kauz aus den »Cantons« blieb, die Beine übereinander geschlagen, hin und wieder in dem Buch blätternd, stets neues Bier bestellend. Die kleine Kellnerin flüsterte, sie verstünde zwar nicht, worüber die beiden redeten, doch seien es vertrauliche Gespräche. Manchmal lachte Jeanne; wie aufmunternde Peitschenhiebe knallte es die Spiegel hoch. Es klang familiär, die Männer gaben es auf sich einzumischen. Einmal haben sie Albert provoziert, ob er auch solch einer der »sales boches« (»dreckige Deutsche«) sei. Es gab Schubse,

Seitenhiebe, er wehrte sich, dann traf ihn eine Faust auf die Lippe. Er stürzte in die Terrassenstühle und blutete. Jeanne kam gerade von der Toilette, frisch gekämmt, den Nacken gereckt.

»Ihr Drecksäcke, lasst den Jungen«, fauchte sie.

»Nun hör' mal zu, Fräuchen.«

»Du rührst ihn nicht mehr an, Amigo, verstanden.«

Albert nahm ihr Taschentuch, es roch nicht nach Frittenfett, sondern war warm und rein mit einem Hauch von Lavendel. Dann brachte sie ihn zum Bahnhof, ihre Absätze auf dem Pflaster, erregend, solidarisch. Ständig der letzte Zug zwischen Nacht und Tag, wie hält er das bloß aus, dachte sie. Bevor die Eisentür zuschlug, wollte er das Taschentuch zurückgeben.

»Behalte es«, rief sie und er küsste es zweimal.

Der Duft von Frauen stürzte Albert seit seinen Kolleg-Jahren in eine plötzliche Versuchung. Er ortete sie seit dem frühen Liebesrausch mit seinen Freunden in seiner Magengegend, halbwegs unter dem Nabel. Ein unverkennbarer überfallartiger Stich, ein klammheimliches Signal, das niemand bemerkte. Es war wie eine Welle, die ihn erfasste, vor sich hintrieb und ihm keine Chance ließ, ihr noch zu entkommen. Schlimmer noch, er wollte gar nicht mehr vor ihr entfliehen, es gefiel ihm, ihren Meeresschaum schon an seinen Füßen spielen und höher steigen zu lassen. Die rumorende Flut kündigte ein starkes Erlebnis an, das ihn aus der blassen Dünenlandschaft der Normalität herausheben würde. Vielleicht waren diese Momente die besten der eilenden Zeit, die er nicht mehr aufgeben würde. Lavendel löste bei ihm so etwas wie ein Urbild seiner beendetn Kindheit aus, während er inzwischen, unruhig getrieben, die Entdeckung gemacht hatte, dass es sich um ein Werk des Brüsseler Surrealisten Paul Delvaux handelte, das der

Meister 1938 gemalt hatte. Sein Titel »La Joie de Vivre« –
»Die Lebensfreude« hat Albert verwirrt. Er starrte nur auf
die Liebesbereitschaft der Nackten und den Ansatz ihres
Schenkels, der die magische Höhenregion erreicht hatte.

Albert hat ihre Konzessionen immer überschätzt. Er hatte keine Ahnung, was in ihr vorging und empfand jedes gute Wort als Durchbruch, feierte Triumphe, die keine waren. Er steigerte seine Reisewut und folgte ihr Woche für Woche durch die belgische Kirmeslandschaft. Oft blieb ihr nur die Zeit für zwei, drei Bier in den kleinen Gasthäusern, wo sie seit Jahren übernachtete. Begleitete sie ihn noch auf einem kleinen Spaziergang, war er überglücklich und berichtete von seinen Entdeckungen im Umfeld der Marktplätze, die vorzugsweise etwas mit tragischer Liebe zu tun hatten.

Dann und wann hat er es gewagt, sie nach ihrer Geschichte zu fragen. Erst arglos, naiv, stets ins Leere laufend. Fühlte er sich sicherer, erfand er Umwege und List, deren Raffinesse sie schneidend entlarvte. Kein Wort, mein Junge, über meine Geheimnisse verfüge nur ich. So wusste er nur, was er sah: eine schöne, einsame Frau.

Im Viertel schwiegen die Nachbarn darüber, dass sie zwei Männer geliebt hatte. Ein schwerer Unfall 300 Meter vor ihrem Appartement in Strombeek-Bever tötete ihren Ehemann und den acht Monate alten Sohn auf der Stelle. Zwei Jahre später stürzte sie sich auf einem Mini-Trip nach Sousse in die Arme eines geschiedenen tunesischen Anwalts: Alles was ein Mensch sucht, das Glück dieser Welt. Sie zogen zusammen nach Brüssel, doch betrog er sie nach wenigen Monaten mit einer attraktiven Nachbarin, die in einem Nachtclub an der Place de Brouckère tanzte. Jeanne hat es nicht verkraftet. Völlig auf sich allein gestellt, zog sie wieder mit dem Frittenwagen übers Land. Sich der Verbitterung erwehrend; nur noch der betagten, gebrechlichen Mutter zugetan. Diese Frau hat Hornhaut auf der Seele, sagten ihre Bewunderer, die sie davonjagte. So richtete sie sich ein ihrer Festung. Nie mehr, schwor sie sich, würde ein Mann sie noch einmal verletzen.

Aber Albert war anders: jünger und von knabenhafter Naivität. Sie hat ihn gleich mit seiner grünen, deutschsprachigen Heimat identifiziert. Etwas entrückt, ein Sonderfall, eine Kuriosität, so dachte sie manchmal, man schuldet ihm etwas Aufmerksamkeit, manchmal auch Mitleid. Aber, dann flüchtete sie zurück in ihren Bunker. Schneller und entschlossener als bei all den anderen. Länger an ihn zu denken, hielt sie für nicht ungefährlich.

Doch wo auch immer sie die rot-weiße Klappe ihres Frittenwagens hochschlug, tauchte er auf. Es hat sie empört und genervt, sie hat über ihn gelacht und ihn verstoßen, bis seine Hartnäckigkeit sie nachdenklich stimmte. Und dann immer wieder seine erfinderischen Geschichten, sie noch ein Mal, »ein allerletztes Mal«, zu einer Begegnung zu drängen, stets neue Anläufe und komplizierte Umwege. Dichter-Zitate, Zirkusnummern der Phantasie, Weltschmerz auf hohen Niveau, tollkühne Witze, herzergreifende Beichten, an den Haaren herbeigezogene Entschuldigungen: sein Repertoire, ihr seine Verehrung zu beweisen, war unerschöpflich.

Manchmal begann sie sich um seine physische Ausdauer zu sorgen. In Schnee und Eis stand er seelenruhig in La Roche neben dem Frittenwagen. Zur Sommerkirmes in Mechelen verbrachte er die Nacht auf einer Parkbank. Kehrte er mit dem Nachtzug nach Eupen zurück, stand er bereits am frühen Abend wieder an ihren Senftöpfen. Hatte sie Lust auf einen Schwips, trank er aus Solidarität das Doppelte; entschloss sie sich zu einer kleinen Diät, trat er in einen privaten Ramadan, dessen Strenge erschrak. Dann bombardierte er sie mit Liebesliteratur, vorzugsweise Biografisches, alles Passionsgeschichten. Manches verstand sie gar nicht, was wusste sie schon von Madame Bovary, vom jungen Werther oder von Lou Andreas-Salomé? Aber darauf kam es auch nicht mehr an. Was er auch sagte, es waren ohnehin nichts anderes als mit nie erlebter Ausdauer und Leidensbereitschaft vorgetragene Liebeserklärungen. Sie war nicht geschmeichelt, sondern erschüttert. Er trieb sie in die Enge, da, wo sie nie mehr hin wollte. So konnte es nicht weitergehen.

An einem Regensonntag in Lier verkroch er sich in die St.-Gummarus-Kirche und schwärmte später von Grabplatten und Glasmalereien, vor denen Philipp der Schöne und Johanna die Wahnsinnige geheiratet haben.

»Ist es nicht wahnsinnig, wozu Liebe fähig ist?«

In Charleroi wartete er geschlagene vier Stunden in einer schäbigen Bahnhofskneipe, bevor Jeanne flüchtig auftauchte, nur um ihr zu sagen, dass Magritte vierzehnjährig in diese Kohlestadt kam, nachdem sich seine Mutter in die Sambre gestürzt hatte.

»Liebesschmerz, nichts hat sie mehr aufhalten können.«

In Veurne flehte er sie nach der Prozession der vermummten Büßer an, ihn noch zum Friedhof zu begleiten, wo sich im Sandboden unter einer Trauerbuche das Grab des Surrealisten Paul Delvaux und seiner über alles geliebten Tam befindet.

»Sieh, die Äste streicheln ihr Grab.«

Sie sah nichts und war nur müde.

Nach den Siebenjahrfeiern in Tongeren weigerte sich Jeanne, ihn noch einmal zum Ambiorix-Standbild zu folgen, nur um zu beobachten, dass sich der Eburonenführer »auf Augenhöhe« mit der Himmelskönigin befinde. Sie aber hatte Lust auf eine Tüte »Smoutbollen«, heißes, süßes Schmalzgebäck, das sie auf den Stufen der Basilika gemeinsam verspeisten.

In Saint-Hubert vertiefte er sich am Tag nach Allerseelen in die Biografie des Schutzpatrons der Jäger und las, dass der von Frauen Umschmeichelte seiner Floribana treu blieb. Auch wusste er bereits:

»Drüben im ›Hotel de l'Abbaye‹ hat Hemingway im Dezember 1944 eine Nacht verbracht. Er war verrückt nach Mary Welsh und wollte sie stehenden Fußes heiraten.«

»Ob so etwas wohl gut geht?«, sie sagte es ganz leise.

Nach dem Katzenfest in Ypern ließ sie Albert im »Old Tom« einfach sitzen, sie hatte Kopfschmerzen und war den Tränen nahe.

»Bitte, es reicht.«

Im Lütticher Outremeuse-Viertel nervte sie das Tingeltangel der alten Karussells. Die Bordellgeschichten von Simenon ringsum in den Gassen von Roture interessierten sie nicht:

»Welch ein Monster.«

Er verfolgte sie nach Tournai zur Reliquienprozession und in die »Stadt der Edlen« nach Oudenaarde. In Dinant hielt er ihr einen Vortrag über die »Schatten deutscher Grausamkeit«. In Brügge überraschte er sie zum Namenstag mit dem Klassiker von Jacques Brel: »Le plat Pays«, sie atmete schwer. Erst die Kirmestage in den Badeorten an der Nordsee stimmten Jeanne heiter. Weite und Meer auf langen Strandwanderungen; auch schwieg er jetzt, es reichte ihre Präsenz. Über Sint-Idesbald, Nieuwpoort und De Haan kamen sie nach Knokke-le-Zoute/Knokke-Het Zoute und fuhren mit gemieteten Rädern zum Zwin, der versandeten Hafeneinfahrt nach Brügge und Damme. Vor der Küste rumorte die Abendflut, Nordostwind jagte durch das Seegras. Nachtreiher, Möwen, Wildenten unter dramatischem flämischem Himmel.

»Das tut gut«, sagt sie, »kennst Du hier auch eine Geschichte?«

»Es ist fast ein Märchen, die schöne schwedische Prinzessin Astrid hat 1935 einige Monate in dieser Einsamkeit verbracht, dann wurde sie Königin und verunglückte tödlich am Vierwaldstättersee.«

»Die Mutter von König Baudouin«, wusste Jeanne, »er hat sie sehr geliebt, es ist eine traurige Geschichte.«

»Ich liebe dich auch sehr …«

»Es wird dunkel. Lass uns fahren.«

Bei Anbruch des Winters bat Jeanne ihn, sie nicht mehr zu besuchen. Es geschah eindringlich, mit stockender Stimme. Albert hatte sie so noch nicht gesehen und wagte nicht mehr zu widersprechen. Als er sie wie ein geprügelter, kleiner Junge verließ, rief sie ihm nach:

»Lass mir bitte diese Zeit«, was immer es auch heißen mochte.

Bereits auf der Rückfahrt, bevor der Zug hinter Landen die Abfahrt ins Maastal beginnt, war er sich seiner Sache sicher: Er würde nicht in Ostbelgien bleiben und die dunklen Monate allein in Brüssel verbringen, Jeanne ungestört, unbehelligt lassen, jedoch in ihrem Schatten leben. Es war seine Form der Entsagung, strenge, abgetauchte Nähe.

Pauquet warnte ihn am nächsten Morgen, den Job aufzugeben:

»Du bist verrückt, lass Dich doch nicht weiter von dieser Frau hinhalten.« Er hatte immerhin nicht »Weib« gesagt.

Dr. Konrads rief aus Aachen an: »Brüderchen, Brüderchen, Du gehst einen schweren Gang.«

Aber sein Entschluss steht. Bereits am nächsten Wochenende packt er seine sieben Sachen und mietet in der Rue Blanche ein spartanisches Zimmer unter den Dachbalken. Er wird hier wie ein Clochard leben müssen, aber es ficht ihn nicht an. Die Freiheit dieser Stadt und die mitgeschleppten Bücher werden helfen zu überwintern. Dann tritt er auf die Avenue Louise, die Prachtstraße in Richtung Altstadt. Mondäne Läden, Bankhäuser, Nobelhotels. Auf der Place Stéphanie staut sich der Verkehr. Albert flaniert nicht, er schreitet vorüber. Kein Halt, kein Bier, kein Gruß. Sehr allein und sehr glücklich. In den Unterführungen rauschen die Autos; die Trams sind hellerleuchtet; Abendblätter liegen aus: Der Untersuchungsausschuss vertagt sich, Kindermord in den Ardennen, Anderlechts Kantersieg. An der Ecke zur

Rue de Stassart warten die Strichmädchen wie rote Flamingos. Ein bärtiger Pope tippelt vorbei. Fast wie bei Chagall. Temperaturen um den Gefrierpunkt, in seiner Manteltasche der graue Notizblock. Irgendwo, jenseits der Straßen und Dächer ist Jeanne. Wie schön, in derselben Stadt zu sein.

Albert hat sich in Brüssel eingerichtet wie ein Eremit. In seiner Bude standen nur ein Bett, ein Tisch, ein Stuhl, ein Schrank. Toilette und Waschbecken befanden sich auf dem Flur. Doch war die Matratze schön hart; den Tisch schob er vor das Dachfenster und kaufte sich auf dem Flohmarkt am Midi eine Leselampe. An die weiße Wand heftete er ein Poster aus dem Paris der Nachkriegsjahre: jubelnder Abschiedskuss vor einer Metro-Station. Vielleicht, so meditiert er, ist es auch ein Begrüßungskuss. Kommt der Abend, reicht das Dächermeer bis zum roten Horizont. Auch das hat er am Bahnhof bei dem fidelen Mohammed ersteigert: ein Radio mit Kassettenrekorder. Immer wieder hört er Bach und die Beatles; die Penny Lane liegt irgendwo in Brandenburg. Seine Bücher stapeln sich auf dem zerbeulten Fußboden. Er liest nicht, sondern macht Studien: Stadtpläne bis hin zu den Randgemeinden, Zeitungsausschnitte, vorwiegend Lokales – Schaerbeek, Uccle, Drogenbos –, eine anglikanische Bibel, dann aber die Brüsseler Kriegsbohème: Benn, Sternheim, Rudolf Alexander Schröder, Flake, eine Einstein-Biografie. Meist deutsche Einmarschierer und politische Konvertiten, manch einer in landesverräterischer Zuneigung für Brabants Glanz. Die Franzosen dagegen spucken Gift und Galle: Victor Hugo wird aus seinen Edelpuffs vertrieben, Baudelaire schreibt verächtlichste Brüssel-Parodien, zwischen Rimbaud und Verlaine kommt es in der Nähe der Place Rouppe zu einem blutigen Schusswechsel. Albert hat in der Albertine-Bibliothek den kleinen Archivar Verminnen kennengelernt, der ihn mit Exilliteratur aus Belgien überschüttet. Lies dies, lies das. Manche Schinken schleppt er hinauf in seine Klausur. Der Alte möchte unbedingt, dass er sich in das Werk des gebeugten Juden Jean Améry vertieft, den er hier noch persönlich gekannt hat: scheu, so gerade noch gerettet und doch unaufhaltsam dem Freitod entgegen.

Er glaubt mit all diesen Brüsseler Deutschen die Einsamkeit unter dem Dach zu teilen. Der Winter ist eisig und er geht zum Aufwärmen stundenlang die Wege Benns. Hinauf zu den Kasernen, entrückte Tempelfassaden am vierspurigen Ring. Vorbei am Tir National, dem Schießstand, wo die deutschen Besatzer im Morgengrauen Juden, Widerständler und Deserteure exekutierten. Albert schreitet über den riesigen Platz, drüben befand sich der Kugelfang. Im Spätherbst 1915 hat der Sanitätsoffizier Dr. med. Gottfried Benn auf dem verstaubten Platz der Hinrichtung der englischen Spionin Edith Cavell und eines belgischen Zivilisten beiwohnen müssen. Der Vater von zwei Kindern begrüßte das Erschießungskommando, zwei Gruppen von zwölf Mann, mit den Worten:

»Guten Tag, meine Herren, im Angesicht des Todes sind wir alle Kameraden.«

Alles ging sehr schnell, deutsche Maßarbeit. Der Tod trat augenblicklich ein. Benn fühlte der erschossenen Frau den Puls und drückte ihr die Augen zu:

»Dann legen wir sie in einen kleinen gelben Sarg, der abseits steht. Sie wird sofort beigesetzt, die Stelle soll unbekannt bleiben. Man befürchtet Unruhen …«

Albert kehrt um, geht hinab zum Ungetüm des Justizpalastes. Von der Ballustrade schweift sein Blick weit über die Dächer der Unterstadt. Am westlichen Horizont erhebt sich wie eine Moschee am Wüstenrand der Peripherie die Basilika von Koekelberg, die hässlichste Kirche Europas. Er rätselt, weshalb sich die kleinen Belgier in ihren Thron- und Altarbauten stets ins Übermaß stürzen. Dann läuft er durch die Sträßchen des Marolles-Viertels. Später, rund um die Grand'Place, verbringt er Stunden in dem Gassen- und Sackgassengeflecht. Er studiert noch eine Brüsseler Hinrichtung, drüben im »Haus des Königs« verbrachten die von Goethe verewigten Egmont und Hoorn ihre letzte Nacht vor dem Tod am Strang. Hinter den hell erleuchteten Fenstern der vergoldeten Gildenhäuser »Zum Schwan« und »Der spanische König« beobachtet er die Damen der feinen Bourgeoisie, die am offenen Feuer in einem Stück Flan- oder Zitronentorte stochern. Sein Einsiedler-Budget reicht für täglich zwei Bier. Er trinkt sie im »Petit Blanc«, wo jeden Abend drei Jazzmusiker aufspielen und sonntags eine »schwarze Perle« mit rauchiger Stimme ihre Songs über die Tische haucht.

Ins Quartier Léopold, wo Jeanne ihr Fritten-Winterquartier aufgeschlagen hat, oder in einen Hinterhof der Chaussée de Vleurgat, wo sie ihre alte Mutter umsorgt, traut sich Albert nicht. Seine einzige Chance, ihr in der Märzsonne vielleicht noch einmal gegenüberzutreten, ist eiserne Abstinenz. So geht er die weiten, einsamen Wege, die Benn im »Großen Krieg« drei Jahre lang nach seiner täglichen Visite im Dirnen-Krankenhaus über die Straßen und Plätze von Brüssel ging: ungestört und übereinstimmend mit sich selbst.

Der Hautarzt verfügte über elf Zimmer und einen Burschen. Albert wohnt ganz in der Nachbarschaft des Eckhauses an der Avenue Louise und notiert in sein Tagebuch die Entdeckung kurioser Ähnlichkeiten mit dem deutschen Dichter: Disziplin, urbane Wanderlust, tagelanges Schweigen oder die Sucht, das Lapidare zu beobachten und dahinter Konturen des Eigentlichen zu erspüren.

»Eine Art innerer Konzentration setze ich in Gang«, schrieb der Zivil tragende Stabsarzt, »ein Anregen geheimer Sphären, und das Individuelle versank, und eine Urschicht stieg herauf, berauscht an Bildern reich und panisch. Periodisch verstärkt, das Jahr 1915/1916 in Brüssel war enorm …«

Wie Benn treibt ihn um, was jenseits der Geschichte liegt, auch jenseits seiner Liebesgeschichte, der er tagtäglich kontemplative Träume widmet. Zwar kann er sich nicht wie sein Vorbild eine Mätresse aus patriotischem Hause leisten, doch teilt er die Vorzüge des Dichters für große, blonde, schlanke Frauen. Mehr noch der ambitiösen Vergleiche: Der Arzt im Hurenhaus war erschüttert von der Wichtigtuerei und dem deutschen Siegergebahren in der Etappenstadt, während Nacht für Nacht die Züge von der Front in Ypern und Langemarck Leichen, Sterbende und Schwerverwundete in die Bahnhöfe brachten. Er hasste das syphilöse Leben der Nichtkämpfenden im Rücken des Todes. Albert liest es atemlos. Er ist zwar nicht im Krieg, aber verwundet. Er trägt keine Waffe, doch will er das Brüssel seiner Frittenfrau erobern; wenn schon nicht im Sturm, dann in der Belagerung. Er liebt und leidet und möchte zugleich, es möge nicht aufhören. Die Wintertage vergehen im Ereignislosen, doch sind die Abendstimmungen, das Licht auf dem Heimweg vom Cambre-Wald, der männliche Geruch über den Biertheken am Nordbahnhof von intensiver Stärke. So wenig wie sein Vorbild sorgt er sich um Heimatliches, schreibt keine Briefe an Eupener Adressen, blättert in den Zeitungen nicht nach »faits-divers« (nebensächliche Ereignisse) über die Bauchschmerzen der »bestgeschützten Minderheit Europas«. Das wahre Zuhause liegt woanders, nur Jeanne weiß wo. Dieser Winter ist sonderbar, Brüssel beginnt ihn zu schützen, er hat alle Zeit, zu sich heimzukehren. Zuhause ist man nur, wo man liebt.

»… drei Monate ganz ohne Vergleich … das Leben schwang in einer Sphäre von Schweigen und Verlorenheit, ich lebte am Rande, wo das Dasein fällt und das Ich beginnt.«

So sah es Benn, er war sein einziger Begleiter geworden, jedes Wort riss er ihm aus der Hand:

»Ich denk oft an diese Wochen zurück; sie waren das Leben, sie werden nicht wiederkommen, alles andere war Bruch …«

Als der Winter ging, wollte Albert »allem Abschied voran sein«. Oben in seiner Dachzelle zu bleiben, fiel plötzlich schwer, seine Wanderungen wurden unruhiger, eine Spur Vorfrühling lag in der Luft. Im Sablon standen erstmals Stühle vor den Cafés. Ohne es selbst zu bemerken, begannen sich seine Wege dem Place du Luxembourg zu nähern. Erst wenn er die Silhouette des kleinen Bahnhofs aus der Ferne sah, erschrak er und kehrte eilig um. Schließich traute er sich an einem Samstagabend bis vor die Stundenhotels der Rue du Parnasse und beobachtete aus sicherer Distanz Jeannes rot-weißen Frittenwagen. Doch wunderte er sich, dass sie auffallend früh die Theke schloss und bald darauf zu einem Mann ins Auto stieg. An den beiden folgenden Tagen wiederholte sich diese Szene. Es traf ihn wie ein Keulenschlag. Er hatte nichts mehr zu verlieren, überquerte den Platz und ging ins »Pullman«. Niemand der Männer am Tresen grüsste ihn. Er nahm in der Ecke Platz, wo er vor einigen Monaten mit ihr über »das Glück aus Sinken und Gefahr« philosophiert hatte. All diese Bilder kamen wieder und er schämte sich nicht, dass sie schmerzten. Irgendwann setzte sich ein älterer Herr an einen Nebentisch, bestellte ein Rochefort 8° und sagte nach einer verlegenen Pause:

»Waren Sie nicht schon einmal hier, kennen wir uns?«

»Ich habe letztes Jahr manchmal mit Jeanne hier gesessen.«

»Ach Jeanne, die Jeanne.«

»Ich sah sie eben mit einem Mann verschwinden.«

»Ja«, zögerte er, »es ist der Bruder, ihre Mutter wird morgen beerdigt.«

»Was, wann morgen, wo, Monsieur?«

»Drüben in St Sauveur, an den Weihern von Ixelles.«

Der 19. März war ein grandioser Tag. Tiefblauer, strahlender Himmel, Sonnenspiel im Wasser, stolze Schwäne am Ufer, Krokusblüten. Als Albert die Kirche betrat, hatte die Totenmesse schon begonnen. Als sei bereits Sommer, standen die Türen weit offen. Ein junger Priester las aus dem Markus-Evangelium:

»Dieses Wort beschäftigte sie, und sie fragten einander, was das sei: von den Toten auferstehen.«

Er blieb unten im Schutz einer Säule. Der Leichendiener bat ihn, näherzutreten, doch er winkte ab. Die Trauergemeinde umfasste lediglich acht Personen, doch sah er nur Jeanne. Groß, schlank, ihr blondes Haar geflochten über dem schwarzen Kostüm. Der Bruder an ihrer Seite, sonst nur ältere Leute, zwei Frauen hielten Tulpensträuße in den Händen. Dieses schreckliche Violett, rebellierte er. Es war ein erschütterndes Bild: Der einsame Sarg oben im Kirchenschiff; daneben verlor sich die kleine Gruppe auf den leeren Bänken. Licht zitterte über die Fliesen. Irgendwo in der Höhe spielte der Organist »In paradisum«. Weihwasser spritzte und Rauch stand über dem hellen Holz, zwei spärliche Kränze, Geruch von Tannengrün. Albert ging in Deckung; Jeannes Gesicht konnte er nicht erkennen, doch hörte er ihre Absätze auf den blauen Steinen, resolut, fraulich, wie immer. Vier Männer in grauen Uniformen trugen den Sarg nach draußen.

Albert kratzte sein letztes Geld zusammen und eilte mit einem Taxi hinterher. Wie ein Geheimdienstler schlich er neben den Kreuzen und Denkmälern über die Kieswege des Friedhofs von Ixelles. Der junge Priester sprach am offenen Grab die Gebete. Die Trauergemeinde war auf fünf Personen zusammen geschrumpft. Ringsum rauschte der Lärm der Stadt. Der Totengräber hob die Hand zum Gruß. Dann fielen einige Dreckbrocken auf den Sarg, ein letztes, dumpfes Klopfen. Jeanne weinte nicht. Der Bruder hielt ihren Arm. Albert konnte beobachten, dass um ihre Lippen ein feines Lächeln war, sehr gefasst, milde. Jetzt ist alles gut, sollte es heißen. Erst am Ausgang des Friedhofs trat er ihr entgegen. Es geschah resolut, dann zögernd, doch sie lief ihm entgegen und fiel in seine Arme. Er spürte ihren Hals an seinem Mund und ihre starken Hände im Rücken.

»Albert«, ihre Stimme an seinem Ohr, »lass mich heute nicht allein.«

»Nie mehr.«

Eine kleine Pause. Ganz nah ihr Atem, der glatte Stoff ihres Rocks. Langsam lösten sich ihre Arme:

»Komm, lass uns gehen.«

»Wohin?«, fragte er.

»Nach Hause«, Jeanne sagt es mit einem ernsten, leicht schmunzelnden Blick. Er hat diese Übergänge immer geliebt.

Irgendwo läutete eine Mittagsglocke, die anderen Trauergäste waren schon verschwunden. In den Ästen der Kiefern flimmerte wild das Licht.